TO SLEEP
IN A SEA OF STARS

Christopher Paolini

Translated by Shinobu Horikawa

星命体

上

銀河の悪夢

クリストファー・パオリーニ

堀川志野舞・訳

静山社

星命体

上

銀 河 の 悪 夢

いつものように、この作品を家族に捧げる。

そして、星のあいだにぼくらの未来を築こうとしている
科学者やエンジニア、夢見る人々にも。

星命体

(上)

銀河の悪夢

目次

第2部
サブリマーレ
〔昇華〕
S u b l i m a r e

フラクタルバース・ノベル

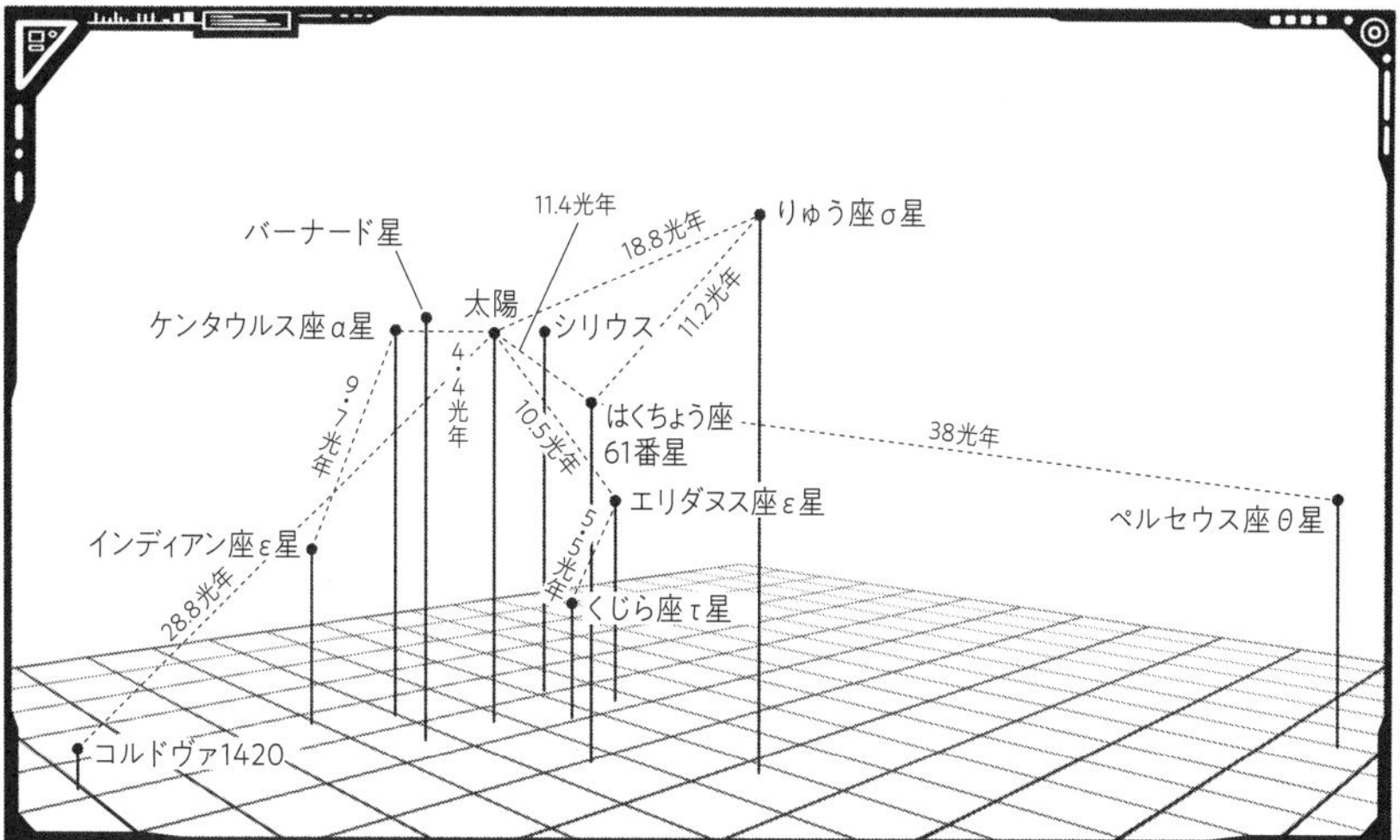

〈星間連盟〉

- 太陽
- ケンタウルス座α星
  - ・スチュワートの世界
- エリダヌス座ε星
  - ・アイドーロン
- インディアン座ε星
  - ・ウェイランド
- りゅう座σ星
  - ・アドラステイア
- ペルセウス座θ星
  - ・タロスVII
- はくちょう座61番星
  - ・ルスラーン

〈非連盟星〉

- コルドヴァ1420
- くじら座τ星
  - ・シン - ザー

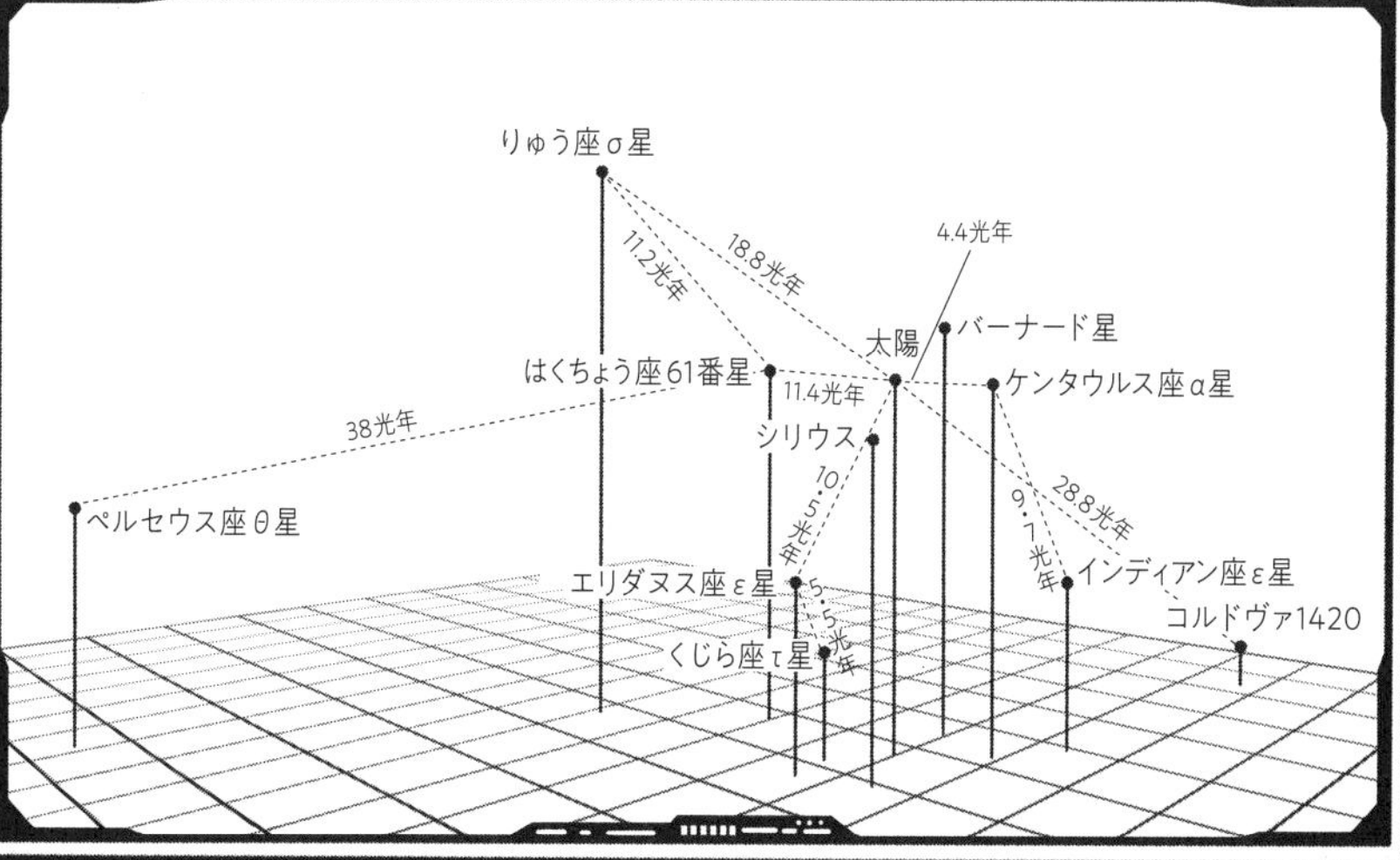

第1部
エクソジェネシス
〔外起源〕
E x o g e n e s i s

おお、女神より生まれし、偉大なるアンキーセースの子よ、
冥府の門は日夜あいている。
下りは平坦で、道は進みやすい。
けれども帰りは、明るい空を眺めるには、
大いなる苦労と困難が待っている。
――『アエネーイス』第六巻 126-129行(ジョン・ドライデン訳)

Dreams

第1章 夢

1

オレンジ色のガス惑星《わくせい》、木星《ゼウス》が地平線上の低い位置にあった。巨大《きょだい》で重々《おもおも》しく、赤みがかった薄明《うすあ》かりに輝《かがや》いている。その周りには黒い宇宙空間を背景に一面の星がまぶしくきらめいているが、まぶたのない巨人《きょじん》がにらみおろした先には、石のすじが入った灰色の荒《あ》れ地が広がっていた。

どこまでも荒涼《こうりょう》たる景色が広がるなか、そこだけ小さな建物がいくつか寄り集まっている。ドームにトンネル、窓のある囲い、未知の環境《かんきょう》の真ん中にぽつんと現れた生命のぬくもりが感じられる場所。

その敷地《しきち》内にある狭苦《せまくる》しい研究室のなかで、キラは壁《かべ》のアルコーブから遺伝子《ジーン》配列・

分析装置《シーケンサー》を引っ張り出そうと奮闘《ふんとう》していた。それほど大きな機械ではないけれど、重量があり、うまくつかむことができない。

「ああ、もうっ」キラはぼやき、姿勢を立て直した。

キラたちが四か月かけて調査してきた、地球と同じ大きさのこの衛星アドラステイア[*1]に、設備装置の大半は残していくことになっていた。大半、だけど全部じゃない。ジーン・シーケンサーは宇宙生物学者の基本装備のひとつで、キラも行く先々《さきざき》に持ち運んでいた。それに、もうじき〈シャクティ・ユマ・サティ〉号に乗ってやってくる移住者たちは、会社がキラに押《お》しつけたトラベルサイズの安価なモデルよりも、もっと立派な新型のシーケンサーを所有しているはずだ。

もう一度シーケンサーを引っ張った。指がすべって金属の角で手のひらが切れ、キラは息をのんだ。シーケンサーから手を放し、手の傷を確かめると、皮膚《ひふ》についた一本の細い線から血がにじんでいる。

口元をゆがめてうなり、シーケンサーを思い切り叩《たた》いた。そんなことをしたって、なんにもならない。怪我《けが》した手のこぶしを握《にぎ》ったまま研究室を歩き回り、荒《あら》い呼吸をしながら痛みが治まるのを待つ。

装置が言うことを聞かなくても、いつもなら気にならなかった。そう、いつもなら。でも今日は、不安と悲しみのせいで理性を失っている。輸送船〈フィダンザ〉号はすでにアドラスティアを回る軌道《きどう》にあり、明朝キラたちはふたたびその船に乗り込《こ》んでこの惑星《わくせい》を去ることになっている。そして数日後には、キラを含《ふく》め十人の調査チームのメンバーはクライオ[*2]に入る。二十六日後に61シグニ（はくちょう座61番星）で目覚めたら、みんなとは離《はな》れ離《ばな》れになり、アランとは……次にいつまた会えるかわからない。短くても、数か月は会えない。運が悪ければ、一年以上も。

キラは目を閉じ、頭を後ろに傾《かたむ》けた。ため息をつくと、そのため息はうめき声になった。アランと何度このダンスをくり返しても、何も変わらなかった。少しも楽にはならない。むしろつらくなるばかりで、苦しくてたまらなかった。去年、ふたりはラプサン貿易会社[*3]が調査を計画していた大きめの小惑星《しょうわくせい》で出会った。アランは地質調査をするために来ていた。四日間、ふたりはその小惑星《しょうわくせい》で共に過ごした。キラが興味を引かれたのはアランの笑い方と銅色のくしゃくしゃの髪《かみ》だったけれど、好感を抱《いだ》いたのは彼《かれ》の丁寧《ていねい》な仕事ぶりだった。優秀《ゆうしゅう》で、非常時にも落ち着き払《はら》っていた。

それまでキラはあまりに長いことひとりでいたので、もう特別な相手なんて見つかるはずがないと思い込《こ》んでいた。なのに奇跡《きせき》が起きたみたいに、人生にアランが現れ、ふいに大切な相手ができたのだ。自分のことを大切に思ってくれる相手が。

ふたりは連絡《れんらく》を取りつづけ、惑星《わくせい》間で長いホロメッセージを送り合い、幸運とお役所仕事の根回しによって、狙《ねら》いどおりさらに何度か一緒《いっしょ》の任務に配属された。

それだけでは足りなかった。どちらにとっても。

二週間前、ふたりはパートナーとして同じ任務に配属してもらえるよう会社に許可を申《しん》請《せい》したが、希望が通る保証はどこにもなかった。ラプサン社は手広く展開していて、プロジェクトを山のように抱《かか》えていた。人員は広範囲《こうはんい》に散らばっている。

もしも申請《しんせい》を却下《きゃっか》されたら……ふたりが長い時間を共に過ごすには、転職するしかない。旅ばかりしなくていい仕事を探すのだ。キラはそうするつもりでいた——先週はインターネットで求人情報まで調べていた——が、自分のためにこの会社でのキャリアを捨ててほしいとアランに頼《たの》むのは気が引けた。いまはまだ。

とにかくいまは会社からの返事を待つしかない。ケンタウルス座α星に返信が届くまでにかかる時間と、人事部の仕事の遅《おそ》さを考慮《こうりょ》すると、返事を受け取れるのは早くても来月末になるだろう。そのころには、キラもアランも別々の方角へ旅立っているはずだ。

キラはじれったかった。ただひとつ、慰《なぐさ》めとなっているのは、アランの存在だった。彼《かれ》のためなら耐《た》えるだけの価値がある。つまらないことを心配せずに、ふたり一緒《いっしょ》にいたいだけ。

初めてその腕《うで》に包まれたとき、どれほど素晴らしい気分だったか、どれほど暖かく、守られていると感じたかを思い出した。出会ってからアランが書いてくれた手紙と、何にも代えがたい心のこもった言葉を思った。自分のためにこんなにも気を配ってくれる人は、それまでひとりもいなかった……アランはいつもキラのために時間を割いてくれた。大小さまざまな形で思いやりを示してくれた。キラが北極圏《ほっきょくけん》に旅する前には、実験チップ用にオーダーメイドの容器をつくってくれたこともある。

数々の思い出に、キラは笑みを浮《う》かべた。けれど相変わらず手は痛み、今後の見通しを頭から追い払《はら》うことはできなかった。「こいつめ、いい加減にしなさいよ」キラはジーン・シーケンサーにずんずん近づいていくと、全力で引っ張った。

キーキーと抗議《こうぎ》の音を立てながら、シーケンサーは動いた。

2

その日の夜には、任務完了《かんりょう》を祝ってチームのみんなが食堂に集まった。キラはお祝いする気分ではなかったけれど、そうするのがしきたりだ。うまくいこうといくまいと、遠征《えんせい》の終わりは記念すべきことだ。

キラは金の縁取《ふちど》りがされたグリーンのドレスを着て、カールした髪《かみ》を頭の高い位置にまとめようと一時間も奮闘《ふんとう》していた。ばっちりとは言えなかったけど、努力したことをアランは喜んでくれるはず。いつだってそうだ。

思ったとおりだった。部屋から廊下《ろうか》に出てきたキラの姿を見ると、アランは顔を輝《かがや》かせて抱《だ》きしめた。キラはアランのシャツにおでこをうずめて言った。「ねえ、参加は義務じゃないのよ」

「そうだね。だけど、ちょっとぐらい顔を出しておかないと」そう言って、アランはキラのおでこにキスをした。

キラは無理にほほえんでみせた。「わかった、降参」

「そうこなくちゃ」アランは笑みを返すと、ひと筋のほつれたカールをキラの左耳の後ろにかけた。

キラもアランのひとふさの髪《かみ》を同じようにした。青白い肌《はだ》と明るく輝《かがや》く髪《かみ》には、いつもハッとさせられる。ほかのみんなとは違《ちが》って、アランは絶対に日焼けしないみたいだった。屋外や宇宙船のフルスペクトル光にどれだけ長時間さらされていても。

「じゃあ、行きましょうか」キラは低い声で言った。

ふたりが着いたとき、食堂にはもう人だかりができていた。調査チームのほかの八人は細長いテーブルの周りに集まり、スピーカーからはユーゴの大好きなスクラムロック*4がガンガン鳴り響《ひび》いている。マリー＝エリーズはカウンターに置かれたプラスチックの大きなボウルからパンチを注いだカップを配っていて、ジェナンは強いお酒を一リットルばかり飲んだみたいに踊《おど》りくるっている。実際に飲んだのかもしれない。

キラはアランの腰《こし》に回した腕《うで》に力を込《こ》め、せいいっぱい楽しそうな表情を浮《う》かべようとした。いまは暗いことをくよくよ考えているときじゃない。

そう、いまは……でも、考えずにはいられなかった。

セッポがまっしぐらにこっちに向かってきた。植物学者である彼《かれ》は、今夜のパーティーのために髪《かみ》を髷《まげ》のように結っていたが、そのせいで骨ばった顔の鋭《するど》さが余計に強調されている。「四時間だぞ」セッポは近づきながらそう言った。手を振《ふ》り動かした拍子《ひょうし》にカップの中身がこぼれた。「四時間！　あの這《は》いまわるやつを掘《ほ》り出すのに四時間もかかったんだ」

「悪かったな、セッポ」アランは面白がっているようだ。「その前におまえのところに行ってやれなくて」

「へっ。スキンスーツ*5に砂が入ったんだぞ。どれだけ不快かわかるか？　あちこち皮が剝《む》けてさ。見ろよ！」セッポはヨレヨレになったシャツの裾《すそ》をまくり、スキンスーツの下のほうの縫《ぬ》い目が擦《す》れてお腹の皮膚《ひふ》に残った赤い筋を見せた。

「ねえ、お詫《わ》びにヴィーボルグで一杯《いっぱい》おごるわよ。それでどう？」キラは言った。

セッポは片手をあげてキラのほうを指さした。「それなら……埋《う》め合わせとして認めよう。だけど、もう砂はお断りだからな！」

「砂はお断りね」キラは相槌《あいづち》を打った。

「それと、おい」セッポは指をアランのほうに動かした。「おまえは……わかってるな」

植物学者が千鳥足で立ち去ると、キラはアランを見上げた。「いまのはなんだったの？」

アランはクックックッと笑った。「さっぱりだ。でも、あいつがそばにいなくなるのは、おかしな感じがするだろうな」

「そうね」

ひとしきり飲んでおしゃべりをしたあとで、キラは食堂の奥《おく》に引っ込《こ》み、片隅《かたすみ》の壁《かべ》にもたれた。アランとまた離《はな》れ離《ばな》れになることだけじゃなく、チームのみんなと別れるのもいやだった。アドラステイアで四か月を過ごしたことで、チームのみんなは家族になっていた。風変わりでいびつな家族ではあったけど、大切な存在であることに変わりはなかった。彼《かれ》らと離《はな》れるのはつらく、その時が近づくにつれて、どれほどつらい別れになるか、ますます強く実感するようになっていた。

キラはオレンジ味のパンチをもうひと口ぐいっと飲んだ。こういう経験はこれまでにもあり——入植地の候補として会社に派遣《はけん》された星は、アドラステイアが初めてではない——、原石から原石へと飛び回りつづけて七年間が過ぎ、キラは心から求めはじめていた……友だちを。家族を。仲間との親交を。

なのに、いまそのすべてを手放そうとしている。またしても。

アランも同じ気持ちでいる。彼《かれ》は室内を動き回ってチームの仲間たちとおしゃべりしていたが、その目に感情が見て取れた。仲間たちのなかには同じように悲しんでいる者がほかにもいるのかもしれないけれど、彼《かれ》らはお酒やダンスやかん高すぎるわざとらしい笑い声で悲しみを隠《かく》していた。

キラはしかめっ面でパンチを飲み干した。お代わりのタイミングだ。

スクラムロックの音量がさらに上げられていた。トゥダッシュ・アンド・ザ・ボーイズの曲で、リードボーカルが吠《ほ》えるように歌っている。「——逃《に》げるために。ドアをふさぐものは何もない。ねえ、ドアをふさぐものは何も。ベイビー、ドアをノックしているものは何？」女性ボーカルの声は震《ふる》えながらのこぎりの刃《は》のようなクレッシェンドで高まっていき、いまにも声帯が断裂《だんれつ》しそうだ。

キラが壁《かべ》から離《はな》れてパンチの入ったボウルのほうへ向かおうとしたとき、メンドーサの姿が目に入った。この遠征《えんせい》チームのボス[*6・7]は、みんなをかき分けながらキラのほうへと近づいてきている。彼《かれ》にとって人ごみをかき分けるのはたやすいことだ。樽《たる》みたいな体型なのだから。シン-ザー[*8]のような高重力の入植地で育ったのだろうかと思うことがたびたびあったが、キラが尋《たず》ねたとき、メンドーサはそれを否定して、ケンタウルス座α星付近の居住環《ハブリング》の出身だと言い張った。キラはその話を鵜呑《うの》みにしてはいなかった。

「キラ、話がある」メンドーサは言った。

「話って？」

「問題があってな」

キラは鼻で笑った。「問題があるのはいつものことでしょ」

メンドーサは肩《かた》をすくめ、ズボンの尻《しり》ポケットから取り出したハンカチで額を拭《ふ》いた。天井に吊《つ》るされた色つき電飾《でんしょく》の明るい光に額をところどころ照らされていて、わきの下には汗《あせ》じみができている。「確かにそうだが、こいつは解決しないとまずい問題だ。南に飛ばしたドローンのひとつが作動してない。嵐《あらし》にやられたらしい」

「だから？　別のを飛ばせばいいじゃない」

「場所が遠すぎるし、代替品《だいたいひん》をプリントする時間はない。そのドローンは最後に海岸線でなんらかの有機物を検知していた。出発する前に調べておく必要がある」

「ちょっと、まさか。明日行ってこいなんて本気で言ってるの？　アドラステイアの微生《びせい》物《ぶつ》については、すべて目録を作成済みなのに」そんなところに行くことになればアランと過ごす朝の時間がなくなってしまうだろうし、ふたりで一緒《いっしょ》に過ごせる残された時間を諦《あきら》めるなんてまっぴらだ。

メンドーサは眉《まゆ》の下から〝俺《おれ》を舐《な》めるなよ〟という断固とした視線を向けてきた。「規則は規則だ、キラ。入植者たちを危険にさらすわけにはいかない。〈スカージ〉[*9]みたいなものに。そんなことになれば良心が咎《とが》めるだろう。きみもそれだけは避《さ》けたいはずだ」

キラはもうひと口お酒を飲もうとして、カップが空《から》のままだったことに気づいた。「勘《かん》弁《べん》してよ。イワノワに行かせればいいじゃない。あれは彼女《かのじょ》のドローンなんだし、実験チップだってわたしと同じように扱《あつか》えるんだから。それに――」

「きみが行くんだ」メンドーサは厳しい声で言った。「午前六時きっかりに、話はこれで終わりだ」そのあと、彼《かれ》はいくぶん表情をやわらげた。「すまない、だがきみはこのチームの宇宙生物学者だし、規則は――」

「規則は規則ね」キラは言った。「はい、はい。やりますよ。でも言っておくけど、きっと調べる価値なんてないわ」

メンドーサはキラの肩《かた》をぽんぽんと叩《たた》いた。「そうだな。だといいんだが」

メンドーサが行ってしまうと、キラの視界の端《はし》にテキストメッセージがパッと現れた。

ベイビー、何か問題でも?　　　　　　　　　　――アラン

キラは声を出さずに返事を書いた。

ううん、なんでもない。ちょっと追加の仕事ができただけ。あとで話すね。　――キラ

部屋の向こう側からアランがおどけた様子で親指を立てて見せると、キラは思わず口元をゆるめた。それからパンチの入ったボウルを見つめ、まっしぐらに近づいていく。飲まなければやっていられない。

ボウルの前に着いたとき、元ダンサーならではの計算された優雅《ゆうが》な動きでマリー＝エリーズが立ちふさがった。いつものように、いまにもゆがんだ笑みを浮《う》かべようとしているみたいに……あるいは、痛烈《つうれつ》なひと言を放とうとしているかのように（キラは彼女《かのじょ》のそういう言葉を一度ならず耳にしていた）、唇《くちびる》の位置が中心からずれている。もともと長身だが、パーティーのためにプリントしたピカピカの黒いハイヒールを履《は》いているおかげで、

キラより頭ひとつ分背が高くなっている。

「ダーリン、あんたとお別れだなんて寂《さび》しいわ」マリー＝エリーズは身をかがめ、キラの両頬《ほほ》にキスをした。

「わたしもよ」キラの目に涙《なみだ》がにじんだ。アランと並んで、マリー＝エリーズはこのチームで最も親しい友人になっていた。ふたりは長期間を現場で一緒《いっしょ》に過ごしてきた――キラはアドラステイアの微生物《びせいぶつ》を調査し、マリー＝エリーズは湖や川、見えない地下深くに沈《ちん》殿《でん》している水分を調べていた。

「ほら、元気出して。連絡《れんらく》くれるでしょ？　あんたとアランのこと、残らず聞かせてよ。こっちからも連絡《れんらく》するから。いいわね？」

「うん。約束する」

そのあとは、キラも先のことは考えないようにして夜を過ごした。マリー＝エリーズとダンスを踊《おど》った。ジェナンと冗談《じょうだん》を言い合い、ファイゼルと辛辣《しんらつ》な言葉の応酬《おうしゅう》を交わした。もう何千回目かわからないけど、ユーゴの料理を褒《ほ》めた。メンドーサと腕相撲《うでずもう》の勝負をして――負けて――イワノワとひどく調子っぱずれのデュエットを歌った。できるときはいつでもアランに腕《うで》を回していた。たとえ話をしていなくても、お互《たが》いを見ていなくても、アランの存在を感じることができ、触《ふ》れ合っていると安心できた。

パンチをかなり飲んでしまうと、キラはみんなに乗せられるままコンサーティィーナを披《ひ》露《ろう》した。レコード音楽は止まり、みんなが円になって集まり——隣《となり》にはアラン、膝元《ひざもと》にはマリー＝エリーズ——、キラは宇宙族《スペーサー》の舞踏《ぶとう》曲集を演奏した。みんなは笑い、踊《おど》り、酔《よ》っ払《ぱら》い、ひとしきり楽しいだけの時間を過ごした。

3

真夜中をとっくに過ぎてもパーティーは最高潮に盛り上がったままで、アランは顎《あご》を動かしてキラに合図を送ってきた。キラは合図に気づき、ふたりは黙《だま》って食堂からそっと出ていった。

カップのパンチをこぼさないよう気をつけながら、寄り添《そ》って構内を通り抜《ぬ》けていく。こんなにガランとした廊下《ろうか》は見慣れなかった。いままでは上敷《うわじ》きで覆《おお》われ、壁《かべ》沿いにはサンプルや備品、予備の器具が山積みされているのが当たり前だった。だけどもう、すべてがなくなっている。この一週間で、出発に備えて片付けてあった……背後に響《ひび》いている音楽と、床《ゆか》をぼうっと照らす非常灯がなければ、誰《だれ》もいなくなった基地に見えただろう。

キラは身を震《ふる》わせ、アランをぎゅっと抱《だ》き寄せた。外では風がうなっている——風は恐《おそ》ろしく吹《ふ》きつけてきて、屋根や壁《かべ》を軋《きし》らせていた。

水耕栽培《さいばい》室のドアの前に着くと、アランは解除ボタンを押《お》さずに、唇《くちびる》に笑みを踊《おど》らせながらキラを見下ろした。

「どうしたの？」キラは尋《たず》ねた。

「別に。きみと一緒《いっしょ》にいられるのが嬉《うれ》しいだけさ」そう言ってアランはキラの唇《くちびる》にすばやくキスをした。

キラもキスを返そうとした――パンチを飲んだおかげでその気になっていた――が、アランは笑って頭をよけると、ボタンを押《お》した。

重い音を立ててドアが開いた。

水の流れる音と、花を咲《さ》かせている植物の優しい香りと共に、暖かい風がキラたちをふわりと包んだ。水耕栽培《さいばい》室はこの基地のなかでキラのお気に入りの場所だ。ここにいると、故郷の実家を思い出した。植民星ウェイランド[*10]で子どものころに過ごした、ずらりと並んだ温室を。アドラステイアでの調査みたいに長期間の遠征《えんせい》時は、基本的に食料の一部は自分たちで育てることになっている。その土地の土壌《どじょう》の生育力を試せるというのも理由のひとつだ。持参する食料を減らせるというのも。だが、会社が支給するフリーズドライのパック食品だけだと味気なくて飽《あ》きてしまうことが最大の理由だ。

明日にはセッポがここの植物を引っこ抜き、焼却炉《しょうきゃくろ》に処分することになっている。入植者たちがやってくるまで生きながらえる植物はないだろうし、この基地が破壊《はかい》された場合、生体物質が野放しになって周囲の環境《かんきょう》に広がってしまう。そんな可能性がある場所に放置するわけにはいかない。でも今夜はまだ、レタスやラディッシュ、パセリにトマト、ズッキーニの茎《くき》の束、その他セッポがアドラステイアで実験してきたさまざまな作物が水耕栽《さい》培《ばい》室にあふれている。

それだけじゃなかった。薄暗《うすぐら》いなかに置かれた台の真ん中に、七つの鉢《はち》がアーチを描《えが》いて並べられているのが見えた。どの鉢《はち》からも細く背の高い茎《くき》が伸《の》びていて、頂部に繊細《せんさい》な紫色《むらさきいろ》の花を咲《さ》かせ、その重みにうなだれている。それぞれの花の内側からは、花粉をつけたおしべの房《ふさ》が――パッと開いた花火みたいに――広がっていて、ビロードのような花の喉《のど》は白い斑点《はんてん》で飾《かざ》られている。

〈真夜中の星座《ミッドナイト・コンステレーション》〉だ！　キラの大好きな花。キラの父親はこの花を育てていたけれど、園芸の才能があった父でさえも、これを世話するのには苦労が尽《つ》きなかった。繊細《せんさい》な花で、赤カビ病や胴枯《どうが》れ病になりやすく、養分バランスのわずかな乱れにも耐《た》えられないのだ。

「アラン」キラは感極まってつぶやいた。

「どんなにこの花が好きか、前にきみが話していたのを覚えてたんだ」アランは言った。

「でも……どうやって?」

「どうやって育てたかって?」キラの反応をいかにも喜びながら、アランはほほえんだ。「セッポに手伝ってもらったんだ。あいつは種の記録を保管してたから。プリントして、この三週間というものなんとか枯《か》らさないようがんばった」

「すごく綺麗《きれい》」キラは感情を隠《かく》そうともせず声にした。

アランはキラを抱《だ》き寄せた。「よかった」彼女《かのじょ》の髪《かみ》に埋《う》もれて声がくぐもっている。「きみのために何か特別なことをしておきたかったんだ、いまのうちに……」

いまのうちに、いまのうちに。その言葉はキラの心を焦《こ》がした。「ありがとう」キラは花を眺《なが》めるあいだだけアランから身を離《はな》した。スパイシーで甘《あま》ったるい花の香りをかいだとたんに、子ども時代の懐《なつ》かしさが一気に押《お》し寄せてくる。「ありがとう」アランのもとに戻《もど》ると、もう一度くり返した。「ありがとう、ありがとう、ありがとう」キラはアランに唇《くちびる》を押《お》し当て、長いキスを交わした。

「さあ、どうぞ」息継《いきつ》ぎのために唇《くちびる》を離《はな》すと、アランはジャガイモを植えた台の下から蓄熱《ちくねつ》ブランケットを引っ張り出して、〈真夜中の星座〉のアーチの内側に広げた。

ふたりはブランケットの上に寄り添《そ》って横たわり、パンチをちびちび飲んだ。水耕栽培《さいばい》室の透明《とうめい》な耐圧《たいあつ》ドームから外が見えて、不気味なまでに広がるゼウスがいまも頭上にかかっている。キラは初めてアドラステイアに到着《とうちゃく》したとき、このガス惑星《わくせい》を見て不安でいっぱいになった。きっとゼウスは空から落下してみんなを押《お》しつぶしてしまうだろう、本能という本能がそう叫《さけ》んでいた。あれほど巨大《きょだい》なものが支えもなしに宙に浮《う》いたままでいるなんて、ありえない気がした。それでも、こんな光景にもそのうち慣れて、いまではガス惑星《わくせい》の壮大《そうだい》さに敬服していた。オーバーレイを使わなくてもゼウスは目視できた。

いまのうちに……キラは身震《みぶる》いした。出発前に。ふたりが離《はな》れ離《ばな》れになる前に。もう休《きゅう》暇《か》は使い切っていて、61シグニに戻《もど》っても会社からはほんの数日しか休みをもらえないだろう。

「なあ、どうした？」アランは気遣《きづか》うような優しい声で言った。

「わかってるでしょ」

「……ああ」

「いつまでたっても別れるのはつらいまま。慣れていくかと思ったのに」キラは鼻をすすり、首を振《ふ》った。ふたりが同じ船に乗るのはアドラステイアが四度目で、一緒《いっしょ》に配属された期間としてはこれまでで最長だった。「次にいつ会えるかわからないし……愛してるわ、アラン、数か月おきにお別れを言わなきゃならないのが本当につらいの」

アランは真剣《しんけん》な顔でキラを見つめた。ゼウスからの光を浴びて薄茶色《うすちゃいろ》の目が輝《かがや》いている。

「だったら、もう終わりにしよう」

心臓が飛び出しそうになり、一瞬《いっしゅん》、時間が止まったみたいだった。この数か月間、まさに恐《おそ》れていた返事だ。声が出せるようになると、キラは言った。「どういうこと?」

「だから、こんなふうに飛び回るのはもうやめよう。ぼくも耐《た》えられない」アランの言葉は率直で真剣《しんけん》そのもので、キラは希望が芽生えるのを抑《おさ》えられなかった。アランは本気で……?

「じゃあ、どう――」

「〈シャクティ - ユマ - サティ〉号に乗れるよう申し込《こ》もう」

キラは目をぱちくりさせた。「入植者として?」

アランは熱っぽくうなずいた。「入植者として。社員なら入植はほぼ保証されたようなものだし、アドラステイアにはできるだけ多くの宇宙生物学者と地質学者が必要になるはずだ」

キラは声をあげて笑ったが、アランの表情に気づいた。「真剣《しんけん》なの?」

「圧力破損と同じぐらい真剣《しんけん》だよ」

「酔《よ》った勢いで言ってるだけなんでしょ」

アランはキラの頬《ほほ》に手を当てた。「違《ちが》うよ、キラ。そんなんじゃない。ぼくたちふたりにとって大きな変化になるだろうけど、きみが星から星へと飛び回ることにうんざりしてるのもわかってるし、きみに会えるまでまた半年も待たされるのはいやだ。いやでたまらないいいいんだ」

キラの目に涙《なみだ》が浮《う》かんだ。「わたしもいや」

アランは頭を傾《かたむ》けた。「だったら、もう終わりにしよう」

キラは半ば笑いながらゼウスを見上げ、自分の気持ちを整理しようとした。アランが提案していることは、まさにキラが望み、夢見ていたことだ。ただ、こんなに早く現実になるとは思ってもみなかった。でもアランを愛しているし、それでふたりが一緒《いっしょ》にいられるのなら、そうしたい。アランがほしかった。

アドラステイアとガス惑星《わくせい》のあいだに位置する低い軌道《きどう》を巡《めぐ》り、流星のようにきらめく閃光《せんこう》となって〈フィダンザ〉号が頭上を通り過ぎていく。

キラは涙《なみだ》を拭《ふ》いた。「あなたが言うほど入植できる可能性が高いとは思わないけど。入植地に求められるのは婚姻《こんいん》関係にあるカップルだけだから。わかってるでしょう」

「ああ、わかってる」アランは言った。

目の前にアランがひざまずくのを見て、現実とは思えずキラは床《ゆか》に手を突《つ》っ張った。アランは前ポケットから木製の小さな箱を取り出し、開いてみせた。箱のなかには灰色の金属でできた指輪が収まっていて、青みがかった紫色《むらさきいろ》の宝石が鮮《あざ》やかに輝《かがや》いている。

　アランが唾《つば》を飲み、喉仏《のどぼとけ》が上下に動いた。「キラ・ナヴァレス……いつだったかきみはぼくに、星のあいだに何が見えるかと訊《き》いたことがあったね。疑問が見える、とぼくは答えた。いまでは、星のあいだにきみが見える。ぼくたちが見える」アランは息を吸った。「キラ、ぼくと人生を共にしてもらえませんか？　ぼくの妻となり、ぼくをきみの夫にしてくれないか？」

「はい」キラは暖かさに包まれ、不安はすべて消え失せた。アランの首の後ろに両手を回し、初めは優しく、次第に情熱的にキスをした。「はい、アラン・J・バーンズ。はい、あなたと結婚《けっこん》します。はい。何千回でも〝はい〟と答えるわ」

　キラはアランに手を取られ、指輪をはめてもらうのを見つめていた。リングはひんやりして重かったけれど、心地よい重みだった。

「この指輪は鉄でできてるんだ」アランは穏《おだ》やかな口調で言った。「鉱石をジェナンに渡《わた》して製錬《せいれん》してもらった。アドラステイアの核《かく》を表すものだから鉄にした。宝石はテッセライト*11だ。見つけるのは簡単じゃなかったけど、きみの大好きな石だと知ってたから」

　キラは思わずうなずいた。テッセライトはアドラステイアにしかない宝石だ。ベニトアイトに似ているが、ずっと紫《むらさき》が強い。キラにとってこの星で大のお気に入りの石だ。が、きわめて希少な石でもある。これほど大きくて質の高い石を見つけるには、長い時間と手間がかかったはずだ。

キラはアランの額にかかったひとふさの銅色の髪《かみ》を撫《な》でつけ、澄《す》んだ美しい目を見つめながら、自分はなんて幸運なんだろうと思った。この広い銀河のなかから、お互《たが》いを見つけ出せたなんて。

「愛してる」キラはささやいた。

「ぼくも愛してる」アランも言った。

キラは興奮のあまり笑い出し、涙《なみだ》を拭《ふ》いた。指輪が眉《まゆ》をかすめる。指輪の存在に慣れるまで、しばらく時間がかかりそうだ。「びっくりよ。本当に本気なのね?」

「ああ」アランは頼《たの》もしい自信にあふれている。「本気だ」

「わかったわ」

するとアランはキラを引き寄せた。身体が熱くなっている。キラも同じ欲望で求めに応え、ふたりでひとつになろうとするように肌《はだ》と身体を押《お》しつけた。

鉢植《はちう》えの花のアーチに囲まれながら、空高く巨大《きょだい》に輝《かがや》くオレンジ色のガス惑星《わくせい》にもかまわずに、ふたりは互《たが》いのリズムを合わせ、貪《むさぼ》るように激しく体を重ねた。

Reliquary

第2章 聖遺物《せいいぶつ》

1

南半球の大陸レグバの西岸沖にある島、#302-01-0010に向かって、軌道《きどう》をはずれたシャトルが下降していく。キラは椅子《いす》のひじ掛《か》けをぎゅっとつかんだ。この島は52度線に位置し、いくつかの花崗岩《かこうがん》の暗礁《あんしょう》に守られた広大な入り江《え》にある。故障したドローンが最後に確認された場所だ。

コックピットの前面を炎《ほのお》が包み、アドラステイアの薄《うす》い空気のなかをシャトルは時速約七千五百キロメートルで飛んでいく。炎《ほのお》はキラの顔からほんの数センチのところにあるのに、熱さは少しも感じない。

周りでは船体がガタガタと軋《きし》みを立てている。キラは目を閉じたが、炎《ほのお》は変わらぬ明るさで目の前を飛びくねっていた。

「たまらないわね！」隣《となり》でネガーが叫《さけ》び、キラには彼女《かのじょ》が悪魔《あくま》みたいにニヤニヤしているのがわかった。

キラは歯を食いしばった。シャトルは外の白熱した猛火《もうか》を防ぐマグシールド[*12]で覆《おお》われていて、百パーセント安全だ。この星で過ごした四か月間、何百回と飛行してきたが、ただの一度も事故は起きていない。シャトルを操縦している疑似知能[*13]のガイガーは無傷に近い記録を誇《ほこ》っている。唯一《ゆいいつ》、正常に機能しなかったのは、とある小惑星《しょうわくせい》の腕利《うでき》きの司令官がコピーを最大限に活用しようとした結果、乗務員を死なせてしまったときだけだ。けれど、いくら安全性の記録があっても、キラはやっぱり再突入《さいとつにゅう》が苦手だった。音と振動《しんどう》のせいでシャトルがいまにもばらばらになりそうな気がして、大丈夫《だいじょうぶ》だと信じることがどうしてもできない。

おまけに、こんな光景を見ていても二日酔《ふつかよ》いは少しも改善しない。アランを残して部屋を出ていく前に薬をのんでおいたが、まだ頭痛は治まっていなかった。これに関しては自分が悪い。浅はかだった。わかっていたはずなのに、ゆうべは感情に溺《おぼ》れて判断力をなくしていた。

キラはシャトルのカメラから送られてくる映像をオフにして、呼吸に集中した。

わたしたち、結婚《けっこん》するのよ！　まだ実感がない。今朝はずっと、まぬけな笑みを顔に貼《は》りつけて過ごしていた。きっとばかみたいに見えたはずだ。胸骨に手をやり、スキンスーツの下にあるアランの指輪に触《ふ》れた。まだみんなには話していなかったので、当面は指輪を鎖《くさり》に通して下げておくことにしたのだが、今夜にも打ち明けるつもりでいる。大して意外な発表ではないかもしれないけど、みんなの反応を見るのが楽しみだった。〈フィダンザ〉号に乗り込《こ》んだら、ラヴェンナ船長に結婚《けっこん》を公式に認めてもらう。そうすればアランはキラのものになる。キラはアランのものに。ふたりは共に未来を築きはじめることができるのだ。

結婚《けっこん》。転職。ひとつの惑星《わくせい》に定住すること。新しい家族。新たな入植地の建設の手伝い。アランが言っていたように大きな変化ではあるけれど、心の準備はできている。迷いはない。ずっと前からそういう暮らしを望んでいたのだから。歳月《さいげつ》が過ぎるにつれて、実現しそうにもないと諦《あきら》めかけていただけで。

ゆうべは愛を確かめ合ったあと、眠《ねむ》らずに何時間もおしゃべりをつづけた。アドラステイアのどのあたりに住みたいかということや、地球化《テラフォーミング》していくスケジュールや、この星の内外でできるあらゆる活動について話し合った。アランは自分がどんなドームハウスを建てたいと思っているか詳細《しょうさい》に説明した。「――足がつかえずに身体を伸《の》ばせる大きな風呂《ふろ》は絶対にはずせない。いままで使ってきた狭苦《せまくる》しいシャワーなんかとは違《ちが》って、ゆっくり入浴できるように」キラはアランの情熱に感動しながら耳を傾《かたむ》けていた。今度はキラが、ウェイランドにあるのと同じような温室が欲しいと話した。とにかく何をするにしても、ふたりで一緒《いっしょ》にするほうがいいはずだ、と意見が一致《いっち》した。

キラがひとつだけ後悔《こうかい》しているのは、飲みすぎてしまったことだ。アランにプロポーズされたあとのことが、何もかもぼんやりしている。

オーバーレイを徹底的《てってい》に調べて、昨夜の記録を引っ張り出した。ふたたびアランが目の前にひざまずくのが見え、「ぼくも愛してる」と言うのが聞こえた。少しあと、アランはキラを抱《だ》きしめた。キラが子どものころ、インプラントを埋《う》め込《こ》むことになったとき、両親は五感すべてを――触覚《しょっかく》、味覚、嗅覚《きゅうかく》も――記録できるシステムは無駄《むだ》な浪費《ろうひ》だと考えてお金を出さなかった。そんなに堅実《けんじつ》じゃなければよかったのに、とキラは初めて思った。あの夜に感じたことをまた感じたかった。死ぬまでずっと感じていたかった。

ヴィーボルグ・ステーションに戻《もど》ったらボーナスで必要なアップグレードをインストールしよう、と決心した。昨日みたいな尊い思い出を失いたくはなく、これからは決してなくさないつもりだ。

ウェイランドに住む家族は……キラのほほ笑みに陰《かげ》りがさした。娘《むすめ》が故郷からそんなに離《はな》れたところで暮らすことを喜びはしないだろうけど、きっとわかってくれるはずだ。なんといっても、両親も同じようなことをしたのだから。キラが生まれる前に、ケンタウルス座α星を回る軌道《きどう》にあるスチュワートの世界*14から移住したのだ。惑星《わくせい》間に分散することがいかにして人類の壮大《そうだい》な目標になったか、父はよく話していた。両親はまず、宇宙生物学者になるというキラの決断を支持してくれた。今度の決断だって、支持してくれるに決まっている。

キラはオーバーレイに意識を戻《もど》し、ウェイランドから送られてきた最新の映像を開いた。一か月前に届いてから二回は見ていたのに、急にまた家族と故郷の様子をどうしても見たくなったのだ。

もうわかっていたが、父親のワークステーションの前に座っている両親の姿が現れた。早朝で、西向きの窓を通して斜《なな》めに光が射し込《こ》んでいる。遠くには山脈がぎざぎざのシルエットになって地平線を覆《おお》い、雲のかたまりに隠《かく》れそうになっていた。

「キラ！」父は変わりない様子に見えた。母は新しい髪形《かみがた》になっていて、控《ひか》えめにほほえんでみせた。「調査を無事に終えられそうだね、おめでとう。アドラステイアでの残り少ない日々を楽しんでるかな？　前に話してくれた湖沼《こしょう》地帯で何か面白い発見はあったかい？」

「こっちは寒いのよ」母が言った。「今朝は地面に霜《しも》が降りてたわ」

父は顔をしかめた。「幸い地熱の効果はあるが」

「いまのところはね」母がつけ加える。

「いまのところは。それ以外には、大して変わったこともないな。先日ヘンゼン一家が夕食にやって来てね、こんなことを言ってたよ――」

そのとき、書斎《しょさい》のドアがばたんと開き、イサーが画面に飛び込《こ》んできた。いつものナイトシャツを着て、片手にカップを持っている。「お姉ちゃん、おはよう！」

入植地での活動や日々の出来事について家族があれこれしゃべっているのを、キラは笑顔で見つめていた。農作業をするアグボットの問題、見ているテレビ番組、ウェイランドの生態系に放出された最新の植物に関する詳細《しょうさい》など。

家族はキラの航海の安全を祈《いの》り、映像が終わった。キラの目の前に最後の画面が停止している。父は手を振《ふ》りかけたまま動かず、母は「――愛してるわ」と言い終えたところで、顔がおかしな角度になっていた。

「愛してる」キラはつぶやき、ため息をついた。最後に家族のもとを訪ねたのはいつだった？　二年前？　三年前？　少なくともそれぐらい前だ。あまりにも長すぎる。距離《きょり》と移動時間のせいで、そうそうは帰れなくなっていた。

故郷が懐《なつ》かしかった。だからといって、ウェイランドにじっととどまっていても満足できたわけじゃない。平凡《へいぼん》でありふれた世界から抜《ぬ》け出すために努力する必要があった。そしてキラは実現した。七年間、宇宙の果てまで旅してきた。でももう孤独《こどく》はいやで、次から次へと宇宙船に押《お》し込《こ》まれるのにもうんざりだった。新しい挑戦《ちょうせん》をする準備はできている。ありふれたこととなじみないこと、安全と変化のバランスの取れた挑戦《ちょうせん》を。

アドラスティアではアランと一緒《いっしょ》にそういうバランスを見つけられるかもしれない、とキラは思った。

2

再突入《さいとつにゅう》の半ばを過ぎると乱気流は治まりはじめ、プラズマシートと共に電磁干渉《かんしょう》も消えた。基地との通信回線が復旧し、キラの視界の上のほうに黄色いテキスト文書がずらりと表示される。

キラはメッセージをスクロールしていき、調査チームのみんなと情報交換《こうかん》をした。医師のファイゼルが鬱陶《うっとう》しいのはいつものことで、あとは特に変わったこともなさそうだ。

新しいウインドウがパッと開いた。

ベイビー、フライトはどう？　――アラン

アランに気遣《きづか》われたことで、キラは不意に心がほどけるのを感じた。また笑みを浮《う》かべ、ほとんど声を出さずに返信する。

こっちは順調。そっちは？　――キラ

残りの荷物をまとめてるだけだ。スリリングな作業ってやつ。きみの部屋も片付けておこうか？　――アラン

キラはにっこりした。

ありがと、でも戻《もど》ったら自分でやるから。　――キラ
そうか……あのさ、今朝はちゃんと話す時間がなかったから、確認しておきたいんだ。
ゆうべのことだけど、気は変わってない？　――アラン
あなたと結婚《けっこん》してアドラステイアに移住する気はあるかってこと？　――キラ

アランの返事を待たず、キラはつづけた。

はい。答えはいまもイエスよ。——キラ

よかった。——アラン

あなたは？　そっ、ち、こ、そ、本当にいいの？——キラ

ちょっと息を詰《つ》まらせながらメッセージを送った。

アランは即答《そくとう》した。

もちろん。きみが大丈夫《だいじょうぶ》か確かめておきたかっただけなんだ。——アラン

キラは肩《かた》の力を抜《ぬ》いた。

絶好調よ。気遣《きづか》ってくれてありがとう。——キラ

いつもきみを思ってるよ、ベイビー。いや……フィアンセと呼ぶべきかな？——アラン

キラは浮《う》かれた声をあげた。思ったよりもむせるような声が出てしまった。

「大丈夫《だいじょうぶ》？」操縦しているネガーに尋《たず》ねられ、キラは彼女《かのじょ》の視線を感じた。

「ばっちりよ」

アランと話をつづけていると、やがて逆推進ロケットが噴射《ふんしゃ》され、キラはハッとしてシャトル内に意識を引き戻《もど》された。

おしゃべりはここまで。そろそろ着陸よ。またあとで連絡《れんらく》するね。――キラ
うん。楽しんで。:)――アラン
オッケーーー。――キラ

と、耳元でガイガーの声がした。「着陸十秒前……九……八……七……」

ガイガーの声は静かで感情がこもっておらず、どことなく洗練された航海士のアクセントがあった。キラは心のなかで彼《かれ》をハインラインと呼んでいた。もしも人間だったら、ハインラインという名前がぴったりの話し方なのだ。つまり、彼《かれ》が生身の人間であれば。肉体を備えていれば。

着陸に際して少しのあいだシャトルが急降下すると、キラの胃はひっくり返りそうになり、心臓がばくばくした。シャトルはいくらか左に傾《かたむ》いて土に沈《しず》み込《こ》んだ。

「あまりのんびりしないでよ、わかった?」ネガーがシートベルトを外しながら言った。美しく整った目鼻だちから、ジャンプスーツの折り目、頭全体を覆《おお》っている何本もの細い編み込《こ》みの束まで、ネガーに関する何もかもがコンパクトできっちりしている。襟《えり》には常にゴールドのピンを留めてあった。この仕事で失った同僚《どうりょう》たちの追悼《ついとう》の記章だ。「ユーゴが出発前の特別なごちそうにシナモンロールを焼くって言ってたから。急がないと、戻《もど》ったころにはぜんぶ食べられちゃってるわよ」

キラもシートベルトを外した。「すぐに済ませるわ」

「そうしなさい、ハニー。あのシナモンロールのためなら、あたしは人殺しだってするヽ」

ヘルメットをかぶると、再処理された空気のむっとするにおいが鼻をついた。アドラステイアの大気は吸い込《こ》めるだけの濃度《のうど》はあるが、呼吸しようとしたら死んでしまうだろう。充分《じゅうぶん》な酸素がないのだ。いまはまだ。酸素を増やすには数十年かかるはずだ。酸素が不足しているということは、アドラステイアにはオゾン層もないということだ。外に出てみようとするなら、紫外線《しがいせん》や放射線に対する完全防備が必要になる。さもなければ、人生で最悪の日焼けをするのがオチだ。

とにかく気温だけは許容範囲《はんい》ね、とキラは思った。スキンスーツのヒーターをオンにしなくてもしのげそうだ。

キラは狭《せま》い気密式出入口《エアロック》によじ登ると、内部ハッチを引いて閉じた。ハッチは金属音をとどろかせて閉まった。

「空気交換《こうかん》の初期化：待機してください」キラの耳にガイガーの声がした。

インジケーターの表示がグリーンに変わる。キラは外部ハッチの中央についたホイールを回し、扉《とびら》を押《お》した。密閉されていた扉《とびら》は粘着《ねんちゃく》物が引き剝《は》がされるような音と共に開き、アドラステイアの空の赤らんだ光がエアロックに降り注いだ。

ここは岩石と赤さび色の土が積み重なったパッとしない島で、近くの沿岸は見えても島の反対側までは見渡《みわた》せないぐらいの広さだ。島のはずれの先には、打ち伸《の》ばした鉛《なまり》板みたいな灰色の水が広がっていて、雲のない空から射す赤い光に波がしらが照らされている。カドミウム、水銀、銅を大量に含《ふく》む汚染《おせん》された海だ。

キラはエアロックから飛び降り、扉《とびら》を閉めた。落下したドローンから送られてきた遠隔《えんかく》測定データを確認し、眉根《まゆね》を寄せる。予想に反して、ドローンが有機物を検知したのは水辺ではなく、数百メートル南に広がっている丘《おか》の頂上だったようだ。

そう、いいわ。キラは慎重《しんちょう》に足を踏《ふ》み出しながら亀裂《きれつ》の入った地面を進んでいった。歩いているあいだに、目の前にパッ、パッとテキストが表示され、周辺のさまざまな個所の化学組成、局部温度、密度、推定年数、放射能の情報を通知した。キラのベルトについたスキャナーがそれらの記録をオーバーレイに送り、それと同時にシャトルにも伝達していく。

キラは丁寧《ていねい》にテキストの内容を確認していったが、目新しいことはひとつもなかった。何度かは土のサンプルを採取してみたものの、やはり面白い結果は少しも得られなかった。無機物や、有機物とかつて有機物だったものの化合物の痕跡、それに少量の嫌気性細菌《けんきせいさいきん》。

丘《おか》の頂上に着くと、平らに広がる岩を見つけた。この惑星《わくせい》が最後に氷結したときにできたのか、深い溝《みぞ》が入っている。岩のほとんどの部分がオレンジ色の苔《こけ》みたいなバクテリアで覆《おお》われている。キラはひと目でその種《しゅ》がわかった——〈B・ルーミシー〉[*15]だ——が、念のため削《けず》り取ってみた。

生物学上、アドラステイアには大して興味をそそられるものはなかった。キラが発見したなかで最も注目すべきものは、北極の氷の下から見つけたメタンを消費するバクテリアの一種だった。細胞壁《さいぼうへき》に特異な脂質《ししつ》構造を備えたバクテリア。でも、それだけだ。もちろんアドラステイアの生物群系《バイオーム》の概観《がいかん》については論文を書き上げてあり、運がよければマイナーな雑誌に発表できるかもしれないが、そうなったところで喜ぶほどのことではなかった。

　とはいえ、惑星《わくせい》を地球化するとなれば、高度に発達した生命体が存在しないことはプラスに働く。この星はまっさらな粘土《ねんど》のかたまりとして、会社と移住者がどうとでも自由につくり替《か》えることができるわけだ。アイドーロン*16――死をもたらす美しいアイドーロン――とは違《ちが》って、原産の植物相《フローラ》や動物相《ファウナ》と絶えず格闘《かくとう》せずにすむ。

　実験チップの分析《ぶんせき》が終わるのを待ちながら、キラは丘《おか》の頂きに歩いていき、粗《あら》く削《けず》られた岩とメタリックな海を見渡《みわた》した。

　遺伝子組み換《か》えした藻《も》やプランクトン以上のものをこの海に蓄《たくわ》えられるまで、どれほどの時間がかかるかを想像し、キラは顔をしかめた。

　ここがわたしたちの住む場所になるのよ。そう考えると気が引き締《し》まった。だけど憂鬱《ゆううつ》にはならなかった。ウェイランドだってそれほど住みやすい星ではなく、子ども時代にあの星がどれほど大きな進歩を遂《と》げていったかを覚えている。不毛の地が肥えた土壌《どじょう》に変わり、一帯に緑が豊かに生い茂《しげ》り、限られた時間なら補助酸素がなくても外を歩き回ることができるようにまでなったのだ。キラは楽観していた。アドラステイアは銀河系にある99パーセントの星よりも住むのに適している。天文学的な基準からすれば、完璧《かんぺき》と言っていいほど地球に類似している。シン-ザーのような高重力の星よりも似ているし、浮遊《ふゆう》する雲の都市*17がある金星よりも近いほどだ。

アドラスティアにどんな困難を突《つ》きつけられようと、アランと一緒《いっしょ》にいられるのなら、喜んで立ち向かうつもりだった。

わたしたち、結婚《けっこん》するんだから！　キラはにっこりして両腕《りょううで》を頭上に突《つ》き上げ、指を広げてまっすぐ空を見上げた。胸がはちきれそうだった。こんなにも澄《す》み切った気分は初めてだ。

そのとき、ビーッとかん高い音が耳のなかに響《ひび》いた。

3

実験チップの分析《ぶんせき》が終わったのだ。キラは読み出された情報を確認した。思ったとおり、バクテリアはB・ルーミシーだった。

キラはため息をついてデバイスをオフにした。メンドーサは間違《まちが》っていない——自分たちには発生物を調査する責任がある——が、やっぱり時間を無駄《むだ》にしただけだ。

まあいいわ。アランの待つ基地に戻《もど》ろう、そして〈フィダンザ〉号へ飛び立てばいい。

キラは丘《おか》を下りはじめたが、なんだか気になって、ドローンが墜落《ついらく》した方角を見やった。

シャトルの降下中にネガーがその所在を確認しタグ付けしてあった。

あそこだ。海岸から一キロ半のところ、島の中央付近の土の上に黄色い箱がくっきり見えて、その横には……

「えっ?」

ぎざぎざした柱型の岩が編成を組み、地面から大きく傾《かたむ》いて斜《なな》めに突《つ》き出ている。キラがアドラステイアで訪れてきたどの場所でも――数多くの場所を訪れてきたが――こんなものは見たことがなかった。

「ペトラ:視覚対象物の選択《せんたく》。分析《ぶんせき》を」

システムが反応した。岩の編成を囲んだ外形が点滅《てんめつ》し、その横に成分を表す長いリストがスクロールしていく。キラは眉《まゆ》を上げた。アランのような地質学者じゃなくても、これほどたくさんの成分が一か所に集まっているのがどんなに珍《めずら》しいかはわかる。

「温度検知」低い声で命じる。バイザーが暗くなり、キラを取り巻く景色は青と黒で描《えが》かれた印象派の絵画のように変わり、太陽の熱を吸収した地面はぼやけた赤になった。予想どおり、岩の編成は周囲の温度と完璧《かんぺき》に一致《いっち》している。

ねえ、これ見て。――キラ

キラはアランに情報を転送した。

一分と経たず返信があった。

嘘《うそ》だろ！　装備の故障じゃないのか？　――アラン
それはないはず。これ、なんだと思う？　――キラ
さあ。溶岩《ようがん》の噴出《ふんしゅつ》かもしれないけど……スキャンしてみてくれないかな？　サンプルも採取できないか？　土でも石でも、手に入りそうなものならなんでもいい。――アラン
どうしてもって言うなら。ちょっとしたハイキングになりそうだけど。――キラ
あとでたっぷりお礼するよ。――アラン
うーん。それは楽しみだわ、ベイビー。――キラ
まいったな。――アラン

キラはニヤリとし、赤外線の画面を切って丘《おか》を下りはじめた。

「ネガー、聞こえる？」

雑音のあとで声がした。「どうかした？」

「悪いけど、あと三十分ぐらいかかりそうなの」

「ちょっと！　シナモンロールがなくなっちゃう――」

「だよね。でも、アランのために調べなきゃならないことがあって」

「なんなの？」

「もっと内陸に何かの岩があるの」

「そんなものの、ためにユーゴのシナモンロールを諦《あきら》めるっていうの？」

「ごめん、でもわかるでしょ。こんなもの見たことがないのよ」

一瞬《いっしゅん》の沈黙《ちんもく》があった。「わかった。だけど、さっさとやってよ、いいわね？」

「了解《りょうかい》、さっさとやります」キラはクスクス笑って歩調を速めた。

でこぼこした地面でもゆっくり走れるところは走り、十分後には傾《かたむ》いて突《つ》き出ている岩のところにたどり着いた。思っていたより大きい。

最頂部は優に七メートルの高さがあり、基部の幅《はば》は二十メートルを超《こ》えている。シャトルの全長をもしのぐほどだ。黒い切子面の刻まれた壊《こわ》れた柱の集合体は玄武岩《げんぶがん》を思わせるが、石炭やグラファイトに似て表面に油を塗《ぬ》ったような艶《つや》がある。

その岩の様子にはどこかぞっとするところがあった。あまりに黒く、くっきりと鋭《するど》すぎて、周りの風景とはかけ離《はな》れている――花崗岩《かこうがん》の荒《あ》れ地の真ん中にぽつんとそびえ立つ尖《せん》塔《とう》の残骸《ざんがい》。それに、これは想像の産物に過ぎないとわかってはいるが、出現した岩の周りには不快な空気が漂《ただよ》っているようだった。気になる程度の低い振動《しんどう》みたいに。もしもキラが猫《ねこ》だったら、毛を逆立たせていたに違《ちが》いない。

キラは顔をしかめ、両腕《りょううで》をこすった。

どう見ても、このあたりで火山の噴火《ふんか》があったとは思えない。じゃあ、隕石《いんせき》の墜落《ついらく》？　それも筋が通らない。吹《ふ》き飛んだ壁《かべ》もクレーターもないのだから。

スキャンしながら基部の周りを歩いていく。裏手近くでドローンの残骸《ざんがい》を発見した。壊《こわ》れて溶《と》けた部品の長いかけらが地面に叩《たた》きつけられている。

ひどい落雷《らくらい》に遭《あ》ったみたい、とキラは思った。こんなふうに飛び散るなんて、ドローンはかなりの速度で落下したはずだ。

どうにも不安がぬぐい去れず、キラはスーツのなかで身体をもぞもぞさせた。あの岩の編成がなんであれ、謎《なぞ》の解明はアランに任せよう。この星から離《はな》れるフライト中の暇《ひま》つぶしになりそうだ。

キラは土のサンプルを採取し、あたりを探して剝《は》げ落ちた黒い岩石の小さなかけらを見つけた。太陽にかざしてみる。水晶《すいしょう》のような独特の構造だ。織ったカーボンファイバーを連想させる魚のうろこみたいな模様。衝突《しょうとつ》した水晶《すいしょう》？　なんだとしても、珍《めずら》しいものだ。

サンプル袋《ぶくろ》に石をしまい、最後にもう一度、岩の編成を見渡《みわた》してみる。

地面から数メートルの高さで銀白色にチカッと光るものがあった。

キラは動きを止め、目を凝《こ》らす。

柱の一本に裂《さ》け目が開いていて、内側のぎざぎざした白い層が露出《ろしゅつ》している。キラはオーバーレイを確かめた。層は裂《さ》け目の奥深《おくふか》くにあるため、はっきり情報を読み取ることができない。スキャナーが確実に読み取れたのは、放射性がないということだけだ。

通信回線の雑音がして、ネガーが呼びかけてきた。「キラ、どんな具合?」

「そろそろ終わる」

「了解《りょうかい》。急いでよね」

「はい、はい」キラはひとりごちた。

裂《さ》け目を見やり、よじ登って調べるだけの価値はあるだろうかと考えた。アランに訊《き》いてみようかと連絡《れんらく》しかけたものの、悩《なや》ませるのはやめようと思った。あの層の正体を突《つ》き止めておかなかったら、彼《かれ》はこの疑問に苦しめられることになるはずだ。うまくしてふたりでアドラステイアに戻《もど》ってきて、アランが自分で調べられるときが来るまで。

彼《かれ》にそんな思いをさせるわけにはいかない。ドローンから送られてきた不鮮明《ふせんめい》な映像を調べるのに夢中になって、遅《おそ》くまで起きているアランの姿を何度となく見てきたのだ。

それに、あの裂《さ》け目までたどり着くのは大して難しくもなさそうだ。まずあそこからスタートして、あっちに移って、そうすればたぶん……キラは笑みを浮《う》かべた。面白そうな挑戦《ちょうせん》だ。このスキンスーツにはヤモリパッド[*18]が搭載《とうさい》されていないけど、この程度の簡単なクライミングなら別に問題ないはずだ。

キラの頭よりほんの一メートルほど高いところに先端《せんたん》がある、斜《なな》めになった一本の柱に近づいていく。柱の下ですうっと息を吸い、膝《ひざ》を曲げてから飛び上がった。

柱をつかむと、ざらざらした石のへりが指に食い込《こ》んだ。柱のてっぺんを越《こ》えるよう片足を振《ふ》り上げて、うなり声をあげながら身体を引っ張り上げる。

手足を地面につき、でこぼこした岩につかまりながら鼓動《こどう》が落ち着くのを待った。少しして、注意しながら柱の上に立ち上がる。

そこからはさほど苦労しなかった。傾《かたむ》いた別の柱に飛び移り、古びて崩《くず》れかけた巨大《きょだい》な階段を上っていくように、さらにいくつかの柱をよじ登っていく。

最後の一メートルはちょっと厄介《やっかい》だった。二本の柱に手をついて身体を支えながら勢いよく揺《ゆ》らし、足場から足場へと飛び移る。幸い、目指している裂《さ》け目の下には広い岩棚《いわだな》があり、キラが立って動き回れるだけの広さがあった。

両手を振《ふ》って指先まで血を巡《めぐ》らせ、何が見つかるだろうかと興味をそそられながら裂《さ》け目に近づいていく。

すぐそばまで行ってみると、輝《かがや》く白い層は金属的で延性がありそうに見えた。まるで純銀の鉱脈みたいだ。だけど、銀のはずはない。曇《くも》っていないのだから。

キラはオーバーレイで層を捕捉《ほそく》した。

テルビウム？

ほとんどなじみのない名称《めいしょう》だった。確かプラチナ群の元素のひとつだ。わざわざ調べはしなかったけれど、そんな金属がこれほど純粋《じゅんすい》な形で現れるなんて奇妙《きみょう》なことだ。

キラは身を乗り出し、角度を変えてもっとしっかりスキャンしようとしながら裂《さ》け目の奥深《おくふか》くを覗《のぞ》き込み……

バン！　銃声《じゅうせい》みたいに大きな音がした。キラは驚《おどろ》いてびくっとし、足をすべらせると、石がぐらついて岩棚《いわだな》が丸ごと崩《くず》れていくのを感じた。

落ちていく――

地面に叩《たた》きつけられて倒《たお》れている自分の姿が脳裏をよぎった。

悲鳴をあげて手足をばたつかせ、目の前の柱をつかもうとしたが、つかみ損ねて――

闇《やみ》にのみ込《こ》まれた。岩に頭をぶつけ、雷鳴《らいめい》が耳に響《ひび》き、視界に稲妻《いなずま》が走る。四方八方からしたたかに殴《なぐ》りつけられ、手足を痛みが貫《つらぬ》いた。

そんな苦しみが何分もつづいているように思えた。

と、ふいに無重力になった感じがして――

――一瞬《いっしゅん》ののち、ごつごつした硬《かた》い塚《つか》に叩《たた》きつけられた。

4

キラは倒《たお》れたまま呆然《ぼうぜん》としている。

衝撃《しょうげき》で息ができなくなっていた。息を吸い込《こ》もうとしても、筋肉が言うことをきかない。一瞬《いっしゅん》、窒息《ちっそく》するのかと思ったけれど、横隔膜《おうかくまく》が緩《ゆる》み、一気に空気が送り込《こ》まれてきた。

キラは必死に酸素を求めてあえいだ。

何度か呼吸をくり返したあとで、息切れを抑《おさ》えようとした。過換気《かかんき》になっても意味がない。余計に呼吸がしづらくなるだけだ。

目の前に見えるのは岩と影《かげ》だけだった。

オーバーレイを確認してみる。スキンスーツは無傷で、破れたところはなかった。脈拍《みゃくはく》と血圧の上昇《じょうしょう》、酸素濃度《のうど》は高めの正常値、コルチゾール値は（予想どおり）非常に高い。

骨折はしていないようでホッとしたものの、ハンマーで打ち砕《くだ》かれたみたいに右ひじがずきずきし、何日かは痣《あざ》と痛みが残りそうだ。

手足の指をくねくねさせて、ちゃんと動くことを確かめた。

舌を使って二回分の液体ノロドン*19を選択《せんたく》する。補給チューブから痛み止めを吸い、甘《あま》ったるさも気にせずぐっと飲み下した。ノロドンの効果が完全に表れるまで数分かかるはずだけど、もう激痛が治まって鈍痛《どんつう》になっていくのが感じられた。

キラは瓦礫《がれき》の山の上に横たわっていた。石の角やへりが背中に食い込《こ》んでチクチクする。顔をゆがめながら身体を横に転がし、瓦礫《がれき》の山から降りて手足をつく。

地面は驚《おどろ》くほど平らだった。平らで分厚い埃《ほこり》に覆《おお》われている。

痛みはあったが、キラはまっすぐ立ち上がった。立つときに頭がくらくらした。腿《もも》に手をつき、めまいが治まるまで待ってから、振《ふ》り返ってあたりの様子を眺《なが》める。

光源となっているのは、キラが落ちた穴を通して射し込《こ》むまばらな光だけだ。その光によって、ここが円形の洞穴《ほらあな》だとわかった。直径十メートルはありそうな――

違《ちが》う、洞穴《ほらあな》じゃない。

あまりにも場違《ばち》いで、自分の目にしているものがなんなのかすぐには理解できなかった。

地面は平ら。壁《かべ》はなめらか。天井はドームみたいにカーブしている。そんな空間の中央にあるのは……石筍《せきじゅん》？　突起《とっき》が伸《の》びていくにつれて太くなった、腰《こし》までの高さの石筍《せきじゅん》だ。

キラは頭をぐるぐるさせながら、この空間がどうやってできたのか想像しようとした。渦《うず》だろうか？　大気の渦《うず》に巻かれた？　でも、だとしたらそこらじゅううねになっているはずだ。溝《みぞ》ができて……。溶岩《ようがん》ドームという可能性は？　だけど、この岩は火山性のものじゃない。

と、そこで気づいた。まさかと思うような話なので、その可能性を考えないようにしていたのだ。一目瞭然《いちもくりょうぜん》だったのに。

ここは洞穴《ほらあな》じゃない。部屋だ。

「神よ《トゥール》」*20キラはつぶやいた。信心深いわけではないが、いまこの瞬間《しゅんかん》は、祈《いの》りの言葉だけがふさわしい反応に思われた。

異星人。知性的な異星人。恐怖《きょうふ》と興奮が全身を駆《か》け巡《めぐ》る。肌《はだ》が火照《ほて》り、全身の毛穴から汗《あせ》が噴《ふ》き出し、胸が早鐘《はやがね》を打ちはじめた。

これまで異星人の遺物はほかにひとつしか発見されていない。タロスⅦの〈グレート・ビーコン〉*21だ。当時キラは四歳《さい》だったが、このニュースが発表されたときのことはいまでも覚えている。ハイストーンの通りはしんと静まり返り、誰《だれ》もが各々のオーバーレイを見つめながら、この銀河で進化を遂《と》げてきた意識を持つ種族は人間だけではなかったのだという新事実を理解しようと努めていた。宇宙生物学者のクライトン博士はビーコンの縁《ふち》へ最初に遠征《えんせい》したメンバーの一員で、博士の話がきっかけでキラは宇宙生物学者を目指すようになり、大きな影響《えいきょう》を受けた。時々、空想に耽《ふけ》りながら、自分も同じぐらい重大な発見をすることを夢見たものだが、実現する可能性は限りなくゼロに近そうだった。

キラはあえてもう一度息を吸い込《こ》んだ。頭をはっきりさせておかないと。

ビーコンの作り手がどうなったのかは誰《だれ》にもわからない。とうの昔に死んだか消滅《しょうめつ》していて、彼《かれ》らの本質、起源、意図を説明するものは何ひとつ見つからなかった。これも彼《かれ》らがつくったものなのだろうか？

真実がなんであれ、この部屋は歴史に残る重大な発見だ。ここに落ちてきたことは、たぶんキラの人生で何よりも重要な行いだろう。この発見は人々の住む全宇宙を駆《か》け巡《めぐ》るニュースになるはずだ。インタビューや出演依頼《いらい》も来るかもしれない。誰もが、このことを話題にするのだ。そうよ、論文も発表できそうだし……これまでの経歴なんて取るに足らないものになる。

両親はとても誇《ほこ》らしく思ってくれるだろう。特に父は。知性を備えた異星人の存在をさらに裏付けることは、父を何よりも喜ばせるはずだ。

優先順位。まずはこの状況《じょうきょう》を無事に切り抜《ぬ》けないと。ことによると、この部屋は自動式の食肉処理場かもしれないのだから。キラは疑心暗鬼《ぎしんあんき》になり、読み出した情報を再確認した。やっぱりスキンスーツはどこも破れていない。よかった。異星人の有機体によって汚《お》染《せん》される心配はないわけだ。

キラは無線通信をオンにした。「ネガー、聞こえる？」

静寂《せいじゃく》。

もう一度呼びかけてみたが、シャトルに接続できなかった。きっと上に石があり過ぎるせいだ。心配はしていなかった。キラのスキンスーツからの通信が途《と》絶《だ》えたらすぐに、何か異変が起きたのだとガイガーがネガーに警告するだろう。じきに助けが来るはずだ。

助けは必要だった。ヤモリパッドなしでは、自力で上までよじ登って脱出《だっしゅつ》するのは無理だ。壁《かべ》は四メートル以上の高さがあり、つかむところはない。穴を通して遠くに淡《あわ》い色の空がぽつんと見えた。どれだけの距離《きょり》を落下したのか正確な数字はわからないけれど、どうやら地下深くまで落ちてきたらしい。

ともあれ一直線に落ちたわけではなかった。でなければ死んでいただろう。

キラは立っている場所から動かずに室内の観察をつづけた。この部屋には入口や出口らしきものがない。キラが最初は石筍《せきじゅん》だと思い込《こ》んでいた台座は、てっぺんがボウルみたいに浅くくぼんでいた。そのくぼみのなかに埃《ほこり》がたまっていて、石の色がわからなくなっている。

暗闇《くらやみ》に目が慣れてくると、壁《かべ》や天井に青黒い長い線が刻まれているのが見えた。線は斜《なな》めにぎざぎざしていて、原始的な回路基板みたいな図案を形づくっていたが、ずいぶん間《かん》隔《かく》が離《はな》れている。

芸術？　言語？　テクノロジー？　時にこれらを区別するのは難しい。ここはお墓だろうか？　もちろん、異星人は遺体を埋葬《まいそう》しないかもしれない。そんなの知る由《よし》もない。

「温度検知」キラはつぶやいた。

ビジョンが切り替《か》わり、室内の色が濁《にご》った感じに映し出され、日差しを吸収して温まった地面の一部が明るくなっている。レーザーや人工的な熱の痕跡《こんせき》は一切ない。

「温度検知終了《しゅうりょう》」

この部屋に受動型センサーが点在している可能性はあるが、だとしたら、キラの存在には特に反応していなかった。とはいえ、見られていると思って行動したほうがいいだろう。

キラはあることをふと思いつき、ベルトに付いたスキャナーのスイッチを切った。ひょっとしたらスキャナーの信号が異星人にとっては脅威《きょうい》になるかもしれない。

スキャナーから送られてきた最後の情報をスクロールしていく。ラドンガスの蓄積《ちくせき》によってバックグラウンド放射線の値は通常より高くなっているが、壁《かべ》や天井、床《ゆか》に含《ふく》まれる鉱物と元素の混合割合は地表で記録したのと同じだ。

キラはまた空を見上げた。ネガーはもうすぐこの岩の編成までやって来るだろう。シャトルに乗ってほんの数分で——それはキラにとっては、生涯《しょうがい》で最も重大な発見物を調査できる数分間ということになる。この穴から引っ張り出されてしまったら、もうなかには入れてもらえないはずなのだから。異星人の情報に関するいかなる証拠《しょうこ》も星間連盟*22の関係当局に報告することが、法によって定められているのだ。当局はこの島を（それに、おそらくこの惑星《わくせい》のかなりの範囲《はんい》を）隔絶《かくぜつ》し、直属の専門班に現場を調査させるだろう。

だからといって、キラは規則を破るつもりはなかった。歩き回ってもっと近くでいろいろ見てみたいのはやまやまだったけど、これ以上この部屋を荒《あ》らしてはいけないという道徳上の義務があることも承知していた。現状を保つことは個人的な野心よりも大切なのだ。

だからキラは耐《た》えがたいほどのもどかしさを感じながらも、その場から動かずにいた。

あの壁《かべ》にちょっとでも触ることができたらいいのに……

例の台座を振《ふ》り返ると、キラの腰《こし》の高さと同じぐらいだと気づいた。この異星人は人間と同じぐらいの身体の大きさだったということだろうか？

キラはそわそわと姿勢を変えた。ノロドンを飲んだのに、脚《あし》の打撲《だぼく》がずきずきしている。全身に寒気が走り、スーツのヒーターをオンにした。この部屋のなかはそれほど寒いわけでもないのに、落下によるアドレナリンの噴出《ふんしゅつ》が治まったことで、いまでは両手両足が凍《こご》えるように冷たくなっている。

部屋の向こうにキラの手のひらほどの線の結び目がひとつあり、注意をひかれた。カーブした壁《かべ》のほかのどれとも違《ちが》って、その線は——

ビシッ！

音のしたほうに目を向けると、天井の開口部からこっちに向かってメロンぐらいの大きさの岩がちょうど落ちてくるところだった。

キラは短い悲鳴をあげ、ぎこちなく前に踏《ふ》み出そうとした。足がもつれ、思い切り胸から倒《たお》れ込《こ》む。

岩は後ろの地面に勢いよくぶつかり、もうもうと埃《ほこり》を舞《ま》い上げた。

一瞬《いっしゅん》、息ができなくなった。鼓動《こどう》がふたたび早鐘《はやがね》を打っている。いまにも警報が鳴り響《ひび》き、キラを始末するために何か恐《おそ》ろしい効果を発揮する仕掛けが発動するのだと覚悟《かくご》した。

けれど、何も起きなかった。警報は鳴り響《ひび》かなかった。ライトは光らなかった。地面に落とし戸は開かなかった。レーザーで全身を蜂《はち》の巣にされることもなかった。

キラは痛みにもかまわず立ち上がった。ブーツの下に埃《ほこり》の柔《やわ》らかい感触《かんしょく》がある。埃《ほこり》が音を吸収していて、聞こえるのは自分の荒《あら》い息遣《いきづか》いだけだ。

あの台座がすぐ目の前にある。

しまった。もっと気をつけておくべきだったのに。不可抗力《ふかこうりょく》とはいえ倒《たお》れるなんて、学生時代の教授陣《きょうじゅじん》には大目玉を食らうところだ。

台座に注意を戻《もど》す。台座の上のくぼみは水盤《すいばん》を思わせた。たまった埃《ほこり》の下にはさらに線が入り、くぼみの内側にあるカーブを横切って刻みつけられている。それに……よく見ると、花粉のような粉塵《ふんじん》の下で仄《ほの》かな青白い光がぼうっと拡散している。

好奇心《こうきしん》がわきあがった。生物発光だろうか？　それとも人工光源によるもの？

部屋の外からシャトルのエンジン音が響《ひび》き、だんだん大きくなってきている。もうあまり時間がない。せいぜい一、二分しか。

キラは唇《くちびる》を舐《な》めた。あの水盤《すいばん》をもっとよく見ることができればいいのに。自分のやろうとしていることは間違《まちが》いだと知りながらも、どうしても止められなかった。この驚《おどろ》くべき遺物について、少しでも理解しておきたい。

埃《ほこり》に触《ふ》れようとするほど愚《おろ》かではなかった。そんなのは新人のやりがちな失敗で、食われたり感染したり酸で溶《と》けたりしかねない。キラは手を触《ふ》れる代わりに圧縮空気の入った小さな缶《かん》をベルトから取り、それを使って水盤《すいばん》の縁《ふち》から埃《ほこり》を吹《ふ》き払《はら》った。

埃《ほこり》が渦《うず》を巻いて舞《ま》い上がり、下に隠《かく》れていた線があらわになった。その線はまるで放電しているような不気味な色合いに光っている。

キラはまた身震《みぶる》いしたが、寒さのせいではない。禁じられた場所に立ち入ってしまった気がしたのだ。

もう充分《じゅうぶん》。分別をわきまえず罰当《ばちあ》たりなことをしてしまった。戦略的撤退《てったい》をするときだ。

キラは台座に背を向けて離《はな》れようとした。

と、右足が地面に釘付《くぎづ》けになり、脚《あし》に衝撃《しょうげき》が走った。驚《おどろ》いて鋭《するど》い悲鳴をあげ、片膝《かたひざ》をつく。そうしたことで、固定されたままの足首のアキレス腱《けん》がねじれて断裂《だんれつ》し、キラは大きなうなり声を発した。

涙《なみだ》をこらえながら足を見下ろす。

埃《ほこり》だ。

大量の黒い埃《ほこり》が足を覆《おお》っている。逆巻き動く埃《ほこり》が。あの水盤《すいばん》からこぼれ出て、台座からキラの足の上へと流れ落ちている。見ているうちにも、埃《ほこり》は筋肉のラインをたどって脚《あし》を這《は》い上がりはじめている。

キラは悲鳴をあげて足を引き剝《は》がそうとしたが、埃《ほこり》が電磁錠《でんじじょう》みたいにがっちりその場に固定している。急いでベルトをはずして二重に折り、形を持たないかたまりをぴしゃりと打つのに使った。打っても打っても、埃《ほこり》はちっとも払《はら》い落とせない。

「ネガー！」キラは叫《さけ》んだ。「助けて！」

ほかの音が何も聞こえなくなるぐらい心臓の鼓動《こどう》が激しくなり、キラはベルトを伸《の》ばして両手で握《にぎ》ると、腿《もも》から埃《ほこり》をこすり落とそうとした。ベルトの縁《ふち》が埃《ほこり》に浅いくぼみを残したが、それだけでちっとも効果がない。

群がる粉塵《ふんじん》はすでにキラの脚《あし》の付け根まで到達《とうたつ》していた。まるで絶えず形を変えるきついベルトみたいに、脚《あし》の周りを圧迫《あっぱく》しているのが感じられる。

気は進まなかったけれど、ほかに選択《せんたく》の余地はない。キラは右手で埃《ほこり》をつかんで引き剝《は》がそうとした。

まとわりつく粉塵《ふんじん》は泡《あわ》のようで、あっけなく指が沈《しず》んだ。つかめるところはどこにもなく、手を引くと埃《ほこり》がくっついてきて、ねばっこい巻きひげが指に絡《から》みついていく。

「あっ！」キラは地面に手をこすりつけたが、無駄《むだ》だった。

手首をくすぐる感触《かんしょく》があり、全身を恐怖《きょうふ》に貫《つらぬ》かれた。手袋《てぶくろ》の継《つ》ぎ目から埃《ほこり》が入り込《こ》んできている。

「自動制御緊急解除《せいぎょきんきゅう》！　すべての継《つ》ぎ目を密閉」うまく言葉を発することができなかった。口が乾《かわ》き、舌がいつもの二倍に膨《ふく》れているみたいだ。

スキンスーツはすぐさま反応し、襟《えり》も含《ふく》め継《つ》ぎ目という継《つ》ぎ目を締《し》め、一分の隙《すき》もなくキラの肌《はだ》にぴったり張りついた。それだけやっても埃《ほこり》を食い止めることはできなかった。

チクチクする冷たい感触《かんしょく》が腕《うで》からひじへ、さらにその先まで上がっていく。

「メーデー！　メーデー！」キラは叫《さけ》んだ。「メーデー！　ネガー！　ガイガー！　メーデー！　誰《だれ》か聞こえる⁉　助けて！」

スーツの外側では埃《ほこり》がバイザーを包み、キラの視界を暗く閉ざしていく。スーツの内側では巻きひげが肩《かた》を乗り越《こ》え、首や胸まで這《は》い進んでいる。

キラは言い知れない恐怖《きょうふ》に襲《おそ》われた。恐怖《きょうふ》と憎悪《ぞうお》。全力で勢いよく足を引く。足首で何かがポキッといったが、足は地面に固定されたままだ。

キラは悲鳴をあげてバイザーを搔《か》きむしり、埃《ほこり》を払《はら》い落とそうとした。

埃《ほこり》は頰《ほほ》をじわじわと進み、顔の前へと向かってきている。キラはふたたび悲鳴をあげたが、そのあと口を固く閉じて喉《のど》をふさぎ、息を止めた。

心臓が破裂《はれつ》しそうになっている。

ネガー！

何千匹《びき》もの小さな虫の足みたいに埃《ほこり》が目の上に這《は》い進んでくる。一瞬《いっしゅん》ののちには、口を覆《おお》っている。鼻孔《びこう》からもぞもぞと入り込《こ》んできた乾《かわ》いた感触《かんしょく》は、予想どおりぞっとするものだった。

……ばかだった……やめておけばよかった……アラン！

キラの目の前にアランの顔が浮《う》かび、恐怖《きょうふ》と共に許しがたい理不尽《りふじん》さを感じた。こんなふうに終わるはずじゃなかったのに！　やがて息苦しさに耐《た》えかねて、口をあけて悲鳴をあげると、埃《ほこり》が勢いよく入り込《こ》んできた。

そしてすべてが真っ白になった。

Extenuating Circumstances

第3章 〈酌量《しゃくりょう》すべき事情〉号

1

初めに、意識があることを意識した。

次に、柔《やわ》らかく心地よい重みを意識した。

さらにあとになって、音を意識した。くり返されるかん高い小さな音、遠い轟《とどろ》き、空気が循環《じゅんかん》する音。

最後の最後に、暗闇《くらやみ》の奥底《おくそこ》から浮上《ふじょう》してくる自分自身を意識した。その過程には時間がかかった。一面の沈泥《ちんでい》みたいに分厚い靄《もや》が立ち込《こ》めていて、彼女《かのじょ》の思考を抑《おさ》えつけ、圧迫《あっぱく》して深みへと沈《しず》めていく。けれど自意識が浮上《ふじょう》しようとする自然な力が打ち勝ち、やがて彼女《かのじょ》は目を覚ました。

2

キラは目をあけた。

基地にある医務室の診察台《しんさつだい》に横たわっている。見上げた天井には二本の蛍光灯《けいこうとう》が直接取りつけられていて、青白い強烈《きょうれつ》な光を放っている。空気は冷たく乾燥《かんそう》していて、なじみある溶剤《ようざい》のにおいが漂《ただよ》っている。

わたしは生きている。

それがそんなに驚《おどろ》くようなこと？　どうして医務室なんかにいるの？〈フィダンザ〉号に乗って出発するはずじゃなかった？

唾《つば》を飲むと液体冬眠《とうみん》薬のいやな味がして、吐《は》き気を催《もよお》した。

胃がひっくり返りそうになりながら、それがなんの味か気づいた。クライオ？　わたしはコールドスリープしてたの？　なぜ？　どれだけのあいだ？

いったい何があったっていうの⁉

パニックで動悸《どうき》がし、身体にかけられていた毛布をつかみながら、がばっと起き上がる。

「うあああっ！」キラは両脇《わき》で紐《ひも》を結ぶ薄地《うすじ》の医療《いりょう》用ガウンを着ていた。

クライオによるめまいのせいで、壁《かべ》がぐるぐる回って見える。前のめりに倒《たお》れ込《こ》み、診《しん》察台《さつだい》から白い床《ゆか》に落下して、体内の毒を出そうと嘔吐《おうと》した。よだれと胆汁《たんじゅう》しか出てこない。

「キラ!」

誰《だれ》かの手で身体をひっくり返され、見上げるとアランがいて、彼《かれ》にそっと抱《だ》きかかえられている。「キラ」心配そうに顔をゆがめながら、アランはもう一度呼びかけてきた。「シーッ。もう大丈夫《だいじょうぶ》。ぼくがついてる。何も心配はいらないよ」

キラと同じぐらいアランも具合が悪そうに見えた。頰《ほほ》がこけ、目の周りに今朝はなかったはずのくまができている。今朝? 「どれだけ経ったの?」キラはしわがれ声で訊《き》いた。

アランは躊躇《ちゅうちょ》していた。「約四週間だ」

「嘘《うそ》」キラはぞっとした。「四週間?」信じられず、オーバーレイを確認する。二二五七年八月十六日、月曜日、一四〇二GST。*23

キラはあぜんとして日付をさらに二度確かめた。アランの言うとおりだ。アドラステイアを出発するはずだった記憶《きおく》にある最後の日は、七月二十一日だったのだから。四週間!途方《とほう》に暮れ、答えを期待してアランの顔をじっと見つめる。「どうしてなの?」

アランはキラの髪《かみ》を撫《な》でた。「何を覚えてる?」

キラは懸命《けんめい》に答えようとした。「わたしが?」落ちたドローンを調べるようメンドーサに命じられて、それから……それから……転落、痛み、光る線、そして暗闇《くらやみ》、すべてを包む暗闇《くらやみ》。

「ああああ！」心臓をばくばくさせながら、首元をつかんで掻《か》きむしる。何かに喉《のど》をふさがれて息ができなくなっている気がした。

「落ち着いて」アランが肩《かた》に手を置いたまま言った。「大丈夫《だいじょうぶ》。もう危険はない。深呼吸するんだ」

苦痛がしばらくつづいたあとで喉《のど》が緩《ゆる》み、キラは必死に酸素を求めて息を吸い込《こ》んだ。身震《みぶる》いしながらアランにぎゅっとしがみつく。これまでパニック発作なんて起こしたことはないのに。星間免状《IPD》*24の最終試験のときだって。でも、窒息《ちっそく》させられる感じがあまりにもリアルで……

アランはキラの髪《かみ》に口をうずめてくぐもった声で言った。「ぼくのせいだ。あの岩を調べてくれなんて頼《たの》むべきじゃなかった。本当にごめん」

「やめて、謝らないで」キラはアランの顔が見えるところまで身を離《はな》した。「誰《だれ》かがやらなきゃいけなかったんだから。それに、異星人の廃墟《はいきょ》を見つけたのよ。ものすごいことじゃない？」

「確かにすごいよ」アランは無理にほほえんで認めた。

「でしょ？　それで、どう――」

医務室の外で足音がして、ファイゼルが入ってきた。ファイゼルはスリムで肌《はだ》は黒く、決して伸《の》びてこないみたいに短く刈《か》り上げた髪型《かみがた》を常に維持《いじ》している。今日は袖《そで》まくりした白衣を着ていて、検査でもしていたみたいだ。

キラを見ると、背中をのけぞらせてドアの外に向かって叫《さけ》んだ。「彼女《かのじょ》が起きたぞ！」それから壁《かべ》に沿って並べられた三つの患者用《かんじゃ》ベッドをゆっくり通り過ぎ、小さなカウンターから実験チップをひとつ取ると、キラの横にしゃがんで手首をつかんだ。

「口をあけて。アーと言って」

「アー」

ファイゼルは矢継《やつ》ぎ早《ばや》にキラの口と耳のなかを覗《のぞ》き、脈拍《みゃくはく》と血圧を測り、顎《あご》の下を触《さわ》って訊《き》いた。「こうすると痛い？」

「痛くない」

ファイゼルは大きくうなずいた。「大丈夫《だいじょうぶ》だろう。水をたっぷり飲むように。クライオのあとは脱水《だっすい》を起こしやすいからな」

「冷凍《れいとう》されたことなら前にもあるけど」アランの手を借りてまた診察台《しんさつだい》に横になりながら、キラは言った。

ファイゼルは口をゆがめた。「私は自分の仕事をしているまでだよ、ナヴァレス」

「はい、はい」キラは腕《うで》を掻《か》いた。認めるのは癪《しゃく》だったけど、ファイゼルは正しい。確かに脱水《だっすい》を起こしていて、皮膚《ひふ》が乾《かわ》いてかゆかった。

「さあ」アランが水の入った袋《ふくろ》を渡《わた》してくれた。

キラがひと口飲んだとき、マリー＝エリーズとジェナン、セッポが医務室に駆《か》け込《こ》んできた。

「キラ！」

「お目覚めか！」

「お帰り、ねぼすけ！」

その後ろから、真面目な顔をしたイワノワが腕組《うでぐ》みしながら現れた。「やっと起きたわね、ナヴァレス！」

さらにユーゴ、ネガー、メンドーサも加わって、調査チーム全員が医務室にどやどやと詰《つ》めかけ、あまりの密集ぶりにみんなの身体から発せられる熱や息遣《いきづか》いが伝わってきた。生命による歓迎《かんげい》の繭《まゆ》だ。

それなのに、仲間たちがこんなに近くにいても、キラはなんだか落ち着かなかった。傾《かたむ》いた鏡みたいに、宇宙がちぐはぐになってしまったようだ。数週間を失ったせいでもあるだろう。ファイゼルが投与《とうよ》した薬の影響《えいきょう》もあるかもしれない。意識の奥底《おくそこ》へ沈《しず》んでいけば、そこに何かが潜《ひそ》み、自分を待ち構えているのがいまでも感じられるせいでもある……鼻と口に押《お》し込《こ》まれている湿《しめ》った粘土《ねんど》みたいに、喉《のど》をふさいで窒息《ちっそく》させようとする恐《おそ》ろしい存在が――

キラは左腕《ひだりうで》に右手の爪《つめ》を食い込《こ》ませ、鼻孔《びこう》を膨《ふく》らませて鋭《するど》く息を吸い込《こ》んだ。アラン以外は誰《だれ》も気づいていないようだ。アランは心配そうにこっちをちらりと見て、腰《こし》を抱《だ》く手に力を込《こ》めた。

キラはさまざまな思いを追い払《はら》うように首を振《ふ》り、みんなを見回して言った。「これまでのこと、誰《だれ》か話してくれる?」

メンドーサが低い声で答えた。「先にそっちの報告を聞かせてくれ。そのあと事情を説明しよう」

チームのみんなが挨拶《あいさつ》のためだけに来たわけじゃなかったことに、キラはすぐには気づかなかった。どことなく不安そうな様子で、よく見ると彼《かれ》らの顔にもアランと同じく緊張《きんちょう》の色が見て取れる。この四週間をどう過ごしてきたにしても、楽なことではなかったらしい。

「えっと、これって記録される?」キラは質問した。

　メンドーサは少しも表情を変えず、考えが読めなかった。「記録されるし、記録を確認するのは会社だけじゃない」

　勘弁《かんべん》してよ。唾《つば》を飲むと、舌の奥《おく》にまだ液体冬眠《とうみん》薬の味が残っていた。「一、二時間後にしてもらえない？　まだ頭がぼんやりしてて」

「それはできない」メンドーサは躊躇《ちゅうちょ》したのちに、つけ加えた。「俺《おれ》たちに話すほうが、まだいいだろう……」

「ほかの誰《だれ》かに話すよりも」イワノワが言った。

「そういうことだ」

　キラはますます困惑《こんわく》した。不安も募《つの》った。アランに視線を向けると、彼《かれ》はうなずき、励《はげ》ますようにぎゅっと手を握《にぎ》った。いいわ。こうすることが正しいとアランが思っているのなら、信じるしかない。

　キラはひとつ深呼吸をした。「最後に覚えてるのは、ドローンが墜落《ついらく》する前に検知した有機物を調べに行ったこと。ネガー・エスファハニがシャトルを操縦してた。わたしたちは島に着陸して――」

　キラはあとにつづく出来事を手短に説明し、奇妙《きみょう》な岩の編成からその奥底《おくそこ》にある部屋に転落したところで話を締《し》めくくった。あの部屋の様子を必死に描写《びょうしゃ》したが、いまとなっては記憶《きおく》が曖昧《あいまい》で役に立たなかった（あの台座の線は本当に光っていたのか、それともあの遺物は空想の産物だったのだろうか？）。

「見たのはそれだけか？」メンドーサが訊《き》いた。

キラは腕《うで》をぽりぽり掻《か》いた。「思い出せるのはそれだけ。確か立ち上がろうとして、それから……」そこで首を振《ふ》った。「そのあとのことは何も」

遠征隊《えんせいたい》のボスは難しい顔でつなぎのポケットに両手を突《つ》っ込《こ》んだ。

アランはキラの額にキスをした。「そんな目に遭《あ》ったなんて、かわいそうに」

「何かに触《さわ》ったか？」メンドーサは問いかけた。

キラは記憶《きおく》をたどった。「倒《たお》れたところだけよ」

「本当に？　ネガーが救出に行ったとき、部屋の中央にある柱とその周辺に積もった埃《ほこり》に跡《あと》が残っていたらしいが」

「言ったでしょ、立ち上がろうとしたところまでしか思い出せないって」キラは首をかしげた。「わたしのスーツの記録を確かめてみればいいじゃない」

意外にもメンドーサは顔をしかめた。「転落したときの衝撃《しょうげき》でスーツのセンサーがやられたんだ。遠隔《えんかく》測定データは使えない。きみのインプラントも大して役には立たなかった。あの部屋に入った四十三秒後に記録が止まっていたからな。ファイゼルが言うには、頭部に外傷を負った場合は珍《めずら》しいことじゃないとか」

「インプラントも壊《こわ》れたの？」キラは急に心配になった。オーバーレイは異常がなさそうだったのに。

「きみのインプラントはまったく問題なく作動してる」ファイゼルが答え、唇《くちびる》をゆがめた。「きみよりはよっぽど正常だ」

それを聞いてキラは身をこわばらせたが、どれほどおびえているかファイゼルに悟《さと》られないようにした。「わたしの怪我《けが》はどれぐらいひどかったの？」

アランが答えようとするのをファイゼルは無視して言った。「肋骨《ろっこつ》二本に細いひびが入り、右ひじの軟骨《なんこつ》が割れ、腱《けん》も痛めていた。足首の骨折、アキレス腱《けん》の断裂《だんれつ》、多数の打撲《だぼく》と裂傷《れっしょう》、それから脳腫脹《のうしゅちょう》に伴《ともな》う中等度から重度の脳震盪《のうしんとう》」ファイゼルは説明しながら怪我《けが》をひとつひとつ指さしてチェックしていく。「ほとんどの怪我《けが》は治療《ちりょう》した。あとは数週間で治るだろう。それまで多少の痛みがあるかもしれない」

それを聞いて、キラは笑いそうになった。もう笑うしかないときもある。

「本当に心配したんだよ」アランが言った。

「わたしたちみんながね」マリー＝エリーズも言った。

「うん」キラはアランを強く抱《だ》きしめた。この数週間、アランはどんな思いで恋人《こいびと》が目覚めるのを待っていたのだろうか。「じゃあ、ネガーがあの穴からわたしを引っ張り出してくれたわけね？」

ネガーはキラの前で手を振《ふ》ってみせた。「ん。まあね。簡単にはいかなかったけど」

「でも救い出してくれた」

「そうね、ハニー」

「いつか機会があったら、お礼にシナモンロールを箱買いするわ」

メンドーサがファイゼルの検査用スツールを引き寄せて腰《こし》かけた。腕《うで》をまっすぐ伸《の》ばして両手を膝《ひざ》につく。「ネガーがまだ話していないのは――あのことだ。ほら、キラに話してやれ」

ネガーは両腕《りょううで》をさすった。「ああ、もう。あのね、あんたが気を失ってたもんだから、ガイガーがウインチで巻き上げるとき、ぶつかって頭がぱっくり割れたりしないように、あたしと一緒《いっしょ》にくくりつけなきゃならなかったわけ。ところがあんたが落ちた穴はあまり広くなくて、だから――」

「ネガーのスキンスーツが破れたんだ」ジェナンが話した。

ネガーはジェナンのほうに手を伸《の》ばした。「そういうこと。真空――」そこでネガーは咳《せ》き込《こ》み、少しのあいだ身を折って短い空咳《からせき》をくり返した。気管支炎《きかんしえん》を患《わずら》っているみたいに、肺から湿《しめ》った音がしている。「ゲホッ。真空パックに穴があいた。おかげでハーネスで吊《つ》るされながら片手で裂《さ》け目をふさいでおくはめになったの」

「つまり」メンドーサが口を開いた。「ネガーもきみと同様に隔離《かくり》しなければならなかった。本に書かれている検査も、書かれていない検査も、あらゆる検査を行った。結果はすべて陰性《いんせい》だったが、きみはいつまで経っても反応を示さず――」

「怖《こわ》くてたまらなかったよ」アランが言った。

「――こっちは何を扱《あつか》っているのかわからなかったから、状況《じょうきょう》をしっかり把握《はあく》するまで、ふたりともクライオに入らせておくのがいいだろうと判断した」

キラは顔を曇《くも》らせた。「そんな目に遭《あ》わせてごめん」

「気にしないで」とネガーは言った。

ファイゼルが胸をドンと叩《たた》いて言う。「私のことは気の毒だと思わないのか？　忘れてもらっちゃ困る。クライオは楽なもんだ。ナヴァレス、私はきみの治療《ちりょう》をしたあと一か月近くも隔離《かくり》されるはめになった。一か月だぞ」

「助けてくれて感謝してる。ありがとう」キラは本心からそう言った。一か月も隔離《かくり》されれば誰《だれ》だって神経が参ってしまう。

「ふん。きみは余計なことに首を突《つ》っ込《こ》むべきじゃなかったんだ。だいたい――」

「そのへんにしておけ」メンドーサが穏《おだ》やかな口調で言うと、ファイゼルは口こそ閉じたものの、キラに向かって人差し指と中指をパチッと鳴らしてみせた。キラはそれが侮辱《ぶじょく》的なしぐさだと知っていた。とんでもなく侮辱《ぶじょく》的なしぐさだ。

キラは元気を取り戻《もど》そうと水をもうひと口飲んだ。「それで、わたしたちを解凍《かいとう》するまで、どうしてこんなに長く待つことになったの？」そこでネガーに視線を戻《もど》した。「それとも、あなたはもっと早く起こされた？」

ネガーはまた咳《せ》き込《こ》んだ。「二日前にね」

見回すと、みんなの顔が険しくなり、ピリピリした落ち着かない空気が漂《ただよ》いはじめていることに気づいた。「どうしたの？」

メンドーサが答える前に、発射するロケットのうなりが――調査チームのどのシャトルよりも大きな音だ――外から聞こえてきて、小さな地震《じしん》でもあったみたいに建物の壁《かべ》が揺《ゆ》れた。

キラはびくっとしたけれど、ほかのみんなは誰《だれ》も驚《おどろ》いていないようだ。「あれは何？」

オーバーレイで外のカメラからの映像を確認する。見えるのは、この建物から少し離《はな》れたところにある離着陸《りちゃくりく》場でもくもくと膨《ふく》らんでいる煙《けむり》だけだ。

轟音《ごうおん》はたちまち小さくなっていき、飛び立ったロケットは超《ちょう》高層大気に消えた。

メンドーサが人差し指を天井に向けた。「あれが問題だ。ネガーがきみを連れ戻《もど》したあと、俺《おれ》はラヴェンナ船長に事情を話し、彼女《かのじょ》は61シグニのお偉《えら》いさんたちに非常信号を送った。その後、〈フィダンザ〉号は電波を出さなくなった」

キラはうなずいた。もっともな話だ。法ではっきり定められている。異星の知的生命体を発見した際には、これらのエイリアンが人間の居住する宇宙空間について来ることのないよう、必要なあらゆる処置を講じなければならない。とはいえ、先進のテクノロジーを有する種族がその気になれば、連盟星を探すのにさほど苦労するわけもないだろうけれど。

「ラヴェンナは怒《いか》りくるって反物質《アンチマター》を吐《は》きまくってた。〈フィダンザ〉号の乗組員《クルー》はここには二、三日しか滞在《たいざい》しない予定だったからな」メンドーサは話し、片手を振《ふ》った。「とにかく、会社はメッセージを受け取ると、防衛部[25]に通報した。二日後、UMC[26]が巡洋艦《じゅんようかん》[27]〈酌量《しゃくりょう》すべき事情〉号を61シグニから派遣《はけん》した。連中は四日ほど前にこの惑星《わくせい》系に到着《とうちゃく》し、そして――」

「それ以来、とんでもない頭痛の種になってる」イワノワがつづけた。

「文字通りに」セッポが言った。

「くそったれ」ネガーがぼやいた。

UMC。キラはウェイランドの内外どちらでも星間連盟直属の軍についてはいやというほど見てきたので、彼《かれ》らが地元の人々の意見などおかまいなしに対処することを知っていた。キラが思うに、この軍が割と最近できたということが原因のひとつだ。星間連盟と、それに付随《ふずい》する連合軍事司令部は、グレート・ビーコンが発見された結果として創立された。グレート・ビーコンを暗に示しながら、人類には団結が求められている、と政治家たちは主張した。組織としてうまく回りはじめるまでの苦労は予想できた。が、UMCが地元民を冷淡《れいたん》に無視しがちなもうひとつの理由は、地球と太陽系《ソル》の惑星《わくせい》に対する帝国《ていこく》主義的な姿勢の表れだ、とキラは信じていた。地球のためにベストなことであれば、あるいは彼《かれ》らに言わせれば〝大義のため〟なら、植民星の人々の権利を無視することぐらいなんでもなかった。だけど、それは誰《だれ》のためになる?

メンドーサがまたうなるように言った。「〈酌量《しゃくりょう》すべき事情〉号の艦長《かんちょう》は猫《ねこ》のような眼をしたヘンリクセンという名のくそ野郎《やろう》だ。とことんいやなやつでな。やつにとって最大の関心事は、ここにいるネガーがあの廃墟《はいきょ》で何かに汚染《おせん》されたんじゃないかってことだった。そんなわけでヘンリクセンはお抱《かか》えの医者と宇宙生物学者のチームをここに派遣《はけん》して——」

「無菌室《むきんしつ》を設置して、ここ二日間、俺《おれ》たちが吐《は》くまであちこちつつきまわしたってわけさ」ジェナンが言った。

「文字通りに」セッポが言った。

マリー＝エリーズもうなずいた。「本当に不愉快《ふゆかい》だったんだから。キラ、あんたはコールドスリープしたままでラッキーだったのよ」

「そうみたいね」キラはゆっくり言葉を発した。

ファイゼルが鼻を鳴らした。「連中は私たちの皮膚《ひふ》の隅々《すみずみ》まで放射線を当てた、それも何度も。レントゲン検査。MRIにCATスキャン、ひと通りの血液検査、DNA配列の分析《ぶんせき》、尿検査《にょうけんさ》と検便、生体組織検査。肝臓《かんぞう》試料を採取されたときの小さな痕《あと》がきみの腹にも残ってるのが見えるかもしれない。やつらは私たちの体内にある細菌《さいきん》の目録までつくったんだ」

「結果は？」キラは顔から顔へと視線を移していく。

「異常なし」メンドーサが答えた。「健康に問題はないという診断《しんだん》だった。ネガーも、きみも、俺《おれ》たちみんな」

キラは眉間《みけん》にしわを寄せた。「待って、わたしも検査されたの？」

「間違《まちが》いないわ」イワノワが言った。

「なんだ？　自分は特別だから検査されないとでも思ってるのか？」ファイゼルの言い方にキラはいらいらした。

「そうじゃないけど、ただ……」意識がないうちにこうした処置を受けていたと知り、奇《き》妙《みょう》な感じが——冒瀆《ぼうとく》されたとさえ感じた。生物学的封《ふう》じ込《こ》めの正しい対応をつづけるのに必要なことであっても。

メンドーサはキラが不快に思っていることに気づいたようだ。濃《こ》い眉《まゆ》の下からこちらに目を向けて言った。「俺《おれ》たちが監禁《かんきん》されずにすんでいるのは、どこにも異常がなかったからに過ぎないことを、ヘンリクセン艦長《かんちょう》ははっきり表明している。やつらが何よりも心配してたのはネガーのことだが、確信が持てるまで、俺《おれ》たちの誰《だれ》ひとりとしてアドラステイアから出発させるつもりはないだろう」

「彼《かれ》らを責めることはできないわ。わたしが彼《かれ》らの立場でも、同じことをしているはずよ。こういう状況《じょうきょう》なら念には念を入れないと」

メンドーサはむっとした。「そのことで責めてるんじゃない。問題は別にある。やつらは厳格な緘口令《かんこうれい》を敷《し》いたんだ。俺《おれ》たちは発見したものについて会社にさえ話すことができない。話したら重罪になり、二十年以下の懲役刑《ちょうえきけい》だ」

「緘口令《かんこうれい》の期限は？」

メンドーサは肩《かた》を上下させた。「無期限だよ」

キラの発表の予定はこれで消えた。とにかく近々《ちかぢか》は無理だ。「アドラステイアから戻《もど》るのがずいぶん遅《おそ》くなる理由は、どう説明すれば？」

「〈フィダンザ〉号の故障によるやむを得ない遅延《ちえん》。詳細《しょうさい》が書かれたメッセージを受信してるはずだ。その内容を暗記しておけ」

「イエッサー」キラはまた腕《うで》を掻《か》いた。ローションが必要だ。「まあ面倒《めんどう》ではあるけど、い、い、そこまでひどくはないわね」

アランの顔につらそうな表情がよぎった。「いや、話はこれからさらにひどくなるんだ、ベイビー。ずっとひどくなる」

キラはまたもや不安になってきた。「ひどくなる？」

頭が重すぎて首で支えきれないとでもいうように、メンドーサはゆっくりうなずいた。

「UMCはこの島を隔離《かくり》しただけじゃない」

「そう。それだけじゃすまなかった」イワノワが言った。

ファイゼルがカウンターをバンと叩《たた》いた。「さっさと言ってやれよ！　いいか、連中はこの惑星系《わくせい》を丸ごと隔離《かくり》しやがったんだ。アドラステイアは取り上げられたんだよ。パッ！　と消えちまった」

3

食堂でキラはアランと並んで座り、軌道《きどう》から撮影《さつえい》されてふたりの前にホログラムで投影《とうえい》された〈酌量《しゃくりょう》すべき事情〉号のライブ映像を見つめている。

船は全長五百メートルはあるに違《ちが》いない。真っ白で中間部が細長く、片端《かたはし》に球根状に膨《ふく》らんだエンジンを搭載《とうさい》していて、反対側の端《はし》には花びらのように配置された回転デッキがある。居住セクションは蝶番《ちょうつがい》で接続されているので、推力がかかっているときも船の軸《じく》に平面で接することができた。高価なオプションで、備わっていない船がほとんどだ。船首にはまぶたを閉じた目みたいな砲眼《ほうがん》がいくつかある。ミサイル発射管とメインレーザーのレンズだ。

船体の下から四分の一にはまったく同じ二機のシャトルが両脇《わき》にぴったり収まっている。キラたちの調査チームが使っていたシャトルよりもずっと大きい。あのシャトルなら、標準サイズの宇宙船と同じようにマルコフ・ドライブ*28が搭載《とうさい》されていたとしても不思議ではない。

〈酌量《しゃくりょう》すべき事情〉号の何より際立った特徴《とくちょう》は、居住セクションのすぐ後ろから始まって膨《ふく》らんだエンジンまでずっとつづいている、中間部にずらりと並んだラジエーターの列だ。ダイヤモンド・フィンの縁《ふち》が太陽の光を浴びてきらめき、フィンに固定された溶解《ようかい》金属の管が銀色の血管みたいに輝《かがや》いている。

全体として見ると、この船は巨大《きょだい》で破壊《はかい》的な虫みたいだ。細く鋭《するど》く光り輝《かがや》いている。

「なあ」キラがオーバーレイから視線をはずすと、もう一度プロポーズしようとしているかのように、アランが婚約《こんやく》指輪を差し出しているのが見えた。「これが要るんじゃないかと思ってさ」

不安ではあったけれど、心地よいぬくもりを感じ、しばし心がやわらいだ。

「ありがとう」キラは鉄のリングを指にはめた。「あの洞穴《ほらあな》でなくさずにすんでよかった」

「そうだな」アランは身を寄せてささやいた。「寂《さび》しかったよ」

キラはアランにキスをした。「心配かけてごめんなさい」

「おふたりさん、おめでとう」マリー＝エリーズが声をかけ、キラとアランに向かって指を振《ふ》り動かした。

「そうだよ、おめでとう」ジェナンも言い、みんなも祝福の言葉をかけた。ラヴェンナ船長と無線通信で明日の搭乗《とうじょう》時刻を決めるため席をはずしているメンドーサと、プラスチックのバターナイフで爪《つめ》の掃除《そうじ》をしているファイゼルを除いては。

キラは嬉《うれ》しさとちょっと照れくささも感じながらほほえんだ。「気を悪くしないでほしいんだけど」アランがキラのほうに身をかがめて言う。「きみが目覚めそうになかったとき、つい口をすべらせちまったんだ」

キラはアランにもたれかかり、もう一度すばやくキスした。わたしのもの、とキラは思った。「いいのよ」

そこへユーゴがやって来て、威圧感《いあつかん》を与《あた》えないようテーブルの端《はし》でひざまずいて尋《たず》ねた。「何か食べられそうかな？　食べれば元気が出るはずだ」

キラは空腹ではなかったものの、ユーゴの言うとおりだと思った。「食べてみるわ」

ユーゴはスペード型の顎《あご》を胸につけてうなずいた。「きみのためにシチューを温めよう。うまいぞ。お腹に優しいし」

ユーゴがのしのしと歩き去ると、キラは〈酌量《しゃくりょう》すべき事情〉号に意識を戻《もど》した。また腕《うで》をごしごしこすったあとで、指にはめたリングをいじりはじめる。

メンドーサが明かした内容にまだ頭がぐるぐるしていて、さっきまで感じていた断絶されている感覚がさらに強くよみがえってくる。四か月間やってきたことがすべて無になるのはいやだけど、それ以上に、アドラステイアに思い描《えが》いていたアランとの未来を失うことを考えると、つらくてたまらなかった。アドラステイアに定住できないとしたら、そのときは――

アランはキラの心を読んだらしい、身をかがめて耳元に唇《くちびる》を寄せてこう言った。「心配いらないよ。別の場所を見つけよう。銀河は広いんだから」

これだからアランを愛しているのだ。

キラは彼《かれ》をぎゅっと抱《だ》きしめた。

「わからないんだけど――」キラは言いかけた。

「俺《おれ》にもわからないことが山ほどある。たとえば、ナプキンを流しに放り込《こ》んだままにしてるやつは誰《だれ》なのか、とか」ジェナンが言い、ぐしょぐしょの布をつまみ上げる。

キラはジェナンを無視した。「連盟はこの件をどうやって隠《かく》しとおすつもりなの？　惑《わく》星《せい》系が丸ごと立ち入り禁止になってたら、いずれ気づかれるでしょ」

セッポがテーブルにひょいと飛び乗り、脚《あし》を組んで座った。ひょろっとした体型のせいで、まるで少年みたいだ。「簡単さ。連盟は一週間前に渡航《とこう》禁止令を出した。ぼくたちがこの生物圏《バイオスフィア》に感染性の病原体を発見したことにして。スカージみたいなやつを。封《ふう》じ込《こ》めが保証されるまで――」

「りゅう座σ星は隔絶《かくぜつ》されたまま」イワノワが言った。

キラは首を振《ふ》った。「ひどい。連盟はわたしたちが集めてきたデータも保存させてくれないんでしょう」

「そういうこと」ネガーが言った。

「何ひとつ」ジェナンも言う。

「無し」セッポもつづいた。

「ゼロよ」とイワノワ。

アランがキラの肩《かた》をさすった。「ヴィーボルグに戻《もど》ったら会社と話し合うつもりだとメンドーサが言ってた。あの廃墟《はいきょ》と関係ないものについてはすべて公表できるよう、会社が連盟を説得してくれるかもしれない」

「その見込《みこ》みは薄《うす》いな」ファイゼルは爪《つめ》にふーっと息を吹《ふ》きかけ、爪掃除《つめそうじ》をつづけた。「相手は連盟だ。連中はこのささやかな発見を可能な限り秘密のままにしておくだろう。タロスⅦのことを公表したのは、隠《かく》しきれなかったからに過ぎない」ファイゼルはキラに向かってバターナイフを振《ふ》った。「きみは会社に星をひとつ失わせたってわけだ。満足か？」

「わたしは自分の仕事をしてるだけよ。むしろアドラステイアに人が住み着く前にあの廃《はい》墟《きょ》を発見できてよかった。入植者の集団を丸ごと星から送り返すほうが、ずっと損害が大きかったはず」

セッポとネガーがうなずいた。

ファイゼルはせせら笑った。「ああ、そうだな、だがボーナスを取り上げられた埋《う》め合わせにはならない」

「ボーナスが出なくなったのね」キラは力なくつぶやいた。

アランはばつが悪そうな顔をした。「プロジェクトが失敗したからというのが会社の言い分だ」

「むかつくよな。俺《おれ》には養わなきゃならない子どもたちがいるんだぞ？　ボーナスがあるとないとじゃ大違《ちが》いだ」

「わたしだって――」

「同じく。元夫ふたりと猫《ねこ》一匹《ぴき》じゃあ――」

「せめて――」

「これからどうすればいいのか――」

キラは話を聞いているうちに、頰《ほほ》が熱くなるのを感じた。自分に責任はないはずだけど、こうなったのはやっぱりわたしのせいだ。わたしのせいで、チームのみんなが損をした。さんざんだ。あのときは、異星人の建造物を発見したことは会社のためにもチームのためにもなると思っていたのに、苦しめる結果になっただけだなんて。食堂の壁《かべ》に書かれたロゴをちらりと見やる。〈ラプサン《Lapsang》〉とおなじみの角ばったフォントで印字され、二番目のaの上には葉っぱがついている。この会社は顧客《こきゃく》と入植者、そして従業員に対する誠実さを喧伝《けんでん》する広告やキャンペーンを実施《じっし》している。「共に未来をつくる」。そのスローガンを聞きながら育ったキラは、鼻先で笑った。はいはい、そうよね。いざとなったら、ラプサン社もほかの星間企業《きぎょう》と同じ。世間に対するパフォーマンスに過ぎない。

「最低。わたしたちは仕事をした。契約《けいやく》上の義務を果たした。なのに不当に扱《あつか》われるなんておかしいじゃない」キラは言った。

ファイゼルが目玉をぐるりと回した。「それに宇宙船が虹《にじ》の屁《へ》をこいたら素敵じゃないか？　やれやれ。ああ、気を悪くしたならすまない。だからなんだっていうんだ？　そんなことを言ったところで、ボーナスが取り戻《もど》せるわけじゃない」ファイゼルはキラをにらんだ。「なあ、シャトルから降りたらすぐに、つまずいて首の骨でも折ってくれたほうがまだマシだったのにな」

衝撃《しょうげき》でつかの間の静寂《せいじゃく》が訪れた。

キラの隣《となり》でアランが身をこわばらせた。「いまのを取り消せ」

ファイゼルは流しにナイフを放り込《こ》んだ。「やってられるか。時間の無駄《むだ》だ」そう言うと、床《ゆか》に唾《つば》を吐《は》く。

イワノワが飛びのいて唾《つば》をよけた。「なんなのよ、ファイゼル！」

医師は薄《うす》ら笑いを浮《う》かべてのろのろと歩き去った。どんな任務にもファイゼルみたいな人間がいるものだとキラは学んでいた。みんなの歯に詰《つ》まった固い粒《つぶ》みたいなもので、そういう存在でいることに屈折《くっせつ》した喜びを感じるらしい、ひねくれたゲス野郎《やろう》。

ファイゼルの姿が見えなくなったとたん、みんな口々《くちぐち》にしゃべりはじめた。

「気にしちゃだめよ」マリー＝エリーズが言った。

「誰《だれ》がきみの立場でもおかしくなかったんだから――」

「いつものことだよ、ドクターは――」

「あたしが解凍《かいとう》されたときだって、なんて言われたと思う？　あいつは――」

メンドーサが戸口に現れると、おしゃべりは止まった。彼《かれ》は冷静な顔でみんなを見た。

「何か問題が？」

「いいえ」

「問題ありません、ボス」

メンドーサはうなり、キラのほうへゆっくり近づいてきて低い声で言った。「いやな思いをさせたな、ナヴァレス。ここ数週間はちょっとばかり神経がピリピリしてるんだ」

キラは弱々《よわよわ》しくほほえんだ。「いいの。大丈夫《だいじょうぶ》」

メンドーサはもうひと声うなると、奥《おく》の壁際《かべぎわ》に腰《こし》かけ、食堂の雰囲気《ふんいき》はいつもどおりに戻《もど》った。

大丈夫《だいじょうぶ》と返事をしたものの、キラの胃のなかにある不安の結び目はほどけないようだった。ファイゼルに言われたあまりに多くのことが胸にこたえている。それに、アランとの先行きが不透明《ふとうめい》になっていることも気がかりだ。忌々《いまいま》しい異星人の建造物によって、近い将来に思い描《えが》いていたすべてが覆《くつがえ》されてしまった。もしもドローンが墜落《ついらく》さえしなければ。もしもメンドーサの命令であの場所を調べにいくことを断っていれば。もしも……

ユーゴに腕《うで》を触《ふ》れられて、キラはハッと我に返った。

「召《め》し上がれ」シチューの入ったボウル、蒸し野菜が山盛りの皿、パンひと切れ、ここに残っている最後の板チョコ半分をユーゴは差し出した。

「ありがとう」小さな声でキラが言うと、ユーゴはにっこりした。

4

キラは自分がどれほど空腹なのか気づいていなかった。力が出なくてふらふらしている。

それでも食べ物は胃にしっくり収まらなかった。混乱が激しく、不安とクライオの名残が合わさって、お腹がずっとゴロゴロ言っている。

セッポが隣《となり》のテーブルから話しかけてきた。「ここにある廃墟《はいきょ》はグレート・ビーコンをつくったのと同じ異星人がつくったものなのか、みんなでずっと考えてたんだけど。キラ、きみはどう思う？」

キラはみんなの視線が自分に向けられていることに気づいた。唾《つば》を飲み、フォークをおろすと、せいいっぱい専門家らしい声で言う。「そうね……知覚力のある別々の種族がこれほど近くで進化した可能性はありそうにもないわ。賭《か》けるとしたら同じ異星人だと言うけど、確実なことは何も言えない」

「でも、わたしたちがいるじゃない」イワノワが発言した。「人類が。わたしたちもだいたい同じ領域にいるでしょ」

隅《すみ》のほうでネガーがまた咳《せ》き込《こ》んでいる。湿《しめ》った重い音で、キラはいやな感じがした。

ジェナンが言う。「ああ、だがビーコンの異星人がどれだけの領域をカバーしてたのかは知る由《よし》もない。ことによると銀河の半分でもおかしくはないぜ」

「その場合は彼《かれ》らの痕跡《こんせき》をもっと見つけられていたんじゃないかな」アランが意見した。

「新たな痕跡《こんせき》なら、見つけたばかりじゃないか？」ジェナンは問いかけた。

キラは簡単には答えられなかった。「わたしがコールドスリープしてるあいだに、あの場所について何かほかにわかったことは？」

「うーん」袖《そで》に向かって咳《せ》き込《こ》むのを必死に抑《おさ》えようとしながら、ネガーが片手を上げて言った。「ゲホッ。ごめん。一日じゅう喉《のど》がカラカラで……。うん。あんたを穴から引っ張り上げる前に、地下構造の画像化をしたけど」

「どうだった？」

「あんたが見つけた部屋の真下に、もうひとつ部屋があった。でもかなり小さくて、直径一メートルしかないの。動力源を収容してるのかもしれないけど、あけてみないと確かなことはわからない。サーモグラフィーは熱を検知しなかった」

「建造物全体だとどれぐらいの大きさ？」

「地上に見えていた部分と、さらに地下十二メートル。ふたつの部屋は別として、頑丈《がんじょう》な土台と壁《かべ》だけみたいね」

キラは考え込《こ》みながらうなずいた。あの建造物をつくったのが誰《だれ》だとしても、存続するように建てたのだ。

するとマリー＝エリーズが笛のように高い声で言った。「あんたが見つけたのはビーコンと同種の建造物ではなさそうね。だって比べるとずいぶん小さいじゃない」

グレート・ビーコン。それは人類が探検してきた宇宙のはずれで発見された。ソルから36・6光年、ウェイランドからは43光年ほどの距離《きょり》だ。キラはオーバーレイで確認しなくても距離《きょり》がわかった。ティーンエイジャーのころ、この長い航海の記録を何時間も読みふけっていたから。

ビーコンそのものは驚《おどろ》くべき遺物だった。簡単に言ってしまえば、ビーコンは穴だ。ものすごく大きな穴。直径五十キロメートル、深さ三十キロメートル、液体ガリウムの網《あみ》で囲まれていて、それが巨大《きょだい》なアンテナの役割を果たしている。穴は5・2秒ごとに強力な電磁パルスを発生させていて、それによって、絶えず変化していくマンデルブロ集合の反復を包含《ほうがん》する構造化された爆発音《ばくはつおん》が三元符号《ふごう》で記録されていた。

ビーコンと共に発見された生物は〝タートルズ〟と名付けられたが、カメというよりも歩く丸石みたいだとキラは思っていた。二十三年間研究がつづけられてきても、タートルズが動物なのか機械なのか、いまだに解明されていない（解剖《かいぼう》を試みるほど愚《おろ》かな者はいなかった）。宇宙生物学者とエンジニアの意見は一致《いっち》していて、ビーコンを建造したのはタートルズではなさそうだ――タートルズがテクノロジーをすべて失ったのではない限り――が、誰《だれ》が、あるいは何がビーコンを建造したのかは、謎《なぞ》に包まれたままだ。

ビーコンの究極の目的については、誰《だれ》にも見当がつかなかった。ただひとつ確実にわかったことは、ビーコンがつくられたのはおよそ一万六千年前だということ。それさえもが放射性炭素年代測定法に基づく大雑把《おおざっぱ》な推定値に過ぎない。

ビーコンの建造者と自分が落ちた部屋になんらかの関係があるのか、キラには一生わかりそうにもなかった。たとえあと数百年生きられたとしても。はるかな歳月《さいげつ》はゆっくりとしか秘密を明け渡《わた》してくれない。もしも明らかになるとすればの話だが。

キラはため息をつき、フォークの歯で首の横を掻《か》いた。乾燥《かんそう》した皮膚《ひふ》に金属の先端《せんたん》が当たる感触《かんしょく》が心地いい。

「ビーコンなんてどうでもいいさ」セッポがテーブルからぴょんと飛び降りながら言う。「どうしても腑《ふ》に落ちないのは、このごたごたを金にもできないってことだ。話すのも禁止。出版するのも禁止。トークショーへの出演も禁止――」

「興行権の販売《はんばい》も禁止」イワノワが真似する口調で言った。

みんなが笑い、ジェナンが声を張り上げた。「誰《だれ》もきみのブサイクな顔なんて見たくないってよ」

イワノワが投げつけた手袋《てぶくろ》をジェナンはよけた。げらげら笑いながら、ジェナンはイワノワに手袋《てぶくろ》を返す。

罪悪感がますます大きくなり、キラは肩《かた》をすぼめた。「みんな、苦労をかけてごめんね。

解決に向けてわたしにできることがあれば、なんでもするつもりよ」

「そうよ、今回は見事に台無しにしてくれたんだから」イワノワが言った。

「ほんとに調査しに行かなきゃいけなかったのか？」ジェナンもつづいたが、本気で言っているのではなかった。

「気にすることないって。誰《だれ》……誰《だれ》の身にも……」ネガーは咳《せ》き込《こ》んでしゃべれなくなり、マリー＝エリーズがつづきを代弁する。「誰《だれ》の身にも起こりえたことなんだから」

うん、うん、とネガーはうなずいた。

壁際《かべぎわ》の席からメンドーサが声をかけた。「とにかく怪我《けが》がそこまでひどくなくて何よりだよ、キラ。きみもネガーも。俺《おれ》たち全員、運がよかったんだ」

「そうは言っても、植民星を失ったわ。ボーナスも」キラは言った。

メンドーサの黒い目がきらりと光った。「どうもきみの発見はボーナスを補って余りあるものになりそうな気がする。時間はかかるかもしれないが。ことによると何十年も。頭をちゃんと働かせておけば、きっとそうなる。死と税金なみに確かだ」

Anguish

第4章　苦悶《くもん》

1

夜も更《ふ》けて、キラはだんだん会話に集中するのが難しくなってきていた。言葉がほとんど意味のない音の流れとなって通り過ぎていく。ついにキラは上体を起こし、アランを見やった。アランは理解してうなずき、ふたりは席を立った。

「おやすみ」とネガーが言う。この一時間というもの、ネガーはひと言発するのがやっとだった。それ以上しゃべろうとすると、咳《せ》き込《こ》んでつづけられなくなる。病気じゃなければいいんだけど、とキラは思った。病気だとしたら、たぶんチームの全員が同じ病原菌《びょうげんきん》に感染するだろう。

「おやすみ、ダーリン」マリー＝エリーズも声をかけてきた。「明日になればもっと前向きに考えられるわよ。きっとね」

「九時までには必ず起きるように。ようやくUMCから問題なしとの許可が出たから、十一時にはここを発って〈フィダンザ〉号に向かう」とメンドーサ。

キラは片手を上げ、アランと一緒《いっしょ》によろよろと出ていった。

何も言わないまま、ふたりはまっすぐアランの部屋へ行った。部屋に入るとキラは作業服を床《ゆか》に脱《ぬ》ぎ捨て、髪《かみ》も梳《と》かさずベッドにもぐり込《こ》む。

四週間のクライオのあとで、まだ疲《つか》れ切っていた。コールドスリープは本物の睡眠《すいみん》と同じではない。まったくの別物だ。

アランが隣《となり》に横たわるとマットレスが沈《しず》んだ。アランは後ろから腕《うで》を回してキラを抱《だ》き、手を握《にぎ》りしめ、胸と脚《あし》をぴたりとつけた。暖かく心地よい存在。キラは小さな声を漏《も》らし、彼《かれ》に身を預けた。

「きみを失ったかと思った」アランはささやいた。

キラは振《ふ》り返り、彼《かれ》の顔を見る。「二度とそんな思いはさせないわ」アランはキラに口づけ、キラもアランにキスを返し、やがて穏《おだ》やかな抱擁《ほうよう》は熱っぽくなっていき、ふたりは激しくお互《たが》いを求め合った。

愛し合いながら、キラはこれまでにないほどアランを近くに感じていた。プロポーズされたときよりも。彼《かれ》の身体の線のひとつひとつにキラを失うことへの恐《おそ》れを感じ取り、愛撫《あいぶ》のひとつひとつに想いを見て取り、ささやく声のひとつひとつに愛を聞き取った。

ことが終わると、ふたりはふらつきながら部屋の奥《おく》にある狭《せま》いシャワー室に向かった。照明を落としたままシャワーを浴び、お互《たが》いの身体を石鹸《せっけん》で洗い、小さな声でおしゃべりをした。

背中にお湯を浴びながら、キラは言った。「ネガーは調子がよくなさそうだったわね」

アランは肩《かた》をすくめた。「軽いクライオ酔《よ》い*29だろう。UMCの検査で異常はなかったんだ。ファイゼルの検査でも。ここの空気はひどく乾燥《かんそう》してるから――」

「そうね」

タオルで身体を拭《ふ》くと、アランの手を借りて全身にローションをたっぷり塗《ぬ》った。塗《ぬ》っていくうちに肌《はだ》のひりひりする刺激《しげき》が鎮《しず》まって、キラは安堵《あんど》のため息をついた。

ベッドに戻《もど》って明かりを消すと、キラはがんばって眠《ねむ》ろうとした。けれど、回路基板の模様があった部屋のことや、自分の発見がチームのみんなに（キラにとっても）どれほどの損害を与《あた》えることになったか、考えずにはいられない。ファイゼルに投げつけられた言葉についても。

アランは気づいた。「よせよ」

「んん。でも……ファイゼルが言ったことは――」

「あいつのことは気にするな。イライラしてきみにあたってるだけだ。ほかのみんなはあんなふうに思っちゃいないよ」

「そうね」それでもあまり自信が持てなかった。不当な扱《あつか》いだという思いがじわじわと頭に入り込《こ》んでくる。ファイゼルにはわたしを批判する権利なんてないはずよ！　わたしはやるべきことをやっただけ――誰《だれ》もがそうしたはずのことを。あの岩の編成をわたしが見て見ぬふりをしていたら、怠慢《たいまん》だとファイゼルは真っ先に騒《さわ》ぎ立てていただろう。それにチームのみんなと同じように、わたしとアランだってあの発見のせいで多くを失うことになったのに……

アランはキラのうなじに鼻をすりつけた。「きっと何もかもうまくいくよ。見ててごらん」そう言うとアランは静かになり、キラは彼《かれ》の穏《おだ》やかな寝息《ねいき》を聞きながら暗闇《くらやみ》を見つめていた。

やっぱりいろいろなことがどこか間違《まちが》っているように感じ、気分がすっきりしない。胃がますますキリキリと痛み、キラは固く目を閉じ、ファイゼルのことも、これから先どうなるかも、くよくよ思い悩《なや》まないようにした。けれど食堂で言われたことをどうしても忘れられず、熱い炭のような怒《いか》りを胸に燃やしつづけながら、途《と》切れ途《と》切れの眠《ねむ》りに落ちていった。

2

闇《やみ》。未知で寂《さび》しい広大な宇宙。ビロードの背景幕に鋭《するど》い針を刺《さ》したように、星は冷たい光の点だ。

行く手には星がひとつあり、最速の船よりも速く彼女《かのじょ》が飛んでいくと、星は大きくなってくる。その星は赤みがかった鈍《にぶ》いオレンジ色で、炭床《たんしょう》でくすぶりながら燃え尽《つ》きかけている木炭みたいだ。古くてくたびれた感じで、すべてが熱く輝《かがや》いていた宇宙の始まりのころに生まれた星のようだ。

この冴《さ》えない球体の周りを七つの惑星《わくせい》が回っている。ガス惑星《わくせい》がひとつと地球型が六つ。七つの惑星《わくせい》はまだらで茶色、病気にかかっているように見え、ふたつ目と三つ目の惑星《わくせい》の隙間《すきま》には水晶《すいしょう》の砂みたいなデブリの帯がきらめいていた。

彼女《かのじょ》は悲しみにとらわれた。理由はわからない、だけどその光景を見ていると、祖父を亡くしたときみたいに泣きたくなった。これほどつらいことはない。取り返しのつかない完全な喪失《そうしつ》。

けれど、その悲しみは大昔のものであり、すべての悲しみと同じく薄《うす》れて鈍《にぶ》い痛みに変わり、より差し迫《せま》った感情に取って代わられた。怒《いか》り、恐《おそ》れ、絶望に。おもに恐《おそ》れに支配され、そのことから危険が——すぐ間近まで——迫《せま》っているとわかるが、なじみない粘土《ねんど》に身体の自由を奪《うば》われているせいで動こうにも動けない。

脅威《きょうい》は彼女《かのじょ》のすぐそばにある。近くに引き寄せられているのを感じ取り、そのせいでパニックに陥《おちい》った。待っている時間はない、考えている時間はない。束縛《そくばく》を解いて進まなければ！　まずは引き裂《さ》き、次に結びつける。

星は明るくなっていき、いつしか太陽を千個集めた光で照り輝《かがや》き、その光冠《こうかん》から闇《やみ》のなかへと光の刃《は》が放たれる。刃《は》のひとつが彼女《かのじょ》に刺《さ》さり、視界が白くなり、まるで目に槍《やり》を突《つ》き立てられたようで、皮膚《ひふ》の隅々《すみずみ》まで焼け焦《こ》げてパリパリになっていく。

彼女《かのじょ》は虚空《こくう》に向かって叫《さけ》んだが、痛みは治まらず、ふたたび悲鳴をあげて——

キラは飛び起きた。息をあえがせ、汗《あせ》びっしょりになっている。ブランケットがプラスチックフィルムみたいに身体にまとわりついていた。基地の至るところで叫《さけ》び声がしていて、そこにはパニックの響《ひび》きがあった。

隣《となり》でアランがパチッと目をあけた。「な——」

外の廊下《ろうか》から足音がした。ドアにこぶしが打ちつけられ、ジェナンの声がする。「来てくれ！　ネガーが」

キラは恐怖《きょうふ》で胃が冷たくなるのを感じた。

アランとふたりであわてて服を着る。キラは一瞬《いっしゅん》、奇妙《きみょう》な夢に思いを馳《は》せ──いますべてが奇妙《きみょう》に感じられる──、飛び出していってネガーの部屋へと急いだ。

近づいていくと、吐《は》いている音が聞こえた。引き裂《さ》くような湿《しめ》った低い音で、キラは生肉がシュレッダーにかけられているのを連想し、身震《みぶる》いした。

みんなに囲まれてネガーは廊下《ろうか》の真ん中に立ち、膝《ひざ》に手をついて身を折りながら、声帯が傷ついているのがわかるほど激しく咳《せ》き込《こ》んでいる。ファイゼルが横にいて、ネガーの背中に手を添《そ》えている。「呼吸をつづけて。医務室に連れていく。ジェナン！　アラン！　彼女《かのじょ》の腕《うで》をつかんで、運ぶのを手伝ってくれ。さあ急ぐんだ、急い──」

ネガーが苦しそうにあえぎ、幅《はば》の狭《せま》い胸のなかからパチンとはっきり大きな音がした。

ネガーの口から黒い血が飛び散り、扇形《おうぎがた》に広がって床《ゆか》を染める。

マリー＝エリーズが悲鳴をあげ、何人かが吐《は》き気を催《もよお》した。キラが夢で感じた恐怖《きょうふ》がよみがえり、恐怖《きょうふ》はさらに強くなっている。いやだ。危険だ。「逃《に》げなきゃ」キラはアランの袖《そで》を引っ張った。けれど彼《かれ》は聞いていていない。

「さがって!」ファイゼルが叫《さけ》ぶ。「全員さがるんだ! 誰《だれ》か〈酌量《しゃくりょう》すべき事情〉号に連《れん》絡《らく》を。急いで!」

「どいてくれ!」メンドーサが怒鳴《どな》った。

ネガーは口からさらに血を飛び散らせ、がくっと片膝《かたひざ》をついた。白目の部分が異様に大きくなっている。顔は真っ赤で、窒息《ちっそく》しかけているみたいに喉《のど》が動いている。

「アラン」キラは呼びかけた。でも、もう遅《おそ》い。彼《かれ》はファイゼルに手を貸そうとしている。

キラは一歩さがった。さらにもう一歩。誰《だれ》も気づいていなかった。みんなネガーを見ていて、彼女《かのじょ》の口から吐《は》き出される血をよけながら、どうすればいいのか考えようとしている。

離《はな》れて、走って、逃げて、と、みんなに向かって叫《さけ》びたかった。

キラは首を振《ふ》り、両手に握《にぎ》ったこぶしで口元を押《お》さえた。自分も血を吐《は》くんじゃないかと怖《こわ》かった。頭が破裂《はれつ》しそうで、恐怖《きょうふ》で肌《はだ》がぞわぞわする。千匹《びき》もの蟻《あり》が身体じゅうを這《は》いまわっているようだ。不快感で全身がかゆくなった。

ジェナンとアランはネガーを立ち上がらせようとした。ネガーは首を振《ふ》り、ゲーゲー言った。一度。二度。それから、何かのかたまりをペッと床《ゆか》に吐《は》いた。血にしては黒すぎる。金属にしては水っぽすぎる。

キラは嫌悪《けんお》の悲鳴をあげそうになりながら、腕《うで》に指を食い込《こ》ませ、ごしごしこすった。ネガーはあおむけに倒《たお》れた。と、ぬらぬらしたかたまりが動いた。それは電流を送られた筋肉みたいにピクピクしている。

みんなが悲鳴をあげて飛びのく。アランは形を成さないかたまりから決して目を離《はな》さずに、キラのほうへとさがった。

キラは空嘔吐《からおうと》した。もう一歩さがる。腕《うで》が焼けるようだ。肌《はだ》の上に細い炎《ほのお》がのたくっている。

キラは視線を落とした。

前腕《ぜんわん》の肉に爪《つめ》で引っ掻《か》いた筋が残り、真っ赤な深い傷の端《はし》にはしわくちゃになった皮膚《ひふ》がめくれている。その筋のなかに、別の何かが蠢《うごめ》いているのが見えた。

3

キラは悲鳴をあげながら床《ゆか》に倒《たお》れた。すべてを奪《うば》う痛み。それだけはわかっていた。それだけしかわからない。

背中を弓なりに曲げてのたうち回り、床《ゆか》を爪《つめ》で引っ掻《か》き、襲《おそ》いかかってくる激痛から必死に逃《のが》れようとする。キラはまた叫《さけ》んだ。あまりに激しく叫《さけ》んだせいで声がかすれ、なめらかな熱い血が喉《のど》の内側を覆《おお》った。

息ができなかった。痛みはあまりに強烈《きょうれつ》だ。肌《はだ》が焼けるように熱く、まるで血管が酸で満たされて手足から肉が引き剝《は》がされていくみたいだ。

周りでみんなが動いていて、黒い影《かげ》がキラの頭上の明かりをさえぎった。すぐ横にアランの顔が現れる。キラはまたのたうち回り、腹ばいになると、固い床《ゆか》に頰《ほほ》をぴたりと押《お》し当てた。

一瞬《いっしゅん》、身体の力が抜《ぬ》け、あえぎながらひとつ息を吸い込《こ》むと、身をこわばらせて声にならない咆哮《ほうこう》を発した。口が開いたままで顔の筋肉が引きつり、目の端《はし》から涙《なみだ》がこぼれ落ちていく。

誰《だれ》かの手で身体をあおむけに返された。腕《うで》と脚《あし》をつかまれ、動かないよう押《お》さえ込《こ》まれる。それでも痛みは少しも治まらない。

「キラ！」

キラががんばって目を開くと、ぼやけた視界にアランが映り、その後ろでファイゼルが注射器を持って身をかがめているのが見えた。さらに奥《おく》では、ジェナン、ユーゴ、セッポがキラの脚《あし》を床《ゆか》に押《お》さえつけていて、イワノワとマリー＝エリーズはネガーに手を貸して床《ゆか》の上のかたまりから遠ざけようとしている。

「キラ！　こっちを見るんだ！　こっちを見ろ！」

キラは返事をしようとしたが、押《お》し殺した泣き声を発するのがせいいっぱいだ。

ファイゼルがキラの肩《かた》に注射を打った。何を注射したにしても、なんの効果もなさそうだった。キラは床《ゆか》に踵《かかと》をバタバタと打ちつけ、頭が何度も叩《たた》きつけられるのを感じた。

「ちくしょう、誰《だれ》か彼女《かのじょ》を助けてくれ」アランが叫《さけ》んだ。

「気をつけろ！」セッポが大声を出す。「床《ゆか》の上のやつが動いてるぞ！　くそ――」

「医務室だ」ファイゼルが言う。「彼女《かのじょ》を医務室へ。さあ！　抱《かか》え上げるんだ。行くぞ――」

身体を持ち上げられると、壁《かべ》がぐるぐる回った。首を絞《し》められているみたいだ。息を吸い込《こ》もうとしても、筋肉の痙攣《けいれん》がひどくて呼吸できない。アランとみんなに抱《かか》えられて廊《ろう》下《か》を進んでいきながら、視界の縁《ふち》では赤い火花がちかちかしている。身体が宙に浮《ふ》遊《ゆう》しているような感じがした。痛みと恐怖《きょうふ》は別として、何から何まで非現実的に思える。

身体が大きく揺《ゆ》れて、ファイゼルの診察台《しんさつだい》に降ろされる。一瞬《いっしゅん》だけお腹の力が緩《ゆる》み、また筋肉が固くなる前にすばやく息を吸うことができた。

「ドアを閉めろ！　あれをなかに入れるな！」ズシンという音を立てて医務室の圧力ロッ

クがかけられた。

「何が起きてるんだ？」アランが尋《たず》ねた。「これは――」

「どけ！」ファイゼルが怒鳴《どな》り、キラはまた首に注射を打たれた。

注射に反応するかのように、痛みが三倍になった。これ以上の痛みはないと思っていたのに。キラは低いうめき声を漏《も》らし、動きを抑《おさ》えることができず、身体を痙攣《けいれん》させた。口のなかに泡《あわ》がたまり、喉《のど》を詰《つ》まらせているのがわかる。キラは吐《は》き気を催《もよお》して身を震《ふる》わせた。

「くそっ。注射器を取ってくれ。その引き出しじゃない。違《ちが》う、別の引き出しだ！」

「先生《ドク》？」

「あとにしてくれ！」

「ドク、彼女《かのじょ》が息をしてない！」

器具がカチャカチャ音を立て、指がキラの口をこじあけ、喉《のど》の奥《おく》まで管を突《つ》っ込《こ》んでいく。キラはまたゲーゲー言った。ほどなく、甘《あま》く貴重な空気が肺に注ぎ込《こ》まれ、視界を暗くしていたカーテンが引きあけられた。

心配そうに顔をゆがめながら、アランがそわそわとこっちを見下ろしている。

キラはしゃべろうとした。けれど、出てきたのは言葉にならないうめき声だけだ。

「きっとよくなるよ。がんばるんだ。ファイゼルが助けてくれる」アランはいまにも泣き出しそうに見えた。

キラはこんなに恐《おそ》ろしい思いをしたことがなかった。わたしの身体のなかはどこかおかしい、そしてますますひどくなっていく。

逃《に》げて、とキラは思った。逃《に》げて！　手遅《ておく》れになる前にここから離《はな》れて――

キラの皮膚《ひふ》から複数の黒い線が飛び出した。まるで生きているみたいに、のたくったり、ねじれたりしている黒い稲妻《いなずま》。と、それらはぴたりと凍《こお》りついた。脱皮《だっぴ》している昆虫《こんちゅう》の殻《から》さながらに、一本一本の線が飛び出ている箇所《かしょ》の皮膚《ひふ》が裂《さ》けている。

キラの胸に恐怖《きょうふ》があふれ、破滅《はめつ》は避《さ》けられないという気持ちでいっぱいになった。叫《さけ》ぶことができていれば、その悲鳴は星まで届いていただろう。

血で汚《よご》れた裂《さ》け目から繊維状《せんいじょう》のつるが伸《の》びていく。それは頭のない蛇《へび》みたいに動き回ったかと思うと、硬《かた》くなって剃刀《かみそり》の刃《は》のように鋭《するど》い大釘《おおくぎ》になり、手当たり次第に突《つ》き刺《さ》していった。

大釘《おおくぎ》が壁《かべ》に穴をあける。天井に穴をあける。金属が耳ざわりな音を立てる。蛍光灯《けいこうとう》が火花を散らして粉々《こなごな》に砕《くだ》け、アドラステイアの地上風が奏でるかん高い哀歌《あいか》と警報音が室内に響《ひび》く。

人形みたいに大釘《おおくぎ》に身体を操られ、キラは床《ゆか》に落下した。大釘《おおくぎ》の一本がユーゴの胸を刺《さ》し貫《つらぬ》き、別の三本がファイゼルを貫《つらぬ》くのを見た。首、腕《うで》、股間《こかん》を。大釘《おおくぎ》が抜《ぬ》けると、傷口から血が飛び散った。

やめて！

医務室のドアが音を立てて開き、イワノワが駆《か》け込《こ》んでくる。彼女《かのじょ》は恐怖《きょうふ》に呆然《ぼうぜん》とした表情を浮《う》かべ、二本の大釘《おおくぎ》でお腹を貫《つらぬ》かれ、崩《くず》れ落ちるように倒《たお》れた。セッポは逃《に》げようとしたが、大釘《おおくぎ》が後ろから彼《かれ》を突《つ》き刺《さ》し、蝶々《ちょうちょう》みたいに壁《かべ》に釘付《くぎづ》けにした。

やめて！

キラは意識を失った。目を覚ますと、アランが横にひざまずいていた。キラの額に自分の額を押《お》し当てて、両手をぐったりと彼女《かのじょ》の肩《かた》に置いている。その目はうつろで、口の端《はし》からひと筋の血がしたたり落ちている。

十数本の大釘《おおくぎ》が自分とアランの身体を縫《ぬ》い合わせ、おぞましい親密さでひとつにしていることに、キラはすぐには気づかなかった。

心臓が不規則に鼓動《こどう》を打って止まり、床《ゆか》が底知れぬ深みへと落ちていくように思えた。アラン。チームの仲間たち。死んでしまった。わたしのせいで。認めるのは耐《た》えがたかった。

苦痛。キラは死にかけていて、そうなってもかまわなかった。この苦しみをとにかく終わらせたい――忘却《ぼうきゃく》のすばやい訪れと、もたらされる解放を望んでいた。

やがて暗闇《くらやみ》が視界を覆《おお》い、警報音は小さくなって静寂《せいじゃく》に変わり、かつて存在したものは、もはや存在しなかった。

Madness

第5章 狂気《きょうき》

1

キラはパチッと目を開いた。

ゆっくりと気づきはじめたのではない。徐々《じょじょ》に意識を回復したのではない。今回は違《ちが》う。無の状態から、次の瞬間《しゅんかん》には感覚的な情報が一気に押《お》し寄せてきた。鮮《あざ》やかで刺激《しげき》的、圧《あっ》倒《とう》されるほど強烈《きょうれつ》に。

キラは天井の高い円形の部屋の床《ゆか》に横たわっていた──筒状《つつじょう》の部屋の天井まで五メートルはあり、高すぎて到底《とうてい》届かない。十三歳《さい》だったころ、ご近所のローシャン一家が建てた穀物のサイロを思わせる。筒《つつ》の片側の中間にあたる高さにマジックミラーがついていた。銀白色の大きな長方形いっぱいに灰色のゴーストが反射している。天井のへりに沿った細い蛍光灯《けいこうとう》が、その部屋の唯一《ゆいいつ》の光源だ。

一本どころか二本のロボットアームが、それぞれの先端《せんたん》から診察《しんさつ》器具を突《つ》き出して、音も立てずにキラの周りをすいすいと動き回っている。キラが見ていると、ロボットアームは動きを止めて、天井に引っ込《こ》んでいって待機した。

筒《つつ》の片側には、小さな物を受け渡《わた》しするためのハッチ扉《とびら》がついたエアロックがはめ込《こ》まれている。エアロックの反対側は、どこか奥《おく》へ……どこかはわからないがさらに奥《おく》へとつづいているらしく、気密扉《とびら》がついている。こちらにも同じ目的のためにつくられた似たようなサイズのハッチ扉《とびら》がある。輝《かがや》かしい囚人《しゅうじん》用の差し入れ口だ。ベッドはない。ブランケットも。流しも。トイレも。あるのは冷たいむき出しの金属だけ。

ここは船のはずだ。〈フィダンザ〉号ではない。〈酌量《しゃくりょう》すべき事情〉号だ。

ということは……

アドレナリンが噴出《ふんしゅつ》し、キラはがばっと背中を起こした。苦痛。大釘《おおくぎ》。ネガー、ファイゼル、ユーゴ、イワノワ……アラン！　記憶《きおく》が一気によみがえってくる。けれど、思い出さなければよかったのにと思った。胃が締《し》めつけられ、キラは長々《ながなが》と深いうめきを漏《も》らしながら、両手、両膝《りょうひざ》、額をついて床《ゆか》に倒《たお》れる。床《ゆか》の突起《とっき》が皮膚《ひふ》に食い込《こ》んだが、そんなことはどうでもよかった。

息ができるときにはわめき、泣き叫《さけ》ぶひと声に悲嘆《ひたん》と苦悶《くもん》のたけを注ぎ込《こ》んだ。ぜんぶわたしのせいだ。わたしがあの忌《い》まわしい部屋を見つけなければ、アランとみんなはいまも生きていて、わたしが謎《なぞ》の異物に感染することもなかったはずなのに。

大釘《おおくぎ》。

皮膚《ひふ》を突《つ》き破って出てきた、あの大釘《おおくぎ》とつるはどこ？　キラは見下ろし、心臓が止まりそうになった。

あるべき姿とは違《ちが》って、両手が黒くなっている。腕《うで》も胸も、目に入る限り全身が。スキンスーツのようにぴったりと、光沢《こうたく》のある繊維質《せんいしつ》の物質が層をなして身体にへばりついている。

恐怖《きょうふ》がわきあがってきた。

この異生物体を剝《は》ぎ取ろうと、必死に爪《つめ》で腕《うで》を引っ搔《か》く。硬《かた》くなった新しい爪《つめ》を使っても、繊維《せんい》を切ることも破ることもできない。キラはいらだち、手首を口元に持っていって嚙《か》んだ。

石と金属の味が口いっぱいに広がっていく。嚙《か》んでいる歯の力は感じられるが、どれだけ思い切り嚙《か》んでも、痛みはない。

キラはすばやく立ち上がった。鼓動《こどう》が途切《とぎ》れるほど胸が早鐘《はやがね》を打っていて、視界の端《はし》が暗くなってくる。「これを取って！」キラは叫《さけ》んだ。「こ、こんなもの、引き剝がしてよ！」パニックになりながら、みんなはどこにいるのだろうかと思った。この狂気《きょうき》のさなかに浮《う》かんだ唯一《ゆいいつ》まともな考えだった。

ロボットアームの一本がこっちへ降りてくる。アームの先端《せんたん》のマニピュレータには注射器が握《にぎ》られている。キラが動けずにいるうちに、アームは頭に近づき、いまでも皮膚《ひふ》がむき出しになっている耳の後ろの部分に注射した。

数秒と経たず、重いブランケットをかけられたような感じになった。キラは横向きによろめき、身体を支えようと腕《うで》を伸《の》ばしながら倒《たお》れた――

2

意識を取り戻《もど》したとたん、パニックが戻《もど》ってきた。

わたしのなかに異種生物《ゼノ》がいる。わたしは感染していて、人にもうつすかもしれない。宇宙生物学者なら誰《だれ》もが恐《おそ》れる状況《じょうきょう》だ。死を招く封《ふう》じ込《こ》めの穴。

アラン……

キラは身を震《ふる》わせ、曲げた腕《うで》に顔をうずめた。首から下は無数の小さな恐怖《きょうふ》に皮膚《ひふ》がチクチクしている。もう一度確かめたいけれど、その勇気が出せずにいる。いまはまだ。

涙《なみだ》が流れた。アランがいないことが、胸にあいた穴のように感じられる。彼《かれ》が死んでしまうなんて、まず考えられないことだった。ふたりには山ほどの計画、希望と夢があったのに、もうどれも実現しない。アランが話していた家を建てるところは決して見られないし、アドラステイアの南端《なんたん》の山にスキーをしに行くこともなく、彼《かれ》が父親になるところも見られず、そのほかに思い描《えが》いてきたどんなことも永遠に叶《かな》わない。

そのことを思うと、どんな肉体的な痛みよりもつらかった。

キラは指に触《ふ》れた。テッセライトのついた磨《みが》き上げられた鉄の指輪はなくなっている。アランを思い出させてくれるただひとつの形あるものを失ってしまった。

そのとき、何年も前のある思い出がふとよみがえった。温室のなかで父親が隣《となり》にひざまずき、キラの腕《うで》の切り傷に包帯を巻きながら言っていた。「痛みというものは、私たちが自らつくりだすものなんだよ、キラ」父はキラのおでこを人差し指でつついた。「痛いと思うから痛いんだ」

そうかもしれない、だけどキラはやっぱり怖《こわ》かった。痛いものは痛く、痛みは自らの存在を訴《うった》えかけてきた。

どれぐらい気を失っていたのだろう？　数分間？　数時間？　……いや、数時間は経っていない。キラは倒《たお》れた場所にそのまま横たわっていて、空腹も喉《のど》の渇《かわ》きも感じずにいる。悲嘆《ひたん》の苦しみに疲《つか》れ切っているだけだ。殴《なぐ》られたみたいに全身が痛かった。

閉じたまぶたの裏で、オーバーレイが何も映し出していないことに気づいた。「ペトラ、起動」システムは反応せず、映像がちらつきさえしなかった。「ペトラ、強制再起動」暗《くら》闇《やみ》に変化はない。

当然だ。UMCはわたしのインプラントをシャットダウンしたに決まってる。

キラは腕《うで》のくぼみに向かってうなった。わたしとネガーの体内にいる生物を、まさか軍の技術者たちが見落とすなんて。このゼノは大きい。ごく基本的な診察《しんさつ》でも見つけられたはずだ。UMCがしっかり仕事をしていれば、誰《だれ》も死なずにすんだのに。

「くそったれ」怒《いか》りが悲しみとパニックに勝り、キラは目をあけた。

むき出しの金属がまた見えた。蛍光灯《けいこうとう》。マジックミラー。なぜUMCはわたしを〈酌量《しゃくりょう》すべき事情〉号に乗せたのだろう？　感染を広げる危険を冒《おか》す理由は？　UMCの選択《せんたく》はどれも腑《ふ》に落ちない。

免《まぬが》れられないことを避《さ》けるのは、もうやめにしよう。キラは覚悟《かくご》を決めて見下ろした。

身体はいまも漆黒《しっこく》の層で覆《おお》われている。それだけで、ほかには何もない。その素材は部分的に重なり合っている筋肉の層に似ている。キラの動きに合わせて、個々《ここ》の繊維《せんい》が伸縮《しんしゅく》するのが見えた。キラの不安が高まると、繊維《せんい》にかすかな光が伝達されていくようだ。知覚していいるのだろうか？　いまのところ、確かなことは知るすべもない。

おそるおそる腕《うで》の一か所に触《ふ》れてみる。

キラは歯をむいて息を漏《も》らした。あいだに繊維《せんい》など存在しないみたいに、腕《うで》に指がじかに触《ふ》れているのを感じる。この寄生体――機械か有機体かはわからない――はキラの神経系に侵入《しんにゅう》していた。肌《はだ》に当たる循環《じゅんかん》している空気の動きがわかり、身体に押《お》しつけられている床《ゆか》の隅々《すみずみ》についても、同じくはっきりした感触《かんしょく》がある。キラは素っ裸《ぱだか》でいるのも同然だった。

それなのに……寒くはない。寒さを感じるのが当然なのに。

キラは足の裏を観察した。手のひらと同様に黒いスーツで覆《おお》われている。上のほうまで感触《かんしょく》を確かめていくと、身体の正面側、首の上あたりでスーツが途切《とぎ》れているのを発見した。小さな隆起《りゅうき》がある。繊維《せんい》と皮膚《ひふ》のあいだに段差があって、耳の周りでぐるっとカーブしている。背面では、繊維《せんい》はずっとつづいていて後頭部まで覆《おお》い――

髪《かみ》の毛がなくなっている。指で探っていっても、頭のなめらかな曲線にしか触《ふ》れない。

キラは歯を食いしばった。このゼノはわたしからほかに何を奪《うば》ったの？

意識を集中して身体の違和感《いわかん》を確かめていくうちに、ゼノが繋《つな》がっているのは身体の外側だけではないことに気づいた。目立たないとはいえ、体内にも入り込《こ》み、満たし、染み込《こ》んでいた。

胃のなかのものがせり上がり、閉所恐怖症《へいしょきょうふしょう》に陥《おちい》りかけて、息ができなくなる。ゼノに囚《とら》われて抱《かか》え込《こ》まれ、どこにも逃《に》げられない……

身を折って吐《は》こうとした。何も出てこなかったが、舌に胆汁《たんじゅう》が残り、吐《は》き気は治まらない。

キラはおののいた。ゼノがすっかり体内に入り込《こ》んでいるのなら、UMCはどうやって汚染《おせん》を除去するというのだろう？　キラは何か月も、ことによると何年も隔離《かくり》されることになる。このゼノから離《はな》れられずに。

部屋の片隅《かたすみ》に唾《つば》を吐《は》き、無意識に腕《うで》で口を拭《ふ》いた。唾《つば》の汚《よご》れが繊維《せんい》に染み込《こ》んでいく。まるで布に水が染み込《こ》むみたいに。

ぞっとする。

シューっというかすかな音――スピーカーがオンになるような音――が静寂《せいじゃく》を破り、新たな光源がキラの顔を照らした。

3

壁《かべ》の半分をホログラムが覆《おお》っている。数メートルの高さの映像だ。何も載《の》っていない小さな机――戦艦《せんかん》のような灰色に塗《ぬ》られている――が、机と同じく小さく、同じくがらんとした部屋の中央に置かれているのが見える。背もたれがまっすぐでひじ掛《か》けのない椅子《いす》がひとつ、机の奥《おく》にある。

女性がひとり入ってきた。中背で、黒氷のかけらのような目をしていて、きっちりセットした髪《かみ》には白髪《しらが》が交じっている。ということは、改革フッター派*30か、それに類するものだろう。ウェイランドにフッター派は数えるほどしかいなかった。入植地の月例集会で何組かの家族を見かけることがあった。年配者たちはたるんだ皮膚《ひふ》や生え際の後退した髪《かみ》、ほかにも明らかな老化のしるしが表れていて、いつも目立っていた。キラは幼かったころはその姿が怖《こわ》くて、ティーンエイジャーになったころには魅了《みりょう》されていた。

けれどキラが注目していたのは女性の容貌《ようぼう》ではなく、服装だった。その女性は灰色の制服――机と同じような灰色――を着ているが、パリッとアイロンがかけられていて、鋭《するど》い折り目は硬《かた》い工具鋼《こう》も切れそうなほどだ。キラはその制服の色に見覚えがなかった。青は海軍／宇宙法人。緑は陸軍。灰色は……？

女性は着席し、机の上にタブレットを載《の》せると、両手の人差し指の先で中央に配置した。

「ミズ・ナヴァレス、自分がどこにいるかわかりますか？」彼女《かのじょ》はグッピーみたいに薄《うす》く平べったい口をしていて、しゃべると下の歯が見えた。

「〈酌量《しゃくりょう》すべき事情〉号」キラは喉《のど》に痛みを感じた。ひりひりして腫《は》れている感じがする。

「たいへん結構。ミズ・ナヴァレス、これは星間安全保障法[*31]第五十二条に基づく正式な供述録取です。すべての質問に対し、わかる限り包み隠《かく》さず答えてもらいます。ここは法廷《ほうてい》ではありませんが、協力しなければ妨害《ぼうがい》の罪に問われる可能性があり、虚偽《きょぎ》の供述をしたことがのちに発覚した場合は偽証罪《ぎしょうざい》に問われます。では、クライオから目覚めたあとで覚えていることをすべて話してください」

キラはとまどい、呆然《ぼうぜん》として、目をぱちくりさせた。一語一語を歯の隙間《すきま》から押《お》し出すようにして言う。「チームのみんな……チームのみんなはどうなったの？」

グッピー顔の女性が唇《くちびる》を固く閉じると、唇《くちびる》は一本の薄《うす》い線になった。「誰《だれ》が生き残ったのかと訊《き》いているのであれば、生存者は四人よ。メンドーサ、ネガー、マリー＝エリーズ、ジェナン」

少なくともマリー＝エリーズは生きていた。頰《ほほ》に新たな涙《なみだ》がこぼれ落ちそうになり、キラは顔をしかめた。この女の前で泣くのはいやだ。「ネガーが？　どうやって……」

「彼女《かのじょ》が吐《は》き出した有機体は……例の攻撃《こうげき》のあと、現在あなたに付着しているものと融合《ゆうごう》したことが映像に記録されていた。わかっている限りでは、両者に違《ちが》いは確認できません。いまのところ私たちの仮説としては、あなたの有機体のほうがより大きく、より発達していたため、ネガーの有機体はそちらに引きつけられたのではないかと――いうなれば、数の少ないミツバチの群れが数の多いほうに加わるように。ネガーは何か所か内出血を起こしていたほかは無傷で感染もしていないようだけど、目下のところ確実なことは言えない」

怒《いか》りが高まり、キラは両手にこぶしを握《にぎ》った。「どうしてもっと早くゼノを見つけられなかったの？　UMCが見つけていれば――」

女性は片手で話をさえぎった。「こんなことをしている時間はないのよ、ナヴァレス。ショックを受けたのはわかるけど――」

「わかるはずがないわ」

グッピー顔の女性は軽蔑《けいべつ》にも似た目つきをキラに向けた。「ゼノに侵入《しんにゅう》されたのはあなたが初めてじゃないし、友人を亡くしたのも間違《まちが》いなくあなたが初めてじゃありませんよ」

自責の念に苛《さいな》まれ、キラはしばしうつむいてぎゅっと目を閉じた。こぶしを握《にぎ》った手の甲《こう》に熱い涙《なみだ》がぽたぽた落ちていく。「彼《かれ》はわたしのフィアンセだった」キラはつぶやいた。

「なんの話です？」

「アラン、彼《かれ》はわたしの婚約者《こんやくしゃ》だった」さっきよりも大きな声で言う。キラは挑《いど》むような目つきで女性を見た。

グッピー顔の女性は少しもひるまなかった。「アラン・J・バーンズのこと？」

「ええ」

「そうだったのね。それならば、UMCからお悔《く》やみ申し上げます。さあ、しっかりしてちょうだい。あなたにできるのは、神の思《おぼ》し召《め》しを受け入れて前に進むことだけ。やるしかないのよ、ナヴァレス」

「そんなに簡単な話じゃないわ」

「簡単だなんて言ってないでしょう。大人になって、プロフェッショナルらしく振舞《ふるま》いなさい。あなたならできるはずよ。あなたの記録を読みましたからね」

その言葉はキラのプライドをくすぐったが、決して認めるつもりはなかった。「へえ？　あなたはいったい何者なの？」

「なんですって？」

「名前は？　まだ教えてもらってないけど」

一切の個人情報をキラに教えたくないみたいに、女性の顔が険しくなった。「チェッター少佐。では、話を――」

「で、何者なの？」

チェッターは片方の眉《まゆ》を上げた。「最後に確認したときは、人間だったわね」

「そうじゃなくて……」キラは相手の灰色の制服を示した。

「どうしても知りたいというなら教えるけど、ヘンリクセン艦長《かんちょう》の特別随行員《ずいこういん》よ。こんなことはどうでも――」

キラはいらだち、声を荒《あら》らげた。「部隊のどの部門かを教えてもらうこともできないの？　機密事項《じこう》とか？」

チェッターは冷たい表情を崩《くず》さず、そのプロらしい無表情からは、考えていることも感じていることもまったくうかがい知ることができない。「連合軍事司令部情報局《UMCI》。[*32] 艦隊《かんたい》情報部[*33]」

スパイというわけね、それとも、なお悪ければ、政務官。キラはせせら笑った。「彼《かれ》らはどこ？」

「誰《だれ》のことです、ミズ・ナヴァレス？」

「わたしの仲間たち。生き……救出された人たちよ」

「〈フィダンザ〉号でクライオに入って、この惑星系《わくせいけい》から避難《ひなん》しているわ。これでどう。満足？」

キラは吹《ふ》き出した。「満足？　満足かって⁉　このおぞましいものを取ってよ」腕《うで》を覆《おお》っている黒い物体をぐいと引っ張る。「必要なら切り落としてもいいから、とにかく取って」

「そう、あなたの要求ははっきりしているわけね。そのゼノを取り除くことができるのであれば、取り除きましょう。でもまずは何があったのか話すのよ、ミズ・ナヴァレス、い、い、いますぐに」

キラはまた悪態をつきそうになるのをぐっとのみ込《こ》んだ。わめき散らして罵《ののし》りたかった。食ってかかって、自分の苦しみのほんの一部だけでもチェッターに味わわせてやりたかった。だけど、そんなことをしたって、どうにもならない。だから命じられたとおりにした。記憶《きおく》しているほぼすべてのことを話した。大して時間はかからず、打ち明けても少しも気は休まらなかった。

少佐は質問を連発し、その大半は寄生体が飛び出してくる前の数時間に関することだった。キラは何か異変に気づいたか？　胃の不調、体温の上昇《じょうしょう》、侵入《しんにゅう》してくる思考は？　何か嗅《か》ぎなれないにおいがあったか？　皮膚《ひふ》にかゆみは？　発疹《はっしん》は？　不可解な喉《のど》の渇《かわ》きや欲求は？

かゆみのほかは、ほとんどの質問に対する答えはノーで、そのことが少佐には嬉《うれ》しくなさそうだった。特に、キラが知る限りネガーも同じくそれらの症状《しょうじょう》が出ていなかったことを説明したときは。

質問に答えたあとで、キラは訊《き》いた。「どうしてわたしをずっとコールドスリープさせておかなかったの？　なんでわたしは〈酌量《しゃくりょう》すべき事情〉号に乗せられているの？」キラには理解できなかった。宇宙生物学において、隔離《かくり》の維持《いじ》は何よりも重要な務めだ。それを破るなんて、宇宙生物学者にしてみれば、考えるだけでも冷《ひ》や汗《あせ》ものだった。

チェッターは上着のありもしないしわを伸《の》ばした。「私たちはあなたを凍《こお》らせようとしたのよ、ナヴァレス」そしてキラの目を見つめた。「凍《こお》らせようとしたけど、失敗したの」

キラの口のなかがカラカラになった。「失敗した」

チェッターは小さくうなずいた。「その有機体があなたの身体から冷凍《れいとう》注射薬を除去してしまったから。あなたを抑《おさ》えておくことができなかった」

キラは新たな恐怖《きょうふ》に襲《おそ》われた。冷凍《れいとう》することが、ゼノを制止するいちばんの近道だ。それができないとなれば、広まっていくのをすぐには防げない。さらに、クライオを使わなければ、キラが星に戻《もど》るのはとんでもなく困難なことになる。

チェッターの話は終わっていなかった。「あなたとネガーを隔離《かくり》から解放したあと、UMCのメディカルチームはどちらとも近距離《きんきょり》で接触《せっしょく》した。あなたたちの皮膚《ひふ》に触《ふ》れた。同じ空気を吸った。同じ器具を扱《あつか》った。そのあと——」チェッターは張り詰《つ》めた様子で前のめりになった。「——彼《かれ》らはここに、〈酌量《しゃくりょう》すべき事情〉号に戻《もど》ってきた。ナヴァレス、これでわかった?」

キラの頭のなかを思考が駆《か》け巡《めぐ》った。「感染の危険にさらされていたというわけね」

チェッターはうなずいた。「ネガーがクライオから覚めてゼノが現れるまで、二日半かかっていた。あなたの場合はもっと短期間。冷凍《れいとう》することは有機体の発達を遅《おく》らせるかもしれないし、遅《おく》らせないかもしれない。どちらにしても、最悪の事態を想定しておかなければ。あなたたちを解放してから経過した時間を差し引くと、これから十二時間から四十八時間以内に、無症候性《むしょうこう》の寄生を検知して対処する方法を見つけ出す必要がある」

「時間が足りないわ」

チェッターの目つきが険しくなった。「やるしかないのよ。ヘンリクセン艦長《かんちょう》はもう要職以外のクルー全員をクライオさせるよう命じている。明日中に解決策が見つからなければ、ひとり残らず冷凍《れいとう》することになっています」

キラは唇《くちびる》を舐《な》めた。わたしが〈酌量《しゃくりょう》すべき事情〉号に乗せられることになったのも不思議じゃない。UMCは必死なのね。「じゃあ、わたしはどうなるの?」

チェッターは両手の指を合わせた。「船脳《シップ・マインド》*34のビショップが判断し、あなたの検査をつづけることになるわ」

その理屈《りくつ》はうなずけた。シップ・マインドはほかの生命維持《いじ》システムからは切り離《はな》されている。当然、ビショップが感染する危険はまったくないはずだ。

ひとつだけ問題がある。キラが保有しているものがなんであれ、それは微小《びしょう》なレベルの脅威《きょうい》ではないのだ。キラは顎《あご》を上げた。「それでもしも……もしもこのゼノがアドラステイアで見せたような行動を取ったら? 船体に穴を貫通《かんつう》させかねないのよ。地上に圧力ドームを設置して、そこでゼノを調査するべきだったのに」

「ミズ・ナヴァレス……」チェッターは目の前に置いたタブレットの位置をごくわずかに調整した。「現在あなたの身体を占《し》めているゼノは、戦術的にも、政治的にも、科学的にも、連盟にとって最重要になりうるものよ。この船やクルーを危険にさらすことになろうとも、アドラステイアに残していくわけにはいかなかった」

「そんなの――」

「それに、あなたがいまいるその部屋は、この船の残りの場所から完全に孤立《こりつ》している。あなたがたの基地でしたように、そのゼノが〈酌量《しゃくりょう》すべき事情〉号を破壊《はかい》しようとしたら、あるいは別の攻撃《こうげき》的な行為《こうい》を示したら、ポッドごと宇宙空間に投げ捨てることが可能です。わかるわね？」

キラは思わず歯を食いしばった。「ええ」その予防措置《そち》に対して、彼《かれ》らを責めることはできなかった。もっともな話だ。だからといって、そのやり方に満足する必要もない。

「誤解のないようはっきり言っておきますよ、ミズ・ナヴァレス。感染を検知する確かな方法がわからない限り、連盟は私たちを誰《だれ》ひとり——あなたの仲間たちも含《ふく》めて——絶対に帰らせない。もう一度くり返すわ。答えが見つからなければ、この船の誰《だれ》ひとりとして人間の居住する星から一〇光年以内の距離《きょり》に近づくことは許されない。連盟は私たちが着陸する前にこの船を空から吹《ふ》き飛ばすでしょうし、そうなってもやむを得ない」

マリー＝エリーズやほかのみんなに申し訳なくなったが、ともかく彼《かれ》らは時間の経過には気づかずにいられるはずだ。キラは肩《かた》をいからせた。「わかったわ。で、わたしにどうしろと？」

チェッターは面白くもなさそうな笑みを浮《う》かべた。「あなたに進んで協力してほしい。できる？」

「ええ」

「たいへん結構。では——」

「ひとつだけ。生き延びられなかったときのために、家族と友人宛《あて》にいくつかメッセージを記録しておきたいの。アランのお兄さんのサム宛《あて》にも。機密扱《あつか》いのことは何も漏《も》らさないけど、彼《かれ》にはわたしから直接伝えるべきでしょう」

少しのあいだ少佐は思案し、すばやく視線を動かして目の前の何かを読んでいた。「それなら手配できるわ。ただし、通信を許可されるまでいくらか時間はかかるかもしれない。司令部の指示があるまでは通信を絶つことになっているから」

「わかったわ。そうだ、それと――」

「ミズ・ナヴァレス、私たちは非常に厳しい期限のもとで動いているのよ」

キラは片手を上げた。「わたしのインプラントをまた作動させてもらえる？　オーバーレイなしでここにいたら、頭がおかしくなりそう」そう言って、笑いそうになった。「どっちみち頭はおかしくなるかもしれないけど」

「それは無理だわ」チェッターは答えた。

キラはまた身構えた。「無理なのか、そうするつもりがないのか、どっち？」

「無理なのよ。ゼノがあなたのインプラントを破壊《はかい》したから。残念だけど。作動できるものが残っていないの」

キラはうめいた。また誰《だれ》かを亡くしたような気分だった。すべての記憶《きおく》が……。毎日の終わりに基地のサーバーに自動でバックアップを取るよう設定はしてあった。サーバーが無事であれば、キラの個人的なアーカイブも無事だが、そのあとに起きたことはすべて失われ、脆《もろ》くてあてにならない脳の組織のみに存在することになる。どちらかを選べと言われたら、インプラントより腕《うで》を失うほうがましだった。オーバーレイがあれば、世界のなかに世界ができる――現実とつくられた世界の両方、心ゆくまで探求できる完全な宇宙が。オーバーレイがないと、残されるのは薄弱《はくじゃく》で乏《とぼ》しい自らの思考と、その先でこだまする暗《くら》闇《やみ》だけだ。おまけに感覚も鈍《にぶ》っている。紫外線《しがいせん》や赤外線を見ることもできず、周囲の磁場を感じることもできず、マシンに接続することもできず、何より最悪なことに、知らないことも調べられない。

キラは衰《おとろ》えていた。あの物体によって獣《けもの》と同じレベルに引き下げられ、ただの肉のかたまりに成り果てた。高められていない原始的な肉塊に。ゼノは脳に入り込《こ》み、インプラントとニューロンを繋《つな》いでいたナノ細線を断ち切ったということになる。

ほかには何を断ち切ったの？

キラは荒《あら》い息をしながらしばし無言で立ち尽《つ》くしていた。胴体《どうたい》を包むゼノのスーツが鋼板みたいに硬《かた》く感じられる。チェッターはキラの邪魔《じゃま》をしないだけの分別があった。

ようやくキラは口を開いた。「だったら、タブレットをちょうだい。ホロ眼鏡《グラス》でもいいから。何かを」

チェッターは首を振《ふ》った。「ゼノがこちらのコンピューターシステムにアクセスすることを許すわけにはいかないわ。いまのところは。危険すぎる」

キラはふーっと息を吐《は》いたが、文句を言うほどばかじゃない。少佐の言っていることは正しかった。「ああ、もう。わかった。じゃあ始めましょう」

チェッターはタブレットを手に取り、立ち上がった。「ナヴァレス、最後にもうひとつ質問を。あなたはいまでも自分が自分だと感じる？」

その質問は触《ふ》れられたくない感情に訴《うった》えかけてきた。少佐が問いかけていることの意味がキラにはわかった。キラの精神をコントロールしているのは、いまでもキラ自身なのか？　真実がどうであれ、無罪放免《ほうめん》になりたければ、正しい答えはひとつしかない。

「はい」

「よかった。その答えが聞きたかったの」そう言いながらも、チェッターは満足そうには見えなかった。「いいでしょう。ドクター・カーがすぐに来ます」

チェッターが立ち去ろうとしたとき、キラのほうもひとつの問いを投げかけた。「こういう遺物をほかにも発見したことが？」息つく間もなく言葉が自然とこぼれ落ちていく。

「このゼノみたいな？」

少佐はキラを見つめ返した。「いいえ、ミズ・ナヴァレス、発見していません」

ホログラムはちらつきながら消えた。

4

キラは気密扉《とびら》のそばに座りながら、少佐の最後の質問についてまだ考えていた。自分の思考や行動、あるいは感情が、いまでも自分自身のものだと、どうすれば確信できるというのか？　多くの寄生体は宿主の行動を変化させるものだ。このゼノもキラに同じことをしているかもしれない。

だとしたら、自分では気づいてさえいないのかもしれない。

だけど、このゼノがどんなに賢《かしこ》くても、エイリアンには操り切れないこともあるはずだ。思考、記憶《きおく》、言語、文化——どれも非常に複雑でコンテクストに依存《いぞん》するものなので、エイリアンには完全に理解することができない。そう、人間でさえも異なる文化を理解するのは困難だ。しかし、大きな感情、衝動《しょうどう》、行動、これらは操られやすい。ことによると、キラの怒《いか》りはこの有機体が生じさせているのかもしれなかった。そんな感じはしなかったが、そういうものなのだろう。

冷静さを保ちつづけないと、とキラは思った。このゼノが何をしようと自分にはどうにもできなくても、異常な行動を取らないか気をつけておくことはできる。

頭上のスポットライトがひとつパッと点灯し、キラを強烈《きょうれつ》な光の下に釘付《くぎづ》けにした。その先の暗闇《くらやみ》にかすかな動きがあり、ロボットアームが降りてくる。

円筒形《えんとうけい》をした壁《かべ》の半ばほどの高さで、マジックミラーがぼやけたかと思うと透明《とうめい》になった。鏡の向こうに、UMCの制服を着た猫背《ねこぜ》で背の低い男が操作卓《たく》を前にして立っているのが見えた。茶色の髭《ひげ》をたくわえ、落ちくぼんだ目でキラを興味深そうにじっと見つめている。

天井のスピーカーが作動し、男のだみ声が聞こえてくる。「ミズ・ナヴァレス、私はドクター・カーだ。きみは覚えていないだろうが、これが初対面ではない」

「つまり、あんたがわたしの仲間のほとんどを殺したってわけね」

医師は頭を横に傾《かたむ》けた。「いいや、殺したのはきみだろう、ミズ・ナヴァレス」

その瞬間《しゅんかん》、キラの怒《いか》りは凍《こお》りつき、憎《にく》しみに変わった。「ふざけないで。このくそったれ！　なんでゼノを見落とせたのよ？　こんなに大きいのに」

カーは肩《かた》をすくめ、キラには見えないディスプレイのボタンを押《お》していく。「それを突《つ》き止めるためにここにいるんだ」カーはフクロウみたいな丸顔でキラを見下ろした。「時間を無駄《むだ》にするのはやめなさい。さあ飲んで」片方のロボットアームがオレンジ色の液体の入ったパウチ袋《ぶくろ》を差し出した。「固形食を取る時間の余裕《よゆう》ができるまで、これで持ちこたえられるだろう。私の前で倒《たお》れられたら困るからな」

　悪態を噛《か》み殺し、キラはパウチを受け取って一気に飲み干した。

　するとエアロックにはめ込《こ》まれたハッチ扉《とびら》が開き、キラはカーに言われたとおりパウチを放り込《こ》んだ。ハッチ扉《とびら》が閉まり、エアロックの空気が排出《はいしゅつ》される大きな音がした。

　そのあと、カーはキラに休む間も与《あた》えず立てつづけに検査を受けさせた。超音波《ちょうおんぱ》。分光写真。X線。PETスキャン（これに先駆《さきが》けて乳白色の液体を一杯《ぱい》飲まされた）。培養《ばいよう》。反応検査……さらにカーはあらゆることを試していった。

　ロボット——カーはS・PAC[*35]と呼んでいる——が助手の役割を果たした。血液、唾液《だえき》、皮膚《ひふ》、組織。キラから採取できるものは、採取した。スーツに身体を覆《おお》われているため尿《にょう》検査《けんさ》はできなかったし、いくら飲んでも尿意《にょうい》を催《もよお》さず、そのことがキラはありがたかった。

　カーに観察されながらバケツにおしっこするなんてお断りだ。

　怒《いか》りを——それに恐怖《きょうふ》を——感じていながらも、キラは抑《おさ》えきれないほどの強い好奇心《こうきしん》も覚えていた。こんなゼノを研究するチャンスが来ることを、これまでずっと願ってきたのだ。

そのチャンスがこれほど恐《おそ》ろしい代償《だいしょう》と引き換《か》えでさえなければ。

この有機体についてカーがどんなことを学びつつあるのか探ろうとして、キラは医師がどの検査をどの順番でしているのかに細心の注意を払《はら》っていた。なんとも腹立たしいことに、カーは検査結果を教えようとしなかった。キラが質問するたびに、カーははぐらかしたり、答えるのをきっぱり拒否《きょひ》したりしていて、おかげでキラの機嫌《きげん》はちっともよくならなかった。

医師がコミュニケーションを取ろうとしなくても、顔をしかめたり悪態をついたりしている様子から、この物体が検査に対して非常に強い耐性《たいせい》を示していることはわかった。

キラは自分なりの仮説を立てていた。顕微鏡《けんびきょう》を必要としない大きなものよりも微生物《びせいぶつ》学のほうが専門だが、二、三のことを導き出せる程度にはどちらの知識もある。第一に、特性から考えると、このゼノが自然に進化したはずはない。非常に高等なナノマシンか、なんらかの種類の遺伝子操作をされた生物だ。第二に、このゼノは少なくとも初歩的な意識を有している。ゼノが検査に反応しているのをキラは感じ取っていた。腕《うで》のわずかなこわばり。見えないぐらいかすかな、胸元に現れたシャボン玉のようなきらめき。筋肉の微妙《びみょう》な収縮。けれどゼノが知覚していようといまいと、カーはそのことに気づいてもいなかっただろう。

「じっとして」カーは言った。「違《ちが》うことを試してみよう」

Ｓ‐ＰＡＣの片方がケースのなかから刃先《はさき》の鈍《にぶ》い外科用メスを取り出し、左腕《ひだりうで》に近づけてくるのを見て、キラは身を固くした。息を詰《つ》めて刃《は》が触《ふ》れるのを待つ。ガラスのように鋭《するど》い刃《は》が肌《はだ》に触《ふ》れるのを感じた。

Ｓ‐ＰＡＣがメスを腕《うで》にすべらせると、刃《は》の下でスーツはくぼみをつくったが、繊維《せんい》は離《はな》れようとしなかった。ロボットはだんだん力を強くして同じ動きをくり返し、ついにはメスをすべらせるのを諦《あきら》めて、短い切り傷をつけようとした。

観察していると、刃《は》の下で繊維《せんい》が融合《ゆうごう》して強化されるのがわかった。まるでメスは成形された黒曜石の表面をすべっているようだ。刃《は》が小さく鋭《するど》い音を立てた。

「痛みは？」カーが問いかけた。

キラは決してメスから目をそらさず首を振《ふ》った。

ロボットアームは数センチ引っ込《こ》んだかと思うと、メスのカーブした先端《せんたん》を腕《うで》にすばやく突《つ》き刺《さ》そうとした。

カチーンというベルのような音と共に刃《は》が折れて、キラの顔の横を金属片が回転しながら飛んでいく。

カーは顔をしかめた。振《ふ》り返ってキラには見えない誰《だれ》か（複数の相手かもしれない）と話をしてから、またこちらに顔を向ける。「よし。もう一度だ、動くんじゃないぞ」

キラは従い、S-PACはゼノに覆《おお》われた皮膚《ひふ》の隅々《すみずみ》を目にもとまらぬすばやさで突《つ》き刺《さ》していく。どこを刺《さ》されても、有機体は強化され、小型の堅固《けんご》な鎧《よろい》となった。カーはキラに足を上げさせ、ロボットに指示して足の裏まで突《つ》き刺《さ》した。そのときはキラもさすがにひるんだ。

このゼノは身を守ることができるというわけね。すばらしい。となると、身体から取り除くのは相当難しいだろう。利点としては、刺《さ》されることを心配せずによくなった。これまでもそんな心配はしていなかったけど。

これがアドラステイアで現れたときは、大釘《おおくぎ》が飛び出し、つるがのたくっていたのに……どうしていまはそんなふうに動かないの？　まさに攻撃《こうげき》的な反応を引き起こしそうな状況《じょうきょう》にあるというのに。わたしの皮膚《ひふ》にくっついてから、動く能力を失ったのだろうか？

キラにはわからず、スーツは教えてくれなかった。

ロボットアームが仕事を終えると、医師は内側を噛《か》んでいるみたいに片方の頬《ほほ》をへこませながら立ち上がった。

「それで？　何がわかったの？　化学組成？　細胞《さいぼう》構造？　DNA？　なんでもいいから教えてよ」キラは言った。

カーは髭《ひげ》を撫《な》でつけた。「機密事項《じこう》だ」

「いいじゃない」

「両手を頭に」

「ねえ、わたしが誰《だれ》に話すっていうのよ？　きっと力になれるわ。教えて！」

「両手を頭に」

悪態をこらえ、キラは言われたとおりにした。

5

次に始まった検査はずっと厳しく、侵襲《しんしゅう》的でさえあった。破壊《はかい》試験。剪断《せんだん》試験。耐久《たいきゅう》試験。喉《のど》にチューブを挿《さ》し込《こ》まれ、注射され、極度の熱さや冷たさにさらされた（この寄生体は優れた断熱材だと判明した）。カーは逆上しているようだった。キラがのろのろしていると怒鳴《どな》りつけ、何度かは助手——カミンスキーという名の哀《あわ》れな少尉《しょうい》——を叱責《しっせき》したり、ほかのスタッフたちにカップや書類を投げつけたりすることもあった。これまでの実験からカーが求める答えを得られていないのは明らかで、クルーに残された時間はたちまち尽《つ》きていく。

最初のデッドラインが訪れ、何事もなく過ぎた。十二時間が経過しても、キラの知る限り〈酌量《しゃくりょう》すべき事情〉号の誰《だれ》からもゼノは出現していなかった。出現していたとしても、カーがそのことを教えてくれたとは思えない。けれど、医師の様子には変化が表れていた。集中力と決意を新たにし、調子を取り戻《もど》している。次のデッドラインまでは、もっと時間をかけて取り組むことができるのだ。クルーがクライオに入るまで、あと三十六時間ある。

船内に夜が訪れたが、検査はまだつづいていた。

制服のクルーがカーにコーヒーらしきものの入ったマグカップを次から次へと運んできて、夜が更《ふ》けていくあいだに医師は何錠《じょう》か薬も飲んでいた。スティムウェア*36か何かの睡眠《すいみん》代用薬だ。

キラもだんだん疲《つか》れてきていた。「わたしにもくれない？」カーのほうを手ぶりで示して頼《たの》んでみる。

カーは首を振《ふ》った。「脳内の化学物質がダメージを受けてしまう」

「睡眠《すいみん》不足でも同じことになるでしょ」

それを聞いてカーは少し思案したが、結局はまた首を振《ふ》っただけで、目の前の計器板に注意を戻《もど》した。

「いやなやつ」キラはブツブツ言った。

酸と塩基はゼノに対して効果がなかった。電荷をかけても有機体の皮には無害だった（天然のファラデーケージをつくりあげているようだ）。カーが電圧を上げると、Ｓ‐ＰＡＣの先端《せんたん》から化学光がひらめき、ロボットアームは放り投げられたみたいにパッとさがった。オゾンのにおいがあたりに充満《じゅうまん》し、Ｓ‐ＰＡＣのマニピュレータが溶《と》けて融合《ゆうごう》し、赤熱して輝《かがや》いているのが見える。

カーは痛そうなぐらい強く髭《ひげ》の先を引っ張りながら、観察室のなかをうろうろと歩き回った。頬《ほほ》を赤くして、危険なまでに怒《いか》りをたぎらせているようだ。

と、カーはぴたりと止まった。

少しするとカタンという音がして、キラの独房《どくぼう》の外の配達箱に何かが投入された。なんだろうと思いながら配達箱をあけると、サングラスが入っていた。レーザーから目を保護するものだ。

キラのなかで不安の虫が身をよじった。

「サングラスをかけて。左腕《ひだりうで》を出しなさい」カーが命じた。

キラはしぶしぶ従った。サングラスをかけると室内が黄みがかって見えた。

無事だったほうのＳ‐ＰＡＣの先端《せんたん》に装備されたマニピュレータが花のように開き、光沢《こうたく》のある小さなレンズが現れた。不安が強まったが、キラはじっと動かずにいた。この物体を切り離《はな》せる可能性が少しでもあるなら、どんなに痛くても受け入れるつもりだった。さもないと、死ぬまでずっと隔離《かくり》されたまま過ごすことになってしまう。

Ｓ‐ＰＡＣはキラの上に移動してきて、腕《うで》の少しだけ左で止まった。バチっという音と共に、キラが立っているすぐそばの床《ゆか》に向けて、紫《むらさき》がかった青いビームがレンズから放たれる。照射された光の筋のなかで細かな埃《ほこり》の粒子《りゅうし》がきらめき、床《ゆか》の格子が鮮紅《せんこう》色に輝《かがや》きはじめた。

ロボットアームは横に移動し、キラの腕《うで》にビームが当たるようにした。

キラは身を固くした。

パッと閃光《せんこう》がひらめき、煙《けむり》が渦巻《うずま》きながら立ちのぼり、そして……そして驚《おどろ》いたことに、石の周りをよけて水が流れるみたいに、レーザービームはキラの腕《うで》に沿って曲がった。腕《うで》を回避《かいひ》して通り過ぎると、レーザーは幾何学《きかがく》的精度を回復し、そのまま床《ゆか》にまっすぐ落ちて格子に赤い線を引いた。

ロボットアームは止まることなくすべるように横移動をつづけた。ある時点で、レーザーはくるっと方向転換《ほうこうてんかん》し、キラの腕《うで》の内側を弧状《こじょう》に進んだ。

キラは少しも熱さを感じなかった。レーザーなど存在しないみたいだ。

このゼノがしているのは不可能なことではない。ただ、すごく難しいだけで。光を曲げられる物質は山ほどあり、さまざまな形で利用されている。キラが子どものころに友だちとの遊びに使っていた透明《とうめい》マントがいい例だ。しかし、瞬時《しゅんじ》にレーザーの正確な波長を検知し、その向きを変えられるコーティングを即座《そくざ》につくるというのは、見事な離《はな》れ業《わざ》だ。連盟の最上級の組立工でさえも、そんなことはできないだろう。

このゼノの能力について、キラはまたもや評価を上方修正した。

ビームが消えた。カーは険しい表情で髭《ひげ》を掻《か》いていた。若い男性——おそらく少尉《しょうい》——がカーに近づいていって何かを告げる。カーは振《ふ》り返って相手を怒鳴《どな》っているようだ。少尉《しょうい》はひるみ、敬礼して短い返事をした。

キラは腕《うで》をおろそうとした。

「そのまま」カーが命じる。

キラは姿勢を直した。

ロボットアームがキラのひじから数センチ下の場所に狙《ねら》いを定めた。

バチッ！　と銃声《じゅうせい》なみに大きな音が響《ひび》き、キラは短い悲鳴をあげた。赤熱する大釘《おおくぎ》で突《つ》き刺《さ》されたみたいだった。腕《うで》を引っ込《こ》め、傷口を手で押《お》さえる。指の隙間《すきま》から、腕《うで》に小指ほどの大きさの穴があいているのが見えた。

キラはその光景に衝撃《しょうげき》を受けた。さまざまなことを試してきたが、このレーザーの発射が初めてスーツを傷つけたのだ。

驚《おどろ》きのあまり痛みも忘れそうなほどだった。キラは身を折り、顔をゆがめながら最初の波が治まるのを待った。

何秒か経ったあと、腕《うで》の様子を確かめる。スーツは穴のなかへと流れ込《こ》んでいき、触手《しょくしゅ》のように繊維《せんい》が伸《の》びて絡《から》み合っていく。繊維《せんい》は傷口をふさぎ、ほどなくキラの腕《うで》は見た目も感覚も元通りになった。つまりこの有機体はまだ動くことができたわけだ。

キラは切れ切れに息を吐《は》いた。感じているのはスーツの痛みか、それとも自分自身の痛みだろうか？

「もう一度」とカーが言う。

キラは歯を食いしばり、こぶしを握《にぎ》って腕《うで》を伸《の》ばす。このスーツを切り裂《さ》くことができるなら、引っ込《こ》めることもできるかもしれない。

「どうぞ」キラは言った。

バチッ。

閃光《せんこう》と共に壁《かべ》から小さな蒸気が立ちのぼり、金属製の防護壁《ぼうごへき》に針で突《つ》いたほどの穴があいた。キラは顔をしかめた。スーツはもうレーザーの周波に順応している。

ほとんど間を置かずに――

バチッ。

さらに痛みが走った。「痛っ！」キラは腕《うで》をつかんでお腹に押《お》し当て、ぐっと唇《くちびる》を噛《か》みしめる。

「勝手に動くな、ナヴァレス」

キラは何度か呼吸をくり返したあとで、姿勢を正した。

さらに三回、立てつづけにキラの皮膚《ひふ》を大釘《おおくぎ》が突《つ》き刺《さ》した。腕《うで》全体が痛みに燃えるようだ。カーはスーツの防御《ぼうぎょ》を回避《かいひ》してレーザーの周波数を変えるやり方を見つけたらしい。

キラは高揚《こうよう》し、カーに話しかけようと口をあけ——

バチッ。

キラはたじろいだ。思わず身をすくめた。もういい、カーは充分楽《じゅうぶん》しんだ。もうやめさせるときだ。キラは腕《うで》を引こうとしたが、二本目のS‐PACがくるっと回転し、マニピュレータで手首をつかんできた。

「ちょっと！」

バチッ。

腕《うで》に新たな黒いクレーターができた。キラはうなり、ロボットアームを引っ張った。アームはピクリともしない。

「やめて!」カーに向かって叫《さけ》ぶ。「もう充分《じゅうぶん》よ!」

カーはキラを一瞥《いちべつ》すると、マジックミラーの下にあるモニターに視線を戻《もど》した。

バチッ。

すでにふさがっていたさっきと同じ場所に新たなクレーターが現れた。この一撃《いちげき》は腕《うで》の皮膚《ひふ》と筋肉を焼き、さらに深く穴をあけた。「やめて!」キラがわめいても、カーは返事もしない。

バチッ。

三つ目のクレーターが重なった。キラはパニックに陥《おちい》り、手首を押《お》さえつけているS‐PACをつかんでぐいと引き、全力で腕《うで》を後ろに回した。無駄《むだ》な抵抗《ていこう》になるはずだった――マシンは大きくて頑丈《がんじょう》だ――が、S‐PACのマニピュレータの後ろにある接合部がバキッと折れ、マニピュレータは作動液を飛び散らせながら壊《こわ》れてはずれた。

驚《おどろ》きのあまり、キラはしばし凝視《ぎょうし》していた。手首から引き離《はな》すと、マニピュレータは大きな音を立てて床《ゆか》に落ちた。

カーは表情を凍《こお》りつかせて呆然《ぼうぜん》と見つめている。

「もう終わりよ」キラは言った。

Shouts & Echoes

第6章 叫《さけ》びと反響《はんきょう》

1

ドクター・カーは非難を込《こ》めた冷たい目でキラを見下ろした。「元の姿勢に戻《もど》りなさい、ナヴァレス」

キラは中指を立ててみせ、カーの死角になっているマジックミラーの下へ歩いていき、壁《かべ》のところに座った。スポットライトはこれまでどおりキラを追って照らしつづけた。

カーがまた口を開く。「ふざけるな、遊びじゃないんだぞ」

キラは頭上に中指を突《つ》きあげた。「わたしがやめてと言ってもやめてくれないなら、あんたに協力する気はない」

「こんなことをしている時間はないんだ、ナヴァレス。元の位置に戻《もど》れ」

「もうひとつのS‐PACも壊《こわ》されたい？　やってもいいけど」

「最後の警告だ。きみが従わな――」

「うるさい」

あとにつづいた沈黙《ちんもく》が、医師の怒《いか》りを表しているようだった。やがてマジックミラーが曇《くも》り、向かいの壁《かべ》に反射した光が四角形に映った。

キラは詰《つ》めていた息を吐《は》いた。

星間安全保障法が何よ。UMCに好き勝手やらせるなんて冗談《じょうだん》じゃない！　これはわたしの身体で、彼《かれ》らのものじゃないんだから。なのに――カーがやってみせたように――キラは彼《かれ》らの思うままにされている。

キラはショックから立ち直れないまま腕《うで》をさすった。こんなにも無力だと感じるのははっらかった。

少しすると立ち上がり、潰《つぶ》れたS‐PACを足で小突《こづ》いた。外骨格《エクソスケルトン》*37や兵士のパワードスーツと同じように、ゼノがキラの力を増幅《ぞうふく》させたに違《ちが》いなかった。ロボットアームをばらばらに壊《こわ》せたのは、それしか説明がつかない。

腕《うで》の火傷《やけど》はといえば、その存在を思い出させるものはごくわずかな痛みだけだ。検査中ずっと、ゼノは自分を守るためにあらゆる手を尽《つ》くしていたのだ、とキラは思い至った。

レーザー、酸、炎《ほのお》、ほかにもいろいろ——寄生体はカーがキラに加えた攻撃《こうげき》のほぼすべてをかわしていた。

初めてこのゼノに対して……感謝ではないが、評価するような感情が芽生えた。この正体がなんであれ、アランとチームメイトの命を奪《うば》った憎《にく》い存在ではあるが、役に立つのも確かだ。それなりのやり方で、UMCよりもこのゼノのほうがキラを気遣《きづか》っていた。

そうこうするうちにホログラムがパッと現れた。さっきと同じ灰色の机が置かれた灰色の部屋で、灰色の制服を着たチェッター少佐が机の前に直立不動の姿勢で立っているのが見える。色のない部屋にいる色のない女性。

少佐が口を開く前にキラは言う。「弁護士を呼んで」

「連盟はあなたを刑法違反《けいほういはん》で告発していませんよ。そのときが来るまで、弁護士は必要ない」

「かもね、でもとにかく弁護士を呼んで」

チェッターは完璧《かんぺき》な靴《くつ》についた泥《どろ》を見るような目つきでキラを見た。彼女《かのじょ》はきっとソルの出身だ、とキラは確信していた。

「話を聞いてちょうだい、ナヴァレス。あなたは人命にかかわりかねない時間を無駄《むだ》にしているのよ。ほかには誰《だれ》も感染していないかもしれない。あとひとりだけ感染しているかもしれない。全員が感染しているかもしれない。問題は、それを知るすべがないということ。だからぐずぐずしないで仕事に戻《もど》りなさい」

キラはばかにするように鼻を鳴らした。「あと数時間でこのゼノについて理解できるはずがないじゃない、わかってるくせに」

チェッターは鉤爪《かぎづめ》みたいに指を大きく開きながら、机に両手をついた。「そんなことはありません。さあ、頭を冷やしてドクター・カーに協力して」

「いやよ」

少佐は爪《つめ》で机を叩《たた》いた。一度、二度、三度、そこでやめた。「星間安全保障法に従わないことは犯罪よ、ナヴァレス」

「それで？　だったらどうするの、わたしを刑務所《けいむしょ》に入れる？」

これ以上ないほど険しかったチェッターの目つきがさらに険しくなる。「そんな道は進みたくないでしょう」

「ふーん」キラは腕組《うでぐ》みした。「わたしは連盟の一員で、ラプサン貿易会社の法人市民権*38もある。わたしには確かな権利がある。このゼノの研究をつづけたい？　いいわ、だったらどうにかしてコンピューターにアクセスさせてよ、会社の担当者と話がしたいから。61シグニに速報を送って。いますぐに」

「無理よ、知ってるでしょう」

「おあいにくさま。これは譲《ゆず》れないわ。それとカーには、やめてと言ったらやめてもらう。それができないなら、全員エアロックから飛び出そうと知ったことじゃない」

静寂《せいじゃく》のあと、チェッターは唇《くちびる》をひきつらせ、ホログラムは消えた。

キラは大きく息を吐《は》き、くるっと回ると、行ったり来たりしはじめた。やりすぎただろうか？　そうは思わない。これでわたしの要求を聞き入れるか、その判断は艦長《かんちょう》にゆだねられている……艦長《かんちょう》の名前はヘンリクセンといったか。彼《かれ》がチェッターよりは公平だといいんだけど。艦長《かんちょう》は公平であるべきだ。

「なんでこんなことになっちゃったの？」キラはつぶやいた。

船の雑音のほか、返事はなかった。

2

五分と経たずにマジックミラーが透明《とうめい》になった。観察用の部屋に立っていたのはカーだけで、キラはがっかりした。カーは苦々《にがにが》しい顔でこちらを見ている。

キラは挑《いど》むようににらみ返した。

医師がボタンを押《お》すと、我慢《がまん》ならないスポットライトがまた照らした。「よし、ナヴァレス。もう充分《じゅうぶん》だ。われわれは——」

キラはカーに背を向けた。「消えて」

「それは無理な相談だ」

「こっちの要求が通るまで、協力するつもりはないから。単純なことでしょ」

音がしてキラは振《ふ》り返った。カーが操作卓《たく》に両手のこぶしを叩《たた》きつけたのだ。「元の位置に戻《もど》れ、ナヴァレス、さもないと——」

「さもないと何よ?」キラは鼻先で笑った。

肉付きのよい頰《ほほ》の上に埋《う》もれた小さな目をぎらつかせて、カーはますます怖《こわ》い顔になった。「よかろう」ぴしゃりと言い放つ。

カチッといって通信が切られ、天井の穴からふたたび二体のS‐PACが出てくる。キラが壊《こわ》したほうは修理されていた。マニピュレータは新品同様に見える。

不安になってうずくまると、ロボットアームは伸《の》ばした蜘蛛《くも》の脚《あし》みたいに近づいてきた。近いほうをキラが叩《たた》こうとすると、アームは瞬間《しゅんかん》移動したのかと思うほどすばやくよけた。スピードではロボットにかなうはずがない。

二本のアームが同時に迫《せま》ってきた。片方は硬《かた》くひんやりしたマニピュレータでキラの顎《あご》をつかみ、もう片方は注射器の針を突《つ》き立てようとする。キラは耳の後ろを圧迫《あっぱく》されるのを感じたが、次の瞬間《しゅんかん》、注射針はぱきっと折れた。

S‐PACから解放され、キラは息を切らしながら部屋の中央へと這《は》っていく。どういうこと？　マジックミラーの向こうでは、カーがしかめ面でオーバーレイの何かを見つめている。

キラは耳の後ろに手を触《ふ》れた。ついさっきまで皮膚《ひふ》がむき出しになっていたところが、いまではスーツの素材の薄《うす》い層で覆《おお》われている。頭皮がぞわぞわした。首筋と顔の皮膚《ひふ》の上をゼノが這《は》い進んでいるみたいだ。その感覚はさらに強まり――チクチクと刺《さ》すような冷たい炎《ほのお》になって――ゼノが動こうともがいているかのようだ。けれど、ゼノは動いていなかった。

この生物はまたしてもキラを守ってくれた。

キラはカーを見上げた。彼《かれ》は前にある設備に寄りかかり、額に汗《あせ》を光らせながら仏頂面でこっちを見下ろしている。

やがてカーは背を向け、マジックミラーから姿を消した。

キラは知らず知らず止めていた息を吐《は》きだした。まだ全身をアドレナリンが駆《か》け巡《めぐ》っている。

気密扉《とびら》の向こうでズシンと大きな音がした。

3

キラは凍《こお》りついた。今度は何？

どこかでスライド錠《じょう》がはずされ、空気が送り込《こ》まれるかん高い音がした。と、扉《とびら》の中央に並んだライトが黄色く光り、ロックが回転して壁《かべ》から離《はな》れた。

キラはごくりと唾《つば》を飲んだ。まさかカーはここに誰《だれ》かを送り込《こ》もうとしてるわけじゃないでしょうね⁉

金属がこすれ合う音と共に扉《とびら》が開いた。

扉《とびら》の向こうには小さな汚染除去室《おせん》があり、薬剤散布《やくざい》の霧《きり》でまだかすんでいた。かすみのなかにふたつの巨大《きょだい》な影《かげ》があり、天井に据《す》えられた警告灯の青い光に背後から照らされている。

影《かげ》が動いた。黒くて巨大《きょだい》で使用による傷がついた、頭のてっぺんからつま先まで装甲《そうこう》されたローダーボット*39だ。武器は持っていないが、二体のあいだには車輪付きの診察台《しんさつだい》があり、マットレスの下に医療《いりょう》機器のラックが取りつけられている。ベッドの四隅《よすみ》に枷《かせ》が垂れていて、ストラップもついている。手に負えない患者《かんじゃ》の拘束具《こうそくぐ》だ。

キラのような患者《かんじゃ》の。

キラは後ずさりした。「いや！」マジックミラーに目をやる。「こんなことをしていいと思ってるの⁉」

ローダーボットが診察台《しんさつだい》を押《お》しながら、金属の重い足音を響《ひび》かせ部屋に入って来る。車輪が抵抗《ていこう》の軋《きし》みを立てた。

S‐PACがマニピュレータを大きく広げて両側から近づいてきているのが、視界の端《はし》に見えた。

キラの鼓動《こどう》が激しくなる。

「人民ナヴァレス」右側にいるロボットが言った。その声は胴体《どうたい》に埋《う》め込《こ》まれたちゃちなスピーカーから雑音交じりに聞こえてきている。

「反対を向いて両手を壁《かべ》につけ」

「いやよ」

「抵抗《ていこう》された場合、われわれは武力行使を認められている。従うまで五秒与《あた》える。反対を向いて両手を壁《かべ》につけ」

「エアロックから飛び出したらどう」

二体のローダーボットは部屋の中央に診察台《しんさつだい》を止めた。そしてキラのほうへ近づいてきて、同時にS‐PACも両脇《わき》からすばやく迫《せま》ってくる。

キラは思いつくことのできた唯一《ゆいいつ》の行動に出た。座り込《こ》んで両手で脚《あし》を抱《だ》き、膝《ひざ》のあいだに額をうずめて、胎児《たいじ》型姿勢を取ったのだ。このスーツは外科用メスに反応して強化されたた。今回もまた強化されて、マシンがキラを診察台《しんさつだい》に拘束《こうそく》するのを阻止《そし》してくれるかもしれない。お願い、お願い、お願い……

初めは、その祈《いの》りは届かないように思われた。

だが、S‐PACの先端《せんたん》がキラの両脇《わき》に触《ふ》れると、皮膚《ひふ》が固くなって収縮した。やった！　つかの間の安堵《あんど》を覚えていると、繊維《せんい》が撚《よ》り合わさって肉体が触《ふ》れ合っている箇所《かしょ》を固定し、キラは丸まったひとつの物体となって身動きが取れなくなった。

いまやつるつるすべる殻《から》のようになったスーツの表皮にはつかめるところが見つからず、S‐PACはキラの両脇《わき》でパチンと音を立てた。脚《あし》と口のあいだにできた空間で呼吸しながら、キラは熱い息を切らして喉《のど》を詰《つ》まらせそうになっている。

するとローダーボットがのしかかるように立ちはだかった。キラは金属製の巨大《きょだい》な指で腕《うで》を締《し》めつけられ、床《ゆか》から持ち上げられて診察台《しんさつだい》のほうに運ばれていくのがわかった。

「放して！」キラは姿勢を崩《くず》さず大声を出した。思考が追いつかないほど鼓動《こどう》が異常に速くなり、滝《たき》のような轟《とどろ》きが耳のなかに響《ひび》いている。

診察台《しんさつだい》に降ろされ、お尻《しり》に冷たいプラスチックの感触《かんしょく》があった。

キラは身体を丸めたままなので、手枷《てかせ》も足枷《あしかせ》もできない。ストラップもひとつも締《し》められない。枷《かせ》もストラップも横になっている人に使うもので、座っている人に使うものではない。

「人民ナヴァレス、不服従は罪に問われる。いますぐ協力しろ、さもないと――」

「いや!!!」

ロボットはキラの腕《うで》と脚《あし》を引っ張り、身体を広げさせようとした。スーツはビクともしない。ロボットはそれぞれ二百キロ強の金属で動いているのに、キラを固定している繊維《せんい》を引き離《はな》すことができずにいる。

S-PACも手を貸そうとしていたが、マニピュレータはキラの首と背中をむなしく引っ掻《か》くばかりで、油まみれの指で油が塗《ぬ》られたガラスをつかもうとするようなものだった。

キラは小さな箱のなかに閉じ込《こ》められたような気分で、柔《やわ》らかい壁《かべ》が迫《せま》ってきて窒息《ちっそく》しそうだった。それでも断じて動こうとせず、身を丸めたままでいた。これしか抵抗《ていこう》するすべはなく、カーに勝ち誇《ほこ》らせるぐらいなら、気を失ったほうがマシだ。

ロボットたちはしばし引き下がったかと思うと、四体が連携《れんけい》してキラの周りでせかせかと動きはじめた。マットレスの下のラックから器具を移動させ、胎児《たいじ》の姿勢を取っているキラに合わせて診断《しんだん》用スキャナーの位置を調整し、足元のトレイに道具類を並べて……。カーが検査を強行しようとしていて、自分には抵抗《ていこう》するすべがないことに気づき、キラはカッとなった。S-PACなら壊《こわ》せるかもしれないが、ローダーボットは無理だ。大きすぎるし、壊《こわ》そうとして身体を広げたら診察台《しんさつだい》に固定されかねず、そうなったらいよいよ相手の思うがままだ。

だからキラはじっとしていた。ロボットの都合で位置を変えられることは何度かあっても。ロボットが何をしているのかは見えなかったけれど、音は聞こえたし、感触《かんしょく》もあった。数秒おきに何かの器具が背中や身体の脇《わき》に触《ふ》れ、こすったり、押《お》したり、穴をあけたり、スーツの表面に攻撃《こうげき》を加えてきた。なんとも不快なことに、頭と首に液体までかけられた。ガイガーカウンターのカチカチいう音が聞こえたこともあった。またあるときには、腕《うで》にカッティングディスクが当てられているのを感じ、皮膚《ひふ》が次第に熱くなり、飛び散る火花のストロボみたいな光が顔の隅々《すみずみ》まで照らした。そのあいだずっと、スキャナーのアームがローダーボットと二本のS-PACの動きと完璧《かんぺき》に連携《れんけい》しながら——ウィーン、ビーッ、ブーンと音を立てて——キラの周りを動きつづけていた。

腿《もも》にレーザーブラストを撃《う》ち込《こ》まれ、キラは鋭《するど》い悲鳴をあげた。やめて……。身体の別の場所をさらに撃《う》たれ、そのたびに焼けるような痛みに襲《おそ》われた。焼けた肉と焼けたゼノのツンとくる不快なにおいがあたりに充満《じゅうまん》している。

キラはまた悲鳴をあげないよう舌を噛《か》んでいたが、痛みは圧倒《あっとう》的に広がった。撃《う》たれるたびに、ジジジというレーザーの発射音がくり返された。すぐにキラはその音を聞いただけで縮みあがるようになった。ゼノが守ってくれることもあり、そんなときは机や床《ゆか》や壁《かべ》の一部が蒸発する音が聞こえた。けれどS‐PACはレーザーの周波数を絶えず変更《へんこう》しつづけ、スーツが適応するのを妨《さまた》げていた。

まるで地獄《じごく》のタトゥーマシンみたいだ。

やがてロボットたちは間をあけず連射しはじめ、レーザーの波動が速くなり、ジジジという耳障りな連続音がキラの歯を震《ふる》わせた。揺《ゆ》れ動くビームが身体の側面を切り刻みつづけ、切り取られそうになったゼノが引っ込《こ》むと、キラは悲鳴をあげた。血がプツプツと噴《ふ》き出して、シュッと音を立てて蒸発する。

キラは姿勢を崩《くず》そうとしなかった。だけど喉《のど》が腫《は》れて血が出るまで叫《さけ》びつづけた。どうしても我慢《がまん》できなかった。耐《た》えがたいほどの痛みだった。

レーザーが新たな焼き跡《あと》をつけたとき、キラのプライドは消え失せた。弱みを見せることになっても、もう気にしてはいられない。痛みから逃《のが》れることしか考えられなくなっていた。やめてとカーに懇願《こんがん》し、懇願《こんがん》し、懇願《こんがん》し、懇願《こんがん》したが、無駄《むだ》だった。カーは返事さえしなかった。

度重なる激しい苦痛の合間に、思い出のかけらがキラの脳裏をよぎっていく……アラン。〈真夜中の星座〉の世話をする父親。貯蔵室の棚《たな》のあいだを追いかけてくる妹のイサー。笑っているアラン。指にはめられたリングの重さ。最初の任地で感じた孤独《こどく》。星雲の前を勢いよく流れていく彗星《すいせい》。なんだったか思い出せないこともいろいろ。

どれほどの時間が過ぎたのか、キラにはわからなかった。自分の殻《から》の奥深《おくふか》くに引きこもって、ただひたすらにひとつの考えだけにしがみついていた——これもいずれは過ぎ去るはず、という考えに。

……

マシンが停止した。

朦朧《もうろう》としてすすり泣きながら、キラは身じろぎもせずにいた。いつまたレーザーが照射されてもおかしくない。

「その場を動かないように」片方のローダーボットが言った。「逃亡《とうぼう》を試みたら命はないと思え」S‐PACが天井に引っ込《こ》むモーター音と、二体のローダーボットが診察台《しんさつだい》から遠ざかっていく重々《おもおも》しい足音が聞こえた。が、ローダーボットは来たときと同じほうには戻《もど》らなかった。

代わりにエアロックのほうへと重たそうに進んでいくのが聞こえた。扉《とびら》がガチャンと開く。不安がどっと押《お》し寄せてきて、キラの胃は氷のように冷たくなった。ローダーボットはどうするつもりなの？　まさかこの部屋に穴をあけるつもりじゃないでしょう？　するはずがない。できるはずがない……。

ローダーボットがエアロックに入って扉《とびら》を閉めると、キラは胸を撫《な》でおろしたが、混乱は少しも解消されなかった。

あとには……静寂《せいじゃく》。エアロックは循環《じゅんかん》しなかった。インターコムはオンにならなかった。聞こえるのはキラの息遣《いきづか》いと、換気扇《かんきせん》が空気を循環《じゅんかん》させる音と、船のエンジンの遠い轟《とどろ》きだけだ。

4

キラの涙《なみだ》はゆっくりと枯《か》れ果てた。スーツが傷を包んで癒《いや》すと、激痛は鈍《にぶ》い痛みへと薄《うす》れていった。けれど、カーは何かを企《たくら》んでいるはずだと半ば確信して、キラは身体を丸めたままでいた。

ふたたび攻撃《こうげき》される気配がないかを探って〈酌量《しゃくりょう》すべき事情〉号の内部に響《ひび》く音に耳を傾《かたむ》けながら、長く無為《むい》な時間を過ごして待った。

そのうちキラはリラックスしはじめた。一緒《いっしょ》にゼノもリラックスし、固定していたキラの身体のパーツを引き離《はな》していく。

キラは顔を上げてあたりを見回した。

診察台《しんさつだい》と新たについた焦《こ》げ跡《あと》を除いては、部屋の様子は前と同じに見える……二、三時間にわたって（実際はどれだけの時間が過ぎていたか知らないが）カーがキラを痛めつけた事実などなかったみたいに。エアロックの窓を通して、ローダーボットが湾曲《わんきょく》した壁《かべ》沿いの固い場所にはまり込《こ》んで並び立っているのが見えた。直立。待機。監視《かんし》。

いまではキラも理解していた。UMCはもうロボットを船のメインエリアに入れたくないのだ。汚染《おせん》を恐《おそ》れているから。かといって、キラの手の届く場所にロボットを残していくわけにもいかなかった。

キラは身震《みぶる》いした。テーブルの片側から脚《あし》をおろし、床《ゆか》に降り立つ。膝《ひざ》関節がこわばり、気分が悪く吐《は》き気がした。全力疾走《しっそう》を何度かくり返した直後みたいだ。

傷跡《きずあと》はどこにも残っていない。ゼノの表面は前とまったく同じに見える。レーザーがいちばん深く切り込《こ》んだ身体の脇《わき》に触《ふ》れてみる。急に激痛が走り、キラは息を吸い込《こ》んだ。

完全に治ったわけではないということか。

キラは憎《にく》しみを込《こ》めた目でマジックミラーをにらんだ。

ヘンリクセン艦長《かんちょう》はカーにどこまで許すつもりなのだろう？　限度はどこ？　彼《かれ》らが本当にこのゼノを恐《おそ》れているなら、限度なんてあるだろうか？　政治家というものがどんなふうにのらりくらりと説明してみせるか、キラは知っている。「星間連盟を守るために、異例の措置《そち》を取らざるを得なかった」

……取らざるを得なかった。政治家が過ちを認めるときは、いつも受け身の発言だ。

正確な時間はわからないけれど、デッドラインが迫《せま》っているのは確かだ。だからカーは拷問《ごうもん》をやめたのだろうか？　〈酌量《しゃくりょう》すべき事情〉号のクルーから新たにゼノが発生しているから？

閉ざされた気密扉《とびら》を見やる。そうだとしたら、船内はどこもかしこも大混乱に陥《おちい》っているはずだ。けれど、何も聞こえてこない。悲鳴も、警報音も、圧力による破損の音も。

ウェイランドの惑星《わくせい》系を離《はな》れた三度目の任務中にセリスであった破損を思い出し、キラはぞくっとして腕《うで》をさすった。あのときは採掘《さいくつ》基地の圧力ドームがやられて、キラもみんなも死ぬところだった……空気が抜《ぬ》けていくヒューという音を聞くと、いまだに悪夢がよみがえる。

全身に寒気が広がっていく。血圧が下がっているような、不吉《ふきつ》で恐《おそ》ろしい感じがする。キラはまるで傍観者《ぼうかんしゃ》のように、過酷《かこく》な経験のせいで自分がショック状態にあるのだと気づいた。歯をカタカタ鳴らしながら、自分の身体を抱《だ》きしめる。

診察台《しんさつだい》に何か役立つものがあるかもしれない。

キラは探しにいった。

スキャナー、酸素マスク、組織再生器、実験チップ、その他いろいろ。見るからに危険なものはなく、ショック状態に役立ちそうなものもひとつもない。ベッドの片端《かたはし》にさまざまな薬の入ったガラス瓶《びん》が並んでいた。ガラス瓶《びん》は分子錠《じょう》で密封《みっぷう》されている。すぐにはあけられそうにない。マットレスの下には液体窒素《ちっそ》の缶《かん》がひとつぶら下がっていて、結露《けつろ》して水滴《すいてき》がついていた。

急に力が抜《ぬ》けてくらくらしてきて、キラは片手を壁《かべ》について身体を支えながら床《ゆか》に沈《しず》み込《こ》んだ。最後に何か食べてからどれぐらい経った？　もうずいぶん経つ。ＵＭＣはキラを餓死《がし》させるつもりはないはずだ。カーもいつかは食事を与《あた》えるだろう。

そうじゃなきゃおかしい、でしょう？

5

カーがふたたび現れるのを待ちかまえていたが、来なかった。ほかの誰《だれ》もキラと話をしに来なかった。キラにしてみれば、願ったりかなったりだ。いまはただ、そっとしておいてほしかった。

とはいえオーバーレイがないと、ひとりでいるのもそれはそれで苦痛だった。あるのは思考と記憶《きおく》だけで、いまはどちらもあまり楽しいものではない。

目を閉じておこうとした。が、うまくいかなかった。ついついローダーボットを見てしまう。ローダーボットを見ていないときも、アドラステイアでの最後の恐《おそ》ろしい瞬間《しゅんかん》が浮《う》かんできて、そのたびに心臓が早鐘《はやがね》を打ってじっとりと汗《あせ》をかいた。

「ああ、もうっ」キラはブツブツ言った。「ビショップ、そこにいるの?」

船脳《シップ・マインド》は返事をしなかった。聞いているのかもわからなかったし、聞いていたとしても返事を許されているのかもわからなかった。

とにかく気を紛《まぎ》らしてくれるものが欲しくて、ほかにすることもなかったので、自ら実験してみることにした。このスーツは脅威《きょうい》/圧力/刺激《しげき》に反応して強化される。オーケー。

じゃあ、脅威《きょうい》となるものをどうやって判断しているの？　その判断にはわたしが影響《えいきょう》を及《およ》ぼせるものなのだろうか？

誰《だれ》からも見えないよう両腕《りょううで》のあいだに頭をもぐらせて、ひじの内側に意識を集中する。ナイフの刃先《はさき》が腕《うで》に押《お》し当てられ、皮膚《ひふ》を破り……その下にある筋肉と腱《けん》まで刺《さ》し込《こ》まれるところを想像した。

変化なし。

せいいっぱいリアルに想像しようと奮闘《ふんとう》しながら、さらに二回試してみた。これまでに味わった痛みの記憶《きおく》も利用すると、三度目の挑戦《ちょうせん》でひじの折り目がかたくなり、傷跡《きずあと》のようなしわが皮膚《ひふ》を引き寄せていくのを感じた。

それからはだんだん簡単になっていった。試すごとに、スーツは学習しているみたいに反応しやすくなっていく。解釈《かいしゃく》。理解。危険予測。

思考に反応し、それは全身を締《し》めつけた。

不意にひとつのことに思い至り、キラはハッと息を飲んだ。

手のひらで織り合わされた繊維《せんい》をじっと見つめながら、心のなかに不安を募《つの》らせていく。

自分が不安を感じていると、スーツはその不安に反応した。伝えようとしなくても、この有機体はこちらの感情を読み取っている。

不安はこの血管のなかで毒になったのだ。アドラステイアで過ごした最後の日、わたしはひどく動揺《どうよう》していて気分が悪くて、そうしたらあの夜、ネガーが血を吐《は》きはじめて、すごく怖《こわ》くて、どうしようもなく怖《こわ》くて……違《ちが》う！　キラはその考えを追いやった。アランが死んだのはUMCのせい。ドクター・カーが間違《まちが》いを犯して、失敗したせいで、ゼノがあんなふうに現れることになったのよ。悪いのはドクター・カー、そうよ……そうよ……。

キラは立ち上がり、行ったり来たりしはじめた。こっち側へ四歩、あっち側へ四歩。

動いていると、アドラステイアでの恐《おそ》ろしい出来事ではなく、もっとありふれた心なごむ出来事に思いを馳《は》せることができた。家のそばの川岸に座って、スチュワートの世界での暮らしについて父親が語り聞かせてくれたことを思い出した。レーシングゲームでユーゴに勝ったネガーが飛び上がって雄《お》たけびをあげていたことや、アドラステイアの硫黄《いおう》色をした空の下でマリー＝エリーズと作業していた長い日々のことを思い出した。

そしてアランと寝《ね》そべって、人生と宇宙、やってみたいと思うあらゆることについて、飽《あ》くことなく語り合ったことを思い出した。

「いつか年を取って金持ちになったら、自分の宇宙船を手に入れるよ。見ててごらん」とアランは言った。

「自分の宇宙船で何をするつもりなの？」

アランはこの上なく真剣《しんけん》な顔でキラを見た。「長いジャンプをするんだ。限界に挑《いど》む最長のジャンプを。銀河の果てをめざして」

「どうして？」キラはささやいた。

「そこに何があるのか見たいから。知りたいから。遥《はる》かな奥地《おくち》まで飛んでいって、誰《だれ》もいない惑星《わくせい》に自分の名前を刻みつけたいから。理解したいから。アドラステイアに来たのと同じ理由だよ。それしかないだろう？」

キラは怖《こわ》いようなわくわくするような気持ちになって、アランにぴったり身を寄せた。お互《たが》いの身体のぬくもりは、からっぽの宇宙の広がりをキラの頭から払《はら》いのけた。

6

ドカーン。

甲板《かんぱん》が振動《しんどう》し、キラはパチッと目をあけた。アドレナリンが噴出《ふんしゅつ》していく。キラは湾曲《わんきょく》した壁《かべ》にもたれて横になっていた。船内に夜が訪れて、この待機房《たいきぼう》もぼんやりした赤い光に染まっている。遅《おそ》い時間なのか早い時間なのかはわからない。

新たな振動《しんどう》が船を揺《ゆ》らした。かん高い音と衝撃音《しょうげきおん》と警報らしき音が聞こえた。鳥肌《とりはだ》が立ち、スーツが硬《かた》くなる。最悪の恐怖《きょうふ》が現実となった。きっとゼノがさらに発生しているのだ。どれだけのクルーが感染したのだろう？

身体を起こして座った姿勢になると、肌《はだ》から埃《ほこり》のベールが落ちた。この物体の肌《はだ》から。ぎょっとして、キラは固まった。粉は灰色で細かく、シルクみたいになめらかだ。これは胞子《ほうし》？　マスクが欲しいとすぐに思った。なんの役にも立たないとしても。

そのあと、自分が寝《ね》ていたときの姿勢と完全に一致《いっち》する浅いくぼみに座っていることに気づいた。どういうわけか甲板《かんぱん》に数ミリメートル沈《しず》み込《こ》んでいたのだ。身体を覆《おお》っている黒い物質が腐食性《ふしょくせい》であるかのように。その光景に困惑《こんわく》するのと同時に嫌悪感《けんおかん》が増した。これはわたしを有害物に変えてしまったのだ。わたしに触《ふ》れることさえ危険なのかもしれない。もしも――

周りで部屋が傾《かたむ》き、キラは部屋の向こうへ投げ飛ばされて壁《かべ》に叩《たた》きつけられ、身体についていた粉が雲のように舞《ま》い散った。衝撃《しょうげき》で息が止まりそうになる。診察台《しんさつだい》がキラの横の壁《かべ》に激突《げきとつ》し、パーツがはずれて飛んでいく。

非常噴射《ふんしゃ》。でも、なんで？　推進力が強くなり……さらに強く……重力が2Gになったように感じられた。やがて3Gに。4Gに。頭蓋骨《ずがいこつ》から頰《ほほ》が引っ張られ、伸《の》ばされ、鉛《なまり》の毛布をかけられたような重みに押《お》しつぶされそうになる。

巨大《きょだい》なドラムを叩《たた》いているような奇妙《きみょう》な振動《しんどう》が壁《かべ》に伝わってきて、推進力が消えた。

キラは床《ゆか》に両手両足をついてゼーゼーいった。

どこか近くで何かが船体に衝突《しょうとつ》し、パンという音やガタガタいう音……まるで銃声《じゅうせい》のような音がした。

そのとき、キラは感じた。呼ばれているという心のうずきを。胸に繋《つな》がれた紐《ひも》を引っ張られているように、キラを船の外へと引き寄せている力を。

初めは信じられなかった。彼女《かのじょ》が召喚《しょうかん》されるのは実に久しく、神聖なる務めを果たすよう求められるのは本当に久しぶりだ。ずいぶん遅《おそ》くなったが、彼女《かのじょ》は復帰に歓喜《かんき》した。これでかつてのように決まったやり方に従える。

分離《ぶんり》、そして彼女《かのじょ》はなじみある現身となって、いまはない崖《がけ》の上に立っていた。抗《あらが》うことはできても決して無視のできない衝動《しょうどう》*40を初めて感じた瞬間《しゅんかん》に。彼女《かのじょ》は振《ふ》り返り、そのあとを追い、傾《かたむ》いた空に赤い星がひとつ瞬《また》いているのを見て、それが信号の発信源だと気づいた。

当然のこととして、彼女《かのじょ》は従った。仕えることが彼女《かのじょ》の役目であり、仕えることを彼女《かのじょ》は望んでいた。

キラは息をのみ、我に返った。そして悟《さと》った。直面しているのはゼノの蔓延《まんえん》ではない。

侵略《しんりゃく》だ。

スーツの持ち主たちがキラを奪還《だっかん》しに来ていた。

第7章 カウントダウン

Countdown

1

胃が締《し》めつけられてむかむかしてきた。ほかの知的生命体との初めての接触《せっしょく》――キラがずっと夢見てきたこと――それが起こりうる最悪の形で、暴力を伴《ともな》って実現しつつあるようだ。

「うそ、うそ、うそ」キラはつぶやいた。

エイリアンが自分を奪《うば》いに、スーツを奪《うば》いに来ていた。呼び寄せる力がますます強くなっているのが感じられる。見つかってしまうのは時間の問題だ。逃《に》げないと。〈酌量《しゃくりょう》すべき事情〉号から降りないと。この船のシャトルに乗れるのがいちばんだけど、脱出《だっしゅつ》ポッドでも良しとしよう。せめてアドラステイアにいれば、一縷《いちる》の望みはあるかもしれない。

頭上の蛍光灯《けいこうとう》が青く光りはじめ、チカチカと激しい点滅《てんめつ》をくり返し、見ているると目が痛くなった。気密扉《とびら》のところへ走っていき、強く叩《たた》く。「ここから出して！　ドアをあけて！」マジックミラーをさっと振《ふ》り返る。「ビショップ！　わたしを外に出しなさい！」

船脳《シップ・マインド》は返事をしなかった。

「ビショップ！」キラはまたドアをバンバン叩《たた》いた。

ドアのライトがグリーンに変わり、ロックが回転してカチッと鳴った。キラはドアをぐいと引きあけて、汚染《おせん》除去室のなかを走っていく。その奥《おく》にあるドアは施錠《せじょう》されたままだ。ドアの横にある制御《せいぎょ》画面を叩《たた》いた。ビーッという音がして、ロックが数センチ回ってから摩擦音《まさつおん》を立てて止まる。

ドアは動かない。

「なによ！」キラは壁《かべ》を叩《たた》いた。たいていのドアは手動であけられるようになっているが、このドアは違《ちが》う。収容者を絶対に逃《に》がさないようにできているのだ。

キラは収容されていた部屋を振《ふ》り返った。百通りの可能性が脳裏にひらめいていく。

液体窒素《ちっそ》。

診察台《しんさつだい》へと走り、しゃがみ込《こ》んで器具のラックを調べていく。どこ？　どこにあるの？

液体窒素《ちっそ》のタンクを見つけると叫《さけ》び声を漏《も》らし、破損がなさそうなことに安堵《あんど》した。

タンクをつかみ、汚染《おせん》除去室の外へと通じるドアに駆《か》け戻《もど》る。ひとつ大きく息を吸い、ガスを吸いすぎて失神しないよう息を止める。

タンクのノズルをドアの錠《じょう》に当て、バルブを開く。窒素《ちっそ》が噴射《ふんしゃ》され、濛々《もうもう》とした白い蒸気でドアが見えなくなる。一瞬《いっしゅん》キラは両手が冷たくなるのを感じたが、スーツが反応していつもの温かさに戻《もど》った。

スプレーを噴射《ふんしゃ》したまま十秒数えてからバルブを閉めた。

金属複合材でできた錠《じょう》は霜《しも》で白く曇《くも》っている。キラはタンクの底を錠《じょう》に打ちつけた。錠《じょう》はガラスのように砕《くだ》けた。

タンクをおろし、逃《に》げようと必死になってドアを引く。ドアが開き、耳が痛くなるほど大きな警告音が鳴り響《ひび》いた。

外に出ると、がらんとした金属の廊下《ろうか》がストロボライトに照らされていた。廊下《ろうか》の奥《おく》に、恐《おそ》ろしいほどぐにゃぐにゃによじれたふたりの死体が倒《たお》れている。死体を目にしてキラの鼓動《こどう》が激しくなり、切れそうなほどぴんと引っ張られたワイヤーみたいに、スーツに張り詰《つ》めた一本の線が形成された。

悪夢の筋書だ。人間とエイリアンの殺し合い。たちまち破滅《はめつ》をもたらしかねない大惨事《だいさんじ》。

〈酌量《しゃくりょう》すべき事情〉号のシャトルはどこにあった？　キラは基地からこの船を眺《なが》めていた

ときのことを思い出そうとした。ドッキングベイは船の中間部のどこかにあった。つまり目指す場所はそこだ。

そこに行くには、クルーの死体を越《こ》えて、願わくば彼《かれ》らを襲《おそ》った相手と出くわさないようにするしかない。

ぐずぐずしている暇《ひま》はなかった。キラはひとつ深呼吸をして気持ちを落ち着けると、ごく小さな音や動きにも反応できるようにしながら、敏捷《びんしょう》な足取りで前進した。

死体を見たことは数えるほどしかなかった。一度は子どものころにウェイランドで、カーゴローダーのスーパーコンデンサが破裂《はれつ》したために、ハイストーンの大通りのど真ん中でふたりの男性が死亡したとき。一度はセリスにいたときの事故で。それに言うまでもないが、アランとチームメイトたち。最初の二回については、心に焼きついていた光景をいつしか消し去ったと思っていた。でも違《ちが》った。最新の記《き》憶《おく》についても、消し去ることはないだろう。自分のなかにすっかり刻み込《こ》まれている。

近くまで行くと、キラは死体を見た。見ないわけにはいかなかった。ひとりは男性、ひとりは女性。女性はエネルギー兵器で撃《う》たれていた。男性の身体は引き裂《さ》かれていた。右《みぎ》腕《うで》が身体からもげている。銃弾《じゅうだん》が周りの壁《かべ》をへこませて汚《よご》れを残していた。

女性の腰《こし》の下からピストルがはみ出している。

キラは吐《は》き気をこらえながら足を止めてピストルをつかみ取った。ピストルの脇《わき》についた計数器には7と表示されている。弾《たま》は残り七発。多くはないが、ないよりましだ。問題はキラがこの銃《じゅう》を使えないということだ。

「ビショップ!」キラは小声で呼びかけ、銃《じゅう》を掲《かか》げた。「これを――」

カチッといってピストルの安全装置がはずれた。

オーケー。つまりUMCはまだわたしを生かしておきたいということね。オーバーレイがないと銃《じゅう》を命中させる自信がなかったけれど、それでも完全に無力というわけではない。とにかく窓だけは撃《う》たないこと。撃《う》てばいやな死に方をすることになる。

声を落としたまま言う。「シャトルはどっちにある?」シップ・マインドはエイリアンの居場所と彼《かれ》らを避《さ》ける最良の方法を知っているに違《ちが》いない。

壁《かべ》の上部にグリーンの矢が一列に並んで現れ、船の奥《おく》を指している。矢印をたどって迷路のような部屋を通り抜《ぬ》けていくと、〈酌量《しゃくりょう》すべき事情〉号の中央部に通じる梯子《はしご》にたどり着いた。

回転する居住セクションの甲板《かんぱん》を次々とのぼって過ぎていくと、重力がはっきりと弱まった。開いた戸口から悲鳴や叫《さけ》び声が聞こえてきて、角を曲がったところにマシンガンを発射した光が反射しているのを二度見かけた。一度は手榴弾《しゅりゅうだん》が破裂《はれつ》するような爆発音《ばくはつおん》が聞こえ、気密扉《とびら》が背後でバタバタと閉められていった。けれど、クルーが戦っている相手の姿は一度も目にしなかった。

中間まで進んだところで船がいきなり傾《かたむ》き——激しく——キラは振《ふ》り落とされないよう両手で梯子《はしご》につかまった。くらくらする奇妙《きみょう》な感覚に胸がむかつき口のなかに胆汁《たんじゅう》があふれた。〈酌量《しゃくりょう》すべき事情〉号は両端《りょうたん》を逆にして回転しており、細長い形状の船にとってはまずい状況《じょうきょう》だ。この船体は回転によってかかる力に耐《た》えられるように設計されていない。

警報音のトーンが変わり、より一層鋭《するど》くなっている。と、壁《かべ》のスピーカーから男性の低い声が聞こえてきた。「自爆《じばく》七分前。これは訓練ではない。くり返す、これは訓練ではない。自爆《じばく》六分五十二秒前」

キラの身体のなかが氷のように冷たくなった。「ビショップ！　やめて！」

同じ男性の声が言う。「残念だが、ミズ・ナヴァレス。ほかに選択肢《せんたくし》はない。どうか——」

ビショップがほかに何を言っていたとしても、キラには聞こえなかったし、聞こうともしていなかった。パニックに打ちのめされそうになったが、そんな気持ちをはねのけた。感情的になっている時間はない。いまはだめだ。心を研ぎ澄《す》ますことで意識を集中する。思考がしっかりし、機械的になり、冷徹《れいてつ》になっていく。シャトルにたどり着くまでに残された時間は七分足らず。大丈夫《だいじょうぶ》、できる。やるしかない。

さっきよりもさらにスピードをあげて梯子《はしご》をよじのぼっていく。〈酌量《しゃくりょう》すべき事情〉号で死ぬなんて、冗談《じょうだん》じゃない。

梯子《はしご》をのぼりきると、グリーンの矢印が閉じたハッチを丸く囲んでいた。ハッチをあけると、そこは別の居住セクションに通じる球形のハブだった。

そのあと曲がると、狭《せま》く長い穴のようなものが下までずっと伸《の》びているのが見えて、キラはめまいを覚えた。そのシャフトは黒い金属と刺《さ》すような光の恐怖《きょうふ》だった。船の軸《じく》に並んだすべての甲板《かんぱん》のすべてのハッチが開いていて、通常ならば軍法会議ものの違反行為《いはんこうい》だ。

船がエンジンに点火したら、そのときシャフトにいた者はもれなく転落死するはずだ。

船尾《せんび》のほうへ数百メートルいった先に、パワードスーツの兵士が何かと格闘《かくとう》しているのが見えた。結ばれた影《かげ》のような、対立しているおぼろげな形のかたまり。

矢印が暗闇《くらやみ》のほうを指した。

キラは身震《みぶる》いし、遠くで格闘《かくとう》がくり広げられているほうへと進んでいく。胃のむかつきを抑《おさ》えるため、シャフトを垂直な穴ではなく水平なトンネルとみなすことにした。床《ゆか》／壁《かべ》にボルトで固定された梯子《はしご》に沿って這《は》い進み、コースから逸《そ》れないよう道しるべに使った。

「自爆《じばく》六分前。これは訓練ではない。くり返す、これは訓練ではない」

ドッキングベイまで、甲板《かんぱん》はあといくつ？　三つ？　四つ？　キラは大体のところしか把握《はあく》していなかった。

船がまたうなるような音を立て、キラの目の前の気密扉《とびら》がバタンと閉まり、行く手をふさいだ。頭上ではグリーンの矢印の列が方向を変え、右を指している。矢印は発作を起こしているような速さで点滅《てんめつ》しはじめている。

まずい。キラは装備の棚《たな》を回り込《こ》み、ビショップの示す迂回路《うかいろ》を急いだ。タイムリミットが迫《せま》っている。シャトルを出発させる準備をしておかないと、脱出《だっしゅつ》するチャンスはない
……

前方で声がした。ドクター・カーの声だ。「――そいつを動かせ！　急げ、このばか！　何をぐずぐず――」カーの話はドサッという大きな音にさえぎられ、隔壁《かくへき》が振動《しんどう》した。医師の怒鳴《どな》り声がかん高い叫《さけ》びに変わり、言葉が支離滅裂《しりめつれつ》になっていく。

キラは狭《せま》い入口のハッチをくぐり抜《ぬ》けると、心臓をわしづかみにされた気がした。

目の前にあるのは備品室だった。収納棚《しゅうのうだな》、スキンスーツの入ったロッカー、可燃物危険表示のついた酸素供給管が奥《おく》にある。カーが天井近くにぶら下がっていた。髪《かみ》の毛がぼさぼさになり、片手に革ひもを巻きつけ、その先に繋《つな》がれたいくつかの金属製の容器が絶えず身体にぶつかっている。海兵隊員の死体が一体、棚《たな》のひとつに押《お》し込《こ》まれていて、その

背中には火傷《やけど》の痕《あと》が刺繍《ししゅう》のような線を描《えが》いていた。

部屋の反対側を見ると、船体に大きな丸い穴があいていた。〈酌量《しゃくりょう》すべき事情〉号の脇《わき》に小型の宇宙船らしきものがつけられていて、穴を通してミッドナイトブルーの光が射し込《こ》んでいる。そして、そのくぼみのなかで動いているのは、何本もの腕《うで》を持つモンスターだった。

2

エイリアンが備品室のほうに進んでくるのを見て、キラは凍《こお》りついた。

その生物は人間の二倍の大きさで、水に溶《と》けたインクみたいな赤とオレンジの色合いを帯びた半透明《はんとうめい》の身体をしていた。ある種の胴体《どうたい》を備えている。幅《はば》一メートルの先細りになった卵形で、ケラチン性の殻《から》に覆《おお》われていて、数十個のふし、こぶ、触角《しょっかく》、それに小さな黒い目のようなものが点在している。

六本かそれ以上の触手《しょくしゅ》——くねくねと動きつづけているせいで、正確な数がわからない——が卵形体のてっぺんと下部から伸《の》びている。触手《しょくしゅ》の長さいっぱいにざらつきのある縞《しま》模様が入り、先端《せんたん》近くには繊毛《せんもう》と鋭《するど》い鉤爪《かぎづめ》のようなはさみが並んでいるようだ。二本の触《しょく》手《しゅ》は球根状のレンズがついた白い莢《さや》を抱《かか》えていた。キラは武器にはあまり詳《くわ》しくないが、レーザーだと見ればわかった。

触手《しょくしゅ》のあいだにはそれよりも小さな四肢《しし》があり、かたく骨ばっていて、驚《おどろ》くほど手に似たものが付属している。腕《うで》は殻《から》のそばにたたまれたままで、ピクリとも動いていない。

キラはショックを受けながらも、調査を命じられたどんな生物体に対するのとも同じように、とっさにエイリアンの特徴《とくちょう》をひとつひとつ数えあげていた。炭素系？　見たところそのようだ。放射相称《そうしょう》。上下の区別はない……顔というものは備えていないらしい。奇妙《きみょう》ね。特にひとつの事実がキラの目を引いた。このエイリアンはわたしのスーツとは少しも似ていない。この生物が意識を持っていようといまいと、人造であろうと天然であろうと、わたしと結合しているゼノとは間違《まちが》いなく別のものだ。

胴体《どうたい》がどちらの方向を向こうとお構いなしの様子で身体をよじったり回ったりしながら、まるで無重力下で生まれたかのように、エイリアンは不気味なほどなめらかに部屋に入ってきた。

それを目にしたとき、キラはスーツが反応するのを感じた。わき上がる激しい怒《いか》りに加えて、大昔の傷ついた感情も伝わってくる。

グラスパー！　多形態《メニーフォーム》*41の悪身！　爆発《ばくはつ》する星のように鮮《あざ》やかな苦痛の閃光《せんこう》。無限に連鎖《れんさ》する痛みと再生、絶えざる騒音《そうおん》の不協和音。衝撃音《しょうげきおん》と破裂音《はれつおん》とすさまじい反駁《はんばく》。あるべきではない対合。グラスパーは物事のパターンを理解しなかった。見なかった。聞かなかった。助け合うことよりも征服《せいふく》することを求めた。

悪！！！

これはゼノが召喚《しょうかん》されたことに対して期待したものとは違《ちが》った！　キラのなかを恐怖《きょうふ》と憎《にく》しみが駆《か》け巡《めぐ》り、どれがスーツの感情でどれが自分の感情なのかわからなくなる。緊張《きんちょう》が限界に達し、アドラステイアのときと同じように、ゼノの皮膚《ひふ》がさざ波を立てて大釘《おおくぎ》のように突《つ》き出しはじめ、針のように鋭《するど》い槍《やり》を四方八方にくり出していく。ただし今回、キラは少しも痛みを感じなかった。

「撃《う》て！」カーがわめいた。「そいつを撃《う》つんだ、ばか者が！　撃《う》て！」

両者に気を取られているのか、グラスパーはピクピクした。渦巻《うずま》く雲のように奇妙《きみょう》なささやきがキラを取り巻き、そこから感情の流れが伝わってくる。初めは驚《おどろ》き、そして立てつづけに認識、警戒《けいかい》、満足。ささやきは大きくなっていき、やがてキラの脳にあるスイッチが押《お》されたようで、エイリアンの言っていることが理解できるようになっていた。

《――〈ノット〉に警告せよ。標的発見。すべての武力をこの場所に送れ。消費は不完全。封《ふう》じ込《こ》めと回収は可能なはずだ、その後は――》

「自爆《じばく》五分前。これは訓練ではない。くり返す、これは訓練ではない」

カーが罵《ののし》り、身体を跳《は》ね上がらせて、死んだ海兵隊員のところに行き、死体からブラスター銃《じゅう》*42を取ろうと手をかけた。

ゼラチン状の筋肉を収縮・弛緩《しかん》させ、レーザーを使っている触手《しょくしゅ》の一本が位置を変えた。バン！　という音がして、白熱した金属の釘《くぎ》が飛び出し、海兵隊員のブラスター銃《じゅう》にレーザーパルスが命中した。銃《じゅう》は部屋の向こうへと転がり落ちていく。

エイリアンはキラのほうを向いた。武器がピクッと動く。またバン！　という音と共に、キラの胸に痛みの電光が放たれた。

キラはうめき、しばし心臓が弱るのを感じた。スーツの大釘《おおくぎ》が外に向かって脈打ったが、なんの役にも立たなかった。

《こちらクォン：愚《おろ》かな二形態《ツーフォーム》め！　おまえは〈消え失せし者〉*43の神聖を汚《けが》している。水のなかの穢《けが》れだ、この――》

キラは遠ざかろうとして、逃《に》げようとして、出入り口のハッチのそばにある梯子段《はしごだん》をつかんでよじのぼろうとした。逃《に》げるところも隠《かく》れるところも、どこにもなくても。

バン。熱さが脚《あし》を刺《さ》し、深い激痛が走る。

三発目の音がして、キラの左の壁《かべ》に焦《こ》げたクレーターができた。スーツがレーザーの周波数に適応して、キラを守っていた。もしかしたら——

キラは放心したようにくるりと振《ふ》り返り、なんとか銃《じゅう》を持ち上げて目の前に構えた。銃《じゅう》身《しん》を震《ふる》わせながら、エイリアンに狙《ねら》いを定めようとする。

「ちくしょう、撃《う》て！」口から唾《つば》を飛ばしながらカーがわめいた。

「自爆《じばく》四分三〇秒前。これは訓練ではない。くり返す、これは訓練ではない」

恐怖《きょうふ》が視界を狭《せば》め、世界がぎゅっと円錐形《えんすいけい》に圧縮される。「いや！」キラは叫《さけ》んだ——起こっているすべてのことへの恐怖《きょうふ》に対する拒絶《きょぜつ》。

ひとりでに引金が引かれたかのように、銃《じゅう》が発射された。

エイリアンは弾《たま》をよけて備品室の天井をすばやく走っていく。恐《おそ》ろしいほどのスピードで、それぞれの触手《しょくしゅ》が自らの意思を持って動いているみたいだ。

キラは大声をあげながら引金を引きつづけた。連続して強い反動が手のひらに伝わってくる。発砲音《はっぽうおん》は遠く小さくなった。

グラスパーのレーザー砲《ほう》が空中から二発発射され、火花が飛び散った。

エイリアンはスキンスーツのロッカーのところまで移動し、赤い酸素供給管の近くの壁《かべ》にくっついて動きを止め——

「待て！　やめろ！　よせ！」カーが騒《さわ》いでいたが、キラは聞かず、気にせず、やめることはできなかった。最初はアラン、次にゼノ、そして今度はこれ。こんなの耐《た》えられない。

どんな危険を冒《おか》してでもグラスパーを消し去りたかった。

キラはさらに二発発射した。

銃口《じゅうこう》の先の照準線を赤いものがよぎり、そして――


……


雷鳴《らいめい》がとどろき、見えないハンマーがキラを反対側の壁《かべ》に叩《たた》きつける。この爆《ばく》発《はつ》でゼノの突起《とっき》のひとつが砕《くだ》けた。キラは同時にふたつの場所にいるみたいに、その破片が部屋の向こうに回転して飛んでいくのを感じた。

視界が晴れてくると、備品室の惨状《さんじょう》が見えた。グラスパーはずたずたになっていたが、何本かの触手《しょくしゅ》は弱々《よわよわ》しいながらもしぶとくまだ動いていて、傷口からオレンジ色の膿漿《のうしょう》がどろりとにじみ出ている。カーは棚《たな》のほうへ吹《ふ》き飛ばされていた。腕《うで》や脚《あし》から骨の破片が突《つ》き出ている。ゼノのはぐれたかけらはキラの向こう側にある隔壁《かくへき》のところに落ちていた。潰《つぶ》れた壁《かべ》板にちぎれた繊《せん》維《い》がぶら下がっている。

何より重大なことに、銃弾《じゅうだん》が酸素供給管に命中して爆発《ばくはつ》を引き起こした場所の船体に、ぎざぎざの穴がひとつあいていた。穴を通して、宇宙の恐《おそ》ろしい暗闇《くらやみ》が覗《のぞ》いている。

旋風《せんぷう》がキラを襲《おそ》い、容赦《ようしゃ》ない力で引きずり出そうとしている。カー、グラスパー、ゼノのかけらが残骸《ざんがい》と共に船外に吸い込《こ》まれていった。

キラの身体に次々と収納棚《しゅうのうだな》がぶつかってくる。悲鳴をあげたが風で息ができず、何かにつかまろうと——どこでもいいからつかまろうと——必死に手を伸《の》ばしたがもう手遅《ておく》れで、壁《かべ》はすっかり遠ざかっている。セリスで破損が生じたときの記憶《きおく》がまざまざとよみがえる。

船体の裂《さ》け目が広がった。〈酌量《しゃくりょう》すべき事情〉号は真っ二つに引き裂《さ》かれつつあり、それぞれ別の方向へ押《お》し流されようとしている。と、流れ出る気体に運ばれて、キラは血のついた棚《たな》の脇《わき》を転がっていき、裂《さ》け目を通り抜《ぬ》けて、虚空《こくう》へと飛び出した。

そしてすべてが静寂《せいじゃく》に包まれた。

第8章 彷徨《ほうこう》

1

星と船がめまぐるしい万華鏡《まんげきょう》になって周りを回っていた。

宇宙空間に放り出されたら取るべきとされている行動に従って、キラは口をあけ、肺のなかの空気を逃《に》がすようにした。そうしないと軟部《なんぶ》組織を損傷する危険があり、塞栓症《そくせんしょう》を起こしかねない。

困るのは、あと十五秒程度しか意識がもたないということだ。窒息《ちっそく》で死ぬか動脈閉塞《へいそく》で死ぬか。どっちもどっちだ。

キラは本能的にあえぎ、何かにつかまろうとして手足をばたつかせた。

何もない。

皮膚《ひふ》の水分が蒸発していき、針で刺《さ》されたように顔がヒリヒリする。その感覚は強くなっていき、首から上へ向かって額の生え際から内部へ這《は》い進む冷たい炎《ほのお》になった。視界が曇《くも》り、気を失いかけているのを自覚した。

するとパニックを起こした。どうしようもない極度のパニックで、訓練してきたことは残らず頭から消え去り、生き延びることへの動物的な欲求に取って代わられた。

キラは悲鳴をあげ、その悲鳴を耳にした。

驚《おどろ》きのあまり口をつぐみ、つい反射的に息を吸った。空気が——貴重な空気が——肺を満たした。

信じられない思いで顔に手を触《ふ》れてみる。

スーツがキラの顔にぴったりくっつき、口や鼻を覆《おお》ってなめらかな表面を形成している。指先で触《ふ》れると、いまでは小さな円蓋《えんがい》状の外皮が目を覆《おお》っているのがわかった。

まだ信じられないまま、キラはふたたび息を吸い込《こ》んだ。このスーツはあとどれだけ空気を供給できるだろう？　一分？　数分？　三分だとしても関係ない、〈酌量《しゃくりょう》すべき事情〉号は跡形《あとかた》もなくなり、たちまち広がっていく放射性の塵《ちり》しか残らないのだから。

ここはどこなの？　見極めるのは難しかった。キラの身体は回転しつづけていて、どれかひとつのものに焦点《しょうてん》を合わせることができない。アドラステイアの輝《かがや》くかたまりが通り過ぎていき――その先にはゼウスのシルエットの巨大《きょだい》な曲線があり――〈酌量《しゃくりょう》すべき事情〉号の折れた長い船体が見える。この巡洋艦《じゅんようかん》と並んでもうひとつの船が浮《う》かんでいる。巨大《きょだい》な青白色の球体で、もっと小さな複数の球体と、キラが見たことのないほど大きなエンジンがついている。

キラは〈酌量《しゃくりょう》すべき事情〉号の中間部から急速に遠ざかっていたが、船の前部がこちらに傾《かたむ》いてきていて、行く手にはダイヤモンド・ラジエーターの列が光を放っている。フィンのふたつが折れていて、内部の管から銀色の金属のロープが漏《も》れ出ていた。

フィンには届きそうにもなかったが、キラは諦《あきら》めるつもりはなく、とにかくやってみることにした。回転したまま、いちばん近いラジエーターに向かって両腕《りょううで》を伸《の》ばす。恒星《こうせい》、惑星《わくせい》、船、ラジエーターが次々と現れ、それが何度もくり返されていき、キラは腕《うで》を伸《の》ばしつづけ……。

指の腹がダイヤモンドの表面をすべり、つかむところが見つからない。叫《さけ》びながら引っ掻《か》いても無駄《むだ》だった。ひとつめのフィンは回転しながら遠ざかっていき、次のものも、その次のものも、指先をかすめていくばかりだ。損傷した装甲板《そうこうばん》に据《す》えつけられた、ほかのフィンよりもわずかに高く突《つ》き出たものがひとつあった。キラの手のひらがダイヤモンドのつるつるしたへりをこすり、その手が貼《は》りつき――ヤモリパッドに覆《おお》われているみたいに貼《は》りつき――身体ががくんと急激に停止する。

肩《かた》関節に熱い痛みが広がった。

信じられないぐらいホッとして、キラはフィンに抱《だ》きつきながら手を剝《は》がした。手のひらを柔《やわ》らかな繊毛《せんもう》が覆《おお》い、重力のない宇宙でそっと揺《ゆ》れている。どうせなら、そもそも〈酌量《しゃくりょう》すべき事情〉号から吹《ふ》き飛ばされないようにしてくれればよかったのに。

キラは船の後ろ半分を捜《さが》した。

後ろ半分は数百メートル離《はな》れたところにあり、遠のいていた。軸《じく》にはふたつのシャトルがドッキングしたままで、どちらも無傷のようだ。どうにかしてあそこまで行かないと。それもすぐに。

間違《まちが》いなく選択肢《せんたくし》はひとつしかなかった。神《トゥール》よ！　キラはダイヤモンド・フィンに足を踏《ふ》ん張ると、全力で飛び出した。お願いだから正しい方向に向かわせて、と願いながら。失敗すれば、二度目のチャンスはないだろう。

自分と〈酌量《しゃくりょう》すべき事情〉号の軸《じく》を隔《へだ》てている底知れない深淵《しんえん》を押《お》し分けて進みながら、船体に沿ってぼんやりとした線を描《えが》く光の輪が見えることに気づいた。線は青とすみれ色で、融合《ゆうごう》エンジンの周り――電磁場に集中して表れている。まるでオーバーレイを取り戻《もど》したかのようだ。一部ではあっても。

いますぐ何かの役に立つわけではないにしても、興味深い現象だ。

キラはエイリアンの船に注目した。日の光を浴びて磨《みが》きあげられた石英《クオーツ》みたいに輝《かがや》いている。何もかもが球形か限りなく球形に近かった。外からではどれが居住セクションでどれが燃料タンクなのか判別できないが、かなりの数のクルーを収容できそうだ。船体の周囲には四つの丸窓が点在し、船首の近くにもひとつあり、レンズや舷窓《げんそう》、さまざまなセンサーらしきものからなる大きな環《わ》に囲まれている。

エンジンはよくあるロケットのものと少しも変わらないようだった（ニュートンの第三法則は人間であろうとゼノであろうと同じだ）。しかし、どこかきわめて近い場所から飛び立ったのでもない限り、エイリアンの船にもマルコフ・ドライブが搭載《とうさい》されているはずだ。どうやって〈酌量《しゃくりょう》すべき事情〉号に忍《しの》び寄ることができたのだろう？　いきなり重力《じゅうりょく》圏《けん》に飛び込《こ》めたのだろうか？　連盟の最も強力な船でさえもそんな芸当はできないというのに。

キラは痛いほど引きつけられる奇妙《きみょう》な感覚をいまでも味わっていたが、それはどうやらエイリアンの船から生じているようだ。その感覚に従えばどうなるのか確かめたい気持ちもあったけれど、そんな考えはまともじゃないので、無視することにした。

ゼノのはぐれたかけらが宇宙空間を遠ざかって消えていくのも感じ取っていた。あれはまた塵《ちり》になるのだろうか？　キラは不思議に思った。

前方で〈酌量《しゃくりょう》すべき事情〉号の後ろ半分が左右に揺《ゆ》れはじめていた。船体のなかで破裂《はれつ》した油圧パイプのせいで、何リットルもの水を宇宙に吐《は》いている。キラは自分と船との角度の変化を見積り、速度と照らし合わせ、百メートル近くも目的地からそれてしまうことに気づいた。

キラは絶望に囚《とら》われた。

まっすぐ突《つ》っ込《こ》んでいくのではなく、あそこに行けさえすれば問題ないのに――

キラは左に動いた。

少しのあいだ身体の右側をぐいと押《お》されるのを感じた。片手を使ってその動きとのバランスを取りながら、ちらりと振《ふ》り返ると、後ろにはぼんやりと薄霧《うすぎり》が広がっている。ゼノが位置をずらしてくれたのだ！　喜んだのもつかの間、危険な状況《じょうきょう》には変わりないことを思い出す。

ふたたび目的地に意識を集中した。あとほんの少しだけ左に、それから角度を二、三度上に……完璧《かんぺき》！　キラが考えるたびに、ゼノは位置を変えるのにちょうど必要なだけ身体を押《お》してくれた。じゃあ、もっと速く！　もっと！

スピードは上がったものの、満足できるほどではなかった。つまりゼノにも限界はあるというわけか。

どれだけの時間が過ぎたか考えようとした。一分？　二分？　どれだけ経っていたとしても、時間がかかりすぎていた。緊急制御解除装置《きんきゅうせいぎょ》があっても、シャトルのシステムが起動して出発の準備ができるまでに数分はかかるだろう。反動推進エンジン《スラスター》を使って〈酌量《しゃくりょう》すべき事情〉号との距離《きょり》を数百メートルあけることはできるかもしれないが、爆発《ばくはつ》から身を守るにはそれだけでは足りないだろう。

一度にひとつずつ。まずはシャトルに乗り込《こ》まないと。逃《に》げることを心配するのはそのあとだ。

船の後ろ半分に細く赤い線が走り、先端《せんたん》の切られた軸《じく》を進んでいく――レーザービームが軸《じく》を分割していた。甲板《かんぱん》が爆発《ばくはつ》して蒸気が結晶《けっしょう》化する。男女のクルーが顔をゆがめて最後の息で小さな雲をつくりながら、宇宙空間に放り出されていくのが見えた。

レーザーはドッキングステーションで横にそれ、二台のうち遠くにあるほうのシャトルを切り刻んだ。空気が一気に漏《も》れて大破したシャトルは〈酌量《しゃくりょう》すべき事情〉号から追いやられ、片方の翼《つばさ》の穴のあいた燃料タンクから炎《ほのお》を噴出《ふんしゅつ》させて、制御《せいぎょ》不能のスピードでくるくると螺旋《らせん》を描《えが》きながら遠ざかっていった。

「うそでしょ！」キラは叫《さけ》んだ。

破損した甲板《かんぱん》の減圧によって動かされた〈酌量《しゃくりょう》すべき事情〉号の船尾《せんび》が、キラのほうへと横向きに回転してくる。キラは青白い船体の表面を弧《こ》を描《えが》いて回り、危険なほどのスピードで勢いよく越《こ》えると、残っているシャトルの胴体《どうたい》に体当たりした。シャトルの側面には大文字で〈ワルキューレ〉と名前が書かれている。

キラはうめき、手足を広げてしがみつこうとした。

手足をシャトルにくっつけて、胴体《どうたい》から横のエアロックへと這《は》い進んでいく。解除ボタンを叩《たた》くと制御盤《せいぎょばん》のライトがグリーンになり、ドアがゆっくりと開きはじめた。

「早く、早くして！」

ドアと船体に充分《じゅうぶん》な隙間《すきま》ができるとすぐに、身をくねらせてエアロックに入り、緊急《きんきゅう》加圧システムを作動させた。四方八方から風が吹《ふ》きつけ、サイレンの音が次第に大きくなっていく。スーツのマスクは聴力《ちょうりょく》には干渉《かんしょう》しないようだ。

「自爆《じばく》四十三秒前。これは訓練ではない」

「ああ、もう！」

圧力計が標準値を示すと、キラは内側のエアロックをあけてなかに入り、コックピットに向かう。

制御《せいぎょ》装置とディスプレイはすでに起動されていた。エンジンも点火されていて、飛行前に必要な点検と準備はすべてすんでいることがわかった。ビショップがやっておいてくれたのね！

操縦席にすべり込《こ》み、手間取りながらもシートベルトを装着した。

「自爆《じばく》二十五秒前。これは訓練ではない」

「ここから出して！」キラはマスク越《ご》しに叫《さけ》んだ。「出発！　出――」

〈ワルキューレ〉号はガタガタ揺《ゆ》れながら巡洋艦《じゅんようかん》から切り離《はな》され、シャトルのエンジンが轟音《ごうおん》を立てて動き出し、一千トンの重圧がキラの身体を押《お》しつぶそうとする。それに反応してスーツが強化されたが、それでも痛いものは痛い。

エイリアンの球根状の船が〈ワルキューレ〉号の鼻先を一瞬《いっしゅん》で通り過ぎていき、そのあと〈酌量《しゃくりょう》すべき事情〉号の前半分が五百メートル先にちらりと見えた。その船首から棺《ひつぎ》の形をしたふたつの脱出《だっしゅつ》ポッドが勢いよく飛び出し、アドラステイアの荒涼《こうりょう》たる地表へと噴《ふん》射《しゃ》していった。

驚《おどろ》くほど静かな声でビショップが言う。「ミズ・ナヴァレス、〈ワルキューレ〉のシステムに記録を残しておいた。きみと、きみの置かれている状況《じょうきょう》、そしてこの襲撃《しゅうげき》に関する情報がすべて含《ふく》まれている。都合がつき次第、確認してほしい。残念ながら私が力になれることはもうない。航海の無事を祈《いの》る、ミズ・ナヴァレス」

「待って！　何――」

　画面が白く光り、キラの胸をうずかせていた呼ばれているという感覚が消えた。次の瞬《しゅん》間《かん》、拡大しているデブリの領域に入り、シャトルは激しく揺《ゆ》れ動きはじめた。しばらくのあいだ、〈ワルキューレ〉号は粉々《こなごな》になるのではないかと思われた。キラの上にある制御《せいぎょ》盤《ばん》のひとつは火花を出して作動しなくなり、どこか後ろのほうでは大きな衝撃音《しょうげきおん》がしたかと思うと、空気が漏《も》れていくかん高い口笛のような音がつづいた。

　新たな警報音が鳴りはじめ、頭上に並んだ赤いライトが回転する。エンジンのうなりがやみ、キラにかかっていた重圧が消え、自由落下による胃のむかつきが戻《もど》ってきた。

2

「ミズ・ナヴァレス、船尾《せんび》に多数の破損があります」シャトルの疑似知能が言った。

「そう、ありがとう」キラはシートベルトをはずしながら答えた。マスク越《ご》しに声がくぐもっておかしな感じに聞こえる。

　やった！　やり遂《と》げられたなんて信じられない。だけどまだ安全とは言えない。

「警報を止めて」

サイレンは即座《そくざ》に停止した。

マスクがそのままになっていることをありがたく思いながら、シャトル後部の口笛のようなかん高い音をたどっていく。マスクのおかげで、圧力が下がりすぎたとしても失神する心配はない。だけど、思った。このさき一生、顔を覆《おお》われたまま生きていかなきゃいけないの?

まずは確実に生きていられるようにしないと。

口笛の音をたどると、乗員室の後部に着いた。天井のへりに沿って穴が七つあいている。穴は小さく、鉛筆《えんぴつ》の芯《しん》ほどのものだったが、それでも数時間以内にシャトルの空気を排出《はいしゅつ》しきってしまうには充分《じゅうぶん》な大きさだ。

「コンピューター、あなたの名前は?」

「アンドウです」ガイガーに似た声だが違《ちが》う。軍は船を飛ばすのに独自の特殊《とくしゅ》なプログラムを使っている。

「アンドウ、リペアキットはどこにある?」

疑似知能はキラをロッカーへ案内した。キットを取ると、いやなにおいのする急速硬化《こうか》樹脂《じゅし》を調合した(マスクはにおいはブロックしないようだ)。こてを使ってどろっとした樹脂《じゅし》を穴に塗《ぬ》りつけ、それぞれにFTLテープ*44を十字にして六枚重ねたものを貼《は》った。このテープはたいていの金属よりも頑丈《がんじょう》だ。これだけの数をはずすにはブロートーチが必要になるだろう。

キラはキットをしまいながら言った。「アンドウ、損傷の報告を」

「照明回路にショート発生、2-23-nと1-5-1-nの線に損傷。加えて――」

「項目別《こうもくべつ》の報告は省いて。〈ワルキューレ〉号は宇宙航行に耐《た》えられる?」

「はい、ミズ・ナヴァレス」

「重大なシステムに被害《ひがい》は?」

「ありません、ミズ・ナヴァレス」

「核融合《かくゆうごう》推進装置は? あの爆発《ばくはつ》で噴射口《ふんしゃこう》が後ろを向いてない?」

「いいえ、ミズ・ナヴァレス、われわれは〈酌量《しゃくりょう》すべき事情〉号に対して斜《なな》め方向に進路を取っていました。爆発《ばくはつ》とは角度がありました」

「あなたが進路をプログラムしたの?」

「いいえ、ミズ・ナヴァレス、シップ・マインドのビショップがプログラムしました」

そのときになって、やっとキラはリラックスしはじめた。もしかして、もしかしたら、本当に生き延びられるかもしれない、そう考えることをようやく自分に許した。

マスクがさざ波を立てて顔から剝《は》がれていく。キラは短い悲鳴をあげた。叫《さけ》ばずにはいられなかった。まるで粘着性《ねんちゃくせい》の巨大《きょだい》な絆創膏《ばんそうこう》を剝《は》がされたみたいだ。

数秒のうちに、顔を覆《おお》うものがなくなった。

口や鼻、目の周りにおずおずと指を走らせ、感触《かんしょく》を確かめていく。驚《おどろ》いたことに、眉毛《まゆげ》もまつげも残っているようだ。

「あなたはなんなの？」スーツの襟足《えりあし》をなぞりながらささやいた。「なんのためにつくられたの？」

答えは返ってきそうになかった。

キラはシャトルのなかを見わたした。制御盤《せいぎょばん》、並んだシート、収納棚《しゅうのうだな》、それとキラの横には、からっぽのクライオ・チューブが四つ。キラには使えないもの。

見ていると、急に絶望感でいっぱいになった。脱出《だっしゅつ》できたからといって、どうにもならない。クライオに入ることができないのでは、キラは足止めを食らっているのも同然だった。

Choices

第9章 選択《せんたく》

1

キラは〈ワルキューレ〉号の前方部へと壁《かべ》沿いに進んでいき、操縦席に座ってシートベルトを装着した。ディスプレイを確認すると、〈酌量《しゃくりょう》すべき事情〉号は姿を消していた。エイリアンの船もＵＭＣの巡洋艦《じゅんようかん》の爆発《ばくはつ》によって破壊《はかい》された。「アンドウ、この惑星《わくせい》系にほかに船はない？」

「ありません」

ひとつ朗報だ。「アンドウ、〈ワルキューレ〉号にマルコフ・ドライブは搭載《とうさい》されてる？」

「はい」

もうひとつ朗報。このシャトルはＦＴＬ*45飛行が可能だ。だとしてもコールドスリープができなければ、やはりキラは死んでしまうかもしれない。航行のスピード次第だ。「アンドウ、〈ワルキューレ〉号がマルコフ・リミット*46まで緊急噴射《きんきゅうふんしゃ》したとして、61シグニに到着《とうちゃく》するのにどれだけかかる？」

「七十八日半です」

キラは悪態をついた。〈フィダンザ〉号なら約二十六日あれば着くはずだったのに。このシャトルの遅《おそ》さは驚《おどろ》くようなことではない。これはあくまでも短距離《たんきょり》飛行のための船なのだ。

パニックになっちゃだめ。完全に運が尽《つ》きたわけじゃないんだから。すべては次の質問にかかっている。

「アンドウ、〈ワルキューレ〉号には食事パックがどれだけ積んである？」

「〈ワルキューレ〉号には百七回分の食事パックが積んであります」

キラは疑似知能に計算させた。オーバーレイがないのがもどかしい。基礎《きそ》的な計算さえも自分でできないなんて。

61シグニで減速する時間を加味すると、航海日数は計八十一・七四日になる。一食を半分にしても、食料は八週間しかもたず、残りの二十五・五日は食事抜《ぬ》きになってしまう。水の心配はいらない。シャトルの再生装置を使えば脱水《だっすい》で死ぬことはないはずだ。でも食料が足りないのは……。

一か月以上何も食べなくても生き延びた人の話は聞いたことがあった。逆にもっと短い期間に餓死《がし》した人の話も。どうなるかはなんとも言えない。キラはかなり健康でスーツの助けもあるので、生き延びられる可能性はあるが、大きな賭《か》けだ。

頭が痛くなってきて、キラはこめかみをさすった。「アンドウ、ビショップが残してくれたメッセージを再生して」

目の前のディスプレイに険しい顔の男性の映像が現れた。シップ・マインドのアバターだ。眉間《みけん》にしわを寄せ、心配と怒《いか》りが半々《はんはん》に見える。「ミズ・ナヴァレス、あまり時間がない。エイリアンはわれわれの通信を妨害《ぼうがい》していて、私が飛ばすことのできるただひとつの信号用ドローンを撃《う》ち落とした。まずい状況《じょうきょう》だ。いまや残された希望はきみだけだ、ミズ・ナヴァレス。このメッセージにはドクター・カーやアドラステイアの記録などに加えて、私の検知データもすべて入れてある。関係当局に転送を願いたい。〈酌量《しゃくりょう》すべき事情〉号を破壊《はかい》したことによって、通信を妨害《ぼうがい》していたものはなくなったはずだ」

ビショップは前のめりになったようで、その顔は作り物に過ぎないものの、キラは画面からにじみ出る相手の個性を感じ取った。ただひとつの目的に縛《しば》られた圧倒《あっとう》的な知性と残《ざん》忍《にん》さ。「ミズ・ナヴァレス、きみに対する扱《あつか》いについてはすまなかった。理由は正当であり——襲撃《しゅうげき》が証明したとおり——懸念《けねん》は当然だったとはいえ、苦しめてしまったことは申し訳ない。とにかくいまはきみが頼《たよ》りだ。みんなの期待がかかっている」

ビショップは姿勢を戻《もど》した。「それとミズ・ナヴァレス、もしもタケシ将官に会うことがあれば、伝えてほしい……夏の音を覚えていると。通信終了《しゅうりょう》」

キラは不思議な切なさを感じた。これほどの知性があっても、シップ・マインドは人情というものを拡張されておらず、後悔《こうかい》や郷愁《きょうしゅう》も感じないことになっている。感じるべきでもないのだ。

キラは手のひらを覆《おお》う繊維《せんい》を見つめた。「アンドウ、エイリアンの船が最初に見えたときの状況《じょうきょう》を説明して」

「六十三分前に衛星経由で未確認船が発見されました。船はゼウスを回る迎撃路《げいげきろ》を進んでいました」コックピットのディスプレイからホログラムが飛び出し、ガス惑星《わくせい》と衛星、点線でたどられたゼウスからアドラステイアへのグラスパーの進路が映し出された。「この船は25Gで加速していましたが——」

「まさか」とてつもない加速度だ。

アンドウは話をつづけた。「——そのロケット排気《はいき》は観測された推力を生ずるには不充《ふじゅう》分《ぶん》でした。すると船は反転航法を実行し、七分減速させて〈酌量《しゃくりょう》すべき事情〉号の軌道《きどう》周回に合わせせました」

キラは不安でぞくりとした。グラスパーがそんな飛行をやってのけるには、船の慣性抗《こう》力《りょく》を弱める以外に方法はない。理論上は実現可能だが、人間にできることではない。工学的にまだ難しすぎる挑戦《ちょうせん》だ（ひとつには所要電力が法外だ）。

キラはますます不安を募《つの》らせた。本当に悪夢のシナリオだ。人類以外の意識を持つ種《しゅ》とついに接触《せっしょく》できたと思ったら、その相手は敵意を示し、有人操縦でなくても人間のどんな船の周りも旋回《せんかい》飛行できるなんて。

アンドウはまだ話をつづけている。「未確認船は呼びかけに応答せず、敵対行為《こうい》を開始し――」

「もういい」あとは聞かなくても知っている。キラはしばし考え込《こ》んだ。グラスパーはゼウスの裏側からこの惑星《わくせい》系に飛び込《こ》んだに違《ちが》いない。〈酌量《しゃくりょう》すべき事情〉号に即座《そくざ》に発見されるのを回避《かいひ》するには、それしか方法がない。その方法か、またはガス惑星《わくせい》の内部から発進したかだが、後者はありそうになかった。どちらにしても、グラスパーは用心深くゼウスを利用して姿を隠《かく》し――アンドウがホログラムで見せてくれたように――〈酌量《しゃくりょう》すべき事情〉号がアドラステイアの裏側を周回するのを待ってからロケットエンジンを噴射《ふんしゃ》しはじめたのだ。

キラがアドラステイアでゼノを見つけた数週間後にグラスパーが現れたのは、偶然《ぐうぜん》のはずがない。そんな偶然《ぐうぜん》が起きるには、宇宙はあまりに広すぎる。グラスパーがあの衛星を見張っていたか、キラが廃墟《はいきょ》に落ちたときに信号が送られたか。

キラはどっと疲《つか》れを感じて、顔をごしごしこすった。オーケー。グラスパーはいつ現れてもおかしくない艦隊《かんたい》を備えているものと想定しておく必要がある。時間を無駄《むだ》にはできない。

「アンドウ、いまもまだ通信を妨害《ぼうがい》されてる？」

「いいえ」

「だったら――」キラは口をつぐんだ。61シグニにFTL信号を送れば、人間の居住空間にグラスパーを導くことになりかねないだろうか？　かもしれない、でもグラスパーが探そうとすれば、どのみち見つかってしまうだろうし――彼《かれ》らが人間の住むすべての星をすでに監視《かんし》していないことを前提とすれば――、一日も早く連盟にエイリアンのことを警告する必要がある。「だったら〈酌量《しゃくりょう》すべき事情〉号の襲撃《しゅうげき》に関するすべての情報を含《ふく》めて、ヴィーボルグ・ステーションに遭難《そうなん》信号を送って」

「応じられません」

「え？　なぜ？　説明して」

「FTLアンテナが損傷を受けていて、安定した場を維持《いじ》できません。私の修理ボットでは直せません」

キラは顔をしかめた。

「じゃあ軌道《きどう》にある通信衛星を新たに経由して遭難《そうなん》信号を送信して。衛星28‐G[＊47]。アクセスコードは――」キラは会社の承認番号をスラスラ言った。

「応じられません。衛星28‐Gは反応していません。衛星が破壊《はかい》されたことを当該範囲《とうがいはんい》のデブリが示しています」

「なんなのよ！」キラはドサッと椅子《いす》に座り込《こ》んだ。〈フィダンザ〉号にメッセージを送ることさえできない。〈フィダンザ〉号が出発したのはたった一日前のことだが、FTL通信がなければ、キラにとっては銀河の向こう側にいるのも同然だ。光より遅《おそ》く信号を発信することならできるけれど（それに実行するつもりだ）、61シグニに届くまでには十一年かかり、キラにも連盟にもなんの役にも立たないだろう。

キラは心を落ち着かせようと深呼吸した。冷静に。この状況《じょうきょう》も乗り切れるはず。「アンドウ、61シグニのUMCの幹部将校に極秘扱《あつか》いの暗号化した報告を送ってちょうだい。有効な最善の手段を使うように。わたし自身とアドラステイア、そして〈酌量《しゃくりょう》すべき事情〉号の襲撃《しゅうげき》に関するあらゆる情報を含《ふく》めて」

ほんの一瞬《いっしゅん》の間を置いて、疑似知能は言った。「送信完了《かんりょう》」

「結構。アンドウ、これから使用可能なすべての緊急《きんきゅう》チャンネルで放送がしたいの」

カチッという小さな音。「どうぞ」

キラは身を乗り出し、ディスプレイのマイクに口を近づけた。「こちらはUMCS*48〈ワルキューレ〉号のキラ・ナヴァレス。誰《だれ》か聞こえますか？　どうぞ……」数秒待ったあと、もう一度くり返した。さらにもう一度。いくらUMCからひどい扱《あつか》いを受けたといっても、生存者の確認をせずに出発することはできなかった。〈酌量《しゃくりょう》すべき事情〉号から脱出《だっしゅつ》ポッドが投下される光景がいまも脳裏に焼きついている。生存者がいるなら知っておく必要があった。

アンドウにメッセージを自動化してもらおうとしたまさにそのとき、スピーカーから雑音がして、男性の返事する声が不気味なほど近くに聞こえた。「こちらはイスカ伍長《ごちょう》。ナヴァレス、そちらの現在地は？　どうぞ」

驚《おどろ》きと安堵《あんど》、そして募《つの》る不安にキラは囚《とら》われた。本当に返事があるとは思っていなかったのだ。さて、どうすればいい？「こちらはまだ軌道《きどう》を周回中。どうぞ。あっ、そちらの現在地は？　どうぞ」

「アドラステイアの上だ」

　すると新たな声が聞こえてきた。まだ若い女性だ。「こちらライスナー兵卒。どうぞ」

　さらに三人、全員男性の声がつづいた。「こちらオルソ技術兵」「ヤレック少尉《しょうい》」「サムソン下士官」

　最後の最後に、ぐっと押《お》しつぶしたような堅《かた》い声がして、キラは身をこわばらせた。

「チェッター少佐」

　序列が最も高いのは少佐で、合計六名の生存者がいた。いくつか質問したあとで、六人全員がアドラステイアに着陸していて、脱出《だっしゅつ》ポッドは調査基地のある赤道上の陸地に散らばっていたことが判明した。基地のなるべく近くに着陸を試みていたが、ポッドの反動推進《スラスタ》エンジンは小さく、いちばん近くても数十キロメートル離《はな》れたところに着陸しており、チェッターに至っては七百キロメートル以上も離《はな》れていた。

「では少佐、作戦は？」イスカが尋《たず》ねた。

　チェッターはしばし沈黙《ちんもく》したあとで言う。「ナヴァレス、連盟に信号を送りましたか？」

「ええ。届くまで十年以上かかるでしょうけど」キラはＦＴＬアンテナと通信衛星の件を説明した。

「クソのかたまりめ」オルソが罵《ののし》った。

「無駄口《むだぐち》を叩《たた》くな」イスカが咎《とが》める。

チェッターが息を吸い込《こ》み、脱出《だっしゅつ》ポッドのなかで姿勢を変える音がした。「くそったれ」

チェッターが悪態をつくのをキラは初めて耳にした。「そうなると話が変わってくる」

「そうね。〈ワルキューレ〉号にどれだけ食料があるか確認したわ。豊富とは言えない」

キラはアンドウに聞いた数字を暗唱した。「UMCが別の船を調査に派遣《はけん》するまでどれぐらいかかる？」

チェッターがまたごそごそと動く音。楽な姿勢がなかなか見つからないようだ。「すぐではないわね。早くても一か月、おそらくもっとかかるでしょう」

キラは手のひらに親指を食い込《こ》ませた。状況《じょうきょう》は悪化するいっぽうだ。

チェッターが話をつづけた。「じっと待っているわけにはいきません。このエイリアンについて連盟に警告することが先決です」

「ゼノはあいつらをグラスパーと呼んでいるわ」キラは伝えた。

「それはそれは」チェッターは皮肉な口調で言う。「ミズ・ナヴァレス、私たちに話しておこうという関連情報はほかにはないの？」

「奇妙《きみょう》な夢だけ。あとで書き留めておくつもりよ」

「そうなさい……話を戻《もど》すけど、連盟に警告する必要があります。そうすることと、あなたが保有しているゼノの存在は、私たちの誰《だれ》よりも重要です。そこで星間安全保障法の特例のもと、直ちに〈ワルキューレ〉号で61シグニに向けて出発することをあなたに命じます」

「少佐、そんな！」ヤレックが声をあげた。

イスカがたしなめる。「少尉《しょうい》、静かに」

生存者を見捨てることがキラには納得できなかった。「いい、クライオなしでシグニに行かなきゃならないならそうするけど、あなたたちをこのまま置き去りにするつもりはないわ」

チェッターは鼻で笑った。「ご立派なことだけど、あなたがアドラステイアを回って私たちを拾いに来れば時間を無駄《むだ》にすることになる。半日以上かかるでしょうし、そのころにはグラスパーが迫《せま》っているかもしれない」

「いちかばちか、やってみたいの」キラは落ち着いた口調で言った。そうよ、と少し驚《おどろ》きながら悟《さと》った。

チェッターが首を振《ふ》るのが聞こえるような気がした。「私は反対よ、ナヴァレス。それにそのシャトルにはクライオの筒《つつ》が四つしかない。みんなもわかっているはずよ」

「悪いけど少佐、あなたたちを置いてひとりで飛び立つことはできない」

「いい加減にしなさい、ナヴァレス。アンドウ、自動制御《せいぎょ》装置の停止、承認コードは

――」チェッターは意味をなさない長いパスワードを暗唱した。

「自動制御《せいぎょ》装置は停止できません」疑似知能が答える。「〈ワルキューレ〉号のすべての指揮機能はキラ・ナヴァレスに与《あた》えられています」

少佐の声はこれ以上ないほど冷ややかになった。「誰《だれ》の権限によって？」

「シップ・マインドのビショップです」

「なるほど……ナヴァレス、分別を持って責任ある行動をしなさい。これは私たちの誰《だれ》よりも重要なことなのよ。状況《じょうきょう》に応じて――」

「いつも振《ふ》り回されてばかり」キラはつぶやいた。

「なんですって？」

誰《だれ》にも見えないのに、キラは首を振《ふ》った。「なんでもない。あなたたちを迎《むか》えに行く。たとえ――」

「やめなさい！」チェッターとイスカがほとんど同時に言った。チェッターが話をつづける。「やめなさい。何があっても〈ワルキューレ〉号を着陸させてはなりません、ナヴァレス。不意打ちを食らってあなたが捕《つか》まるようなことになっては困るのよ。それに、また離昇《りしょう》する前に基地で燃料を補給したとしても、軌道《きどう》周回に戻《もど》るのにかなりの推進剤《ざい》を使うことになるでしょう。61シグニに着いたら減速するのにすべてのデルタV*49が必要になる」

「それでも、ここで何もせずにいるつもりはないわ。出発させようとしても無駄《むだ》よ」キラは言った。

重苦しい沈黙《ちんもく》が流れた。

せめて何人かだけでも助ける方法があるはずよ、とキラは思った。アドラステイアに取り残され、飢《う》えに苦しんだりグラスパーから隠《かく》れようとしたりするところを思い浮《う》かべてみる。想像しただけでもぞっとして、ドクター・カーでさえもそんな目に遭《あ》わせたいとは思わなかった。

カーのことを思い出し、つかの間キラは黙《だま》り込《こ》んだ。顔に浮《う》かんでいた恐怖《きょうふ》、叫《さけ》んでいた警告、皮膚《ひふ》から突《つ》き出した骨……。わたしが酸素供給管を撃《う》っていなければ、彼《かれ》は〈酌《しゃく》量《りょう》すべき事情〉号から脱出《だっしゅつ》できていたのかもしれない。いいえ。爆発《ばくはつ》がなかったとしても、わたしもカーもグラスパーに殺されていただろう。それでも気が咎《とが》めた。カーはいやなやつだったかもしれないけど、誰《だれ》もあんなふうに死ぬべきじゃない。

と、そのときキラは指を鳴らした。その音はコックピットのなかにことのほか大きく響《ひび》いた。「これだわ。あなたたちを離陸《りりく》させる方法を思いついた」

「どんな方法?」チェッターは警戒《けいかい》するように尋《たず》ねた。

「基地に降ろしてあるシャトルを使うのよ」

「どのシャトルのことだ?」オルソは深みのある声をしていた。「シャトルなら〈フィダンザ〉号が出発するときに持っていったが」

キラはじれったくて彼《かれ》が話し終わるまで待っていられなかった。「違《ちが》う、それじゃなくて。もうひとつのシャトル。わたしがゼノを見つけた日にネガーが飛ばしていたやつよ。汚染《おせん》されている可能性があったから、廃棄《はいき》されることになってたの」

スピーカーからコツコツと鋭《するど》い音が響《ひび》いてきて、キラにはそれがチェッターの爪《つめ》の音だとわかった。チェッターは訊《き》いた。「そのシャトルを飛び立たせるのに必要なものは?」

キラは考えた。「燃料タンクを満タンにする必要はあるかも」

「少佐」オルソが発言する。「俺《おれ》がいる場所から基地まではたった二十三キロメートルです。十五分以内に着きますよ」

チェッターは即答《そくとう》した。「行きなさい。いますぐに」

かちゃりと小さな音がして、オルソは通話を切った。

するとイスカがどこかためらいがちな声で言った。「少佐……」

「わかっています」チェッターは返事をした。「ナヴァレス、伍長《ごちょう》とふたりで話がしたいの。そのまま待機していて」

「了解《りょうかい》、でも――」

2

通信は途絶《とだ》えた。

キラは待っているあいだにシャトルの制御《せいぎょ》装置を点検した。数分が過ぎてもチェッターからの連絡《れんらく》がなかったため、シートベルトをはずして備品棚《だな》をごそごそ探り、ジャンプスーツを見つけた。

キラには必要のないものだ――ゼノのおかげで充分《じゅうぶん》温かい――けれど、〈酌量《しゃくりょう》すべき事情〉号で目覚めてからずっと、裸《はだか》でいるような気分だった。ちゃんと服を着ることでなぜかほっとした気持ちになり、安心できた。ばかみたいだとしても、気分が違《ちが》う。

次にシャトル内の小さな調理エリアに移動した。

お腹は空いていたけれど、限られた食料しかないことがわかっていたので、食事パックに手をつける気にはなれなかった。代わりにセルフヒーティング式のチェル*50――キラの好物だ――のパウチをひとつ取ってコックピットに戻《もど》ってくる。

お茶をすすりながら、〈酌量《しゃくりょう》すべき事情〉号とグラスパーの船がいた場所を眺《なが》めた。そこにはからっぽの闇《やみ》が広がっているだけだ。みんな死んでしまった。人間もエイリアンも。漂《ただよ》う塵《ちり》さえ残っていない。爆発《ばくはつ》は船を跡形《あとかた》もなく消し去り、あらゆる方角に原子を拡散させた。

エイリアン。意識を持つエイリアン。その存在を知ったことに、いまでも圧倒《あっとう》されている。その存在を知ったことと、彼《かれ》らの一部を殺すのに自分が荷担したという事実に……。もしかしたら触手《しょくしゅ》を備えたあの生物は交渉《こうしょう》に応じたかもしれない。まだ平和的な解決ができたかもしれない。だけど、どんな解決策だとしても、きっとわたしは無関係ではいられなかっただろう。

そんなことを考えていると、両手の甲《こう》にしわが寄り、交差して編まれた繊維《せんい》がこわばった筋肉みたいなこぶ状になった。グラスパーと遭遇《そうぐう》してから、スーツはまだ完全に落ち着いてはいなかった。前よりもキラの精神状態に敏感《びんかん》になっているようだ。

何はともあれ、〈酌量《しゃくりょう》すべき事情〉号の襲撃《しゅうげき》によって、ひとつの論争に決着がついた。暴力に訴《うった》え、殺人さえ引き起こす意識を持つ種《しゅ》は、人間だけではなかった。断じて違《ちが》う。

キラはフロントウインドウとその向こうでかすかに光っているアドラステイアの大きなかたまりに視線を移した。六人のクルー――チェッターも含《ふく》む――があの地表のどこかにいるのだと思うと不思議だ。

全部で六人、なのにこのシャトルにはクライオ・ポッドが四つしかない。

キラはあることを思いついた。通信を再開して呼びかける。「チェッター、聞こえる？どうぞ」

「どうしましたか、ナヴァレス？」少佐はいらだっているようだ。

「基地にはクライオ・ポッドがふたつあった。覚えてる？　ネガーとわたしが入っていたやつよ。ひとつはまだあそこに残っているかも」

「……覚えておきましょう。基地にはほかに役立ちそうなものは？　食料、装備——そういうものはある？」

「わからない。片付けは完全には終わってなかったわ。水耕栽培《さいばい》室に枯《か》れてない植物がまだ残ってるかもしれない。調理室《ギャレー》に少しは食事パックも。調査用の道具なら山ほどあるけど、それじゃあお腹は膨《ふく》れないわね」

「了解《りょうかい》。通信終了《しゅうりょう》」

さらに三十分が過ぎてから通信が再開され、少佐が呼びかけてきた。「ナヴァレス、聞こえる？」

「ええ、聞いてるわ」キラはすぐさま返事をした。

「オルソがシャトルを見つけました。シャトルも水素添加《すいそてんか》分解装置も機能しそうよ」

トゥール！「よかった！」

「では、このさきどうするかを話しておきましょう。シャトルの燃料補給を終えたら――それにかかる時間は……あと七分ね――オルソはサムソン、ライスナー、ヤレックを迎《むか》えに行きます。それには二往復する必要がある。そのあとで彼《かれ》らは軌道上《きどう》であなたとランデブーします。シャトルは無人飛行で基地に戻《もど》り、ミズ・ナヴァレス、あなたはアンドウに指令を出して〈ワルキューレ〉号で出発するのよ。わかりましたか？」

キラは顔をしかめた。この少佐はなんでこうもわたしをいらいらさせてばかりいるのだろう？「さっき話したクライオ・ポッドは？　基地にあった？」

「ひどく損傷していました」

キラはがっかりした。きっとこのスーツが現れたときに打撃《だげき》を与《あた》えたのだ。「わかった。じゃあ、あなたとイスカは？」

「私たちは残ります」

キラは奇妙《きみょう》な好感を抱《いだ》いた。少佐のことは好きではなかった――少しも――が、この女性のたくましさに感心せずにはいられなかった。「どうしてあなたが？　そんなの――」

「これでいいのよ。もしもあなたが襲撃《しゅうげき》されたら、戦える人間が必要になるでしょう。私は着陸時に脚《あし》を骨折したの。なんの役にも立たない。伍長《ごちょう》のほうは残ることを志願しました。これから数日かけて徒歩で基地まで行き、着いたら戻《もど》ってきたシャトルで私を迎《むか》えに来てくれます」

「……残念だわ」

「同情しないで」チェッターはきっぱり言った。「なるようにしかならない。いずれにせよ、エイリアンが戻《もど》ってくるのに備えてここで見張っておく人間が必要なのだから。私は艦隊《かんたい》情報部の一員です。誰《だれ》よりも適任でしょう」

「それはもちろん。ところで、基地にあるセッポのワークステーションの周りをあさったら、何かの種が入った袋《ふくろ》が見つかるかもしれない。栽培《さいばい》できるかはわからないけど——」

「確認してみましょう」と、チェッターはいくらか口調をやわらげた。「配慮《はいりょ》に感謝するわ、ナヴァレス、時にあなたは厄介《やっかい》きわまりない人間になるとはいえ」

「そうね、それはお互《たが》い様よ」キラは制御卓《せいぎょたく》のへりで手のひらをこすり、スーツの表面が伸縮《しんしゅく》するさまを眺《なが》めながら考えた。もし自分がチェッターの立場だったら、同じ決断をする勇気があるだろうか？

「シャトルが出発したら知らせます。通信終了《しゅうりょう》」

3

「ディスプレイをオフに」キラは言った。

ガラスにぼうっと二重になって映る自分の姿をまじまじと見つめる。このゼノが現れてから、まともに自分の姿を見るのは初めてだ。

それが自分だとは思えないぐらいだった。こうだと思い浮《う》かべるいつもの自分の頭とは違《ちが》って、層になった繊維《せんい》に覆《おお》われた髪《かみ》のない黒い頭蓋骨《ずがいこつ》の輪郭《りんかく》が見える。目は落ちくぼみ、口の両脇《わき》には母親を思わせるしわがある。

身を乗り出して近づいた。スーツが皮膚《ひふ》のなかに消えていくところは、微細《びさい》で緻密《ちみつ》なフラクタルを形成していて、それを見ているとどこか懐《なつ》かしさを覚えた。まるで前にも見たことがあるみたいに。デジャヴの感覚はあまりにも強く、しばしキラは別の時代の別の場所にいるような感じがして、身体を震《ふる》わせて我に返る必要があった。

悪霊《あくりょう》のような姿だ——生きている人間に取り憑《つ》こうと墓場からよみがえった死体。嫌悪《けんお》感《かん》でいっぱいになり、ゼノが与《あた》えた影響《えいきょう》の結果を見たくなくて、目をそらす。こんな姿をアランに見られずにすんでよかった。こんなわたしを愛せるはずがない。彼《かれ》の顔に浮《う》かぶ嫌悪《けんお》の表情を想像すると、それは自分自身の表情に重なった。

一瞬《いっしゅん》、涙《なみだ》がこみあげてきたが、キラは怒《いか》りにまばたきをして涙《なみだ》をこらえた。ロッカーから探し出したつばのある帽子《ぼうし》をかぶり、ジャンプスーツの襟《えり》を立てて、できる限りゼノを隠《かく》した。「ディスプレイをオンに。録画開始」画面が明るくなり、ディスプレイ枠《わく》のカメラの横で黄色いライトが点灯した。

「こんにちは、ママ。パパ。イサー……みんながこれをいつ見ることになるかはわからない。いつか見るときが来るのかもわからないけど、見てもらえるといいな。こっちはあまりよくない状況《じょうきょう》になってる。連盟との厄介《やっかい》ごとに巻き込《こ》んでしまうから詳《くわ》しいことは話せないけど、アランが死んだの。ファイゼルとユーゴとイワノワとセッポも」

話をつづける前に、しばらく顔をそむけずにはいられなかった。「わたしのシャトルは損傷を受けていて、61シグニに無事に帰り着けるかわからないから、もしもだめだったときは——ママ、パパ、ふたりを保険の受取人にしてあります。このメッセージに情報を添《てん》付《ぷ》しておくわ。それに、おかしいと思われるだろうけど、わたしのことを信じてほしい。覚悟《かくご》しておいて。本気で覚悟《かくご》してもらう必要があるの。嵐《あらし》が迫《せま》っている、それもひどい嵐《あらし》が。37年のよりもひどい嵐《あらし》よ」家族はわかってくれるだろう。その年の嵐《あらし》よりもひどいものは黙示録《もくしろく》だけだといつも冗談《じょうだん》で言っていたのだ。「最後にこれだけ言わせて。三人にはわたしのことで落ち込《こ》まないでほしいの。特にママ。わかってる。落ち込《こ》まないで。ふさぎこんで家にこもるなんてだめ。みんなもよ。外に出て。笑って。生きて。みんなのためにも、わたしのためにも。お願いだから、そうするって約束して」

キラは口をつぐみ、うなずいた。「ごめんなさい。こんな目に遭《あ》わせることになって、本当にごめんなさい。この旅の前にみんなに会いに家に帰っておけばよかった……愛してる」

キラは停止ボタンを押《お》した。

何分間かは何もせずにただ白い画面をじっと見つめていた。しばらくして、アランの兄であるサムに宛《あ》てたメッセージの録画に取りかかった。ゼノについて真実を語ることはできないので、アランの死は基地で事故があったせいだということにした。

終わるころには、キラはいつしかまた泣き出していた。涙《なみだ》を止めようとはしなかった。ここ数日にいろいろなことがありすぎて、ほんのつかの間ではあっても感情を解放できることにほっと救われた。

アランにもらった指輪があるはずの場所に、幻《まぼろし》の重みを感じた。指輪がないことでますます涙《なみだ》があふれてくる。キラが動揺《どうよう》したせいでジャンプスーツの下の繊維《せんい》も落ち着きをなくし、腕《うで》や脚《あし》、背中の上にかけてビーズみたいな突起《とっき》が形作られていく。キラはうなり、手の甲《こう》をピシャリと叩《たた》くと、ビーズのような出っ張りはおさまった。

平静を取り戻《もど》すと、残りの亡くなったチームメイトたちの家族に宛《あ》てて、同じように録画を行った。彼《かれ》らの家族とは面識がなかった——全員に家族がいるのかさえもわからない——が、それでも伝える必要があると思った。仲間たちのためにそうする義務がある。彼《かれ》らは友だちだった……そして、わたしがその命を奪《うば》ったのだ。

最後の録画になっても、最初のときと変わらずつらかった。すべて終わると、アンドウにメッセージを送信させ、疲《つか》れ果ててぐったりと目を閉じた。頭のなかにもゼノの存在を感じる——〈酌量《しゃくりょう》すべき事情〉号からの脱出《だっしゅつ》中にかすかな圧力を感じるようになっていた——が、そこから思考や意図は微塵《みじん》も感じられなかった。とはいえ、疑う余地はない。このゼノは知覚している。そして観察している。


……


いきなりスピーカーから雑音が響《ひび》いた。

キラはビクッとし、どうやらいつの間にかうとうとしていたことに気づいた。声が呼びかけている。オルソだ。「——聞こえるか？　どうぞ。くり返す、聞こえるか、ナヴァレス？　どうぞ」

「聞こえてます」キラは答えた。「どうぞ」

「シャトルの燃料補給がそろそろ終わるところだ。満タンになり次第、この見捨てられたかたまりを飛び立たせる。十四分後に〈ワルキューレ〉号とランデブーする」

「準備しておくわ」キラは言った。

「了解《りょうかい》。どうぞ」

瞬《また》く間に時間は過ぎ、シャトルの後方に面したカメラを通して、アドラステイアの地表から輝《かがや》く小点が上昇《じょうしょう》し〈ワルキューレ〉号に向かって弧状《こじょう》に進んでくるのが見えた。近づいてくるにつれ、なじみあるシャトルの形が見えてきた。

「こちらからシャトルが見える。問題なさそうよ」キラは報告した。

「よかったわ」チェッターが言った。

シャトルは〈ワルキューレ〉号の横に並び、ふたつの船は反動姿勢制御システム《RCS》スラスタに点火して、エアロック同士を静かに接続させた。〈ワルキューレ〉号の肋材《ろくざい》に小さな振動《しんどう》が伝わってくる。

「ドッキング操作、成功裏に完了《かんりょう》」そう宣言するアンドウの口調が、キラには陽気すぎるように聞こえた。

プシューッという空気の音と共に、エアロックが開く。丸刈《まるが》りで鷲鼻《わしばな》の男性が顔を覗《のぞ》かせた。「乗船許可を、ナヴァレス?」

「乗船を許可します」キラは答えた。形式的なやり取りに過ぎなくても、ありがたかった。

男性がゆっくり近づいてくると、キラは片手を差し出した。一瞬《いっしゅん》ためらったあとで、相手は握手《あくしゅ》に応じた。「オルソ技術兵ね？」

「正解だ」

オルソの後ろにライスナー兵卒（背が低く大きな目をした女性で、学校を卒業してすぐUMCに入ったばかりみたいに見える）、サムソン下士官（ひょろっとした赤毛の男性）、ヤレック少尉《しょうい》（右腕《みぎうで》に包帯をぐるぐる巻きにしたがっしりした男性）がつづいた。

「〈ワルキューレ〉号にようこそ」キラは挨拶《あいさつ》した。

みんなはやや横目遣《づか》いでキラを見ていたが、やがてオルソが口を開いた。「この船に乗れて助かった」

ヤレックがうなるように言う。「ひとつ借りだな、ナヴァレス」

「そうよね。ありがとう」ライスナーも言った。

乗ってきたシャトルをアドラステイアに送り返す前に、オルソは〈ワルキューレ〉号の後部に行き、壁面《へきめん》にぴったりくっついて並んだ収納棚《しゅうのうだな》の前に立った。キラはそこに棚《たな》があることにも気づいていなかった。オルソが暗証コードを入力すると、棚《たな》の扉《とびら》が開いていくつかの銃架《じゅうか》が現れた。ブラスター銃《じゅう》も小火器もある。

「そうこなくちゃ」とサムソンが言う。

オルソが銃《じゅう》を四丁とバッテリーパック、弾倉《だんそう》、手榴弾《しゅりゅうだん》を取り、シャトルのほうへ運んでいく。「少佐と伍長《ごちょう》のためだ」彼《かれ》はそう説明した。

キラは了承《りょうしょう》し、うなずいた。

武器を無事に積み込《こ》むと、みんなは〈ワルキューレ〉号に戻《もど》り、シャトルは切り離《はな》されて下にある衛星へと落ちていった。

「基地で余分な食料は見つけられなかったでしょう」キラはオルソに尋《たず》ねた。

オルソは首を振《ふ》った。「残念ながら。脱出《だっしゅつ》ポッドには多少あったが、それは少佐と伍長《ごちょう》に残してきた。俺《おれ》たちよりも必要だろうから」

「わ、わたしよりも、ね」

オルソは用心深い目でキラを見た。「ああ、そうだな」

キラは首を振《ふ》った。「どうでもいいけど」いずれにしても、オルソは正しい。「じゃあ、行きましょうか」

「全員配置につけ！」オルソが声を張り上げた。あとの三人が大急ぎでシートベルトを装着するあいだに、オルソはキラのいる前に来て副操縦士席に座った。

キラが命じる。「アンドウ、61シグニのいちばん近い港を目的地に設定。可能な最速噴《ふん》射《しゃ》で」

制御卓《せいぎょたく》のディスプレイに目的地の画像が表示された。ラベルのついたドットが点滅《てんめつ》している。ガス惑星《わくせい》の軌道《きどう》を回るツィオルコフスキーのハイドロテック*51燃料補給所。現在いるりゅう座σ星の惑星系に出る途中《とちゅう》で〈フィダンザ〉号が停泊《ていはく》したのと同じ場所だ。

キラはしばし黙《だま》り込《こ》んだあと、命じた。「発進」

シャトルのエンジンがうなりをあげて点火し、最初は穏《おだ》やかに、その後は急激に推力が大きくなっていき、クルーは2Gの力を受けて身体を後ろに押《お》しつけられた。

「さあ行くわよ」キラはつぶやいた。

4

アンドウは2Gの噴射《ふんしゃ》を三時間つづけたあとで、まだ我慢《がまん》のできる1・5Gに推力を落とし、クルーはさほど不便を感じずに船室を動き回れるようになった。

UMCの四人の兵士はそれから一時間かけてシャトルの隅々《すみずみ》まで点検した。キラのした修理を再確認し――「民間人にしては上出来だ」とサムソンはしぶしぶ認めた――、食事パックを数え、また数え直した。武器、バッテリー、弾薬《だんやく》を残さずリストにした。スキンスーツとクライオ・チューブを診断《しんだん》した。そして船が正常に運転できる状態であると大体のところ確信した。

「俺《おれ》たちの意識がないときに何か問題が起きても、たぶん起こしている暇《ひま》はないだろうからな」オルソはそう話した。

それから彼《かれ》らは服を脱《ぬ》いで下着だけになり、ヤレック、サムソン、ライスナーはクライオ・チューブに入り、冬眠《とうみん》状態を誘発《ゆうはつ》する注射を打ちはじめた。彼《かれ》らはこれ以上起きているわけにはいかなかった。起きていると食事が必要になってしまうが、食料はキラのために取っておかなければならないのだ。

ライスナーが不安そうに笑って小さく手を振《ふ》った。「61シグニで会いましょう」そう言うと、クライオの筒《つつ》が降りてきて閉まった。

キラは手を振《ふ》り返したけれど、ライスナーは見ていなかっただろうと思った。

オルソはみんなの意識がなくなるのを待ってから収納棚《しゅうのうだな》に向かい、ライフルを一丁取り出してキラのところに持ってきた。「ほら。規則違反《いはん》だが、きみにはこれが必要になるかもしれない。もし必要になったら……接近戦で倒《たお》すしかない」オルソはちょっと皮肉っぽい顔でキラを見た。「どっちみち俺《おれ》たちはきみのそばでどうすることもできないんだ、構いやしないさ。きみに可能性を託《たく》したほうがいい」

「ありがとう」キラはライフルを受け取った。見た目よりも重い。「と言うべきかしら」

「どういたしまして」オルソはウインクしてみせた。「アンドウに確認するといい。使い方を教えてもらえる。あともうひとつ、チェッターからの命令だ」

「なに?」キラは急に身構えた。

オルソは右の前腕《ぜんわん》を指さした。そこの皮膚《ひふ》は上腕《じょうわん》よりもわずかに色が明るく、鋭《するど》い線が腕《うで》を上下に隔《へだ》てている。「これが見えるか?」

「ええ」

オルソは左腿《もも》の真ん中にも同じような色の違《ちが》いがあるのを示した。

「こっちも見えるか?」

「見えるわ」

「数年前に榴散弾《りゅうさんだん》が当たった。腕《うで》と脚《あし》を失って、新しいのを生やさなけりゃならなかった」

「痛そう」

オルソは肩《かた》をすくめた。「うーん。たぶんきみが思ってるほどは痛くなかった。肝心《かんじん》なのは……食料が尽《つ》きてもうだめだと思ったら、俺《おれ》のクライオ・ポッドをあけてこれを切り取るんだ」

「えっ⁉　いやよ！　そんなことできない」

オルソはもの言いたげな顔をキラに向けた。「ラボで育てた肉とどこも変わらないだろう。クライオに入っている限り、こっちはまったく問題ない」

キラは顔をゆがめた。「本気でわたしに人肉食を勧《すす》めてるの？　勘弁《かんべん》してよ、ソルではどうだか知らないけど――」

「そうじゃない」オルソはキラの肩《かた》をつかんだ。「きみに生き延びてほしい。遊びじゃないんだ、ナヴァレス。全人類が危険にさらされかねない。生きるために俺《おれ》の片腕《かたうで》を切り落として食べる必要があるなら、間違《まちが》いなくそうするべきだ。必要なら両腕《りょううで》でも、両脚《りょうあし》でも。わかったか？」

最後のほうは叫《さけ》び声に近かった。キラはオルソの顔を見ることができず、ぎゅっと目をつぶってうなずいた。

少しして、オルソはキラを放した。「よし。いいぞ……ただし、あれだ、必要もないのにぶった切って楽しむなよ」

キラは首を振《ふ》った。「そんなことしない。約束する」

オルソは指を鳴らし、銃《じゅう》みたいにしてキラに向けた。「それでいい」そして最後のクライオ・チューブのなかに入り、揺《ゆ》りかごに身を落ち着けた。「ひとりで大丈夫《だいじょうぶ》そうか？」

キラはライフルを横の壁《かべ》に立てかけた。「ええ。アンドウにつき合ってもらうから」

オルソはニヤリとした。「その意気だ。ひとりで気が変になられちゃ困るからな」

オルソがクライオ・チューブの蓋《ふた》を引いて閉じると、すぐに窓の内側が冷たい結露《けつろ》に覆《おお》われ、彼《かれ》の姿は見えなくなった。

キラはふーっと息を吐《は》き、1・5Gが骨に加えている重さをひしひしと感じながら、ライフルの横に慎重《しんちょう》に腰《こし》をおろした。

長い旅になりそうだ。

5

〈ワルキューレ〉号は1・5Gでの噴射《ふんしゃ》を十六時間継続《けいぞく》した。キラはその時間を利用してゼノから受け取った詳細《しょうさい》なビジョンについて記録し、アンドウに命じてその記録をチェッターと連盟の両方に送った。

ビショップが〈酌量《しゃくりょう》すべき事情〉号から転送した記録へのアクセスも試みた。特にゼノに関するカーの調査結果が見たかった。なんとも腹立たしいことに、ファイルはパスワードで保護されていて、「関係者以外閲覧《えつらん》禁止」と印がつけられていた。

それに失敗すると、うたた寝《ね》をして、もう眠《ねむ》れなくなると、肌《はだ》にぴっちり貼《は》りついたゼノを横になったまま眺《なが》めた。

指に触《ふ》れる纖維《せんい》の感触《かんしょく》を確かめながら、曲がりくねった線を描《えが》いて腕《うで》をなぞった。それから、くるまっていた蓄熱《ちくねつ》毛布の下に——毛布とジャンプスーツの下に——片手をすべり込《こ》ませ、それまで触《さわ》ろうともしなかった場所に触《ふ》れた。胸、お腹、太腿《ふともも》、そして脚《あし》のあいだ。

その行為《こうい》に快感はなかった。ただの臨床《りんしょう》検査に過ぎない。現在キラのセックスに対する興味はゼロ以下だ。それでも、身体を覆《おお》う纖維《せんい》越《ご》しでも肌《はだ》がとても敏感《びんかん》なことに驚《おどろ》いた。脚《あし》のあいだは人形みたいになめらかだけれど、なじみあるしわや襞《ひだ》のひとつひとつが感じ取れた。

食いしばった歯の隙間《すきま》から息を漏《も》らし、手を引っ込《こ》めた。もう充分《じゅうぶん》。さしあたり、そのことについての興味は十二分に満たされた。

代わりにキラはゼノの実験をした。まずは前腕《ぜんわん》の内側に沿って一列に並んだ大釘《おおくぎ》を飛び出させるよう、スーツを促《うなが》そうとした。挑戦《ちょうせん》失敗。纖維《せんい》はキラの脳からの命令に反応して小さく動いたが、それだけで従おうとはしなかった。

できるはずだとキラにはわかっていた。ゼノは従いたくないだけなのだ。それか、充分《じゅうぶん》な脅威《きょうい》を感じなかったか。目の前にグラスパーがいると想像しても、大釘《おおくぎ》をつくりださせるには至らなかった。

キラはいらだち、スーツのマスクに注意を移した。要求すればマスクを引き出すことができるのだろうか。

答えはイエスだが、簡単ではなかった。心臓がバクバクして額に冷や汗《あせ》がにじみ出るほどパニックに近い精神状態に自分を追い込《こ》むことで、ようやくこちらの意図を伝えることができた。そこまでやって初めて、頭皮と首に何かが這《は》いまわるような例のぞわぞわする感触《かんしょく》があり、スーツが顔のほうまで覆《おお》っていく。一瞬《いっしゅん》、このまま窒息《ちっそく》しそうな気がして、そのときキラの恐怖《きょうふ》は本物になった。それから心を落ち着かせると、動悸《どうき》はおさまっていった。

つづけて試していくと、ゼノは次第に言うことを聞きやすくなっていき、不安にフォーカスすることで同じ結果を得られるようになった——こういう状況《じょうきょう》なので、不安を高めるのに苦労はしない。

顔をマスクで覆《おお》われたまま、キラはしばらく横になり、周囲の電磁場を眺《なが》めていた。〈ワルキューレ〉号の核融合《かくゆうごう》推進装置と、それが供給している発電機から、ぼやけた巨大《きょだい》な輪が発散されている。もっと小さくて明るい輪がシャトルの内部に密集し、エネルギーの小さな糸でパネルの切片同士を縫《ぬ》い合わせていた。電磁場には不思議な美しさがあった。そのおぼろげな輪郭《りんかく》線は、もっと規則的ではあったが、かつてウェイランドで見たオーロラを連想させる。

とうとう自らを追い込《こ》んでいるパニック状態の緊張感《きんちょうかん》が保てなくなり、マスクが顔から剝《は》がれていくのに任せると、電磁場は視界から消えた。

ともかくもキラは完全にひとりぼっちにはならずにすんだ。アンドウがいて、ゼノがいる。静かな道連れ、寄生するヒッチハイカー、生きている危険な衣服が。友情《フレンドシップ》ではなく、スキンシップによる同盟。

噴射《ふんしゃ》停止する前に、キラは食事パックをひとつ消費しておくことにした。当分は重力を感じながら食事ができなくなるので、最後のチャンスを無駄《むだ》にしたくなかったのだ。

小さな調理エリアの横に座って食事した。食べ終わるとまたチェルのパウチに手を伸《の》ばし、たっぷり一時間近くかけて大事にちびちび飲んだ。

シャトルのなかで聞こえる音はキラの息遣《いきづか》いとロケットの鈍《にぶ》いうなりだけで、それもじきに消えてしまうだろう。〈ワルキューレ〉号の後部にあるクライオ・チューブが視界の端《はし》に入った。冷たく静止していて、なかに凍《こお》った身体が入っていることを示す気配は微塵《みじん》もない。このシャトルに乗っているのが自分だけではないと思うと不思議だった。いまのオルソたちはただの氷のかたまりみたいなものだといっても。

考えていて楽しいことではなかった。キラは身震《みぶる》いし、頭を床《ゆか》／壁《かべ》に打ちつけた。脳天に痛みが走り、目に涙《なみだ》を浮《う》かべて顔をしかめる。「もうっ」重力が大きくなっているのに対して、キラは早く動きすぎるせいで痛い目に遭《あ》うことがしょっちゅうだった。ふしぶしが痛み、腕《うで》も脚《あし》もこぶやあざだらけでずきずきしている。ゼノは最悪の事態から守ってはくれても、小さくて慢性《まんせい》的な苦痛は無視するようだ。

シン・ザーなどの高重力惑星《わくせい》に住む人々はどうやってやり過ごしているのだろう。彼《かれ》らは生き延びるために遺伝子操作されていて、高い重力のもとで立派に繁栄《はんえい》しているほどだが、どうすれば実際に快適に過ごせるものなのか想像もつかない。

「警告」アンドウが言う。「重力ゼロ五分前」

キラは飲み物のパウチを片付け、シャトルの収納棚《しゅうのうだな》から蓄熱《ちくねつ》毛布を六枚かき集めてコックピットに持ち帰った。ブランケットを操縦席に巻きつけ、自分用の金の繭《まゆ》をつくりあげる。操縦席の横にはライフル、一週間分の食事パック、ウェットティッシュ、そのほかにも欲しくなりそうな必需品《ひつじゅひん》をテープで留めておいた。

すると隔壁《かくへき》にかすかな振動《しんどう》が走り、ロケットが停止して、キラは神聖な静寂《せいじゃく》のなかに取り残された。

胃がむかつき、ジャンプスーツが膨張《ぼうちょう》するみたいにふわりと肌《はだ》から離《はな》れた。昼食（と呼べるものか）が再登場するのを防ごうと、ホイルでくるまれた椅子《いす》に身を落ち着ける。

「不必要なシステムをシャットダウン」アンドウが言い、乗員室のなかでは制御盤《せいぎょばん》の上の仄《ほの》かな赤いラインだけを残して、ライトが瞬《またた》いて消えた。

「アンドウ、船室の気圧を地球基準で海抜《かいばつ》二千四百メートルと同じ数値まで下げて」

「ミズ・ナヴァレス、そのレベルですと――」

「副作用は承知の上よ、アンドウ。覚悟《かくご》はできてる。いいから言うとおりにして」

換気扇《かんきせん》の回る音が大きくなるのが背後から聞こえ、天井近くの通風孔《つうふうこう》へと空気が流れはじめて、キラはかすかなそよ風を感じた。

キラは通信を送った。「チェッター。たったいま噴射《ふんしゃ》が終わった。三時間以内に超《ちょう》光速に移行する。どうぞ」核融合炉《かくゆうごうろ》を可能な限り冷却《れいきゃく》し、〈ワルキューレ〉号のラジエーターがシャトルを凍《こお》りそうな温度まで冷やすのに時間が必要だった。それでも、どれだけ活動的かによって、シャトルは超《ちょう》光速飛行中に二、三回はオーバーヒートしそうだった。もしオーバーヒートしたら、〈ワルキューレ〉号は余分な熱エネルギーを排出《はいしゅつ》するまでのあいだ通常空間に戻《もど》らなければならず、それから前進をつづけることになる。そうしなければ〈ワルキューレ〉号のなかでキラも含《ふく》めてすべてが加熱調理されてしまう。

〈ワルキューレ〉号とアドラステイアには光速の隔《へだ》たりがあるため、チェッターの返事が届くまでには三分以上かかった。「了解《りょうかい》しました、ナヴァレス。シャトルに何か問題は？　どうぞ」

「何も。制御盤《せいぎょばん》には青信号が並んでるわ。そっちはどう？」少佐はまだ脱出《だっしゅつ》ポッドのなかでイスカが迎《むか》えに来るのを待っているのだ。

……「異常なし。脚《あし》にどうにか添《そ》え木をしたわ。これで歩けるようになるでしょう。どうぞ」

キラは同情して胸がずきんとなった。少佐は痛くてたまらなかったはずだ。「イスカはいつごろ基地に着く？　どうぞ」

……「何も問題がなければ、明日の夜には。どうぞ」

「それなら、よかった」そのあと、キラは言った。「チェッター、アランの遺体はどうなったの？」これまでずっと心を悩《なや》ませていた疑問だった。

……「ほかの故人たちと一緒《いっしょ》に、彼《かれ》の遺体も〈酌量《しゃくりょう》すべき事情〉号に運び込《こ》まれました。どうぞ」

キラはしばし目を閉じた。少なくともアランは王にふさわしい火葬《かそう》に付されたのだ。燃え上がる船で永遠の世に送られた。「了解《りょうかい》。どうぞ」

それから数時間、ふたりは断続的にやり取りを交わしつづけた――少佐はこの飛行を楽にするためにキラができそうなことを提案し、キラはアドラステイアで生き抜《ぬ》くための助言をした。少佐でさえもこの状況《じょうきょう》に精神的な負担を感じているのだ、とキラは思った。

キラは尋《たず》ねた。「チェッター、教えて。カーはゼノについて本当は何を発見したの？機密事項《じこう》なんてたわ言はやめてよね。どうぞ」

……通信回線の向こうでため息が響《ひび》く。「このゼノは見たこともないような半有機物質で構成されています。われわれの立てている仮説としては、個々《ここ》に切り離《はな》すことはできないものの、そのスーツは実際には非常に精巧《せいこう》なナノアセンブラ[*52]の集合体ではないかと。採取した数少ないサンプルを観察するのはほとんど不可能でした。検査に対して盛んに抵抗《ていこう》したのです。ふたつの分子を実験チップに入れたら、チップを壊《こわ》すかマシンを食い破るか回路をショートさせるかした。想像がつくでしょう」

「ほかには？」

……「何も。大した進展はありませんでした。カーは特にゼノのパワーの源を突《つ》き止めようと躍起《やっき》になっていた。ゼノはあなたから栄養を得ているわけではなさそうね。むしろ正反対で、となるとエネルギーを生ずる別の方法があるはずよ」

そのときアンドウが言った。「超《ちょう》光速移動まであと五分」

「チェッター、そろそろマルコフ・リミットに到達《とうたつ》するわ。お別れのときが来たみたいね。あなたとイスカの幸運を祈《いの》ります。どうか無事に切り抜《ぬ》けて」一瞬《いっしゅん》の間を置いて、キラは言った。「アンドウ、船尾《せんび》カメラの映像を」

キラの前のディスプレイ画面がオンになり、シャトルの後ろの景色を映し出している。ゼウスと、アドラステイアを含《ふく》めた衛星が、暗闇《くらやみ》のなかにぽつんと存在する光の点の集まりとなって右のほうに見えている。

頭のなかにアランの顔が浮《う》かび、喉《のど》を締《し》めつけられる。

「さようなら」とキラはささやいた。

それからカメラをずっと横に動かしていくと、この惑星《わくせい》系の星が画面に現れた。もう二度と目にすることはないだろうと思いながらじっと見つめる。りゅう座σ星、りゅう座の十八番目の星。会社のレポートの一覧に載《の》っていたのを初めて見たとき、その名前が気に入った。冒険《ぼうけん》と興奮、それにちょっぴり危険も約束しているように見えた……。いまでは、ただただ不吉《ふきつ》に見える。全人類を食い尽《つ》くしに来るドラゴンみたいに。

「船首カメラの映像を」

画面がシャトル前方の星の景色に切り替《か》わった。オーバーレイがないせいで、目的地を見つけるのに一分かかった。画面中央付近にある赤みがかったオレンジの小さな点。その距離《きょり》だと、惑星《わくせい》系のふたつの星は一点に溶《と》け込《こ》んで見えたが、この船が向かっている先は近いほうの星だとわかっていた。

61シグニがどれほど遠いか、そのときキラはひしひしと実感した。光年は想像を超《こ》える長さであり、現代のテクノロジーの恩恵《おんけい》をすべてもってしても恐《おそ》ろしいほどの距離《きょり》で、このシャトルは虚空《こくう》を勢いよく飛んでいく塵《ちり》のかけらに過ぎない。

……「了解《りょうかい》しました、ナヴァレス。安全な旅を。通信終了《しゅうりょう》」

マルコフ・ドライブが始動し、シャトルの後方でかすかなかん高い音が響《ひび》いた。

キラはそちらを見やった。直接見ることはできなくても、シャドウ・シールドの向こう側にある重く巨大《きょだい》な黒い球が思い描《えが》けた。壁《かべ》と壁《かべ》のあいだにうずくまっている有害なヒキガエル。いつものように、マルコフ・ドライブのことを考えるとぞっとした。その貴重な反物質《アンチマター》が包含《ほうがん》する放射能の死と、磁気瓶《びん》がだめになったら一瞬《いっしゅん》で亡き者にされかねないという事実のせいかもしれない。超《ちょう》光速空間に突入《とつにゅう》するために物質とエネルギーをゆがめるというマシンの行いのせいかもしれない。なんにせよ、マルコフ・ドライブのせいでキラは不安になり、人が超《ちょう》光速で眠《ねむ》っているあいだにどんな奇妙《きみょう》なことが起きているのだろうかと知りたくなった。

今回、その答えが見つかるだろう。

かん高い音が大きくなり、アンドウが言う。「超《ちょう》光速移動まで五秒……四……三……二……一」

音が頂点に達し、星が消えた。

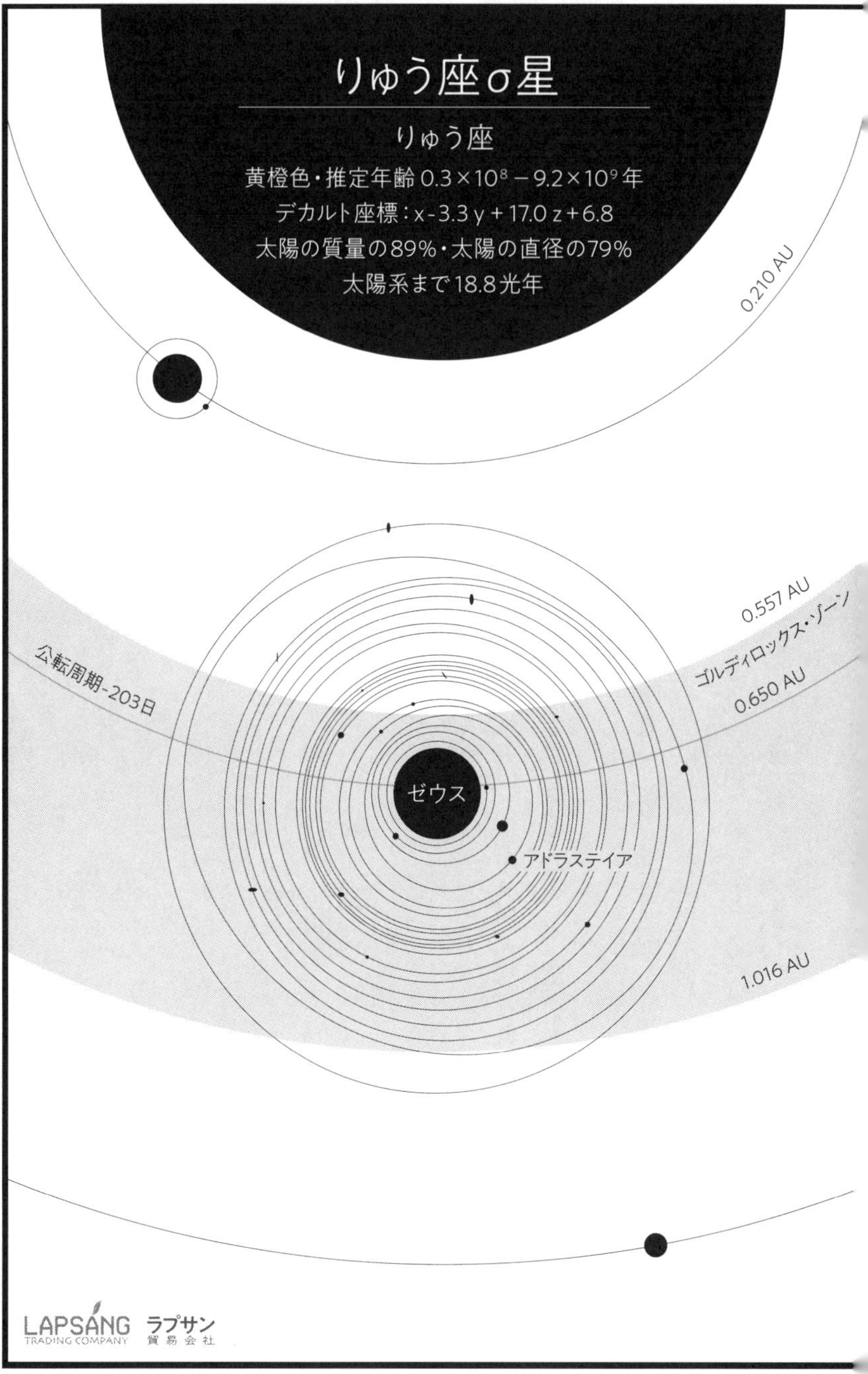
りゅう座σ星
りゅう座
黄橙色・推定年齢 0.3×10⁸ − 9.2×10⁹ 年
デカルト座標：x -3.3 y + 17.0 z + 6.8
太陽の質量の89%・太陽の直径の79%
太陽系まで 18.8光年
0.210 AU
0.557 AU
ゴルディロックス・ゾーン
0.650 AU
公転周期 - 203日
ゼウス
アドラステイア
1.016 AU
LAPSANG TRADING COMPANY
ラプサン 貿易会社

Exeunt―退場―

1

銀河の代わりに、シャトルのゆがんだ反射が現れた――ぼやけた大きなかたまりがコックピットのなかの仄《ほの》かな白熱光だけに照らされている。キラはフロントガラスを通して自分の姿を見た。皮を剥《は》がれて胴体《どうたい》から切り離《はな》された顔みたいに、制御盤《せいぎょばん》の上に浮《う》かんだ青白い肌《はだ》がつくる光の帯。

生でマルコフ・バブル*53を見たことは一度もなかった。超《ちょう》光速飛行中はいつもクライオに入っていたから。キラが片手を振《ふ》ると、ゆがんだドッペルゲンガーも同時に動いた。

キラはその完璧《かんぺき》な鏡面に魅《み》せられた。原子のなめらかさどころではない。量子レベルのなめらかさだ。マルコフ・バブルはゆがんだ宇宙の表面でできているのだから、これ以上なめらかなものなど存在するはずがなかった。バブルの向こう側、あの限りなく薄《うす》い膜《まく》の向こう側には、ものすごく近いのにものすごく遠いという、超《ちょう》光速の宇宙の不思議な状態が広がっている。キラが決して見るはずのなかったもの。人類の誰《だれ》ひとりとして見ることができなかったはずのもの。けれど、そこに存在することをキラは知っていた——重力と時空そのものの構造だけでいつもの現実と結びつけられた、広大な代替《だいたい》領域。

「鏡の向こう側」とつぶやく。それは宇宙族《スペーサー》が使う古い言い回しで、その表現がどれほど適切なものなのか、いまのいままで本当の意味ではわかっていなかった。

時空の標準領域とは違《ちが》って、バブルは完全な不浸透性《ふしんとう》ではなかった。内から外へとエネルギーの漏出《ろうしゅつ》が起きた（気圧の差が桁外《けたはず》れだった）。漏出《ろうしゅつ》は多くはないが、いくらかはあって、超《ちょう》光速移動中の蓄熱《ちくねつ》を減らしてくれるので、よいことでもあった。この漏出《ろうしゅつ》がなければ、〈ワルキューレ〉号もたいていの船も、超《ちょう》光速空間に数時間しかとどまれなかっただろう。

キラは四年生のときに物理教師が使った表現を覚えていた。「光より速く進むということは、直線を直角に進むようなものだ」そのフレーズはキラの心に残って離《はな》れず、数学を勉強すればするほど、表現の的確さをますます実感した。

キラはもうしばらく自分の反射した姿を見つめつづけていた。やがてため息と共に、不《ふ》透明《とうめい》になるまでフロントガラスを暗くした。「アンドウ、J・S・バッハ全集をリピート再生、『ブランデンブルク協奏曲』から始めて。ボリューム3で」

柔《やわ》らかく正確に出だしのコードが響《ひび》くと、気分がほぐれていくのを感じた。バッハの構成はいつも心に訴《うった》えかけてくる。冷たくすっきりした数理的な美しさの主題が別の主題へと組み入れられ、築き上げ、探求し、変容していく。そしてそれぞれの節が協和音になったとき、その解決は実に満足のいくものだ。こんなふうに感じさせてくれる作曲家はほかにいない。

音楽はキラが自分に許したひとつの贅沢《ぜいたく》だった。あまり熱を発生させないし、インプラントで読書やゲームをすることができないからだ。これからの日々に気が変になるのを防いでくれるものが必要だった。コンサーティーナがいまもあれば、演奏の練習ができただろうけど、それももう持っていないから……

何はともあれ、心を落ち着かせてくれるバッハの音楽は船室の低い気圧と相まって、睡《すい》眠《みん》をサポートしてくれるはずで、それは大切なことだった。長く眠《ねむ》れれば眠《ねむ》れるほど、時間は早く過ぎていき、食事の必要を減らせることになる。

右腕《みぎうで》を上げて顔の前でキープする。スーツは周囲の暗闇《くらやみ》よりもさらに黒い。影《かげ》のなかの影《かげ》、実在よりも不在として認識できるもの。

名前をつけるべきだ。〈酌量《しゃくりょう》すべき事情〉号から脱出《だっしゅつ》できたのはまったく運がよかった。本当ならグラスパーに殺されていてもおかしくなかった。グラスパーに殺されなかったとしても、あの危険な減圧で死んでいたはずだ。このゼノはキラの命を何度も救っていた。もちろん、ゼノがいなければ、そもそも危険な目に遭《あ》わなかっただろうけど……それでも、ある程度は感謝していた。感謝と信頼《しんらい》。このスーツがあれば、パワードスーツを装着した海兵隊員よりも安全だ。

これだけのことを一緒《いっしょ》に乗り越《こ》えてきたあとだ、ゼノは名前を与《あた》えられるに値する。でも、どんな？

この有機体は矛盾《むじゅん》のかたまりだ。鎧《よろい》であり、武器でもある。硬《かた》くもなり、柔《やわ》らかくもなる。水のように流れることもできれば、金属の梁《はり》みたいに硬《かた》くなることもできる。マシンであり、それでいて生きてもいる。

考慮《こうりょ》しなくてはならない変わりやすい性質が多すぎる。すべてを一語に含《ふく》めるのは無理だ。代わりにキラはスーツの最もはっきりした性質に焦点《しょうてん》を当てた。見た目だ。そこまでガラス質ではないものの、この素材の表面はいつも黒曜石を連想させた。

「黒曜石《オブシディアン》」キラはつぶやいた。理解させようとするみたいに、心のなかでその言葉をゼノに向かって強調する。黒曜石。

ゼノが反応した。

ばらばらのイメージと感覚がどっと押《お》し寄せてくる。初めは困惑《こんわく》した——ひとつひとつはなんの意味もなさないように思われた——が、順番にくり返され、さらにくり返されると、別々の断片の関係性が見えてきた。それらは組み合わさって、言葉ではなく繋《つな》がりに由来する言語を形作っていた。そしてキラは理解した。

このゼノにはすでに名前があった。

それは相互《そうご》関係のある概念《がいねん》を織って構成・表現された複雑な名前で、完全に構文を解析《かいせき》するには、実現できたとしても、何年もかかるだろうとわかった。とはいうものの、概念《がいねん》が頭に浸透《しんとう》してくると、それらに言葉を割り当てずにはいられなかった。なんといってもキラは人間に過ぎない。言語は意識そのものと同じぐらいキラの一部を占《し》めている。その言葉は名前の細部まで捉《とら》えきれてはいない——キラ自身が理解できていなかったからだ——が、何よりも明白で主となる特徴《とくちょう》を捉《とら》えていた。

柔らかい刃《ソフト・ブレイド》。

キラは口元に小さな笑みを浮《う》かべた。悪くない。「ソフト・ブレイド」声に出して言い、舌で言葉を確かめる。ゼノからある感覚が伝わってきた。満足とまではいかなくても、受容しているのが。

名前がある（キラがつけた名前ではない）と知ったことで、この有機体に対する見方が変わった。ただの侵入者《しんにゅうしゃ》で死をもたらしかねない寄生体とみなすのではなく、いまではどちらかと言えば……連れ合いとみなしている。

これは大きな転換《てんかん》だった。それに意図も期待もしていなかった変化だ。いまさらながら気づいたことだが、名前というものは互《たが》いの関係も含《ふく》めすべてを変え、定義するものだ。この状況《じょうきょう》からキラはペットに名前をつけることを連想した。ひとたび名前をつけてしまえば、もう決まり。その気があってもなくても、その動物を飼うことになる。

ソフト・ブレイド……

「で、あんたはなんのためにつくられたの？」キラは問いかけたが、答えは返ってこなかった。

いずれにしても、ひとつわかったことがある。その名前を選んだのが誰《だれ》であっても――ゼノの創造者かゼノそれ自身か――優美な感覚と詩心があり、キラが柔《やわ》らかな刃《は》と要約した概念《がいねん》に内在する矛盾《むじゅん》を認めていた。

それは奇妙《きみょう》な領域だった。知れば知るほど奇妙《きみょう》に思われ、疑問のすべてに対する答えを得ることはなさそうだった。

ソフト・ブレイド。不思議と癒《いや》され、キラは目を閉じた。小さく流れるバッハの旋律《せんりつ》を聴《き》きながら、とにかく当分は安全だと思いながら、眠《ねむ》りへといざなわれていく。

2

空はダイヤモンドの野原で、彼女《かのじょ》の身体には手足と彼女《かのじょ》の知らない感覚が備わっていた。静かな夕暮れをすべるように進み、ひとりぼっちではなかった。ほかの者も彼女《かのじょ》と一緒《いっしょ》に動いていた。彼女《かのじょ》が知っている者たち。彼女《かのじょ》が大切に思っている者たち。

彼《かれ》らは黒い門に着き、仲間たちは立ち止まり、彼女《かのじょ》は嘆《なげ》き悲しんだ。彼《かれ》らとはもう二度と会えなくなるのだ。彼女《かのじょ》はひとりでそのまま門をくぐり抜《ぬ》け、秘密の場所にやって来た。

彼女《かのじょ》が合図すると、祝福と約束の両方を込《こ》めて古《いにしえ》の明かりが上から彼女《かのじょ》を照らした。そして肉体は肉体から離《はな》れ、彼女《かのじょ》は揺《ゆ》りかごまで歩いて倒《たお》れ込《こ》み、先を見越《みこ》して待ち構えた。

ところが、予期していた召喚《しょうかん》がかかることはなかった。ひとつ、またひとつと明かりが揺《ゆ》らめいて消えていき、古代の聖遺物《せいいぶつ》箱は寒く、暗く、ひっそりと取り残された。埃《ほこり》がたまった。石の位置が変わった。そして頭上では、空模様がゆっくりと変化していき、見慣れない形を取った。

やがて裂《さ》け目が……

落ちていく。波立つ海の暗藍色《あんらんしょく》の広がりのなかを静かに落ちていく。光と揺《ゆ》れを通り過ぎ、熱さと寒さの漂《ただよ》うなかを抜《ぬ》け、静かに落ちて静かに浮《う》かんだ。そして渦巻《うずま》く闇《やみ》の重なりから堂々《どうどう》たる姿を現したのは、悲しみに沈む縁《プレインティブ・バージ》＊54だ。くぼみのある岩の小丘《しょうきゅう》で、その岩の頂上に根付いているのは……その岩の頂上に根付いているのは……

キラは目を覚まし、混乱した。

あたりはいまも暗く、少しのあいだ、自分がどこにいるのかも、どうやってここに来たのかもわからず、わかっているのは恐《おそ》ろしい高さから落ちていることだけで——

高い悲鳴をあげて手足をばたつかせ、操縦席の横にある制御盤《せいぎょばん》にひじをぶつけた。その衝撃《しょうげき》でハッとしてすっかり目が覚めて、自分がまだ〈ワルキューレ〉号に乗っていて、いまもバッハが流れていることに気づく。

「アンドウ」キラはささやいた。「わたしはどれぐらい眠《ねむ》っていた？」暗闇《くらやみ》のなかではいまが何時なのかもわからない。

「十四時間十一分です」

不気味でほろ苦い奇妙《きみょう》な夢が頭にこびりついている。なぜゼノはわたしにビジョンを送りつづけてくるのだろう？　何を伝えようとしているの？　夢、それとも記憶《きおく》？　時にそのふたつの違《ちが》いはないに等しいほど小さく思える。

……そして肉体は肉体から離《はな》れ。新たな疑問がわいてきた。ゼノから切り離《はな》されたら、自分は死ぬのだろうか？　それはスーツがキラに示そうとしたことのひとつの解釈《かいしゃく》としてあり得そうだった。そう考えると、口のなかに酸っぱさが残った。この生物を取り除く方法はきっとあるはずだ。

キラに発見されてから起きた出来事について、ソフト・ブレイドはどの程度まで理解しているのだろうか。

ソフト・ブレイドはキラの仲間を殺したことを理解しているのだろうか？　アランのことは？

キラはゼノが見せてきた最初のイメージを思い返した。死にかけている太陽と荒廃《こうはい》した惑星《わくせい》、デブリの帯。この寄生体はそこから来たのだろうか？　けれど、何かがうまくいかなくなったのだ。なんらかの大きな変動が起きた。かなり筋の通った仮説だが、そこから先のことははっきりしなかった。ゼノはグラスパーと一緒《いっしょ》にいたが、グラスパーがゼノを（あるいはグレート・ビーコンを）つくったのかは定かではない。

キラは身を震《ふる》わせた。この銀河では人類のあずかり知らぬことが山ほど起きてきた。災害。戦い。遠く離《はな》れた文明。考えると気が遠くなりそうだ。

鼻がむずむずして、キラは胸に顎《あご》がぶつかるほど勢いよくくしゃみをした。もうひとつくしゃみをすると、船室の薄暗《うすぐら》い赤い光のなかで、渦巻《うずま》く灰色の埃《ほこり》がキラから漂《ただよ》い出て、シャトルの通気口へと流れていくのが見えた。

キラはこわごわ胸骨に触《ふ》れた。グラスパーの襲撃《しゅうげき》中に〈酌量《しゃくりょう》すべき事情〉号で目覚めたときと同じように、粉が薄《うす》い層を成して身体を覆《おお》っている。身体の下も手で触《ふ》れて確かめた。くぼみはできていない。ゼノは椅子《いす》のどこも分解していなかった。

キラは眉根《まゆね》を寄せた。〈酌量《しゃくりょう》すべき事情〉号では、ゼノは甲板《かんぱん》用材に含《ふく》まれている一部か全部を必要としたため吸収したに違《ちが》いなかった。金属、プラスチック、微量元素《びりょうげんそ》など。それはつまりゼノが——ある意味で——空腹だったということだ。でも、今回は？　くぼみはないけど埃《ほこり》はある。どうして？

そうか。そういうことね。わたしは食事をした。この埃《ほこり》はわたしかゼノが食べるたびに発生している。ということは、この生物は……排泄《はいせつ》している？

だとしたら、寄生体はキラの消化機能を管理し、排泄物《はいせつぶつ》を処理して作り変え、不必要な要素を処分しているという不愉快《ふゆかい》な結論に至ることになった。この埃《ほこり》はエイリアンにとっての乾燥排出再生ペレット《DERP》*55なのだ。スキンスーツが利用者の糞便《ふんべん》からつくりあげるポリマーコーティングされた無用の糞粒《ふんりゅう》。

キラはいやな顔をした。間違《まちが》いかもしれない——間違《まちが》いであることを願った——けれど、きっとそうなのだろう。

そのことから、このスーツはどうやって、エイリアンの装置はどうやって、調和できるほどキラの生態を理解できたのだろうかという疑問が生まれた。神経系と調和することとはまた別だ。消化やその他の基本的な生物学的過程と調和するのは、何倍も難しい。

ある一定の要素がこの銀河に存在する大半の生物の基礎《きそ》単位を成しているが、たとえそうだとしても、どの異星生物のバイオームも酸や蛋白質《たんぱくしつ》、その他の化学物質の独自の伝達手段を発達させてきた。スーツもキラと結合できるはずがないのだ。その事実は、このゼノの創造者／元祖が、思っていたよりもずっと高レベルの技術を持っていた可能性を示唆《しさ》している。彼《かれ》らがグラスパーだとしたら……

もちろん、スーツは何も考えず命令を実行しているだけかもしれず、化学的性質の恐《おそ》ろしい不一致《ふいっち》によってキラを汚染《おせん》し、死に至らしめる結果になる可能性もある。

どちらにしても、キラにできることは何もなかった。

いまのところ、まだお腹は空いていなかった。用を足す必要もない。だからまた目を閉じて、ふたたび夢のなかに意識をさまよわせ、重要に思われることの詳細《しょうさい》を選び出し、疑問に答えるのに役立ちそうなヒントを探した。

「アンドウ、録音開始」

「録音」

キラは言葉を選んでゆっくり話しながら、情報をひとつ残らず含《ふく》めようと努め、夢を完全に記録した。

揺《ゆ》りかご……プレインティブ・バージ……その記憶《きおく》はキラのなかで遥《はる》か彼方《かなた》の銅鑼《どら》の音みたいに反響《はんきょう》した。けれど、ソフト・ブレイドには分かち合おうとしていることがまだまだあるのだとキラは感じていた——伝えようとしていること、まだ明らかになっていないことがあるのだと。また眠《ねむ》りに落ちれば、新たなビジョンを送ってくるかもしれない……

3

その後は時間の区別がはっきりしなくなっていった。早く進むようにも、ゆっくり進むようにも思われた。眠《ねむ》っているか、まどろみと目覚めのどちらともつかないぼんやりした時間を過ごしているうちは、知らぬ間に長い時間が過ぎているため、早く感じた。起きている時間は代り映えしなかったため、遅《おそ》く感じた。終わりのないバッハの演奏に耳を傾《かたむ》け、アドラステイアで集めたデータについて熟考し——そのデータはゼノと関係があるのか、あるいはどう関わっているのかを見極めようとして――、もっと楽しい思い出に浸《ひた》って心を休めた。そして何も変化がなかった。呼吸と、血管を通る血液の流れと、鈍《にぶ》くなった頭の働きを除いては。

キラはほとんど食べず、食べる量が減れば減るほど、活動する気が失せた。大いなる静けさに包まれ、ホログラムの投影《とうえい》みたいに、肉体がだんだん遠く実体を持たないものに感じられてきた。操縦席を離《はな》れた数少ないときには、がんばろうとする意志もエネルギーもないことに気づいた。

連続して目覚めている時間はどんどん短くなり、やがて眠《ねむ》ったり起きたりを漫然《まんぜん》とくり返して時間の大半を過ごすようになり、眠《ねむ》ったのか眠《ねむ》っていなかったのかはっきりしなくなった。時々はソフト・ブレイドからイメージの断片を受け取ることもあった――音と色彩《しきさい》が漠然《ばくぜん》とあふれた――が、ゼノはプレインティブ・バージのような記憶《きおく》を分かち合おうとはしなかった。

あるとき、マルコフ・ドライブの音がやんでいることに気づいた。身体をくるんだ蓄熱《ちくねつ》毛布から頭を持ち上げ、コックピットの窓の外にぽつぽつ散りばめられた星を見て、冷却《れいきゃく》のためにシャトルが超光速《ちょう》を脱《だっ》したことを知った。

しばらくあとでまた見たときには、星は消えていた。

ほかにもシャトルが通常空間に戻《もど》ったことがあったとしても、それには気づかなかった。

あまり食べていなくても、食事パックの在庫は少しずつ減りつづけていた。スーツが排《はい》出《しゅつ》した粉塵《ふんじん》は身体の周りに柔《やわ》らかい敷布団《しきぶとん》のように集まり——キラの身体の輪郭《りんかく》にかたどられ、濃密《のうみつ》な泡《あわ》のようにへこんでいた——、あるいは繊細《せんさい》な糸となって天井の吸気口へと漂《ただよ》い流れていった。

そしてある日、食事パックが尽《つ》きた。

その光景に理解がまともに追いつかないまま、キラはからっぽの引き出しを見つめていた。それから操縦席に戻《もど》ってシートベルトを装着し、長くゆっくりと息を吸い込《こ》んだ。喉《のど》と肺に入った空気が冷たかった。シャトルで何日過ごしたのかわからず、あと何日残っているのかもわからない。アンドウなら教えてくれただろうが、キラは知りたくなかった。

乗り切れるか乗り切れないか、どちらかだ。数字で結果は変えられない。それに、もし聞いてしまったら、つづける気力を失ってしまうのではないかと怖《こわ》かった。脱《だっ》する方法は、やり過ごすことしかない。旅があとどれだけつづくかを心配したところで、よけいみじめになるだけだ。

ついに苦しいことになった。食料がない。一瞬《いっしゅん》、シャトル後部のクライオ・チューブのことを考えた——それにオルソの提案について考えた——が、前と同じようにキラの心はその考えに反発した。誰《だれ》かを食べるぐらいなら飢《う》え死にしたほうがマシだ。衰弱《すいじゃく》するにつれその考えは変わるかもしれないけれど、きっと変わらないはずだとキラは確信していた。

頭のそばに置いてあった瓶《びん》からメラトニンを一錠《じょう》取り、噛《か》み砕《くだ》いて飲み込《こ》んだ。これまでにも増して、眠《ねむ》りはキラの友だった。眠《ねむ》っていられるあいだは、食事をする必要がない。キラはまた目覚められることだけを願った……。

頭がだんだんぼんやりしてきて、キラは無意識の淵《ふち》に沈《しず》んでいった。

4

覚悟《かくご》していたとおり、鉤爪《かぎづめ》のある怪物《かいぶつ》がお腹を引き裂《さ》こうとしているみたいに、激しい空腹にじわじわと苛《さいな》まれた。潮の満ち引きのように周期的に苦痛の波が訪れ、そのたびに潮は前よりも高くなった。自分を苦しめている食べ物のことを考え、口によだれを溜《た》め、唇《くちびる》を噛《か》んだ。

そうなるだろうと予想していて、最悪の事態を覚悟《かくご》した。

ところが空腹は治まった。

空腹は治まり、もう感じることはなかった。キラの身体は冷たくなり、おへそが背骨にくっついているみたいに、身体のなかをくり抜《ぬ》かれた感じがした。

トゥール、とキラは思い、宇宙族《スペーサー》の神に最後の祈《いの》りを捧《ささ》げた。

それからキラは眠《ねむ》り、もう目覚めず、奇妙《きみょう》な空の奇妙《きみょう》な惑星《わくせい》と、忘れられた宇宙空間に花を咲《さ》かせている螺旋《らせん》形のフラクタルのゆるやかな夢を見た。

そしてすべてが静まり、すべてが暗くなった。

第2部
サブリマーレ
〔昇華〕

Sublimare

頬に沫雪を受けながら、わたしは梯子に立って彼女を見下ろし、
その宇宙をしげしげと眺めた……
まだ糸を紡いで星にかけることができるのであれば、
一匹の蜘蛛でさえも屈服と死を拒もうとする世界を……
そこには、ぞっとするような空虚さとの最後の闘いに挑む者たちに
伝えるべきことがあった。
わたしは未来へのメッセージとして大切に記録しておこうと思った。
「凍てつく日々には、小さな太陽を探すこと」と。
——ローレン・アイズリー

第1章　目覚め

Awakening

1

どんなに深い眠《ねむ》りにも届くほどの、くぐもった大きな音がとどろいた。

次に金属がぶつかるようなカチャカチャという音がしたかと思うと、つづいてパッと寒色のまぶしい光が鋭《するど》く照らした。遠くて不明瞭《ふめいりょう》だけど人間のものだとわかる声が響《ひび》いている。

キラの頭のなかの小さな一部は、それに気づいていた。原始的で本能的な一部が自分を目覚めさせようとしていて、手遅《ておく》れになる前に目をあけなさい！　と促《うなが》している。

なんとかして動こうとしたけれど、身体が言うことをきかない。キラは自分のなかに浮《う》かんでいて、肉体に囚《とら》われてコントロールすることができずにいる。

と、空気を吸い込《こ》むのを感じ、感覚がどっと押《お》し寄せてきた。耳栓《みみせん》をはずしたみたいに、音のボリュームも鮮明《せんめい》さも二倍になったようだ。肌《はだ》がヒリヒリして、スーツのマスクが顔から剝《は》がれていき、キラは息をあえがせて目をあけた。

目のくらみそうな光が顔の前をよぎり、キラはたじろいだ。

「マジか！　生きてるぞ！」男性の声。若く熱っぽい。

「彼女《かのじょ》に触《さわ》らないで。医者を呼んできて」女性の声。単調で落ち着いている。

だめ……医者はだめ、とキラは思った。

光はキラを照らしたままだ。目を覆《おお》ってみようとしたが、ホイルのブランケットが邪魔《じゃま》で手を動かせない。胸と首の周りにぐるぐる巻きになっている。いつこんなことをしたのだろう？

女性の顔が視界に入ってきた。クレーターのある月みたいに大きくて青白い。「聞こえる？　あんたは誰《だれ》？　怪我《けが》は？」

「な……」キラの声帯は従おうとしなかった。出せたのは言葉にならないしゃがれ声だけだ。蓄熱《ちくねつ》毛布をどけようともがいたけれど、どうしてもほどけない。キラは激しい疲労《ひろう》とめまいを覚えながら、どさっと後ろに倒《たお》れ込《こ》んだ。何が……どこに……？

一瞬《いっしゅん》、男性のシルエットが光をさえぎり、彼《かれ》が明瞭《めいりょう》なアクセントで言うのが聞こえた。

「どれ、見せてくれ」

「アイシ」[*56]女性はそう言いながら脇《わき》にどいた。

指が、温かくてほっそりした指が、腕《うで》やわき腹や顎《あご》の周りに触《ふ》れ、そのあとキラは操縦席から引っ張り出されようとしていた。

「うわっ。見ろよ、あのスキンスーツ！」若いほうの男性が叫《さけ》んだ。

「見るのはあとだ。この女性を医務室に連れていくから手を貸してくれ」

さらに多くの手が触《ふ》れて、頭がエアロックのほうに向くようキラの身体をひっくり返した。キラは弱々《よわよわ》しく立ち上がろうとしたが、医師は――医師とおぼしき人物は――言った。

「だめだ、やめなさい。いまは休んで。動いてはいけない」

キラは朦朧《もうろう》としながら、身体を宙に浮《う》かせてエアロックをくぐり……白い蛇腹《じゃばら》式の気密トンネルを進んでいき――古ぼけた蛍光灯《けいこうとう》で照らされた茶色い廊下《ろうか》を通り抜《ぬ》け……最後に、引き出しと器具の並んだ小さな部屋にたどり着いた。あの壁《かべ》沿いに見えるのはメディボット[*57]？……

2

加速度の衝撃《しょうげき》でキラは完全に覚醒《かくせい》した。数週間ぶりに重みが、ありがたい重みが身体に感じられる。

弱々《よわよわ》しくも油断なく警戒《けいかい》し、まばたきをしてあたりを見回す。

キラは浮《う》かんだり落ちたりしないよう腰《こし》の周りをストラップで固定され、傾斜《けいしゃ》をつけたベッドに横たわっていた。顎《あご》の下まで引っ張り上げたシーツがかけられている（ジャンプスーツは着たままだ）。頭上には蛍光灯《けいこうとう》が光り、天井に一体のメディボットが据《す》えられている。アドラステイアの医務室で目覚めたときを思わせる光景だ……

ううん、あのときとは違《ちが》う。調査基地とは違《ちが》って、この部屋は狭《せま》く、クローゼットに毛が生えた程度の広さしかない。

金属製のシンクのへりに若い男性が腰《こし》かけている。さっき話していたのと同じ男性だろうか？　痩《や》せてひょろっとした体型で、オリーブ色のジャンプスーツをまくり上げていて、筋張った腕《うで》が見えている。ズボンの裾《すそ》もまくり上げてあり、折り返しと靴《くつ》のあいだに赤いストライプの靴下《くつした》が見えている。十代後半に見えるが、正確なところはわからない。

キラとその若者のあいだには、長身で浅黒い肌《はだ》の男性が立っている。首に下げた聴診器《ちょうしんき》から察するに医師だろう。その長い手はじっとしていることがなく、せかせかと魚のようにすばやく指を動かしている。彼《かれ》はジャンプスーツではなく灰色がかったブルーのタートルネックと、それにマッチしたスラックスを穿《は》いていた。

どちらの着ている物も標準の制服ではなかった。このふたりは間違《まちが》いなく軍の人間ではない。それにハイドロテック社の職員でもない。となると独立請負《うけおい》業者かフリーランサーということになり、キラは困惑《こんわく》した。ガス採掘《さいくつ》所ではないのなら、ここはいったいどこなのだろう？

医師は見られていることに気づいた。「やあ、どうも、起きましたか」彼《かれ》は大きな丸い目に真剣《しんけん》なまなざしを浮《う》かべて、頭を傾《かたむ》けた。「気分はどうかね？」

「そ――」ざらざらしたしわがれ声が出た。キラは口をつぐみ、咳払《せきばら》いをすると、改めて言う。「そんなに悪くない」自分でも驚《おどろ》いたが、本当のことだった。身体がこわばってあちこち痛かったけど、どこにも異常はなさそうだ。むしろ前よりもよくなっているところもあった。いつもより感覚が研ぎ澄《す》まされている。この旅のあいだにゼノが神経系にさらに深く入り込《こ》んできたのだろうか。

医師は眉間《みけん》にしわを寄せた。どうやら心配性なタイプらしい。「それはまさかの返事だな、ミズ。きみの深部体温はきわめて低かったが」医師は注射器を掲《かか》げてみせた。「採血しておかないと――」

「いや！」思ったよりも強い口調になった。医師の診察《しんさつ》を受けるわけにはいかない。ソフト・ブレイドの正体に気づかれてしまう。「血液検査なんて受けたくない」

キラはシーツを剝《は》がし、身体を押《お》さえつけているストラップをはずすと、ベッドからすべり降りた。

足が床《ゆか》に着いたとたんに、膝《ひざ》がガクッと折れて前のめりに倒《たお》れ込《こ》む。医師が駆《か》け寄って支えてくれなければ、顔面を強打していただろう。「心配はいらない。私がついているからね。さあ、さあ」医師はキラの身体を抱《かか》え上げてまたベッドに寝《ね》かせた。

部屋の向こうでは、若者がポケットから携帯非常食《レーションバー》を取り出してかじりはじめた。

キラが片手を上げると、医師はさがった。「大丈夫《だいじょうぶ》。ちゃんと立てるから。ちょっと時間さえもらえれば」

医師は考え込《こ》むような表情でキラを見た。「ミズ、きみは無重力下でどれだけ過ごしていたんだね？」

キラは返事をせず、ふたたび床《ゆか》に足をおろした。身体を支えるためベッドに片手をついたままだが、今度は立っていられた。筋肉がこんなにしっかり機能するとは驚《おどろ》きだ（それに嬉《うれ》しかった）。筋肉の萎縮《いしゅく》はあったとしてもごくわずかだった。じわじわと手足に力が戻《もど》ってくるのが感じられる。

「約十一週間」キラは答えた。

医師は濃《こ》い眉《まゆ》を上げた。「じゃあ、最後に食事したのは？」

キラは急いでお腹の具合を確認した。お腹は空いているけれど、耐《た》えられないほどじゃない。空腹でたまらないはずなのに。もっと言ってしまえば、飢《う》え死にしていてもおかしくないはずなのに。61シグニに到着《とうちゃく》するころには衰弱《すいじゃく》し切って持ちこたえられないものと思っていた。

きっとソフト・ブレイドのおかげだ。あれのおかげで冬眠《とうみん》状態にあったのだろう。

「覚えてない……二日前かしら」

「そりゃ楽しくないね」若者が口いっぱいに頬張《ほおば》ったまままつぶやいた。間違《まちが》いなく〈ワルキューレ〉号で耳にしたのと同じ声だ。

医師も若者をちらりと見やった。「そのバーはまだあるだろう？　こちらの客人にひとつ差し上げなさい」

若者はポケットからバーを取り出すと、キラにほうってよこした。キラはそれをキャッチして、ホイルを剝《は》ぎ取り、ひと口かじった。美味しい。バナナチョコレート味か何かだ。

飲み込《こ》むとき、お腹がゴロゴロ鳴るのがはっきり聞こえた。

医師は引き出しをあけ、液体で満たされた銀白色のパウチ袋《ぶくろ》をキラにわたした。「ほら、食べ終わったらこれを飲んで。電解質を補給して本当に必要な栄養が取れる」

キラはもごもごと感謝を伝えた。バーの残りを平らげると、パウチの中身を飲む。鉄っぽいシロップみたいな、ちょっと金属の味と土臭《つちくさ》さがあった。

医師はまた注射器を掲《かか》げた。「さてと、やはり採血しておかなければ。検査の必要が——」

「ねえ、ここはどこなの？　あなたたちは何者？」

若者がバーをもうひと口かじりながら言った。「ここは超光速船《SLV》＊58〈ウォールフィッシュ〉号だよ」

医師は話をさえぎられたことにいらだっている様子だ。「そのとおり。私の名前はヴィシャル。こっちは——」

「ぼくはトリッグ」若者はそう名乗ってぴしゃりと胸を叩《たた》いてみせた。

「そう」キラはまだ困惑《こんわく》している。ＳＬＶは民間船の呼称《こしょう》だ。「でも——」

「きみの名前は？」トリッグはキラのほうに顎《あご》をしゃくって尋《たず》ねた。

キラは考えもせずに答えた。「カミンスキー少尉《しょうい》」記録を調べられたらすぐに本当の名前がばれるだろうけれど、もう少し状況《じょうきょう》を把握《はあく》するまでは慎重《しんちょう》に事に当たるべきだと直感が告げていた。いざとなったら空腹のせいで混乱していたと言い訳すればいい。「ツィオルコフスキーは近いの？」

ヴィシャルは面食らったようだ。「近いかって……いや、全然だ、ミズ・カミンスキー」「ツィオルコフスキーは61シグニの反対側にずっと行ったほうだ」トリッグは残りのバーを飲み込《こ》んだ。

「え？」キラは信じられなかった。

医師がうん、うん、とうなずいた。「そうとも、ミズ・カミンスキー。きみの船は通常空間に戻《もど》ったあとで動力を失い、惑星《わくせい》系を遥々《はるばる》と漂《ただよ》っていたんだ。われわれが救助しなければ、どこまで漂《ただよ》っていったことか」

「今日は何日？」急に不安になって、キラは尋《たず》ねた。医師と若者にいぶかしむような目で見られて、ふたりが何を考えているのかわかった。どうして彼女《かのじょ》はオーバーレイで日付を確認しないんだ？「インプラントが作動してないの。今日は何日？」

「十六日だけど」トリッグが教えた。

「十一月の」キラは確かめた。

「十一月の」トリッグは認めた。

キラの旅は予定より一週間延びていた。八十一日間ではなく八十八日間。本来なら死んでいたはずだ。けれど生き延びた。キラはチェッターとイスカ伍長《ごちょう》のことを思い、奇妙《きみょう》な胸騒《むなさわ》ぎに襲《おそ》われた。ふたりは救助されただろうか？　そもそも、まだ生きている？　キラが〈ワルキューレ〉号で過ごしているあいだに餓死《がし》していてもおかしくないし、グラスパーに殺された可能性もあり、どうなったかは知る由《よし》もない。

真実がどうであれ、自分が生きている限りは彼《かれ》らの名前と行いを決して忘れずにいようと心に誓《ちか》った。彼《かれ》らの犠牲《ぎせい》的行為《こうい》を称《たた》えるのにできることはそれしかない。

ヴィシャルが舌打ちした。「質問はあとでいくらでもしていいが、まずは本当に異常がないか確認しておかねばな、ミズ・カミンスキー」

パニックに胸がうずくのを感じ、目覚めてから初めてソフト・ブレイドが反応して動き出す。腿《もも》から胸までさざ波を立てるように針状の突起《とっき》がぞわぞわと広がっていく。いまや恐怖《きょうふ》も加わり、キラはますますひどいパニックに陥《おちい》った。冷静にならないと。何を保有しているのか〈ウォールフィッシュ〉号のクルーに知られたら、隔離《かくり》されることになるはずだ。またあんな不愉快《ふゆかい》な思いをするのはまっぴらだ。第一、ＵＭＣは異星生物の存在を民間人に明かすことを良しとしないだろう。この救助者たちがソフト・ブレイドについて知れば知るほど、彼《かれ》らにとってもキラにとっても厄介《やっかい》ごとが増えるばかりだ。

キラは首を振《ふ》った。「ありがとう、でも大丈夫《だいじょうぶ》」

医師は焦《じ》れた様子でためらっている。「ミズ・カミンスキー、最後まで診察《しんさつ》させてもらわないと、正しい処置ができないんだが。簡単な血液検査をするだけだから――」

「血液検査はいや！」キラはさっきより大声で言った。ソフト・ブレイドが短い釘《くぎ》状に隆《りゅう》起《き》して、ジャンプスーツの前の部分がテントみたいに膨《ふく》らみはじめた。キラは必死になって、ただひとつ思いついたことをした。スーツのその部分に硬《かた》くなるよう命じたのだ。

効果はあった。

釘《くぎ》はその場で固まり、キラはヴィシャルにもトリッグにも気づかれないことを願いながら、胸の前で腕《うで》組《ぐ》みした。苦しいほど鼓動《こどう》が速くなっている。

医務室の外から新たな声がした。「なんだ、正統フッター派か？」

戸口から男がひとり入ってきた。キラより背が低く、その鋭《するど》い目はひどい宇宙焼け*59と対照的にハッとするほど青い。顎《あご》と頬《ほほ》は一日分の黒い無精ひげに覆《おお》われているが、髪《かみ》はきちんと梳《と》かしつけてある。見たところ四十代前半ぐらいだけれど、もちろん、四十代であっても六十代であってもおかしくない。とはいえ、鼻にも耳にも加齢《かれい》の兆候がほとんど見られないので、見積もった誤差の若いほうに当たるとキラは予想した。

ウェビングテープのついたミリタリースタイルのベストの下にニットのシャツを着て、

右腿《もも》には使い込《こ》まれたブラスター銃《じゅう》を携帯《けいたい》している。男の手が決して銃《じゅう》の握《にぎ》りから離《はな》れないことにキラは気づいた。

その男には指揮官らしい物腰《ものごし》があった。彼《かれ》が部屋に入ってくると、若者と医師は無意識のうちに背筋を伸《の》ばしたようだ。キラはこういう人間を知っていた。半端《はんぱ》なごまかしは絶対に通用しない真面目一辺倒《いっぺんとう》の堅物《かたぶつ》だ。さらに言ってしまえば、自分の船やクルーに被害《ひがい》が及《およ》ぶぐらいなら、迷わずキラを背中から刺《さ》すタイプだろう。

そう考えると危険な相手だが、救いようがないほどいやなやつじゃなかったとしたら、こちらがまっすぐ向き合えば――できる限りまっすぐ――たぶん公平に扱《あつか》ってくれるだろう。

「そんなところ」キラは返事をした。別に信心深くはなかったけれど、都合のよい言い訳だった。

男はうなるように言った。「好きにさせてやれ、ドク。診察《しんさつ》を受けたくないのなら、受ける必要はない」

「だが――」ヴィシャルは言いかけた。

「聞こえただろう」

ヴィシャルはうなずいて認めたが、怒《いか》りを抑《おさ》えているのがキラにはわかった。

青い目の男はキラに言った。「船長のファルコーニだ、よろしく」

「カミンスキー少尉《しょうい》です」

「ファーストネームは？」

キラはほんの一瞬《いっしゅん》ためらった。「エレン」母親の名前だ。

「大したスキンスーツだな、エレン。UMCの標準仕様の装備じゃないだろう」ファルコーニは言った。

キラはジャンプスーツの袖口《そでぐち》をつかみ、腕《うで》の下のほうまで引っ張り下ろした。「彼氏《かれし》がプレゼントしてくれた特注品なの。〈ワルキューレ〉号で出発する前、ほかに着る物を探している時間がなかったから」

「ふーん。で、そいつはどうやって着脱《ちゃくだつ》するんだ？」ファルコーニは自分の頭の横を示してみせた。

交差しながら皮膚《ひふ》を覆《おお》っている繊維《せんい》をファルコーニに見られているのを意識しながら、キラはどぎまぎして頭に手をやった。「簡単に剝《は》がせるのよ」きわの部分からめくり上げるみたいに指を動かしてみせる。とはいっても、本当はできないので、実際にはやらなかった。

「ヘルメットもあるの？」トリッグが尋《たず》ねた。

キラは首を振《ふ》った。「もう持ってないわ。でも標準的なスキンスーツのヘルメットならなんでも使える」

「いいね」

するとファルコーニが切り出した。「さて、エレン、今後のことを決めておこう。きみの仲間のクルーはこの船に移した。彼《かれ》らに異常はないが、この船はもう満員だから、入港するまでコールドスリープさせたままにしておく。UMCはきみの報告を心待ちにしているだろうし――きみも報告したいのはやまやまだろうが――それは待ってもらうしかない。数日前に送信機が故障したせいで、データを受信はできても、送信できなくなっているんでね」

「〈ワルキューレ〉号の装置を使うわけにはいかないの？」訊《き》いたとたんに後悔《こうかい》した。しまった、わざわざ墓穴を掘《ほ》るような真似を。

ファルコーニは首を振《ふ》った。「マシン・ボス*60が言うには、きみらのシャトルは損傷を受けたせいで、核融合《かくゆうごう》ドライブが再稼働《かどう》したとき、電気系統がショートしたんだと。おかげでコンピューターがやられて、リアクターはシャットダウン、あれやらこれやらだめになったわけだ。クライオ・チューブの動力電池が持ちこたえてくれて、お仲間たちはツイてたな」

「じゃあ、わたしたち五人が生きているのをUMCの誰《だれ》も知らないってこと？」

「きみのことだけ知らない」ファルコーニは答えた。「だが、少なくとも四人がシャトルに乗っていたことは知っている。熱検知システムにはっきり示されていたからな。そんなわけでUMCは、〈ワルキューレ〉号がこの惑星《わくせい》系のはずれまで流されてしまう前にランデブーできそうであれば、船を問わず契約《けいやく》することにしたんだ。幸い、この船にはデルタVの余裕《よゆう》があった」

キラは目の前に可能性が開けるのを感じた。わたしが生きていることにUMCが気づいてなくて、オルソたちがいまもクライオに入っているのなら、もしかして――ひょっとすると――UMCと連盟によって存在を消されずに済むチャンスがあるかもしれない。

「入港までどれぐらいかかる？」キラは質問した。

「一週間だ。この船は惑星《わくせい》系内をルスラーン[*61]めざして進んでいる。降ろさなきゃならない乗客が船倉に大勢いるんだ」船長は片方の眉《まゆ》を上げた。「〈ワルキューレ〉号を追いかけたせいで、すっかり進路をそれちまった」

一週間。丸一週間、ソフト・ブレイドを隠《かく》しとおせるだろうか？　やるしかない。ほかに選択《せんたく》の余地はないのだから。

ファルコーニが言う。「きみらの飛行経路を見ると、りゅう座σ星から来たようだが」

「そのとおりよ」

「何があった？　あんな古い推進装置じゃ、まあ、一日に進めるのはせいぜい〇・一四光年ってとこか？　クライオなしで済ませるにはとんでもない長旅だ」

　キラはためらった。

「きみたちもジェリー[*62]に攻撃《こうげき》されたの？」トリッグが訊《き》いた。

「ジェリー？」キラにはなんのことだかわからなかったけど、考えるための時間稼《かせ》ぎができるのはありがたい。

「ほら、あのエイリアンだよ。ジェリー。くらげ《ジェリーフィッシュ》。僕《ぼく》たちはやつらのことをそう呼んでる」

　トリッグの話を聞くうちに、だんだん怖《こわ》くなってきた。キラはトリッグと船長を交互《こうご》に見やった。「ジェリー」

　ファルコーニはドア枠《わく》にもたれかかった。「きみは聞いたことがないだろう。きみらがりゅう座σ星を出発したあとのことだからな。エイリアンの船がルスラーン周辺に飛び込《こ》んできて――あれは二か月前だったか？――三艘《そう》の輸送船を襲撃《しゅうげき》したんだ。その内の一艘《そう》は破壊《はかい》された。それからやつらは群れをなしてそこらじゅうに現れはじめた。シン‐ザー、アイドーロン、ソルにまで。金星を回る軌道《きどう》にあった三艘《そう》の巡洋艦《じゅんようかん》に穴をあけた」

「その後、連盟はこの侵入者《しんにゅうしゃ》たちに向かって正式に宣戦布告した」ヴィシャルが話した。

「戦争」キラはぽつりとつぶやいた。恐《おそ》れていた最悪の事態が現実になってしまったのだ。

「しかも戦況《せんきょう》は芳《かんば》しくない。ジェリーは全力でこっちの戦力を削《そ》ぎにきてる。連盟星の船という船に損傷を与《あた》えたり、反物質《アンチマター》の貯蔵所を爆破《ばくは》したり、植民星に軍隊を上陸させたりしてやがるんだ」

「ウェイランドも攻撃《こうげき》された？」

船長は肩《かた》をすくめた。「知るもんか。可能性は高いだろうな。いまはFTL通信を必ずしも当てにできない状況《じょうきょう》だ。ジェリーが妨害《ぼうがい》できるものはすべて妨害《ぼうがい》してるから」

キラはうなじがぞわっとするのを感じた。「連中はここにいるってこと？　いま？」

「そっ！」トリッグが答えた。「七艘《そう》だよ！　三艘《そう》は大きめの戦艦《せんかん》で、四艘《そう》は小さめの巡《じゅん》洋艦《ようかん》にダブルブラスターを搭載《とうさい》した――」

ファルコーニが片手を上げると、トリッグは素直に従って口をつぐんだ。「この数週間というもの、やつらはここと61シグニBのあいだにいる船を攻撃《こうげき》しつづけている。UMCはジェリーを止めようと手を尽《つ》くしているが、いかんせん戦力が足りない」

「ジェリーの目的は？」キラは動転しながら尋《たず》ねた。ジャンプスーツの下でソフト・ブレイドがまた動き出す。キラは心を落ち着かせようとした。なんとかして家族に連絡《れんらく》する方法を見つけて、みんなの無事を確かめて自分が生きていることを知らせなければ、取り返しのつかないことになる。「ジェリーは人間を征服《せいふく》しようとしているの、それとも……?」

「こっちが聞きたいね。人間を全滅《ぜんめつ》させるつもりはないようだが、あとは何もわからない。こっちを攻撃《こうげき》し、あっちを攻撃《こうげき》し……俺《おれ》の考えとしては、連中は何かもっと重大なことのために俺《おれ》たちの士気を弱めようとしてるんじゃないか。ところで、質問にまだ答えてもらってないが」

「え?」

「りゅう座σ星でのことだ」

「ああ」キラは頭をひねった。「わたしたち、襲撃《しゅうげき》されたの。たぶんジェリーに」

「わたしたち?」ファルコーニがくり返した。

「〈酌量《しゃくりょう》すべき事情〉号よ。巡察《じゅんさつ》の途中《とちゅう》、ヘンリクセン艦長《かんちょう》はアドラステイアの調査チームの様子を見に寄港したの。その夜、奇襲《きしゅう》にあった。わたしの彼《かれ》は――」少し声がかすれたが、キラは話をつづけた。「彼《かれ》は生き延びられなかった。ほとんどのクルーが助からなかった。〈酌量《しゃくりょう》すべき事情〉号の封《ふう》じ込《こ》めシステムが損傷する前に、少数の者だけシャトルに乗り込《こ》むことができた。システムが喪失《そうしつ》したとき、エイリアンたちも吹《ふ》き飛んだ。生き残った五人は誰《だれ》がクライオに入るかをくじ引きで決めて、わたしがハズレを引いたのよ」

うまくいった。ファルコーニがいまの話を信じたのがキラにはわかった。けれど彼《かれ》は完全に気を緩《ゆる》めたわけではない。中指でブラスター銃《じゅう》をトントンと叩《たた》いている。意識してやっているというよりは、そうするのが癖《くせ》になっているようだ。

「ジェリーをどれか見た？」トリッグが興奮した口ぶりで尋《たず》ねた。もう一本レーションバーをポケットから取り出し、包み紙を破く。「どんな姿かたちをしてた？　どれぐらいの大きさ？　超《ちょう》でかいのか、普通《ふつう》に……でかかった？」トリッグはむしゃむしゃと急いでバーをかじり、頬《ほほ》が膨《ふく》らむまで口いっぱい詰《つ》め込《こ》んでいく。

キラはこれ以上の嘘《うそ》を重ねる気になれなかった。「ええ、一体見たわ。かなり大きくて、やたら触手《しょくしゅ》が多かったわね」

「種類はそれだけじゃない」ヴィシャルが言った。

「そうなの？」

「同じ種《しゅ》なのか、近しい種族なのか、まったく別物なのかは誰《だれ》にもわからないが、ジェリーはさまざまなタイプがいてね」

口のなかに食べ物を入れたままトリッグが言う。「触手《しょくしゅ》のあるジェリーもいる。腕《うで》があるやつも。這《は》うものもいれば、すべるやつもいる。あるものは無重力状態でしか機能しないらしい。別のやつらは重力井戸のなかだけに配置されている。その両方に現れるやつも。これまでのところ片手で数えきれないぐらいの種類が見つかってるけど、まだまだいてもおかしくない。ぼく、連盟からの報告をぜんぶ集めてるんだ。もしも興味があるなら――」

「トリッグ、もういい。あとにしてくれ」ファルコーニが口をはさんだ。

トリッグはうなずいて話をやめたが、ちょっとがっかりしているようだ。

ファルコーニはあいているほうの手で顎《あご》を掻《か》いた。見られていると落ち着かなくなるほど、その目つきは鋭《するど》い。「きみらは最初のころにジェリーの襲撃《しゅうげき》を受けたようだな。りゅう座σ星を発ったのは、八月半ばとかか？」

「そうよ」

「前もって連盟に警告することはできたのか？」

「光より遅《おそ》い通信しかできなかったけど。なぜ？」

ファルコーニは曖昧《あいまい》な声を出した。「ジェリーがそこらじゅうに現れはじめる前から、連盟はやつらのことを知ってたのか気になっただけだ。どうやら知らなかったようだが――」

頭上で大きな音が短く響《ひび》き、ファルコーニは視線をさまよわせてオーバーレイに意識を移した。トリッグとヴィシャルも同じく。

「いまのはなんなの？」彼《かれ》らの顔に不安の色を見て取り、キラは問いかけた。

「ジェリーがさらに増えたぞ」ファルコーニが答えた。

3

背筋の伸《の》びた長身の女性がファルコーニのもとに駆《か》け寄って肩《かた》を叩《たた》いた。彼女《かのじょ》はファルコーニより年配のようで、たいていの人がそろそろ初めての幹細胞《かんさいぼう》注射*63を打とうかと考えはじめるぐらいの年に見える。髪《かみ》をぴっちりとしたポニーテールにまとめ、黄褐色《おうかっしょく》のワークシャツの袖《そで》をまくり上げてある。ファルコーニみたいに、彼女《かのじょ》も脚《あし》にストラップでブラスター銃《じゅう》を携帯《けいたい》していた。

女性が口を開いた。「キャプテン――」

「ああ、見えている。これで新たに二……いや、三艘《そう》分のジェリーが追加だな」氷のような青い目の焦点《しょうてん》を定め、ファルコーニはトリッグに向けて指を鳴らした。「ミズ・カミンスキーを船倉に連れていき、皆《みな》の安全を確保しろ。緊急噴射《きんきゅうふんしゃ》の必要があるかもしれない」

「イエッサー」

船長と女性は連れだって通路を進んでいく。トリッグはふたりの姿がすっかり見えなくなるまで見送っていた。

「いまの人は?」キラは質問した。

「ミズ・ニールセンだよ。この船の一等航海士だ」トリッグは答え、カウンターからぴょんと飛び降りた。

「じゃあ、行こうか」

「ちょっと待った」ヴィシャルが引き出しをあけながら言う。医師はキラに小さな容器を手渡《てわた》した。なかを覗《のぞ》くと、液体で満たされたカプセルに一組のコンタクトレンズが浮《う》かんでいる。「インプラントが直るまで、これを使えばインターネットに接続できる」

オーバーレイが一切使えなくなってずいぶん経つので、待ちきれない。キラは容器をポケットにしまった。「助かるわ。感謝してもしきれないぐらい」

ヴィシャルは頭をうなずかせ、ほほえんだ。「どういたしまして、ミズ・カミンスキー」

トリッグが踵《かかと》をはずませた。「よし、もう行っていい?」

「いいぞ、行った、行った!」ヴィシャルは促《うなが》した。

4

キラは不吉《ふきつ》な予感を気にしないようにしながら、側面が茶色の狭《せま》い通路をトリッグについていく。通路の壁《かべ》はゆるやかな弧《こ》を描《えが》いていて、おそらくは〈ウォールフィッシュ〉号の中線にあたるところを輪で囲んでいる。そのデッキはもともとは船が加速していないときに人工重力を生み出すため回転していたようだが、いまはもう違《ちが》う。部屋と家具の方向は――医務室でも見たように――エンジンのスラストに合わせてきっちり船尾《せんび》を向いていた。

「そのスキンスーツ、いくらだった?」トリッグがキラの手を指さして訊《き》いた。

「気に入った?」

「うん。質感がいい感じだよね」

「ありがとう。アイドーロンみたいな極限の環境《かんきょう》にも耐《た》えられるようにできてるのよ」

トリッグは顔を輝《かがや》かせた。「マジで? すごいや」

キラは思わずほほえんだ。「でも値段はわからない。言ったでしょ、プレゼントされたって」

通路の内壁《ないへき》の開いた戸口のところに来ると、トリッグはそこを曲がった。戸口を抜《ぬ》けると新たな通路があり、こちらは船の中央に通じている。

「〈ウォールフィッシュ〉号はいつも乗客を運んでるの？」キラは質問した。

「ううん。けど、大勢の人たちが金を払《はら》って比較的《ひかくてき》安全なルスラーンに連れていってもらいたがってるんだ。あと、ジェリーが壊《こわ》した船から生き残った人たちを拾うこともあるよ」

「ほんとに？　ずいぶん危険そうだけど」

トリッグは肩《かた》をすくめた。「何もせず撃《う》たれるのをじっと待ってるよりマシさ。それにぼくらには金が要るから」

「そうなの？」

「うん。61シグニまで行くのに最後の反物質《アンチマター》を使ったんだけど、金を支払《しはら》うはずだった男が踏《ふ》み倒《たお》したせいで、ここで立ち往生するはめになって。だからソルかケンタウルス座α星に戻《もど》るために、反物質《アンチマター》を買えるぐらいの小銭を稼《かせ》ごうとしてるだけだよ」

トリッグが話しているうちに、ふたりは気密扉《とびら》のところに来た。「あのさ、それは気にしないで」トリッグは壁《かべ》の一画に向かって手を振《ふ》ってみせた。きまり悪そうな様子だ。

「古いジョークだから」

キラには何もない壁《かべ》に見える。「何が？」

トリッグはちょっととまどっていた。「あ、そっか。インプラントが壊《こわ》れてるんだっけ」

そう言ってキラのほうに指先を向ける。「忘れてたよ。じゃあ気にしないで。しばらく使ってるオーバーレイのことでちょっとね。キャプテンは面白がってるんだけど」

「あの人が？」ファルコーニみたいな男がどんなことで笑うというのだろう？ コンタクトを入れていたらよかったのに。

トリッグは気密扉《とびら》を開き、船の数階分を貫《つらぬ》く長くて暗いシャフトに案内した。中央に梯《はし》子《ご》がのびていて、金属製の細い格子が各デッキを区切っているが、格子の隙間《すきま》はかなり広く、シャフトの底にある四階下のデッキまでずっと見渡《みわた》すことができた。

聞き覚えのない男性の声が上から響《ひび》いてきた。「警告――自由落下の三十四秒前」その声は激しく震《ふる》えていて、テルミンみたいな震動《しんどう》のせいで、語り手はいまにも泣き出すか笑い出すか激高しはじめそうに聞こえた。それを耳にしてキラは緊張《きんちょう》し、ソフト・ブレイドの表面が小石のようになった。

「ほら」トリッグが壁《かべ》のつかまりやすいところを握《にぎ》った。キラも同じようにした。

「いまのはこの船の疑似知能？」キラは天井を示しながら尋《たず》ねた。

「ううん、シップ・マインドのグレゴロヴィッチだ」トリッグは誇《ほこ》らしげに答えた。

キラは眉《まゆ》を上げた。「この船にはシップ・マインドがいるのね！」〈ウォールフィッシュ〉号はシップ・マインドを受け容れられるほどの大きさもお金もなさそうなのに。ファルコーニはどうやってシップ・マインドを説き伏《ふ》せて船に乗せたというのだろう？　まさか恐喝《きょうかつ》とか、と半分本気で思った。

「そうさ」

「彼《かれ》はちょっと……わたしの知ってるほかのシップ・マインドたちとは違《ちが》うみたいだけど」

「グレゴロヴィッチはどこもおかしくないよ。立派なシップ・マインドだ」

「でしょうね」

「ほんとだってば！　世界一だよ。最高齢《さいこうれい》のシップ・マインドは別として、誰《だれ》よりも優秀《ゆうしゅう》なんだから」トリッグはふぞろいな歯をむき出してにやっと笑った。「彼《かれ》はぼくらの秘密兵器だ」

「優秀《ゆうしゅう》な――」

ビーッという短く小さな警報が鳴り、床《ゆか》が落ちていく感じがした。めまいのせいで壁《かべ》と床《ゆか》がぐるぐる回り、キラは壁《かべ》の握《にぎ》りをつかむ手にさらに力を込《こ》めた。水平の長いチューブに浮《う》かんでいる状態で、視点を変えて上下ではなく前後と捉《とら》えるようにすると、めまいは治まった。

自由落下にはもううんざりだ。

チューブの後方から、引っ掻《か》くような音が聞こえてくる。振《ふ》り返ると、白っぽい灰色のシャム猫《ねこ》が開いたドアから飛び出してきて、梯子《はしご》にぶつかるのが見えた。猫《ねこ》は爪《つめ》を使って梯子《はしご》につかまると、慣れた様子でやすやすと横木を飛び移り、シャフトの反対端《はし》へと向かっていく。

猫《ねこ》がちょっとばかり身体を回転させながら梯子《はしご》に沿って飛んでいくのを、キラは感心しながら眺《なが》めていた。歯と爪《つめ》を備えた、ふわふわの長いミサイルだ。猫《ねこ》はエメラルド色の目に毒のある憎《にく》しみを光らせて、キラをにらみつけながら通り過ぎていった。

「いまのはぼくらの船猫《シップ・キャット》＊64、ミスター・ファジーパンツだよ」トリッグが言った。

猫《ねこ》はミスター・ファジーパンツというよりは残忍《ざんにん》な小悪魔《こあくま》みたいに見えたが、キラはトリッグの言葉をそのまま受け入れた。

その直後、部屋の奥《おく》からまた別の音が聞こえてきた。今回は金属的なカタカタという音で、あれはまるで……ひづめの音？

と、茶色とピンクのかたまりが戸口を勢いよくくぐり抜《ぬ》け、梯子《はしご》を飛び跳《は》ねた。キーキー鳴いてずんぐりした脚《あし》を跳《は》ね上げていると、やがてひづめのひとつが梯子《はしご》に届いた。ひづめで梯子《はしご》を捉《とら》え、その生き物――豚《ぶた》――は猫《ねこ》を追いかけていく。

豚《ぶた》がいる光景はあまりに現実離《げんじつばな》れしていて、キラはあぜんとした。いつものことながら、人生には思いがけない不思議なことがあり、驚《おどろ》きの連続だ。

猫《ねこ》は部屋の反対端《はし》に着地すると、また別の開いたドアのなかへとすばやく消えた。少し遅《おく》れて豚《ぶた》もあとにつづいた。

「いまのは?」やっと声が出せるようになり、キラは尋《たず》ねた。

「ぼくらの船豚《シップ・ピッグ》、ランシブルだ」

「シップ・ピッグ」

「ん。ひづめにヤモリパッドを装着してあるから、自由落下中でも動き回れる」

「でも、なんで、いいなんでシップ・ピッグがいるわけ⁉」

「なんでって、おかげでいつでもベーコンを持って帰れるからさ」トリッグはゲラゲラ笑い、キラはげんなりした。八十八日間の超《ちょう》光速飛行は、つまらない冗談《じょうだん》を聞かされるためだけだったの? そんなことがまかり通っていいもの?

また不確かな神の声、グレゴロヴィッチの気の抜《ぬ》けた声が頭上から響《ひび》いてきた。「推力の回復まで一分二十四秒」

「このシップ・マインドの何がそんなに特別なの?」キラは訊《き》いてみた。

トリッグは肩《かた》をすくめた。自由落下中に行うには奇妙《きみょう》なしぐさだ。「彼《かれ》はものすごく大きいんだ」そう言ってキラをじっと見つめる。「主力艦《しゅりょくかん》に乗れるぐらい大きい」

「それをどうやってこの船に乗せることができたの?」キラが〈ウォールフィッシュ〉号を見た限りでは、乗せるのはせいぜい二、三年目のシップ・マインドでいいはずだ。

「ぼくたちは彼《かれ》を救出したんだよ」

「あなたたちが救出を――」

「彼《かれ》は鉱石の貨物船に組み込《こ》まれてたんだ。その会社はシグニB近辺でイリジウムを採掘《さいくつ》して、こっちに運搬《うんぱん》してた。ところが流星体《メテオロイド》が衝突《しょうとつ》して、貨物船はある衛星に墜落《ついらく》しちゃってね」

「あらら」

「ね。で、墜落《ついらく》の衝撃《しょうげき》で通信機がだめになって、救助を求める信号を送れなくなった」

ふたたび警報が鳴り、足が金属のデッキに着地し、キラは体重が戻《もど》るのを感じた。あれほど長期間を無重力下で過ごしたあとなのに、筋肉が問題なく機能していることに改めて驚《おどろ》いた。

「それで?」キラは難しい顔をして尋《たず》ねた。「貨物船の温度が検知されてすぐに発見されたはずでしょう」

「そのはずだった」トリッグは梯子《はしご》を下りはじめた。「問題は、そこが火山活動をしている衛星だったってことだよ。衛星の熱のせいで船の存在が隠《かく》されてしまったんだ。会社は船が破壊《はかい》されたものと思い込《こ》んだ」

「ひどい」キラもトリッグのあとについて梯子《はしご》を下りていく。

「まったくだよ」

「貨物船はどれだけのあいだそこに取り残されていたの？」ふたりはシャフトの底にたどり着いた。

「五年以上」

「うわ。そんな長期間クライオに入ったまま過ごすなんて」

トリッグは立ち止まり、真剣《しんけん》な顔でキラを見つめた。「違《ちが》うんだ。船は損傷が激しかったから。クライオ・チューブはぜんぶ破損してた」

「神よ《トゥール》」今回の旅でも恐《おそ》ろしく長かったのに。それが五年もつづくなんて、想像もできない。「クルーはどうなったの？」

「墜落《ついらく》で死んだか、飢《う》え死にした」

「グレゴロヴィッチもクライオに入ることはできなかったのね？」

「そう」

「じゃあ、五年間の大半をひとりきりで過ごしたということ？」

トリッグはうなずいた。「墜落《ついらく》した船をぼくたちが発見していなければ、何十年もあそこにいたかもしれない。まったくの偶然《ぐうぜん》だったんだ。ぼくたちはちょうどいいタイミングでたまたまスクリーンを見たんだよ。それまでこの船にはシップ・マインド自体いなかった。疑似知能だけで。しかも、そんなに優秀《ゆうしゅう》でもなくて。キャプテンはグレゴロヴィッチをこっちに乗り換《か》えさせて、いまに至るってわけ」

「いきなり乗せたってこと？　グレゴロヴィッチはなんて言ってた？」

「大したことは言ってない」トリッグの顔に浮《う》かんだ表情は、キラにそれ以上の反論を許さなかった。「彼《かれ》はそんなにおしゃべりが好きなタイプじゃないってだけだよ。いやだなあ。こっちだって、ぼくたちと一緒《いっしょ》にいたくないと思ってるシップ・マインドを乗せて飛ぶほどばかじゃないぜ。自殺願望があるとでも思ってる？」

「その採掘《さいくつ》会社はそれでかまわないと？」

ふたりは列をなして中央シャフトから出ていき、特徴《とくちょう》のない新たな通路を進んでいく。

「連中に決定権はなかった。その会社はグレゴロヴィッチが死んだものとみなして契約《けいやく》を解除してたから、彼《かれ》はどの船とも自由に契約《けいやく》できたんだ。それに、たとえ連中がグレゴロヴィッチを取り戻《もど》そうとしていても、彼《かれ》は〈ウォールフィッシュ〉号を降りたがらなかったよ。技術者たちがスチュワートの世界で本格的なメディカルスキャンを受けさせようとしたときでさえ、グレゴロヴィッチは断固として拒《こば》んだ。もうひとりぼっちになりたくないんだろうな」

キラにはその気持ちがわかった。精神は（かろうじて）人間だけど、彼《かれ》らの脳は普通《ふつう》の人に比べると遥《はる》かに大きく、すっかり正気を失わないためには刺激《しげき》が必要だ。五年間もひとりきりで精神を閉じ込《こ》められていたら……キラはこの〈ウォールフィッシュ〉号に乗っていて本当に安全なのだろうかと疑問に思った。

トリッグは通路の両側に大きな気密扉《とびら》が対になっているところで足を止めた。「ここで待ってて」そう言うと、左側のドアをあけてなかに入っていく。備品の棚《たな》が並んだ広い貨物室がちらっと見えた。〈ワルキューレ〉号のものとおぼしき端末《たんまつ》が集められた大きな一画で、背の低いブロンドの女性が詰《つ》め物を使って梱包《こんぽう》作業をしている。女性の横を見ると、甲板《かんぱん》の上にUMCのブラスター銃《じゅう》が山積みに……

キラは眉間《みけん》にしわを寄せた。〈ウォールフィッシュ〉号のクルーはシャトルにあったものを奪《うば》い取ったのだろうか？　だとしたら完全な違法行為《いほうこうい》にあたりそうだけど。

「わたしには関係ないか」キラはつぶやいた。

トリッグはブランケットとヤモリパッド一式、シュリンク包装されたレーションバーを抱《かか》えて戻《もど》ってくると、「どうぞ」とキラに手渡《てわた》した。「ぼくらの誰《だれ》かと一緒《いっしょ》にいるときか、キャプテンが許可したとき以外は、管理室と技術室は立ち入り禁止だからね」トリッグはいま出てきた部屋を親指でさし示す。「左舷《さげん》の貨物室も同じく。きみがいるのは右舷《うげん》だ。ケミカルトイレは奥《おく》にある。適当に居場所を見つけてよ。ここからはひとりで大丈夫《だいじょうぶ》そう？」

「たぶんね」

「ん。ぼくは管理室に戻《もど》らないと。何か問題があったらグレゴロヴィッチに言ってくれればいい、ぼくたちに伝わるはずだ」

そう言うと、トリッグは来た道を急いで引き返していった。

キラはひとつ深呼吸をして、右舷《うげん》の貨物室へのドアを開いた。

W a l l f i s h

第2章 〈ウォールフィッシュ〉号

1

キラがまっさきに気づいたのは、においだった。入浴していない人の体臭《たいしゅう》、尿《にょう》、吐瀉物《としゃぶつ》、かびた食品。換気扇《かんきせん》が高速で回転している——貨物室のなかに微風《びふう》が吹《ふ》いているのを感じた——が、それでもにおいを消散させるには不充分《ふじゅうぶん》だった。

次に気づいたのは音だ。どうしようもなく騒《さわ》がしい絶え間ないおしゃべり。子どもの泣き声、男たちの言い争い、流れる音楽。〈ワルキューレ〉号の静寂《せいじゃく》のなかで長期間を過ごしてきた身には、圧倒《あっとう》的な騒々《そうぞう》しさだ。

右舷《うげん》の貨物室は広く、カーブした空間になっている。左舷《さげん》と鏡映しで、〈ウォールフィッシュ〉号の中心を囲んだドーナツの半分みたいになっているのだろう。太い肋材《ろくざい》の支柱が外壁《がいへき》に沿って弧《こ》を描《えが》いて張りわたされ、D字型のリングやその他の硬《かた》い突端《とったん》が甲板《かんぱん》や天井に点在している。無数の枠箱《わくばこ》が甲板《かんぱん》に固定されていて、それらのあいだに乗客たちの姿があった。

難民《ヽヽ》という言葉のほうがふさわしそうね、とキラは思った。二、三百人がこの貨物室にぎゅうぎゅうに押《お》し込《こ》まれている。多種多様な人々の集まり――若者も老人もいれば、そのいでたちもばらばらだ。スキンスーツからきらびやかなガウン、光を反射するイブニングスーツまで、ありとあらゆる服装の人がいる。甲板《かんぱん》の敷板《しきいた》には、ヤモリパッドや場合によってはロープで固定されたブランケットや寝袋《ねぶくろ》が広げられていた。寝具《しんぐ》と一緒《いっしょ》に、衣類やゴミが散乱している。居場所を綺麗《きれい》に片付けている人も少しはいたが――無秩序《むちつじょ》の真ん中に整頓《せいとん》された小さななわばりだ。

船がエンジンを切ったら、ここは目も当てられない惨状《さんじょう》になるだろう。

難民の何人かがキラを一瞥《いちべつ》した。残りの人々は無視するか、キラがいることに気づかなかった。

キラは慎重《しんちょう》な足取りで貨物室の奥《おく》へと進んでいく。すぐそばにある枠箱《わくばこ》の後ろを見ると、何人かが寝袋《ねぶくろ》に入った状態で甲板《かんぱん》にストラップで固定されていた。怪我《けが》をしているようだ。数名はかさぶたになった火傷《やけど》の痕《あと》が手に残っていて、全員がさまざまなサイズの包帯を当てられている。
そこを通り過ぎると、レーションバーから剝《は》がしたホイルのリボンを振《ふ》りながら、叫《さけ》び声を上げてぐるぐる走り回っているふたりの少女を、モヒカン刈《が》りの黄色い髪《かみ》のカップルが落ち着かせようとしていた。
カップルはほかにもいて、ほとんどは子どものいない二人連れだ。おじいさんが内壁《ないへき》にもたれて座り、ハープに似た小さな楽器をつまびきながら、浮《う》かない顔をした三人のティーンエイジャーに低い声で歌を聞かせている。キラは数節しか聞き取れなかったが、古い宇宙族《スペーサー》の詩だとわかった。

——境界の果てをさがしまわり、
遥《はる》かなる陸に上がったあかつきには、
さらに遠くを追い求める。——

貨物室の奥《おく》のほうでは、七人組がブロンズの小さな装置を囲んで集まり、そこから聞こえてくる声に熱心に耳を傾《かたむ》けている。「——2、1、1、3、9、5、4——」と、そんな調子で延々《えんえん》と、早くも遅《おそ》くもならず単調なほど落ち着いた声で数えつづけていく。七人組はその声に心を奪《うば》われているようだ。何人かは半ば目を閉じて立ち、音楽を聴《き》いているみたいに身体を前後に揺《ゆ》らしていて、残りの者たちは床《ゆか》を見つめて周りが目に入っていないか、いかにも感動している様子で仲間たちと見つめ合っている。

その数字にどれほど大事な意味があるのか、キラには見当もつかなかった。

七人組のそばに、ローブをまとったふたりのエントロピスト——男性と女性——がいて、目を閉じながら向かい合って座っていた。キラは驚《おどろ》いて立ち止まり、まじまじ見つめた。

エントロピストを見るのはずいぶん久しぶりだ。名高い存在でありながら、あまり数は多くない。せいぜい二、三万人といったところか。おまけに普通《ふつう》の商船で旅しているところを見ることなんてめったにない。きっと自分たちの船を失ってしまったのだろう。

子どものころ、ウェイランドにひとりのエントロピストがやってきたときのことを、キラはいまでも覚えている。彼《かれ》はウェイランドにコロニーを形成するのに役立つ道具や植え付け用の種、遺伝子銀行《ジーンバンク》を運んできていた。大人たちと取引を終えると、エントロピストはハイストーンの大通りに歩いていき、色褪《いろあ》せつつある夕暮れのなか、どういう方法かわからないが空中に素手で火花を発する模様を描《えが》いてみせ、キラや子どもたちを喜ばせてくれた——その即興《そっきょう》の花火は、いまでも大切な思い出としてキラの心に残っている。

魔法《まほう》は存在するのだと信じそうになったほどだ。

エントロピストは宗教とは関係ないが、どこか神秘主義なところがある。そのことは気にならなかった。キラは宇宙に抱《いだ》く驚《おどろ》きの念を楽しんでいたし、その思いはエントロピストのおかげでさらに深まった。

キラはしばしエントロピストの男性と女性を見つめていたが、やがてまた歩きだした。少しでもプライバシーの守られそうな空いている場所はなかなかなかったけれど、ふたつの枠箱《わくばこ》に挟《はさ》まれたくさび形《がた》の狭《せま》い空間をようやく見つけた。ブランケットを広げてヤモリパッドで甲板《かんぱん》に固定し、しばらくじっと座って身体を休め、頭のなかを整理しようとする……。

「あら、みすぼらしい野良犬をまたファルコーニが拾ったってわけね」

キラの向かいに、巻き毛のショートカットの女性が枠箱《わくばこ》に背をもたれて座り、ストライプ柄《がら》の長いマフラーを編んでいた。その女性の巻き毛を見て、キラの心に痛いほどの喪失《そうしつ》感《かん》と嫉妬《しっと》がわき起こった。

「そうみたい」キラはおしゃべりをする気分じゃなかった。

女性はうなずいた。隣《となり》に積まれたブランケットが動き、黄褐色《おうかっしょく》で耳の先だけ黒い大きな猫《ねこ》が顔を上げ、興味のなさそうな目でキラを見た。猫《ねこ》は驚《おどろ》くほど長い歯を見せてあくびをすると、ふたたびブランケットに顔をすりつけた。

ミスター・ファジーパンツはこの乱入者をどう思っているのだろうか。「かわいい猫《ねこ》ね」

「でしょう?」

「名前はなんていうの?」

「この子にはたくさんの名前がある」女性は編み糸をさらにたぐりながら言った。「いまこの瞬間《しゅんかん》はフルスタンディという名で通っているわ、〝聞き手〟という意味よ」

「それは……なかなかの名前ね」

女性は編み物の手を止めて、もつれた毛糸をほぐそうとした。「そうよ。じゃあ、教えて。ファルコーニ船長と愉快《ゆかい》なごろつき仲間たちは、あんたを運んであげる代わりにいくら請求《せいきゅう》した?」

「何も請求《せいきゅう》されてないけど」キラはちょっと困惑《こんわく》した。

「へえ、そう?」女性は片方の眉《まゆ》を上げた。「それもそうね、あんたはUMCの人間なんだから。武装部隊の一員からお金をゆすり取ろうとするなんて、まずいでしょうよ。どう考えても無理ね」

キラは貨物室のほかの乗客たちを見回した。「待って、ファルコーニたちは救助するのに代金を請求《せいきゅう》してるってこと? そんなの違法《いほう》じゃない!」それにモラルにも反する。宇宙空間で立ち往生している者は誰《だれ》でも、事前に金銭を支払《しはら》わなくても救助してもらう権利がある。状況《じょうきょう》次第ではあとで賠償金《ばいしょうきん》を請求《せいきゅう》される場合もあるかもしれないが、即時《そくじ》に払《はら》うということはない。

女性は肩《かた》をすくめた。「ファルコーニにそう言ってやってよ。ルスラーンまでの乗車賃として、ひとりにつき三万四千ビッツ[*65]請求《せいきゅう》してるんだから」

キラはしばらくあいた口がふさがらなかった。三万四千ビッツは惑星《わくせい》間旅行の通常価格の二倍で、恒星《こうせい》間旅行のチケット並みに高い。要するに〈ウォールフィッシュ〉号のクルーは難民たちを恐喝《きょうかつ》していることに気づき、キラは眉《まゆ》をひそめた。金を払《はら》わなければ宇宙空間に置き去りにするぞ、というわけだ。

「なのに、あなたは別に取り乱していないようね」キラは言った。

女性は不思議と面白がっているような顔でキラを見やった。「ゴールへとつづく道がまっすぐなことなんて、めったにない。たいていは曲がりくねっているもので、だからこそかえって旅が遥《はる》かに面白くなるのよ」

「本気？　恐喝《きょうかつ》されるのが面白いと思うの？」

「そこまで言うつもりはないけど」女性はそっけない口調で答えた。その横でフルスタンディが片目をあけて細長い瞳孔《どうこう》を見せ、ふたたび目を閉じた。尻尾《しっぽ》をひくひくさせている。

「それでも部屋にひとり座ってハトの数を数えているよりマシ」彼女《かのじょ》は真面目くさった顔

をキラに向けた。「言っとくけど、あたしはハトは飼ってないわよ」

キラには相手が冗談《じょうだん》を言っているのか真面目なのかわからなかった。そこで話題を変えようとした。「あなたはどうしてこの船に乗ることになったの?」

女性は猛烈《もうれつ》な速さで編み針をカチャカチャいわせながら首をかしげた。手元を見る必要がないようだ。彼女《かのじょ》の指は決してスピードをゆるめず、決してつっかからず、催眠術《さいみんじゅつ》にかけるような規則正しさで編み糸をひょいひょい動かしては編んでいく。「あたしたちみんな、どうしてここに来ることになったのか? ふーん? そもそも、それがそんなに大事なこと? 本当に大事なのは、前にいた場所じゃなく、過去も現在も問わず自分がいまいる場所に対応する方法を身につけるってことでしょ」

「そうでしょうね」

「あまり納得のいく答えじゃなかったわよね。古い友人に会うため61シグニに向かっていたら、乗っていた船が襲撃《しゅうげき》された、とだけ言っておく。よくある話よ。それに――」女性はキラに向かってウインクしてみせた。「――面白いことが起きてるところに居合わせたいの。あたしのどうしようもなく悪い癖《くせ》ね」

「なるほど。ところで、あなたの名前は? まだ聞いてなかったけど」

「そっちも名乗ってないわよ」女性はキラの顔をじっと覗《のぞ》き込《こ》んでいる。

「えっと……エレンよ。エレン・カミンスキー」

「会えてとても嬉《うれ》しいわ、エレン・カミンスキー。名前には強い力がある。教える相手はしっかり選びなさい。いつ名前を悪用されるか、わかったもんじゃないんだから。ともかく、あたしのことはイナーレと呼んでくれればいいわ。それがあたしという人間だから」

「でも、あなたの名前はイナーレじゃないのね？」キラは冗談半分《じょうだんはんぶん》に言った。

イナーレは頭を傾《かたむ》けた。「あら、あんたって頭がいいのね」そして猫《ねこ》を見下ろし、つぶやいた。「とびきり面白い人たちは、なんでいつも枠箱《わくばこ》の陰《かげ》に隠《かく》れてるの？　どうして？」

猫《ねこ》は耳をぴくぴくさせただけで、返事はしなかった。

2

イナーレはもうおしゃべりする気がなさそうだとわかると、キラは食事パックをあけて、ほとんど味のしない中身をがつがつ食べた。ひと口かじるごとに、まともな状態に戻《もど》り、落ち着いていく感じがした。

食べ終わると、ヴィシャルにもらった容器を取り出し、コンタクトレンズを装着してみる。どうかコンタクトを取り除いたり壊《こわ》したりしないで、とキラは願い、ソフト・ブレイドに自分の意思を伝えようとした。お願いよ。

ゼノがその願いを理解してくれたのか、すぐには確信が持てなかった。と、目の前に起動画面がちらつきながら表示され、キラは安堵《あんど》のため息をついた。

インプラントがないため、コンタクトレンズの機能は限定されていたものの、ゲスト登録して船のメインフレームにログインするには事足りた。

連星系の地図を開き、ジェリーの位置を確認した。いまでは61シグニの周辺にエイリアンの船が十艘《そう》ある。そのうちの二艘《そう》はカレリン――シグニAの第二惑星《わくせい》――の近くで一艘《そう》の貨物船を迎《むか》え撃《う》ち、目下交戦中だ。さらに三艘《そう》のジェリーの船は遥《はる》かな小惑星帯《しょうわくせいたい》にある鉱石加工施設《しせつ》へと急行しており（つまりチェロメイの生命居住可能環《ハブリング》にもきわめて接近しているということだ）、もっと大きな二艘《そう》の船は86天文単位以上離《はな》れたシグニB近辺の採《さい》掘《くつ》用の無人船を追跡《ついせき》するのに余念がない。

新たな三艘《そう》は外部小惑星《しょうわくせい》帯の周りにばらばらに距離《きょり》を取って、シグニAの裏側（軌道面《きどうめん》から高い場所）に到着《とうちゃく》していた。

ともかくこれまでのところ、どのエイリアンの船もすぐには〈ウォールフィッシュ〉号の脅威《きょうい》になりそうになかった。

意識を集中すれば、キラは〈酌量《しゃくりょう》すべき事情〉号の襲撃《しゅうげき》時に感じたのと同じ衝動《しょうどう》――エイリアンのそれぞれの船に呼び寄せられる感覚——を感じ取ることができた。けれど、その感覚は弱いものだった。薄《うす》れた哀惜《あいせき》のようにかすかなもの。そのことから、ジェリーは送信しているだけで受信はしていないのだとわかった。そうでなければ、キラ（とソフト・ブレイド）の居場所を正確に突《つ》き止めていただろう。

それで少しだけホッとした。

だけど不思議だ。第一に方法が。この惑星系《わくせい》の誰《だれ》ひとりエイリアンの信号に気づかなかった。ということは……とてつもなく感知しづらい信号なのか、未知のテクノロジーを使っているのか。

次に理由が問題になる。〈酌量《しゃくりょう》すべき事情〉号が破壊《はかい》されたことによって、ジェリーにはキラが生き延びたと考える理由はないはずだ。それならなぜ、彼《かれ》らはいまでも召喚《しょうかん》信号を発信しつづけているのだろう？　ソフト・ブレイドのような別のゼノを見つけるため？　それとも、本当にいまでもわたしを探しているのだろうか？

キラは身震《みぶる》いした。確かなことはわからない。ジェリーにじかに訊《き》いてみないことには。そんな経験はなるべくなら避《さ》けたいものだけど。

呼ばれている感覚と、それが課す義務を無視していることに対し、キラはわずかに罪悪感を覚えた。その罪悪感はキラ自身のものではなくソフト・ブレイドのもので、ゼノがグラスパーに抱《いだ》いている嫌悪感《けんおかん》を思うと、意外だった。

「あいつらはあなたに何をしたの？」キラはささやいた。ゼノの表面にかすかな光が走ったが、光が通り過ぎていくと、あとは何もなかった。

これから数時間はジェリーの爆撃《ばくげき》を受ける心配はないことに安堵《あんど》し、キラは地図から目を放してウェイランドに関するニュースを調べはじめた。故郷がどうなっているか知る必要があった。

残念ながらファルコーニは正しかった。ジェリーが超《ちょう》光速通信妨害《ぼうがい》を始める前に61シグニに届いていた情報は微々《びび》たるものだった。一か月ほど前にウェイランドの惑星《わくせい》系の外部で起きた小さな戦闘《せんとう》についていくつか報じられていたが、そのあとのことは噂《うわさ》や推測しか出てこなかった。

みんなはたくましいから大丈夫《だいじょうぶ》、とキラは家族を思い浮《う》かべた。なんといっても、入植者だし。ジェリーがウェイランドに現れていたとしても……両親がブラスター銃《じゅう》をつかんで戦いに加勢している姿が目に浮《う》かぶようだった。けれど、キラはその想像どおりになっていないことを願った。賢明《けんめい》に身をひそめて生き延びてくれることを願った。

次に思いを馳《は》せたのは〈フィダンザ〉号と調査チームの生存者たちのことだ。彼《かれ》らは無事に帰り着けたのだろうか？

システム記録によると、りゅう座σ星を発ってからきっかり二十六日後に輸送船〈フィダンザ〉号は61シグニに到着《とうちゃく》していた。損害の報告はない。〈フィダンザ〉号は数日後にはヴィーボルグ・ステーションにドッキングし、さらに一週間を経てソルへと出発した。

キラは乗船者リストを探したが、公開されているものはなかった。不思議なことではない。

彼《かれ》らはまだこの惑星系《わくせい》にいるかもしれないと思い、一瞬《いっしゅん》、マリー＝エリーズたちにメッセージを送ってみようかと考えた。けれどキラは我慢《がまん》した。アカウントにログインしたとたん、連盟に居場所を知られてしまうだろう。連盟は調べていないかもしれないが、それでもまだ危険を冒《おか》す気にはなれなかった。それに元チームメイトたちに対して、「ごめんなさい」以外にどんな言葉をかけられるだろう？　キラがもたらした苦痛と打撃《だげき》を埋《う》め合わせるには、「ごめんなさい」などという言葉では全然足りない。

キラは全体的な状況《じょうきょう》を把握《はあく》しておこうと思い、ニュースに注意を戻《もど》した。

状況《じょうきょう》はよくなかった。

初めは小競り合いの連続だったのが、たちまち大規模な侵略《しんりゃく》へと拡大していた。報告はめったに上がっていなかったが、有人宇宙の至るところで何が起きているのかをつかむには充分《じゅうぶん》な情報が61シグニに届いていた。スチュワートの世界を回る軌道《きどう》上で燃えているステーション、アイドーロンのマルコフ・リミット近くに位置する破壊《はかい》し尽《つ》くされた船、調査基地や採掘《さいくつ》地に着陸していくエイリアンの軍隊……あまりに数が多すぎて追いきれないほどだ。

キラは落ち込《こ》んだ。わたしがゼノを発見した直後にジェリーはアドラステイアに現れたけど、それが偶然《ぐうぜん》じゃないとしたら、ある意味……こんなことになったのはわたしのせいだ。アランの件と同じように。それだけじゃない、ほかにも――キラは手のひらの付け根をこめかみに押《お》し当てて頭を振《ふ》った。考えちゃだめ。たとえ最初の接触《せっしょく》の一因になっていたとしても、この戦争について自分を責めたところでどうにもならない。そんなふうでは正気を保てなくなる。

キラは読みつづけ、次々とページをスクロールしていき、三か月分の情報を頭のなかに詰《つ》め込《こ》もうとしているうちに目がかすんできた。

名誉《めいよ》のために言っておくと、連盟はエイリアンの侵略《しんりゃく》に速やかに適切な対応を取ったようだった。暗闇《くらやみ》のなかから現れた怪物《かいぶつ》に襲《おそ》われているのに、ああだこうだと言い争っている場合ではない。予備軍が動員され、民間船が徴用《ちょうよう》され、地球と金星では強制徴募《ちょうぼ》が実行されていた。

キラのなかのひねくれた部分は、そうした施策《しさく》も連盟が権力を拡大しようとしてのものだと見て取った。おあつらえ向きの非常事態を連盟はみすみす無駄《むだ》になどしない、というように。けれどキラのなかの現実的な部分は、彼《かれ》らの対応の必要性を認めていた。

　専門家たちの意見は一致《いっち》しているようだった。ジェリーは人間より少なくとも百年は技術的に進んでいる。ジェリーのマルコフ・ドライブはＵＭＣの最先端《さいせんたん》の軍艦《ぐんかん》をもしのぎ、惑星《わくせい》や恒星《こうせい》のずっと近い位置で超《ちょう》光速に入ったり出たりすることが可能だ。その動力装置――推進力に使われる核融合《かくゆうごう》ドライブとは別のもの――は、未確認のメカニズムによってジェリーが慣性のトリックを行うのに必要とする驚異《きょうい》的な量のエネルギーを発生させた。その一方で、熱を放散させるのにラジエーターは使っていなかった。わけがわからない。

　軍は初めてジェリーの船に乗り込《こ》んだとき、人工重力で重みをつけた船室や甲板《かんぱん》を発見していた。それも〝巨大《きょだい》な環《わ》のなかで物体を回転させる〟というものではなく、正真正銘《しょうめい》の人工重力だ。

　物理学者たちは驚《おどろ》きはしなかった。慣性抵抗《ていこう》を変える方法を見つけた種族であれば、自然に発生している重力場を当たり前のように模造できるはずだ、と物理学者たちは説明した。

　エイリアンは新型の武器はひとつも保有していないようだが――レーザーやミサイルや運動エネルギー弾《だん》をいまだに使っている――、宇宙船の操作性がきわめて高いことと、武器の精度と効率のよさが相まって、彼《かれ》らをかわすのは至難の業だった。

ジェリーの卓越《たくえつ》したテクノロジーを踏《ふ》まえ、連盟は法律を通過させて、手に入れられるだけエイリアンの装置を回収して差し出すよう宇宙各地の民間人に命じた。連盟の報道官――いつも見開きすぎているような目をして作り笑いを浮《う》かべている脂《あぶら》ぎった男――が通達していた。「どんなに小さなものでも価値があります。どんなに小さなものでも状況《じょうきょう》を変える可能性があるのです。われわれを助けることは、皆《みな》さん自身を助けることになる。情報が多ければ多いほど、このエイリアンと戦って入植地とホームワールドに迫《せま》る脅威《きょうい》を終わらせるのに役立ちます」と。

キラはその表現が嫌《きら》いだった。ホ、ー、ム、ワ、ー、ル、ド。理屈《りくつ》からいえば正しくても、いまでも地球に住んでいる幸運な人々に頭を下げて従うべきだとされているようで、どうにも鬱陶《うっとう》しく思えた。地球はキラのホームワールドではない。キラの故郷はウェイランドだ。

ジェリーが有利であっても、宇宙でくり広げられているこの戦争は完全に一方的というわけではなかった。人類も勝利をもぎ取ってはいたが、全体として見れば、激戦の末に数少ない勝利を収めただけだった。地上でも状況《じょうきょう》はあまりよくなかった。キラが見た動画では、パワードスーツの兵士でさえもエイリアンとの一対一の闘《たたか》いに苦戦していた。

ヴィシャルの言っていたとおりだった。キラが〈酌量《しゃくりょう》すべき事情〉号で遭遇《そうぐう》した触手《しょくしゅ》のある怪物《かいぶつ》だけではなく、ジェリーはさまざまな姿かたちのものがいた。図体が大きく不格好なもの。機敏《きびん》で小柄《こがら》なもの。蛇《へび》のようなもの。昆虫《こんちゅう》を思わせるものもいる。けれど、姿こそ違《ちが》えど、どのエイリアンも真空空間で活動でき、動きがすばやく力があり、恐《おそ》ろしく手ごわかった。

映像を見ているうちに、目の奥《おく》を圧《お》されるような感覚が募《つの》っていき、急に鋭《するど》い圧迫感《あっぱくかん》を覚え――

――宇宙の闇《やみ》のなかをグラスパーの群れがこちらに向かって勢いよく飛んできた。身体は硬《かた》い殻《から》に覆《おお》われて触手《しょくしゅ》があり、武器を携《たずさ》え装甲《そうこう》している。すると光が一閃《いっせん》し、彼女《かのじょ》は多数の脚《あし》に鉤爪《かぎづめ》を備えてちょろちょろ動き回っている何十という生物にブラスター銃《じゅう》を発射しながら、岩だらけの急坂をのぼっていた。

ふたたび海の奥底《おくそこ》、そこではフダワリ*66が狩《か》りをしていた。陰《かげ》になった暗がりから三体が現れた。一体はずんぐりした巨体《きょたい》で、装甲《そうこう》した皮膚《ひふ》が真っ黒なため見逃《みのが》しそうだ。別の一体はひょろ長く角ばっていて、壊《こわ》れた巣のような脚《あし》と鉤爪《かぎづめ》のてっぺんに真鍮《しんちゅう》色のたてがみがあるが、いまは泳ぎやすいようぺったり平らになっている。もう一体はしなやかな長い身体に手足がずらりと並んでいて、パチパチと電気を発する鞭《むち》のような尻尾《しっぽ》を引きずっている。外見だけでは予想もつかないが、この三体にはひとつの共通点がある。どれもみな、最初に孵《ふ》化《か》したものたちなのだ。最初に孵《ふ》化《か》し、生き残っているのは彼《かれ》らだけ……

キラはあえぎ、ぎゅっと目を閉じた。額から後頭部へと釘《くぎ》を打ち込《こ》まれているようだ。少しすると痛みは治まった。

ソフト・ブレイドは意図的にコミュニケーションを図ろうとしたのだろうか、それとも動画を観たことによって古い記憶《きおく》の断片がよみがえっただけなのだろうか？　どちらともつかないが、どれほど混乱した内容であっても、新たな情報を得られるのはありがたかった。

「ねえ、次回は片頭痛を起こさせないでくれる？」キラは言った。ソフト・ブレイドが理解してくれたかはわからない。

キラは動画に意識を戻《もど》した。

ソフト・ブレイドの記憶《きおく》から、いくつかのタイプのジェリーを見分けることができたが、大半は新しく見慣れないものだった。そのことにキラはとまどった。このゼノはいつからアドラステイアに居つづけていたのだろう？　まさか新たな形態のジェリーが進化するほど長期間のはずはないけど……。

キラはいくつか専門的な情報を確認して回った。ひとつの点について、宇宙生物学者たちの意見は一致《いっち》しているようだ。来襲《らいしゅう》しているエイリアンたちの基本的な生化学コードはどれも同じであるという点で。大きく変化している場合もあるが、それでも本質的には同じだった。つまり異なるタイプのジェリーも単一の種《しゅ》に属するということになる。

「忙《いそが》しいことね」キラはつぶやいた。遺伝子組み換《か》えによるものか、あるいはジェリーの生理機能が著しく順応性の高いものなのか？　答えを知っていたとしても、ソフト・ブレイドは教えようとしなかった。

いずれにしても、人類が戦っているのはひとつの敵だけだとわかってホッとした。

とはいえ、謎《なぞ》はまだまだ山ほど残っている。ジェリーの船はいつも二の倍数で飛行していて、その理由は誰《だれ》にも解明できていなかった。でもアドラステイアでは違《ちが》った、とキラは思った。同じく――

……〈転移の巣〉[*67]、形は丸く、目的は重い……

また頭蓋骨《ずがいこつ》に釘《くぎ》を打ち込《こ》まれるような痛みを覚え、キラは顔をゆがめた。ソフト・ブレイドはコミュニケーションを図ろうとしているわけね。〈転移の巣〉……情報としてはまだ足りないけれど、少なくとも名称《めいしょう》はわかった。ソフト・ブレイドが見せてきたものはすべて書き留めておこう、とキラは心に決めた。

こんなに曖昧《あいまい》でわかりにくい内容じゃなければいいのに、とも思いながら。

エイリアンたちがどの惑星《わくせい》あるいは惑星《わくせい》系から来たのか、誰《だれ》にも突《つ》き止められていなかった。ジェリーの船が超《ちょう》光速移動した軌道《きどう》を逆算すると、彼《かれ》らは四方八方から飛び込《こ》んできていることが明らかになった。つまりジェリーはばらばらの地点で通常空間に戻《もど》っていて、出発地点を隠《かく》すため故意に航路を変えているということだ。いずれは彼《かれ》らが通常空間に戻《もど》ったときの光が天文学者たちに届き、ジェリーがどこからやって来たのか突《つ》き止められるはずだが、〝いずれ〟というのは何十年とまではいかなくても、何年も先のことになるだろう。

だが、ジェリーはそれほど高速で移動しているわけではなさそうだった。超《ちょう》光速移動だと彼《かれ》らの船が速いことだけは明白だが、一か月以内に数百光年移動できるほど途方《とほう》もなく速いわけでもない。だったらどうしてジェリーの文明が発する信号はソルや植民星に届いていなかったのだろう?

ジェリーがなぜ攻撃《こうげき》しているのかは……明白な答えは征服《せいふく》するためだが、ある単純な理由から、それを断言することは誰《だれ》にもできなかった。いままでのところ、ジェリーの言語を解読しようとする試みはことごとく失敗に終わっていたのだ。最も有力な証拠《しょうこ》によると、彼《かれ》らの言語はにおいに基づいており、人間の使うどの言語とも完全に異なっているため、最高の頭脳をもってしても、どこからどう翻訳《ほんやく》したものかわからなかった。

キラは殴《なぐ》られたような衝撃《しょうげき》を受けて、読むのをやめた。ジャンプスーツの下でソフト・ブレイドが硬《かた》くなる。〈酌量《しゃくりょう》すべき事情〉号で、キラは英語を話す人間を相手にするのと同じぐらいはっきりとジェリーの言葉を理解した。おまけに返事をしようと思えばできていたはずだ。それは間違《まちが》いない。

まるで氷の中に閉じ込《こ》められたみたいに寒気が手足に広がり、キラは身震《みぶる》いした。ジェリーと意思疎通《そつう》ができるのは、わたしだけだということ？

どうやらそのようだ。

キラはぼんやりとオーバーレイを眺《なが》めながら考えていた。もしも連盟とジェリーが話し合えるよう力を貸したら、何か変わるだろうか？　わたしがソフト・ブレイドを発見したことは、ジェリーによる侵略《しんりゃく》の理由の一部と見て間違《まちが》いないはずだ。そうとしか考えられない。ジェリーはソフト・ブレイドを破壊《はかい》されたと思い込《こ》み、その復讐《ふくしゅう》のため攻撃《こうげき》してきているのかもしれない。彼《かれ》らにわたしの姿を見せることは、平和への第一歩になりうる。

確証はないけれど。

もっと情報がないと知りようがない。すぐには手に入れるすべのない情報が。

でも、連盟に自らの身柄《みがら》を引き渡《わた》したら、窓のない狭《せま》い部屋に何日も閉じ込《こ》められて、運がよければたまに翻訳《ほんやく》の仕事をしつつ、いつまでも検査を受けさせられることになる。それだけははっきりわかっていた。じゃあ、ラプサン社に出向いたとしたら……結果は似たり寄ったりで、戦争は激しさを増しつづけるだろう。

キラは抑《おさ》えた叫《さけ》びを発した。岐路に立って身動きが取れなくなり、どちらを向いても脅《きょう》威《い》にさらされている気分だ。この状況《じょうきょう》の簡単な解決策があるとしても、キラにはそれが見えていなかった。こんなことになるとは思ってもみなかったし、これからの未来も予測できない黒い虚空《こくう》に成り果てていた。

キラはオーバーレイを最小化し、身体の周りにブランケットをたぐり寄せると、座って頬《ほほ》の内側を噛《か》みながら考えた。

「ああ、もうっ」これからどうすればいいんだろう？

すべての疑問と不確かなことと銀河の重大事のなかで——どれを選んでも破《は》滅《めつ》的な結果をもたらしかねず、その影響《えいきょう》をこうむるのはキラだけでは済まない無数の選択肢《せんたくし》のなかで——ひとつだけ真実がはっきり見えていた。家族が危ないということだ。ウェイランドを去ったといっても、もう何年も帰っていないといっても、キラにとって大切な家族であることに変わりはない。家族にとってキラもそうだ。助けないと。家族を助けることでほかの人たちも助けることができるなら、なおよい。

だけどどうやって？　ウェイランドまでは標準の超《ちょう》光速移動速度で四十日以上かかる。それだけの時間があれば、恐《おそ》ろしくたくさんのことが起きる可能性がある。それに家族を少しでもゼノに近づけたくない——何かのはずみで家族を傷つけてしまうのが心配だ——

それにジェリーにわたしの居場所を突《つ》き止められてしまったら……自分自身と周囲のみんなに巨大《きょだい》な的《まと》を描《えが》くようなものだ。

キラはもどかしさを覚え、甲板《かんぱん》にこぶしを押《お》しつけた。思いつく限り、離《はな》れたところから家族を守る唯一《ゆいいつ》の現実的な方法は、この戦争を終結させるのに助力することだ。となると、厄介《やっかい》な同じ疑問にまた引き戻《もど》されてしまう。どうやって？

決断できず苦悩《くのう》し、これ以上じっと座っているのが耐《た》えられなくなり、キラはブランケットを払《はら》いのけて立ちあがった。

3

気持ちが乱れ頭がガンガンしていて、キラは余分なエネルギーを発散させようと貨物室の奥《おく》の壁《かべ》に沿ってあてもなく歩いた。

ふと思い立って振《ふ》り返り、数字の連続に耳を傾《かたむ》けている集団からそう離《はな》れていない場所にひざまずいているエントロピストたちのほうへと近づいていく。ふたりのエントロピストは年齢《ねんれい》不詳《ふしょう》で、こめかみと生え際の周りに銀の針金を締《し》めている。ふたりとも、背中の中央と袖口《そでぐち》と裾《すそ》周りに、飛び立つ不死鳥の図案化されたシンボルマークの紋章《もんしょう》が入った、定番のグラディエントローブ*68をまとっていた。

キラは昔からずっとエントロピストを尊敬してきた。彼《かれ》らは理論と応用のどちらにおいても優れた科学研究を行っていることで有名で、ほぼすべての分野に一流のレベルで取り組んでいる支持者たちがいる。実際、科学技術の画期的な大成功を収めたければ、最初にすべきことはエントロピストに加わることだ、というのがお決まりのジョークになっていた。彼《かれ》らの技術は常にみんなより五年から十年は先を行っている。エントロピストのマルコフ・ドライブは現存する最速のものであり、さらにずっと進化した新型のものも所有していると噂《うわさ》されていたが、キラはあまりにも突飛《とっぴ》な流言は話半分に聞いていた。エントロピストは大勢のトップクラスの知性人を――聞くところによるとシップ・マインドさえも――引きつけていたが、頭がよくて熱心に宇宙の秘密を解き明かそうとしているのは彼《かれ》らだけではないのだ。

とはいうものの、噂《うわさ》には一理あった。

多くのエントロピストは根本的な遺伝子操作を行っていた。たいていは大きくかけ離《はな》れた外見をしていることから、理論上そうみなされている。それに彼《かれ》らの衣服に小型化された科学技術が満載《まんさい》されていることは周知の事実で、なかには奇跡《きせき》に近い技術もあった。

ソフト・ブレイドとジェリーについて（少なくとも技術面については）理解を深めさせ

てくれる相手がいるとすれば、それはエントロピストだろう。そのうえ――キラにとってこれは大事な点だ――エントロピストは無国籍《むこくせき》の組織である。どの政府の管轄《かんかつ》にも属していないのだ。彼《かれ》らは連盟星の自由保有地*69に研究所を持ち、本部はシン・ザー周辺のどこかにあった。ソフト・ブレイドがエイリアンのテクノロジーだとエントロピストが把握《はあく》しても、おそらく彼《かれ》らはそのことをUMCに知らせようとはせず、キラを質問攻《ぜ》めにするだけだろう。

セリスにいたころ、当時の調査チームのボスだったズバーレフに言われたことを思い出した。「もしもエントロピストと世間話をすることがあったら、宇宙の熱的死については話題にしないほうが身のためだぞ、いいな？　それを持ち出したが最後、いつまでも解放してもらえなくなるんだ。半日かそれ以上、長話を聞かされるはめになっちまう。忠告しておくからな、ナヴァレス」

そのことを頭に置きながら、キラはエントロピストの男女の前で足を止めた。「すみません」キラはウェイランドを訪れたエントロピストに紹介《しょうかい》されたときの、七歳《さい》の自分に戻《もど》ったような気分だった。七歳《さい》のキラには彼《かれ》がとても堂々《どうどう》として見えた。肉体と衣類からなる巨大《きょだい》な塔《とう》に見下ろされているようで……

男性と女性は身じろぎし、キラに顔を向けた。

「囚われ人《プリズナー》よ、*70 どうしました？　どういった用件でしょう？」男性が言った。

キラはエントロピストのそこだけが気に入らなかった。かたくなにみんなを〝プリズナー〟と呼ぶところが。この宇宙は理想的とは言えなくても、決して監獄《かんごく》なんかじゃない。どのみち人はどこかに存在するしかないのだ。だったら、ここにいるほうがまだいいかもしれない。

「お話してもいいですか？」キラは尋《たず》ねた。

「もちろん。どうぞお座りなさい」男性が答えた。男性と女性はキラのためにずれて場所をあけた。まるで同じ身体についたふたつの部位みたいに、ふたりの動作は完璧《かんぺき》に揃《そろ》っている。少しして、キラは気づいた。彼《かれ》らは集合精神《ハイブマインド》*71 なのだ。とても小さな集団ではあるが、それでもひとつの意識を共有していることに変わりはない。こういう相手と接するのはずいぶん久しぶりだ。

「こちらはクエスタント・ヴェーラ」*72 男性がパートナーを示して言った。

「こちらはクエスタント・ジョラス」ヴェーラがジョラスの身振《みぶ》りを模倣《もほう》して言った。

「プリズナー、私たちに訊《き》きたいこととはなんでしょう？」

規則的に数字を数える声に耳を傾《かたむ》けながら、キラは考えた。シップ・マインドのグレゴロヴィッチに話を聞かれているかもしれないから、さっき医務室でした話と矛盾《むじゅん》するようなことは言わないように気をつけないと。

「カミンスキーといいます。〈ウォールフィッシュ〉号がドッキングしたシャトルに乗ってました」

ヴェーラがうなずいた。「そうだろうと――」

「――思っていました」ジョラスがしめくくった。

キラはジャンプスーツの前面を撫《な》でつけながら、言葉を選んだ。「ここ三か月の情報に疎《うと》いものだから、いま何が起きているのか把握《はあく》しようとしてるところなんですが。生物工学にはどれぐらい詳《くわ》しいですか？」

ジョラスが答える。「ある人々よりは詳《くわ》しく――」

「――ある人々ほどは詳《くわ》しくありません」ヴェーラが言った。

いかにもエントロピストらしく謙虚《けんきょ》なのね、とキラは思った。「それぞれにタイプの違《ちが》うジェリーを見ていて思ったんですけど、有機体のスキンスーツを作成することは可能でしょうか？　それか有機体のパワードスーツを」

エントロピストたちは顔をしかめた。ふたつの顔に完璧《かんぺき》にシンクロした表情が浮《う》かぶさまは、見ていて気味が悪かった。「珍《めずら》しいスキンスーツなら、あなたはもう体験しているようですが、プリズナー」ジョラスが言った。彼《かれ》とパートナーはソフト・ブレイドを指し示している。

「これ?」なんの変哲《へんてつ》もないスーツだというように、キラは肩《かた》をすくめてみせた。「これは友人が特注してくれたものなんです。やたらすごそうに見えるけど」

エントロピストはキラの説明を黙《だま》って受け入れた。ヴェーラが言う。「ではプリズナー、あなたの質問に答えますと、可能ではあるでしょうけど、それは……」

「実用的ではないでしょう」ジョラスが言葉を継《つ》いだ。

「肉体は金属や、あるいは合成物ほど強靭《きょうじん》ではありません。ダイヤモンドとカーボンナノチューブの化合物に頼《たよ》るとしても、そんなものでは普通《ふつう》の鎧《よろい》のように身を守ることはできないはずです」ヴェーラが話した。

「そういうものに動力を供給するのも困難でしょう」ジョラスが言った。「有機体のプロセスでは、必要な時間枠内《じかんわく》に充分《じゅうぶん》なエネルギーを供給できません。スーパーキャパシタ、バッテリー、小型リアクターなどのエネルギー源が必要です」

「エネルギーのこと以外でも、スーツとその着用者の統合が問題になるでしょう」ヴェーラが言った。

「でもインプラントにはもう有機回路が使われているのに」キラは言った。

ジョラスが首を振《ふ》った。「そういう話ではありません。スーツが有機体だとしたら、スーツが生きているとしたら、相互汚染《そうごおせん》のリスクがつきものだということです」

ヴェーラが言う。「スーツの細胞《さいぼう》が着用者の身体に根付いて、発達すべきじゃないところで発達するかもしれません。自然に形成されるどんな癌《がん》よりも手に負えないものになるでしょう」

「そして同じく」ジョラスがつづける。「着用者の細胞《さいぼう》がスーツの機能を妨《さまた》げることにもなりかねません。そういう結果を避《さ》けるには、それに統合部で着用者の免疫《めんえき》系がスーツを攻撃《こうげき》するのを避《さ》けるには——」

「——着用者のＤＮＡから遺伝子工学でスーツをつくらなければなりません。そうなると、スーツを着用できる人間はそれぞれひとりだけに制限されてしまいます。その点も実用的ではありません」

キラは問いかけた。「じゃあジェリーは——」

「私たちの理解では、有機体のスーツは着用していません」ヴェーラが答えた。「彼《かれ》らの科学が思ったよりも遥《はる》かに発展していないかぎりは」

「なるほど。それと、これまでに発表されていることとは別に、ジェリーの言語について何かわかっていることはないですか？」キラは訊《き》いた。

ヴェーラが返事をする。「残念ながら——」

「――何も」とジョラス。「申し訳ない。このエイリアンに関しては、多くのことが謎《なぞ》のままなのです」

キラは眉《まゆ》をひそめた。うなるように数を数える耳障りで大きな声がまたもや響《ひび》いてきたのだ。キラはいやそうな顔をした。「あの人たちは何をしてるの？　知ってますか？」

ジョラスが鼻を鳴らした。「彼《かれ》らがしているのは、ほかのみんなを辟易《へきえき》させることですよ。私たちは――」

「――彼《かれ》らに声を落としてほしいと頼《たの》みましたが、これでせいいっぱい静かにしているつもりなのでしょう。もしも彼《かれ》らが――」

「このさき協力的にならない場合は、もっと厳しく話をすることになるかもしれません」

「そうですね。でもあの人たちは何者なんですか？」キラは尋《たず》ねた。

「彼《かれ》らはニューマニストです」ヴェーラとジョラスが同時に言った。

「ニューマニスト？」

「入植の初期に火星で始まった宗派です。彼《かれ》らは数字を崇拝《すうはい》しています」

「数字を」

ふたりのエントロピストはそっくりなしぐさで頭をピクリとすばやく動かし、うなずいた。「数字を」

「なぜ？」

ヴェーラがほほえんだ。「何かを崇拝《すうはい》するのはなぜか？　人生の、宇宙の、すべての深い真実がそこに含《ふく》まれていると信じるからでしょう。より具体的に言うならば――」

ジョラスがほほえんだ。「――彼《かれ》らは数えることを信じている。長く数えていけば、すべての数字を数えることができ、ことによると時間が尽《つ》きる最後の最後には、極限の数字を口にすることができるかもしれないと信じている」

「そんなのありえない」

「それは問題ではありません。信仰《しんこう》の対象だということです。いま話しているあの男性はアリスメティスト大司教[*73]、またの名をジギタリス司教[*74]、それは――」

「――とんでもなくお粗末《そまつ》なラテン語ですが。フォックスグローブ主教[*75]とも――」

「――呼ばれています。彼《かれ》は――」

「カレッジ・オブ・イニューマレイター《数を数える人》の補佐たち――彼《かれ》らは自分たちの肩書《かたがき》を好んでいます――と共に、間断なく新たな数字を暗唱しています」ヴェーラが曲げた指一本でニューマニストたちのほうを指した。「彼《かれ》らはエニュメレーション[*76]に耳を傾《かたむ》けることを――」

「信仰《しんこう》上の大切なしきたりの一部と考えています。加えて《プラス》――プラス！――」

「――いくつかの数字はほかの数字よりも大きな意味を持っていると信じています。特定の数字の連続や素数などを含《ふく》む数字のことです」

キラは顔をしかめた。「かなり妙《みょう》に思えるけど」

ヴェーラが肩《かた》をすくめた。「そうかもしれませんね。けれど、彼《かれ》らにとっては心の励《はげ》みになっていて、たいていのことに関してそれ以上のことはわかりません」

と、ジョラスがキラのほうに身を乗り出した。「彼《かれ》らが神をどう定義しているか知っていますか？」

キラは首を振《ふ》った。

「均等に二等分したうちの、大きなほうですよ」エントロピストたちは身体をのけぞらせてくすくす笑っている。「愉《ゆ》快《かい》だと思いませんか？」

「でも……そんなの意味不明だわ」

ヴェーラとジョラスは肩《かた》をすくめた。「信《しん》仰《こう》とは多くの場合そういうものです。さて――」

「――私たちが力になれそうなことで、ほかに何か質問は？」

キラは悲しそうに笑った。「ひょっとして人生の意味を知っているのでなければ」

そう言ったとたんに、エントロピストたちは真に受けるだろうと思い、うかつなことを口走ってしまったと気づいた。

実際そうだった。ジョラスが言った。「人生の意味は――」

「――人それぞれ異なります」ヴェーラが言った。「私たちにとって、人生の意味はシンプルです。それは知識を探求して――」

「――宇宙の熱的死を覆《くつがえ》せるかもしれない方法を見つけることです。あなたにとっての人生の意味は――」

「――私たちにはわかりません」

「そうじゃないかと思っていました」キラはそう言うと、我慢《がまん》できずにこうつづけた。「あなたがたはほかのみんなが異議を唱える多くのことを事実として受け止めてますよね。例えば、宇宙の熱的死もそうですけど」

ふたりは声を揃《そろ》えて答えた。「私たちが間違《まちが》っているのであれば、私たちは間違《まちが》っているのでしょうが、探求するだけの価値はあります。たとえ私たちの信じていることが間違《まちが》いだとしても――」

「――私たちの成功は皆《みな》のためになるでしょう」ジョラスが言った。

キラはうなずいた。「確かにそのとおりですね。気を悪くさせるつもりはなかったんですが」

ふたりは態度をやわらげ、ローブの袖口《そでぐち》を引っ張った。ジョラスが口を開く。「私たちはあなたの力になれるかもしれません、プリズナー。意味は目的から生じ——」

「——目的はさまざまな形で生じるものです」ヴェーラが両手の指を尖塔《せんとう》のように合わせた。驚《おどろ》いたことに、ジョラスはそうしなかった。ヴェーラが言う。「私たちのすべてが、かつて爆発《ばくはつ》した星屑《ほしくず》に由来していることについて、考えたことはありますか？」

ジョラスが言う。「塵から生まれた命《ヴィータ・エクス・プルウィス》」

「私たちは死んだ星の塵《ちり》でできています」

「そのことは知っています。素敵な考えだとは思うけど、関連があるかはわかりません」

キラは答えた。

ジョラスが話す。「関連は——」

「——その考えを論理的に拡大したところにあります」ヴェーラはしばし口をつぐんだ。

「私たちは自覚している。私たちは意識がある。そして私たちは天空と同じものでできている」

「プリズナー、わかりませんか？　私たちは宇宙そのものの心なのです。私たちもジェリーも自我を持つすべての存在も。私たちは己《おのれ》を観察している宇宙なのですよ、観察し学んでいる」ジョラスが言った。

「いつの日か、私たちは宇宙を拡大することによって、この領域を越《こ》えて発展し、必然的に訪れるはずの絶滅《ぜつめつ》の危機から自らを救うことを学ぶでしょう」ヴェーラが話した。

キラは言う。「この宇宙の熱的死を免《まぬが》れることによって」

ジョラスがうなずく。「まさに。けれど肝心《かんじん》なのはそのことではありません。肝心《かんじん》なのは、この観察と学びという行為《こうい》が私たち皆《みな》に共通する過程だということです――」

「――それを自覚していようといまいと関係なく。従って、それは私たちが行うすべてのことに目的を与《あた》えるのです、たとえ――」

「――どんなに些細《ささい》に思われることでも、そしてその目的から意味が生まれます。宇宙それ自体はどうかというと、あなたの精神を通じて意識を与《あた》えられることで――」

「――あなたのあらゆる痛みや心配を認識しています」ヴェーラはほほえんだ。

「ならば慰《なぐさ》めを見いだせるでしょう、人生で選択《せんたく》するどんなことにも、あなたの理解を越《こ》えた重要な意味があるのだから。宇宙規模とも言えるほど重要な意味が」

「ちょっと買いかぶりすぎじゃないかしら」キラは言った。

「ことによると」ジョラスが答えた。「けれど――」

「――それはまた真実であるかもしれない」ヴェーラが言った。

キラは両手を見下ろした。抱《かか》えている問題は依然《いぜん》として変わらないけれど、なぜかいまではもっと扱《あつか》いやすく感じられる。自分が宇宙の意識の一部だという考えは、かなり抽象《ちゅうしょう》的な観念ではあるが、心を慰《なぐさ》めてくれるものだった。自分がどんな行動を起こそうと――たとえふたたびUMCに隔離《かくり》されることになるとしても、自分の身にどんなことが起きようと――自分という存在をはるかに超《こ》えた大義の一部であることに変わりはないのだ。その事実は、誰《だれ》もキラから奪《うば》うことはできない。

「ありがとうございました」キラは心からの感謝を伝えた。

エントロピストたちは頭を少し下げて額に指先を当てた。「いつでもどうぞ、プリズナー。あなたの進む道がいつも知識へと導いてくれますように」

「自由に通じる知識へと」キラはその言い回しをしめくくった。彼《かれ》らにとっての自由とキラにとっての自由の定義は違《ちが》うが、その言葉はありがたく思えた。

キラは枠箱《わくばこ》のあいだの居場所に戻《もど》り、オーバーレイを開くと、決意を新たにまた情報を調べはじめた。

4

船内に夜が訪れ、貨物室の明かりは暗くなり、かすかな赤い光が照らしているだけだ。

キラは寝《ね》つけずにいた。頭が冴《さ》えていて、〈ワルキューレ〉号であれほど長期間を過ごしてきたことから、身体も休まらずにいる。おまけに、歓迎《かんげい》すべきことでもあるのだが、ふたたび重力を感じるようになったことにまだ慣れていない。甲板《かんぱん》に押《お》しつけられている頰《ほほ》やお尻《しり》が痛かった。

キラはチェッター少佐のことを考え、調査チームのみんなについて思いを巡《めぐ》らせた。UMCが生存者たちを解凍《かいとう》してくれているといいのだけど。クライオに入った状態を長くつづけすぎるのはよくない。ある時点を過ぎると、消化やホルモン生成といった基本的な生体内作用が乱れはじめてしまうのだ。ジェナンはクライオのあとの吐《は》き気に苦しむことが多かったし……。

ようやくキラは眠《ねむ》りに落ちたが、心を悩《なや》まされ、いつもより鮮《あざ》やかな夢を見た。子どものころの自分が家にいる夢——何年も思い出すことのなかった古い記憶《きおく》だけれど、まるで時間が巻き戻《もど》されているみたいに生々しく鮮明《せんめい》に感じられた。西側の温室に並んだ植物のあいだを通り抜《ぬ》けて、キラは妹のイサーを追いかけていた。イサーはかん高い声をあげて両手を振《ふ》りながら走り、茶色いポニーテールがうなじで跳《は》ねている……。父さんはアロシト・アフマド*77をつくっている。父さんの家族が地球から移住するときにサン・アマーロ*78から伝えた料理で、裏庭に炉《ろ》があるのはこれだけのためだった。砂糖のための灰、お米のための砂糖。それは昔を思わせる味がするから、キラの好物だった……。次にキラの意識はもっと最近の出来事に切り替《か》わった。アドラステイアとアラン、そしてジェリーに対して抱《いだ》く不安に。重なり合う記憶《きおく》の寄せ集めだ。

アランが言っていた。「スキャンしてみてくれないかな？　サンプルも採取できないか？」

そしてネガーが。「そ、そんなもの、のためにユーゴのシナモンロールを諦《あきら》めるっていうの？」

そしてキラは前と同じように答えた。「ごめん、でもわかるでしょ」……わかるでしょ……

基地でクライオから目覚めたあと。アランがキラを抱《だ》きしめていた。「ぼくのせいだ。あの岩を調べてくれなんて頼《たの》むべきじゃなかった。本当にごめん」

「やめて、謝らないで」キラは言った。「誰《だれ》かがやらなきゃいけなかったんだから」

どこかでトゥダッシュ・アンド・ザ・ボーイズが吠《ほ》えるように歌っている。「ドアをふさぐものは何もない。ねえ、ドアをふさぐものは何も。ベイビー、ドアをノックしているものは何？」

キラは心臓をバクバクさせながら冷《ひ》や汗《あせ》をかいて目を覚ました。まだ夜中で、眠《ねむ》っている何百人という人々の寝息《ねいき》が白色雑音《ホワイトノイズ》のように貨物室を満たしている。

キラも長々《ながなが》と息を吐《は》き出した。

誰《だれ》かがやらなきゃいけなかったんだから。キラは身震《みぶる》いし、片手で頭を撫《な》でつけた。そのつるりとした感触《かんしょく》に、いまだにぎくっとしてしまう。

「誰《だれ》かが」キラはつぶやいた。ふいにアランの存在を近くに感じ、胸がいっぱいになって目を閉じる。一瞬《いっしゅん》、彼《かれ》のにおいがする気がして……。

アランならどうするか、キラにはわかった。キラがどうすることをアランが望むか。キラは鼻をすすり、涙《なみだ》を拭《ふ》いた。ふたりとも好奇心《こうきしん》に突《つ》き動かされて星へと旅してきたが、その好奇心《こうきしん》を満たすなかで、相応の責任を負う必要があった。キラのほうがアランよりさらにその責任は大きかった――宇宙生物学者は地質学者よりも危険な職業だから――とはいえ、とにかく事実は変わらなかった。未知の世界に踏《ふ》み込《こ》んでいく者には、残してきた者たちを守るという義務がある。なじみある境界線のなかで暮らしている者たちを。

エントロピストたちのひと言が、キラの頭のなかでこだましている。意味は目的から生じる……そのとき、キラは自分の目的を悟《さと》った。ジェリーの言葉を理解する能力を使って、種族間の和平調停を行うことだ。あるいは、それがうまくいかなければ、連盟がこの戦争に勝利できるよう協力することだ。

ただし、自分の望むやり方で。もしルスラーンに行けば、連盟はキラをふたたび隔離《かくり》するだけで、それでは誰《だれ》のためにも（特にキラ自身のために）ならないはずだ。そう、研究室に閉じ込《こ》められてペトリ皿の上の微生物《びせいぶつ》みたいに精査されるのではなく、現場に出なければ。ジェリーのコンピューターと交信して、できるだけデータを引き出せるところにいなければ。ジェリーと話ができればなおよいけれど、安全なやり方で対話するのは難しそうだ。少なくとも、いまはまだ。ジェリーの船にある送信機が手に入れば、状況《じょうきょう》は変わるかもしれない。

心は決まった。朝になったら、ルスラーンより近くにある港に行き先を変えることについて、ファルコーニと話してみよう。調査のためジェリーのテクノロジーを回収してあるところ、あるいは――都合よく事が運べば――故障したジェリーの船に乗り込《こ》めそうな場所へ。ファルコーニは簡単には聞き入れてくれないだろうけれど、きっと説得できるはずだ。道理をわきまえた人間なら、キラが伝えようとしていることの重大さを無視できるわけがなく、ファルコーニは厳しい男ではあるが、道理は充分《じゅうぶん》わきまえているように思われた。

キラは決意を新たに目を閉じた。たとえ間違《まちが》いであっても、ジェリーを止めるために最善を尽《つ》くそう。

そうすれば家族を守れ、アドラステイアで起きたことの罪滅《つみほろ》ぼしができるかもしれない。

Assumptions

第3章　仮定

1

貨物室が明かりに照らされたとき、キラは顔以外の至るところを細かい粉塵《ふんじん》の層で覆《おお》われていた。昨日は食事をしていたので、こうなるだろうと思っていた。幸い粉塵《ふんじん》はほとんどブランケットで隠《かく》れていて、どうにかイナーレにも誰《だれ》にも気づかれずにパウダーを払《はら》い落とすことができた。

オーバーレイを作動させ、ジェリーの船の動向を確認する。ぞっとする状況《じょうきょう》だった。カレリンのそばにいる二艘《そう》のジェリーの船は、その近辺の貨物運送業者への攻撃《こうげき》をまだつづけていて、エイリアンはカレリンの小さな入植地に軍を上陸させたと噂《うわさ》レベルだが報告が上がっている。それと同時に、小惑星《しょうわくせい》帯のジェリーはチェロメイの高速低空飛行船を打ち破ったあと、鉱石加工会社を六つ破壊《はかい》していた。ジェリーはハブリングを機銃掃射《きじゅうそうしゃ》し、大半の基地の防備を銃撃《じゅうげき》すると、また別の採鉱設備への攻撃《こうげき》に移っていった。

基地の損害は一見ひどい有様だったが、ほとんどは表面だけだった。構造的には大きなダメージを受けていないようだ。これにはホッとした。もしもハブリングが粉砕《ふんさい》されていたら……老いも若きも何千という人々が宇宙空間に投げ出されるさまを想像して、キラはぶるっと身を震《ふる》わせた。これほど悲惨《ひさん》で恐《おそ》ろしいことはそうそうない。キラが見ているうちにも、三艘《そう》の輸送船が避難《ひなん》するべくばらばらにチェロメイから飛び立っていった。

キラはシグニBに注意を移し、ある見出しをタップした。夜のあいだにジェリーの船の一艘《そう》が爆発《ばくはつ》し、飛び散ったデブリと硬《こう》放射線を残していた。

〈叫《さけ》ぶ二枚貝〉と名乗る鉱山労働者のグループが、自分たちのしたことだと公言していた。彼《かれ》らはジェリーの船のところまでドローンを飛ばして爆破《ばくは》し、密閉されていた内部を破壊《はかい》したらしい。

エイリアンの船の破壊《はかい》は、この戦争の全体像から見ればささやかな功績ではあるが、キラは心を励《はげ》まされた。ジェリーは優位に立っているけど、だったらなによ、人間はあっさりやられたりしないんだから。

とはいえ、この惑星《わくせい》系全体が攻撃《こうげき》を受けていることに変わりはない。貨物室のそこかしこで、破壊《はかい》されたジェリーの船やチェロメイ（避難民《ひなんみん》の多数がここから来ているようだ）の状況《じょうきょう》についてみんなが話し合っているのが聞こえた。

キラはニュースを閉じて――つづいているおしゃべりも無視して――ファルコーニに降ろしてもらえそうな場所を探しはじめた。いまジェリーの攻撃《こうげき》を受けていない、比較的《ひかくてき》近いところを。選択肢《せんたくし》はあまりなかった。ツィオルコフスキーの軌道《きどう》の先にある小さなハブリング。カレリンのラグランジュ点L3に配置された燃料プラント。この星の第四の惑星《わくせい》であるグロズヌイの研究基地……。

キラはマルパート・ステーションに即決《そっけつ》した。最内部の小惑星帯《しょうわくせい》のなかにある小さな採《さい》掘施設《くっしせつ》だ。61シグニにはこうした小惑星帯《しょうわくせい》がふたつあり、〈ウォールフィッシュ〉号は現在その中間にいた。このステーションがよさそうだと思った理由はいくつかある。会社がそこに代理人を駐在《ちゅうざい》させていたし、UMCSの巡洋艦《じゅんようかん》〈ダルムシュタット〉号を含《ふく》め、いくつかのUMCの船が施設《しせつ》を防護していたのだ。

キラは会社とUMCを対抗《たいこう》させて、自分をジェリーの船に乗せるよう、どちらか、あるいは両者を説得できるかもしれないと思っていた。それに必死になってエイリアンとの戦いに従事しているUMCの司令官は、キラがルスラーンやヴィーボルグ・ステーションで公式に机から離《はな》れられなくなるよりも、彼女《かのじょ》が提供しようとしているものの価値を認めるのではないかと思えた。

いずれにしても、これが最良の策だ。

自分が冒《おか》そうとしているリスクを思い浮《う》かべ、キラは躊躇《ちゅうちょ》した。わたしがやろうとしていることは期待はずれに終わるかもしれず、あらゆる恐《おそ》ろしい結果をもたらしかねない。けれど、思い直して肩《かた》をいからせた。かまうものか。神経過敏《かびん》の発作ぐらいで諦《あきら》めるつもりはないんだから。

オーバーレイの片隅《かたすみ》にフラグが現れ、新着メッセージがあることを知らせた。

おお雑多な胃袋《いぶくろ》よ、なぜ塵《ちり》をまき散らしているのだ？　きみの生成物が私のフィルターを詰《つ》まらせているのだが。

——グレゴロヴィッチ

キラの顔に不敵な笑みが浮《う》かんだ。そう、どのみちソフト・ブレイドを秘密にしておくことはできないわけね。キラは声を出さずに返事を書いた。

まあ、まあ。そんなに簡単に答えを教えると思わないで。

すぐにでも船長と話をさせてほしいんだけど。内々《うちうち》に。生死にかかわる問題なの。

――キラ

少しすると返信が表示された。

その傲慢《ごうまん》さに興味をそそられるね。きみのニュースレターの購読契約《こうどくけいやく》をしたいものだ。

――グレゴロヴィッチ

キラは顔をしかめた。つまりイエスってことなの、それともノー？

どちらかわかるまで、大して時間はかからなかった。五分と経たず、以前もうひとつの貨物室で見かけた背の低いブロンドの女性が戸口に姿を現した。女性は袖《そで》を切り落としたオリーブ色のジャケットを着ていて、遺伝子操作か、長年にわたるウエイトトレーニングと食事制限のたまものである筋肉の盛り上がった腕《うで》を見せている。それとは裏腹に顔立ちは鋭《するど》く繊細《せんさい》で、女らしいとさえ言える。肩《かた》には不格好なスラッグスローワーを下げている。

女性は唇《くちびる》に二本の指を当てて口笛を吹《ふ》いた。「オイ！　カミンスキー！　こっちへ来い。キャプテンがあんたに会いたがってる」

キラは立ちあがり、みんなの視線を浴びながらドアのほうへ向かった。女性はキラを一《いち》瞥《べつ》すると、外の通路に顎《あご》をしゃくった。「先に行け、カミンスキー」

気密扉《とびら》が閉まるとすぐに女性は言った。「両手が見えるようにしておきな」

キラはおとなしく従い、中央シャフトをのぼった。コンタクトレンズを入れているおかげで、船の公共のオーバーレイがいまは認識できている。ドアや壁《かべ》、電灯などにカラフルな映像が投影《とうえい》されていて、時には空中にまで映し出されていた。おかげで〈ウォールフィッシュ〉号の薄汚《うすよご》れた内装は、輝《かがや》きを放つ現代風の建築様式に変貌《へんぼう》を遂《と》げている。

デザインの選択肢《せんたくし》はほかにもあった。順番に切り替《か》えていくと、シャフトの様子が次から次へと変わっていく。お城のような見た目、木々《きぎ》に囲まれたアールヌーボー建築、なじみのない景色（ぬくもりの感じられる心地よいものもあれば、嵐《あらし》に襲《おそ》われて時々稲妻《いなずま》が光っているものもある）、さらにはキラにソフト・ブレイドの不安な存在を思い知らせる抽《ちゅう》象《しょう》的なフラクタル構造の悪夢まで。

グレゴロヴィッチのお気に入りは最後のやつだという気がする。

結局キラが選んだのは最初のオーバーレイだった。いちばんごちゃごちゃしてなくて、比較的《ひかくてき》明るく楽しそうな雰囲気《ふんいき》もあったから。

「あなた、名前はあるんでしょ？」キラは尋《たず》ねた。

「ああ。〝つべこべ言わずに進みつづけろ〟って名前がね」

医務室のあるデッキに差し掛《か》かると、女性はキラの背中をついて言った。「ここだよ」

キラは梯子《はしご》をおりると、気密扉《とびら》をくぐり抜《ぬ》け、向こう側の通路に出た。と、壁《かべ》のオーバーレイを目にして立ち止まる。昨日、気にしないでとトリッグが言っていた、あの壁《かべ》だ。たっぷり二メートル分の壁《かべ》板が画像で覆《おお》われていた。画像のなかでは、戦争で荒廃《こうはい》した原野を、パワードスーツで武装したジャックウサギの大軍が、同じように装備した軍勢（こちらもジャックウサギ）に突撃《とつげき》している。近いほうの軍勢を率いているのは……豚《ぶた》のランシブルで、ここでは二本のイノシシの牙《きば》が装飾《そうしょく》として加えられている。反対側に立ちはだかっているのは、ほかならぬシップ・キャットのミスター・ファジーパンツで、ふわふわした両方の前足で火炎放射器《かえんほうしゃき》をふるっている。

「いったいなんだっていうの？」キラは言った。

鋭《するど》い顔立ちの女性は、さすがにばつの悪そうな表情を浮《う》かべていた。「〈イコラウス・サン〉号のクルーとバーで賭《か》けをして負けたんだ」

「それは……もっとひどいことになっていてもおかしくなかったわね」バーでの賭《か》けにしては、まだマシな罰《ばつ》ゲームで済んでいる。

女性はうなずいた。「こっちが勝ってたら、キャプテンがあいつらに描《え》かせようとしたのは――まあ、知らぬが華《はな》だね」

キラも同感だった。

スラッグスローワーの銃身《じゅうしん》でぐいと突《つ》かれると、キラはまた通路を進みはじめた。両手を頭の上に上げておくべきだろうか。

船の反対側にある気密扉《とびら》のところまで来ると、ふたりは足を止めた。女性が扉《とびら》の中央についたホイールを叩《たた》くと、すぐにファルコーニの声が聞こえてきた。「あいてるよ」

女性がホイールを回すと、がちゃんと小気味よい音がした。

扉《とびら》が開き、キラはそこが管理室ではなく船室だったことに驚《おどろ》いた。正確に言えば、ファルコーニの船室。

家具にぶつからずに二、三歩進める程度の広さだ。オーバーレイがあっても簡素なことこの上ない寝台《しんだい》、シンク、ロッカー、壁《かべ》。作りつけのデスクの上に、ひとつだけ装飾品《そうしょくひん》が置かれている。S字型に曲がった幹に銀灰《ぎんかい》色の葉をつけた、ふしくれだった盆栽《ぼんさい》だ。

キラはつい感心してしまった。船の上で盆栽《ぼんさい》を枯《か》らさずに育てるのは難しいのに、この木は元気そうで手入れが行き届いている。

船長はホロディスプレイに六つほどのウインドウを並べて開き、デスクの前に座っていた。

シャツのボタンは上からいくつかはずしてあり、日焼けした筋肉がVの字に覗《のぞ》いているが、キラが目を引かれたのは袖《そで》まくりしてむきだしになった前腕《ぜんわん》だ。露出《ろしゅつ》した肌《はだ》はまだらな瘢痕《はんこん》組織だらけでねじれている。硬《かた》そうに光っていて、部分的に溶《と》けたプラスチックみたいだ。

キラは真っ先に嫌悪感《けんおかん》を覚えた。なんでなの？　火傷《やけど》やよくある傷なら、簡単に治療《ちりょう》できるのに。医療施設《いりょうしせつ》のない場所で怪我《けが》をしたんだとしても、ファルコーニはどうしてあとで傷跡《きずあと》を除去しようとしなかったの？　なんで彼《かれ》は自分の姿を……醜《みにく》くしたままでいようとするの？

ファルコーニの膝《ひざ》の上にはランシブルが寝《ね》そべっていた。豚《ぶた》は半ば目を閉じ、船長に耳の後ろを掻《か》いてもらって満足そうに尻尾《しっぽ》を振《ふ》っている。

船長の横にはニールセンが立ち、腕組《うでぐ》みしていらだたしそうな表情を浮《う》かべている。

「俺《おれ》に用だって？」キラの不快そうな顔を見て楽しんでいるように、ファルコーニは薄《うす》ら笑いを浮《う》かべた。

キラはファルコーニに対する第一印象を改めた。傷跡《きずあと》を利用してこっちの調子を狂《くる》わせようとしているのであれば、思ったよりも頭が切れて危険な相手だ。盆栽《ぼんさい》を取ってみても、教養があることもうかがえる。人を食い物にする嫌《いや》なやつであっても。

「ふたりだけで話がしたいんだけど」キラは言った。

ファルコーニはニールセンとブロンドの女性のほうを身振《みぶ》りで示した。「言いたいことがなんであれ、彼女《かのじょ》たちの前で言えばいい」

キラは腹を立てて言い返した。「真面目な話なのよ……キャプテン。生死にかかわる問題だってグレゴロヴィッチに伝えたのは、冗談《じょうだん》でもなんでもない」

ファルコーニの口元に浮《う》かんだ嘲《あざけ》るような笑みは消えなかったが、その目は鋭《するど》く尖《とが》った青いつららみたいに険しくなった。「ミズ・カミンスキー、きみを信じるよ。だが、俺《おれ》が立会人なしにひとりできみと面談すると思ってるなら、俺《おれ》は生まれながらの間抜《まぬ》けだと思われてるってことだ。彼女《かのじょ》たちはここに残る。これは決定事項《じこう》だ」

キラの背後であの筋肉質の女性がスラッグスローワーを握《にぎ》りなおす音が聞こえた。

キラは唇《くちびる》を引き結び、この状況《じょうきょう》を打開できるだろうかと考えた。その方法はなさそうで、ついにキラは降参した。「いいわ。せめてドアだけでも閉めてもらえない？」

ファルコーニはうなずいた。「それぐらいならいいだろう。スパロー？」

キラを連れてきた女性は気密扉《とびら》を閉めたものの、留め金をせず錠《じょう》はあけたままにしていた――緊急時《きんきゅうじ》にすぐ開くように。

「で？　話っていうのは？」ファルコーニが訊《き》いた。

キラはひとつ息を吸い込《こ》んだ。「わたしの名前はカミンスキーじゃない。本当はキラ・ナヴァレスよ。それに、これはスキンスーツじゃない。エイリアンの生命体なの」

2

ファルコーニが大声で笑い出したせいで、ランシブルは落ち着きをなくした。鼻を鳴らして、心配そうな顔で主人を見上げている。

「そう来たか。やってくれるね。笑わせてもらったよ、ミズ……」が、キラの表情をまじまじ見ると、ファルコーニの顔から笑みが消えた。「本気で言ってるのか」

キラはうなずいた。

横でカチッと音がして、スパローがキラの頭にスラッグスローワーの狙《ねら》いを定めているのが目の端《はし》に見えた。

「やめておいたほうがいい」キラは硬《かた》い声で言った。「本当に、すごくまずいことになるから」もうソフト・ブレイドが反応しかけているのが全身に感じ取れた。

ファルコーニが片手を振《ふ》ると、スパローはしぶしぶ銃《じゅう》をおろした。「証明してみせろ」

「証明って何を？」キラはとまどった。

「それがエイリアンの産物だってことを証明しろ」ファルコーニはキラの腕《うで》を指さして言う。

キラは躊躇《ちゅうちょ》した。「撃《う》たないって約束してくれる？」

「それは状況《じょうきょう》によりけりだ」スパローがうなるように言った。

キラはスーツのマスクがするすると顔を覆《おお》っていくよう強《し》いた。みんなを怖《こわ》がらせないよう、いつもよりゆっくりやったが、それでもファルコーニは身をこわばらせ、ニールセンはホルスターからブラスター銃《じゅう》を抜《ぬ》きかけた。

ランシブルはうるんだ大きな目でキラを見ていた。鼻をフンフン動かして、キラのいるほうのにおいをかいでいる。

「まさか」スパローがつぶやいた。

数秒後、キラは目的を達すると、ソフト・ブレイドの緊張《きんちょう》をゆるめた。マスクは引っ込《こ》んでいき、キラの顔が元どおりあらわになる。肌《はだ》を覆《おお》うものがなくなって、船室の空気がひんやりと感じられた。

ファルコーニは身じろぎもしなかった。ぴくりともしない。キラは不安になった。ファルコーニがわたしを宇宙に放り出すだけで済ませてしまったら？

と、彼《かれ》は口を開いた。「説明してくれ。しっかり納得のいくようにな、ナヴァレス」

それでキラは話を始めた。ほとんどは真実を伝えたけれど、アドラステイアでアランやチームメイトたちを殺したのがソフト・ブレイドだということは認めず、ジェリーの襲撃《しゅうげき》を受けたせいにした――ファルコーニを怖《こわ》がらせないためでもあり、この件で自分が果たした役割について話し合いたくなかったからでもある。

キラが話し終えると、船室は長い沈黙《ちんもく》に包まれた。

ランシブルがブーブー鳴いて身をくねらせ、降りようとしている。ファルコーニは豚《ぶた》を床《ゆか》に降ろし、ドアのほうへと押《お》しやった。「出してやれ。トイレに行きたがってる」

スパローがドアをあけ、豚《ぶた》はキラの脇《わき》をちょこちょこと走っていった。

スパローがまたドアを閉めると、ファルコーニが呼びかけた。「グレゴロヴィッチ？」

少しして、天井からシップ・マインドの声が聞こえてきた。「彼女《かのじょ》の話の内容を確認。ひとりのキラ・ナヴァレスがアドラステイアの調査任務に上級宇宙生物学者として派遣《はけん》されたことが報道されている。同じナヴァレスが輸送船〈フィダンザ〉号の乗務員名簿《めいぼ》に記録されていた。生体認証は公式記録と一致《いっち》している」

ファルコーニは腿《もも》をトントンと指で叩《たた》いた。「このゼノに感染力がないのは確かなんだな？」この質問はキラに向けられていた。

キラはうなずいた。「じゃなければ、残ったチームの仲間たちも〈酌量《しゃくりょう》すべき事情〉号のクルーも感染していたはず。UMCは徹底的《てってい》にわたしの検査をしたのよ、キャプテン。感染が広がるリスクは少しも見つからなかった」これも真実ではないけれど、必要な嘘《うそ》だ。

ファルコーニは難しい顔をした。「とはいっても……」

「これはわたしの専門分野よ。信じて、リスクについては人一倍理解してる」

「わかったよ、ナヴァレス、それが事実だとしよう。すべてが事実だとしよう。きみはエイリアンの廃墟《はいきょ》を発見し、この生命体を見つけた。すると数週間後にジェリーが現れて銃《じゅう》撃《げき》を始めた。そういうことで合ってるか？」

気まずい沈黙《ちんもく》がつづいた。「ええ」キラは答えた。

ファルコーニはキラが不安になるほどじっと見つめながら、頭を後ろにそらした。「どうやらきみは自分で認めているよりも、この戦争に大きく関わっているようだな」

その言葉はキラの痛いところを突《つ》いてきた。まいった。ファルコーニがこれほど切れ者じゃなければよかったのに。「それはわからない。わかっているのは、いま話したことだけよ」

「ふん。で、どうして俺《おれ》たちに話そうと？」ファルコーニは膝《ひざ》に肘《ひじ》をつき、前のめりになった。「具体的には何が望みだ？」

キラは唇《くちびる》を舐《な》めた。ここからは特に慎重《しんちょう》に進めないと。「〈ウォールフィッシュ〉号の進路を変えて、マルパート・ステーションで降ろしてほしいの」

ファルコーニは今度は笑わなかった。ニールセンと目配せを交わすと、こう答えた。

「貨物室にいる連中はひとり残らず、ルスラーンに行くために支払《しはら》いをしてる。なんでいまさら進路を変えなきゃならない？」

ファルコーニが〝支払《しはら》い〟という言葉を使ったのに対し、キラは言い返したくなるのを我慢《がまん》した。いまは対立している場合じゃない。キラは慎重《しんちょう》に言葉を選んだ。「なぜって、わたしにはジェリーの言葉がわかるから」

ニールセンが眉《まゆ》を上げた。「なんですって？」

キラは〈酌量《しゃくりょう》すべき事情〉号でジェリーと遭遇《そうぐう》したときの経験を話し聞かせた。ソフト・ブレイドの記憶《きおく》と夢については話さずにおいた。正気じゃないと思われたらどうにもならない。

「なんでルスラーンじゃだめなわけ？」スパローがしゃがれ声で問いただした。

「ジェリーの船に乗り込《こ》みたいから。それにはいまが絶好のチャンスなの。ルスラーンに行ったら、連盟のせいでまた身動きが取れなくなってしまう」

ファルコーニは顎《あご》をポリポリ掻《か》いた。「それだけじゃ進路を変えなきゃならない理由の説明にはならない。もちろん、きみの話が真実なら、こいつは一大事だ。しかし七日間というのは、この戦争でどちらが勝つかを左右するほどの違《ちが》いはないだろう」

「そうとは言い切れない」キラは言い返したものの、ファルコーニは納得していないのがわかった。そこでやり方を変えることにした。「ねえ、マルパートにはラプサン社の代表がいるの。わたしを彼《かれ》のところに連れていってくれたら、会社はあなたの協力に対してかなりの謝礼を支払《しはら》うはずよ」

「本当か？」ファルコーニは眉《まゆ》を上げた。「かなりとは、どれぐらいだ？」

「ほかに類のないエイリアンの技術を手に入れるという特権に対して？　反物質《アンチマター》を必要なだけ買えるぐらいの金額でしょうね」

「そんなに？」

「ええ。そうよ」

ニールセンが腕組《うでぐ》みをほどき、低い声で言う。「マルパートはそんなに遠くないわ。数日あれば着くし、そのあとみんなをルスラーンに連れていくこともできる」

ファルコーニはうなった。「進路を変えたことでヴィーボルグにいるUMCのお偉《えら》いさんたちに文句をつけられたら、どうすりゃいい？　連中は〈ワルキューレ〉号に乗ってた全員を確保しようと躍起《やっき》になってる」この船の送信機を使えるものなら使ってみろとキラに挑《いど》むように、ファルコーニは感情のこもらないふてぶてしい口調で言った。

キラは彼《かれ》をじっと見つめた。「船の何かが故障して助けが必要になったと言えばいい。きっと彼《かれ》らは信じるはずよ。作り話ならお手のものでしょう」

スパローが鼻を鳴らし、ファルコーニの口の端《はし》にうっすらと笑みが浮《う》かんだ。

「いいだろう、ナヴァレス。取引成立だが、ひとつだけ条件がある」

「なんなの？」キラは警戒《けいかい》した。

「ヴィシャルの検査をちゃんと受けるんだ」ファルコーニの顔から完全に表情が消えた。「ドクが問題なしと診断《しんだん》しないかぎりは、そのゼノを俺《おれ》の船に乗せておくつもりはない。いいな？」

「いいわ」いずれにしても選択《せんたく》の余地はほとんどなかった。

船長はうなずいた。「じゃあ決まりだ。謝礼の件をごまかそうとするなよ、ナヴァレス」

3

スパローはキラをファルコーニの船室から医務室へとまっすぐ連れていった。ヴィシャルは防護服で完全装備して待ちかまえていた。

「ドク、ほんとにそこまでする必要がある？」スパローが尋《たず》ねた。

「それはこれからわかる」ヴィシャルは答えた。

キラには医師が怒《おこ》っているのがわかった。ヘルメットのバイザー越《ご》しに、こわばった険しい表情が見える。

キラは言われる前に診察台《しんさつだい》に飛び乗った。空気をやわらげなければと思い、話を切り出す。「封《ふう》じ込《こ》めの規則を破ってごめんなさい、でもこのゼノが感染する危険はないと思ったから」

ヴィシャルはシンクの下にしまってあった旧型で不格好な実験チップをまず取り出し、仕事に必要な道具をせっせと集めていく。「それは確実とは言えないだろう。きみは宇宙生物学者じゃないのか、どうだ？　しかるべき手順に従うという分別をわきまえるべきだったのに」

ヴィシャルの非難はグサッときた。確かにそのとおりだ、でも……。彼《かれ》の言うことは間《ま》違《ちが》っていないけど、それでも自分には大して選択肢《せんたくし》がなかったのだから。キラはその思いを口にはしなかった。議論するためにここにいるわけじゃない。

待っているあいだ、キラは診察台《しんさつだい》の足元に作りつけられた引き出しに踵《かかと》を打ちつけていた。スパローは戸口に居残ったまま様子を眺《なが》めている。

「あなたはこの船で具体的に何をしてるの？」キラは彼女《かのじょ》に尋《たず》ねた。

スパローは無表情を崩《くず》さずにいる。「重い物を持ち上げて降ろしてる」そう答えると、左腕《ひだりうで》を上げて上腕二頭筋《じょうわんにとうきん》と三頭筋に力を込《こ》め、筋肉を見せつけた。

「なるほどね」

その後、ヴィシャルはキラにいくつもの質問をつづけて問いかけた。キラはできる限りしっかり答えた。質問に答えることへのためらいはなかった。科学は尊重すべきものであり、この医師は自分の仕事を全うしようとしているだけだとわかっていたから。

ヴィシャルに要請《ようせい》されて、キラはソフト・ブレイドを自在に操って表面をさまざまな形に強化できることを示してみせた。

次に医師は頭上に設置されたメディボットの操作画面をタップした。金属製の折り紙みたいにメカニカルアームを広げながらマシンがこちらに近づいてくると、〈酌量《しゃくりょう》すべき事情〉号の独房《どくぼう》と壁《かべ》に据《す》えつけられたＳ‐ＰＡＣがまざまざと思い出され、キラは思わず身をすくめた。

「じっとして」ヴィシャルが鋭《するど》い声で命じた。

キラはうつむき、呼吸に集中した。ソフト・ブレイドが想像上の脅威《きょうい》に反応してメディボットをばらばらにしてしまう、そういう事態は絶対に避《さ》けたい。そんなことになれば、ファルコーニ船長は怒《いか》り心頭に発するだろう。

それから二時間かけて、ヴィシャルはカーがしたように、いや、それ以上にさまざまな方法でキラの検査をした。彼《かれ》は実にクリエイティブな医師のようだ。メディボットがキラの身体の周りを動き回り、押《お》したり突《つ》いたり広範囲《こうはんい》にわたってプログラミングされたあらゆる診断《しんだん》をしているあいだに、ヴィシャルは独自の検査を行っていた。キラの耳、目、鼻を覗《のぞ》いたり、実験チップで調べるために綿棒でこすり取ったり。たいていはキラを落ち着かなくさせるものだった。

診察《しんさつ》のあいだじゅう、ヴィシャルはヘルメットをかぶったままで、バイザーも閉じてロックをかけてあった。

会話はほとんどなかった。ヴィシャルが指示を与《あた》え、キラはなるべく文句を言わずに従った。この試練を終わらせたい一心だった。

ある時点でお腹が鳴り、まだ朝食を食べていなかったことを思い出した。ヴィシャルが気づき、すぐさま近くの戸棚《とだな》からレーションバーを取ってキラに差し出した。キラがバーをかじって飲み込《こ》む様子を、ヴィシャルは興味深そうに鋭《するど》い目で見つめている。

「興味深いな」医師はキラの口元に実験チップを掲《かか》げ、表示された結果を眺《なが》めながらつぶやいた。

それからずっと、ヴィシャルは曖昧《あいまい》な独り言をつぶやきつづけていた。「……3パーセント拡散」とか、「ありえない。となると……」とか、「アデノシン三燐酸《さんりんさん》？　どういうことだか……」とか。キラには理解できないことばかりだ。

最後にヴィシャルは言った。「ミズ・ナヴァレス、やはり血液検査をする必要がある。しかし採血できそうな場所は——」

「顔だけね」キラはうなずいた。「わかってる。どうぞ、気にせずにやるべきことをやって」

ヴィシャルはためらっている。「頭や顔には採血に適した場所がないし、多くの神経が傷つきかねない。そのスーツが命令に従って反応するのを見せてくれただろう？」

「多少だけど」

「だが、動かせるはずだ。そこで訊《き》きたい。どこか別の場所の皮膚《ひふ》が露出《ろしゅつ》するように動かすことはできないかね？　ここととか？」医師はキラの肘《ひじ》の内側を軽く叩《たた》いた。

キラはその考えに不意を突《つ》かれた。これまで試してみようと思ったこともなかった。

「それは……どうかしら」キラは正直に答えた。「もしかすると、できるかも」

戸口でスパローがガムの包み紙を剝《は》がして口に放り込《こ》んだ。「だったら試してみなよ、ナヴァレス」そう言うと、ガムを膨《ふく》らませていき、大きなピンク色の風船はやがて派手な音を立てて破裂《はれつ》した。

「少し時間をちょうだい」キラは言った。

医師はスツールに腰《こし》かけて待っている。

キラは肘《ひじ》の内側に意識を集中し――これまでにないほど必死に――意志の力で強いた。

スーツの表面が反応してチラチラ光った。さらに強く念じると、微光《びこう》はさざなみになり、キラの第二の皮膚《ひふ》の繊維《せんい》は溶《と》けあって黒いガラス状の面を形成した。

それでもソフト・ブレイドは、光沢《こうたく》ある液体のように流れて動きながらも腕《うで》にへばりついたままだ。が、柔《やわ》らかくなった部分に触《ふ》れてみると、その表面を貫《つらぬ》いて指が沈《しず》んでいき、期せずして慣れ親しんだ肌《はだ》と肌《はだ》が触《ふ》れ合った。

キラは息をのんだ。緊張《きんちょう》と興奮で胸が早鐘《はやがね》を打っている。あまりにも精神力を要するため長時間継続《けいぞく》することができず、わずかに気を抜《ぬ》いたとたんに、スーツは硬《かた》くなって筋のあるいつもの形状に戻《もど》ってしまった。

もどかしさを感じながらも勢い込《こ》み、キラはもう一度試してみて、ソフト・ブレイドにくり返し念じつづけた。

「ああもう、言うことを聞いてよ」キラはつぶやいた。

スーツはキラの意図に困惑《こんわく》しているようだ。キラの強要にかき乱されて、腕《うで》のところで逆巻いている。キラはいっそう強く念じた。スーツのうねりはますます激しくなり、だんだん肘《ひじ》の内側に冷たいヒリヒリとした感覚が広がっていく。ソフト・ブレイドは少しずつ関節の脇《わき》へと後退していき、むき出しの皮膚《ひふ》が冷たい空気にさらされた。

「急いで」キラは食いしばった歯の隙間《すきま》から押《お》し出すように言う。

ヴィシャルがさっと進み出て、キラの肘《ひじ》に注射針を押《お》し当てる。チクッとする感触《かんしょく》のあと、注射針は抜《ぬ》かれた。「終わったよ」ヴィシャルは言った。

キラはなおも全力を尽《つ》くしてソフト・ブレイドを後退させたままにしておき、腕《うで》の素肌《すはだ》に指を触《ふ》れた。そしてその感触《かんしょく》を堪能《たんのう》した。永遠に失われたと思っていた単純な喜び。感《かん》触《しょく》としてはスーツを触《さわ》るのとなんら違《ちが》いはなかったけれど、遥《はる》かに大きな意味があった。隔《へだ》てている繊維《せんい》の層がないことで、ずっと自分らしく感じられる。

やがてその状態を保ちつづけるのが苦しくなり、ソフト・ブレイドは元に戻《もど》ってふたたび肘《ひじ》の内側を覆《おお》ってしまった。

「やるじゃん」スパローが言った。

キラは階段を駆《か》け上がったような気分で、ふーっと息を吐《は》いた。電気が走ったような興奮で全身がうずいている。練習を重ねれば、もしかしたら、ひょっとすると、全身からこのゼノを取り払《はら》えるかもしれない。そう考えると、〈酌量《しゃくりょう》すべき事情〉号の隔離《かくり》室で目覚めて以来初めて、心からの希望が持てた。

目に涙《なみだ》がにじんでいるのをスパローにもヴィシャルにも見られたくなくて、キラはまばたきしてこらえた。

ヴィシャルは採取した血液を使ってさらにいくつかの検査をして、そのあいだもずっと独り言をつぶやいていた。医師の断片的なコメントを聞きながら、キラはぼんやりしていた。向かいの壁《かべ》にしみがあり——八角《スターアニス》のような形のしみ、あるいは平底のグラスで押《お》しつぶされた蜘蛛《くも》の死骸《しがい》かもしれない——キラは頭をからっぽにして、それをじっと見つめていた。

・・・

キラはハッとして、ヴィシャルが黙《だま》り込《こ》み、しばらく無言のままでいたことに気づいた。

「どうかした?」キラは訊《き》いた。

キラがそこにいるのを忘れていたかのような目で医師は彼女《かのじょ》を見た。「そのゼノをどう考えたらいいものか」ヴィシャルは頭を小さく前後に揺《ゆ》らした。「これまでに調べてきたどんなものとも違《ちが》っている」

「どういうこと?」

ヴィシャルは診察台《しんさつだい》からスツールを後ろに引いた。「その質問に答えるには数か月かかるだろう。この生命体は……」彼《かれ》は躊躇《ちゅうちょ》した。「これは私には理解できないやり方できみの身体と相互《そうご》に作用している。ありえないはずなのに！」

「なんで？」

「DNAやRNAを用いていないからだ。それを言うならジェリーも同じだが――」

「このゼノとジェリーは関連していると言える？」

ヴィシャルはいらだった様子で両手を振《ふ》った。「いや、わからない。この生命体が人工的なものだとすると、そして実際にまず間違《まちが》いなくそうだろうが、それならつくった者はどんな分子配列でも好きに用いられるようにつくれたはずだろう？　彼《かれ》らの生物学に限定されてはいなかったのだから。しかし重要なのはそこじゃない。DNAやRNAがないのに、そのスーツはどうしてきみの細胞《さいぼう》と相互《そうご》に作用する方法がわかるのか？　互《たが》いの性質がまったく違《ちが》うのに！」

「それはわたしもずっと不思議に思ってる」

「ああ、それに――」

医務室のメインコンソールからビーッと短い音がして、金属的な響《ひび》きのファルコーニの声がスピーカーから聞こえてきた。「ドク、どんな具合だ？　やけに静かじゃないか」

ヴィシャルはしかめ面をした。そして首の周りの密封《みっぷう》を解き、ヘルメットをはずす。

「ミズ・ナヴァレスは嚢虫《のうちゅう》にもおたふく風邪《かぜ》にも風疹《ふうしん》にも感染していないことを保証する。

血糖値は正常、インプラントは機能していないが、装置を監督《かんとく》した人間はしっかり仕事をしていた。歯茎《はぐき》は問題なさそうだ。耳は詰《つ》まっていない。私に何を言わせたい？」

「彼女《かのじょ》から感染するか？」

「彼女からは感染しない。スーツについてはあまり自信がない。これは粉塵《ふんじん》を散らしている――」それを聞いて、スパローが顔をひきつらせた。「――が、この粉塵《ふんじん》は完全に不活性のようだ。とはいえ、実際のところはわかるはずもない。必要な道具がないからな。昔の研究室に戻《もど》れさえすれば……」ヴィシャルは首を左右に振《ふ》った。

「グレゴロヴィッチに訊《き》いてみたのか？」

医師はぐるりと目を回した。「ああ、われわれのありがたきシップ・マインドは、もったいなくもデータを見てくださった。大した助けにはならなかったよ、チロリウスの引用で返されることを助けと思うなら別だが」

「スーツに関するすべては――」

ランシブルが医務室のなかに駆《か》け込《こ》んできて、興奮したかん高い鳴き声で船長の言葉をさえぎった。この小さな茶色の豚《ぶた》はキラのもとへやって来ると、足のにおいをフンフン嗅《か》ぎ、またすぐにスパローのところに急いで引き返して脚《あし》のあいだに回り込《こ》んだ。

スパローは手を伸《の》ばしてランシブルの耳のあいだを掻《か》いた。豚《ぶた》は鼻を持ち上げて、笑っているようにも見える。

ファルコーニが話をつづけた。「スーツに関するすべては、彼女《かのじょ》が言った内容と一致《いっち》してるのか？」

ヴィシャルは両手を広げた。「私にわかっている限りは。自分が見ているのは生物の細胞《さいぼう》なのか、ナノマシンなのか、はたまた奇妙《きみょう》なある種のハイブリッドなのか、それもほとんどわかっていないんだ。このスーツの分子構造は秒刻みで変化しているらしい」

「で、俺《おれ》たちは口から泡《あわ》を吹《ふ》いてぶっ倒《たお》れるはめになりそうか？　じゃなきゃ、寝《ね》てるあいだに殺されるとか？　知りたいのはそこだよ」

キラはアランのことを思い浮《う》かべ、落ち着きをなくしてもぞもぞした。

「それは……いまのところ、そういうことにはならなそうだ」ヴィシャルは答えた。「このゼノが差し迫《せま》った脅威《きょうい》になるという兆候は、検査の結果にはまったく示されていない。しかし、これだけは言っておくが、ここにある道具だけでは、はっきりさせるすべはないんだ」

「なるほど。いいだろう。じゃあ、いちかばちかってとこだな。あんたを信じてるよ、ドク。ナヴァレス、そこにいるか？」

「いるわ」

「本船はただちに行き先をマルパート・ステーションに変更《へんこう》する。四十二時間足らずで到《とう》着《ちゃく》する予定だ」

「わかった。それと、感謝してるわ」

ファルコーニはうなった。「きみのためにするわけじゃないぜ、ナヴァレス……スパロー、聞いてるんだろう。この客人をCデッキの空き室に案内してくれ。しばらくそこにいてもらおう。ほかの乗客たちから離《はな》しておいたほうがよさそうだからな」

スパローは戸枠《とわく》にもたれるのをやめて背筋を伸《の》ばした。「イエッサー」

「ああ、それとナヴァレス？　気が向いたらいつでも調理室《ギャレー》に来るといい。ディナーは十九時きっかりだ」ファルコーニはそう言うと、通信を終了《しゅうりょう》した。

4

スパローがまたフーセンガムを破裂《はれつ》させた。「オーケー、歩兵さん[*79]、行くよ」

キラはすぐには従わず、ヴィシャルを見て言った。「わたしも自分で確認できるよう、検査結果を転送してもらえる？」

ヴィシャルはうなずいた。「もちろん、いいとも」

「ありがとう。それに、徹底的《てってい》に調べてくれたことにも感謝してる」

ヴィシャルはキラの反応に驚《おどろ》いたようだ。と、小さく会釈《えしゃく》し、歌うような短い笑い声を発した。「ゼノに侵襲《しんしゅう》されて死ぬリスクがあるようなときに、徹底《てってい》しないわけにはいかないだろう？」

「まさにそのとおりね」

キラはスパローのあとについてまた廊下《ろうか》に出た。「貨物室に取りにいく荷物は？」背の低いこの女性は尋《たず》ねた。

キラは首を振《ふ》る。「ないわ」

ふたりは連れ立って船のひとつ下の階に降りていった。歩いているとスラストの警報が響《ひび》き、〈ウォールフィッシュ〉号が新たな進路に方向を転換《てんかん》するのに合わせて、足の下でデッキが傾《かたむ》いて回転しているようだった。

「ギャレーはあの奥《おく》」印のついたドアを示してスパローが言う。「お腹が空いたらいつでもご自由に。ただし・決して・くそ忌々《いまいま》しい・チョコレートにだけは・手を出さないこと」

「何か問題が？」

スパローはせせら笑った。「トリッグはチョコばっかり食べてて、あたしたちも食べたがってるとは思わなかったって言い張るもんだから……さ、着いたよ」彼女《かのじょ》は別のドアの前で足を止めた。

キラは頭を下げてドアをくぐった。後ろのスパローはその場から動かず、ドアが閉まるのを見届けていた。

乗客というより囚人《しゅうじん》になった気分で、室内の様子を見回した。この船室はファルコーニの部屋の半分ぐらいの広さだ。片側に寝台《しんだい》と収納棚《しゅうのうだな》、反対側にシンクと鏡、トイレ、コンピューターのディスプレイが設置されたデスクがある。壁《かべ》の色は廊下《ろうか》と同じく茶色で、明かりは両端《りょうたん》にひとつずつの合わせてふたつだけ。金属の檻《おり》に囲われてそこだけが白い。収納棚《しゅうのうだな》をあけようとすると、ドアハンドルが固くて動かない。体重をかけると、音を立ててドアが開いた。折りたたまれた薄《うす》いブルーのブランケットが一枚入っている。それだけだ。

キラはジャンプスーツを脱《ぬ》ぎかけて躊躇《ちゅうちょ》した。ファルコーニがこの部屋を監視《かんし》していたら？　少し考えたあとで、どうでもよくなった。八十八日間と十一光年は、同じ服を着つづけているにはあまりに長すぎる。

安堵《あんど》に近いものを感じながら、袖《そで》から腕《うで》を抜《ぬ》き、ジャンプスーツを脱《ぬ》いだ。折り返しのある裾《すそ》からさらりと粉塵《ふんじん》がこぼれ落ちる。

椅子《いす》の背にジャンプスーツをかけると、スポンジで身体を洗おうとシンクに向かった。鏡に映っているものを見て、キラは固まった。

〈ワルキューレ〉号に乗っているときでさえも、自分自身の姿をまともに見たことはなかった。ディスプレイのガラス面に映る黒っぽい幽霊《ゆうれい》のような姿をぼんやりと見ただけだ。それで別にかまわなかった。見下ろすだけで、ソフト・ブレイドが自分に何をしたかは充《じゅう》分《ぶん》わかったから。

けれどいま、ほぼ完全に映し出された姿を見て、このエイリアンの生命体がどれほど自分を変えてしまい……本来なら自分だけのものであり、たとえキラに子どもがいたとしても、そのわが子でさえも占有《せんゆう》する権利のない肉体を乗っ取り、寄生しているのか、はっきり思い知らされた。キラの顔と身体は記憶《きおく》にあるより肉が落ち、痩《や》せ細っている――何週間も半分の食糧《しょくりょう》で過ごしてきたせいだ――が、それ自体は気にならなかった。

見えるのはスーツだけだった。シュリンク包装のフィルムみたいに身体にぴったりくっついた、艶《つや》のある黒い繊維状《せんいじょう》のスーツ。まるで皮膚《ひふ》と筋膜《きんまく》をはぎ取られて、不気味な筋肉の身体解剖図《かいぼうず》があらわになっているみたいだ。

キラは髪《かみ》の毛の生えていない見慣れない形の頭をつるりと撫《な》でた。息をのみ、胃がぎゅっと締《し》めつけられる。吐《は》きそうだ。まじまじ見つめ、目にしているものが嫌《いや》でたまらないのに、目をそらすことができない。キラの感情を反映《はんえい》し、ソフト・ブレイドの表面が粗《あら》くなった。

いまのわたしを魅力的《みりょく》だと思ってくれる人なんているはずがない……アランが思ってくれたようには。キラの目に涙《なみだ》が浮《う》かび、頬《ほほ》をつたい落ちた。

自分を醜《みにく》いと感じた。

見苦しい。

つまはじき者だ。

そして慰《なぐさ》めてくれる人は誰《だれ》もいない。

キラは息を震《ふる》わせながら深呼吸して、感情を抑《おさ》えようとした。心を痛め、これからも嘆《なげ》き悲しみつづけることになるだろうけれど、過去を変えることはできないし、めそめそと泣きくずれていたってなんにもならない。

すべてを失ったわけじゃない。いまは前へ進む道がある。かすかではあっても、希望がある。

鏡から目をそらし、シンクのそばにあった布を使って身体を洗うと、ベッドに戻《もど》ってブランケットの下にもぐり込《こ》む。光が漏《も》れてくる薄暗《うすくら》がりのなかで、ふたたびソフト・ブレイドを強《し》いて肌《はだ》の一部（今回は左手の指）から後退させようとした。

いままでと比べると、ソフト・ブレイドはキラが何を成し遂《と》げようとしているのか理解してくれているような気がした。前ほど苦労せずに済《す》み、もがいている感覚が消えてキラとゼノが協調している瞬間《しゅんかん》があった。そういう瞬間《しゅんかん》に勇気づけられ、キラはさらに強く押《お》し進めていった。

ねばねばするものが剝《は》がれるような音を立てて、ソフト・ブレイドはキラの爪《つめ》から後退した。ソフト・ブレイドはそれぞれの指の第一関節で止まり、どんなにがんばっても、それ以上先へは進められなかった。

キラは元の状態に戻《もど》した。

さらに三回、指を露出《ろしゅつ》するようスーツに命じ、三度とも満足な反応が得られた。成功するごとに、スーツとの神経系の繫《つな》がりが深まり、次第に効率的になっていくのを感じた。

キラは身体のほかの部分でも試してみて、より困難なところもいくつかあったものの、ソフト・ブレイドは命令に従った。ゼノから完全に解放されるほどの力は出せないだろうけど、落胆《らくたん》はしていない。まだこのゼノと意思を通じ合う方法を身につけようとしている途中《とちゅう》だし、もしかしたら自由になれるかもしれないという事実によって——遠い見通しに過ぎないとしても——気持ちが明るくなり、キラはばかみたいににんまりとブランケットの下で笑みを浮《う》かべた。

ソフト・ブレイドを取り除いてもすべての問題が解決するわけではないだろう（UMCと連盟はそれでもキラを監視《かんし》しようとするだろうし、スーツがなければ彼《かれ》らの言いなりになるしかない）けれど、最大の問題は解決でき、いつの日か――どうにかして――ふたたび普通《ふつう》の暮らしを送るための道が開かれるはずだ。

キラはもう一度ソフト・ブレイドを後退させた。それをその場でとどめておくのは、同じ極のふたつの磁石を近づけたままにしておくのに似ていた。あるとき、部屋の反対側から音がしたことに気を取られたはずみで、細い大釘《おおくぎ》が手から飛び出し、ブランケットを貫《かん》通《つう》してデスクを突《つ》き刺《さ》した（伸《の》ばした指のように、その感触《かんしょく》が伝わってきた）。

「しまった」誰《だれ》かに見られただろうか？　キラは苦労しながらソフト・ブレイドをなだめて大釘《おおくぎ》を引っ込《こ》ませた。デスクを見やると、大釘《おおくぎ》は天板に長いひっかき跡《あと》を残していた。

これ以上は集中力を保てなくなると、キラは実験をやめてデスクに向かった。はめ込《こ》み式のディスプレイを引っ張り出し、オーバーレイと接続して、ヴィシャルが送ってくれたファイルに目を通していく。

キラがこのゼノの実際の検査結果を見るのは、これが初めてだ。その内容は非常に興味深いものだった。

スーツは三つの基本的な構成要素でできている。ひとつめはナノアセンブラで、どこから動力を引き出しているのかは不明だが、ゼノと周囲の物質を形成し、つくり変えることを担っている。ふたつめはスーツのあらゆる部分に広がっている樹木状のフィラメントで、一貫《いっかん》した活動パターンを示しており、この有機体が大規模に相互《そうご》接続したプロセッサとして機能していることを表しているようだ（これを従来の意味で生きていると言えるのかは難しいところだが、死んでいないのは間違《まちが》いない）。そして三つめは、とてつもなく複雑な高分子で、そのコピーがほとんどすべてのアセンブラおよび樹木状基質に付随《ふずい》しているのをヴィシャルは発見していた。

ゼノに関する多くのことと同じく、この分子がなんのために存在するのかは不明だった。スーツの修復や構築には無関係に見える。分子の長さからすると、莫大《ばくだい》な量の潜在《せんざい》的情報――少なくとも人間のＤＮＡよりも二桁《けた》大きい――を包含《ほうがん》していることになるが、情報があるとすればどんな役割を果たしているのか、いまはまだ判断するすべもない。

このゼノが有するただひとつの実際の機能は、分子を保護して伝えることだという可能性もある、とキラは思った。それで大したことがわかるわけではないけれど。生物学的に見ると、人間とそのＤＮＡにも同じことが言えて、繁殖《はんしょく》だけにとどまらない遙《はる》かに大きな能力が人間にはある。

キラは検査結果を四回読み直すと、内容を暗記できたと確信した。ヴィシャルの言っていたことは正しい。このゼノについてさらに詳《くわ》しく知るには、それなりの道具が必要だ。

エントロピストなら助けてくれるかもしれない……その考えをいずれ検討しようと心にしまった。もし本当にゼノの検査についてエントロピストに相談するとしたら、マルパートで話すことになるだろう。

最新の研究報告について知っておきたくて、ニュースに戻《もど》り、ジェリーの生態に関して調査したものを詳《くわ》しく調べていく。こちらもまた興味深い内容だった。このエイリアンのゲノムからは、あらゆることが推測された。一例をあげると、彼《かれ》らは雑食性であり、DNAに相当するもののかなりの部分が特注で暗号化されているようだ（自然な過程でこれほど綺麗《きれい》な配列が生じるはずはない）。

ジェリーの生態とヴィシャルが気づいたゼノの生態には、似通ったところが少しもない。生物学的に継承《けいしょう》された共通点というものが、なにひとつ見受けられなかった。そのこと自体にはなんの意味もない。地球で生まれた生命体と明白な化学的関連を持たない人工有機物（ほとんどは単細胞《たんさいぼう》生物）は少なからず存在している。だから、そこにはなんの意味もない……とはいえ、手がかりにはなった。

キラは昼過ぎまで読みつづけたあと、中断してちょっとギャレーを訪れると、チェルを淹《い》れて食品棚《だな》から食事パックを取った。船の冷蔵庫に入っている生鮮《せいせん》食品に手をつけるのは気が引けた。宇宙では生鮮《せいせん》食品は高価な貴重品だ。許可なく食べてしまうのは行儀《ぎょうぎ》が悪いだろう。オレンジがあるのを見て、よだれが出てきていたとしても。

部屋に戻《もど》ると、一通のメッセージが待ち受けていた。


きみの返答の周りにある余白は調査を促《うなが》す、肉袋《ミートバッグ》よ。きみが言わずにおいたことはなんだ？　それが疑問だ、本当に。せめてこれだけは教えてくれ、粉塵《ふんじん》をまき散らすその存在をくらます前に。おお、寄生された者よ、きみは本当は何者なんだ？

——グレゴロヴィッチ

キラは口をとがらせた。答えたくなかった。シップ・マインドを相手に知恵《ちえ》比べで勝とうなんて、そんなのは愚《おろ》か者のする勝負だけれど、グレゴロヴィッチを怒《おこ》らせるほうが遥《はる》かに愚《おろ》かだろう。


わたしはひとりぼっちで不安なの。あなたはどうなの？

——キラ

リスクを想定した上での返事だった。彼《かれ》に——グレゴロヴィッチは間違《まちが》いなく彼だろう

——自分をより傷つきやすく見せれば、気をそらすことができるかもしれない。試してみる価値はあった。

驚《おどろ》いたことに、シップ・マインドは返事をしなかった。

キラは研究報告を読みつづけた。それからまもなく〈ウォールフィッシュ〉号は無重力状態になり、斜《なな》め宙返りをしたあと、マルパート・ステーションに向かって減速しはじめた。いつものように、無重力はキラの口のなかに胆汁《たんじゅう》の味を残し、模造だろうとなんだろうと重力のありがたみを改めて感じさせた。

十九時近くになると、キラはオーバーレイを閉じてジャンプスーツを身に着け、思い切ってクルーのディナーの席に顔を出すことにした。

どんな最悪の事態が起こりうるというのだろう？

5

ギャレーからガヤガヤと聞こえていたおしゃべりの声は、キラが入ろうとしたとたんにぴたりとやんだ。キラはクルーと視線を交わしながら、戸口で立ち止まった。

船長は近くにあるテーブルにつき、片脚《かたあし》を胸元まで引き上げて膝《ひざ》に腕《うで》をのせた格好で座り、スプーンで食事を口に運んでいる。彼《かれ》の向かいにはニールセンがいて、相変わらず堅《かた》苦《くる》しく背筋をしゃんと伸《の》ばしていた。

いちばん奥《おく》のテーブルには、医師と、見たこともないほど大柄《おおがら》な女性が座っている。太っているわけではなく、とにかく身体に幅《はば》と厚みがあり、骨と関節がたいていの男性の三倍近く大きい。指の一本一本がそれぞれキラの二本分はあり、大きな頬骨《ほおぼね》にのっぺりとした丸顔だ。

キラはシャトルで目を覚ましたときに見た顔だと気づき、その女性がシン‐ザーの元住民であるとすぐにわかった。間違《まちが》えようがない。

連盟星でザリアンを見かけるのは珍《めずら》しかった。ザリアンの住むシン‐ザーは、（船と暮らしの決して小さくない犠牲《ぎせい》を払《はら》ってまで）独立したままでいることを譲《ゆず》らないコロニーのひとつだ。キラは仕事でシン‐ザー出身のごく少数の人々――全員男性だ――と別々の配属先で一緒《いっしょ》に働いたことがあった。彼《かれ》らは例外なくタフで頼《たよ》りになり、予想どおり恐《おそ》ろしく強かった。それに身体の大きさから決め込《こ》んだ想定を遥《はる》かに上回り、驚異《きょうい》的な量のお酒を飲むことができた。それはキラが採鉱基地で仕事をして最初に学んだことのひとつだ――ザリアンを飲み負かそうとしないこと。そんなことをすれば、急性アルコール中毒でたちまち医務室送りになる。

ザリアンが自らに遺伝子操作を施《ほどこ》した理由は、キラも頭では理解できた——シン・ザーの高重力環境《かんきょう》では、そうしなければ生き延びられなかったはずだ——が、彼《かれ》らの外見があまりにも違うことには、どうしても慣れることができずにいた。けれど、会社の研修中にルームメイトだったシャイレーンは、そんなことは気にしていなかった。シャイレーンはシン・ザー出身のポップスターの写真をアパートメントの壁《かべ》に投影《とうえい》しつづけていた。

ほとんどのザリアンと同じく、〈ウォールフィッシュ〉号のギャレーにいるこの女性もアジア系だった。間違《まちが》いなく韓国人《かんこくじん》だ。シン・ザーへの移住者の大多数を韓国人《かんこくじん》が占《し》めていた（七つの植民星について歴史の授業で習ったことのなかで、それだけはキラも覚えていた）。彼女《かのじょ》が着ているしわくちゃのジャンプスーツは肘《ひじ》と膝《ひざ》に継《つ》ぎを当ててあり、腕《うで》の部分には油染みがついている。その顔だちからは何歳《さい》なのか予想がつかない。二十代前半でも通るし、四十手前でもおかしくはない。

トリッグはキッチンカウンターのへりに腰《こし》かけて、在庫が尽《つ》きることのなさそうなレーションバーをまたかじっている。こんろの深鍋《ふかなべ》からミートボールをお玉ですくっているのはスパローで、さっきと同じ服装のままだ。その足首に猫《ねこ》のミスター・ファジーパンツが身体をすりつけて、ニャーオと哀《あわ》れっぽく鳴いている。

美味しそうないい香りがあたりに満ちていた。

「なんだ、入らないのか?」ファルコーニがキラに声をかけた。その言葉が呪縛《じゅばく》を解き、動きと会話が再開された。

ほかのクルーもソフト・ブレイドのことを知っているのだろうか。ギャレーの奥《おく》へと進んでいるときにトリッグに話しかけられて、その疑問は解消した。「そのスキンスーツ、ほんとにエイリアンがつくったの?」

みんなの視線が自分に向けられていることを意識しながら、キラは躊躇《ちゅうちょ》したあとでうなずいた。「そうよ」

少年は顔を輝《かがや》かせた。「すげー! 触《さわ》ってもいい?」

「トリッグ」たしなめるような口調でニールセンが言う。「それぐらいにしておきなさい」

「イエス、マーム」少年の両頬《ほほ》が赤く染まった。彼《かれ》はおずおずとニールセンを横目で見ると、レーションバーの残りを口の端《はし》に押《お》し込《こ》み、カウンターからぴょんと飛び降りた。

「嘘《うそ》をついてたんだね、ミズ・ナヴァレス。そのスーツは友だちがつくってくれたって言ってたけど」

「そうね、ごめんなさい」キラはばつが悪かった。

トリッグは肩《かた》をすぼめた。「別にいいよ。しょうがないし」

スパローがこんろから離《はな》れた。「ご自由に」とキラに言う。

キラがボウルとスプーンを取りに行くと、猫《ねこ》がシーッといってテーブルの下に駆《か》け込《こ》んでいった。ファルコーニが中指で指さした。「そいつはあんたのことが大嫌《だいきら》いみたいだな」

はいはい、船長さん、見たまんまのことを教えてくれてありがとう。キラはミートボールをボウルにすくうと、質問した。「この船の進路を変更《へんこう》すると伝えたとき、UMCの反応はどうだった?」

ファルコーニは肩《かた》をすくめてみせた。「まあ、喜んでなかったことは確かだな」

「乗客たちもね」ニールセンがファルコーニにというよりキラに向かって言った。「貨物室のみんなから、三十分のあいだ怒鳴《どな》られっぱなしだったのよ。下はかなり険悪な雰囲気《ふんいき》になっているわ」ニールセンの目つきは、こんな面倒《めんどう》なことになったのはキラのせいだとほのめかしている。

キラとしては、無理もない反応だと思った。

ファルコーニが爪《つめ》で歯をほじりながら言う。「了解《りょうかい》。グレゴロヴィッチ、これからは彼《かれ》らをもっと注意して見張っておいてくれ」

「イエッッサァー」シップ・マインドは不安になるほど歯擦《しさつ》音の強い声で答えた。

キラはボウルを手に取り、手近なあいている椅子《いす》に腰掛《こしか》けて、ザリアンと向かい合った。

「すみません、まだ名前を聞いてなかったみたい」

ザリアンは無表情でキラを見つめ、一度まばたきをした。「あのシャトルの後部にあいた穴を修繕《しゅうぜん》したのはあんた？」彼女《かのじょ》の声は大きくて穏《おだ》やかだった。

「できるだけのことをしたんだけど」

ザリアンの女性はうなるような声を発し、食事に目を戻《もど》した。

ああ、そうですか、とキラは思った。この船のクルーは、両手を広げてわたしを迎《むか》え入れる気はないわけね。結構よ。これまでだって、ほとんどの配属先でよそ者扱《あつか》いされてきたんだから。いまも同じことでしょう？　マルパート・ステーションまで辛抱《しんぼう》すればいいだけよ。そのあとは〈ウォールフィッシュ〉号のクルーと関わることなんてもう二度とないんだから。

トリッグが言った。「ホワはソルのこっち側で最高のマシン・ボスなんだよ」

少なくとも、この子は友好的なようだ。

ザリアンは顔をしかめた。「ファジョン」とピシャリと言う。「あたしはホワ、ホワなんて名前じゃない」

「うわーん。ぼくには正しく発音できないんだってば」

「言ってみなよ」

「ホワユーン」

マシン・ボスは首を振《ふ》った。ファジョンがまた何か言う前に、スパローが近づいてきて彼女《かのじょ》の膝《ひざ》の上に座った。スパローがこの大柄《おおがら》な女性にもたれかかると、自分のものだというようにファジョンはスパローの腰《こし》に腕《うで》を回す。

キラは片方の眉《まゆ》を上げた。「あなたは重い物を持ち上げて降ろしてるんだったわよね？」

もうひとつのテーブルから、ファルコーニが小さくせせら笑うのが聞こえた。

スパローもキラとそっくりな表情を浮《う》かべ、完璧《かんぺき》に整えられた片方の眉《まゆ》を上げている。

「耳はちゃんと聞こえてるみたいだね。それは何より」そう言うと、首を伸《の》ばしてファジョンの頬《ほほ》に軽いキスをした。マシン・ボスは迷惑《めいわく》そうな声を発したものの、その唇《くちびる》にはかすかな笑みが浮《う》かんでいる。

キラはその隙《すき》に食事をはじめた。ミートボールは温かく旨味《うまみ》がたっぷりで、タイム、ローズマリー、塩、それに何かわからないけどいくつかの調味料でちょうどよく味付けられている。生のトマトを使っているのだろうか？　キラは目を閉じて存分に味わった。乾燥《かんそう》した出来合いの食品以外のものを口にするのはずいぶん久しぶりだ。

「ううーん。これは誰《だれ》が料理したの？」

ヴィシャルが顔を上げた。「そんなに気に入ったかね？」

キラは目をあけ、うなずいた。

しばし医師は葛藤《かっとう》しているようだったが、やがてその顔に控《ひか》えめな笑みが広がった。

「嬉《うれ》しいよ。今日は私が料理担当だったんだ」

キラはほほ笑み返し、もうひと口食べた。笑みを浮《う》かべる気になるなんて、いつ以来だろう……もうずっと前のことだ。

お皿と銀器がカチャカチャ音を立てるなか、トリッグがテーブルを移ってきてキラの横に座った。「キャプテンに聞いたけど、アドラステイアの廃墟《はいきょ》でそのゼノを見つけたんだってね。エイリアンの廃墟《はいきょ》で！」

キラは口いっぱいに頰張《ほおば》っていた食べ物を飲み込《こ》んだ。「そうよ」

トリッグは椅子《いす》の上で飛び跳《は》ねそうなほどだった。「どんな感じだった？　記録はある？」

キラは首を振《ふ》った。「記録は〈ワルキューレ〉号にあったの。でも口で説明することはできるわ」

「やった、聞かせて！」

そこでキラはソフト・ブレイドの揺《ゆ》りかごを発見したときのことや、なかがどんな様子だったかについて説明した。話に耳を傾《かたむ》けているのは少年だけではなかった。残りのクルーもみんな、この話はもう聞いたはずの者まで、キラを見つめていた。キラは注目を浴びていることを気にしないよう努めた。

話が終わると、トリッグは言った。「ワーオ。ずっと昔だってのに、ジェリーはぼくたちとかなり近いものをつくってたんだね？」

キラは躊躇《ちゅうちょ》した。「そうね、もしかしたら」

スパローがファジョンの胸にもたれていた頭を起こした。「もし、もしかしたらっていうのは？」

「なぜって……このゼノはジェリーのことがあまり好きじゃないみたいだから」キラは夢の内容を言葉で表そうともがきながら、左手の甲《こう》を指でなぞった。「はっきりした理由はわからないけど、ジェリーからあまりよい扱《あつか》いを受けなかったんだと思う。それにヴィシャルがこのゼノから取った記録は、ジェリーの生態について発表されている内容とどれも一致《いっち》しない」

ヴィシャルは口をつけようとしていた飲み物のカップを置いた。「ミズ・ナヴァレスの言うとおりだよ。私も確認したが、これはまったく未知のものだ。少なくともいま手元にある記録によれば」

ニールセンが問いかける。「そのスーツはグレート・ビーコンをつくったのと同じ種族あるいは文明によってつくられたと思う？」

「もしかしたら」キラは答えた。

ファルコーニがカチンという音を立ててお皿にフォークを打ちつけ、首を振《ふ》る。「〝もしかしたら〟ばかりだな」

キラは曖昧《あいまい》な返事をした。

トリッグが言う。「ねえ、ドク、なんで彼女《かのじょ》の全身がエイリアンのスキンスーツで覆《おお》われてるってことに気づかなかったのさ?」

「そうだよ、ドク」スパローが身をひねりヴィシャルのほうを向いて言った。「あんたにしちゃあ、ひどい見落としをしたじゃないか。これからはあんたの診察《しんさつ》を信じていいのか、怪《あや》しいもんだね」

黒い肌《はだ》をしていても、ヴィシャルが赤くなっているのがキラにはわかった。「ゼノが侵《しん》入《にゅう》している証拠《しょうこ》はひとつもなかった。血液検査の結果にだって――」

トリッグが医師の話をさえぎった。「貨物室にいる何人かのバカどもは、じつは擬態《ぎたい》したジェリーかもしれないぞ。見抜《みぬ》けっこないだろ?」

ヴィシャルは唇《くちびる》をきゅっと引き結んだが、食ってかかりはしなかった。ただ食事の皿をじっと見つめたまま返事した。「確かにそうだな、トリッグ。何を見過ごしていることか」

「だよね、もしかしたら――」

「あんたが最善を尽《つ》くしたことはわかってるよ、ドク」ファルコーニがきっぱりとした口調で言った。「自分を責める必要なんてない。こんなものは誰《だれ》にも見つけられたはずがないだろう」ファルコーニの隣《となり》で、ニールセンがヴィシャルに同情するような目を向けていることにキラは気づいた。

医師がちょっと気の毒になり、キラは率先して話題を変えた。「料理が好きなのね?」

ミートボールをすくったスプーンを持ち上げて尋《たず》ねる。

少しして、ヴィシャルはキラと目を合わせてうなずいた。「そうだな、うん、とても好きだよ。母や姉ほどうまい料理はできないがね。母たちの料理に比べると、私ががんばってつくるのなんてお恥《は》ずかしいものだ」

「きょうだいは何人いるの?」キラはイサーのことを思い浮《う》かべながら訊《き》いた。

ヴィシャルは指で示した。「姉が三人いるよ、ミズ・ナヴァレス」

そのあとは、ギャレーを不自然な静けさが包んだ。クルーの誰《だれ》もが、その場にキラがいるうちは話をする気になれないようだ。トリッグさえもが黙《だま》り込《こ》んでいたけれど、きっと本当はまだまだ質問したくてうずうずしているはずだった。

すると、思いがけないことに、ニールセンが口を開いた。「ミズ・ナヴァレス、あなたはウェイランドの出身だそうね」彼女《かのじょ》の口調はほかのクルーよりも堅苦《かたくる》しい。キラにはそれがどこのアクセントかわからなかった。

「ええ、そうよ」

「向こうにご家族が？」

「何人かいるけど、しばらく帰省してなくて」この機にキラも質問してみることにした。

「差し支えなければ、どこの出身か訊《き》いてもかまわない？」

ニールセンはナプキンで口の端《はし》を拭《ふ》いた。「転々としてるわ」

「彼女《かのじょ》、金星の出身なんだよ！」トリッグが目を輝《かがや》かせて口走った。「最大の雲の都市のひとつ！」

ニールセンは唇《くちびる》を一本線に引き結んだ。「わざわざどうも、トリッグ」

トリッグは余計なことを言ったことに気づいたようだ。がっくりうなだれ、ボウルをじっと見つめている。「ぼくは、その」もごもごとつぶやく。「……何も知らないんだけど、ほんとは……」

キラは一等航海士の顔を見つめた。金星は地球にも引けを取らないぐらい豊かな星だ。金星出身でソルの外を彷徨《さまよ》っている者はあまりおらず、〈ウォールフィッシュ〉号のような錆《さ》びたちっぽけなぼろ船に乗っていることはまずありえない。「映像で見るのと同じぐらい素晴らしいところなの？」

一瞬《いっしゅん》、ニールセンは答えてくれないように思えた。けれど、きびきびした口調で答えた。

「慣れてしまうものよ……でも、そうね」

キラは昔からずっと、浮遊《ふゆう》する街を訪れてみたいと思っていた。これもまた、ソフト・ブレイドのせいで手が届かなくなった人生の目標のひとつだ。もしも――

興奮した鳴き声に気を取られ、見るとランシブルがギャレーに駆《か》け込《こ》んでくるところだった。豚《ぶた》はファルコーニのもとへまっしぐらに向かい、彼《かれ》の脚《あし》の横に寄りかかった。

ニールセンがうんざりしたような声をあげた。「またケージの掛《か》け金をはずしたままにしたのは誰《だれ》？」

「あたしだと思う、ボス・レディ」スパローが手を挙げた。

「こいつは俺《おれ》たちと一緒《いっしょ》にいたいだけだ。そうだろ？」ファルコーニはランシブルの耳の後ろを掻《か》いてやった。豚《ぶた》は鼻を上げ、目を半ば閉じてうっとりした表情をしている。

「ランシブルの狙《ねら》いはわたしたちの食事でしょう。キャプテン、ここに入れるのはどう考えても不適切です。豚《ぶた》はギャレーにいるべきではないのだから」ニールセンが言う。

「ベーコンになってない限りはね」ファジョンが発言した。

「ランシブルの前でベーコンの話はよせ。ミスター・ファジーパンツと同じく、こいつもクルーの一員だ、きみたちみんなと同じ権利がある。ギャレーに入ることも権利の一部だ。

わかったな？」

ファジョンが返事をする。「わかりました、キャプテン」

「そうは言っても、やはり衛生的ではないわ。またここでトイレをするかもしれない」ニールセンが言った。

「いまではこいつは立派にしつけられた豚《ぶた》だ。もう二度と恥《は》ずかしい真似はしないさ。だよな、ランシブル？」豚《ぶた》は嬉《うれ》しそうに鼻を鳴らした。

「キャプテンがそう仰《おっしゃ》るなら。それでも間違《まちが》っていると思いますけどね。わたしたちがハムや豚肉《ぶたにく》を食べていたら？」ファルコーニににらまれて、ニールセンは両手を挙げた。

「言ってみただけよ、キャプテン。なんだか少し、ほら、あれみたいで……」

「共食《カニバリズム》いみたい」トリッグが言った。

「そう、それ。カニバリズム」

トリッグはニールセンに認められて嬉《うれ》しそうだ。首すじをほんのり赤くして、笑みが浮《う》かんでくるのをこらえながらお皿を見つめている。キラもほほ笑みを隠《かく》した。

ファルコーニが自分の皿の料理をちょっと分けてあげると、豚《ぶた》は喜んでパクっと食べた。

「最後に確認したとき、あれだ、豚の製品はこの船にはなかったから、俺《おれ》に言わせれば無意味な議論だな」

「無意味な議論」ニールセンは首を振《ふ》った。「降参。あなたと議論するのは、壁《かべ》と議論するようなものだわ」

「すごくハンサムな壁《かべ》だろ」

ふたりは言い合いをつづけ、キラはヴィシャルを見やって尋《たず》ねた。「あの豚《ぶた》はどうしたの？　新入り？」

医師は首を横に振《ふ》った。「クライオの期間を含《ふく》めなければ、この船には半年前からいる。キャプテンがアイドーロンで拾ってね。それ以来、あのふたりはランシブルのことでやり合ってばかりいる」

「でも、どうして豚《ぶた》なの？」

「それは自分でキャプテンに訊《き》いてもらうしかないな。私たちにもさっぱりわからない。宇宙の神秘というやつだ」

6

そのあとの食事は、いつもどおりを装ったぎこちなさのなかで過ぎていった。みんなは、「塩を取って」とか「ごみはどこ？」とか「ランシブルにご飯をあげなきゃ」といった、どうでもいいことしか話さなかった。必要なことだけの簡潔なやり取りによって、キラは自分がどれほど場違《ばちが》いなのかを思い知らされた。

いつもの夕食の席なら、キラはコンサーティーナを取り出して何曲か演奏して、場をなごませるところだ。お酒をおごって、ぎこちないお誘《さそ》いはビシッとはねのけて——その気がなければ。アランに出会う前は、それが普通《ふつう》だった。でもいまは、どうでもいい。明日が終わるころには〈ウォールフィッシュ〉号から降りているはずで、そのあとはファルコーニと寄せ集めのクルーのことを気にする必要はなくなるのだから。

キラはボウルの中身を平らげ、シンクに食器を運ぼうとしていたが、そのときビーッと短く大きな音が鳴り響《ひび》いた。全員その場に凍《こお》りつき、オーバーレイに焦点《しょうてん》を合わせて遠い目になる。

キラもオーバーレイを見たけれど、警報は何も表示されていない。「どうしたの？」突如《とつじょ》としてファルコーニが緊張《きんちょう》に身構えたことに気づき、キラは尋《たず》ねた。

その質問に答えたのはスパローだった。「ジェリーの船だよ。新たに四艘《そう》、マルパート・ステーションに向かってる」

「到着《とうちゃく》予定時刻は？」キラは答えを聞くのが怖《こわ》かった。

ファルコーニは澄《す》んだ目でキラを見つめて答えた。「明日の正午だ」

第4章 クリーグスピール

Kriegsspiel

1

点滅《てんめつ》している四つの赤い点が、マルパート・ステーションに向かってこの惑星《わくせい》系を矢のように進んでいる。明るい緑色の点線が推定される軌道《きどう》を示している。

キラはオーバーレイをタップし、ステーションにズームさせた。空洞《くうどう》の小惑星《しょうわくせい》の周りに建造されたセンサー、ドーム、ドッキング・ベイ、ラジエーターの無秩序《むちつじょ》な山。岩塊《がんかい》に組み込《こ》まれているのは（外からはほとんど見えない）、ステーションの住民の大半が暮らしている回転するハブリングだ。

マルパートから数キロ離《はな》れた隣《となり》には、ハイドロテック燃料の補給プラットホームがある。このふたつの建造物の周辺には船が群がっていた。それぞれの船には異なるアイコンがつけられている。民間船はブルー、軍艦《ぐんかん》はゴールドのマークだ。キラはオーバーレイを開いたまま尋《たず》ねた。「彼《かれ》らはジェリーを止められる？」

半透明《はんとうめい》のオーバーレイの向こう側でファルコーニが顔をしかめた。「どうだかな。まともな射撃《しゃげき》能力があるのは〈ダルムシュタット〉号だけだ。残りは地元の船に過ぎない。PDF[*80]の小艇《しょうてい》とか」

「PDF？」

「惑星防衛部隊《プラネタリー・ディフェンス・フォース》」

スパローが舌打ちした。「だけど、あのジェリーの船は小型だし。ナル・クラス[*81]じゃないか」

トリッグがキラに説明する。「ナル・クラスの船には、イカ型が三体、爬虫類型《クロウラー》が二、三体、それと同じ数の噛みつき型《スナッパー》ぐらいしか乗ってないんだ。もちろん、いかついカニ型を乗せてるのもあるけどさ」

「違《ちが》いないね」スパローは面白くもなさそうにせせら笑った。

ヴィシャルが相槌《あいづち》を打つ。「それにまだバーシング・ポッドから増援《ぞうえん》部隊を送りはじめていない」

「バーシング・ポッド？」キラはすっかり蚊帳《かや》の外に置かれている気分だ。

ファジョンが答えた。「やつらは新たな兵士を生み出すマシンを持ってるんだよ」

「そんな……そんなこと、ニュースではまったく取り上げられてなかったけど」

ファルコーニがうなり声を漏《も》らした。「みんなを怖《こわ》がらせないために、連盟はそのことが表沙汰《おもてざた》にならないようにしてきたんだが、俺《おれ》たちは数週間前に噂《うわさ》を耳にした」

うろ覚えの記憶《きおく》だが、キラはバーシング・ポッドの概念《がいねん》をなんとなく知っているような気がした。ジェリーのコンピューターを手に入れることさえできたら！　いろいろなことを確かめられるのに！

スパローが言う。「ジェリーのやつら、たった四艘《そう》でマルパートと〈ダルムシュタット〉号をやっつけられると思ってるんだとしたら、大した自信だね」

「それに鉱員たちのことも忘れてもらっちゃ困る。あいつらは山ほど武器を持ってるし、逃《に》げるような真似はしない。神に誓《ちか》って言えるよ、決して逃《に》げないってね」トリッグが言った。

キラが問いかけるような目で見ると、少年は肩《かた》をすくめた。「ぼくはシグニBの向こうのウンセット・ステーションで育ったんだ。だからあいつらのことはわかってる。あの宇宙ネズミたちはチタン並みに強靱《きょうじん》なんだ」

「ああ、そうさ。今回ジェリーが戦おうとしてる相手は、飢《う》え死にしかけた連中なんかとは違《ちが》う」スパローが言った。

ニールセンが身じろぎした。「キャプテン、進路を変えるならまだ間に合います」

キラはファルコーニの顔をよく見ようと、オーバーレイを取り除いた。彼《かれ》はキラには見えない画面を眺《なが》め、うわの空だ。「進路を変えたところで、どうにかなるわけでもなさそうだ」ファルコーニはつぶやき、ギャレーの壁《かべ》にあるボタンを叩《たた》いた。61シグニのホログラムが空中に映し出される。彼《かれ》はジェリーを示す赤い点を指さした。「尻尾《しっぽ》を巻いて逃《に》げたとしても、やつらから逃《のが》れるすべはない」

「それはそうだけど、いくらか距離《きょり》を取れば、追いかけるに値しないと諦《あきら》めるかもしれない。いつもそれでうまくいったことだし」ニールセンが提案した。

ファルコーニは難しい顔をしている。「もうかなりの量の水素を燃焼させている。これからルスラーンまでたどり着けるかは怪《あや》しいところだ。少なくとも半分の距離《きょり》は惰性《だせい》で進むしかない。となると、そのあいだずっと格好の標的になっちまう」彼《かれ》はホログラムから目を離《はな》さず、顎《あご》をぽりぽり掻《か》いた。

スパローが訊《き》いた。「キャプテン、何を考えてるんです？」

「〈ウォールフィッシュ〉の名に従った行動を取ろう」ファルコーニはマルパート・ステーションからいくらか離《はな》れたところにある小惑星《しょうわくせい》に光を当てた。「ここだ。この小惑星《しょうわくせい》

──小惑星《しょうわくせい》ＴＳＸ‐２‐２‐１‐２──には抜《ぬ》き取られた部分がある。ハブドームに燃料補給タンク、一切合切揃《そろ》ってるって話だ。この小惑星《しょうわくせい》に近づいていって、戦いが終わるまで待てばいい。ジェリーに追いかけられることになっても、逃《に》げ込《こ》めるトンネルがある。やつらが核爆弾《かくばくだん》でも落としてこない限りは、切り抜《ぬ》けられる見込《みこ》みはある」

キラは自分のオーバーレイで〝ウォールフィッシュ〟の定義を調べた。どうやら地球の英国において〝カタツムリ〟を表す方言らしい。たぶんアングロサクソン語起源の言葉なのだろう。キラはそのユーモアのセンスをまたも怪《あや》しみながら、ファルコーニを見やった。この人、自分の船にカタツムリなんて名付けたわけ？

キラがじっと考え込《こ》んでいるあいだも、クルーはさまざまな可能性について討論をつづけていた。

やがてキラはファルコーニのもとへ行き、身をかがめて耳元に口を寄せた。「ちょっと話せる？」

ファルコーニはキラに目もくれない。「ん？」

「外で」キラはドアのほうを示した。

ファルコーニは躊躇《ちゅうちょ》したが、意外にも椅子《いす》から立ちあがった。「すぐ戻《もど》る」そう言うと、キラにつづいてギャレーから出ていく。

キラはファルコーニを振《ふ》り返った。「わたしをジェリーの船に乗せて」

船長の顔に浮《う》かんだ信じられないという表情は、これまでの苦労が報われたと思えるほど見る価値があった。「だめだ。却下《きやっか》する」ファルコーニはそう言って、ギャレーに引き返そうとした。

キラは彼《かれ》の腕《うで》をつかんで引きとめようとした。「待って。話を聞いて」

「振《ふ》り払《はら》われる前にその手を離《はな》せ」ファルコーニは冷ややかな顔つきで言った。

キラは手を離《はな》した。「ねえ、なにも銃撃《じゅうげき》しながら突入《とつにゅう》しろなんて頼《たの》んでるわけじゃないのよ。UMCがジェリーを撃退《げきたい》する見込《みこ》みはあるって言ってたわよね」

ファルコーニはしぶしぶうなずいた。

「もしもジェリーの船の動きを止めることができたら――もしも、そうなったら――その船にわたしを乗せてくれればいいの」

「イカれてるな」ファルコーニはギャレーのなかに入りかけたまま言った。

「覚悟《かくご》したの。イカれてるのとはわけが違《ちが》う。言ったでしょ。わたしはジェリーの船に乗らなきゃならないのよ。乗り込《こ》むことができれば、彼《かれ》らがなぜわたしたちを攻撃《こうげき》しているのか、どんな内容を通信しているのか、あらゆることがわかるかもしれない。そういう可能性を考えてみてよ」ファルコーニがまだ渋《しぶ》っているのを表情から見て取り、つづけて言う。「ねえ、ジェリーがにおいを嗅《か》ぎつけるのに何を使うのかは知らないけど、あなたたちはその鼻先をかすめるように飛び回ってきたんでしょう。つまり愚《おろ》かなのか、あるいは切羽詰《せっぱつ》まってるってこと。あなたにはいろいろな可能性がありそうだけど、愚《おろ》かというのは当てはまらないはずよ」

ファルコーニは姿勢を変えた。「何が言いたい？」

「報酬《ほうしゅう》が必要なんでしょ。気前よく支払《しはら》われる報酬《ほうしゅう》が必要じゃなければ、こんなふうに船もクルーも危険にさらすはずがないわ。違《ちが》う？」

ファルコーニの目にかすかな不安の色がよぎった。「違《ちが》うとは言い切れない」

キラはうなずいた。「そう。じゃあ、ジェリーの情報を入手する最初の人物になるっていうのはどう？　わたしの会社がその情報にいくら払《はら》おうとすると思う？　自分のハブリングを建設できるほどの額よ。お金についてはそういうこと。おまけに、誰《だれ》もリバースエンジニアリングすることができなかったジェリーの船の技術まである。ジェリーの人工重力の仕様を手に入れられるわ。それだって数ビッツ分の価値があるはず」

「ほんの数ビッツだ」ファルコーニはぼそぼそ言った。

「そうそう、貨物室にエントロピストがふたりいるじゃない。興味深い発見をコピーさせるのと引き換《か》えに、一緒《いっしょ》に来てもらえるよう頼《たの》んでみてよ。彼《かれ》らに力を貸してもらえれば

――」キラは両手を広げてみせた。「――どれほど大きな発見ができることか。戦争のことだけじゃなくて。技術レベルを活性化させて百年以上先まで進められるかもしれない」

ファルコーニはキラに真正面から向き合った。中指でブラスター銃《じゅう》の握《にぎ》りをトントンと不規則なテンポで叩《たた》いている。「わかった。だがUMCが船の動きを止められたとしても、なかにいるジェリーがぜんぶ死んでるとは限らない」そう言って、下のほうを指し示す。「こっちは貨物室の乗員全員に対する責任がある。この船の上で戦うことになれば、大勢が怪我《けが》をしかねない」

キラは言わずにいられなかった。「救助費用を請求《せいきゅう》しておきながら、どれだけ彼《かれ》らのためを思ってあげてたわけ？」

ファルコーニは初めて気を悪くした様子になった。「だからって彼《かれ》らが殺されるのを見たいわけじゃない」

「〈ウォールフィッシュ〉号はどうなの？　何か武器は搭載《とうさい》してる？」

「辺境の密輸船の一艘《そう》や二艘《そう》を止めるぐらいならできるが、この船は戦艦《せんかん》じゃない。ジェリーに立ち向かって生き延びられる見込《みこ》みはない。粉砕《ふんさい》されちまうだろうよ」

キラは後ろにさがり、腰《こし》に手を当てた。「じゃあ、どうするつもり？」

ファルコーニはキラをじっと見つめた。その目の奥《おく》であれこれ計算しているのがわかった。

やがて彼《かれ》は口を開いた。「例の小惑星《しょうわくせい》を目指すことに変わりはない、最悪のシナリオになったらあそこに逃《に》げるしかないだろうからな。だがジェリーの船が止められて、可能そうであれば、そいつに乗り込《こ》む」

キラはその可能性を考えて、事の重大さに押《お》しつぶされそうになった。「それでいいわ」

キラはぼそりとつぶやいた。

ファルコーニはクックックッと笑い、硬《かた》そうな髪《かみ》の毛を撫《な》でつけた。「やれやれ。これが実現したら、UMCは先手を取られたことに怒《いか》りくるって、俺《おれ》たちにメダルを授与《じゅよ》するべきか営倉に放り込《こ》むべきかわからなくなるだろうな」

〈ウォールフィッシュ〉号で目覚めてから初めて、キラも声をあげて笑った。

2

待っている時間は拷問《ごうもん》のようだった。

キラはクルーと共にギャレーにとどまり、ジェリーの進行を観察していた。けれど、何が起きるのか、あるいは何が起きないのか、ただじっと行方《ゆくえ》を見守って待つぐらいなら撃《う》たれたほうがマシだとすぐに思いはじめた。じりじりして落ち着かないせいで、気づけば爪《つめ》を噛《か》んでいたが、ソフト・ブレイドのかすかに金属的な味が口のなかに広がり、繊維質《せんいしつ》のコーティングの歯ごたえがあった。

最後に爪《つめ》を噛《か》んだとき、もう噛《か》まないようにするため両手の上に座った。そして不思議に思った。どうしてわたしの爪《つめ》は何か月も伸《の》びていないんだろう？　ゼノは爪《つめ》を侵食《しんしょく》していないのに。スーツを引っ込《こ》ませたとき、左手の爪《つめ》がいままでどおり健康的なピンク色をしているのが見えたのだから。説明をつけるならば、ソフト・ブレイドが最初に現れたときと同じ爪《つめ》の長さを維持《いじ》しているとしか考えられなかった。

これ以上じっと座っていることに耐《た》えられなくなると、キラは口実をつくってトリッグのところへ行った。「この船に余ってる服はない？　服をつくれるプリンターでもいいんだけど」そう言って、着ているジャンプスーツをつまんでみせた。「もう二か月もこれを着てるから、着替《きが》えたいの」

トリッグは目をぱちぱちさせて、オーバーレイからキラに焦点《しょうてん》を移した。「もちろんあるよ。お洒落《しゃれ》なのはないけど――」

「飾《かざ》り気のない簡単な服でいいわ」

ギャレーを出ると、トリッグは環状《かんじょう》になった内側の廊下《ろうか》に設置されている収納ロッカーへとキラを連れていった。彼《かれ》がロッカーのなかをごそごそやっているとき、キラは言った。「ニールセンとキャプテンは口論になることが多そうね。ふたりにとってはいつものこと?」当初の予定よりも長く〈ウォールフィッシュ〉号にとどまることになるのだとしたら、クルーや特にファルコーニについてもっとよく知っておきたかった。彼《かれ》に多くをゆだねているのだから。

ゴツッと小さな音を立てて、トリッグは棚《たな》に頭をぶつけた。「違《ちが》う。キャプテンは急かされるのが嫌《きら》いなんだ。それだけのことさ。たいていのとき、ふたりはうまくやってるよ」

「なるほどね」この少年は話好きだ。うまく水を向けさえすればいい。「あなたは〈ウォールフィッシュ〉号に乗るようになって長いの?」

「クライオを含《ふく》めなければ五年ぐらいかな」

それを聞いてキラは眉《まゆ》を上げた。だとしたら、クルーとして加わることになったとき、この子は相当幼かったはずだ。「へえ? ファルコーニはどうしてあなたをこの船に乗せたの?」

「キャプテンはウンセット・ステーションを案内できるやつを探してたんだ。その後、〈ウォールフィッシュ〉号に乗せてくれないかって、ぼくが頼《たの》んだんだよ」

「ステーションでの暮らしが不満だった?」

「ひどいもんさ! 圧力破損に食料不足、停電、とにかく何もかも。サイテー。サイアク」

「ファルコーニは立派な船長? 彼《かれ》のことを好き?」

「キャプテンは最高だよ!」トリッグは両手に山ほど服を抱《かか》えて、ロッカーに突《つ》っ込《こ》んでいた顔を出すと、非難されたと感じているみたいに、どこか傷ついた表情を浮《う》かべてキラを見た。「あんなに立派なキャプテンはほかにいないよ。本当だ! ここに流れついちゃったのはキャプテンのせいじゃない」そう口にしたとたん、トリッグはしゃべりすぎてしまったことに気づいたらしい、口をぎゅっと閉じてキラに服を差し出した。

「あら?」キラは腕組《うでぐ》みした。「だったら誰《だれ》のせい?」

少年はそわそわしながら肩《かた》をすくめた。「誰《だれ》のせいでもない。どうでもいいことだよ」

「どうでもいいわけないでしょ。ジェリーが迫《せま》ってきていて、あなたたちと同じようにわたしだって危険にさらされてるんだから。一緒《いっしょ》に行動している相手のことを知っておきたいのよ。ねえトリッグ、真実を。真実を話してちょうだい」

キラの深刻な口調には効果があった。トリッグは勢いに押《お》されて口を開いた。「別にさ……その、いつもはミズ・ニールセンが仕事の契約《けいやく》を取ってて。キャプテンは一年前に彼《かの》女《じょ》を雇《やと》ったんだ」

「実際の時間？」

トリッグはうなずいた。「クライオの分を引いたら、ずっと短くなる」

「一等航海士としての彼女《かのじょ》が好き？」答えは聞くまでもなかったけれど、キラは少年がなんと答えるか興味があった。

トリッグは頰《ほほ》を染めてもじもじしている。「えっと……彼女《かのじょ》は本当に鋭《するど》いし、ファジョンみたいにうるさく指図しない。それにソルのことをものすごくよく知ってるんだ。だから、そうだな、うん、素敵だと思うよ……」トリッグはますます赤くなった。「あっ、そういうのじゃなくて、だからさ、あれだ、一等航海士としてってこと。か、彼女《かのじょ》がこの船に乗ってくれてラッキーだよ……ほら、クルーとして、つまり――」

キラはこのへんで勘弁《かんべん》してあげることにした。「わかったわ。でも、61シグニへ向かうという今回の仕事は、ニールセンが取ったものじゃないのね？」

トリッグは頭をうなずかせた。「ぼくたちがしているつまらなくて《スカット》*82嫌な仕事は――船荷を運んだり、パケット*83の任務だったりとかは――金にならないんだ。だからキャプテンが別の仕事を見つけてきたんだけど、うまくいかなかった。だけど、そんなの誰《だれ》にだって起こりうることだよ。マジで」トリッグは真剣《しんけん》なまなざしでキラを見つめた。

「信じるわ。うまくいかなかったのは残念ね」言外の意味がキラにはわかっていた。その仕事とは、怪《あや》しいものだったのだ。おそらくニールセンは合法の依頼《いらい》しか引き受けてこなかったが、〈ウォールフィッシュ〉号のような古くて修理をくり返している貨物船には、それだけでは足りなかったのだろう。

トリッグは渋面《じゅうめん》を見せた。「うん、どうも。ひどいザマだけど、そういうことなんだ。それはそうと、これで問題なさそうかな？」

これ以上は追及《ついきゅう》しないほうがよさそうだ。キラはそう思い、服の山を受け取ると、ざっと確認した。シャツ二枚、ズボン一本、無重力飛行時に使うヤモリパッド付きのブーツ。

「充分《じゅうぶん》よ。ありがとう」

その後トリッグはギャレーへと引き返していき、キラは船室に向かいながら考えていた。ファルコーニはクルーに給料を支払《しはら》って船を飛ばしつづけるためなら、違法《いほう》すれすれの行《こう》為《い》も辞さないというわけね。それは意外なことでもなんでもない。けれど、ファルコーニは立派な船長だというトリッグの言葉をキラは疑わなかった。あれはうわべだけではなく心から出た言葉だ。

キラが部屋に入ると、デスクトップのディスプレイにライトが点滅《てんめつ》していた。またメッセージが届いている。不安にかられながら、メッセージを開く。

私は虚空《こくう》の中心で輝《かがや》く火花。私は夜を切り裂《さ》く反時計回りの悲鳴。私は唯一無二《ゆいいつむに》であり、言葉であり、光の充満《じゅうまん》である。

ゲームをしないか？　イエス／ノー

——グレゴロヴィッチ

通常、シップ・マインドは変わり者だという傾向《けいこう》があり、大きければ大きいほど変人ぶりが増すものだ。が、グレゴロヴィッチは釣鐘曲線《ベルカーブ》の最も外れに位置している。ただ単にそういう性格なのか、それともあまりに長く孤立《こりつ》していたせいでそういう態度になっているのか、キラにはわからなかった。

まさかファルコーニだって情緒《じょうちょ》不安定なシップ・マインドと飛び回るほど無茶な真似はしない……でしょう？

なんにしても、慎重《しんちょう》なやり方を選ぶのがいちばんだ。

ノー。

——キラ

即座《そくざ》に返信があった。

(-_-)

——グレゴロヴィッチ

キラは嫌《いや》な予感を無視し、ジャンプスーツを片付けると、新しい服を狭《せま》いシンクで洗い、寝台《しんだい》の上段にかけて干した。

四艘《そう》のジェリーの位置を確認し——まだ軌道《きどう》に変化は見られない——、その後の時間はソフト・ブレイドの訓練に費やして、身体のあちこちの部分から後退させてコントロールを向上させようとした。

やがてへとへとに疲《つか》れてしまい、ブランケットの下にもぐり込《こ》んで消灯し、朝には何が待ち受けているのか考えないよう努めた。

3

吹《ふ》き寄せられた沈泥《シルト》が、雪のように柔《やわ》らかく、死のように静かに、プレインティブ・バージの紫色《むらさきいろ》の淵《ふち》に流れ込《こ》んだ。不安の近香《ニアセント＊84》が氷まじりの水に満ち、その不安は彼女《かのじょ》自身のものになった。彼女《かのじょ》の前には、深海の密議《アビッサル・コンクラーベ》*85のあいだに堂々《どうどう》と鎮座《ちんざ》する古めかしい岩がぼうっと浮《う》かび出ている。そしてその岩の上には、うねるように動いている肢《あし》と恐《おそ》ろしい悪意をもってにらみつけるまぶたのない千の目を備えた巨体《きょたい》が伏《ふ》している。シルトのベールが降りていくにつれ、彼女《かのじょ》の心にもある名前が降りてきた。恐怖《きょうふ》が重しとなった、憎《にく》しみに満ちたささやき……クタイン。強く偉大《いだい》なクタイン。巨大《きょだい》な古《いにしえ》のクタイン。彼女《かのじょ》とひとつになっている肉体――ショール・リーダー*86のンマリルである彼女《かのじょ》――は、背を向けて逃《に》げ出してクタインの怒《いか》りを免《まぬが》れたかった。けれど、そうするにはもう手遅《てお》れだった。もうあまりにも遅《おそ》すぎた……。

船に夜明けが訪れて、部屋の光が徐々《じょじょ》に明るくなっていき、キラは目覚めた。目をこすって目やにを取り、横たわったままじっと天井を見つめている。

クタイン。その名前がこれほどの恐怖《きょうふ》を呼び覚ますのはなぜだろう？　その恐怖《きょうふ》はキラのなかからわき起こっているものではなく、ソフト・ブレイドのものだ……いや、それは違《ちが》う。記憶《きおく》のなかでソフト・ブレイドが一体となっていた者から、恐怖《きょうふ》はわき起こっていた。

ゼノはキラに警告しようとしていたが、何についての警告だろうか？　ゼノが見せたことはすべて遠い昔の出来事で、ソフト・ブレイドがアドラステイアで眠《ねむ》りにつく前の話だ。

ゼノは不安になっているだけなのかもしれない、とキラは思った。それか、ジェリーがどれほど危険な存在かわからせようとしているのかも。それならわざわざ教えてもらうまでもないことだけど。

「あんたに口がきけたら、ずっと話が早いのに」キラは人差し指で胸骨の繊維《せんい》をなぞりながらつぶやいた。周りで何が起きているのか、ゼノがある程度まで理解しているのは明らかだ――けれど、その理解には欠落があることも同じぐらい明らかだ。

ファイルを開き、夢の内容を詳細《しょうさい》に記録した。ソフト・ブレイドが何を伝えようとしているにしても、このゼノが感じている不安を軽視するわけにはいかないはずだ。もしそれが本当に不安であれば。このスーツのこととなると、何ひとつ確信が持てない。

キラは転がるようにベッドから降り、くしゃみをして粉塵《ふんじん》の薄《うす》い雲を舞《ま》い上がらせた。手で扇《あお》いで粉塵《ふんじん》を払《はら》うと、机に向かって惑星《わくせい》系のライブ地図を開く。

四艘《そう》のジェリーの船は、マルパート・ステーションまでわずか数時間のところに迫《せま》っていた。〈ダルムシュタット〉号とそのほかの宇宙船はステーションから燃焼数時間分離《はな》れた位置にいて、機動的に飛行して戦える余地のある場所で防御《ぼうぎょ》隊形を組んでいる。

マルパートには大量の金属や岩、氷を惑星《わくせい》系の奥深《おくふか》くへと放り投げるのに使われるマスドライバーがあったが、巨大《きょだい》で扱《あつか》いにくく、宇宙船のように小さくて動き回る物体を追跡《ついせき》する用途《ようと》のものではない。それでもステーションの指揮を執《と》っている人物は目下のところ、マスドライバーでジェリーに圧力をかけようと、反動推進エンジン《スラスタ》が許す限りすばやく向きを変えている。

キラは顔を洗い、新しい服を着て（もう乾《かわ》いていた）、ギャレーに急いだ。ミスター・ファジーパンツのほかには誰《だれ》もいなかった。猫《ねこ》はカウンターに座り、シンクの蛇口《じゃぐち》を舐《な》めている。

「こら！　シッシッ！」

ミスター・ファジーパンツは耳を後ろに倒《たお》し、何を言っているんだというような怒《いか》りのこもった目でキラをにらむと、シンクから飛び降りて壁《かべ》沿いに小走りで進んで行く。キラは友好の試みに片手を差し出した。猫《ねこ》は毛を逆立てて爪《つめ》をむき出して応えた。

「なによ、感じ悪いやつ」キラはぼやいた。

キラは食事しながらオーバーレイでジェリーの進行を眺《なが》めていた。観察したところでどうにもならないけれど、見ずにはいられない。それはいま放送されているいちばん面白い番組だった。

〈ウォールフィッシュ〉号はファルコーニが前に言っていた小惑星《しょうわくせい》、ＴＳＸ‐２２１２に接近していた。船首からの映像を通じて、その惑星《わくせい》は進路のまっすぐ先にある明るい小さな点として見えている。

キラが顔を上げると、ヴィシャルがギャレーに入ってくるところだった。医師は彼女《かのじょ》に挨拶《あいさつ》すると、お茶を淹《い》れにいった。

「観てるかい？」ヴィシャルは尋《たず》ねた。

「ええ」

医師はマグカップを手にドアのほうへと引き返していく。「ミズ・ナヴァレス、もしよかったら一緒《いっしょ》においで。みんな管理室で様子を見守ってるよ」

キラはヴィシャルのあとをついていき、中央シャフトからひとつ上の階に上がると、小さなシールドルームに入った。ファルコーニとクルーはテーブルサイズのホロディスプレイを囲んで立つか座るかしている。ずらりと並んだ電子機器が壁《かべ》を埋《う》め尽《つ》くし、さまざまな持ち場に半ダースの壊《こわ》れて変形した椅子《いす》がボルトで固定されていた。部屋は風通しが悪く、汗《あせ》と冷めたコーヒーの悪臭《あくしゅう》で満ちている。

ヴィシャルとふたりで部屋に入ると、ファルコーニがキラに目をやった。

「進展は？」キラは尋《たず》ねた。

スパローが嚙《か》んでいるガムをパチンと弾《はじ》けさせた。「ミルコム*87でペラペラしゃべりまくってる。どうやらUMCはマルパート周辺の民間人と協力して、ジェリーにえげつない奇《き》襲《しゅう》をじゃんじゃん仕《し》掛《か》けていくつもりらしい」そう言ってトリッグにうなずいてみせる。

「あんたの言うとおりだね。大した見ものになりそうだ」

キラはうなじがぞくりとするのを感じた。「待ってよ、UMCの通信を傍受《ぼうじゅ》してるってこと？」

スパローは表情を硬《かた》くしてファルコーニを見やった。その場に張り詰《つ》めた静寂《せいじゃく》が広がっていく。と、ファルコーニがゆったりした態度で言った。「ナヴァレス、きみにも状況《じょうきょう》はわかるだろう。船でのおしゃべりってやつは、勝手に広まっていくもんだ。宇宙で秘密にしておけることはそう多くない」

「……そうね」キラはファルコーニの話を信じていなかったが、しつこく追及《ついきゅう》するつもりはなかった。この件のせいで、ファルコーニが過去に行ってきた取引がどれほど怪《あや》しいものだったのか気になったのは確かだけれど。スパローは軍にいた経験があるのかも気になった。だとしたら腑《ふ》に落ちる……。

ニールセンが口を開く。「ジェリーはもうすぐ射程範《はん》囲《い》に入りそうよ。じきに攻《こう》撃《げき》が開始されるはず」

「この船が小惑星《しょうわくせい》に到着《とうちゃく》するのはいつ？」キラは訊《き》いた。

その質問に答えたのはグレゴロヴィッチだ。「十四分後に到着予定《とうちゃくよてい》」

キラはあいている壊《こわ》れた椅子《いす》に腰《こし》かけて、クルーと一緒《いっしょ》に待った。

ホロディスプレイでは四つの赤い点が分散し、典型的な側面攻撃《こうげき》の隊形でマルパート・ステーションの周りを弧状《こじょう》に飛んでいる。すると、エイリアンと防衛船のあいだに白いラインがちらつきはじめた。ファルコーニが〈ウォールフィッシュ〉号の望遠鏡で捉《とら》えているライブ映像を呼び出すと、不格好な岩のかたまりであるマルパート・ステーションの周りに広がる暗闇《くらやみ》のなかで、チャフ【訳注：レーダー妨害《ぼうがい》用に放出する金属片】とチョークの白い花が咲《さ》いているのが見えた。

スパローが満足そうな声を発した。「見やすい映像だね」

吸収されたレーザーの光が雲の内側を照らし、〈ダルムシュタット〉号もそのほかのもっと小さなUMCの船もミサイルの弾幕砲撃《だんまくほうげき》を開始した。ジェリーも同様に応戦した。地点防空レーザーがミサイルを損傷し、小さな火花がチカチカと光っては消えていく。

するとマルパートのマスドライバーが発射され、ジェリーの船の一艘《そう》に向けて精錬鉄《せいれんてつ》の小塊《しょうかい》を飛ばした。小塊《しょうかい》は命中せず、星の周りに長い軌道《きどう》を描《えが》いて宇宙の深部へと消えていった。投射物はすさまじい速さで動き、ホロディスプレイ上のアイコンとしてしかその姿を捉《とら》えることはできなかった。

ステーションの周辺にさらにチャフとチョークが拡散していく。ステーション自体から撒《ま》かれたものもある。残りは旋回《せんかい》している船から放散されたものだ。

「おっ！」ファルコーニが叫《さけ》ぶ。一見すると何もなさそうな空間から白く熱い針が突《つ》き出されて九〇〇〇キロメートル近く飛んでいき、ブロートーチで発泡《はっぽう》スチロールを焼くみたいに、球形をしたジェリーの船の真ん中を刺《さ》し貫《つらぬ》いた。

損傷した船は制御《せいぎょ》不能になって独楽《こま》みたいに揺《ゆ》れながら回転していたかと思うと、目のくらむような光を放って爆発《ばくはつ》した。

「ざまあみやがれ！」スパローが雄《お》たけびをあげた。

激しい光の変動に適応するまで、ライブ映像はしばし暗くなった。

「いまのはなんだったの？」キラは尋《たず》ねた。後頭部にずきんと痛みを感じ、顔をしかめる……宇宙で燃えている船、暗闇《くらやみ》にきらめく微片《びへん》、無数の死……。

ファルコーニは天井を見上げた。「グレゴロヴィッチ、当船のラジエーターを引っ込《こ》めてくれ。粉砕《ふんさい》されたくないからな」

シップ・マインドが返事をする。「キャプテン、進路の定まらない小片によってわれわれに不可欠の温度調節器が粉砕《ふんさい》される確率は、この距離《きょり》だと――」

「いいからぐいと引け。危険を冒《おか》すつもりはない」

「……イエッサー。目下ぐいと引いているところです」

新たな白く熱い針が画面を横切っていったが、今回はジェリーの船の表面を焼いただけで、船はありえないほどのスピードで螺旋《らせん》状に回転しながら遠ざかっていく。

ファジョンがキラに説明する。「あれはカサバ榴弾砲《ハウイッツァー》*88だよ」

「それって……なんのことだか」定義を調べる時間を惜《お》しんでキラは言った。

「爆発励起成形弾薬《ばくはつれいきだんやく》のこと」マシン・ボスは答えた。「ただしこの場合――」

「――爆発《ばくはつ》するのは核爆弾《かくばくだん》だ！」その事実にひどく興奮している様子でトリッグが言う。

キラは眉《まゆ》を上げた。「嘘《うそ》でしょ。実在することさえ知らなかった」

「そう」スパローが話す。「カサバ榴弾砲《ハウイッツァー》はずいぶん前からあった。わかりきった理由から、使われることは滅多《めった》にないけど、組み立てるのはクソ簡単だし、プラズマは光の速さで進む。あのおかしなエイリアン野郎《やろう》でさえ、近距離《きんきょり》で避《さ》けるのはほとんど不可能だね」

ディスプレイ上ではさらに爆発《ばくはつ》が起きていた。今回やられたのは人間の船で、マルパートの周辺にいた小型の支援《しえん》船にジェリーのレーザーとミサイルが命中してポップコーンみたいに破裂《はれつ》していた。

「ちくしょう」ファルコーニがつぶやいた。

新たなカサバ榴弾砲《ハウイッツァー》が二艘《そう》目のジェリーの船を破壊《はかい》し、ディスプレイが暗くなった。

〈ウォールフィッシュ〉号のクルーが歓声《かんせい》をあげているあいだにも、残る二艘《そう》のジェリーのうち一艘《そう》が〈ダルムシュタット〉号を正面から爆破《ばくは》しようとして、もう一艘《そう》はマルパート・ステーションの隣《となり》にある燃料補給所を攻撃《こうげき》しはじめていた。

燃料補給所は燃える水素の巨大《きょだい》な火の玉になって爆発《ばくはつ》した。

マスドライバーがふたたび発射された。加速管の孔《あな》からプラズマが勢いよく噴出《ふんしゅつ》していく。金属の小塊《しょうかい》は破壊《はかい》された補給所のそばにいるジェリーの船に当たりそこねた——エイリアンは砲口《ほうこう》のライン上を飛ぶほど愚《おろ》かでも不注意でもなかった——が、小塊《しょうかい》はキラがそれまで気づいていなかったある物に命中した。マルパートの近くに浮《う》かんでいる衛星に。

衛星はパッと激しく光って見えなくなり、衝突《しょうとつ》のエネルギーによって蒸発した。それと同時に、そばにいたジェリーをショットガンで攻撃《こうげき》するように加熱した物質が飛び散り、敵船に何千という流星塵《りゅうせいじん》を浴びせた。

「シバル」*89ファジョンが絶句した。

ファルコーニが首を振《ふ》る。「あの一撃《いちげき》を発射したやつは昇給《しょうきゅう》ものだな」

損傷したジェリーの船はすごい速さでマルパートからぐんぐん遠ざかっていき、エンジンがプスプスと音を立てたあとで停止した。船体は回転しはじめて、なすすべもなく漂《ただよ》い流れていく。船体の片側が大きく裂《さ》けていて、裂《さ》け目からガスと結晶《けっしょう》化した水が漏《も》れ出ている。

キラは食い入るように船を見つめていた。あの船。爆発《ばくはつ》さえしなければ、乗船できるかもしれない。キラはトゥールに短い感謝の祈《いの》りを捧《ささ》げ、ファルコーニを見やった。彼《かれ》は気づいたが反応を示さず、あの冷徹《れいてつ》な青い目の奥《おく》でどんなことに思いを巡《めぐ》らせているのだろうかとキラは思った。

〈ウォールフィッシュ〉号が小惑星《しょうわくせい》TSX‐2212の陰《かげ》に回り込《こ》んで反動推進エンジン《スラスタ》を切るあいだも、〈ダルムシュタット〉号と最後の一艘《そう》になったジェリーの船は一対一の戦いをつづけていた。残っている数少ない支援《しえん》船がUMCの巡洋艦《じゅんようかん》を援護《えんご》しようと駆《か》けつけたが、エイリアンの船にはまったく歯が立たず、少しのあいだ敵の気をそらすことしかできなかった。

「このままだと、じきにオーバーヒートする」スパローが〈ダルムシュタット〉号を指さしながら言う。巡洋艦《じゅんようかん》は〈ウォールフィッシュ〉号と同じくラジエーターを引っ込《こ》めていた。スパローが話している間にも、〈ダルムシュタット〉号の中央部付近にあるバルブから未燃の推進剤《ざい》の煙《けむり》が噴出《ふんしゅつ》している。「ほら。あの船は水素を排出《はいしゅつ》することでレーザーを発射しつづけられてるんだ」

終わりはあっけなく訪れた。小型船のひとつ――キラが思うに有人の掘削《くっさく》船――が残っているジェリーの船に体当たりを試みてまっしぐらに飛んでいった。が、当然ながら掘削《くっさく》船はジェリーに少しも近づくことができなかった。近づく前に、エイリアンによって木っ端《こっぱ》みじんに爆破《ばくは》されてしまった。だが、掘削《くっさく》船の破片は元の軌道《きどう》を進みつづけ、ジェリーは衝突《しょうとつ》を避《さ》けるために船を保護している一面のチャフのなかから出てくることを余儀《よぎ》なくされた。

〈ダルムシュタット〉号はジェリーに先駆《さきが》けて加速しはじめ、非常噴射《ふんしゃ》を実施《じっし》して防衛範《はん》囲《い》から飛び出した。開けた空間にジェリーが出てくるのと同時に〈ダルムシュタット〉号は抜《ぬ》け出し、間髪《かんはつ》を入れずエイリアンの船の中心部にレーザー大砲《たいほう》を直撃《ちょくげき》させた。

微光《びこう》を発しているジェリーの船の側面から溶発《ようはつ》した物質が噴出《ふんしゅつ》し、船体は対消滅《ついしょうめつ》する反物質《アンチマター》の火の玉になって消え失せた。

キラは壊《こわ》れた椅子《いす》のひじ掛《か》けを強く握《にぎ》りしめていた手を離《はな》した。

「決着がついたな」ファルコーニが言った。

ヴィシャルが天を仰《あお》ぐ。「助かった」

「残るジェリーの船は九艘《そう》だけか」スパローがこの惑星《わくせい》系に残存しているジェリーの船を示した。「やつらが報復しに来なきゃいいけど」

「たとえ来たとしても、そのころにはわたしたちはいなくなってるはずよ」ニールセンが言った。「グレゴロヴィッチ、マルパート・ステーションに直行して」

キラがふたたび見やると、今回ファルコーニはうなずいた。「いまのは取り消しだ」肩《かた》をいからせながら命じる。「グレゴロヴィッチ、あの損傷したジェリーの船を捕《つか》まえてくれ。可能な限り急いで」

「キャプテン！」ニールセンが叫《さけ》んだ。

ファルコーニはあぜんとしているクルーを見回した。「諸君、気を抜《ぬ》くなよ。エイリアンの宇宙船を回収しに行くぞ」

E x t r e m i s

第5章 瀬《せ》戸《と》際《ぎわ》

1

ファルコーニが計画を説明するあいだ、キラは黙《だま》っていた。クルーを説得するのは船長の役目だ。クルーが信頼《しんらい》しているのはキラではなく、船長なのだから。

「サー」これまで見たことのないほど真剣《しんけん》な顔でスパローが言う。「あの船にはまだジェリーがいるかもしれません。みんな死んだかは確かめようがない」

「わかってる。だが、あそこにいるのは何匹《びき》かのでかいイカ野郎《やろう》だけだ。そうだな、トリッグ？」

少年は頭をうなずかせ、喉仏《のどぼとけ》を上下させた。「そうです、キャプテン」

ファルコーニは満足そうにうなずいた。「よし。やつらがみんな生き延びているはずはない。どう考えても絶対にそれはない。まだ生きてるやつが二体いたとしても、勝算はかなり高い」

船体がガタガタいって、〈ウォールフィッシュ〉号の推力がまた働きはじめて重さが戻《もど》ってきた。

「グレゴロヴィッチ！」ニールセンが声をあげた。

「失敬」シップ・マインドはいまにも笑い出しそうな声で言う。「キャプテンはわれわれを結構な冒険《ぼうけん》に乗り出させようとしているようだな、いやはやまったく」

するとスパローが口を開く。「銃撃《じゅうげき》が始まったら勝算なんてあっという間に悪くなりかねないし、気にかけなきゃならない大勢の乗客も乗せてるってのに」

ファルコーニは鉄のように硬《かた》い表情でスパローを見た。「言われなくてもわかってる……で、対処できそうか？」

少しのあいだ考え込《こ》んだあとで、スパローは口元をゆがめてニヤリと笑った。「仕方ない。でも、やるなら危険手当を二倍もらわないと」

「決まりだ」ファルコーニは躊躇《ちゅうちょ》なく答え、ニールセンを見やった。「きみはまだ反対か」

それは質問ではなかった。

一等航海士は前のめりになり、肘《ひじ》を膝《ひざ》に乗せている。「あの船は損傷している。いつ爆《ばく》発《はっ》してもおかしくないわ。おまけにジェリーがわたしたちを殺そうと待ちかまえている可能性もある。なぜそんな危険を冒《おか》す必要が？」

「なぜって、こうすれば――このたった一度の航海で――借金を帳消しにできるからだ。それと、このクソ惑星系《わくせい》とおさらばするのに必要な反物質《アンチマター》をすべて手に入れることができるからだ」

ニールセンは不思議と冷静に見えた。「それと？」

「それと、この戦争で何かを成し遂《と》げるチャンスだからだ」

しばらくしてニールセンはうなずいた。「いいでしょう。だけど、やるからには抜《ぬ》け目なくやらないと」

「そいつはあたしの専門だ」スパローがひょいと立ちあがり、キラを指さす。「あんたにくっついてるそれ、ジェリーが見たら気づく？」

「もしかしたら……そうね、たぶん」キラは答えた。

「わかった。それなら、あの船にジェリーがいないことを確かめるまで、あんたの姿を隠《かく》しておかなきゃね。注意しておこう。トリッグ、一緒《いっしょ》に来て」そう言うと、背の低い女性は少年を従えて管理室から急いで出ていった。少ししてファジョンも出ていき、ジェリーの船に接近するあいだ〈ウォールフィッシュ〉号のシステムを自ら監督《かんとく》するため機関室へと向かった。

「到着《とうちゃく》予定時刻は?」ファルコーニが尋《たず》ねた。

「十六分後」グレゴロヴィッチが返事した。

2

「どこに行くの?」キラはファルコーニ、ニールセン、ヴィシャルのあとを走りながら質問した。

「行けばわかる」船長が答えた。

船のカーブを半ばまで回ったところで、ニールセンは壁《かべ》にはめ込《こ》まれた細いドアの前で止まった。アクセスパネルにコードを入力すると、すぐさまドアが開いた。

なかは幅《はば》が一メートル半ほどしかない狭《せま》い備品室だった。左手の壁《かべ》に置かれたラックにはライフルやブラスター銃《じゅう》(いくつかは〈ワルキューレ〉号のものだとキラにはわかった)、そのほかの武器が各種取り揃《そろ》えられている。右手の壁《かべ》にはブラスター銃《じゅう》のスーパーコンデンサ用の充電《じゅうでん》プラグに加えて、銃器《じゅうき》のための弾薬《だんやく》や弾倉《だんそう》の入った箱、ホルスター、ベルトがずらりと並んでいる。備品室の奥《おく》にはスツールが一脚《きゃく》と小さなベンチが置いてあり、その上からは武器の手入れに使う道具（どれも透明《とうめい》のプラスチックの蓋《ふた》で固定されている）がうずたかく積まれた棚《たな》が吊《つ》るされていた。棚《たな》の上にはちらつくホログラフィが備えつけられており、額に一本角の生えた猫《ねこ》がピンク色の髪《かみ》をした男性の骨ばった腕《うで》に抱《だ》かれ、その下にファンシーな文字で「ボウイ　ライヴズ」と書かれたものが映し出されていた。

武器庫を目にしてキラは面食らっていた。「とんでもない数の銃《じゅう》ね」

ファルコーニがうなる。「いざというときにあったほうがいいだろう。たとえば今日とか。宇宙のはずれでは何に遭遇《そうぐう》するかわかったもんじゃないからな」

「辺境の密輸船とか」ニールセンが凶悪《きょうあく》そうな銃口《じゅうこう》の短いライフルを下ろしながら言った。

「コンピューターマニアとか」ヴィシャルが弾丸《だんがん》の容器をあけながら言った。

「歯がいっぱいのでかい獣《けもの》とか」ファルコーニがキラにライフルを押《お》しつけた。

キラはニュースで耳にしたことを思い出し、しり込《ご》みした。「ジェリーにはブラスター銃《じゅう》のほうが有効なんじゃないの？」

ファルコーニはキラの銃《じゅう》の横についているディスプレイを調整した。「そうだ。それに、ブラスター銃《じゅう》は船体に穴をあけるのにもより効果的だ。きみはどうだか知らないが、俺《おれ》は宇宙に投げ出されたくはない。船外ではブラスター銃《じゅう》を使う。船内では小火器を使う。銃《じゅう》弾《だん》でも相当なダメージは与《あた》えられるし、なおかつホイップルシールドを貫通《かんつう》する可能性はゼロだ」

キラはその理論をしぶしぶ受け入れた。どの宇宙船も外殻《がいかく》の内部にホイップルシールドが組み込《こ》まれている。異なる素材の層をずらして配列したシールドで、飛んでくる投射物(自然物あるいは人工物)を粉砕《ふんさい》する役割を果たすものだ。宇宙では絶えず流星塵《りゅうせいじん》が飛んでくる恐《おそ》れがあり、一般《いっぱん》的に銃弾《じゅうだん》のスピードはそれより遥《はる》かに遅《おそ》く、一グラム当たりに含《ふく》まれるエネルギー量もずっと小さい。

「それにレーザーは跳《は》ね返るし、乗客のことを考えねばならないからね。レーザーのエネルギーがほんの少しでも逸《そ》れて人の目に入ってしまったら――」ヴィシャルが首を振《ふ》った。

「非常にまずいことになる、ミズ・キラ。非常にまずい」

ファルコーニが背筋を伸《の》ばした。「それに銃弾《じゅうだん》は敵の防御《ぼうぎょ》とごっちゃになることがない。応酬《おうしゅう》するだけだ」そう言って、キラのライフルを軽く叩《たた》いた。「こいつをきみのオーバーレイと接続しておいた。〈ウォールフィッシュ〉号のクルーには味方のマークが付いてるから、うっかり俺《おれ》たちを撃《う》つという心配はない」彼《かれ》はニヤリと笑ってみせた。「なにもきみが撃《う》たなきゃいけないってわけじゃないからな。念のためっていうだけで」

キラはピリピリしながらうなずいた。ソフト・ブレイドが銃《じゅう》の握《にぎ》りにまとわりつくのが感じられ、熟知している恐《おそ》ろしい感覚に襲《おそ》われる。視界の中央に赤い丸で示された標的の十字線がパッと現れ、キラは試しに武器庫のさまざまなものに焦点《しょうてん》を当てていった。

ニールセンが予備の弾《たま》をふたつくれた。キラはそれをズボンの脇《わき》ポケットにしまった。

「弾《たま》の込《こ》め方はわかる？」ニールセンが訊《き》く。

キラはうなずいた。ウェイランドで父親と銃猟《じゅうりょう》に行ったのは一度や二度じゃない。「たぶん」

「やってみせて」

そこでキラは弾《たま》を抜《ぬ》いて装填《そうてん》しなおすことを何度かくり返してみせた。

「大丈夫《だいじょうぶ》ね」ニールセンは納得した様子だ。

「よし、行くか」ファルコーニはいちばん大きな銃《じゅう》を棚《たな》から取った。キラにはそれがなんなのかさえわからなかった。ブラスター銃《じゅう》じゃないのは確かだけど、砲身《ほうしん》がキラの握《にぎ》りこぶしぐらいの太さだ。ライフルにしてはずいぶん大きすぎる。

「それはいったいなんなの？」

ファルコーニは邪悪《じゃあく》な笑い声をあげた。「見てのとおり。グレネードランチャーだ。数年前に軍の払《はら》い下げ品で購入《こうにゅう》した。名前はフランチェスカ」

「銃《じゅう》に名前を付けたのね」キラは言った。

「当然だろう。何かに自分の命を預けるつもりなら、そうするのが礼儀《れいぎ》ってもんだ。船には名前がある。かつては剣《けん》にも名前が付けられていた。いまは銃《じゅう》にも名前がある」ファルコーニがまた笑うのを見て、この船で正気じゃないのは本当にグレゴロヴィッチだけだろうかとキラは思った。

「つまりブラスター銃《じゅう》は危険すぎるけど、グレネードランチャーはそうじゃないってわけ？」

ファルコーニはキラにウインクしてみせた。「自分のしていることがちゃんとわかってさえいればな」そしてドラムマガジンをポンポンと叩《たた》く。「このベイビーたちは衝撃手榴《しょうげきしゅりゅう》弾《だん》だ。榴散弾《りゅうさんだん》じゃない。相手を粉々《こなごな》に吹《ふ》き飛ばすが、そうなるのはすぐ横に着弾《ちゃくだん》したときだけだ」

インターコムから声が聞こえてきた。ファジョンだ。「キャプテン、聞こえますか？」

「聞こえてる。話をつづけろ」

「ジェリーがいた場合に注意をそらす方法を思いついたんだけど。修理ドローンを飛ばして――」

「やれ」

「本当に？　もし――」

「かまわん。いいからやるんだ。きみを信頼《しんらい》してる」

「了解《りょうかい》、キャプテン」

通信が途絶《とだ》えた。ファルコーニはヴィシャルの肩《かた》を叩《たた》いた。「ドク、必要なものはすべて揃《そろ》ってるか？」

ヴィシャルはうなずく。「誓《ちか》って危害を加えるつもりはないが、あのエイリアンたちは慈悲《じひ》というものが完全に欠落している。時に被害《ひがい》を避《さ》ける最善の方法は、敵の危害を最小限にすることだ。それがジェリーを撃《う》つことだというなら、それならそれでかまわない」

「その意気だ」ファルコーニは通路へ引き返していく。

「わたしはどうすればいいの？」キラは彼《かれ》のあとにつづき、中央シャフトの梯子《はしご》を下りながら尋《たず》ねた。

「安全だとわかるまで身を隠《かく》しておくんだ」ファルコーニは叫《さけ》び返した。「第一こいつはきみの専門分野じゃないだろう」

キラに異論はなかった。「あなたたちの専門ってことね？」

「俺《おれ》たちは苦境を分かち合ってきたからな」ファルコーニは貨物室の上のいちばん低い階であるデッキDで梯子《はしご》を飛び降りた。「きみはこのまま進んで――」

「サー」グレゴロヴィッチの声がした。「〈ダルムシュタット〉号から呼びかけられています。彼《かれ》らの言葉を引用しますと、〝あのジェリーの船を追いかけたりして、いったいなんの真似だ？〟ということが知りたいそうです。かなり腹を立てているようだ」

「くそっ。わかった、時間稼《かせ》ぎをしてくれ」ファルコーニはキラを指さした。「きみはあのふたりのエントロピストを連れてくるんだ。彼《かれ》らに働いてもらうなら、もうあまり時間がなさそうだからな」そう言うと返事も待たずにニールセンとヴィシャルを引き連れて走り去った。

キラは梯子《はしご》を最後まで下りていき、右舷《うげん》の貨物室を目指して通路を走った。ホイールハンドルを回し、ドアをあけると、その向こうでエントロピストが待ちかまえているのを見て驚《おどろ》いた。

ふたりはお辞儀《じぎ》して、ヴェーラが口を開く。「シップ・マインドのグレゴロヴィッチから——」

「——あなたが会いに来ると聞きました」ジョラスがつづけた。

「よかった。ついてきて」キラは言った。

一同がデッキDに着くのと同時に無重力警報が鳴り響《ひび》いた。三人は身体が宙を漂《ただよ》わないよう、ギリギリ間に合って手すりにつかまった。

〈ウォールフィッシュ〉号はひっくり返り、キラたちは外壁《がいへき》に押《お》しつけられた。やがて推力が戻《もど》り、グレゴロヴィッチが言う。「コンタクトまであと八分」

エイリアンの船が近づいてきていることがキラには感じ取れた。距離《きょり》がぐんぐん縮まっていくほどに、船からもたらされる衝動《しょうどう》が増していく。召喚《しょうかん》は後頭部の鈍《にぶ》い痛みとなり、キラの内なるコンパスを絶えず引っ張っていて、無視するのは容易でも、決して弱まりはしなかった。

ジョラスが言う。「プリズナー・カミンスキー?」

「ナヴァレスです。わたしの名前はキラ・ナヴァレス」

エントロピストは顔を見合わせた。ヴェーラが話す。「私たちは非常に困惑《こんわく》しています、プリズナー・ナヴァレス、それは——」

「——貨物室にいる皆《みな》も同じです。この船は——」

「——どこへ向かっているのでしょう、なぜあなたは私たちを呼んだのでしょう?」

「聞いてください」キラは現状をかいつまんで説明した。いままではみんなにソフト・ブレイドのことを打ち明けているような気分だった。エントロピストは揃《そろ》って驚《おど》きに目を丸くして話を聞いていたけれど、キラの話をさえぎることはなかった。キラは話をこう締《し》めくくった。「力を貸してもらえませんか?」

「光栄に思います」ジョラスが答えた。「知識の追求は——」

「――何よりも価値のある試みですから」

「そうですか」特に理由もなく、キラはヴィシャルによる検査結果をふたりに送った。「どうぞ、待っているあいだにこれを見ておいてください。ジェリーの船が安全だとわかったら、おふたりを呼びますので」

ヴェーラが言う。「戦いの可能性があるとしたら――」

「――私たちは――」

けれどキラはもう動き出していて、残りは聞かなかった。薄汚《うすよご》れた通路を駆《か》け戻《もど》っていくと、左舷《さげん》のエアロックの前にクルーが集まっているのを見つけた。

減圧室の入口の中央にそびえ立っているのはトリッグとスパローで、ぼろぼろになった二本の金属柱みたいに、どちらも二メートル以上の高さがある。パワードスーツ。キラの知る限り、軍で使われるのと同等のものだ。民間人のスーツには普通《ふつう》は肩《かた》にミサイルパックは搭載《とうさい》されていない……この人たちはこんな武器をどこで手に入れたのだろう？ ファジョンがふたりのあいだを行き来して、スーツのフィット感を調整し、トリッグに次々とアドバイスを与《あた》えている。

「――興奮して速く動きすぎないこと。そんなスペースはないから。自分が怪我《けが》するだけだ。ほとんどの仕事はコンピューターに任せときゃいい。あんたにとっても手間が省けるはず」

少年はうなずいた。その顔は青白く、汗《あせ》の玉が浮《う》かんでいる。

トリッグの姿を見て、キラの心はざわついていた。ファルコーニは本気で彼《かれ》を最前線に送り出すつもりなの？　負傷するかもしれないのに。スパローはまだいいとしても、トリッグは……。

ニールセンとファルコーニ、それにヴィシャルは、トリッグとスパローの真後ろのデッキに梱包《こんぽう》用の枠箱《わくばこ》を一列にせっせと並べてボルトで固定している。枠箱《わくばこ》は後ろに身を隠《かく》せるぐらい大きい。戦闘《せんとう》中の防御《ぼうぎょ》として使うのだ。

パワードスーツに身を包んでいないクルーは全員――ファジョンも含《ふく》めて――スキンスーツを着用している。

マシン・ボスはスパローのもとへ行くと、彼女《かのじょ》のパワードスーツを調整するためスラスタパックをぐいと引っ張り、何の苦労もなく数百キロものかたまりを動かしている。「じっとして」ファジョンはまた引っ張りながらうなるように言う。

「そっちこそ、じっとしてなよ」スパローはなんとかバランスを保とうとしながらブツブツ言い返した。

ファジョンは手のひらでスパローのショルダーガードをぴしゃりと叩《たた》いた。「アイシ！

生意気だね。年長者に対する礼儀《れいぎ》がなってないよ！　戦闘《せんとう》の真っ最中にパワーがなくなってもいいわけ？　まったく」

スパローはマシン・ボスに笑いかけた。口論を楽しんでいるようだ。

「ちょっと」キラが口を開くと、彼女《かのじょ》たちはハッとなった。キラはトリッグを指さして言う。「あの子にあんなものを着せてどうするつもりなの？　まだほんの子どもなのに」

「もう大人だよ！　再来年には二十歳《はたち》になるんだから」ヘルメットをかぶっているせいで、トリッグの声はくぐもって聞こえた。

ファルコーニがキラと向き合った。彼《かれ》のスキンスーツはマットブラック（バイザーは上がっている）で、腕《うで》にフランチェスカを抱《かか》えている。「トリッグはここにいる誰《だれ》よりもパワードスーツの扱《あつか》い方を知っている。それにあのスーツを着ないよりは着ていたほうが間《ま》違《ちが》いなく安全だ」

「そう、でも――」

船長は顔をしかめた。「やるべき仕事があるんだが、ナヴァレス」

「UMCは？　困ったことにならない？　彼《かれ》らになんて話したの？」

「回収《サルベージ》に行くと話してある。向こうは不満そうだが、違法行為《いほうこうい》でもなんでもないからな。さあ、もう行け。安全だとわかったら呼ぶから」

キラが立ち去ろうとすると、ファジョンがのしのしと近づいてきてイヤホンを渡《わた》した。

「これであんたと連絡《れんらく》を取り合える」マシン・ボスはこめかみの横をトントンと叩《たた》いた。

キラは感謝してその場をあとにしたが、廊下《ろうか》の最初の角を曲がったところまでしか行かなかった。そこに座り込《こ》むと、イヤホンを耳に差し、オーバーレイを開いた。

「グレゴロヴィッチ、船外からの映像を見せてもらえる？」

少しするとビジョンにウインドウが開き、すぐ後ろに位置するエイリアンの船の映像が見えた。側面の細長い裂《さ》け目から、いくつかのデッキの横断面があらわになっている。ぼんやりした姿かたちで埋《う》め尽《つ》くされた薄暗《うすぐら》い部屋。キラが見定めようとしているあいだにも、球形の宇宙船の胴体《どうたい》中央部から蒸気が立ちのぼり、船が向きを変えたため損傷部は見えなくなった。

イヤホンからニールセンの声が聞こえてくる。「キャプテン、ジェリーの船が反動推進《スラ》エンジン《スタ》を点火していています」

すぐにファルコーニが言う。「自動スピン安定？　リペアシステムが作動してるのか？」

ファジョンが返事をする。「不明です」

「サーマルスキャン。生存している生物はいるか？」

「不確定」グレゴロヴィッチが答える。キラのオーバーレイに映し出されたジェリーの船は、赤外線の漠然《ばくぜん》とした染みに切り替《か》わっていた。「検知する熱が多すぎて識別できません」

ファルコーニは悪態をついた。「オーケー。じゃあ安全第一で行こう。トリッグ、おまえはスパローのあとに従うんだ。ファジョンが言ってたように、面倒《めんどう》なことはコンピューターに任せておけ。修理ドローンが問題なしと判断するまで待ってから部屋に入るように」

「イエッサー」

「俺《おれ》たちがすぐ後ろに控《ひか》えてるからな、心配するなよ」

オーバーレイに映るジェリーの船のきらめくかたまりが次第に大きくなってくるにつれ、ソフト・ブレイドを召喚《しょうかん》するうずくような痛みは正比例して強くなった。キラは手の付け根で胸骨をさすった。まるで胸やけみたい――圧迫感《あっぱくかん》で苦しくなり、じっとしていられないほどだ。けれどそれはゲップをしたり薬や水を飲んだりすることでなくなる苦しさではない。召喚《しょうかん》しているものの前に自分たちの身を差し出して責務を果たすことでしか救済は得られない、とゼノが確信しているのが心の奥深《おくふか》くに感じ取れた。

不安がどっと押《お》し寄せてきて、キラは身震《みぶる》いした。何が起きるかわからず、怖《こわ》くてたまらない。妙《みょう》な気分――吐《は》きそうだ。何かひどく恐《おそ》ろしいことが起きようとしているみたいで。取り返しのつかないことが。

キラの苦悩《くのう》にスーツが反応した。スムーズに効率よく厚みと強度を増して、キラの身体をしっかり包んでいく。スーツは準備ができている。そのことがキラにははっきりわかった。戦いの夢を思い出す。ソフト・ブレイドは計り知れない長い歳月《さいげつ》にわたって命にかかわるいくつもの危機に直面してきて、自身は常に耐《た》え抜《ぬ》いてきていたものの、共にいた者たちがどうなったのかはキラにはわからなかった。

ジェリーがキラの頭を撃《う》ちさえすれば、スーツがあろうとなかろうと、その衝撃《しょうげき》でキラは死ぬだろう。ソフト・ブレイドがいくら細胞《さいぼう》組織を再構成したところでキラは助からない。それでおしまいだ。チェックポイントからの再起動もファイルの保存もない。何もなし。ひとつの命、物事を正そうとするひとつの試み、失敗すれば永遠の死。もちろんそれはみんなに言えることだ。いうなれば、誰《だれ》もあらかじめレベルを上げておくことなどできないのだから。

ソフト・ブレイドのせいで危険にさらされているというのに、奇妙《きみょう》なことではあるけれど、キラはその存在をありがたく思っていた。このゼノがいなければ、キラはいっそう無防備だったはずで、宙に足をバタバタさせている甲羅《こうら》のない亀《かめ》みたいに敵に身をさらすことになっただろう。

キラはライフルをぎゅっと握《にぎ》りしめた。

船外では、ジェリーの白く巨大《きょだい》な船体の後ろに、回転している星たちが消えていった。ジェリーの船はアワビの貝殻《かいがら》みたいに光り輝《かがや》いている。

キラは新たにわき上がってきた恐怖《きょうふ》を必死に抑《おさ》えようとした。服の下でソフト・ブレイドが反応してスパイクを突《つ》き出し、キラの身体に鋭《するど》く尖《とが》った小さな鋲《びょう》を波打たせる。ジェリーの船がどれほど大きいか、これまで認識していなかった。だけど乗せているのは触手《しょくしゅ》のあるたった三体のエイリアンだけだ。たった三体、そのほとんどか全部が死んでいるはずだ。そう、そのはず……。

船がどんどん近づき、これまでにないほど衝動《しょうどう》が強くなってくる。気づけばキラは前のめりになり、壁《かべ》を通り抜《ぬ》けて這《は》い進もうとするかのように廊下《ろうか》の壁《かべ》に身体を押《お》しつけていた。

キラは気持ちをやわらげようとした。そうよ。欲望に屈《くっ》するつもりはない。これほど愚《おろ》かな行為《こうい》はないのだから。どんなに心惹《ひ》かれようと、衝動《しょうどう》に支配されて行動するわけにはいかない。恐《おそ》ろしく心惹《ひ》かれるのは事実だった。求められるがままに身を任せて召喚《しょうかん》に応じれば苦痛は消え、そのあとには快い満足感が得られることも遠い昔の記憶《きおく》からわかっている……。

キラはしつこい衝動《しょうどう》をまたも無視しようと努めた。ソフト・ブレイドは従うしかないと感じているのかもしれないけど、わたしは違《ちが》う。自己保存の本能が強く働いていて、どこぞのエイリアンの信号が命じていることにおとなしく従いはしない。

とにかく、そう信じたかった。

キラが内なる戦いにもがいているあいだに、〈ウォールフィッシュ〉号はエンジンを切った。キラが手足をばたつかせると、ソフト・ブレイドは壁《かべ》でも床《ゆか》でも触《ふ》れたところならどこでもくっつき、キラが宇宙に吹《ふ》き飛ばされたときに〈酌量《しゃくりょう》すべき事情〉号のラジエーターに繋《つな》ぎとめたように身体を固定した。

〈ウォールフィッシュ〉号は反動姿勢制御システム《RCS》スラスタを操作してジェリーの膨《ふく》れた船体を回り込《こ》み、船体から突《つ》き出た三メートル幅《はば》のドームにたどり着いた。キラはエイリアンたちがそれをエアロックとして使っているのを映像で観ていた。

「行くぞ！」ファルコーニが吠《ほ》えるように言い、角の向こうから銃《じゅう》のスライドを引く音とコンデンサに電流の流れる低いうなりが聞こえてくる。「バイザーをおろせ」

そのあとはいつまでたっても何も起きず、キラは緊張《きんちょう》と予感と高まる鼓動《こどう》を感じるばかりだった。

カメラの映像では、ドームが近づいてきている。〈ウォールフィッシュ〉号があと二、三メートルという距離《きょり》まで接近したとき、ドームの分厚い皮膚《ひふ》のような膜《まく》が格納され、その下に隠《かく》れていた光沢《こうたく》のある真珠《しんじゅ》層みたいな表面が露出《ろしゅつ》した。

「あたしたちが来るのを待ってるらしい。上等じゃないか」スパローが言った。

「ともかく押《お》し入る必要はないということね」ニールセンが発言した。

ファジョンがうなる。「そうかもしれないし、違《ちが》うかもしれない。あれは自動化されてるって可能性もある」

「集中しろ！」ファルコーニが呼びかけた。

グレゴロヴィッチが言う。「コンタクトまで3……2……1」

〈ウォールフィッシュ〉号とエイリアンの船が接触《せっしょく》し、デッキが傾《かたむ》く。あとには、恐《おそ》ろしいほどの完全な静寂《せいじゃく》が訪れた。

N e a r & F a r

第6章 遠近

1

キラは呼吸を止めていたことにハッと気づいた。慌《あわ》てて二回息を吸い込《こ》み、意識を失わないよう気を落ち着けようとする。もうすぐだ。あとほんの数秒で……。

オーバーレイがちらつき、船外の映像ではなく、エアロックの入口の上部に設置されたカメラが映している控《ひか》えの間《ま》の様子が見えた。何が起きているのか、グレゴロヴィッチが見せようとしてくれているのだ。

「ありがとう」キラはつぶやいた。シップ・マインドは返事をしなかった。

ファルコーニ、ファジョン、ニールセン、ヴィシャルは、デッキに固定された枠箱《わくばこ》の後ろにうずくまっている。パワードスーツに身を包んだスパローとトリッグは彼《かれ》らの前に立ち、図体の大きなふたりの巨人《きょじん》みたいに両腕《りょううで》を上げて武器を構えている。

エアロックの内外にあるドアの窓を通して、ジェリーの船の玉虫色に輝《かがや》くカーブした表面が見えた。非の打ち所がないように見える。びくともしなさそうだ。

「修理ボット配備」不思議なほど冷静な声でファジョンが宣言し、十字を切った。

控《ひか》えの間《ま》の向こうでは、ヴィシャルが地球とおぼしき方向に向かって頭《こうべ》を垂れ、ニールセンがスキンスーツの下の何かに手を触《ふ》れていた。気休め程度にしかならなくても、キラは心のなかでトゥールに祈《いの》りを捧《ささ》げた。

「それで？　ノックしたほうがよさそうか？」

ファルコーニの問いかけに答えるかのように、ドームが回転し、眼窩《がんか》で目玉がぐるりと回ると現れたのは……虹彩《こうさい》ではなく、球体をまっすぐ貫《つらぬ》いている長さ三メートルの円筒形《えんとうけい》のチューブだ。反対側の端《はし》にはまた皮膚《ひふ》のような膜《まく》がある。

ジェリーの微生物《びせいぶつ》が人間に感染する恐《おそ》れはなさそうで幸運だったとキラは思った。いまのところは一例も見つかっていない。それでも、自分も〈ウォールフィッシュ〉号のクルーも、正規の封《ふう》じ込《こ》め処置を遵守《じゅんしゅ》できればよかったのだけれど。エイリアンの生命体に関しては、慎重《しんちょう》すぎるぐらい慎重《しんちょう》になったほうがいいに決まっている。

〈ウォールフィッシュ〉号のエアロックの外側から柔《やわ》らかい耐圧《たいあつ》性の管が数センチ伸《の》ばさ

れ、チューブの円周にはめ込《こ》まれた。

「密閉完了《かんりょう》」グレゴロヴィッチがアナウンスした。

それに反応するみたいに、内側の膜《まく》が格納される。カメラのアングルのせいで、キラにはジェリーの船の内部があまりよく見えなかった。あの強く偉大《いだい》なクタインが統治していた深海を思わせる、ほの暗いブルーの光に照らされた空間の一部が見えるだけだ。

「なんとまあ巨大《きょだい》な！」ヴィシャルが声をあげ、キラは角を覗《のぞ》いて自分の目で確かめたくなるのをこらえた。

「エアロック開放」ファルコーニが命じる。

錠《じょう》の突起《とっき》部がはずれる重く鈍《にぶ》い音が廊下《ろうか》に響《ひび》きわたり、内外のエアロックが両方とも開いた。

「グレゴロヴィッチ」ファルコーニが呼びかける。「ハンターを」二台の球体のドローンが回転音とともに天井から降りてきて、エイリアンの船にすばやく突入《とつにゅう》していく。特徴《とくちょう》的なブーンという音は小さくなって、やがて聞こえなくなった。

「外から見た限り動きはありません」ファジョンが報告する。「危険なし」つづいてファルコーニが言った。「よし。ハンターも何も検知していない。突入《とつにゅう》するぞ」

「後方に注意！」スパローが吠《ほ》えるように言い、パワードスーツのふたりはエアロックに向かっていき、重い歩みがデッキを揺《ゆ》らした。

まさにその瞬間《しゅんかん》、キラは感じ取った。苦痛と恐怖《きょうふ》が混ざり合い、有毒な醸造物《じょうぞうぶつ》となった〈近香《ニアセント》〉を。「だめ！　待って！」キラは叫《さけ》びはじめたけれど、手遅《ておく》れだった。

「接触《コンタクト》！」スパローが叫《さけ》ぶ。

スパローとトリッグはエアロックのなかの何かを狙《ねら》って撃《う》ちはじめた。弾幕砲撃《だんまくほうげき》とレーザー衝撃波《しょうげきは》。角を曲がった先にいても、銃《じゅう》の震動《しんどう》が伝わってくる。耳をつんざくすさまじい音。音だけでも肉体的なダメージを与《あた》えるほどだ。

スパローとトリッグのレーザーが飛来物を焼き、ふたりの前に火花の半球体をつくり出している。パワードスーツの表面からチョークとチャフがまき散らされ、ほぼ完璧《かんぺき》な球体となって光り輝《かがや》く雲が広がっていき、やがて壁《かべ》や天井で互《たが》いにぶつかり変形した。

そのとき、ファルコーニの抱《かか》えている巨大《きょだい》なグレネード・ランチャーが火を噴《ふ》いた。一瞬《いっしゅん》のち、強烈《きょうれつ》な青白い閃光《せんこう》がエアロックの奥《おく》を照らし、ドーンと鈍《にぶ》い音が船に轟《とどろ》きわたる。爆風《ばくふう》が雲を切り裂《さ》き、エアロックのなかや周辺の靄《もや》がところどころ晴れて、視界がはっきりした。

キラの目が追いつかないほどの速さで、何か白く小さいものがエイリアンの船から勢いよく飛んでくる。と、カメラからの映像が途絶《とだ》え、キラは衝撃《しょうげき》に叩《たた》きつけられて頭を壁《かべ》に打ちつけた。痛いほど上下の歯がぶつかり合う。過度に加圧された空気が騒々《そうぞう》しく震動《しんどう》するあまり、耳が聞こえなくなっている。キラは空気の律動を骨と肺に感じ、耳のなかに釘《くぎ》を打ち込《こ》まれたような痛みを覚えた。

キラが促《うなが》すまでもなく、ソフト・ブレイドが広がって顔をすっかり覆《おお》い尽《つ》くす。視界がちらついたが、すぐにいつもの見え方に戻《もど》った。

アドレナリンの働きでキラは震《ふる》えていた。手足が冷たくなり、心臓が逃《に》げ出そうとしているみたいに肋骨《ろっこつ》に激しく打ちつけている。それでもキラは勇気を振《ふ》り絞《しぼ》り、頭を突《つ》き出して角の向こうを覗《のぞ》いた。そうするべきではなかったとしても、何が起きているのか知る必要があった。

恐《おそ》ろしいことに、死んでいるのか失神しているのか、ファルコーニたちが空中を漂《ただよ》っているのが見えた。ニールセンのスキンスーツは肩《かた》の部分が切れて血をしたたらせていて、ヴィシャルの太腿《ふともも》には金属片が突《つ》き刺《さ》さっている。トリッグとスパローはまだマシな状態のようだ——ヘルメットのなかで頭が動いているのが見える——が、パワードスーツは操作不能で動きを止められている。

彼《かれ》らの先にはエアロックがあり——その向こうには——エイリアンの船がある。背景に奇妙《きみょう》なマシンがそびえ立っている奥行《おくゆ》きのある暗い部屋がちらりと見えたかと思うと、触《しょく》手《しゅ》のある怪物《かいぶつ》が視界に入り込《こ》み、光をさえぎった。

そのジェリーはエアロックをいっぱいにふさぎそうなほどだった。怪我《けが》をしているらしい。腕《うで》に負った十数か所の裂傷《れっしょう》からオレンジ色の膿漿《のうしょう》がにじみ、甲殻《こうかく》はひび割れている。

邪身《ロングフレッシュ》！

ジェリーが〈ウォールフィッシュ〉号の船内へと這《は》い進んでくるのを、キラは立ちすくんで見つめていた。もし逃《に》げれば、相手の注意を引くだけだ。持っているライフルは小さすぎてジェリーを殺せる見込《みこ》みは薄《うす》いし、こちらが発砲《はっぽう》すれば敵は間違《まちが》いなく撃《う》ち返してくるだろう……

キラは唾《つば》を飲もうとしたけれど、砂埃《すなぼこり》が詰《つ》まっているみたいに口のなかがカラカラに乾《かわ》いていた。

枯葉《かれは》の擦《す》れるような静かな音を立てて、ジェリーが控《ひか》えの間《ま》に入ってくる。聞き覚えのあるその音にぞくりとして、キラは頭皮に刺《さ》すような痛みを感じた。遠い昔に聞いたことのある音。その音には、恐怖《きょうふ》から怒《いか》り、軽蔑《けいべつ》、焦燥《しょうそう》への〈近香《ニアセント》〉の移り変わりが伴《ともな》っている。

ソフト・ブレイドがその香りに反応するのは生来の本能だ――駆《か》り立てられているのが感じ取れる――が、キラは全力で抵抗《ていこう》した。

クルーは誰《だれ》ひとりまだ動きはじめておらず、いまやジェリーは宙に浮《う》いている彼《かれ》らの身体のあいだを進んできている。

キラは貨物室にいる子どもたちのことを思い、決意を固めた。こうなったのはわたしのせいだ。ジェリーの船に乗り込《こ》むことを提案したのはわたしだ。エイリアンを貨物室に行かせるわけにはいかない。それにエイリアンがファルコーニやクルーのみんなを殺すのを何もせずただ見ているわけにもいかない。たとえ自らの命を犠牲《ぎせい》にすることになっても、なんとかしなければ。

考えていたのは一瞬《いっしゅん》のことだった。キラはオーバーレイの十字線でジェリーを標的に定め、銃《じゅう》を構えて発射しようとした。

その動作がジェリーの注意を引いた。ジェリーは周囲に白い煙《けむり》の雲をもくもくと漂《ただよ》わせ、触手《しょくしゅ》を回して膿漿《のうしょう》をまき散らしながら身を翻《ひるがえ》した。キラは煙《けむり》の中心に向かってやみくもに発砲《はっぽう》したが、弾丸《だんがん》が命中していたとしても確認することはできなかった。

触手《しょくしゅ》が一本ヒュッと振《ふ》り動かされ、パワードスーツを着用したトリッグの足首に巻きつく。

「やめて！」キラは叫《さけ》んだが、遅《おそ》すぎた。ジェリーはトリッグを引きずりながら盾《たて》代わりにして、自分たちの船のなかへと引き返していく。

煙《けむり》の渦《うず》は控《ひか》えの間《ま》の通気口に吸い込《こ》まれて消えた。

2

「グレゴロ――」キラが呼びかけようとしたときには、シップ・マインドはもう話しはじめていた。

「スパロ〜のパワードスーツを再起動させるには、少し時間がかかりそうだ。ハンターはもう残っていないし、修理ボットはすべて地点防空レーザーで破壊《はかい》された」

残りのクルーはいまだなすすべもなくぐったりと宙を漂《ただよ》っている。クルーの助けを借りることはできず、貨物室にいる避難者《ひなんしゃ》たちとは距離《きょり》がありすぎるし、そもそもなんの準備もできていない。

キラは必死に頭を働かせて選択肢《せんたくし》を検討していった。時間が過ぎていけばいくほど、トリッグが生き延びる可能性が低くなっていく。

穏《おだ》やかな声で、状況《じょうきょう》にそぐわないほど穏《おだ》やかな声で、グレゴロヴィッチが言う。「お願いだ」

キラはやるべきことを悟《さと》った。これはもはや自分ひとりの問題ではない。恐怖《きょうふ》が血管を詰《つ》まらせているものの、そう考えれば迷いは薄《うす》れた。だけど武器がもっと必要だ。このライフルではジェリーに対してあまり効果を発揮できないだろう。

ソフト・ブレイドに念じて壁《かべ》から身体を引き剝《は》がし、壁《かべ》を蹴《け》ってファルコーニのもとへ向かうと、グレネードランチャー――フランチェスカ――のスリングを肩《かた》に引っ掛《か》ける。ランチャー上部の計数器には、ドラムマガジンに五発残っていることが表示されている。

これでどうにかするしかない。

必要以上に銃《じゅう》を強く握《にぎ》りしめ、キラはエアロックを振《ふ》り向いた。エアロック内部の細いひび割れが集中しているところから空気が白い流れになって漏《も》れ出ているが、船体がいますぐどうこうなるということはなさそうだ。

怖気《おじけ》づく前に、キラは枠箱《わくばこ》に足をかけて飛んだ。

3

キラは短いチューブのなかをエイリアンの船に向かって勢いよく進みながら、ジェリーのエアロックの奥《おく》を凝視《ぎょうし》し、ごくわずかにでも動きがあればいつでも撃《う》てるようにしていた。

神《トゥール》よ。いったい何をしているんだろう？　わたしは宇宙生物学者なのよ。兵士じゃなく。UMCが養成した遺伝子操作された筋骨隆々《きんこつりゅうりゅう》の殺人兵器でもないのに。

なのに、こんなことになっている。

ふと家族のことを思い、怒《いか》りが決意を強固にした。ジェリーに殺されるわけにはいかない。トリッグを傷つけさせるわけにも……ソフト・ブレイドからも同じような怒《いか》りが伝わってきた。古い苦痛に新たな怒《いか》りが積み重ねられている。

エアロックを出ると、エイリアンの船のほの暗いブルーの光に包まれた。

何か大きなものが背後から打ち当てられ、キラはカーブした壁《かべ》に倒《たお》れ込《こ》んだ。しまった！　左半身に激しい痛みが走り、恐怖《きょうふ》がたちまち戻《もど》ってくる。

ひとつに結ばれた触手《しょくしゅ》のかたまりが目の端《はし》にちらりと映ったかと思うと、ジェリーはキラにのしかかり、編まれたケーブル並みに強く頑丈《がんじょう》な腕《うで》の束で締《し》めつけてくる。〈近香《ニアセント》〉で鼻腔《びくう》をふさがれ、その強烈《きょうれつ》さに息苦しくなる。

ずるずるすべるように動いている腕《うで》の一本がキラの首に巻きついてぐいと引いた。

その動きはひどく荒々《あらあら》しく、キラは死んでいてもおかしくなかった。胴体《どうたい》から頭がもぎ取られていてもおかしくなかった。が、ソフト・ブレイドが硬直《こうちょく》し、部屋の奇妙《きみょう》な片隅《かたすみ》がおかしな角度にぼやけて見え、キラはさかさまになっていた。

胃がひっくり返り、キラは弾力性《だんりょくせい》のあるマスクのなかで吐《は》いた。

吐瀉物《としゃぶつ》はどこにも行き場がなかった。キラの口内を満たし——苦くて焼けるように熱い——、喉《のど》の奥《おく》へと逆流した。喉《のど》を詰《つ》まらせ、間違《まちが》った純粋《じゅんすい》な本能の働きによって、息をしようとしたが、喉《のど》を焼く一リットルの液体を飲んだみたいだった。

キラはパニックに陥《おちい》った。抑《おさ》えきれない理不尽《りふじん》なパニックに。手足をばたつかせ、マスクを掻《か》きむしった。興奮状態にあるせいで、引っ掻《か》いている指の下でスーツの繊維《せんい》が離《はな》れていることにもまともに気づいていなかった。

冷たい空気が顔に触《ふ》れ、口にたまった反吐《へど》をやっと吐《は》き出すことができた。胃をキリキリと締《し》めつけられるのを感じながら、激しく咳《せ》き込《こ》む。

塩水と胆汁《たんじゅう》のにおいが漂《ただよ》っていて、ソフト・ブレイドが鼻を覆《おお》っていなければ、このエイリアンの空気のせいで失神していたかもしれない。

キラは自制を取り戻《もど》そうとしたけれど、身体がどうしても言うことを聞かなかった。身を折って咳《せ》き込《こ》みながら、見えているのは身体に巻きついたまだらなオレンジ色の肉と、ディナープレートほどの大きな吸盤《きゅうばん》だけだ。

ゴムみたいな肢《あし》がきつく締《し》めつけてくる。キラの両脚《りょうあし》ぐらいの太さで、ずっと屈強《くっきょう》だ。防御《ぼうぎょ》しようとキラはスーツを強化した（あるいはスーツが自発的にやった）が、それでもジェリーが押《お》しつぶそうとする圧迫感《あっぱくかん》が強くなっていくのを感じた。

《こちらシーファー：死ね、二形態《ツーフォーム》！　死ぬがいい》

キラはゲホゲホと咳き込みつづけ、息を吐《は》くたびに触手《しょくしゅ》がさらに強く締《し》めつけてきて、次第に呼吸するのも困難になってくる。振《ふ》りほどこうと無我夢中で身をよじっても無駄《むだ》だった。そのときキラのなかに恐《おそ》ろしい確信が広がった。わたしは死ぬんだ。それがわかった。ジェリーはわたしを殺して、ソフト・ブレイドを自分たちの種族に奪《うば》い返し、それでおしまいだ。そう実感するとぞっとした。

視界いっぱいに真紅の火花が広がり、自分がいまにも意識を失いそうになっているのを感じた。心のなかでソフト・ブレイドになんとかして助けてくれないかと訴《うった》えかけた。お願い！　けれどキラの訴《うった》えにはなんの効果もないらしく、そのあいだもずっと身体にかかる重圧は増していき、やがては骨が折れてエイリアンは自分を血まみれの肉塊《にくかい》に成り果てさせるのだろうと思った。

触手《しょくしゅ》に締《し》めつけられて、肺にわずかに残っていた空気まですっかり吐《は》き出し、キラはうめいた。目に映る火花がかすみ、それとともに切迫感《せっぱくかん》も絶望もすべて薄《うす》れていく。ぬくもりが、心地よいぬくもりが満ちていき、それまで心配してきたことがもうどうでもよくなった。そもそも何をそんなに心配していたというのだろう？

……
……
……

彼女《かのじょ》はフラクタル図形の前に浮《う》かんでいた。直立している石の表面に刻みつけられた青黒い図形。それは彼女《かのじょ》の理解能力を超《こ》えた複雑なデザインで、眺《なが》めているあいだに模様が変わり、縁《ふち》の部分をかすかに光らせながら変形し、未知のロジックの規則に従って発達し展開していく。彼女《かのじょ》の視覚は人間のそれを凌駕《りょうが》していた。果てしなく伸《の》びる長い縁《ふち》が発している力が表すラインが見えた——莫大《ばくだい》なエネルギーの放出を示す電磁エネルギーの閃光《せんこう》が。

それはソフト・ブレイドが務めている図案なのだとキラにはわかった。務めている、あるいはソフト・ブレイドの存在自体か。そしてこの模様には問いが内在していることに気づいた。このゼノの本質に関係した選択《せんたく》が。自分もそのパターンに従おうか？ それとも模様を無視して新たな線——自分自身の線——をこの案内図に刻みつける？

答えを出すには、彼女《かのじょ》が持っていない情報が必要だった。それは彼女《かのじょ》が勉強していなかった試験であり、質問のパラメーターを理解していなかった。

だが、移り変わる形を眺《なが》めているうちに、キラは痛みと怒《いか》りと恐怖《きょうふ》を思い出した。自分自身とソフト・ブレイドの感情が組み合わさって、どっとあふれ出す。その図形が何を意味しているとしても、グラスパーが悪いことと、生きたいという自分の欲求と、トリッグを助けなければいけないことは確かだ。

そのためにキラは戦うつもりであり、グラスパーを阻止《そし》するためなら殺して破壊《はかい》するつもりだった。

すると視界がくっきりして畳《たた》み込《こ》まれていき、まるでフラクタル図形のなかに落ちていくみたいだった。無限に重なり合う精細に描《えが》かれた層が目の前に広がり、主題と変化の完全な宇宙となって花開いていく……。

痛みがキラを呼び覚ました。焼けつくようなひどい痛み。胴部《どうぶ》の圧迫感《あっぱくかん》は消え、必死にあえいで肺を満たすと悲鳴を漏《も》らした。

視界がクリアになり、まだ身体に巻きついたままの触手《しょくしゅ》が見えた。ただし、いまでは棘《とげ》の帯——黒く光沢《こうたく》があり、なじみあるフラクタルの形に絡《から》み合っている——が胴部《どうぶ》から伸《の》び、ピクピクと痙攣《けいれん》する肢《あし》を刺《さ》し貫《つらぬ》いている。新たに加わったものでありながら覚えのあるこの棘《とげ》には、自分の手足と同じような感覚があった。押《お》し当てられた肉と骨の熱さを感じ、周りには体液が飛び散っている。瞬間《しゅんかん》的に、スーツがアランやみんなを突《つ》き刺《さ》した記憶《おく》が割り込《こ》んできて、キラは身震《みぶる》いした。

無意識のうちにキラは叫《さけ》び、腕《うで》を使って触手《しょくしゅ》を叩《たた》き切った。そうしながら、スーツが新しい形を取り、そこにいないのかと思うような半透明《はんとうめい》のジェリーの肉体をこの腕《うで》で切っているのを感じた。

オレンジ色の液体が跳《は》ねかかる。苦い金属のにおいだ。キラはぞっとして首を振《ふ》り、膿漿《のうしょう》のしずくを払《はら》い落とそうとした。

触手《しょくしゅ》を断ち切り、キラはエイリアンから解放された。ジェリーは死の苦しみに身体を痙攣《けいれん》させながら部屋の反対側へと漂《ただよ》い流されていき、あとには切り離《はな》された肢《あし》が残った。触手《しょくしゅ》は頭のない蛇《へび》みたいに空中でとぐろを巻いてのたくっている。切断した付け根の中央に骨の芯《しん》が見えた。

ソフト・ブレイドは自発的に棘《とげ》を引っ込《こ》めた。

キラはぶるっと身震《みぶる》いした。このゼノはついにわたしと一緒《いっしょ》に戦うことを決めたわけね。ならいい。だったら勝算はあるかもしれない。ともかく、うっかり刺《さ》してしまったらと心配する相手はここにはいない。いまのところは。

キラは周りの様子をじっくり見わたした。

エイリアンたちと同じく、この部屋にも上下の区別がない。その空間の前半分から発散された光があたりを均一に照らしている。黒い光沢《こうたく》のある得体の知れぬ機器類が湾曲《わんきょく》した壁《かべ》から突《つ》き出していて、薄暗《うすぐら》い広がり——半ば闇《やみ》に消えかけている——の三分の二周が、ある種の室内扉《とびら》とおぼしきフジツボみたいな巨大《きょだい》な貝殻《かいがら》だった。

その部屋の光景に、キラは強烈《きょうれつ》な既《き》視《し》感《かん》を覚えた。視界がちらつき、別の似たような船の壁《かべ》が亡霊《ぼうれい》みたいに目の前に現れた。一瞬《いっしゅん》、自分がふたつの異なる場所、異なる時代に存在するような感じがして——

頭を振《ふ》ると、そのイメージは消えた。「やめて!」キラはソフト・ブレイドに怒《ど》鳴《な》った。そんなことに気を取られている場合じゃない。

こんな悲惨《ひさん》な状況《じょうきょう》じゃなければ、キラは喜んでこの部屋のなかを徹底《てってい》的に調べ尽《つ》くしていただろう。これは宇宙生物学者の夢だ。ミクロからマクロまで生きている異星生物をいっぱいに乗せた、本物の異星生物の船。この空間の一平方インチだけでも、一生分のキャリアを築くのに充分《じゅうぶん》なほどだ。それよりなにより、キラはとにかく知りたかった。常々《つねづね》そう望んできた。

だけど、いまはそのときじゃない。

この部屋にトリッグの気配はない。つまり、一体かそれ以上のジェリーがまだ生きているということだ。

いくらか離《はな》れた壁《かべ》のそばにファルコーニのグレネードランチャーが浮《う》かんでいるのを見

つけた。キラは船体の内側に手のひらをくっつけながら、そちらへと近づいていく。

エイリアンを殺した！　このわたしが。キラ・ナヴァレスが。その事実に困惑《こんわく》と驚《おどろ》きを覚えるのと同じぐらい、ある程度の冷酷《れいこく》な満足感も味わっていた。

「グレゴロヴィッチ」キラは呼びかけた。「やつらがトリッグをどこへ連れて行ったか心当たりは――」

シップ・マインドはもうしゃべりはじめていた。「そのまま直進を。正確な位置は指示できないが、きみは正しい方向へ向かっている」

「了解《りょうかい》」キラはグレネードランチャーを回収した。

「スパローについてはジョラスとヴェーラが協力してくれている。私は発信に使われる周波数を妨害《ぼうがい》しているから、ジェリーはきみに気づいても信号を送れないかもしれない。とはいえ、レーザーを使った見通し内通信なら可能だ。用心しろ」

グレゴロヴィッチが話しているあいだに、キラはスーツに命じてフジツボに似た貝殻《かいがら》のほうへ進んでいった。真空にいるように、ソフト・ブレイドはキラにまずまずの推力を与《あた》えることができた――数秒でその距離《きょり》を移動するには充分《じゅうぶん》すぎるほどに。

衝動《しょうどう》はいまや頭痛がするほど強くなり、じわじわとしつこく迫《せま》っていた。キラは顔をしかめ、動悸《どうき》を無視して集中しようと努めた。

貝殻《かいがら》は三つのくさび形に分かれて隔壁《かくへき》に格納され、奥《おく》に長い円筒形《えんとうけい》のシャフトが現れた。シャフトには不規則な間隔《かんかく》をあけてさらにドアが点在し、いちばん奥《おく》には光のパネルが輝《かがや》いている。コンピューター機器かもしれないし、ただの芸術品かもしれない。それは知りようがなかった。

キラはグレネードランチャーを構えたまま、シャフトのなかへと進んでいった。トリッグはどの部屋にいてもおかしくない。すべて調べる必要がある。船の後部にはエンジンがあったが、それ以外は何がどこにあるのか見当もつかなかった。ジェリーは集中司令部を置いていただろうか？　それについてニュースで報じられていた記憶《きおく》はないけれど……。

近くの壁《かべ》沿いに小さな動きがあった。キラが身をひねると、開いたドアからカニに似たエイリアンがすべり出てくるのがちょうど見えた。

ジェリーは連続してレーザービームを発射してきた。光線はキラの身体を傷つけることなく曲がっていく。レーザーの光は速すぎて普通《ふつう》の人間の目では捉《とら》えられないほどだ。けれどマスクで顔を覆《おお》われたキラには、波動が十億分の一秒《ナノセカンド》の閃光《せんこう》として見えていた。現れたり消えたりする白熱した光線として。

キラはとっさにグレネードランチャーを発射していた。というよりも、ソフト・ブレイドが代わりに発射したのだ。キラは引金を引いた自覚もなく、次の瞬間《しゅんかん》には銃床《じゅうしょう》が肩《かた》に反動で当たり、キラの身体は独楽《こま》のように回転しながら後ろに吹《ふ》き飛ばされた。
これはもう大砲《たいほう》並みの威力《いりょく》だ。

ドドーン!

擲弾《てきだん》は脈打つ光を発しながら爆発《ばくはつ》し、あまりのまぶしさに視界がかすんでほとんど真っ黒になる。キラは爆発《ばくはつ》の威力《いりょく》を内臓に感じた。肝臓《かんぞう》が痛み、腎臓《じんぞう》にも痛みがあり、それまで気にしていなかった全身の筋肉も腱《けん》も靭帯《じんたい》も、不満の合唱を高らかに歌って自らの存在を知らしめようとしていた。

キラは何かを、なんでもいいから手の届くものをつかもうともがいた。まったくの幸運によって壁《かべ》の突起《とっき》部が手をかすめ、ゼノは石のようになめらかな表面に付着してキラが転がるのを阻止《そし》した。キラは大きく息を吸い込《こ》み、心臓をバクバクさせながらそこにぶら下がったまま、自分がどこにいてどっちを向いているのか改めて確かめようとした。向こうには粉砕《ふんさい》されてどろどろになったジェリーの残骸《ざんがい》が浮《う》かんでいる。通路はオレンジ色の霧《きり》で覆《おお》われていた。

この生物は何をしようとしていたのだろう? こっそり忍《しの》び寄ろうとしていた? キラは説明のつく理由を考えながら、胃のなかに無重力とはなんの関係もない虚脱感《きょだつかん》を覚えていた。あのカニはわたしを足止めするために——失敗すると知りながら——送り込《こ》まれていて、残りのジェリーはそのあいだにどこか別の場所で汚《きたな》い不意打ちの準備をしていたのだ。

キラは激しく息を吸った。吐《は》いたものの酸っぱさがまだ口のなかにはっきり残っている。自分が取れる最善の行動は、エイリアンに一挙手一投足を予測されないことを願いながら、このまま捜《さが》しつづけることだ。

グレネードランチャーを一瞥《いちべつ》する。残りは四発。無駄《むだ》にはできない。

身体を振《ふ》り向かせて、ジェリーが現れたフジツボのドアを見やった。くさび形の割れた貝殻《かいがら》が外れかかっている。その先には、緑がかった水が半分まで入った球状の部屋がある。その穏《おだ》やかな水槽《すいそう》のなかには藻《も》に似たリボン状のものが漂《ただよ》っていて、傾《かたむ》いた水面の上を小さな虫みたいな生物が線や円を描《えが》きながらすべるように動いている。パ、リパ、リしていて、皮膚の上をすばやく動く感覚とともに、〝スフェニック〟という言葉がふと頭に浮《う》かんでくる……水底にはポッドかワークステーションらしきものがあった。

船が自由落下しているのだから、水は揺《ゆ》れながら室内のあちこちに流れて跳《は》ね散っているはずだった。ところが、水はこの部屋の半分の高さから動かず、惑星《わくせい》にあるプールみたいにじっと安定している。

キラはジェリーの人工重力の効果だと気づいた。自分自身は入口からこの部屋まで何も感じなかったので、局所的な重力場のようだ。

キラは人工重力にはそれほど興味がなかった。それよりも〝スフェニック〟と藻《も》に似た培養物《ばいようぶつ》について調査したかった。わずかな細胞《さいぼう》でもゲノム解析《かいせき》をするには充分《じゅうぶん》だろう。

だけど立ち止まっている暇《ひま》はない。

恐《おそ》れず先を急ぎ、いくつかの部屋を次々と確認していく。どの部屋にもトリッグの姿はなく、なんのために使われている部屋なのかもさっぱりわからない。ここはバスルームかもしれない。そっちは霊廟《れいびょう》かも。全然違《ちが》うのかもしれない。ソフト・ブレイドは教えてくれず、その助けがなければどんな解釈《かいしゃく》でもありえそうだった。異なる文化（人間でもそれ以外でも）に対処するときは、そこが問題なのだ。背景に対する知識不足が。

ひとつだけ確実に言えることがある。ソフト・ブレイドが乗っていた時代よりあとに、ジェリーは船内のレイアウトを変更《へんこう》していた。部屋の配置にまったくなじみがない。戦闘《せんとう》で受けたダメージの跡《あと》がそこかしこに見て取れた。榴散弾《りゅうさんだん》であいた穴、レーザーによる焦《こ》げ、溶《と》けた合成物――マルパート・ステーションでUMCと衝突《しょうとつ》した痕跡《こんせき》だ。明かりがちらつき、船内のどこからかゆがんだクジラの歌のような警報音が鳴り響《ひび》いている。

この香り……警告、危険、恐怖《きょうふ》の香りが空気を汚《よご》している。

シャフトの端《はし》まで来ると通路が分岐していた。キラの本能は左へ行けと告げていたので、切羽詰《せっぱつ》まって駆《か》り立てられながら左に進んだ。トリッグはどこにいるの？　少年を救うにはもう手遅《ておく》れなのではないかと不安になりはじめていた。

あちこちに現れる貝殻《かいがら》のドアをさらに三つくぐり抜《ぬ》け、四つ目のドアの先にはまた球状の部屋があった。

その部屋は桁外《けたはず》れに広く感じられた――外側に広がった壁《かべ》はわずかにカーブしている――が、実際にどれぐらいの広さなのかは確信が持てなかった。分厚い煙《けむり》の層が空気の流れを妨《さまた》げ、通常は青い照明を暗くしていて、自分の腕《うで》より先の場所は見づらいほどだ。恐怖《きょうふ》が忍《しの》び寄ってきていた。この部屋は待ち伏《ぶ》せするには申し分ない場所だ。

見ないといけなかった。見ることさえできれば……。その欲求に集中し、懸命《けんめい》に集中していると、眼球の上がむずむずするのを感じた。絞《しぼ》られているシーツみたいに視界がねじれたかと思うと、パッと平らになって靄《もや》が晴れたようになり（部屋のいちばん奥《おく》ははっきり見えないままだったけれど）、すべてがモノクロームになった。

この部屋は直径が三十メートル以上はあるに違《ちが》いない。ほかの部屋とは違《ちが》って、そこらじゅう建造物だらけだ。白い枝状の足場が骨のような土台にぽつぽつと穴をあけている。部屋の奥《おく》半分の内周に黒い通路が走っている。通路の両側の壁《かべ》に据《す》えつけられているのは、ずらりと並んだ……ポッドのようだ。巨大《きょだい》で頑丈《がんじょう》、電気の低いうなりを立てていて、輝《かがや》く磁力のリングで見えない回路に繋《つな》がっている。

強い恐怖《きょうふ》と好奇心《こうきしん》がないまぜになって、キラはすぐそばのポッドを観察した。

ポッドの前面は半透明《はんとうめい》の素材でできていて、卵の皮みたいな薄《うす》い乳白色をしている。その向こうには不明瞭《ふめいりょう》で複雑なはっきりしない形が見えていて、それがなんなのかは断定しがたかった。

その物体が動いた。間違《まちが》いなく生きている。

キラは息をのんで飛びのき、グレネードランチャーを構えた。ポッドのなかにいるのはジェリーだ。触手《しょくしゅ》で自らを抱《だ》いて、粘《ねば》り気のある液体のなかでそっと上下に動いている。

キラはもう少しでその生物を撃《う》つところだった。けれど、それがキラの突然《とつぜん》の動きに反応しなかったこと——そして無駄《むだ》に注意を引きたくなかったこと——から思いとどまっていた。これは分娩室《ぶんべんしつ》なのだろうか？　それともクライオ・チューブ？　睡眠《すいみん》コンテナ？ある種の託児所《たくじしょ》？　キラは室内を見回した。マスクの下で唇《くちびる》を動かしながら数えていく。一、二、三、四、五、六、七……計四十九。ポッドのうち十四個は残りのものより小さかったが、それにしたって、すべてのポッドが埋《う》まっているなら、さらに四十九体のジェリーというわけだ。キラと〈ウォールフィッシュ〉号のみんなを制圧するには余りある。

トリッグ。

ポッドの心配は後回しだ。

キラは入口のへりに足を踏《ふ》ん張ってからキックすると、足場の桁《けた》のひとつを目指して飛んだ。向かっている途中《とちゅう》で、薄暗《うすぐら》い部屋の奥《おく》のほうから銀の棒が勢いよく飛んできた。

キラは腕《うで》をさっと上げて棒を払《はら》いのけた。手首が折れないよう、ゼノが前腕《ぜんわん》の周りを硬《かた》くしていた。

その動きと衝撃《しょうげき》によって、キラの身体は回転しながらそれていく。桁《けた》をつかもうとしたけれど、指先が空を切る——つかみ損ねたはずだった。そのまま回転しつづけるはずだった。ところが実際は、キラは手を伸《の》ばし、ソフト・ブレイドも手を伸《の》ばし、キラの指先から巻きひげを成形して突《つ》き出し、それを桁《けた》に巻きつけたので、キラは歯をカチカチ鳴らしながら止まることになった。

そういうこともできるのね。

桁《けた》から桁《けた》へと飛び移りながら後ろからキラを追いかけてきている鉤爪《かぎづめ》のある何かが見えた。闇《やみ》に包まれたその生物は、ほぼ真っ黒に見えた。鋭《するど》くとがった棘《とげ》と鉤爪《かぎづめ》、妙《みょう》に小さな肢《あし》があらぬ角度で突《つ》き出している。これまでに見たことのないタイプのジェリーだ。その生物のサイズは測定しがたいけれど、キラよりも大きい。鉤爪《かぎづめ》のひとつに、銀の棒をもう一本つかんでいる。棒は長さ一メートルで鏡のように光っていた。

キラはエイリアンを狙《ねら》ってフランチェスカを発射したが、相手の動きはあまりに俊敏《しゅんびん》で、スーツの助けを借りていても命中させることはできなかった。擲弾《てきだん》は部屋の反対側で爆発《ばくはつ》し、ポッドのひとつを破壊《はかい》して稲妻《いなずま》のような閃光《せんこう》であたりを照らした。

その光でふたつのものがちらりと見えた。部屋の奥《おく》のほうで桁《けた》に繋《つな》がれている人間の形をした大きな姿。トリッグだ。そしてエイリアンの鉤爪《かぎづめ》がさっと動き、二本目の棒をこっちに投げてくるのも。

避《よ》けきれなかった。棒はキラの肋骨《ろっこつ》に刺《さ》さり、ソフト・ブレイドが必死に守ろうとしてくれていても、衝撃《しょうげき》に目がくらみ痛みにあえいだ。わき腹の半分の感覚がなくなり、グレネードランチャーを取り落とす。グレネードランチャーはくるくる回って遠ざかっていった。

トリッグ！　どうにかしてあの子のところまで行かないと。

エイリアンは鉤爪《かぎづめ》をカチカチさせてキラに飛びかかってきた。この生物はほかのジェリーとは違《ちが》う。触手《しょくしゅ》を持たず、皮膚《ひふ》の柔《やわ》らかい弾力《だんりょく》ある身体の片側に沿って密集した目らしきものとその他の感覚器官が見える。未発達の顔によって、どちらの面が前でどちらの面が後ろかはっきりわかった。

キラはソフト・ブレイドとともに死《し》に物狂《ものぐる》いで攻撃《こうげき》しようとした。打て！　切りつけろ！　引き裂《さ》け！　キラはゼノがこれらの指示通りに動いてくれることを願った。

そうなった。が、キラが思っていたのとは違《ちが》うやり方で。

キラの身体からひとかたまりのスパイクが飛び出し、無秩序《むちつじょ》に荒々《あらあら》しく手あたり次第に突《つ》いていく。ひと突《つ》きするごとにこちらもパンチを受けているようで、この危険なスパイクの反対方向にキラの身体は押《お》しやられた。キラは自らの意志で動きを命じようとして、ゼノが命令に反応するのは感じられたが、その反応は協力的とはとても言えないものだった――不釣《ふつ》り合いな刺激《しげき》に過剰《かじょう》に反応して、獲物《えもの》を追って手足を激しく振《ふ》り動かしている目の見えない獣《けもの》だ。

瞬間《しゅんかん》的な反応だった。鉤爪《かぎづめ》のあるエイリアンは空中で身をよじって軌道《きどう》を逸《そ》れ、間一髪《かんいっぱつ》で突《つ》き刺《さ》されるのを逃《のが》れた。それと同時に、衝撃《しょうげき》、恐怖《きょうふ》、それにどこか崇敬《すうけい》にも似た〈近香《ニアセント》〉がほとばしり、空気を汚染《おせん》した。

《こちらクヴェティ：アイディーリスだ！*90　多形態《メニーフォーム》は生きている！　止めてくれ！》

キラがスパイクを引っ込《こ》めてグレネードランチャーに飛びつこうとしたとき、しがみついている桁《けた》につるつるした柔《やわ》らかいものが這《は》うように絡《から》みついてきた。探りを入れている太い触手《しょくしゅ》だ。キラは触手《しょくしゅ》を切りつけたが、遅《おそ》すぎた。幹のような分厚い筋肉でぴしゃりと打たれ、キラは真っ逆さまに吹《ふ》き飛ばされて別の足場の一部に背中を叩《たた》きつけられた。

スーツを通しても衝撃《しょうげき》は伝わり、痛みが広がった。キラは痛みをこらえて姿勢を保つことに集中し、ソフト・ブレイドは桁《けた》にしがみついて、キラが螺旋《らせん》を描《えが》きながら落ちていくのを防いだ。

鉤爪《かぎづめ》の怪物《かいぶつ》はソフト・ブレイドの届かない距離《きょり》にある分岐した柱にくっついている。そして骨ばった腕《うで》を上げて、狂気《きょうき》のカスタネットダンサーみたいに鉤爪《かぎづめ》をカチカチいわせながら、キラに向かって振《ふ》り動かしてみせた。

その向こうでは、触手《しょくしゅ》の持ち主——また別のイカ型ジェリー——が、さっきキラが叩《たた》き落された桁《けた》の後ろから姿を現した。イカの触手《しょくしゅ》は光のすじが脈打ち、暗がりのなかで驚《おどろ》くほど明るく輝《かがや》いている。エイリアンが触手《しょくしゅ》の一本に握《にぎ》っているのは——レーザー銃《じゅう》ではない。長くて銃身《じゅうしん》が平べったいなんらかの武器だ。携帯式電磁砲《けいたいしきレールガン》？

十から十二メートル先にグレネードランチャーがある。

キラは飛びついた。

二枚の板が打ち合わされたような衝突音《しょうとつおん》がして、肋骨《ろっこつ》に突然《とつぜん》鋭《するど》い痛みが走った。鼓動《こどう》が乱れ、一瞬《いっしゅん》目の前が真っ暗になる。

キラはパニックに陥《おちい》って、ソフト・ブレイドを激しく振《ふ》り動かし、あらゆる方向を突《つ》き刺《さ》していった。けれど、それではなんの効果もなく、今度は右脚《みぎあし》に急激な痛みを覚えた。

身体がくるくる回転しはじめている。

視界がはっきりし、キラはグレネードランチャーに衝突《しょうとつ》した。グレネードランチャーをつかんだとき、鉤爪《かぎづめ》のあるカニのようなエイリアンが飛びかかってくるのが見えた。

スーツはスパイクをくり出しつづけたが、エイリアンは軽々《かるがる》かわしていった。分節した身体についた腕《うで》を広げ、のこぎりのように鋭《するど》くギザギザの棘《とげ》をキラの頭へと伸《の》ばしてくる。その先端《せんたん》のあいだを電気が走り、溶接光《ようせつこう》のようにまぶしい火花を散らしている。

客観的な分析《ぶんせき》から、キラはエイリアンが自分の首を切り落とすことでソフト・ブレイドとの絆《きずな》を断ち切ろうとしているのだと理解した。

キラはライフルを構えようとしたが、遅《おそ》かった。あまりにも遅《おそ》すぎた。エイリアンがキラに激突《げきとつ》する寸前、その横腹からえぐり取られた肉が飛び散った。部屋の向こうでトリッグのパワードスーツが腕《うで》をおろした。

エイリアンはキラの顔にぶつかった。エイリアンの脚《あし》で頭を包まれ、柔《やわ》らかい腹部に顔を覆《おお》われてすべてが真っ暗になる。左の前腕《ぜんわん》を両側から挟《はさ》まれて、押《お》しつぶされそうに圧《あっ》迫《ぱく》されて激痛に襲《おそ》われる。その痛みはあまりに激しく、感じるだけではなく視覚にも表れた——腕《うで》から放射されている黄色のどぎつい光の洪水《こうずい》として。

マスクのなかでキラは悲鳴をあげ、反対の腕《うで》でエイリアンを殴《なぐ》り、ひたすら殴《なぐ》りつづけた。こぶしを受けた筋肉がへこみ、骨か骨のようなものが砕《くだ》けた。

痛みは永遠につづくかに思われた。

始まりと同じぐらい突然《とつぜん》に、腕《うで》の圧迫感《あっぱくかん》が消え、鉤爪《かぎづめ》のエイリアンはぐったりとなった。

キラは身を震《ふる》わせて死骸《しがい》を押《お》しやった。薄暗《うすぐら》い光の下で、エイリアンは死んだ蜘蛛《くも》みたいに見えた。

キラの前腕《ぜんわん》は不自然な角度で肘《ひじ》から垂れ、スーツもその下の筋肉も貫通《かんつう》したぎざぎざの裂傷《れっしょう》によって切断されかけている。けれどキラが見ているうちにも黒い糸が傷口を往復して縫《ぬ》い合わせ、ソフト・ブレイドが裂傷《れっしょう》をふさいで腕《うで》を治しはじめているのがわかった。

キラが気を取られているあいだに、もう一体のジェリーがトリッグのほうへ飛んでいき、パワードスーツに覆《おお》いかぶさっていた。触手《しょくしゅ》を使って手足をそれぞれ引っ張り、曲げたりねじったりしながら、パワードスーツ（そしてトリッグ本人）をばらばらに引き裂《さ》こうとしている。

あと数秒もすれば、それが実現するはずだ。

ジェリーのそばに桁《けた》が一本あった。キラはグレネードランチャーでその桁《けた》を狙《ねら》い、トリッグの無事を願ってトゥールに短い祈《いの》りを捧《ささ》げ、発射した。


ドドーン！

衝撃波《しょうげきは》がジェリーの触手《しょくしゅ》を三本引きちぎり、甲羅《こうら》を粉砕《ふんさい》し、不気味な噴水《ふんすい》のように膿漿《のうしょう》をまき散らした。切断された触手《しょくしゅ》はよじれてのたうちながら飛んでいった。

トリッグも吹《ふ》き飛ばされていた。少しのあいだ動かなかったが、やがてパワードスーツがピクッと動き、手足の飛行姿勢制御《せいぎょ》用ジェットに点火して向きを変えていく。

キラはトリッグのもとへ駆《か》け寄った。彼《かれ》がまだ生きていることが信じられない――ふたりとも生き延びたことが。彼《かれ》を傷つけないで、彼《かれ》を傷つけないで、彼《かれ》を傷つけないで……ソフト・ブレイドが聞き入れてくれるよう願いながら、キラは心のなかで訴《うった》えかけた。

キラが近づくと、トリッグのバイザーの色がクリアになって顔が見えた。その顔は真っ白で汗《あせ》をかいていて、青みを帯びた光を浴びているせいでひどく具合が悪そうに見える。

トリッグはキラを見つめた。瞳孔《どうこう》が白く縁《ふち》どられている。「何が起きた⁉」

キラはソフト・ブレイドから突《つ》き出たままのスパイクを見下ろした。「あとで説明する。ねえ、大丈夫《だいじょうぶ》?」

トリッグはうなずき、鼻から汗《あせ》を振《ふ》り払《はら》った。「うん。パワードスーツをリブートしなきゃならなかったんだ。再起動するまでずいぶん時間がかかって……ああくそ、手首が折れてるかもしれないけど、これぐらいなら――」

そこにファルコーニの声が割り込《こ》んできた。「ナヴァレス、聞こえるか? どうぞ」声の向こうに叫《さけ》び声とパン！　パン！　パン！　と銃声《じゅうせい》が聞こえている。

「聞こえてる。どうぞ」キラは返事した。

「トリッグは見つかったのか？　いまどこに――」

「彼《かれ》もここにいる。無事よ」

同時にトリッグが言う。「キャプテン、ぼくは大丈夫《だいじょうぶ》です」

「だったらさっさと右舷《うげん》の貨物室に降りてこい。こっちに別のジェリーがいる。船のなかに入り込《こ》んできやがった。動きは抑《おさ》え込《こ》んだが、好位置が取れずにいて――」

キラとトリッグはもう動き出していた。

4

「つかまって」トリッグが叫《さけ》んだ。キラがパワードスーツのてっぺんについたハンドルに片手を引っ掛《か》けると、トリッグはスラスタに点火し、ふたりは入ってきたドアへと飛んでいく。

今回は貝殻《かいがら》が開かず危うく衝突《しょうとつ》しかけたが、トリッグはどうにか止まった。彼《かれ》は片方の腕《うで》を上げ、周りの壁《かべ》にレーザーを発射した。すばやく三回切りつけて、仕組みはわからないがドアについている制御装置《せいぎょ》を切断すると、くさび形の貝殻《かいがら》が分かれてだらりと垂れさがり、その基部の周りの密閉部から青白い液体がにじみ出てきた。

開口部を飛んでくぐり抜《ぬ》けるとき、くさびの先端《せんたん》が背中をこすり、キラはぞっとした。

部屋の外に出ると、キラを召喚《しょうかん》する力は執拗《しつよう》かつ魅惑《みわく》的で無視できないほどのものになった。その力はキラをそばにある隔壁《かくへき》のカーブした一画へと引き寄せている――隔壁《かくへき》のほうへ、そしてその先へと。もしも信号をたどっていけば、間違《まちが》いなくその出どころを見つけられるはずで、そうなればキラは楽になり、ソフト・ブレイドの起源と性質についての答えも得られるかもしれない……。

「捜《さが》しに来てくれてありがとう」トリッグが言った。「死ぬかと思った」

キラはうめくように言う。「いいから急ぎましょう」

ほかのどのドアも、すんなり開いてふたりを通そうとはしなかった。トリッグが切り開くのに数秒しかかからなくても、手間取るたびにキラは恐怖《きょうふ》と焦燥感《しょうそうかん》を募《つの》らせた。

光を明滅《めいめつ》させている壁板《かべいた》をふたりは飛びながら通り過ぎていった。円筒形《えんとうけい》のシャフトを降り、藻《も》の水槽《すいそう》の部屋と冠羽《かんう》のある小さな昆虫《こんちゅう》を越《こ》えていく。それから、最初のジェリーの死骸《しがい》が宙に浮《う》かびながら膿漿《のうしょう》や体液を漏《も》らしている、船のエアロックに向かった。

エアロックに着くと、キラはトリッグから離《はな》れた。「撃《う》たないで！」トリッグが声を張りあげる。「ぼくたちだよ」

予告しておくのは賢明《けんめい》なやり方だった。〈ウォールフィッシュ〉号の控《ひか》えの間《ま》ではヴィシャル、ニールセン、エントロピストたちが待ち構えていて、開いたエアロックに武器の狙《ねら》いを定めていた。ヴィシャルの脚《あし》には榴散弾《りゅうさんだん》が当たったところに包帯が巻かれている。

キラたちが飛んでくるのを見て、ニールセンはホッとした顔になった。「急いで」と言って、ふたりのために道をあける。

キラはトリッグにつづいて船の中心部に向かい、船尾《せんび》のほうの最下階にある貨物室へと進んでいく。近くまで来ると、レーザービームと砲撃《ほうげき》の音に加えて、おびえた乗客の悲鳴も響《ひび》いてきた。

右舷《うげん》の貨物室に着くと、ふたりは気密扉《とびら》の後ろで止まり――警戒《けいかい》して――、ドア枠《わく》の向こうを覗《のぞ》き込《こ》んだ。

避難者《ひなんしゃ》たちは貨物室の片側の奥《おく》に全員が寄り集まり、心もとないものではあったが枠箱《わくばこ》を盾《たて》にして、その後ろに身を隠《かく》している。貨物室の反対側の奥《おく》には触手《しょくしゅ》を持つジェリーが潜《ひそ》んでいた。ジェリーもまた、自分の枠箱《わくばこ》の後ろに身体を平らにしてくっついている。その横の船体には、直径五十センチほどのぎざぎざの穴があいていた。ヒューヒューと音を立てながら通り抜《ぬ》ける風がゆるんだ壁板《かべいた》を穴へと引き寄せ、その一部をふさいでいる。わずかな幸運。小さな開口部を通して暗い宇宙が見える。

ファルコーニ、スパロー、ファジョンは貨物室の中央に広がり、肋材《ろくざい》にしがみつきながら時としてジェリーに発砲《はっぽう》している。

避難者《ひなんしゃ》たちがジェリーに撃《う》たれることなくここから出ていくのは不可能なのだ、とキラは気づいた。そしてジェリーのほうは、動こうとすればファルコーニたちに撃《う》たれることになる。

貨物室のドアが開いていても、数分もすれば酸素が尽《つ》きてしまう。もうもたない。酸素はすでに薄《うす》くなっていて、空気は危険なほど冷えているのがわかる。

「ここにいて」キラはトリッグに声をかけ、返事も待たずにひとつ息を吸い込《こ》むと、恐怖《きょうふ》をよそにファルコーニのほうへジャンプした。

ジェリーがレーザービームを発射し、ジジジという音が六回聞こえた。エイリアンがはずしたはずはなかったが、キラは命中するのを一発しか感じなかった。肩《かた》を深々《ふかぶか》と刺《さ》し貫《つらぬ》く白熱した針。息をのむ間もなく、痛みは引きはじめた。

ファルコーニとスパローがキラを援護《えんご》しようとして、集中射撃《しゃげき》を開始する。

ファルコーニの横に着地すると、彼《かれ》はキラの身体が押《お》し流されていかないよう腕《うで》をつかんだ。「ちくしょう！　まったく何を考えてるんだ？」ファルコーニは怒鳴《どな》った。

「助けに来たの。ほら」キラはファルコーニにグレネードランチャーを押《お》しつけた。

船長の顔がパッと明るくなる。彼《かれ》はキラから武器を奪《うば》い取ると、一瞬《いっしゅん》のためらいもなく胸の上にさっと構えてジェリーに発射した。

ドドーン！ 白い閃光《せんこう》がジェリーの隠《かく》れている枠箱《わくばこ》を見えなくした。周りの壁《かべ》に金属片が飛び散り、煙《けむり》が大きく膨《ふく》らんでいく。

何人かの避難者《ひなんしゃ》が悲鳴をあげた。

スパローが身をひねってファルコーニのほうを向く。「気をつけて！　民間人がすぐそばにいるんだから！」

キラは枠箱《わくばこ》を示した。ほとんどくぼんでいる様子もない。「あれは何でできてるの？チタン製？」

「耐圧容器《たいあつ》だ。生物学的封《ふう》じ込《こ》め。再突入《さいとつにゅう》にも耐《た》えられるようにできている」ファルコーニは答えた。

スパローとファジョンがジェリーを集中砲撃《ほうげき》する。キラはその場を動かずにいた。ほかに何ができる？　ジェリーとの距離《きょり》は少なくとも十五メートルはある。あまりにも距離《きょり》が――

避難者《ひなんしゃ》たちのあいだから新たな悲鳴があがった。キラが振《ふ》り向くと、小さな身体が空中でもがいている。六歳《さい》か七歳《さい》ぐらいの子ども。女の子はつかまっていた場所から手を離《はな》してしまい、デッキから漂《ただよ》い流されていた。

避難者《ひなんしゃ》の群れのなかからひとりの男性が慌《あわ》てて飛び出し、子どもを捕《つか》まえようと身を投げた。「じっとしてろ！」ファルコーニが叫《さけ》んだが、もう遅《おそ》かった。男性は女の子を捕《つか》まえ、その衝撃《しょうげき》で貨物室の中央をなすすべもなく転がっていく。

驚《おどろ》きがキラの反応を鈍《にぶ》らせた。スパローがキラの先を越《こ》した。パワードスーツで肋材《ろくざい》の陰《かげ》から出ていき、推進ジェットをフルスピードにしてふたりの避難者《ひなんしゃ》のほうへ飛んでいく。

ファルコーニが悪態をつき、スパローが援護物《えんごぶつ》から出ていくのを止めようと突進《とっしん》したが無駄《むだ》だった。

インクのような煙《けむり》が扇形《おうぎがた》に広がってジェリーの姿を隠《かく》した。キラは向上した視覚のおかげで、壁《かべ》に取りつけられた点検用梯子《はしご》のほうへと這《は》い進むジェリーのもつれた触手《しょくしゅ》の輪郭《りんかく》がいまでも見えた。

キラは煙《けむり》のなかに向かって撃《う》ち、ファジョンもそうした。

ジェリーはたじろぎながらも、梯子《はしご》の横支柱の一本に触手《しょくしゅ》を巻きつけ、なんの苦労もなさそうにもぎ取ってみせた。

襲《おそ》いかかる蛇《へび》のようなすばやさで、ジェリーはその支柱をスパローめがけて投げた。

スパローの腹部、パワードスーツのふたつのパーツのあいだに、尖《とが》った金属片が突《つ》き刺《さ》さった。支柱の半分が背中から突《つ》き出ている。

そんな体格の人間が出せるとは思えない恐《おそ》ろしくかん高い声で、ファジョンが悲鳴をあげた。

5

目もくらみそうな怒《いか》りが一気に押《お》し寄せてきて、恐怖《きょうふ》を消し去った。キラは肋材《ろくざい》の角をぐるっと回ってジェリーに飛びかかっていく。

背後でファルコーニが何か叫《さけ》んだ。

キラがジェリーのほうへ飛んでいくと、エイリアンは抱《だ》きしめて迎《むか》え入れようとするみたいに触手《しょくしゅ》を広げた。ジェリーからは軽蔑《けいべつ》の〈近香《ニアセント》〉が発散されていて、キラは初めてこちらも〈近香《ニアセント》〉で応じた。

《こちらキラ：死ね、グラスパー！》

ソフト・ブレイドがキラにエイリアンの言語を理解させただけではなく伝達までさせたことに、一瞬《いっしゅん》の驚《おどろ》きがあった。が、キラはすぐ、これこそが正しいと思えることをした。

腕《うで》を使って刺《さ》し、心と頭を使って刺《さ》し、恐怖《きょうふ》と苦痛、怒《いか》りのすべてを行動に向けた。

その瞬間《しゅんかん》、ガラスの棒が真っ二つに割れるように頭のなかで何かが壊《こわ》れ、つづいて意識の至るところで割れ目と破片がはめ込《こ》まれていくのを感じた――パズルのピースが正しい場所にぴたっとはまり、完全無欠という感覚がそれと同時に起こった。

驚《おどろ》き、安堵《あんど》したことに、ゼノはキラの指の周りで固く融合《ゆうごう》し、手から薄《うす》く平らな刃《は》をくり出してエイリアンの甲羅《こうら》を刺《さ》し貫《つらぬ》いた。エイリアンは狂乱《きょうらん》して触手《しょくしゅ》をくねくねともつれさせながら、左右にのたうち回っている。

すると、刃《は》の先端《せんたん》からひとりでに黒い針の山が現れて、ジェリーの身体のありとあらゆる部分を突《つ》き刺《さ》した。

キラは衝突《しょうとつ》の勢いでエイリアンを奥《おく》の壁《かべ》へ押《お》し戻《もど》した。ジェリーを壁《かべ》に押《お》しつけ、スーツから突《つ》き出た極細の針で船体に釘付《くぎづ》けにする。

そよ風に揺《ゆ》れる三角旗のように、触手《しょくしゅ》はゆるやかなリズムでくねくねとのたうちつづけていたが、エイリアンはぶるりと身を震《ふる》わせて暴れるのをやめた。そして死の〈近香《ニアセント》〉が貨物室を満たした。

l c o n s & l n d i c a t i o n s

第7章 象徴《しょうちょう》と兆候

1

キラはしばらく待ってから刃《は》と針を引っ込《こ》めた。ジェリーは風船みたいにぺしゃんこになり、全身にできた無数の傷口から膿漿《のうしょう》をにじませている。

煙《けむり》は宇宙空間に流れ出ていき、雲はもう晴れていた。キラが跳躍《ちょうやく》してジェリーから離《はな》れると、吹《ふ》きすさぶ風が死骸《しがい》を船体の裂《さ》け目に押《お》しつけた。エイリアンの死骸《しがい》はゆるんだ壁《かべ》板の上にとどまり、穴の大半をふさいだ。悲鳴のようだった風の音は高い笛の音ぐらいに弱まっている。

キラが振《ふ》り返ると、避難者《ひなんしゃ》たちが驚《おどろ》きと恐怖《きょうふ》の表情を浮《う》かべてこちらを見つめていた。

キラはいくぶん後悔《こうかい》しながら、いまとなってはソフト・ブレイドを隠《かく》すことはできないことに気づいた。善《よ》かれ悪《あ》しかれ、秘密はばれてしまった。

避難者《ひなんしゃ》たちにかまわず、キラはぐったりしたスパローを取り囲んでいるトリッグ、ファルコーニ、ファジョンのもとへ行った。

マシン・ボスはスパローのフェイスプレートに額を押《お》し当てて、聞き取れない言葉を低く小さな声でつぶやいている。スパローのパワードスーツの背面からは煙《けむり》が漂《ただよ》い、露出《ろしゅつ》したワイヤーが火花を散らしている。突《つ》き刺《さ》さった支柱の周りに白いメディフォーム*91が輪状にあふれていた。この泡《あわ》で出血は止まるだろうけれど、スパローを救うのにそれだけで充《じゅう》分《ぶん》だとは思えない。

「ドク、降りてきてくれ。大至急だ！」ファルコーニが命じた。

キラは唾《つば》を飲んだ。口のなかがカラカラになっている。「何かできることはある？」近くまで来ても、ファジョンのつぶやきは不明瞭《ふめいりょう》なままだ。マシン・ボスは泣き腫《は》らした目に大粒《おおつぶ》の涙《なみだ》を浮《う》かべていた。その頬《ほほ》は青白く、両側の一部だけが熱を持ったように赤くなっている。

「足を押《お》さえてくれ」ファルコーニがキラに指示する。「スパローが動かないように」そして避難者《ひなんしゃ》たち――隠《かく》れていた場所から出てきはじめている――を見やり、怒鳴《どな》った。

「酸素がなくなる前にここから出ていけ！　もうひとつの貨物室に入るんだ。さっさとしろ！」

避難者《ひなんしゃ》たちは命令に従い、スパローだけでなくキラのことも避《よ》けながら出ていった。

「グレゴロヴィッチ、あとどれだけで気圧が十五パーセント以下になる？」キラは尋《たず》ねた。

シップ・マインドはてきぱきと答えた。「現在のペースだと十二分後に。あのジェリーの死骸《しがい》で塞《ふさ》がっていなければ、残り四十秒しかない」

スパローのブーツは両脇《わき》が冷えていて、つかんでいるキラの手も冷たくなっている。その場の寒さにも動じていなかったのに、なぜこの冷たさは感じられるのだろう、とちょっと不思議になった。

そのときキラは思考が散漫《さんまん》になっていることに気づいた。戦いが終わったいま、アドレナリンが切れかけている。あと数分もすれば意識を失ってしまうだろう。

ヴィシャルが貨物室に飛び込《こ》んできた。前面に銀色の十字記号が縫《ぬ》い込《こ》まれた手提げかばんを抱《かか》えている。

「どいて」ヴィシャルはキラの横にある枠箱《わくばこ》にぶつかりながら言った。

キラが場所をあけると、ヴィシャルはスパローの上で身体の向きを変え、ファジョンと同じくフェイスプレートを通してその顔を見つめた。それから支柱が突《つ》き出ている腹部のほうへ移動した。ヴィシャルの顔のしわが深くなる。

「助か──」トリッグが言いかけた。

「静かに」ヴィシャルはぴしゃりと言い返した。

医師はしばらく支柱を観察したあとで、スパローの背中のほうに回って反対側を調べた。

「きみ」ヴィシャルはトリッグを指さした。「ここところを切ってくれ」スパローの腹部と背中から突《つ》き出した支柱のそれぞれ片手分ほど上の位置に、ヴィシャルは中指で線を引いてみせた。「パルスじゃなくビームを使うんだ」

トリッグはほかの誰《だれ》かにレーザーが当たらないよう、スパローの横に陣取《じんど》った。トリッグの顔は汗《あせ》びっしょりで目がうつろになっているのがバイザー越《ご》しに見える。彼《かれ》は片手を上げると、こてに《ガントレット》ついたエミッターを支柱に狙《ねら》い定めた。「目と耳に注意」トリッグは言った。

支柱が白熱し、弾《はじ》けるような音を立てて複合材の管が蒸発した。刺激性《しげきせい》のプラスチックのにおいがあたりに充満《じゅうまん》する。

支柱は切断され、切り離《はな》されたほうをファルコーニがつかんで貨物室の奥《おく》へとそっと押《お》しやった。

トリッグは反対側の支柱にも同じことをくり返した。こちら側の切れ端《はし》はファジョンが捕《つか》まえ、荒々《あらあら》しく放り投げた。切れ端《はし》は壁《かべ》にはね返った。

「よし」ヴィシャルが言う。「スパローのパワードスーツを固定した。動かしても大丈夫《だいじょうぶ》だ。ただしどこにもぶつけないように」

「医務室に?」ファルコーニが訊《き》いた。

「大至急」

「あたしが運ぶ」ファジョンの声は砕《くだ》けた石のように硬《かた》くざらついていた。みんなの賛同を待たずに、彼女《かのじょ》はスパローのパワードスーツのハンドルをつかむと、開いた気密扉《とびら》のほうへと金属製の硬《かた》い外皮を引いていった。

2

貨物室からスパローを連れていくファジョンに、トリッグとヴィシャルが付き添《そ》った。ファルコーニはその場にとどまり、キラも一緒《いっしょ》にいる。

「急げ」ファルコーニは大声をあげ、まだ残っている避難者《ひなんしゃ》たちに身振《みぶ》りで示した。避難者《ひなんしゃ》たちは困惑《こんわく》しながら群れをなして通り過ぎていく。スパローが守ろうとした女の子と男性が無事なのを見て、キラはホッとした。

最後のひとりが出ていくと、キラはファルコーニのあとについて外の通路に出た。彼《かれ》は気密扉《とびら》を閉めて施錠《せじょう》し、破損した貨物室を隔離《かくり》した。

キラは顔からマスクが引っ込《こ》んでいくのに任せて、はずせるのをありがたく思った。視界に色彩《しきさい》が広がり、あたりの様子に現実感が戻《もど》ってくる。

手首をつかまれ、ビクッとした。とまどいを覚えるほど激しい目で、ファルコーニが見つめている。「さっきのスパイクはなんなんだ？　あんなもののことは何も聞いてないぞ」

キラは手を振《ふ》り払《はら》った。スーツのことも、もちろんチームメイトがどうやって死んだかについても、いまは説明するのにふさわしいタイミングじゃない。「怖《こわ》がらせたくなかったから」とキラは答えた。

ファルコーニは顔を曇《くも》らせた。「ほかに話してないことは？」

ちょうどそのとき、四人の避難者《ひなんしゃ》――全員男性だ――がブーツについたヤモリパッドを使いながら近づいてきた。嬉《うれ》しそうな顔をしている者はひとりもいない。「おい、ファルコーニ」リーダー格の男が声をかけた。口を丸く囲むように短いひげを生やした、体格のいい屈強《くっきょう》な男だ。キラは前にも貨物室で見かけたのをなんとなく覚えていた。

「なんだ？」ファルコーニはぶっきらぼうに返した。

「どういうつもりか知らないが、俺《おれ》たちはジェリーを追跡《ついせき》することに賛成なんかしてないぞ。こっちはただでさえ高い金を絞《しぼ》り取られてるんだ。今度は戦いに巻き込《こ》もうってのかか？　それに、その女が何をする気なのかは知らないが、まともじゃない」男はキラを指さした。「真面目な話、何がどうなってる？　ここには女子どもがいるんだ。俺《おれ》たちをルスラーンに連れていかなければ――」

「だったら、どうする気だ？」ファルコーニは苦々《にがにが》しげに言った。グレネードランチャーの柄《え》を握《にぎ》ったまま、四人組をじっと見つめている。弾丸《だんがん》はもう残っていなかったが、わざわざ教える必要はないとキラは思った。「ブチ切れたシップ・マインドとここから飛び出していくつもりか？」

「それはお勧《すす》めしない」グレゴロヴィッチが上から言い、クックッと笑った。

男は肩《かた》をすくめ、指の関節をポキポキ鳴らした。「ああ、そうかい。利いたふうな口を叩《たた》いているが、教えてやろうか？　あんたのお仲間のクルーみたいに、ジェリーにシシカバブにされるかもしれないなら、いかれたシップ・マインドのほうに賭《か》けたほうがマシだ。そう思ってるのは俺《おれ》ひとりじゃない」ファルコーニに向かって人差し指を振《ふ》ってみせると、四人はもうひとつの貨物室に戻《もど》っていった。

「お見事」キラは言った。

ファルコーニはうなり、船の中央部に急いで引き返してメインシャフトを上がっていき、キラもあとにつづいた。「やつらの船にはほかにもまだジェリーがいるのか？」

「いないと思うけど、トリッグとわたしはきっとジェリーの分娩室《ぶんべんしつ》を見つけたんだと思う」

船長は医務室があるデッキCに通じるドアの横の手すりをつかんだ。そしてぴたりと止まると、人差し指を立てた。「トリッグ、聞こえるか？　……ナヴァレスの話だと、バーシング・ポッドを見つけたって？　……わかった。そいつを焼き尽《つ》くせ。それも大至急だ、じゃないと山盛りのクソほどまずいことになる」

「トリッグをあの船にまた行かせるつもりなの？」キラは言った。ファルコーニはドアをくぐり、すぐ先の通路を進んでいく。

ファルコーニはうなずいた。「誰《だれ》かがやらなきゃならないし、機能してるパワードスーツを着てるのはあいつだけだ」

キラはやきもきした。あの子は手首が折れてるのに。もしもまた襲《おそ》われでもしたら……。

不安を口にする前に、ふたりは医務室に着いた。部屋の外にはニールセンが浮《う》かんでいて、ファジョンの肩《かた》を抱《だ》いて慰《なぐさ》めようとしている。

「進展は？」ファルコーニが問いかける。

ニールセンは不安そうな顔で船長を見た。「ヴィシャルに追い出されてしまって。治療《ちりょう》中よ」

「命に別状はないのか？」

ファジョンがうなずいた。泣きすぎて目が赤くなっている。「大丈夫《だいじょうぶ》。あたしの小さなスパローは死なない」

ファルコーニはいくらか態度をやわらげた。頭に手をやり、髪《かみ》をくしゃくしゃにしている。「あんなふうに飛び出していくなんて、ばかなことをしたもんだ」

「でも勇敢《ゆうかん》だわ」ニールセンがきっぱり言う。

ファルコーニは頭を傾《かたむ》けた。「そうだな。すごく勇敢《ゆうかん》だ」それからファジョンに伝える。「貨物室の圧力漏《も》れを直す必要があるが、修理ボットがもうない」

ファジョンはゆっくりうなずいた。「ヴィシャルが手術を終えたら直します」

「それだとだいぶかかるかもしれない。いますぐ取りかかったほうがいい。何かあれば知らせるから」ファルコーニは言った。

「いやだ」ファジョンは低い声を響《ひび》かせた。「スパローが目を覚ましたとき、ここにいたい」

ファルコーニの顎《あご》の筋肉が膨《ふく》らむ。「この船の横腹にやばい穴があいてるんだぞ、ファジョン。すぐにふさいでくれ。言われなくてもわかるだろう」

「少しぐらい待てるでしょう」ニールセンがなだめるような口調で言った。

「いや、待てない。ジェリーはこの船に切り込《こ》んできたとき、冷却《れいきゃく》系統を貫通《かんつう》した。交換《こうかん》しないことには、この船は航行不能だ。それに乗客たちにもうひとつの貨物室をうろつかれたくない」

ファジョンは首を振《ふ》る。「スパローが目覚めるまで、ここを離《はな》れない」

「神かけて――」

マシン・ボスはファルコーニがしゃべっていないかのようにつづけた。「スパローは目を覚ましたとき、あたしがここにいると思うはず。いなかったら動揺《どうよう》するから、ここで待つ」

ファルコーニは甲板《かんぱん》にブーツの靴底《くつぞこ》をしっかりつけて、無重力に身体を揺《ゆ》らしながらもまっすぐ立った。「ソン、きみに直接の命令を出してるんだ。キャプテンとして。わかるな？」ファジョンは表情を変えずにファルコーニを見つめている。「貨物室に降りて、あのむかつく裂《さ》け目を直せと命令してるんだ」

「イエッサー。できるだけ――」

ファルコーニは顔をしかめた。「できるだけ？　何ができるだけだ⁉」

ファジョンは目をぱちくりさせた。「できるだけ早く――」

「だめだ、いますぐ下に降りてこの船がまた進めるようにしろ。いますぐだ、それができなきゃ職を解かれると思ってくれていい、代わりにトリッグを工学技術の責任者に任命する」

ファジョンは両手にこぶしを握《にぎ》り、一瞬《いっしゅん》キラは彼女《かのじょ》がファルコーニを殴《なぐ》るんじゃないかと思った。と、マシン・ボスは折れた。そのことが彼女《かのじょ》の目と落とした肩《かた》から見て取れた。ファジョンは険しい顔で通路を進んでいく。通路の端《はし》まで行くと、振《ふ》り返らずに彼女《かのじょ》は言った。「あたしがいないあいだにスパローに何かあったら、キャプテン、そのときはただじゃおかないから」

「覚悟《かくご》してるよ」ファルコーニはこわばった声で返した。ファジョンは角を曲がって見えなくなり、ファルコーニはほんの少し肩《かた》の力を抜《ぬ》いた。

「キャプテン……」ニールセンが声をかける。

ファルコーニはため息をついた。「ファジョンのことはあとでなんとかする。いまは頭がまともに働いてないんだろう」

「彼女《かのじょ》を責められますか?」

「責めるべきじゃないだろうな」

キラは尋《たず》ねた。「あのふたりはいつからの付き合いなの?」

「もうずいぶんになる」ファルコーニは返事した。彼《かれ》とニールセンは船の状態について話し合いはじめ、どのシステムに障害が出ていて、いつまで避難者《ひなんしゃ》たちをもうひとつの貨物室にとどめておくことができそうか、そういったことの答えを出そうとした。

キラは話を聞きながら、次第にそわそわしてきた。トリッグがひとりでエイリアンの船にいるということがどうしても気になっていたし、ジェリーのコンピューターに何かあって使えなくなる前にぜひとも答えを見つけ出しておきたかった。

「ねえ」キラは話に割って入った。「助けが必要かもしれないし、トリッグの様子を見てくる。それと何か見つからないか捜《さが》してみるわ」

ファルコーニは批判的な顔でキラを見た。「本当に行けるのか？　少し調子が悪そうだが」

「大丈夫《だいじょうぶ》」

「……いいだろう。船に異常がないとわかったら知らせてくれ。エントロピストたちを行かせよう。彼《かれ》らがジェリーのテクノロジーを調べることに興味を示せばの話だが」

3

デッキDに向かい、外殻《がいかく》のカーブに沿って進んでいくと、エイリアンの船に通じているエアロックにたどり着いた。

キラはふたたびソフト・ブレイドで顔を覆《おお》い、かすかな不安を感じながら、ジェリーのエアロックの白く短いチューブをまたくぐり抜《ぬ》け、その先に広がる暗い影《かげ》のなかへと飛び込《こ》んでいった。

痛烈《つうれつ》に引き寄せられる感覚は依然《いぜん》として強かったが、さしあたっては無視することにした。

バーシング・ポッドのある部屋に着くと、トリッグが濁《にご》ったポッドをひとつずつ回り、前腕《ぜんわん》に搭載《とうさい》された火炎放射器《かえんほうしゃき》を使って焼却《しょうきゃく》しているところだった。ある大きめのポッドに炎《ほのお》を噴射《ふんしゃ》したとき、なかの何かがじたばたともがいた。腕《うで》、脚《あし》、鉤爪《かぎづめ》、触角《しょっかく》が揃《そろ》って落ち着きなく動いている。

「順調？」トリッグが焼却《しょうきゃく》を終えると、キラは尋《たず》ねた。

トリッグは両手の親指を立ててみせた。「あと一ダース分ぐらい燃やさなきゃいけないけど。キャプテンがぼくをここに寄こしたのはギリギリのタイミングだったよ。少なくともふたつのポッドで孵化《ふか》しそうになってたから」

「よかった。わたしは船内を調べて回ってみるわ。助けが必要なことがあれば、いつでも知らせて」

「そっちもね」

キラは部屋を出るとファルコーニに通信を繋《つな》いだ。「エントロピストに来てもらって。この船はもう安全なはず」

「了解《りょうかい》」

キラは船内をゆっくり見て回った。これまでにないほど心がはやっていたけれど、ジェリーの船にどんな危険が潜《ひそ》んでいるかわからず、罠《わな》にはまるつもりはない。可能なかぎり壁《かべ》のそばから離《はな》れないようにして、出口までの明確な経路を確保しておいた。

誘惑《ゆうわく》の声は船首のほうから聞こえてきているようだったので、キラはそちらへと向かい、遠回りになる通路を進んで、多くの場合は半ば水に浸《つ》かっている薄明《うすあ》かりに照らされた部屋を通り過ぎていく。命の危険にさらされていないいま、キラは船内のところどころに残された〈近香《ニアセント》〉に気づいた。

ある者が言っていた。《前へ》

別の者が言っていた。《同形態《コーフォーム》*92制限〈スファール*93〉》

また別の者が。《〈虚空の様相《アスペクト・オブ・ザ・ボイド》*94〉》

ほかにもさらに。加えて文書もあった。〈近香《ニアセント》〉のメッセージがくり返されている枝分かれした短信。それらの文を読めたことでキラは希望を抱《いだ》いた。ジェリーはソフト・ブレイドが理解できる書き言葉をいまでも使っているのだ。

キラはようやく船の最前部にたどり着いた。船首と一体になった半球状の部屋。空間のほとんどががらんとしていて、ねじれて枝分かれした建造物だけが部屋の中央にそびえ立っている。素材は赤色で（この船で見た唯一《ゆいいつ》の赤色だ）、表面に小さな穴のあいた質感を持たせてある。どこからどう見ても、珊瑚《さんご》を思わせる。その建造物に専門的な興味を掻《か》き立てられ、キラは調べてみようと回り込《こ》んだ。

枝の一本に手を触《ふ》れようとしたとき、見えない力がその手をはね返した。キラは眉《まゆ》をひそめた。自然発生している重力場は人を引きつける（とにかく見たところはそうなっている）。でも、これは……。ジェリーは慣性技術を使って枝の周りの時空の密度と流量を増大し、陽圧空間をつくり出しているに違《ちが》いなかった。つまりジェリーの人工重力は引いているのではなく押している。いいえ、いるのだ。キラを地面に逆らって押《お》すように。とはいっても、キラの考えは間違《まちが》っているのかもしれない。そういう分野についてはまったくの専門外だ。

これはエントロピストに見てもらわないと。

重力場は強力だったけれど、ソフト・ブレイドの力で床《ゆか》にしっかり足を踏《ふ》ん張ることによって、そこへ手を押《お》し込《こ》むことができた。珊瑚《さんご》に似た建造物（成長物？　彫刻《ちょうこく》？）は触《さわ》ると冷たくて、凝縮《ぎょうしゅく》した水分でつるつるしている。表面に穴こそあいていても、手触《てざわ》りはなめらかだ。軽く叩《たた》いてみると、チリンと高く鋭《するど》い音がした。

きっと炭酸カルシウムだと思ったが、ジェリーに関してはどんなことでも確信が持てない。

キラは建造物から離《はな》れて、不可解な悲しみに招かれるまま進んでいき、ガラス板で覆《おお》われて星のような明かりが散らばった壁《かべ》の一画へとやって来た。その前に立っていると、抱《かか》えている痛みが激しくなり、涙《なみだ》が出てきた。

キラは二回まばたきをして、何から始めたものかヒントを探そうと、ガラスをまじまじと眺《なが》めた。ガラスに手を触《ふ》れてみる——意図せずしてマシンやプログラムを起動してしまったら何が起きるのかと不安に思いながら——が、なんの反応もない。ゼノが制御卓《せいぎょたく》の操作方法を教えてくれたらいいのに。でも、教えたくても教えられないのかもしれない。

ガラスに手を走らせてみたけれど、やっぱり何も起こらない。そのとき、キラは初めて自ら意識して〈近香《ニアセント》〉を生じさせようとした。ソフト・ブレイドは苦もなくすんなり応じた。

《こちらキラ：オープン……アクティベート……アクセス……コンピューター……》

キラはオーバーレイで使うような一般《いっぱん》的なあらゆる単語とフレーズを試してみたが、ガラスは暗いままだ。そもそも目の前にあるこれはコンピューターなのだろうか、と疑問に思いはじめた。このパネルは装飾的《そうしょく》なものに過ぎないのかも。でも、そうは思えない。召喚《しょうかん》に使われている送信機《トランスミッター》が近くにあるのは間違《まちが》いない。そばになんらかの制御《せいぎょ》装置があるはずだ。

分娩室《ぶんべんしつ》に戻《もど》ってジェリーの死骸《しがい》から触手《しょくしゅ》を一本切り落としてこようかと考えた。このコンピューターにアクセスするには、DNAか触手《しょくしゅ》の指紋《しもん》が必要なのかもしれない。

それは最後の手段に残しておこう。

最後にキラはこんな言葉を試してみた。

《こちらキラ：二形態《ツーフォーム》……多形態《メニーフォーム》……アイディーリス……》

ガラスパネルに万華鏡《まんげきょう》のごとく多彩《たさい》な色が広がっていく。アイコン、インジケーター、画像、文書が、まぶしいほどに表示されている。それと同時に〈近香《ニアセント》〉がふわっと漂《ただよ》い、強烈《きょうれつ》な香りが鼻を刺激《しげき》する。

鼻がムズムズし、右のこめかみの奥《おく》に鋭《するど》い痛みがある。言葉が飛びかかってくる——書かれたものもあれば、香りをつけたものもある——キラ自身のものではない記憶《きおく》と意味を運ぶ言葉が。

《……〈サンダリング〉*95……》

刺《さ》すような痛みがひどくなり、目がくらみ——

星の広がりを背にした戦いと殺戮《さつりく》。勝利を収める惑星《わくせい》と敗北する惑星《わくせい》、燃やされた船、傷ついた身体。至るところで殺し合うグラスパー。

彼女《かのじょ》はその身のために戦い、そうしたのは彼女《かのじょ》だけではなかった。古《いにしえ》の聖遺物《せいいぶつ》箱にはほかにも六人が収められていて、来るべき召喚《しょうかん》に備えてそこに置かれていた。彼女《かのじょ》と同じく、彼《かれ》らも捕《つか》まえた肉体と結びつき、彼女《かのじょ》と同じく、肉体は彼《かれ》らを暴力へと駆《か》り立てた。

いくつかの戦いでは、彼女《かのじょ》ときょうだいたちは味方だった。いくつかの戦いでは、きょうだい同士で戦っていた。それもまた図案からの逸脱《いつだつ》だった。彼《かれ》らが務めを果たしたあらゆる破壊《はかい》において、それが意図されたことは決してなかった。

戦争は〈探求者《シーカー》〉*96を水晶《すいしょう》の繭《まゆ》から目覚めさせた。〈シーカー〉は戦争がもたらす苦痛を観察し、いつものやり方でそうした不当の一切を根絶すべく動いた。そして〈サンダリング〉は新旧の肉体を消滅《しょうめつ》させた。

六人のうち三人が戦闘《せんとう》中に殺害され、ひとりが中性子星の中心に落ち、ひとりが正気を失って自ら命を絶ち、ひとりが超《ちょう》光速空間の輝《かがや》く領域のなかに迷い込《こ》んだ。〈シーカー〉も死を遂《と》げた。結局は〈シーカー〉の能力も肉体あるものの群れには敵わなかったのだ。

きょうだいのなかで残されたのは彼女《かのじょ》だけだ。彼女《かのじょ》だけが繊維《せんい》としての存在のなかに図案の形態を抱《かか》えていた……。

キラは低い悲鳴を漏《も》らしてうずくまった。頭がくらくらしている。戦争。恐《おそ》ろしい戦争があり、ソフト・ブレイドは同族と共に戦っていた。

まばたきして涙《なみだ》を払《はら》い、強《し》いてパネルに視線を戻《もど》す。言葉がさらに飛びかかってくる。

《……そこで〈アームズ〉[*97]が……》

キラはまたもや悲鳴をあげた。

クタイン。強く偉大《いだい》なクタイン。近くにある海底の穴で温かい流れに浴し、巻きひげと触角《しょっかく》（多すぎて数えきれないほどだ）が穏《おだ》やかに協調して揺《ゆ》れている。

《こちらクタイン：新しい情報を話せ》

彼女《かのじょ》の肉体が答えた。《こちらンマリル：スピンワード・ショールがツフェア[*98]の意のままに壊滅《かいめつ》させられました》

恐《おそ》ろしいクタインは土手になった岩の上で光の帯を律動させ、プレインティブ・バージの紫色《むらさきいろ》の深淵《しんえん》でまばゆい光を放っている。激しく振《ふ》り動かした腕《うで》で岩を強打すると、砕《くだ》けて腐食《ふしょく》したキチン質のかけらが点々《てんてん》と漂《ただよ》うなか、黒ずんだ泥《どろ》が土手からもうもうと立ちのぼった。

《こちらクタイン：**反逆者どもめ！　異端者《いたんしゃ》ども！　冒瀆者《ぼうとくしゃ》ども！**》

キラは我に返り、顔をしかめて足元を見つめた。頭がずきずきして薬が欲しいほどだ。

記憶《きおく》を振《ふ》り返ると、ソフト・ブレイドのンマリルに対する……愛情とまではいかないが、敬意らしきものを感じ取った。ゼノはほかのジェリーたちとは違《ちが》ってあのジェリーのことだけは嫌《きら》っていないらしい。不思議だ。

キラは力を取り戻《もど》すため深呼吸すると、勇気を出してもう一度パネルに手を触《ふ》れた。

《……渦巻《ホワールプール》[99]……》飢《う》えと危険と歪《ゆが》みが絡《から》み合ったイメージ——

《……〈遠香《ファーセント》〉[100]、〈低音《ローサウンド》〉[101]……》ＦＴＬ通信——

《……形態《フォームズ》……》姿かたちの異なるあらゆるジェリー——

《……ウラナウイ……》[102]その言葉に触《ふ》れると、キラは壁《かべ》に衝突《しょうとつ》でもしたかのようにぴたりと止まった。ソフト・ブレイドの認識が伝わってきて、キラはわずかに衝撃《しょうげき》を受けながら、〝ウラナウイ〟とはジェリーが自らを指す呼称《こしょう》なのだと気づいた。民族や種族を指す言葉なのか、文化的な名称《めいしょう》のひとつに過ぎないのかはわからないけれど、とにかくソフト・ブレイドから伝わってくるのは、なんであれ疑いようがない。ジェリーが自称《じしょう》している呼び名だということは間違《まちが》いなかった。

《こちらキラ：ウラナウイ》キラはその香りがどんなものか、じっくり確かめた。その名を声に出してまったく同じように表すことはできない。〈近香《ニアセント》〉でのみ正しく名前を発音することができた。

キラは不安を覚えながら、ディスプレイの観察を再開した。ありがたいことに、急に襲《おそ》いかかってくる記憶《きおく》の体験は滅多《めった》になくなり時間も短くなっていったが、完全になくなることはなかった。良くもあり悪くもあった。入り込《こ》んでくる幻影《げんえい》のせいで集中できなくなるとはいえ、そこには貴重な情報も含《ふく》まれていた。

キラは粘《ねば》りつづけた。

ジェリーの言語はソフト・ブレイドが最後に遭遇《そうぐう》して以来、あまり変わっていないようだが、キラが行き当たった言葉は文脈に依存《いぞん》していて、文脈は不足していることがしょっちゅうだった。不慣れな分野の専門用語を理解しようとするみたいなものだが、千倍ぐらい大変だった。

四苦八苦していると頭痛が悪化した。

キラは論理的であろうと努めた。自分が取ったひとつひとつの行動とコンピューターが投げかけてきたあらゆる情報を記憶《きおく》しておこうとしたが、覚えることが多すぎた。あまりにも多すぎた。少なくともオーバーレイは視聴覚《しちょうかく》記録を取っている。あとで船室に戻《もど》ってからなら、自分が見たものについてもっと理解できるかもしれない。

残念ながら、あとで調べるために〈近香《ニアセント》〉をコピーするすべはなかった。インプラントがあればよかったのに、全領域の感覚を記録できるやつがあれば、とキラはまたもや思った。

だけどインプラントはなく、それはもうどうにもならない。

キラは顔をしかめた。ジェリーのコンピューターから有益な情報を見つけるのはもっと簡単だと思っていた。なにしろエイリアンの会話はあっさり理解できたのだから。とにかくソフト・ブレイドからはそういう印象を受けた。

最終的にキラはうっかり空気を排出《はいしゅつ》したりミサイルに点火したり自爆《じばく》を引き起こしたりしないことを願いながら、パネル上のアイコンを手当たり次第に押《お》していくという手段を取った。まずいやり方だ。

「言うこと聞きなさいよ、このポンコツ」キラはブツブツ言い、手のひらの付け根でパネルを叩《たた》いた。

悲しいかな、叩《たた》いて直す方法は効果がなかった。

コンピューター・システムを保護している疑似知能や別の形のデジタル・アシスタントの気配はなく、ジェリーには人間のシップ・マインドに似た存在がいる兆候もないことに、キラはただただ感謝した。

キラが本当に見つけたかったのは、ジェリーにとってのウィキか百科事典に相当するものだ。彼《かれ》らのような高等な種であれば、科学や文化の豊富な知識をコンピューター・バンクに保管しているのは間違《まちが》いないはずだけど――うんざりするほど実感しているように――相手が異星生物となると、断言できることはほとんどない。

ボタンを押《お》していっても有効な結果が得られないとわかり、キラは立ち止まってもう一度考え直すことにした。何かほかにできることがきっとあるはず……。さっきは〈近香《ニアセント》〉でうまくいった。またそれでうまくいくかもしれない。

キラは心のなかで咳払《せきばら》いをしてから発する。《こちらキラ：開け……開け……シェル[*103]・レコード》船にふさわしく思えたので、〝シェル〟という言葉を使った。

変化なし。

キラはさらに二回、別の言い方を試してみた。三度目に試したとき、ディスプレイに新たなウインドウが開き、歓迎《かんげい》のにおいを感じた。

やった！

読みはじめるとキラの笑みは広がっていった。期待どおりだ。メッセージ・ログ。ウィキではないけど、それはそれで同じぐらい価値がある。

記録の大半は意味がわからなかったが、いくつかの点が明らかになってきた。第一に、ジェリーの社会は階級制が強く序列的であり、複雑なあらゆる要素に基づいて階級が定められていて、どの〝アーム〟に所属し、どの〝フォーム〟を持つかが、その要素には含《ふく》まれている。詳細《しょうさい》は不明だが、〝アームズ〟というのはある種の政治組織か軍事組織のようだ。とにかくキラはそう推測した。

メッセージには〝ツーフォーム〟というフレーズが何度も登場していた。初めはソフト・ブレイドを表す言葉かと思った。けれど読んでいくうちに、そのはずはないとはっきりしていった。

お告げを受けたみたいに、〝ツーフォーム〟はジェリーが人間を指す言葉だと気づいた。キラはしばらくそのことについて考え込《こ》んでいた。つまり男と女ということ？　それとも別の意味が？　なんとも興味深いことに、ソフト・ブレイドはその言葉を理解していないようだった。でも、それはそうだ。この銀河において人間は新参者なのだから。

それらの重大な情報のおかげで、メッセージの内容がもっと理解できるようになり、船の動きや戦闘《せんとう》の報告、61シグニや連盟のほかの惑星《わくせい》系に対する戦術的な評価について、キラはのめりこみながら貪《むさぼ》るように読み進めていった。移動時間に関する記述が多数あり、キラはソフト・ブレイドからその距離感《きょりかん》を少しずつつかむことができた。いちばん近いジェリーの基地（惑星《わくせい》系か、惑星《わくせい》か、ステーションか、キラにはわからなかった）は数百光年先にあった。そのことから、なぜこのエイリアンたちは連盟の望遠鏡に少しの気配も見せなかったのだろうかと不思議に思った。ジェリーの文明は二、三百年どころではない歴史があるはずで、彼《かれ》らの世界からの光は人間の定住している宇宙にとっくに届いていたはずだ。

キラは読みつづけ、意味のかたまりを見つけだそうとした――より大きなパターンを見つけようとした。

期待とはうらはらに、エイリアンの文章を理解すればするほど、余計に混乱していった。アドラステイアでの出来事やソフト・ブレイドに関する言及《げんきゅう》はひとつもなかったが、キラが聞いたことのない襲撃《しゅうげき》についての言及《げんきゅう》はあった。ジェリーから人間への襲撃《しゅうげき》ではなく、人間がジェリーに仕掛《しか》けた襲撃《しゅうげき》だ。さらに、この戦争は人間が……〈イリスの塔《とう》〉を破壊《はかい》したことによって始めたのだ、とエイリアンが信じていることをほのめかす文も見つけた。塔《とう》というのは宇宙ステーションのことだろう。

ジェリー――ウラナウイ――が自分たちを犠牲者《ぎせいしゃ》だと思っているということが、すぐには信じられなかった。十数通りの異なるシナリオが脳裏を駆《か》け巡《めぐ》る。〈酌量《しゃくりょう》すべき事情〉号のような新宇宙の巡洋艦《じゅんようかん》がジェリーと遭遇《そうぐう》し、理由はなんにせよ、敵対行為《こうい》を起こしたのかもしれない。

キラは首を振《ふ》った。召喚《しょうかん》されている感覚のせいで気が散って仕方ない。頭の周りでブンブン騒《さわ》ぐのをやめないハエみたいに。

キラが読んでいるものは筋が通らなかった。〝ツーフォーム〟が絶滅《ぜつめつ》の脅威《きょうい》を与《あた》えているというみたいに、ジェリーは自分たちの生き残りをかけて戦っているのだと信じて疑わないようだ。

メッセージのアーカイブを掘《ほ》り起こしていくうちに、あること……ウラナウイが行っている捜索《そうさく》についてくり返し言及《げんきゅう》されていることに気づいた。彼《かれ》らはある物を捜《さが》していた。計り知れないほど重要な装置を。ソフト・ブレイドのことではない――アイディーリスについてはまったく触《ふ》れられていないので、それだけは間違《まちが》いないはずだ――が、その物体がなんであれ、それがあれば連盟軍を打ち負かしてこの戦いに勝利できるばかりか、全銀河を征服《せいふく》できるとジェリーは考えていた。

読みながら恐怖《きょうふ》で首筋がぞわぞわした。それほどまでに強力なものって？　未知の武器？　ソフト・ブレイドよりさらに進化したゼノ？

いまのところ、ジェリーはその物体がどこにあるのか知らずにいる。それだけは確かだ。エイリアンたちはそれが反回転方向《カウンター・スピンワード》（銀河の回転に反するという意味だとキラは受け取った）の星団のどこかにあると信じているらしい。

キラはある行に特に衝撃《しょうげき》を受けた。《――〈消え失せし者〉がアイディーリスをつくったとき。》キラはその意味をしっかり理解しようと、何度か読み返した。つまりソフト・

ブレイドはつくられたものだったということだ。ジェリーはそれを別の種族がつくったと言っているのだろうか？　それとも〈消え失せし者〉もジェリーなのだろうか？

やがてキラは例の物の名前に行き当たった――〈蒼《あお》き杖《つえ》〉。*104

一瞬《いっしゅん》、船のなかの音という音がやみ、聞こえるのは自分の鼓動《こどう》だけになった。キラはその名前を知っていた。突発《とっぱつ》的な衝動《しょうどう》がソフト・ブレイドをかき乱し、情報の波が押《お》し寄せてくる。理解。記憶《きおく》。

彼女《かのじょ》は星を見た――前にも見たことがある赤みを帯びたあの星を。すると彼女《かのじょ》の視野が急に外へと向けられ、その星はすぐそばの星たちのあいだに収まったようだが、その星座は見慣れないもので、空の形にどう収まるのか予想もつかなかった。

分離《ぶんり》、そして彼女《かのじょ》は〈蒼《あお》き杖《つえ》〉を見た、恐《おそ》るべき〈蒼《あお》き杖《つえ》〉を。杖《つえ》が振《ふ》られ、肉体と繊《せん》維《い》は引き離《はな》された。

杖《つえ》が振《ふ》られ、ずらりと並んだマシンは強打を受けてぐしゃりと潰《つぶ》れた。

杖《つえ》が振《ふ》られ、一束の輝《かがや》く塔《とう》がクレーターのできている地面に崩《くず》れ落ちた。

杖《つえ》が振《ふ》られ、宇宙船が燃える花となって咲《さ》き乱れた。

別の場所……別の時間……天井が高くがらんとした部屋。窓からは雲に取り巻かれた茶色っぽい惑星《わくせい》が見晴らせる。その向こうには赤い星が浮《う》かび、距離《きょり》が近いため巨大《きょだい》に見える。暗闇《くらやみ》に渦巻《うずま》く光が反射したいちばん大きな窓のそばに〈いと高き方〉[*105]が立っているのが見えた。ひょろ長い手足、強い意志、最初のなかの最初。〈いと高き方〉はひと組の腕《うで》を組み、もうひと組で〈蒼《あお》き杖《つえ》〉を握《にぎ》っている。いまでは失われたものを彼女《かのじょ》は悼《いた》んだ。

キラはハッと我に返った。「これは」圧倒《あっとう》されて、頭がくらくらする。間違《まちが》いない、たったいま見たのは〈いと高き方〉の姿をした〈消え失せし者〉だ。そしてジェリーでは決してない。

ということは？……なかなか意識を集中することができず、召喚《しょうかん》されていることから感じるうずくような痛みにも邪魔《じゃま》された。

〈蒼《あお》き杖《つえ》〉は恐《おそ》るべきものだ。もしもジェリーがそれを手に入れたら……考えたらぞっとした。ぞっとしたのはキラだけじゃない。ソフト・ブレイドもだ。あれを最初に見つけるのは人類でなければならない。絶対に。

何か見落としていないか心配で、キラはメッセージ・ログに戻《もど》ってもう一度目を通しはじめた。

頭を圧迫《あっぱく》されているようでずきずきし、管理室の照明の周りにちらちら光る暈《かさ》が現れた。キラの目に涙《なみだ》がにじむ。まばたきをしても、光の輪は消えない。

「いい加減にして」キラはつぶやいた。召喚《しょうかん》の感覚はむしろますます強くなり、頭のなかでドラムを叩《たた》くように無情なリズムを刻み、ドンドンと音を立て、引っ張り、探って――

キラをパネルに引き寄せようとしている。まだ果たされていない遠い昔の務めに……。

キラはディスプレイに意識を引き戻《もど》した。きっと方法が――

また痛みの律動に息ができなくなる。

恐怖《きょうふ》と不満があふれて怒《いか》りに変わり、キラは叫《さけ》んだ。「やめて!」

ソフト・ブレイドが小さく波立ち、召喚《しょうかん》に応じて、キラの憤慨《ふんがい》した拒絶《きょぜつ》の反響《はんきょう》と共に返答するのが感じられた。耳に聞こえず目に見えない発散されたエネルギーのこだまが高速で外へと向かい、広がっていき、広がっていき……惑星《わくせい》系の全域に広がっていく。

その瞬間《しゅんかん》、キラはとんでもない間違《まちが》いを犯したことに気づいた。キラの反応を拾って中継《ちゅう》《けい》してしまう前にトランスミッターを破壊《はかい》しようと、あわてて飛び出し、ガラスを割り、叩《たた》き潰《つぶ》し、粉砕《ふんさい》するようゼノに念じながら、パネルにこぶしを投じる。

スーツはキラの腕《うで》を流れおりて指の先へと進んでいった。木が根を張るようにパネルに広がり、探りながらどこまでも深く潜《もぐ》り込《こ》んでいく。ディスプレイが明滅《めいめつ》し、手のそばの部分がちらついて消え、手のひらの周りに黒い暈《かさ》を残した。

召喚《しょうかん》の源となっているものを巻きひげがつかむのを感じた。キラは壁《かべ》に足を突《つ》っ張って勢いよく腕《うで》を引き、ディスプレイの中央からトランスミッターを引っこ抜《ぬ》いた。外れたのは紫色《むらさきいろ》の水晶《すいしょう》の円筒《えんとう》で、静脈がぎゅっと詰《つ》まったハチの巣状のものが埋《う》め込《こ》まれていて、熱の波でゆがむように揺《ゆ》れている。

キラはスーツの巻きひげで円筒《えんとう》を締《し》めつけた。全力で締《し》めつけると、人工的に造り出された水晶《すいしょう》のかたまりは割れて粉々《こなごな》に砕《くだ》けた。ゼノが熱せられた蠟《ろう》みたいに金属を押《お》しつぶすと、巻きひげのあいだから銀の茎《くき》が顔を出した。召喚《しょうかん》される感覚は緊急《きんきゅう》の要から遠い欲求へと弱まった。

キラが落ち着きを取り戻《もど》す前に、ある香りが侵入《しんにゅう》してきた。強烈《きょうれつ》な香りで、まるで耳元で叫《さけ》んでいる声みたいだ。

《こちらクウォー：穢《けが》れを与《あた》える者！ 冒瀆者《ぼうとくしゃ》！ 腐敗《ふはい》させる者！》

いまやキラはひとりではないことに気づいた。背後にジェリーがいて、うなじをくすぐる乱れた空気の流れが感じられるほど近い。

キラは身をこわばらせた。足はまだ壁《かべ》にくっついたままだ。身体を回転させるには時間が――

バン！

ソフト・ブレイドをくり出しながら、キラはビクッとして半ば振《ふ》り向き、半ばうずくまった。

キラの後ろで、エイリアンは空中をのたうっていた。茶色で光沢《こうたく》があり、人間の胴体《どうたい》ほどのサイズの体節に分かれた身体をしている。平べったく首のない頭には、縁《ふち》が黄色の目がびっしりついている。キチン質の口らしきものから、はさみと触角《しょっかく》がぶら下がり、二本が関節で結合された二列に並んだ脚《あし》（それぞれがキラの前腕《ぜんわん》ほどの長さと太さだ）を、装《そう》甲《こう》された腹部に沿ってばたばたと蹴《け》っている。ロブスターの尾《お》のような尻《しり》からは、短くても一メートルはあるアンテナに似た二本の付属肢《ふぞくし》を引きずっている。

頭の下部からオレンジ色の膿漿《のうしょう》が漏《も》れ出ていた。

バン！　バン！

エイリアンの装甲《そうこう》されたわき腹に穴がふたつあいた。血のかたまりと内臓が床《ゆか》に飛び散る。エイリアンは逃《に》げようとしてもう一度脚《あし》を蹴《け》ったあと、動かなくなった。

部屋の奥《おく》でファルコーニがピストルをおろした。銃身《じゅうしん》からひと筋の煙《けむり》が漂《ただよ》っている。

「いったいなんの真似だ？」

4

うずくまっていたキラは立ちあがり、皮膚《ひふ》から隙間《すきま》なく突《つ》き出ていたスパイクを引っ込《こ》めた。鼓動《こどう》が激しすぎて、声帯が機能していると確信できるまで少し時間がかかった。

「いまのは……？」

「ああ」ファルコーニはピストルをホルスターに収めた。「そいつはきみの首の肉をちぎり取ろうとしてた」

「助かったわ」

「いつか一杯《ぱい》おごってくれたら、それでチャラにしよう」ファルコーニは宙に浮《う》かびながら近づいていき、体液のにじみ出ている死骸《しがい》を調べた。「こいつはなんだと思う？　やつらにとっての犬か？」

「違《ちが》う。知能があった」

ファルコーニはキラに目を向けた。「なぜわかる？」

「ものを言ってたから」

「そりゃすごい」ファルコーニはキラの血まみれになった腕《うで》を示した。「もう一度訊《き》こう。なんの真似だ？　きみは通信に返事をしなかった」

キラは自分が壁《かべ》にあけた穴を見た。恐怖《きょうふ》が脈拍《みゃくはく》を上昇《じょうしょう》させる。わたし（もっと正確に言えばソフト・ブレイド）は本当にあの召喚《しょうかん》に返答したの？　ことの重大さに不安が募《つの》っていく。

キラが質問に答える前に、ビーッという音が耳のなかに響《ひび》き、グレゴロヴィッチが言う。

「災厄《さいやく》、ああ素晴らしき蔓延《まんえん》よ」グレゴロヴィッチは狂気《きょうき》をはらんだ笑い声をあげた。「この惑星《わくせい》系のジェリーの船がひとつ残らず〈ウォールフィッシュ〉号を迎撃《げいげき》する進路を取っています。無限の恐怖《きょうふ》と迅速《じんそく》な退却《たいきゃく》を提案してもよろしいでしょうか」

N o w h e r e t o H i d e

第8章 隠《かく》れる場所はどこにもない

1

ファルコーニは罵《のの》り、キラを冷たい目でにらみつけた。「こいつはきみの仕業か?」

「そうとも、何をしてるんだ? 肉の袋《ふくろ》よ」グレゴロヴィッチが言った。

何があったか隠《かく》しようがないとキラにはわかっていた。本当は自分がひどく小さく感じられたけれど、背筋をピンと伸《の》ばして立つ。「トランスミッターがあったの。それを破壊《はかい》した」

船長は目を細くした。「それは――なぜだ? それがどうしてジェリーに情報を与《あた》えることになったんだ?」

「彼《かれ》らはそう自称《じしょう》してない」

「なんだって？」礼儀《れいぎ》のかけらもない口調だ。

「そのとおりに発音することはできないけど、似たように言うと――」

「ジェリーがなんと名乗ろうが、そんなことは知ったこっちゃない」ファルコーニは口をはさんだ。「やつらが俺《おれ》たちを追っている理由を説明したほうがいい、それも手短に」

それでキラはできるだけ簡潔に例の召喚《しょうかん》と、それに対して――うっかり――応じてしまったことを話した。

キラが話を終えたとき、ファルコーニの顔にはなんの表情も浮《う》かんでおらず、キラは怖《こわ》くなった。ある人をナイフで刺《さ》そうと決めた鉱山労働者たちが、直前にそんな顔をしているのを見たことがある。

「あのスパイクに、今度はこれか――ナヴァレス、そのゼノについてほかにまだ俺《おれ》たちに話してないことは？」

キラは首を振《ふ》った。「重要なことは何も」

ファルコーニはうなるように言う。「重要なことは何も、か」彼《かれ》がピストルを抜《ぬ》いてこちらに向けるのを見て、キラはたじろいだ。「こうなったら、ジェリーにきみの居場所がわかるよう映像を生中継《なまちゅうけい》しながら、きみをここに残していくべきなんだろうな」

「……でも、そうするつもりはない？」

長い沈黙《ちんもく》がつづいたが、やがてピストルの銃口《じゅうこう》がおろされた。ファルコーニは銃《じゅう》をホルスターに収めた。「そうだ。ジェリーがそこまできみを欲しがっているのなら、連中に引き渡《わた》すのは得策じゃないだろう。だからといって、きみを〈ウォールフィッシュ〉号に乗せたいわけじゃないからな、ナヴァレス」

キラはうなずいた。「わかってる」

ファルコーニの視線が動き、こう言うのが聞こえた。「トリッグ、〈ウォールフィッシュ〉号に戻《もど》るんだ、いますぐ。ジョラス、ヴェーラ、ジェリーの船から持っていきたいものがあれば、五分だけ時間をやろう、それが済んだらさっさとここを出るぞ」

そしてファルコーニは背を向けて立ち去ろうとした。「行こう」キラがついていくと、彼《かれ》は言った。「何か役に立ちそうなことはわかったか?」

「たぶん山ほど」キラは答えた。

「俺《おれ》たちが生き延びるのに役立ちそうなことは?」

「わからない。ジェリーは――」

「緊急《きんきゅう》の話じゃなければ、あとにしてくれ」

キラは言いかけた言葉をのみ込《こ》んで、ファルコーニのあとについて急いで船を降りた。エアロックでトリッグが待っていた。

「エントロピストたちが乗船するまで見張っておけ」ファルコーニは命じた。

トリッグは敬礼した。

エアロックから管理室に向かった。ニールセンがもう来ていて、中央のテーブルから投《とう》影《えい》されたホログラムを眺《なが》めている。「どんな様子だ?」ファルコーニが壊《こわ》れた椅子《いす》のシートベルトを締《し》めながら質問する。

「いい状況《じょうきょう》ではありません」ニールセンは感情の読めない顔でキラを一瞥《いちべつ》し、61シグニの地図を広げた。七本の点線が惑星《わくせい》系を弧状《こじょう》に進み、〈ウォールフィッシュ〉号の現在地と交差している。

「迎撃《げいげき》までの時間は?」ファルコーニが訊《き》く。

「いちばん近いジェリーは四分でここに着くでしょう」ニールセンは険しい顔で彼《かれ》を見つめた。「彼《かれ》らは最大推力で噴射《ふんしゃ》しています」

ファルコーニは指で髪《かみ》をごしごしやった。「そうか。うん……マルパート・ステーションにはどれだけあれば着く?」

「二時間半です」ニールセンは躊躇《ちゅうちょ》している。「あそこの船が七艘《そう》のジェリーを撃退《げきたい》するのは不可能かと」

「わかってる」ファルコーニは厳しい顔で言う。「だが選択肢《せんたくし》はあまりない。運がよければ、俺《おれ》たちが飛びだすまでのあいだ、連中の動きを封《ふう》じておくことはできるかもしれない」

「反物質《アンチマター》がありません」

ファルコーニは歯を剝《む》いた。「反物質《アンチマター》は手に入れる」

「サー」グレゴロヴィッチがささやく。「〈ダルムシュタット〉号が呼んでいます。つけ加えますと、大至急です」

「くそ。推力飛行に戻《もど》るまで時間を稼《かせ》いでおくんだ」ファルコーニはすぐ横にある制御卓《せいぎょたく》のボタンを押《お》した。「ファジョン、修理の状況《じょうきょう》は？」

少ししてマシン・ボスの返事があった。「もうすぐ終わります。いまは新しい冷却《れいきゃく》系統の圧力試験中で」

「急いでくれ」

「サー」ファジョンはまだ船長に腹を立てているようだった。

ファルコーニはキラに指を突《つ》きつけた。「おい。すべて話せ。あそこでほかに何を見つけた？」

キラはできる限り手短に説明した。話が済むと、ニールセンが眉間《みけん》にしわを寄せながら言う。「つまりジェリーは、攻撃《こうげき》を受けているのは自分たちのほうだと思っているのね？」

「きみの勘違《かんちが》いという可能性は？」ファルコーニが問いかけた。
キラは首を振《ふ》る。「間違《まちが》いないはず。とにかく、その点に関しては」
「その〈蒼《あお》き杖《つえ》〉だけど。なんだかわからないの？」ニールセンが言った。
「たぶん本物の杖《つえ》だと思う」キラは話した。
「だが、それがどんな働きを？」ファルコーニが訊《き》いた。
「わたしにも見当がつかない。ある種の制御《せいぎょ》モジュールとか？」
「儀式《ぎしき》に使うものかもしれない」ニールセンが指摘《してき》した。
「いいえ。ジェリーはそれがあればこの戦いに勝利できると確信してるみたい」それから
キラは例の召喚《しょうかん》に心ならずも応じてしまったことをもう一度説明するはめになった。これ
まではそのことについてあまり考えないようにしていたけれど、ニールセンに話し聞かせ
ているうちに、自責の念と情けなさを深く味わうことになった。ソフト・ブレイドがどん
な反応を示すのか知りようがなかったとはいえ、こうなったのはやっぱり自分のせいだ。
「しくじったわ」キラはそう言って話を締《し》めくくった。
ニールセンは大して気遣《きづか》う様子もなくキラを見た。「気を悪くしないでほしいんだけど、
ナヴァレス、あなたにはこの船から降りてもらいたい」
「そうさせるつもりだ」ファルコーニがつづける。「彼女《かのじょ》をＵＭＣに引き渡《わた》して、あとの

ことは任せよう」そしてほんの少しだけ同情するようにキラを見た。「UMCはきみを郵便船に押《お》し込《こ》んで、ジェリーに捕《つか》まる前にこの惑星《わくせい》系から脱出《だっしゅつ》させられるかもしれない」

キラは惨《みじ》めにうなずいた。そうするのがいちばんなのかもしれない。お手上げだ。発見した情報を考えればジェリーの船を調べる価値はあったのかもしれないが、そのためにキラと〈ウォールフィッシュ〉号のクルーは代償《だいしょう》を支払《しはら》うことになりそうだ。

伴星《ばんせい》のなかで輝《かがや》いていた赤い星のことをまた思い浮《う》かべ、考えた。銀河系の地図上であの星の場所を特定することはできるだろうか？

突然《とつぜん》の決意に駆《か》り立てられて、キラは壊《こわ》れた椅子《いす》のひとつに座ってシートベルトを締《し》めると、オーバーレイを使って、見つけられるなかで最も詳細《しょうさい》で大きな銀河の模型を引っ張り出した。

通信が入り、ファジョンが言う。「すべて完了《かんりょう》しました」

ファルコーニがホロディスプレイのほうに身を乗り出した。「トリッグ、エントロピストたちを〈ウォールフィッシュ〉号に戻《もど》してくれ」

一分と経たずに少年の声が聞こえてきた。「問題なしです、キャプテン」

「出入り口をふさげ。発進する」次にファルコーニは医務室に連絡《れんらく》した。「ドク、さっさとずらかるぞ。推力飛行を再開してもスパローは大丈夫《だいじょうぶ》か？」

ヴィシャルは張り詰《つ》めた声で返事をした。「大丈夫《だいじょうぶ》です、キャプテン、ただし1Gまでお願いします」

「できるだけのことはする。グレゴロヴィッチ、そいつをどかしてくれ」

「了解《りょうかい》しました、船長殿《どの》。目下どかしているところです」

ガタガタと揺《ゆ》れながら〈ウォールフィッシュ〉号はエイリアンの船から切り離《はな》され、安全な距離《きょり》までRCSスラスタで飛行した。「あれだけの反物質《アンチマター》があるのに」ファルコーニは切り離《はな》しのライブ映像を見ながらつぶやいた。「ジェリーの船から引き出す方法を誰《だれ》も知らなくて残念だ」

「試して吹《ふ》き飛ばされるのはごめんです」ニールセンがそっけなく言った。

「確かにな」

やがて〈ウォールフィッシュ〉号のデッキを振動《しんどう》させながら船のロケットが噴射《ふんしゃ》し、身体にかかるありがたい重さが戻《もど》って来て、加速度によってキラたちはシートに押《お》しつけられた。

オーバーレイでは、まばたきもせず見つめているキラの前に無数の星が輝《かがや》いていた。

2

背後でファルコーニが無線を通して誰《だれ》かと言い争っているのが聞こえていた。キラは話を聞いていなかった。地図を調べるのにすっかり没頭《ぼっとう》していたのだ。銀河を上から見下ろした地図から取りかかって、太陽系を含《ふく》むエリアをクローズアップすると、反回転方向《カウンター・スピンワード》(ジェリーが言っていたように)にゆっくり進めていく。最初は絶望的な作業に思われたが、星の整列にソフト・ブレイドが反応を示すのを二度感じ取り、おかげで希望が持てた。

星座の調査を中断したとき、管理室の戸口にヴィシャルが現れた。医師は疲《つか》れ切った様子で、洗ったばかりの顔がまだ赤い。

「どうだ?」ファルコーニが尋《たず》ねた。

ヴィシャルはため息をつき、椅子《いす》にどさっと座り込《こ》んだ。「手は尽《つ》くしたよ。あの棒はスパローの臓器の半分をずたずたに引き裂《さ》いていた。肝臓《かんぞう》は治癒《ちゆ》するだろうが、脾臓《ひぞう》と腎《じん》臓《ぞう》、腸の一部は入れ替《か》える必要がある。新しいパーツのプリントには一日か二日かかりそうだ。スパローは回復中で、いまは眠《ねむ》っている。ファジョンが付き添《そ》っているよ」

「スパローをクライオに入れたほうがよさそう?」ニールセンが訊《き》いた。

ヴィシャルはためらいを見せた。「彼女《かのじょ》の身体は弱っている。体力を取り戻《もど》したほうがいいだろう」

「選択《せんたく》の余地がなかったとしたら?」ファルコーニが確認した。

医師は指を開いて両手を広げてみせた。「それならそれで仕方ないが、第一の選択肢《せんたくし》として選ぶつもりはないね」

ファルコーニは通信相手との議論に戻《もど》り(ジェリーの船、民間の許可、マルパート・ステーションのドックに入れることについて、なにやら話し合っている)、キラはふたたびオーバーレイに集中した。

目的に近づいてきているのがキラにはわかった。見覚えのある形を探してくるくると回転しながら、模造の星のあいだを飛んでいるとき、どこか見覚えがあるようなもどかしい感覚が絶えずつきまとっていた。その感覚はキラを星が密集している中心部へと引き寄せていき……

「ちくしょう」ファルコーニが制御卓《せいぎょたく》にこぶしを打ちつけた。「連中はこの船がマルパートのドックに入るのを拒否《きょひ》してやがる」

気を散らされ、キラは顔を上げてファルコーニを見た。「なぜ?」

ファルコーニの顔に乾《かわ》いた笑みがよぎる。「なぜだと思う? この惑星系《わくせいけい》のジェリーというジェリーがこの船をつけまわすのに躍起《やっき》になってるからだ。マルパートが俺《おれ》たちに何をさせようとしてるのかは知らんが。こっちはほかにどこも行くあてはないってのに」

キラは唇《くちびる》を湿《しめ》らせた。「ジェリーの船で重大な情報をつかんだとUMCに伝えて。追われてるのはそのせいだと。彼《かれ》らに伝えて……その情報は恒星《こうせい》間の防衛に関することで、連盟星の存在そのものにかかわっているんだと。それでもマルパートへの入港許可が下りなければ、いつでもわたしの名前を出してかまわないけど、その必要がなさそうなら、できれば――」

ファルコーニはうなった。「わかった。わかったよ」そして通信回線を開くと、相手に伝えた。「〈ダルムシュタット〉号の連絡《れんらく》将校に繫《つな》いでくれ。ああ、忙《いそが》しいのはわかってる。緊急《きんきゅう》なんだ」

結局のところ、いずれは自分とソフト・ブレイドについてUMCも知ることになるはずだ、とキラにはわかっていた。けれど避《さ》けられるものであれば、わざわざ惑星《わくせい》系の一帯に真実を広めることもないと思った。それに自分がまだ生きていることをUMCと連盟に知られたが最後、選択肢《せんたくし》はごく限られたものにせばめられるだろう。それすらなくなるかもしれない。

キラは落ち着かなくなり、地図に注意を戻《もど》して、これからどうなるのかは気にしないことにした。どのみちわたしにどうこうできる問題じゃないんだから……あった！　特定のパターンに並んだ星を見て、ハッとなった。呆然《ぼうぜん》としていると、頭のなかにベルの音が鳴り響《ひび》いたようだった。ソフト・ブレイドからの確認の合図だ。キラは捜《さが》していたものを見つけたのだとわかった。王冠《おうかん》の形をした七つの星と、その中心に〈蒼《あお》き杖《つえ》〉がある場所のしるしとなる、おなじみの赤い光を。あるいは、少なくともソフト・ブレイドは杖《つえ》がそこにあると信じている場所を。

それを見つめながら、最初は信じられない思いでいたけれど、次第に確信が強まっていく。ゼノの情報が最新のものであってもなくても、惑星《わくせい》系のその場所はジェリーにはまだ知られておらず、今回ばかりはキラが——そして人類全体が——一歩先んじることになった。

キラは興奮して、この発見を知らせようとした。が、ビーッという大きな音に邪魔《じゃま》された。部屋の中央に映し出されたホログラムに十数個の赤い点が散らばって現れる。

「さらにジェリーが増えたわ」ニールセンが観念したような声で言った。

3

「なんてことだ。信じられない」途方《とほう》に暮れた様子のファルコーニは初めてだった。

キラは口を開いたが、何も言わずまた閉じた。

船が通常空間にそっとすべり込《こ》むあいだにも、赤い点は四方八方で輝《かがや》きながら動きはじめた。

「信じるべきではないのかもしれない」グレゴロヴィッチは不思議と困惑《こんわく》しているようだ。

「どういう意味だ？」ファルコーニは身を乗り出した。その目にはいつもの鋭《するど》さが戻《もど》っている。

シップ・マインドはなかなか返事をしなかった。「この新たな招かれざる客の一団は、予想に反した行動をしている。彼《かれ》らは……計算中……計算中……彼《かれ》らはこの船に向かってきているだけではなく、ほかのジェリーのほうへも向かっている」

「増援艦隊《ぞうえんかんたい》では？」ニールセンが訊《き》いた。

「不明」とグレゴロヴィッチは答えた。「彼《かれ》らのエンジンの特徴《とくちょう》は、これまでに見てきたジェリーの船のものとは一致《いっち》しない」

「ジェリーのあいだには別々の派閥《はばつ》があることがわかってる」キラは口を出した。

「あるかもしれない」そのとき、グレゴロヴィッチは言った。「なんと……おや、まあ。興味深いことではないか？」

メインのホログラムに映る映像が、この惑星《わくせい》系のどこかほかの場所からの眺《なが》めに切り替《か》わった。三艘《そう》の船が別の一艘《そう》のほうへ集まろうとしているライブ映像だ。

「この映像は？」ファルコーニが質問した。

「チェロメイ・ステーションからの映像です」グレゴロヴィッチは答えた。一艘《そう》の船の周りに緑色の輪郭《りんかく》が現れた。「これがジェリー」別の三艘《そう》の周りに赤い輪郭《りんかく》線が描《えが》かれる。「こちらは新来者。そしてこれは――」それぞれの船の横にひと組の数字が表示された。

「――船の加速度と相対速度」

「まさか！」ファルコーニが叫《さけ》ぶ。

「そんなことはありえない」ヴィシャルが発言する。

「確かに」グレゴロヴィッチは言った。

新しくやって来た船は記録されたどのジェリーの船よりも速く加速していた。60G。100G。さらに速く。ディスプレイ越《ご》しでも、エンジンを見るのが耐《た》えがたいほどだ――数光年先からでも見えるぐらい強烈《きょうれつ》に輝《かがや》くトーチ。

三艘《そう》の船は追いかけているジェリーの船にみるみる近づいていた。三艘《そう》が集まってくるのに対し、ジェリーの船は一面のチョークとチャフを撒《ま》き、見えないレーザーの集中射撃《しゃげき》がコンピューター上に赤い線として記録された。侵入《しんにゅう》船は撃《う》ち返し、交戦中の船のあいだをミサイルが勢いよく飛んでいった。

「これで疑問がひとつは解決したわね」ニールセンが言った。

と、来たばかりの三艘《そう》のうちの一艘《そう》が仲間たちより前に飛び出していき、なんの警告もなくジェリーの船に激突《げきとつ》した。

ピカッとひらめいた原子の光のなか、どちらの船も姿を消した。

「うわ！」トリッグが声をあげる。彼《かれ》は廊下《ろうか》から部屋に入ってきて、ニールセンの隣《となり》に腰《こし》かけた。もうパワードスーツは脱《ぬ》いでいて、身体に合わないいつものジャンプスーツを着ている。左手首は泡《あわ》のギプスで包まれていた。

「グレゴロヴィッチ」ファルコーニが呼びかける。「あの船のどれかをクローズアップで見せてもらえないか？」

「少々《しょうしょう》お待ちください」少しのあいだ、〈ウォールフィッシュ〉号のスピーカーからは、待合室でかかるような当たり障りのない音楽が流れていた。やがてホログラムの映像が変化した。新たにやって来た船の不鮮明《ふせんめい》な静止画だ。その船は黒に近い暗い色をしていて、血のようなオレンジ色で彩《いろど》られている。船体は非対称《ひたいしょう》で、奇妙《きみょう》なふくらみと角度、でこぼこした突起《とっき》がある。建造されたというより育ったかのようで、宇宙船というよりは腫瘍《しゅよう》みたいに見えた。

キラはそんな船を見るのは初めてだったし、おそらくソフト・ブレイドもそうだ。その均衡《きんこう》を欠いた形を見ていると、みぞおちのあたりがもやもやした。あんなふうにゆがんでバランスの悪いマシンをつくろうとする理由が想像できない。ジェリーの製作物ではないことは確かだ。彼《かれ》らがつくるものはほとんどすべてが白くなめらかで、放射相称《そうしょう》になっているようだった。

「見ろ」ファルコーニはホログラムをまた惑星《わくせい》系の景色に切り替《か》えた。61シグニの至るところで、赤い点がジェリーと人間のどちらの船にも同じように猛《もう》スピードで向かっている。ジェリーはやって来る脅威《きょうい》に立ち向かうためすでに進路を変えていて、おかげで——さしあたっては——〈ウォールフィッシュ〉号はひと息つく時間が取れた。

「キャプテン、何が起きてるんですか？」トリッグが尋《たず》ねた。

「さあな。乗客は全員、貨物室に戻《もど》ったか？」ファルコーニの問いかけに少年はうなずいた。

「あれはジェリーの船じゃない。別の船よ」キラはつぶやいた。

「ジェリーはあれを人間だと思っているの？　だからわたしたちから攻撃《こうげき》を受けていると思い込《こ》んでいるのかしら？」ニールセンが言った。

ヴィシャルが言う。「どういうことだかわからないな」

「俺《おれ》もだよ」ファルコーニが認めた。「それを言うなら、いまのところわからないことだらけだが」そして指で脚《あし》をコツコツ叩《たた》き、キラに目をやる。「俺《おれ》が知りたいのは、やつらが飛び込《こ》んできたのはきみが送った合図のせいなのかってことだ」

「だとすれば、61シグニのすぐ外で待ちかまえていたということになるでしょう」ニールセンが言った。「それは……ありそうにないけれど」

キラはその意見に同意したかった。だけど、あの新来者たちがまったくの偶然《ぐうぜん》からぴったりのタイミングでやって来たというのは、もっとありそうになかった。アドラステイアにジェリーが現れたこともそうだが、そういう偶然《ぐうぜん》が起きるには宇宙は大きすぎる。

考えていると皮膚《ひふ》がむずむずした。何かがおかしい、でもその正体がわからない。キラはオーバーレイにメッセージ・ウインドウを開き、船長にメールを送った。〈〈蒼《あお》き杖《つえ》〉の在《あ》り処《か》がわかったと思う。——キラ〉

ファルコーニは少し目を見開いたが、それ以外は反応を見せなかった。〈どこだ？——ファルコーニ〉

〈ここから約60光年先。マルパートの担当者とどうしても話がしたいの。——キラ〉

〈尽力《じんりょく》してる。向こうはまだ決めかねてるようだ——ファルコーニ〉

しばしみんなは黙《だま》り込《こ》み、ディスプレイを見つめていた。ファルコーニが座ったまま小さく身体を動かし、言った。「マルパートのドックに入る許可が下りた。キラ、こっちが敵の情報をつかんでることは伝えてあるが、きみの身元やきみの、その、スーツのことは話してない。一度に手の内を明かすこともないだろう」

キラはかすかにほほえんだ。「ありがとう……ねえ、これには名前があるのよ」

「これって？」

「このスーツ」みんなが一斉《いっせい》にキラを見る。「すべては理解できてないけど、わかってるのは柔らかな刃《ソフト・ブレイド》という意味だってこと」

「めちゃくちゃかっこいいじゃん」トリッグが言った。

ファルコーニは顎《あご》をぽりぽり掻《か》いた。「しっくりくる、それは認めよう。しかし数奇《すうき》な人生だな、ナヴァレス」

言われなくてもわかってる、とキラは心のなかでつぶやいた。

また警報が鳴り響《ひび》き、沈《しず》んだ口調でグレゴロヴィッチが言う。「お出ましです」

新しく来た二艘《そう》の船がマルパート・ステーションを目指してまっしぐらに飛んでいる。到着《とうちゃく》予定時刻は〈ウォールフィッシュ〉号より数分早い。

「そうなるよな」ファルコーニが言った。

4

そのあと二時間にわたって、ゆがんだ奇妙《きみょう》な船が惑星系《わくせい》に広がって、行く先々《さきざき》に混沌《こんとん》の種を蒔《ま》いていく様子を、キラはクルーと一緒《いっしょ》に見つめていた。彼《かれ》らは人間もジェリーも無差別に攻撃《こうげき》し、自らの安全も顧《かえり》みず死をいとわないようだった。

新来者の四艘《そう》が太陽の近くに位置する反物質貯蔵所《アンチマター》*106を通過した。船は有翼《ゆうよく》の衛星が並んでいるところを高速で通過しながらレーザーとミサイルを発射していき、衛星は対消滅《ついしょうめつ》を起こす反物質《アンチマター》の閃光《せんこう》のなかで爆発《ばくはつ》した。いくつかの衛星には地点防空タレットが備わっていて、襲撃《しゅうげき》してきた船の二艘《そう》に命中させることができた。破損した船はすぐさまタレットに突《つ》っ込《こ》んでいき、その過程で自らも破壊《はかい》した。

「もしかしたらドローンかもしれない」ニールセンが言う。

「ことによると。だが、ありそうにない。亀裂《きれつ》が入ったときに空気を排出《はいしゅつ》している。生物がなかにいるはずだ」グレゴロヴィッチが話した。

「別の種類のエイリアンだ！　絶対にそうだよ！」トリッグは椅子《いす》の上で飛び跳《は》ねんばかりになっている。

キラはトリッグのようには熱狂《ねっきょう》できなかった。この新来者の何もかもが間違《まちが》っている気がする。その船を見ているだけでも気持ちが落ち着かなくなった。ソフト・ブレイドが彼《かれ》らについてまったく知らないらしいことも、なおさら不安を大きくするばかりだった。いつしかこのゼノの専門知識をこれほど頼《たよ》りにするようになっていて、キラは自分でも驚《おどろ》いた。

「少なくともあいつらはジェリーほどタフじゃない」ファルコーニが指摘《してき》した。それは事実だった。新しく来た船は武装が不充分《ふじゅうぶん》らしい、とはいえスピードと無謀《むぼう》さがそれを補っているが。

腫瘍《しゅよう》に似た二艘《そう》の船はマルパート・ステーションに向かって飛びつづけている。二艘《そう》と〈ウォールフィッシュ〉号が近づくと、〈ダルムシュタット〉号といくつかの小型船がステーションの周りにふたたび防衛態勢を取った。UMCの巡洋艦《じゅんようかん》は前にジェリーと戦ったときに破損したラジエーターから銀白色の冷却液《れいきゃく》をいまも垂れ流していたが、破損していようといまいと、この巡洋艦《じゅんようかん》はステーションにとって本当に頼《たの》みの綱《つな》となる唯一《ゆいいつ》の希望だった。〈ウォールフィッシュ〉号の到着《とうちゃく》まで五分というところで、撃《う》ち合いが始まった。

Graceling

第9章 グレイスリング

1

攻撃《こうげき》は迅速《じんそく》かつ凶暴《きょうぼう》に行われた。二艘《そう》の怪異《かいい》なエイリアンの船は、それぞれ別の方向から〈ダルムシュタット〉号とマルパート・ステーションに突《つ》っ込《こ》んでいく。一気に広がった煙《けむり》とチャフが視界を覆《おお》い隠《かく》し、UMCの巡洋艦《じゅんようかん》は三発のカサバ榴弾砲《ハウイッツアー》を発射した。彼《かれ》らは容赦《ようしゃ》しなかった。

エイリアンの船の一艘《そう》は猛烈《もうれつ》なスピードで避《よ》けて、核《かく》成形爆薬《ばくやく》をかわした。船はそのままステーションに衝突《しょうとつ》する進路を進んでいく。

「だめ！」ニールセンが叫《さけ》んだ。

だがエイリアンの船はマルパートに衝突《しょうとつ》して爆発《ばくはつ》することはなかった。スピードを落として惰性飛行《だせいひこう》し、ステーションのドッキングポートのひとつに滑降《かっこう》した。毒々《どくどく》しい形状の長い船はクランプやエアロックを破砕《はさい》しながら進んでいき、ステーションの奥深《おくふか》くへと押《お》し入った。船は大きかった。〈ウォールフィッシュ〉号の二倍近いサイズだ。

もう一艘《そう》のほうはカサバ榴弾砲《ハウイッツァー》を完全には避《よ》けきれなかった。獲物《えもの》を狙《ねら》う死の槍《やり》が船体を焦《こ》がし、船は横腹を燃やした傷から煙《けむり》を漂《ただよ》わせ、傾《かたむ》きながら小惑星帯《しょうわくせい》の奥《おく》へと猛《もう》スピードで飛んでいく。

採鉱船の一団が防御陣形《ぼうぎょじんけい》から外れ、追撃《ついげき》に向かった。

「いまがチャンスだ」ファルコーニが言う。「グレゴロヴィッチ、ドックに入れてくれ、すぐにだ」

「あの、あれはどうします？」ニールセンはステーションのへりからはみ出したエイリアンの船を指さしている。

「俺《おれ》たちが心配することじゃない」とファルコーニは答えた。〈ウォールフィッシュ〉号はもうエンジンを切り、割り当てられたエアロックへと反動推進《スラ》エンジン《スタ》で進んでいる。

「いつでもまた飛び立つことはできるが、燃料を補給しておかないと」

ニールセンは心配そうに顔をこわばらせながらうなずいた。

「グレゴロヴィッチ、ステーションの状況《じょうきょう》は？」キラは尋《たず》ねた。

「混沌《こんとん》と苦痛」それがシップ・マインドの答えだった。ホログラムにウインドウが次々と現れ、マルパートからの映像を映し出している。ダイニングホール、トンネル、開けたコンコース。スキンスーツ姿の男女の集団が銃《じゅう》やブラスターを発射しながらカメラの前を横切っていく。白いチョークの粉がもくもくとあたりに充満《じゅうまん》し、薄《うす》い影《かげ》のなかでキラが想像したこともなかったような生物がうごめいていた。ある者はウィペット犬みたいに小柄《こがら》で痩《や》せていたが、目だけはキラのこぶしほどの大きさがあり、手足をついて歩き回っている。また別の者はぶかっこうな手足をついて前傾《ぜんけい》している。折れたあとおかしな治り方をしたような手足だ。ねじれて無益に垂れた触手《しょくしゅ》。おぞましいほど肥大して脈打つびっしり並んだ仮足。種類を問わず、どの生物もリンパ液っぽい体液を滲《し》み出している赤むけしたような皮膚《ひふ》で、ざらざらした皮に黒い針金みたいな太い毛がまばらに生えている。

かなりの数が骨っぽい大釘《おおくぎ》や鋸歯状《きょしじょう》のものを前脚《まえあし》で握《にぎ》っていたとはいえ、この生物は武装していなかった。獣《けもの》のように戦い、逃《に》げまどう鉱山労働者に飛びつき、地面に押《お》し倒《たお》して内臓を引き裂《さ》いている。

銃《じゅう》を持たなかったため、怪物《かいぶつ》たちはたちまち打ちのめされた。が、その前に何人かは殺していた。

「なんということだ」ヴィシャルのぞっとした口調はキラの感情と一致《いっち》していた。

向かいのトリッグは青ざめた顔をしている。

「きみは宇宙生物学者だろう。専門家としての見解は？」ファルコーニが問いかけた。

キラはためらった。「わたし……わたしには見当もつかない。自然に進化してああなったとは考えられない。だって、ほら、あれを見てよ。乗っている船にしても彼《かれ》らが建造したのかどうか」

「じゃあ、ほかの何者かがあれをつくったというのね？」ニールセンが言う。

ファルコーニは片方の眉《まゆ》を上げた。「もしかしてジェリーが？ 科学実験が失敗したとか？」

「だとしたら、なぜ攻撃《こうげき》を人間のせいに？」ヴィシャルが疑問を口にする。

キラは首を振《ふ》った。「わからない。わからない。ごめんなさい。何が起きているのか、わたしにはさっぱり見当がつかない」

「何が起きているのか教えてやろう」ファルコーニが言う。「戦争だ」彼《かれ》はオーバーレイで何かを確認した。「ナヴァレス、〈ダルムシュタット〉号の船長がきみに会いたがってるが、彼《かれ》らの船がドックに入るにはしばらく時間がかかりそうだ。まだ後始末をしてるからな。それまでに燃料を補給して、船を修理し、貨物室の乗客を降ろそう。彼《かれ》らにはルスラーンへ行く別の方法を見つけてもらうしかない。俺《おれ》はあちこち連絡《れんらく》を取って、反物質《アンチマター》が手に入らないかやってみる。どうにかして」

2

キラはトリッグ、ヴィシャル、ニールセンと一緒《いっしょ》に行って手伝うことにした。じっと待っているよりマシだ。〈ウォールフィッシュ〉号の中央のシャフトを降りるあいだも、頭のなかが激しく回転していた。ソフト・ブレイドが見せたあの杖《つえ》の幻影《げんえい》……ゼノが〈いと高き方〉だと思っていた存在は、ジェリーにも怪異《かいい》な新来者にも似ていなかった。つまり意識を持つ三つの異なる種族を相手にしているということだろうか？

梯子《はしご》のところで機関室に向かう途中《とちゅう》のファジョンと合流した。ニールセンがスパローの容態を尋《たず》ねると、マシン・ボスはちょっとうなって言った。「生きてる。眠《ねむ》ってるよ」

右舷《うげん》の貨物室に着き、トリッグが回転式のハンドルを回して解錠《かいじょう》したドアを開くと、ガヤガヤと騒々《そうぞう》しい質問攻《ぜ》めにあった。ニールセンが両手を上げ、静かになるのを待つ。

彼女《かのじょ》は説明した。「この船はマルパート・ステーションに入港します。予定が変更《へんこう》になりました。〈ウォールフィッシュ〉号は皆《みな》さんをルスラーンへ送り届けることができません」集まった避難者《ひなんしゃ》たちのあいだから怒《いか》りのうなり声があがりはじめる。「乗船券の九〇パーセントが返金されます。実はもう払《はら》い戻《もど》し済みです。メッセージを確認してください」

キラは耳をそばだてた。返金とは初耳だ。

「こうなって、かえってよかったのかもしれない」トリッグがキラに明かした。「ぼくたちは、えっと、ルスラーンではあまり歓迎《かんげい》されないだろうから。着陸できるのかも怪《あや》しいとこだったし」

「そうなの？　ファルコーニが返金を申し出るのも意外ね。彼《かれ》らしくない気がするけど」

少年は肩《かた》をすくめ、その顔にいたずらっぽい笑みが小さく広がった。「まあね、それでも水素を満タンに補充《ほじゅう》できるぐらいは手元に残るからさ。それにぼくはジェリーの船からいくつかの物を持ってきたんだ。コレクターにかなりの高値で売れるだろうってキャプテンは見込《みこ》んでる」

あの船で目にしたテクノロジーのすべてを思い浮《う》かべ、キラは眉《まゆ》をひそめた。「具体的には何を――」話しはじめたが、金属の接合部が回転するかん高い音にさえぎられた。

貨物室の外壁《がいへき》が蝶番《ちょうつがい》で開き、マルパートのスペースポートに通じる広い乗降用通路《ジェットウェイ》が現れた。外にはローダーボットが待ち構えていて、そのそばにはクリップボードを手にした税関職員たちがじっと立っている。

避難者《ひなんしゃ》たちは荷物をまとめて〈ウォールフィッシュ〉号から下船しはじめた。無重力下では難しい作業で、気づけばキラは寝袋《ねぶくろ》や防寒用のブランケットが貨物室から飛んでいかないよう追いかけまわすはめになっていた。

避難者《ひなんしゃ》たちはキラを警戒《けいかい》しているようだったが、そこにいることに抗議《こうぎ》はしなかった。キラが思うに、彼《かれ》らは〈ウォールフィッシュ〉号から降りることで頭がいっぱいだったのだろう。けれど、ひとりはキラのもとへ近づいてきて――しわくちゃになった正装用の服を着た、ひょろっとした赤毛の男性だ――、その相手はジェリーと戦っているときに女の子を連れ戻《もど》そうとして飛び出した人だとわかった。

「さっきは機会がありませんでしたが、姪《めい》を助けてくれてありがとうございました。あなたとスパローがいなければ……」男性は首を振《ふ》った。

キラは小さく頭を下げ、思いがけず目に涙《なみだ》が浮《う》かんでくるのを感じた。「力になれてよかった」

男性は躊躇《ちゅうちょ》していた。「差し支えなければお尋《たず》ねしますが、あなたはいったい何者なんです？」

「……武器ということにしておいてください」

男性は片手を差し出した。「いずれにしても、感謝してます。ルスラーンに来ることがあれば、訪ねてきてください。ホーファーと言います。フェリックス・ホーファー」

ふたりは握手《あくしゅ》を交わした。男性が姪《めい》のもとへ戻《もど》って船を降りるのを見届けながら、キラは胸にぐっとこみ上げるものを感じた。

貨物室の向こうのほうから怒声《どせい》が響《ひび》いてきた。五人のニューマニスト――男性三人と女性二人――がジョラスとヴェーラを取り囲んで小突《こづ》き、〈至高数〉*107について何やらわめいている。

「ちょっと、やめなさい！」ニールセンが叫《さけ》び、そちらのほうへと向かっていく。

キラも喧嘩《けんか》の起きているほうへ急いだ。そうするうちにも、ニューマニストのひとり――紫色《むらさきいろ》の髪《かみ》で前腕《ぜんわん》に皮下インプラントを一列に埋《う》め込《こ》んだ獅子鼻《ししばな》の男――がジョラスの顔に頭突《ずつ》きして、口元を強打した。

「動かないで」キラは怒鳴《どな》った。集団のなかへ飛び込《こ》んでいき、紫色《むらさきいろ》の髪《かみ》の男の胴《どう》をつかまえて、両腕《りょううで》を脇《わき》に押《お》さえつけながら壁《かべ》に倒《たお》れ込《こ》む。ソフト・ブレイドがキラの命令に従って壁《かべ》をつかみ、ふたりをそこに固定している。

「何があったの？」ニールセンがニューマニストとエントロピストのあいだに割って入りながら問いただした。

ヴェーラがなだめるような仕草で両手を上げてみせた。「ただのちょっとした――」

「――神学についての議論です」ジョラスが締《し》めくくる。そして血のかたまりをデッキに吐《は》き出した。

「ここではやめなさい。やりたければ船を降りてからにして。あなたたち全員よ」ニールセンは言った。

紫色《むらさきいろ》の髪《かみ》の男はキラに押《お》さえ込《こ》まれている身体をよじった。「でしゃばるんじゃねえぞ、げっそりした顔の女がよ。それにあんたもだ、放しやがれ、この出来損ないの異常なグレイスリングめ」

「行儀《ぎょうぎ》よくすると約束したらね」キラはソフト・ブレイドが与《あた》えてくれる力強さを楽しんでいた。ソフト・ブレイドの助けがあれば、男を押《お》さえ込《こ》むことも簡単にできるのだ。

「行儀《ぎょうぎ》だって？　俺《おれ》が行儀《ぎょうぎ》ってもんを教えてやるよ！」男は頭をさっと後ろに引くと、キラの鼻に頭突《ずつ》きした。

目もくらむほどの痛みが顔に広がった。キラは思わず悲鳴を漏《も》らし、男がシャツの下の身をもがいて振《ふ》りほどこうとしているのを感じ取った。

「やめなさい！」キラの目からは涙《なみだ》があふれ、血が鼻と喉《のど》を詰《つ》まらせている。

男はまた頭を後ろに引いた。今度はキラの顎《あご》の右側に命中する。痛かった。ものすごく。

キラの手がゆるみ、男は身をよじってその手から逃《のが》れた。

キラがもう一度男を捕《つか》まえると、相手は一発殴《なぐ》りかかってきて、ふたりは転がった。

「いい加減にして！」キラは怒《いか》りを込《こ》めて叫《さけ》んだ。

その言葉と共に胸から大釘《おおくぎ》が一本突《つ》き出して、男のわき腹《ばら》を刺《さ》し貫《つらぬ》く。男は信じられないという顔でキラを見たあと、身体を痙攣《けいれん》させて白目を剝《む》いた。シャツに赤い染みが広がっていく。

貨物室の向こうで、残る四人のニューマニストが悲鳴をあげた。たちまち恐怖《きょうふ》が怒《いか》りに取って代わる。「嘘《うそ》よ！　ごめんなさい。そんなつもりじゃなかったのに。そんなつもりじゃ――」ずるずるとすべるようにして、キラの胸の大釘《おおくぎ》は引っ込《こ》んでいった。

「これを！」ヴィシャルが壁《かべ》のそばから一本の紐《ひも》を放ってよこす。考えもせずキラが紐《ひも》をつかむと、医師はキラとニューマニストを引っ張り寄せた。「彼《かれ》が動かないよう押《お》さえて」ヴィシャルは男のシャツの脇《わき》を裂《さ》いて開き、小さなアプリケーターで傷口にメディフォームをスプレーした。

「その人は――」キラは尋《たず》ねようとした。

「死なないよ」ヴィシャルは両手を動かしたまま答える。「だが医務室に連れていかないと」

「トリッグ、ドクターを手伝って」ニールセンが飛んでいって命じた。

「イエス、マーム」

「あなたたちは」ニールセンは残りのニューマニストを指さしながら言う。「わたしに放り出される前に、ここから出ていきなさい」ニューマニストたちは抗議《こうぎ》しようとしたが、ニールセンはひとにらみで黙《だま》らせた。「お仲間を連れて帰れるときが来たら知らせるから。さあ、さっさと行って」

トリッグが男の足を、ヴィシャルが頭を支える。そうしてファジョンがスパローを運んだときと同じように、ふたりは男を運び出した。

3

キラは呆然《ぼうぜん》として壁《かべ》に寄りかかっていた。残っている避難者《ひなんしゃ》たちから恐怖《きょうふ》とあからさまな敵意を持って見つめられていたけれど、そんなのどうでもよかった。キラの頭のなかで、意識を失ったあのニューマニストはアランになっていた。壁《かべ》にあいた穴から空気が悲鳴をあげながら出ていくなか、彼《かれ》はキラの腕《うで》に抱《だ》かれて血を流している……。

キラは自制心を失っていた。ほんの一瞬《いっしゅん》のことであっても、チームメイトを殺してしまったのと同じように、人を殺していたかもしれないのだ。今回はソフト・ブレイドのせいにはできない。あのニューマニストを痛めつけたい、自分を痛めつけるのをやめるまで痛めつけてやりたいと自ら望んだ。ソフト・ブレイドはその衝動《しょうどう》に反応したまでだ。

「大丈夫《だいじょうぶ》？」ニールセンが声をかけてくる。

キラはすぐには返事ができなかった。「ええ」

「その傷を診《み》てもらわなきゃ」

キラは顔に手を触《ふ》れてみて、たじろいだ。痛みは引きつつあったけど、鼻が腫《は》れて曲がっているのがわかる。鼻の位置をもとに戻《もど》そうとしても、もうソフト・ブレイドがずいぶん治していたのであまり動かせない。ゼノにとっては、だいたい同じならそれで充分《じゅうぶん》ということらしい。

「まったく」キラは打ちのめされた気分でつぶやいた。この鼻をまっすぐ戻《もど》すなら、その前にもう一度折らなければいけないだろう。

「とりあえずここで待ってたら？　そのほうがいいでしょう」ニールセンが言った。

キラはぼんやりとうなずき、ニールセンが下船の手順を指揮するために行ってしまうのを見届けた。

次にエントロピストたちが近づいてきて、ヴェーラが言う。「私たちのせいで申し訳ない――」

「――あんな騒《さわ》ぎを起こしてしまって、プリズナー。私たちが悪いのです、ニューマニストたちに向かって――」

「――実数よりも大きな無限大があると話したばかりに。どうしたことか、それが彼《かれ》らの――」

「――〈至高数〉の概念《がいねん》を傷つけたようで」

キラは片手を振《ふ》ってみせた。「大丈夫《だいじょうぶ》。気にしないで」

エントロピストたちは同時に頭をうなずかせた。「どうやら――」ジョラスが言う。

「――ここでお別れのようです」ヴェーラが引き継《つ》いだ。「あなたがそのスーツに関する情報を共有させてくれたことと――」

「――ジェリーの船を調べる機会を与《あた》えてくれたことにお礼を言いたくて――」

「――これをあなたに差し上げたい」ジョラスはキラに小さな宝石のようなトークンを手《て》渡《わた》した。サファイアみたいな円盤《えんばん》のなかにフラクタル図形が埋《う》め込《こ》まれている。

フラクタル図形を見て、キラは見覚えがあることにぞくっとした。夢のなかで見た模様とは違《ちが》うけれど、よく似ている。「これは?」

ヴェーラが両手を広げて祝福の仕草をした。「シン‐ザーを回る軌道《きどう》にあるエントロピストの修道院本部、ノバ・エナジウム*108への安全な通行を約束するものです。あなたは――」

「――連盟を支援《しえん》するしかないと思っているのでしょうし、それを思いとどまらせるつもりはありません。ですが――」

「――別の道を望むのであれば――」

「――私たちエントロピストがあなたに聖地《サンクチュアリ》を保証しましょう。ノバ・エナジウムは――」

「――宇宙植民地のなかで最先端《さいせんたん》の研究所です。地球でいちばん立派な研究所でさえも、これほど設備が整っていません……あるいは、これほど守られてもいません。あなたからその有機体を引き離《はな》すことができる者がいるとすれば――」

「――それはノバ・エナジウムの知性人です」

サンクチュアリ。その言葉がキラに響《ひび》いた。感動して、トークンをポケットにしまい、彼《かれ》らに伝えた。「感謝します。その申し出を受けることはできないかもしれませんが、本当に嬉《うれ》しいです」

ヴェーラとジョラスはローブの反対側の袖《そで》にそれぞれ手をすべり込《こ》ませると、胸の前で腕《うで》を握《にぎ》りしめた。「プリズナー、あなたの進む道がいつも知識へと導いてくれますように」

「自由に通じる知識へと」

エントロピストは行ってしまい、キラはまたひとりになった。考え事をする暇《ひま》もなく、イナーレと名前を発音できない猫《ねこ》がキラの横で足を止めた。イナーレは花柄《はながら》のカーペット地の大きな旅行鞄《かばん》を抱《かか》えている。荷物はそれだけだ。猫《ねこ》は彼女《かのじょ》の肩《かた》の上に乗り、無重力状態で毛という毛を逆立たせている。

イナーレはクックッと笑った。「面白いときを過ごしているようじゃない、エレン・カミンスキー」

「それは本当の名前じゃない」キラはおしゃべりをする気分じゃなかった。

「そうでしょうとも」

「何か用でも？」

「ええ、そう」イナーレは答えた。「そうに決まってるでしょ。あんたに伝えておきたかったことがあってね。その道を食べなさい、でないと自分が食べられてしまう。古い引用句をわかりやすく言い換《か》えればね」

「つまり？」

今回だけは、イナーレは真面目な顔になった。「あんたに何ができるか、あたしたちみんなが見た。あたしたちのこの陰鬱《いんうつ》な計画のなかで、あんたはたいていの人間よりも大きな役割を担っているようね」

「だから何？」

イナーレは首をかしげた。その目には予想外の深みがあり、まるで丘《おか》の頂上に到着《とうちゃく》したら、その先に大きく口をあけている深い穴を見つけたみたいだった。

「ただこれだけ、ほかには何もない。状況《じょうきょう》はあたしたちに重くのしかかってくる。じきにあんたに残されるのは、あるいはあたしたちみんなに残されるのは、必然だけになる。そうなる前に決断しないと」

そろそろ腹が立ってきて、キラは顔をしかめた。「具体的に何を決断すればいいの？」

イナーレはにっこりし、キラは頬《ほほ》を軽く叩《たた》かれてびっくりした。「もちろん、何者になりたいかってこと。結局あたしたちの決断はすべてそこに行き着くものでしょ？　さて、ほんとにもう行かなきゃ。困らせる人、逃《に》げる場所。注意深く選びなさい、旅人よ。時間をかけて考えて。すぐに考えて。その道を食べなさい」

そしてイナーレは壁《かべ》から身を離《はな》すと、身体を宙に浮《う》かせながら貨物室からマルパートのスペースポートへと出ていった。その背中では、たてがみのある大きな猫《ねこ》がいつまでもキラを見つめていて、やがて悲しそうにひと声鳴いた。

4

その道を食べなさい。そのフレーズが頭から離《はな》れなかった。どういう意味なのか理解しようとしながら、言葉を嚙《か》みしめて熟考しつづけた。

貨物室の向こうのほうでは、ひと組のローダーボットが〈ワルキューレ〉号の四つのクライオポッドを押《お》したり引いたりしていて、それをファジョンが指導している。霜《しも》で厚く覆《おお》われた窓の向こうに、死人のように青白いオルソの顔がちらりと見えた。

とにかく、生き延びるために彼を食べずにすんだ。オルソとあとの三人はＵＭＣに解凍《かいとう》されて、眠《ねむ》っているあいだに何が起きていたかを聞かされたら、とてつもないショックを受けることになるだろう……。

「きみは歩く災厄《さいやく》だな、ナヴァレス」ファルコーニが近づいてきて言った。「それがきみってやつだ」

キラは肩《かた》をすくめた。「みたいね」

「ほら」ファルコーニはポケットからハンカチを引っ張り出して唾《つば》を吐《は》きかけると、許しを待つこともなくキラの顔を拭《ふ》きはじめた。キラはひるんだ。「じっとしてろ。顔じゅう血だらけだ」

キラは顔の汚《よご》れた子どもみたいな気分で、じっと動かずにおこうとした。

「よし」ファルコーニは後ろにさがった。「マシになった。だが、その鼻は治す必要があるな。やってやろうか？　鼻の骨折ならお手のもんだ」

「ありがとう、でもドクターにお願いしようかな。ソフト・ブレイドがもう治しちゃってるの、だから……」

ファルコーニは眉《まゆ》をひそめた。「なるほど。わかった」

船の外では、担当職員の前に整列した避難者《ひなんしゃ》たちから不満の声がつづけざまにあがり、人々がスペースポートの壁《かべ》についたディスプレイを指さしているのが見えた。「今度はなんなの？」ほかにまだ悪い知らせがあるとでもいうわけ？

「確認してみよう」ファルコーニが言った。

キラはオーバーレイを開き、ローカルニュースをチェックした。敵意に満ちた新来者たちは、この惑星《わくせい》系の至るところで暴れ回りつづけていた。彼《かれ》らはすでにジェリーの船の大半を破壊《はかい》していた——そして自分たちもまた破壊《はかい》されていた——が、記事でいちばん大きく取り上げられていたのは、ルスラーンに関することだった。新しいエイリアンの船が六艘《そう》、ヴィーボルグ・ステーションと惑星《わくせい》の防衛施設《しせつ》を飛行しながら攻撃《こうげき》していき、首都のミルンシュクに着陸した。

一艘《そう》を除いては。

その一艘《そう》はルスラーンのスペース・エレベーター*109〈ペトロヴィチ・エクスプレス〉めがけて飛んでいった。惑星《わくせい》の軌道《きどう》上の砲《ほう》兵隊をものともせず。ヴィーボルグ周辺に配置されているUMCの戦艦*110〈サーフェット・オブ・グラヴィタス〉号をものともせず。この巨大《きょだい》建築の頂上と基部の周りに装備された多数のレーザーとミサイル砲台《ほうだい》をものともせず。そして無数のエンジニアと物理学者による最高の設計作業をものともせず……エイリアンの船はこれらすべてをものともせず、釣合《つりあ》いおもりの役割を果たす小惑星《しょうわくせい》まで四分の三の長さのところで、スペース・エレベーターのリボン状のケーブルに激突《げきとつ》して切断することに成功していた。

キラが見ていると、エレベーターの上の部分（釣合《つりあ》いおもりも含《ふく》む）が脱出《だっしゅつ》速度を上回るスピードで勢いよくルスラーンから離《はな》れていき、下の部分はこの惑星《わくせい》のほうへ曲がりはじめた。ボールに巻きついている巨大《きょだい》な鞭《むち》みたいに。

「神《トゥール》よ」キラはつぶやいた。ケーブルの上の部分は大気圏《たいきけん》で裂《さ》けるか燃えるかするのだろう。一方、ずっと下がった地上近くでは、崩壊物《ほうかいぶつ》が打撃《だげき》を与《あた》えようとしていた。東に延びる長い土地一帯に加え、固定点周辺のスペースポートの大半を破壊《はかい》することになるだろう。

全対的にはそこまでの損害をもたらさないにしても、基部の近くにいる人々にとっては世界の終わりのような大惨事《だいさんじ》だ。彼《かれ》らがどれほどおびえているか（そしてどうすることもできずにいる）を考えると、胃がむかむかした。

ルスラーンにまだ繋《つな》がっているケーブルに沿って、いくつかの小さな火花みたいな光が現れた。

「あれは何？」

「輸送ポッドだろうな」ファルコーニが答えた。「ほとんどが無事に着陸できるはずだ」

キラは身震《みぶる》いした。〈豆の木《ビーンスターク》〉*111に乗ったことは、アランとの忘れられない思い出のひとつだ。アドラステイアでの調査任務に出発する前、短い在陸上時間にふたりで乗ったのだ。ケーブルの高い位置からの眺《なが》めは素晴らしいものだった。ずっと北のほう、〈神秘のフランジ〉*112までずっと見晴らせて……。「あそこにいなくてよかった」キラは言った。

「まったくだ」それからファルコーニはスペースポートを身振《みぶ》りで示した。「キャプテン・アカウェ——〈ダルムシュタット〉号の船長——が俺《おれ》たちと面会する準備ができたとさ」

「俺《おれ》たち？」

ファルコーニは小さくうなずいてみせた。「連絡将校《れんらくしょうこう》が言うには、俺《おれ》にいくつか質問があるらしい。たぶんジェリーの船にちょいと遠足した件だろうけど」

「ああ」ひとりでUMCを相手にしなくてすむとわかり、キラはホッとした。ファルコーニは友だちとは言えなくても、問題ないか見守っていてくれるだろうし、トリッグとスパローを助けたことでいくらか好意を持ってもらえるようになったはずだ。「わかった。行きましょう」

「お先にどうぞ」

Darmstadt

第10章 〈ダルムシュタット〉号

1

〈ウォールフィッシュ〉号のエアロックから、ファルコーニはキラを連れて岩石惑星《わくせい》に掘《ほ》られたトンネルに入った。この小惑星《しょうわくせい》の地表と地下にマルパートは建てられている。宙に浮《う》かんで移動しながらステーションを半周したところで、中心部近くで回転しているハブリングには入らないことにキラは気づいた。

「アカウェは〈ダルムシュタット〉号での面会を希望してる。そっちのほうが安全だと思ってるんだろう。野放しになった怪物《かいぶつ》がいないからな」ファルコーニは説明した。

心配するべきことだろうか、とキラは思った。が、そんな不安は振《ふ》り捨てた。関係ない。ともかく〈ダルムシュタット〉号のなかは無重力ではないはずだ。

新たなエイリアンとの戦いの爪痕《つめあと》がそこかしこに残されていた。煙《けむり》のにおいが漂《ただよ》い、壁《かべ》は焦《こ》げてぽつぽつと小さな穴があき、すれ違《ちが》う人々はまだ呆然《ぼうぜん》としているように目を丸く見開いている。

トンネルは大きなドームのなかを通っていたが、その半分は封鎖《ふうさ》され〈アイヒェン製造〉と記されたドアが閉じられている。ドアの前に正体未確認のエイリアンの死骸《しがい》が見えた。銃弾《じゅうだん》で吹《ふ》き飛ばされてズタズタになってはいたが、エイリアンの基本的な姿かたちは見て取れた。ほかとは違《ちが》って、このエイリアンは背中にびっしり黒いうろこのようなものがついている。骨なのか殻《から》なのか、そこはなんとも言えない。二重関節の脚《あし》——数え間違《まち》えていなければ三本だ。肉食性の長い顎《あご》。胸部の隆起《りゅうき》している部分の近くにあるのは第二の顎《あご》だろうか？

キラは近寄りながら、実験チップと解剖《かいぼう》用メス、それに標本を調べるのに二、三時間あればいいのに、と思った。

肩《かた》に置かれたファルコーニの手がキラを制止した。「アカウェを待たせたくない。まずいことになる」

「そうね……」キラは死骸《しがい》に背を向けた。わたしがしたいのは自分の仕事なのに、この宇宙はそれを邪魔《じゃま》してばかりいる。戦うことは専門外なのに。わたしの望みは学ぶことだ。

だったらどうしてニューマニストを刺《さ》したんだろう？　確かに最低のやつだったけど、胸を刺《さ》されていいはずがない……。

〈ダルムシュタット〉号のエアロックの外で、いかついパワードスーツを装着したふたり組の海兵隊員がキラたちを待ちかまえていた。「武器の持ち込《こ》みは禁止だ」近くにいるほうの海兵隊員が片手を上げて言った。

ファルコーニは渋面《じゅうめん》をつくったが、文句を言わずベルトをはずしてピストルと一緒《いっしょ》に海兵隊員にわたした。

気密扉《とびら》が開いた。

「メリック少尉《しょうい》が案内する」海兵隊員は言った。

メリック――血が滲《にじ》んだ包帯を腕《うで》に巻き、顎《あご》に油汚《あぶらよご》れをつけた、ストレスで疲《つか》れ切っている様子の痩《や》せた男性――がなかでふたりを待っていた。

「ついてこい」メリックはUMCの巡洋艦《じゅんようかん》の奥《おく》へとふたりを導いた。

〈ダルムシュタット〉号のレイアウトは〈酌量《しゃくりょう》すべき事情〉号のそれとまったく同じだった。そのせいで、警報と銃撃《じゅうげき》の音を聞きながら通路を走って逃《に》げたときの嫌《いや》な記憶《きおく》がフラッシュバックした。

船のハブを通過して回転している居住セクションのスポーク部分に移動すると、また普《ふ》通《つう》に歩けるようになり、そのことがキラは嬉《うれ》しかった。

メリックは中央にテーブルがひとつ置かれた小さな会議室にふたりを案内した。「アカウェ船長がすぐに来る」そう言ってメリックは出ていき、気密扉《とびら》を閉めた。

キラは立ったままでいて、ファルコーニも同じだった。UMCに監視《かんし》されていることを、彼《かれ》も同じぐらい意識しているようだ。

大して待たされることもなくドアが勢いよく開き、四人の男性が列をなして入ってきた。海兵隊員がふたり（入口のそばに立ったままでいる）と将校がふたりだ。

制服の線章から誰《だれ》が船長かはすぐにわかった。中背で黒い肌《はだ》、夕方に濃《こ》くなってきたひげ、何日もまともに眠《ねむ》っていないせいで神経が昂《たかぶ》りすぎている様子がうかがえる。彼《かれ》の顔はあまりにも綺麗《きれい》な左右対称《たいしょう》で、あまりにも完璧《かんぺき》で、魂《たましい》を吹《ふ》き込《こ》まれたマネキンを見ているみたいだ。この船長の身体が構造物*113だと気づくまで、少し時間がかかった。

もうひとりの将校は副司令官らしい。細身で、顎《あご》ががっしりしていて、こけた頬《ほほ》に傷跡《きずあと》のようなしわがある。短く切った髪《かみ》は生え際が後退していて、その目は獲物《えもの》を狙《ねら》うタイガーモール*114のような濃《こ》い黄色に輝《かがや》いている。

戦闘《せんとう》中によく見えるよう遺伝子操作を行う兵士がいることはキラも噂《うわさ》で聞いていたが、遺伝子組み換《か》えを行った人と会うのは初めてだった。

アカウェはテーブルの向こうに回り、そちら側にひとつだけ置かれていた椅子《いす》に腰《こし》かけると、身振《みぶ》りで示した。「かけたまえ」副司令官はその傍《かたわ》らで規律正しく背筋を伸《の》ばして立ったままでいる。

キラとファルコーニは言われたとおりにした。椅子《いす》は詰《つ》め物がされておらず、硬《かた》くて座り心地が悪い。

アカウェは腕《うで》を組み、汚《きたな》いものでも見るような目でふたりを見た。

「やれやれ。なんとまあみじめな姿の二人組だ。コーイチ一等航海士、きみもそう思わないか？」

「はい、自分もそう思います、サー」黄色い目の男が答えた。

船長はうなずいた。「まったくだ。ミスター・ファルコーニと名前は知らんがそこのきみ、はっきりさせておくが、私にはきみたちのために無駄《むだ》にできる時間はない。正真正銘《しょうめい》のエイリアンの侵略《しんりゃく》が行われていて、私は損害を受けた船の修理をする必要があるというのに、どういうわけか司令部は昨日、〈ワルキューレ〉号の全員をヴィーボルグに送り返せとうるさく言ってきた。司令部はきみがルスラーンではなくマルパートへと進路を変えたことにご立腹だ。それだけでは足りないとでもいうみたいに、きみたちはジェリーの船に乗り込《こ》んでとんでもない騒《さわ》ぎを起こした。どういうくだらない目的があるのか知らないが、価値のある話を聞かせるというのなら、こちらを納得させるための時間をきっかり三十秒やろう」

「わたしはジェリーの言葉がわかります」キラは言った。

アカウェは二度まばたきをしてから言う。「そいつはどうだか。残り二十五秒、針は進んでるぞ」

キラは顎《あご》を上げた。「わたしの名前はキラ・ナヴァレス、りゅう座σ星の衛星アドラステイアに派遣《はけん》された調査チームの宇宙生物学者です。四か月前、アドラステイアで異星人の遺物を発見したせいで、UMCSの〈酌量《しゃくりょう》すべき事情〉号が破壊《はかい》されることになりました」

アカウェとコーイチは目くばせを交わした。それからアカウェは腕組《うでぐ》みを解いて身を乗り出し、顎《あご》の下で両手の指先を合わせて三角形をつくった。「よかろう、ミズ・ナヴァレス、話をしっかり聞く気になった。教えてくれ」

「まずは見せたいものがあるの」キラは片手を上げて、手のひらを上に向けた。

「大騒《おおさわ》ぎしないと約束して」

アカウェはせせら笑った。「誰《だれ》が騒《さわ》ぐようなことなど――」

キラの手からスパイクが集中発生するのを見て、アカウェは口をつぐんだ。背後で海兵隊員が武器を構え、キラの頭を狙《ねら》っているのがわかった。

「危険はない」キラはスパイクが突《つ》き出た状態を維持《いじ》しながら言う。「ほとんどはね」そして力を抜《ぬ》いて、手のひらが元どおりなめらかになるのに任せた。

それからキラはこれまでのことを語りはじめた。

2

キラは嘘《うそ》をついた。

すべてについてではないが――〈ウォールフィッシュ〉号のクルーに話したのと同じように――アドラステイアで友人やチームメイトが死んだときのことを、ジェリーのせいにした。ばかなことをしたものだ。アカウェがオルソたちをコールドスリープから目覚めさせて報告を聞いたら、嘘《うそ》がばれるだろう。それでもキラは嘘《うそ》をつかずにはいられなかった。彼《かれ》らの死、特にアランの死に対して自分が担った役割を認めることは、いまはまだとてもじゃないけど耐《た》えられない。それはそれとして、ファルコーニの心証を間違《まちが》いなく最悪のものにしてしまうのも心配だった。

それ以外のことについては、〈蒼《あお》き杖《つえ》〉に関する発見も含《ふく》め、理解している限りの真実をせいいっぱい伝えた。ヴィシャルによる診察《しんさつ》結果、ジェリーの船上にいるあいだにコンタクトレンズで記録したすべて、ゼノの記憶《きおく》について書き起こしたものも彼《かれ》らに提出した。

キラが話を終えると、長い沈黙《ちんもく》が訪れ、アカウェとコーイチが目をきょろきょろさせながら互《たが》いにメッセージを送り合っているのがわかった。

「ファルコーニ、このことについてきみから言っておくことは?」アカウェは尋《たず》ねた。

ファルコーニは口をゆがめた。「〈ウォールフィッシュ〉号で起きた出来事について、彼《か》女《のじょ》が話したことはすべて事実だ。このことが役に立つかは知らないが、今日キラはクルーふたりの命を救ったってことだけつけ加えておこう。確認したければ記録を調べればいい」ニューマニストを刺《さ》したことについては、ファルコーニはひと言も話さずにいてくれて、キラは感謝した。

「ああ、そうさせてもらう。当然だ」アカウェの目がうつろになる。「すぐに済む」

ふたたび落ち着かない沈黙《ちんもく》が訪れ、やがてUMCの船長は首を振《ふ》った。「ヴィーボルグの司令部はきみの身元とアドラステイアでのゼノの遺物の発見については認めたが、詳細《しょうさい》は必知事項《じこう》として機密扱《あつか》いになっている」アカウェはキラを見やる。「確認しておくが、いきなり現れたこの悪夢《ナイトメア》*115どもについては何も知らないんだな?」

キラはうなずいた。「ええ。でも話したように、このゼノをつくったのがジェリーじゃないことはたぶん間違《まちが》いない。つくったのは別のグループか種族だと思う」

「ナイトメアか？」

「わからない、だけど……予想しなくちゃいけないとしたら、答えはノーよ」

「なるほど。いいか、ナヴァレス、こいつは私の給与《きゅうよ》等級を遥《はる》かに超《こ》えた問題だ。ジェリーとナイトメアは互《たが》いを殺し合うのに忙《いそが》しいらしい。銃撃《じゅうげき》がやんだら、きみをヴィーボルグに送り届けて、あとの対応は司令部に任せよう」

アカウェは立ち上がりかけたが、キラは呼び止めた。「待って。それはだめ」

アカウェは怪訝《けげん》そうな顔をする。「なんだって？」

「わたしをヴィーボルグに送り届けても、時間を無駄《むだ》にするだけよ。〈蒼《あお》き杖《つえ》〉を捜《さが》さないと。ジェリーはそれがあればこの戦いに勝利できると確信してるみたい。わたしもそう思う。彼《かれ》らが杖《つえ》を手に入れたらおしまいだわ。わたしたちは死ぬ。ひとり残らず」

「それが本当だとしても、私にどうしろと？」アカウェは腕組《うでぐ》みした。

「〈蒼《あお》き杖《つえ》〉を捜《さが》して。ジェリーより先に手に入れるの」

「なんだって？」ファルコーニはUMCの将校たちと同じぐらい驚《おどろ》いているようだ。

キラは話をつづけた。「言ったでしょう。杖《つえ》がどこにあるのか、わたしには見当がつい てる。ジェリーは違《ちが》う。もう向こうも捜《さが》しはじめてるだろうけど、こっちがいますぐ動きはじめれば、先に手に入れられるかもしれない」

アカウェは頭痛がしているみたいに鼻をつまんだ。「マーム……きみが軍の仕事をどう思ってるのか知らないが――」

「ねえ、UMCと連盟があの杖《つえ》を手に入れたがらないなんてことがあると思う？」

「それはきみの主張をどの艦隊《かんたい》が判断するかによる」

キラは必死にいらだちを抑《おさ》えようとした。「上の人間はわたしの言い分が正しいという可能性を無視できないはずだし、あなただってそれをわかってるでしょう。大事なのはそこよ。もし杖《つえ》を捜《さが》す遠征《えんせい》に出ることになったら――」キラはひとつ息を吸い込《こ》んだ。「――そのときはわたしも一緒《いっしょ》に行く。現場にわたしがいないと翻訳《ほんやく》するのに困るでしょう。ほかの誰《だれ》にもできないから……。アカウェ船長、わたしをヴィーボルグに送り届けるのは時間の無駄《むだ》。わたしが話したすべてについて情報部の調査を待つのも時間の無駄《むだ》だし、調べられやしない。行かないと、それもいますぐに」

アカウェはたっぷり三十秒ものあいだキラを見つめていた。やがて首を振《ふ》り、下唇《したくちびる》を嚙《か》みしめた。「なんてやつだ、ナヴァレス」

「いまなら俺《おれ》の気持ちがわかるだろう」ファルコーニが言った。

アカウェはいまにも嚙《か》みつきそうな様子でファルコーニに指を突《つ》きつけた。が、結局は考え直したらしく、指をたたんでこぶしを握《にぎ》る。「ナヴァレス、きみの言うとおりかもしれない、だがやはり指揮系統を無視するわけにはいかないんだ。私の独断で決められるような問題ではないからな」

イライラして、キラは声を漏《も》らした。「わかってないのね、これは――」

アカウェは椅子《いす》を後ろに引いて立ち上がった。「マーム、きみとここで議論をつづけるつもりはない。司令部の返事を待たないと。話は以上だ」

「わかったわ」キラは身を乗り出して言う。「でも彼《かれ》らに伝えて――あなたの上官に伝えてよ――わたしを61シグニにとどめておけば、この惑星《わくせい》系のすべてが侵略《しんりゃく》されることになるって。ジェリーはわたしがいまどこにいるのか知ってる。あの信号が発信されたとき、ジェリーがどんなふうに反応したかわかってるでしょう。こうなることをやめさせる唯一《ゆいいつ》の方法は――」キラは前腕《ぜんわん》を軽く叩《たた》いた。「――わたしがこの惑星《わくせい》系から出ていくしかない。それにもしUMCがわたしをソルに行かせたら、さらに二週間が無駄《むだ》になって、さらに多くのジェリーを地球に導くことになるだけよ」

ほら。魔法《まほう》の言葉を言ってやった。地球。UMCの誰《だれ》もが守ると誓《ちか》った、ほとんど神話的なホームワールド。その言葉には期待どおりの効果があった。アカウェもコーイチも不安そうな顔をしている。

「伝えておこう」アカウェは約束した。「だが、あまり期待はするな」

それからアカウェは海兵隊員に合図した。「彼女《かのじょ》を連れていけ。あいている船室に通して、決して部屋から出すな」

「サー、イエッサー！」

海兵隊員に両側から挟《はさ》まれて、キラは無力感を覚えながらファルコーニを見た。彼《かれ》は事の成り行きにいらだち、腹を立てているように見えたが、アカウェに反論するつもりはないのだとわかった。「こういう結果になって残念だ」ファルコーニは言った。

キラは肩《かた》をすくめ、立ち上がった。「そうね、わたしも。いろいろとありがとう。トリッグによろしく伝えてね」

「伝えるよ」

海兵隊員はキラを会議室から連れ出し、ひとり残されたファルコーニはアカウェとトラの目を持つ一等航海士と向かい合って座っていた。

3

海兵隊員に連れられて巡洋艦《じゅんようかん》のなかを歩きながら、キラのはらわたは煮《に》えくり返っていた。〈ウォールフィッシュ〉号の船室よりも狭《せま》い部屋に入れられて、海兵隊員が出ていくと、ドアに外から鍵《かぎ》をかけられた。

「あああーっ！」キラは叫《さけ》んだ。室内をうろうろ歩き回り――各方向へそれぞれ二歩半ずつ――、寝台《しんだい》に身を伏《ふ》せて両腕《りょううで》に顔をうずめる。

こうなることだけは避《さ》けたいと思っていたのに。

キラはオーバーレイを確認した。いまでも作動はするが、〈ダルムシュタット〉号のネットワークには入れなくなっていて、この惑星《わくせい》系の残りの場所で何が起きているのかを確かめることも、〈ウォールフィッシュ〉号のクルーにメッセージを送ることもできない。できることは待つことしかなく、だから待っていた。

待つのは簡単なことじゃなかった。

アカウェとの会話を六通り別のやり方で試してみて、ほかにどうすれば彼《かれ》を説得できたのか考えようとした。うまいやり方はひとつも思いつかなかった。

動きのない静かな部屋にいると、その日あった出来事がずっしりと重くのしかかってきた。あまりにもいろいろなことがありすぎて、今朝が一週間前のことみたいに感じられる。ジェリー、召喚《しょうかん》とそれに返事をしたこと、スパロー……わたしが刺《さ》したニューマニストはどうなっただろう？　しばらくのあいだ、そのことを考えつづけていたが、やがてジェリーの船上で戦ったときの感覚がまぶしいフラッシュのように襲《おそ》いかかり、寒くもないのにキラはぶるっと身を震《ふる》わせた。

震《ふる》えは止まらず、筋肉が束ねられたコードのように固まっていく。ソフト・ブレイドが反応して乱れたけれど、震《ふる》えを止めるのにできることは何もなく、混乱しているのが感じ取れた。

歯をカタカタいわせながら、寝台《しんだい》によじ登ってブランケットを身体に巻きつける。これまでキラは非常事態にも常に落ち着いて対処できていた。ちょっとやそっとでは動揺《どうよう》しないほうだったけれど、暴力はちょっとやそっとどころの話ではなかった。反吐《へど》が喉《のど》を詰《つ》まらせて息ができなくなったときの感覚がいまでもよみがえってくる。神《トゥール》よ！　もう少しで死ぬところだった。

だけど死ななかった、そう考えると少しは心が安らいだ。

それからまもなく、おびえた顔のクルーが食事を乗せたトレイを届けにきた。キラはトレイを取りにいくあいだだけベッドを抜《ぬ》け出し、受け取ると枕《まくら》を背もたれにして食べはじめた。初めはゆっくりと、次第にガツガツと。ひと口食べるごとに正常な状態に戻《もど》っていく気がして、食事を終えたときには、船室のなかがそれほど暗く陰気《いんき》だとは思わなくなっていた。

まだ諦《あきら》めるつもりはない。

UMCが聞く耳を持たなかったとしても、この惑星系《わくせい》で上位に位置する連盟星の高官なら聞いてくれるかもしれない(それが誰《だれ》かはわからないけれど。ルスラーンの知事?)。なんといってもUMCはいまでも民事政府に応じている。それにマルパートに駐在《ちゅうざい》している会社の代表もいる。彼《かれ》が法定代理人を立ててくれたら、キラの影響力《えいきょうりょく》もいくらか大きくなるだろう。いざとなったら、最後はエントロピストを頼《たよ》ることもできる……。

ポケットに手を入れ、ジョラスにもらったトークンを取り出した。そして切子面のある円盤《えんばん》を傾《かたむ》けて、中央に埋《う》め込《こ》まれたフラクタル図形に光が反射するさまをうっとりと眺《なが》める。

そう、まだ諦《あきら》めるつもりはない。

キラはトークンをしまうと、オーバーレイに書類を開き、ソフト・ブレイドとジェリー、〈蒼《あお》き杖《つえ》〉についてこれまでにわかったすべての概略《がいりゃく》を下書きしはじめた。当局の誰かがこの発見の重大さを理解して、賭《か》けてみるだけの価値があることに気づくはずだ。

まだ一ページ半しか書けていないところで、ドアを鋭《するど》くノックする音がした。「どうぞ」

キラはベッドのへりから脚《あし》をおろし、背中を伸《の》ばして腰《こし》かけた。

ドアが開き、アカウェ船長が入ってきた。コーヒーらしき香りを漂《ただよ》わせるカップを手にしていて、完璧《かんぺき》に彫刻《ちょうこく》された顔に険しい表情を浮《う》かべている。

アカウェの背後には当番兵と、船室のすぐ外の持ち場についたままのふたりの海兵隊員の姿が見えた。

「今日は厄介《やっかい》なサプライズだらけの一日らしい」アカウェはそう言って、船室にひとつしかない椅子《いす》に腰《こし》かけてキラと向かい合った。

「今度はなんなの？」キラは急に怖《こわ》くなった。

アカウェは横にある棚《たな》の上にカップを置いた。「この惑星系《わくせいけい》のジェリーが全滅《ぜんめつ》した」

「それって……いいことじゃない？」

「クソすばらしい。ということは、ＦＴＬ通信の妨害《ぼうがい》もなくなったというわけだ」

キラははたと気づいた。やっと家族にメッセージを届けられるかもしれない！「ほかの連盟星のニュースも見聞きしたのね」それは質問ではなかった。

アカウェはうなずいた。「もちろん。愉快《ゆかい》とは言い難い内容だ」彼《かれ》は胸ポケットからピカピカの青いコインを取り出し、しばらく眺《なが》めていたあとで、またポケットに戻《もど》した。

「ナイトメアが襲撃《しゅうげき》したのは61シグニだけじゃなかった。宇宙植民地の全域を攻撃《こうげき》していた。首相[*116]はナイトメアとジェリーの両方を〝ホスティス・フーマーニ・ゲネリス〟だと公式に指定した。〝人類共通の敵〟だ。つまり見つけ次第、問答無用で撃《う》ち殺せということだ」

「ナイトメアが初めて現れたのはいつ？」

「はっきりしていない。まだ連盟星の反対側にある植民星からの情報は届いてないから、あっちで何が起きているかはわからない。届いているなかでいちばん古い報告は一週間前のものだ。ほら、これを見ろ」

アカウェは壁《かべ》のパネルをタップし、ディスプレイを作動させる。

短い映像が連続して映し出されていく。土星の衛星を回る軌道《きどう》上の製造施設《しせつ》に激突《げきとつ》する、二艘《そう》のナイトメアの船。赤みがかった長いミサイルが命中して爆発《ばくはつ》する民間輸送船。火星のどこか地上の映像。障壁《しょうへき》の後ろから海兵隊員が銃撃《じゅうげき》するなか、ぎゅうぎゅう詰《づ》めになったハブドームの通路に群がるナイトメア。金星の宙に浮《う》かぶ都市のひとつで撮《と》られた映像では、破壊《はかい》された船の破片がクリーム色の雲の層を通過して降り注いでいた――数キロメートル先にある広々《ひろびろ》とした円盤型《えんばんがた》のプラットフォームに激しい一斉攻撃《いっせいこうげき》が加えられ、破壊《はかい》されていく。さらに地球では。雪の降る海岸線沿いのどこかで、大規模なビル群のど真ん中に赤熱した巨大《きょだい》なクレーターができている。

その光景にキラは息をのんだ。地球が！　そこまで思い入れのある場所というわけではなくても、地球が攻撃《こうげき》されるのを見るのはやはりショックだった。

「問題なのはナイトメアだけじゃない」アカウェはもう一度パネルをタップした。今度はジェリーの映像が現れた。ナイトメアと戦っている者もいる。UMCや民間人と戦っている者も。連盟星の至るところで記録された映像だ。ソル。スチュワートの世界。アイドーロン。シン‐ザーらしき場所で撮《と》られたものまであった。

ウェイランドから最も遠いガス惑星《わくせい》、レイサムを回る軌道《きどう》上で記録されたとおぼしき映像があり、キラは狼狽《ろうばい》した。二艘《そう》のジェリーの船が大気圏《たいきけん》の低いところにある水素処理場を機銃掃射《きじゅうそうしゃ》している短い映像だ。

驚《おどろ》きはしなかった。戦争は至るところで起きているのだから、そこも例外ではない。キラは戦いがウェイランドの地上にまで及《およ》んでいないことだけを願っていた。

ようやくアカウェは恐怖《きょうふ》のパレードを停止させた。

キラは身を固くしていた。身体がヒリヒリして痛み、無防備に感じる。この映像に映っていたことは、ある意味すべてわたしのせいだ。「ウェイランドがどうなってるか知らない？」

アカウェは首を振《ふ》った。「いまきみが見た映像に加えて、衛星から届いたジェリーの軍勢と思われるものに関する報告がいくつかあるだけだ。確証はない」

望んでいた安心できる答えではなかった。またインターネットに接続できるようになったら詳細《しょうさい》を調べてみよう、とキラは思った。「全体としてどれぐらいまずい状況《じょうきょう》?」低い声で尋《たず》ねた。

「最悪だ。われわれは敗北しつつある。明日はまだ負けないだろう。明後日《あさって》も。だが、この分だと敗戦は避《さ》けられない。交代するのも追いつかないほどの早さで船と兵士がやられている。それにナイトメアのお得意らしい死を覚悟《かくご》したあんな攻撃《こうげき》は防ぎようがない」赤熱したクレーターの映像がふたたび画面に現れた。「まだこれ以上にひどいことがある」

キラは身構えた。「そうなの?」

アカウェは目に奇妙《きみょう》な冷たい光を宿して、前のめりになる。「この船の姉妹艦《しまいかん》である〈サーフェット・オブ・グラヴィタス〉号が、ちょうど二十五分前にこの惑星系《わくせい》に残っていた最後のナイトメアの船を爆破《ばくは》した。来世へと吹《ふ》き飛ばされる直前に、あのしわくちゃ肌《はだ》の悪意に満ちたエイリアンが何をしたと思う?」

「さあ」

「じゃあ教えてやろう。放送を配信したんだ。しかもただの放送じゃない」アカウェの顔に邪悪《じゃあく》な乾《かわ》いた笑みが広がっていく。「聴《き》いてみるといい」

スピーカーの向こうから雑音が聞こえてきたかと思うと、ある声――おぞましさと狂気《きょうき》に満ちた、ひび割れたような不気味な声――が響《ひび》き、キラはそれが英語を話していることに気づき、ハッとした。「……死ね。おまえたちみんな死ね！　その肉は胃袋《いぶくろ》に入るためのものだ！」そして声の主は笑い出し、録音はぷつっと切れた。

「キャプテン」キラは言葉を慎重《しんちょう》に選ぼうとした。「連盟はわたしたちに隠《かく》して、なんらかの生体工学プログラムを行ってきた？」

アカウェはうなるように答えた。「山ほどな。だがこんな生物をつくり出すようなものはひとつもない。きみにはわかるはずだ。自分自身も生物学者なんだから」

「いまとなっては、自分に何がわかるのか、わたしにはもう自信が持てない。さて、つまり……ナイトメアはわたしたちの言葉を話せるってわけね。この戦争はわたしたちのせいだとジェリーが思っているのは、それが原因かもしれない。いずれにしても、こいつらはずっと人間を観察して、人間を研究していたに違《ちが》いないわ」

「違《ちが》いない、それを思うと心底ぞっとするが」

キラは値踏《ねぶ》みをするように、しばらくアカウェを見ていた。「ここに来たのは、ニュースを伝えるためだけじゃないんでしょう？」

「そうだ」アカウェはスラックスのしわを撫《な》でつけた。

「司令部の返事は？」

アカウェは両手を見下ろしている。「司令部は……司令部はシャル・ダボという女性が率いている。シャル・ダボ少将。彼女《かのじょ》はルスラーンの作戦の責任者だ。立派な将官だが、いつも見解が一致《いっち》するとは限らなくてな……私は彼女《かのじょ》と話した、じっくり話し合った、それで……」

「それで？」キラはじれったさをこらえている。

アカウェは気づいた。唇《くちびる》をひきつらせ、もっときびきびと話を進める。「少将は状況《じょうきょう》の深刻さを認め、地球本部《アース・セントラル》＊117の指示をあおぐため、きみの情報のすべてを地球に転送した」

「アース・セントラル！」キラは非難を込《こ》めた声で言い、両手を振《ふ》り上げた。「そんなの、何日かかるか――」

「返事が届くまで約九日間だ。それも融通《ゆうずう》の利かない故郷の連中が遅《おく》れずに返信してきた場合の話で、そうなれば奇跡《きせき》だ。本当に、まったくの奇跡《きせき》だ」アカウェの眉間《みけん》にしわが寄った。「たとえ向こうが迅速《じんそく》に対応したとしても、なんにもならないだろう。この一か月というもの、ジェリーは数日おきにこの惑星《わくせい》系にやって来ている。次の一団が現れたら、またすぐに通信を妨害《ぼうがい》されて、ここからケンタウルス座α星への連絡《れんらく》が取れなくなるはずだ。そうなったら、地球の指示を受けるには、こことソルを結ぶ通信船を待たなきゃならなくなる。それには短くても十八日か十九日はかかるだろう」

アカウェは背中をもたれてカップを手に取った。「それまでのあいだに、ダボ少将はきみとそのスーツと〈酌量《しゃくりょう》すべき事情〉号の凍《こお》った海兵隊員たちをヴィーボルグに送り届けることを望んでいる」

キラはアカウェを見やり、彼《かれ》の真意をはかろうとした。「で、あなたは彼女《かのじょ》の命令に同意してないのね？」

アカウェはコーヒーをひと口すすった。「目下のところ、ダボ少将と私は意見の一致《いっち》をみていないとだけ言っておこう」

「杖《つえ》を捜《さが》しにいこうと思ってるんじゃない？」

アカウェはホログラムのなかでまだ赤熱しているクレーターを指さした。「あれが見えるか？　私にはソルに家族や友人がいる。われわれの多くがそうだ」彼《かれ》はカップを両手で包んだ。「ナヴァレス、人類はふたつの前線での戦いに勝利することはできない。われわれは壁際《かべぎわ》に追い詰《つ》められ、頭を銃《じゅう》で狙《ねら》われている。こうなると、まずい選択肢《せんたくし》さえもかなりよさそうに思えてくる。〈蒼《あお》き杖《つえ》〉に関するきみの考えが正しければ、人類にも確かに勝ち目があることになる」

キラはいらだちを隠《かく》そうともしなかった。「だからそう言ってるじゃない」

「ああ、しかしきみの話だけでは不充分《ふじゅうぶん》だ」アカウェはコーヒーをもうひと口飲み、キラは彼《かれ》が自分自身と話し合う必要があるのだろうと察して、じっと待っていた。「もし行けば、私たちは命令に背くことになるか、少なくとも無視することになる。知らないかもしれないが、戦場を離《はな》れることはいまでも極刑《きょっけい》の理由になる。敵前逃亡《とうぼう》だのなんだの。そこが問題にならなかったとしても、きみが言っているのは往復で最短でも六か月はかかる新宇宙での任務だ」

「それはわかって――」

「六か月。六か月だぞ」アカウェはくり返した。「それにわれわれがいないあいだに、何が起きるかわかったもんじゃない」そう言って、小さく首を振《ふ》っている。「今日〈ダルムシュタット〉号は攻撃《こうげき》を受けた。銀河のケツまで飛んでいける状態じゃない。それにこっちはたった一艘《そう》だ。目的地に着いたとき、ジェリーの全艦隊《かんたい》が待ち構えていたとしたら？　ドカーン。われわれは唯一《ゆいいつ》の強みを失うことになる。きみだよ。そもそも、きみが本当にジェリーの言葉を理解しているのかも怪《あや》しいもんだ。そのスーツが脳を混乱させているとしてもおかしくはない」

アカウェはカップのなかのコーヒーをくるくる回した。「ナヴァレス、この状況《じょうきょう》をきみに理解してもらわないと。多くのものが懸《か》かっている。私にとっても、クルーにとっても、連盟にとっても……。たとえ基礎《きそ》訓練キャンプの初日からきみを知っていたとしても、きみの言葉だけを頼《たよ》りに未知の場所へと飛び立つことなどできるはずがない」

キラは腕組《うでぐ》みをした。「じゃあ、何がしたいの？」

「証拠《しょうこ》が欲しい、ナヴァレス、ただのきみの言葉よりも確かな証拠《しょうこ》が」

「そんなの、どうすればいいのかわからない。知ってることはぜんぶ話したし……。ジェリーの船から回収したコンピューターはない？　それがあれば、もしかしたら――」

アカウェは首を振《ふ》っている。「いや、ない。それにあったとしても、きみの話を確かめるすべはない」

キラは目をぐるっと回してみせた。「だったらどうしろっていうの？　わたしを信じてないなら――」

「ああ、信じてない」

「信じてないなら、こんなふうに話し合ったって無駄《むだ》でしょ？」

アカウェは片手で顎《あご》をさすりながらキラをまじまじと見つめている。「きみのインプラントはだめになった、そうだな？」

「そうよ」

「残念だ。ワイヤースキャン[*118]すれば即《そく》解決だったのに」

キラは怒《いか》りがふつふつと沸《わ》き上がってくるのを感じた。「ああそう、がっかりさせてごめんなさいね」

アカウェは気にする様子もない。「教えてほしい。そのゼノの別々のパーツを伸《の》ばしたとき、伸《の》びたところの感覚はあるのか？　たとえば壁《かべ》からトランスミッターを引き剝《は》がしたときとか、その小さな巻きひげ一本一本の感覚が伝わってきたか？」

あまりに唐突《とうとつ》な質問だったので、キラはすぐには答えられなかった。「ええ。自分の手や足の指と同じように感じられるけど」

「なるほど。わかった」驚《おどろ》いたことに、アカウェは右手の袖口《そでぐち》のボタンをはずし、シャツを腕《うで》まくりしはじめた。「この膠着状態《こうちゃく》を解消する方法が見つかったようだぞ、ミズ・ナヴァレス。とにかく、やってみる価値はある」アカウェはむき出しになった手首の下側に爪《つめ》を立てた。皮膚《ひふ》が長方形にめくれ上がるのを見て、キラはたじろいだ。アカウェの身体は人工のものだとわかっていても、あまりにも本物そっくりで、皮膚《ひふ》がめくれるさまを見ているると、やはり本能的にうろたえてしまう。

ワイヤーや回路やむき出しの金属部品がアカウェの腕《うで》のなかに見えた。

アカウェは自分の腕《うで》のなかから一本の線を探り出すと言った。「これはインプラントで使うものと同じで、神経と直接データ伝送している。つまりデジタルではなくアナログだ。そのゼノがきみの神経系と相互《そうご》作用できるのであれば、私とも同じことができるはずだ」

そのアイデアについて、キラはじっくり考えてみた。うまくいくとは思えない、でも

──認めないわけにはいかない──理論上は可能だ。「これがどんなに危険なことか、わかってるの？」

アカウェは線の先端《せんたん》をキラに差し出した。違《ちが》うとわかっていても、光ファイバーみたいに見える。「この身体にはかなりの数の安全装置が内蔵されている。万が一のときは装置が作動して、電流の激しい変化や──」

「ゼノがあなたの脳に入り込《こ》もうとしたら、安全装置があっても無事では済まない」

アカウェは真剣《しんけん》な顔でキラに線を押《お》しつけてくる。「何もせずじっと待っているぐらいなら、ジェリーとナイトメアを止めようとしていますぐ死んだほうがマシだ。うまくいく可能性がごくわずかにでもあるのなら……」

キラは深々《ふかぶか》と息を吸い込《こ》んだ。「わかった。だけど、もしあなたの身に何かあったら──」

「きみに説明責任はない。心配するな。いいからやってみよう」

アカウェの目にいたずらっぽい光が浮《う》かぶ。「信じてくれ、私だって死にたくはないよ、ミズ・ナヴァレス、だが危険を冒《おか》してでも試してみたいんだ」

キラは手を伸《の》ばし、神経接続線の先端《せんたん》を握《にぎ》った。手のひらに温かくてなめらかな感触《かんしょく》が伝わってくる。キラは目を閉じ、スーツの皮膚《ひふ》を線の先端《せんたん》に押《お》しつけて、連結し、融《と》け合い、一体になるよう促《うなが》した。

手のひらの繊維《せんい》がかすかに動き、そして……そして腕《うで》にわずかな衝撃《しょうげき》が走った。「いまの、感じた？」

アカウェは首を振《ふ》っている。

キラは顔をしかめ、ジェリーの船上での記憶《きおく》に意識を集中し、腕《うで》をとおってアカウェのほうに伝わるよう念じた。彼《かれ》に見せて、と強く思いを込《こ》める。彼《かれ》に見せて……お願い。ソフト・ブレイドに切迫感《せっぱくかん》を伝え、これがなぜそんなに大事なことなのかわからせようと懸《けん》命《めい》に努力した。

「何か感じる？」力が入っているせいで、キラの声は硬《かた》くなっている。

「何も」

キラは歯を食いしばり、船長の安全への気遣《きづか》いはいったん忘れることにして、思考が自分の腕《うで》からアカウェの腕《うで》へと堰《せ》き止められない激流のように流れ込《こ》んでいくのを想像した。ありったけの精神力を働かせ、限界に到達《とうたつ》して諦《あきら》めかけたとき――まさにそのとき、頭のなかで針金がポキッと折れたみたいに、別の空間、別の存在に触《ふ》れているのを感じた。

ふたつのインプラントを繋《つな》いで直接供給するのと大差なかったが、この場合はより混沌《こんとん》としていた。

アカウェが身をこわばらせ、口をぽかんとあける。「これは」

キラはふたたびソフト・ブレイドに自分の望みを伝えた。彼《かれ》に見せて。可能な限り詳細《しょうさい》にわたって、ジェリーの船での記憶《きおく》を振《ふ》り返り、終わるとアカウェに言われた。「もう一度。もっとゆっくり」

キラがくり返すと、とつぜんイメージがどっとあふれて思考を妨《さまた》げた。星座。渦巻《うずま》く光を背に黒い影《かげ》として立っている〈いと高き方〉。一対の組まれた腕《うで》。〈蒼《あお》き杖《つえ》〉、恐《おそ》るべき〈蒼《あお》き杖《つえ》〉……

「もういい」アカウェがあえいだ。

キラは神経接続線を握《にぎ》っていた手を緩《ゆる》め、ふたりの繋《つな》がりは消えた。

アカウェはぐったりと壁《かべ》にもたれた。顔に寄ったしわのおかげで普通《ふつう》の人に見えるほどだ。アカウェはデータ伝達コードを腕《うで》にしまい、アクセス・パネルを閉じた。

「どうだった?」キラは問いかけた。

「確かに驚《おどろ》くべきことだ」アカウェは袖《そで》を引っぱり下ろし、カフスを留めた。そしてカップを手に取り、コーヒーをぐいっと飲むと、嫌《いや》そうな顔をする。

「くそっ。ナヴァレス、私はコーヒーが大好きだ。だがこの身体になってからというもの、一度もまともに味わえた試しがない」

「そうなの？」

「そうとも。身体を失うことは、紙で切ったせいで傷がつくのなどとはまったく別物だ。こうなったのは、あれはそう、十四年前だ。当時ケレスの造船所で〈ポンダー・ユニオン〉[*119]との厄介《やっかい》な小競り合いが起きていた。〈ポンダー・ユニオン〉という名前の由来を知ってるか？」

「知らない」キラはもどかしさを必死にこらえていた。ソフト・ブレイドはアカウェの脳の何かを緩《ゆる》めてしまったんだろうか？

アカウェはニヤリとした。「連中が日がな一日、働かずにじっと座ってるだけだからだ。お役所仕事の内部事情と、そいつをいかにひねり回してうまく利用するかについて、あれこれ考えて《ポンダリング》いる。労組と造船所の契約交渉《けいやくこうしょう》がすっかりヒートアップしたもんだから、事態を収拾させるため私の部隊が派遣《はけん》された。獰猛《どうもう》な獣《けもの》をなだめるために。騒《さわ》ぎを丸く収めるために。とんだ平和維持《いじ》任務だ。最後には抗議《こうぎ》する群衆と対決することになった。彼《かれ》らが問題を起こしかねないことはわかっていたが、そうは言っても相手は民間人だ。戦闘《せんとう》地域にいたのなら、私は躊躇《ちゅうちょ》しなかっただろう。見張りを配置し、ドローンを配備し、防《ぼう》御線《ぎょせん》を確保し、群衆を追い散らす。何もかも完璧《かんぺき》に。だが状況《じょうきょう》を悪化させたくなくて、私はそれをしなかった。まったく、あそこには小さな子どもたちもいたんだ」

アカウェはカップ越《ご》しにキラをじっと見つめている。「群衆は激高し、ドローンを破壊《はかい》してマイクロ波で私たちを撃《う》ってきた。あのくそったれどもはわれわれに奇襲《きしゅう》をかけることをずっと計画していたんだ。私たちは側面から銃撃《じゅうげき》を受けて……」アカウェは首を振《ふ》った。「私は最初の一斉射撃《いっせいしゃげき》に倒《たお》れた。四人の海兵隊員が命を落とすことになった。二十三人の民間人が死に、負傷者はさらにずっと多かった。私は抗議者《こうぎしゃ》たちがよからぬことを企《たくら》んでいるのに気づいていていた。私が行動さえしていれば――待たずにいれば――大勢の命を救えたかもしれない。そして私は懐《なつ》かしいコーヒー本来の味をいまでも楽しめていたかもしれない」

キラはブランケットの膝《ひざ》に寄ったしわを伸《の》ばした。「あなたは杖《つえ》を捜《さが》しに行くつもりなのね」ぽつりと言った。考えると怖気《おじけ》づきそうになった。

アカウェは残っていたコーヒーをひと息に飲みこんだ。「違《ちが》う」

「え？　だけど――」

「きみは思い違《ちが》いをしている。我々が行くんだ」アカウェは当惑《とうわく》したような笑顔を見せた。「こいつは私が下したなかで最悪の決断になるかもしれないが、エイリアンの群れに人間が全滅《ぜんめつ》させられるのを指をくわえて見ているなんて冗談《じょうだん》じゃない。最後にこれだけ聞かせてくれ、ナヴァレス、ほかに私たちが知っておくべきことは本当にないのか？　どんなに些細《ささい》なことでも、頭の片隅《かたすみ》にうっかり押《お》しやってしまった、関係のありそうな情報は？ 私のクルーはこれに命を賭《か》けることになる。いや、自分たちの命だけでは済まないほど多くのものを賭《か》けることになるかもしれない」

「何も思いつかない。でも……ひとつ提案したいことはある」キラは言った。

「なんだか不安になるな」

「〈ウォールフィッシュ〉号を一緒《いっしょ》に連れていくべきよ」

アカウェ船長はもてあそんでいたカップを危うく落としそうになった。「民間の船とクルーを——辺境の密輸船の一団を——古代のエイリアンの装置を捜《さが》すという軍の任務に連れていけと、本気で提案してるのか？ そう言ったのか、ナヴァレス？」

キラはうなずいた。「ええ。61シグニの防備をなくして発つことはできないから、〈サーフェット・オブ・グラヴィタス〉号は残るしかない、そしてマルパートに停泊《ていはく》している採《さい》掘《くつ》船はどれも長距離《ちょうきょり》飛行の任務に耐《た》えうるようにはできていない。さらに言うと、わたしは採掘《さいくつ》船のクルーとは知り合いじゃないし、彼《かれ》らを信用する気もない」

「だがファルコーニと彼《かれ》のクルーは信用しているというわけか？」

「戦いの場で？ そうね。命を預けてもいい。あなたも言ってたように、杖《つえ》の在《あ》り処《か》に着いたら、援護《えんご》が必要になるかもしれない。〈ウォールフィッシュ〉号は巡洋艦《じゅんようかん》じゃないけど、それでも戦うことはできる」

アカウェは鼻で笑った。「ただのガラクタ船じゃないか。それがあの船だ。ジェリーと銃撃戦《じゅうげきせん》になったら、数分ともたないだろう」

「かもしれない、でもあなたが気づいていない大事な点がもうひとつある」

「ほう、そうか？　ぜひ聞きたいね」

キラは前のめりになった。「わたしはもうクライオに入ることができない。だから、自分に問いかけてみて。あなたたちが氷のかたまりと化しているあいだ、何か月にもわたって最新式のUMCの船内を——このゼノと共に——わたしがうろつき回ることになっても、気にせずにいられる？」返事はなかったが、アカウェの目には警戒《けいかい》の色が見て取れる。キラは畳《たた》みかけた。「それに飛行中ずっとわたしを閉じ込《こ》めておけばいいなんて思わないでね。そういうのはもううんざり」キラは寝台《しんだい》のへりをつかみ、強く締《し》めつけるようソフト・ブレイドに命じた。複合材でできたベッドの枠《わく》が砕《くだ》け散る。

落ち着かなくなるほど長いあいだ、アカウェはキラを見つめていた。が、やがて首を振《ふ》った。「きみに賛成する気になったとしても、〈ウォールフィッシュ〉号のような古くてのろい貨物船が〈ダルムシュタット〉号に遅《おく》れずついてこられるはずがない」

「それはわたしにはわからないけど。確かめてみたら？」

アカウェはまたせせら笑ったが、オーバーレイに焦点《しょうてん》を合わせた。声を出さずに指示するのに合わせて喉《のど》が動いている。アカウェの眉《まゆ》がくいっと上がった。「きみのお仲間には――」彼《かれ》は〝お仲間〟という言葉をことさらに強調した。「――驚《おどろ》かされることばかりだな」

「〈ウォールフィッシュ〉号は遅《おく》れずついてこられそう？」

アカウェはうなずいた。「大体は。密輸人は速く動くことに意欲的だということか」

キラは〈ウォールフィッシュ〉号のクルーを弁護したくなるのをこらえた。「ね？　今日のサプライズは悪いことばかりじゃなかったでしょう」

「そこまで言うつもりはないが」

「それに――」

「それに？　まだ何かあるとでも？」

「〈ウォールフィッシュ〉号には、ふたりのエントロピストが乗船していた。ジョラスとヴェーラよ」

アカウェの完璧《かんぺき》な形の眉《まゆ》が上がった。「エントロピストだって？　大した乗客名簿《めいぼ》だな」

「彼《かれ》らも一緒《いっしょ》に連れていくといいんじゃない？　エイリアンのテクノロジーを調べるのなら、エントロピストの専門知識は役に立つはず。わたしは翻訳《ほんやく》はできても、物理学や工学技術は専門外だから」

アカウェはうめいた。「検討してみよう」

「じゃあ、〈ウォールフィッシュ〉号については決まりってこと？」

船長はコーヒーの最後のひと口を飲み干し、立ちあがった。「成り行き次第だ。きみが思うほど簡単なことじゃない。決まったら知らせよう」

そう言ってアカウェは出ていき、彼《かれ》がここに来たことを証明するものは、あたりに漂《ただよ》うコーヒーの香りだけになった。

4

キラはふーっと息を吐《は》いた。本当にこれから〈蒼《あお》き杖《つえ》〉を捜《さが》しにいき、ソフト・ブレイドが見せた惑星《わくせい》系を見ることになるのね！　現実のこととは思えなかった。

あの古くて赤い星はなんというのだろう。名前があるはずだ。

キラはこれ以上じっと座っていられなくなって、さっと立ちあがると狭《せま》い船室のなかをうろうろしはじめた。アカウェが頼《たの》んだら、ファルコーニは〈ダルムシュタット〉号に同行することを承諾《しょうだく》するだろうか？　確信は持てないけれど、受け入れてくれることを願った。キラはアカウェに話した理由から〈ウォールフィッシュ〉号が一緒《いっしょ》に行くことを望んでいたが、自分勝手な理由のためでもあった。〈酌量《しゃくりょう》すべき事情〉号で経験したことのせいで、何か月もUMCの船に閉じ込《こ》められて医師とマシンに絶えず監視《かんし》されることになるのが嫌《いや》だったのだ。

わたしは前ほど弱くはないだろうけど。キラは腕《うで》の繊維《せんい》に触《ふ》れ、なぞっていく。ソフト・ブレイドをコントロールできるようになって——いつもとはいかないにしても——、いまなら必要とあらばパワードスーツの兵士が相手でも屈《くっ》せず持ちこたえられるはずだ。それにゼノの力を借りれば〈酌量《しゃくりょう》すべき事情〉号のような隔離《かくり》室からも簡単に逃《に》げ出せる……。そのことがわかっているおかげで、心細くならずに済んだ。

一時間が過ぎた。巡洋艦《じゅんようかん》の船体にドシンという音やドーンという音が反響《はんきょう》している。修理の音か、補給品を積み込《こ》む音だろう。確かなことは聞き分けるのが難しかった。

と、オーバーレイに着信が表示された。キラが応じると、いくつかのコンソールを背にしたアカウェの映像が映し出された。彼《かれ》はいらだっているようだ。

「ナヴァレス。きみの提案について、ファルコーニ船長と友好的なおしゃべりをした。条件を決めるとなると、彼《かれ》は本物のくそ野郎《やろう》だとわかった。こちらは彼《かれ》に船に積めるだけの反物質《アンチマター》とクルー全員の恩赦《おんしゃ》を約束したが、向こうはきみと話すまで返事をしないと言っている。彼《かれ》と少し話してみる気はあるか？」

キラはうなずいた。「彼《かれ》に繋《つな》いで」

アカウェの顔が消え――いまもこの通信を監視《かんし》しているはずだが――、替《か》わってファルコーニの顔が映し出された。いつものように、彼《かれ》の目はふたつの輝《かがや》く氷のかけらみたいだ。

「キラ」

「ファルコーニ。恩赦《おんしゃ》ってなんのこと？」

彼《かれ》はどこか気まずそうな表情を浮《う》かべた。「それはあとで話す」

「わたしと話したがってるってアカウェ船長に聞いたけど」

「ああ。きみのいかれたアイデアのことだが……本気なのか、キラ？　本当に本気で言ってるんだな？」

その質問があまりにもさっきアカウェに訊《き》かれたことと似ていて、キラは笑いそうになった。「本気も本気、大真面目よ」

ファルコーニは頭を横に傾《かたむ》けた。「命を賭《か》けられるほどか？　俺《おれ》の命も？　トリッグのも？　ランシブルのはどうだ？」

そう言われて、ごく小さなものではあるが、キラは笑みを浮《う》かべた。「何も約束することはできないけど――」

「俺《おれ》は何かの約束を欲しがってるわけじゃない」

「——でも、そうね、こうすることが何よりも重要だと思ってる」

ファルコーニはしばらくキラを見つめていたあとで、顎《あご》をくいと引いて鋭《するど》くうなずいた。

「よし。それが知りたかった」

通信が切れ、キラはオーバーレイを閉じた。

十分ほどが過ぎただろうか、誰《だれ》かがドアをノックする音がして、女性の声が聞こえてきた。「マーム? 〈ウォールフィッシュ〉号へお連れします」

こんなにもホッとしていることに、キラは自分でも驚《おどろ》いた。賭《か》けに勝ったのだ。

ドアをあけると、驚《おどろ》いた顔をした小柄《こがら》な女性が立っていた。いずれかの階級の下級士官だ。「こちらです、マーム」

キラは彼女《かのじょ》について〈ダルムシュタット〉号から下船し、スペース・ドックに戻《もど》った。巡洋艦《じゅんようかん》を降りたとき、入口に配置されていたあのパワードスーツの海兵隊員ふたりが合流し、控《ひか》えめに距離《きょり》を保ちながらついてきた。とはいえ、パワードスーツで控《ひか》えめにしようなんて、考えてみたら無理な話ではあるが。

〈ウォールフィッシュ〉号に近づくと、懐《なつ》かしさが押《お》し寄せてきた。貨物室の扉《とびら》はいまも開いたままで、ローダーボットが間断なく出入りし、食料や生活必需品《ひつじゅひん》の入った木枠《きわく》を貨物室のいたるところに降ろしている。

トリッグの姿があり、ニールセンとファルコーニもいた。船長は手にしているクリップボードを下ろし、キラをちらりと見やった。「おかえり、ナヴァレス。きみのおかげで遠足に行くことになったようだな」

「そうみたいね」キラは答えた。

（中巻につづく）

用語解説〈上巻〉

＊1―**アドラステイア**：りゅう座σ星のガス惑星ゼウスを回る軌道にある衛星。神話に出てくる幼いゼウスをひそかに世話したニンフのこと。ギリシャ語で「免れ得ない」の意。

＊2―**クライオ**：極低温睡眠。超光速移動の前に薬液を飲むことで誘導される活動停止状態。

＊3―**ラプサン貿易会社**：初めは商業ベンチャーだったが、やがてウェイランドのハイストーンのようなコロニーの設立、資金調達、運営に転換した恒星間複合企業。スチュワートの世界に本部を置く。スローガンは「共に未来をつくる」。

＊4―**スクラムロック**：ポスト・フュージョンのハイパー・バイブス、さまざまなガス惑星の環から集めた無線とプラズマ波をサンプリングしているのが特徴である。二二三二年に〈ハニーサックル・ヒープス〉の音楽でポピュラーになった。

＊5―**スキンスーツ**：身体を保護するぴったりとした多目的の衣服で、ヘルメットと共に着用すれば、宇宙服、潜水道具、寒冷地の装備として機能する。過酷な環境で過ごす者の基礎的な装具。

＊6―**遠征チームのボス**：〈ボス〉[*7]を参照。

＊7―**ボス**：各種プロジェクトや組織の責任者を表す正統フッター派の用語。フッター派拡大[*120]の結果、さまざまなバリエーションが広がり一般的に用いられる言葉になった。

＊8―**シンーザー**：くじら座τ星の周回軌道上にある高重力惑星。主要な植民星のなかで唯一、連盟への加入を拒み、その結果としてザリアン軍と連盟軍の武力紛争が勃発し、両軍が数千人の命を失うことになった。入植者の多数が韓国系であることで知られる。地球より高重力の環境に適応できるよう、入植者全体が遺伝子操作を受けていることでも有名。おもな変化点は、著しく太くなった骨格構造、肺活量の増大(酸素濃度の低さを補うため)、ヘモグロビンの増加、ミオスタチンの抑制による筋肉の増強、腱の倍増、概してより大きな臓器。異質な遺伝的集団。(〈エントロピズム〉も参照)

＊9―**スカージ**：岩石惑星〈ブラックストーン〉の調査に派遣された三十四人のうち二十七人を死なせた微生物。

＊10―**ウェイランド**：インディアン座ε星の周りの軌道にある植民星。北方ゲルマン人の伝説の鍛冶屋にちなんで名付けられた。注目すべき自生生物は存

在しない。

＊11―**テッセライト**：アドラステイア固有の鉱物。ベニトアイトに似ているが、こちらのほうがずっと紫が強い。

＊12―**マグシールド**：惑星間を飛行中に宇宙船を日射から保護するために使われる電離プラズマの磁気圏双極子円環体、あるいは再突入中に制動と断熱のために使われる磁気流体力学システム。

＊13―**疑似知能**：信ぴょう性のある知覚力の幻影。これまでのところ正真正銘の人工知能を造り上げるのは予想していたよりもずっと難しい（そして危険だ）ということが証明されている。疑似知能は制限された実行機能を有するプログラムで、自我や創造性、内省は備えていない。限界はあるものの、宇宙船の操縦から都市の管理まで、人間活動のほぼあらゆる領域において非常に有用であることがわかっている。（〈シップ・マインド〉[*34]も参照）

＊14―**スチュワートの世界**：ケンタウルス座α星を回る軌道にある岩だらけの星。太陽系の外で初めて植民された場所。発見者のオート・スチュワートにちなんで命名された。住みやすい土地ではなく、その結果として、過酷な環境を生き抜くための専門技術が必要であったため、ここの入植者は一般よりも高い比率で多くの科学者を輩出している。宇宙族《スペーサー》の多くがスチュワートの世界の出身者であるのも、そのためだ。彼らはもっと温和な土地を熱心に探し求めているのだ。

＊15―**B・ルーミシー**：アドラステイア原産のオレンジ色の苔に似たバクテリア。

＊16―**アイドーロン**：エリダヌス座ε星を回る軌道にある星。地球のように土が肥えて天然生物に富んでいるが、どの生物も感覚は備えておらず、ほとんどが有毒であるか敵性を示す。ここのコロニーはほかのどの植民星よりも死亡率が高い。

＊17―**雲の都市**：金星の雲の中に浮かんでいる軽量で無色の居住ドーム。地球外で最も大きくて繁栄している入植地のひとつ。構造部材の大部分がドームの中で育った樹木や植物でできている。

＊18―**ヤモリパッド**：無重力状態で登ったり演習したりするためにスキンスーツの下部とブーツに装着された粘着性のパッド。名前が表すとおり、パッド（直径約5マイクロメートルの剛毛に覆われている）はヴァン・デル・ワールスの付着力に依存している。せん断力は最大負荷を制限する要因となるが、解放のメカニズムも提供する。

＊19―**ノロドン**：中等度から重度の痛みに適した即効性

のある液体鎮痛薬。

＊20――**トゥール**：別名「空間の主」。宇宙族の神。「地図にない世界の果て」を意味するラテン語の「アルティマ・トゥーレ」に由来する。もともとは太陽系の海王星の外側にある微惑星につけられた呼び名だったが、一般に〝未知のもの〟に使われる言葉になり、そこから擬人化された。太陽系やその他の場所にある小惑星の鉱山労働者のあいだでは、〈トゥール〉にまつわる多数の迷信がある。

＊21――**グレート・ビーコン**：人類が初めて発見した異星人の遺物。タロスⅦ（ペルセウス座θ星2）で見つかった。ビーコンは直径五十キロメートル、深さ三十キロメートルの穴だ。三元符号に組み込まれたマンデルブロ集合を表す構造化された爆発音と共に、10・6秒ごとに304メガヘルツの電磁パルスを発生させている。バナジウムが混じったガリウムの網で囲まれており、かつては超伝導体として機能していたのかもしれない。巨大なカメに似た生物（頭と足がない）が穴を囲む平野をうろついている。その生物と人工遺物の関係については、いまのところまだ誰も解明していない。さらに六つのビーコンが存在することが知られている。〈古の者〉によって建造されたと考えられているが、決定的な証拠はない。意図された目的は謎のままである。

＊22――**星間連盟**：タロスⅦの〈グレート・ビーコン〉が発見されたあとに組閣された星間政府。太陽系、ケンタウルス座α星、インディアン座ε星、エリダヌス座ε星、はくちょう座61番星内外の周辺植民星で構成されている。

＊23――**GST**：銀河標準時。銀河核からの経管エネルギー量子の放出によって決定される宇宙年代。因果関係がめちゃくちゃに見えるかもしれないが、そう見えるだけだ。常にaがbを引き起こしている。

＊24――**IPD**：星間免状。宇宙の居住星すべてで認められる唯一の学位。太陽系にあるいくつかの学校と協力し、スチュワートの世界のバオ大学で認定が行われる。IPDは法律、医学、主要な科学のすべてを含め、とりわけ実際的な学科をカバーしている。

＊25――**防衛部**：UMCに対する監督責任がある惑星同盟の民間部。

＊26――**UMC**：連合軍事司令部。各惑星の議員で構成された星間連盟の連合軍。多くの政府は惑星独自の軍隊の維持をやめ、代わりに防衛資源のすべてを

ＵＭＣに割り当てている。

＊27―**巡洋艦**：長距離の調査と巡察を単独で行う目的でつくられたＵＭＣの船。戦艦よりも小型で操縦しやすく、かつ侮りがたい。軌道から地表、地表から軌道へ飛行することの可能なマルコフ搭載シャトル二機が標準装備に含まれている。

＊28―**マルコフ・ドライブ**：超光速移動を可能にする反物質を燃料とした装置。（〈統一場理論[*121]〉も参照）

＊29―**クライオ酔い**：あまりに長くクライオに入っていること（あるいはあまりにも立てつづけに飛行すること）によって引き起こされる全身性の消化、代謝、ホルモン機能不全。クライオに入っていた期間と／あるいは飛行回数に比例して副反応があり、気分が悪い程度で済むこともあれば、命にかかわるほどのこともある。クライオ酔いしやすい人もいる。

＊30―**改革フッター派**：伝統的な民族・宗教のフッター派から分派した異端派で、いまや数では元祖を大きく上回っている。改革フッター派（ＲＨ）は、広く慈善を行い、神の創造物に対する権利を確立するという目的を追及するためであれば、現代的なテクノロジーの利用が認められているが、幹細胞注射のように、利己的な個人の要求とみなされる技術については、いかなる利用も良しとしない。可能な場所では、共同生活を守っている。彼らは入植した先々で大きな成功を収めている。伝統的なフッター派とは違って、改革フッター派は軍務に就いているが、これについてはいまでも彼らの大多数が難色を示している。

＊31―**星間安全保障法**：星間連盟の結成にあたって制定された法律で、その結果としてＵＭＣが編成され、外的事件（ソフト・ブレイドの発見といったもの）の発生時に軍や情報局、民間の指導者に広範な権限を認めている。

＊32―**ＵＭＣＩ**：連合軍事司令部情報局。

＊33―**艦隊情報部**：情報収集を専門とするＵＭＣＮの一部門。

＊34―**船脳**《シップ・マインド》：肉体を超越した人類。身体から脳を取り出し、成長する基質に移植し、養分に浸して組織の拡大とシナプスの形成を誘導したもの。シップ・マインドは様々な要因が集まった結果として生まれたものである。知性を限界まで高めたいという人間の欲望、真のＡＩを進化させることの失敗、次第に大きくなっている宇宙船のサイズ、宇宙を旅する各船の破壊力。ひとりの人間、ひとつの頭脳が一艘の船における多数の操作を監督する

というのは魅力的だ。しかしながら、標準サイズの宇宙船から生じる知覚情報量を処理することは、増大させていない脳には不可能だったのだ。船が大きければ大きいほど、脳も大きくなければならなかった。

シップ・マインドはきわめて優秀な個々の人間性が生み出してきたものだ。また場合によっては、きわめて不安定なものも。発達過程には困難がつきまとい、精神に関わる重い副反応が確認されている。

シップ・マインド——船上にいてもいなくても——は、極度の偏執的容疑者は別として、どんな人間よりも遥かに多い日常的な雑事の監督責任があると理論づけられている。だが、その手段と方法が時に不明瞭かもしれなくても、彼らの望みはほかのどの生き物とも変わらない。長生きして繁栄することだ。

＊35—**S-PAC**：隔離中の物質を扱うのに使用されるロボットマニピュレータ。

＊36—**スティムウェア**：普及している睡眠代用薬の銘柄のひとつ。この薬にはふたつの異なる化合物が含まれている。ひとつは身体の概日リズムをリセットするためのもので、もうひとつはアミロイドβのような代謝産物を脳から除去するためのものだ。睡眠が奪われたとき、この薬は神経変性を防ぎ、精神的／肉体的機能を高レベルで維持してくれる。ただし睡眠によるタンパク同化作用は複製されないため、成長ホルモンの分泌を促したり、日々のストレスからしっかり回復したりするには、やはり通常の休息が必要とされる。

＊37—**外骨格**《エクソスケルトン》：（一般的にはエクソと呼ばれる）戦闘、運送、採鉱、移動に使われる強化フレーム。エクソはデザインも機能もさまざまで、自然の影響を受けるものもあれば、真空や深海に耐えられるよう強化されたものもある。装甲したエクソはUMCの戦闘部隊の標準装備である。

＊38—**法人市民権**：特定の星間企業の被雇用者に与えられる領域制限のない市民権。この権利を有する者は、比較的簡単に異なる国／惑星／惑星系に仕事や旅行で訪れたり居住したりすることができる。連盟が成立する前から展開されていた構想で、同等のパスポートを与える連盟市民権に徐々に取って代わられている。

＊39—**ローダーボット**：肉体労働に使われる半自律ロボット。

＊40—**衝動**：〈ツーロ[*122]〉を参照。

＊41——**多形態《メニーフォーム》**：〈シード〉[下*11]を参照。

＊42——**ブラスター銃**：連続するビームではなくパルスを発射するレーザー銃。

＊43——**消え失せし者**：〈古の者〉[下*20]参照。

＊44——**FTLテープ**：真空テープの俗語で、途方もなく丈夫な感圧性のテープのこと。船体の外殻にあいた裂け目を修繕できるほど強力。一般的に信じられていることとは違って、超光速飛行の航続時間を耐えるような修繕には適さない。

＊45——**FTL**：超光速。星間移動のおもな形式。〈マルコフ・ドライブも参照〉

＊46——**マルコフ・リミット**：マルコフ・バブルを維持することで超光速への移行を可能とする重力質量からの距離。

＊47——**28-G**：ゼウスとアドラステイアの周回軌道上にいくつかある通信衛星のひとつ。

＊48——**UMCS**：連合軍事司令船／ステーション

＊49——**デルタV**：特定の機動的な飛行をするのに必要とされる宇宙船の質量単位当たりの推力の測定単位。言い換えれば、宇宙船の推進剤を消費することによって成し遂げられる速度変化。機動飛行は必要とされるデルタVで算定され、段階的にコストが加算される。どんな機動飛行に必要な推進剤の量もツィオルコフスキーのロケット方程式によって決定される。

＊50——**チェル**：アイドーロンに生息するシュワーパームの葉から抽出されるお茶。マイルドな刺激物として星間連盟で広く飲まれており、コーヒーに次ぐ人気。地球人よりも入植者のあいだでより普及している。

＊51——**ハイドロテック**：ガス惑星周辺の水素の抽出と精製を専門とする企業。ハイドロテック・ステーションはほとんどの惑星系において燃料補給と薬剤[*125]補給のおもな施設となっている。

＊52——**ナノアセンブラ**：ナノボットを利用して複雑な形状やマシン、そして適切な原料があれば筋肉や臓器、精子をつくりだす3Dプリンタ。

＊53——**マルコフ・バブル**：調整された電磁場が浸透した亜光速空間の球体で、ターディオン物質が流体時空の膜を通って超光速空間に移動することを可能にする。

＊54——**悲しみに沈む縁《プレインティブ・バージ》**：ペラギウス[*126]の海中にある火口。〈深海の密議《アビッサル・コンクラーベ》〉の本部。

＊55——**DERP**：乾燥排出再生ペレット。適切な機能を備えたスキンスーツによって加工処理された、滅菌・ポリマーコーティングされた糞。

*56—**アイシ**：いらだちや不満を表す韓国語の感嘆詞。

*57—**メディボット**：特段に難しい症例以外ならあらゆる診断と処置を行うことのできるロボット・アシスタント。医師たちは手術の大部分をメディボットに頼っている。多くの船は人間の医師が必要になるという比較的小さなリスクよりもコスト削減を優先し、医師を乗せずに済ませている。

*58—**SLV**：超光速船。超光速飛行が可能な民間船に対する連盟の呼称。

*59—**宇宙焼け**：季節性情動障害、ビタミンD不足、その他の病気を患うのを避けるため、宇宙船で使われるフルスペクトル光の下で歳月を過ごすことによる避けられない結果。ステーション生まれの住人や生涯を宇宙船で過ごす者に特に顕著。

*60—**マシン・ボス**：「ボス」[*7]を参照。

*61—**ルスラーン**：61シグニAの周回軌道上にある岩石惑星。連盟星のなかではウェイランドに次いで二番目に新しい植民地。初めはロシア方面の人々が植民していた。シグニAと対をなすシグニB周辺の小惑星帯で大規模な採鉱が行われている。

*62—**ジェリー**：〈ウラナウイ〉[*102]参照。

*63—**幹細胞注射**：細胞を老化から回復させ、変異誘発要因を抑制し、テロメアの長さを復活させ、一般的に肉体を生物学上の二十代半ばと同等に若返らせる抗老化注射。通常は二十年おきにくり返される。加齢に伴う耳や鼻の軟骨のすり減りを抑止することはできない。

*64—**船猫**《シップ・キャット》：宇宙船に搭乗する昔ながらのペット。迷信としてシップ・キャットの存在と幸福が非常に重視されている。多くの宇宙族《スペーサー》がシップ・キャットのいない船への搭乗を断ろうとする。シップ・キャットを（故意であろうとなかろうと）傷つけた者がその後殺されたという事例がひとつやふたつどころではなく記録されている。

*65—**ビッツ**：銀河標準時（GTS）から始まった暗号通貨。恒星間空間で最も広く受け入れられている法貨。星間連盟の公式通貨。

*66—**フダワリ**：ペラギウスに生息する巨大な塩水肉食動物。成体のウラナウイを捕食することで知られている数少ない生物の一種。ウラナウイと密接な関連があるが、知力は劣る。

*67—**転移の巣**：身体から身体へと記憶や基礎的な脳の構造をコピーするためのウラナウイの装置。元の個体が死んだあと、保管されていた個性／記憶を新しい身体に刷り込むのにも使われた。（ツフェアも参照）

＊68—**グラディエントローブ**：しきたりを守るエントロピストの伝統的な装い。彼らのシンボルである、よみがえる不死鳥が装飾されている。メタマテリアルに先端技術が織り交ぜられているおかげで、このローブはスキンスーツや鎧、必要とあらば武器としても機能する。

＊69—**自由保有地**：いかなる大規模な政府とも無関係の保有地、ステーション、コンクラーベ、入植地。

＊70—**プリズナー**：エントロピストではないすべての者。知識不足によって、死にかけている宇宙に囚われている者のこと。

＊71—**ハイブマインド**：ふたつかそれ以上の脳の精神力学的な繋がり。通常は対象者のインプラントを継続的ビームで同期することによって達成され、内受容・外受容・固有受容の刺激への一致を確実にする。ハイブマインドを確立するには、元の感覚記憶の完全な交換が（必須ではないが）普通である。有効範囲は信号の帯域幅と遅滞への許容差による。物理的な距離の近さが許容限度を超えた場合に崩壊が起こりやすい。記録されている最大のハイブマインドは四十九人だが、関係者たちが感覚の過負荷によって衰弱していったため、実験は短期で終わった。

＊72—**クエスタント**：エントロピストのこと。宇宙の熱的死から人類を救う方法を探求《クエスト》する者。

＊73—**アリスメティスト大司教**：〈ジギタリス司教[＊74]〉を参照。

＊74—**ジギタリス司教**：ニューマニストの名目上の宗教的指導者。〈カレッジ・オブ・イニューマレイター[＊127]〉を統率する。実数のエニュメレーションに対する監督責任がある。

＊75—**フォックスグローブ主教**：〈ジギタリス司教[＊74]〉を参照。

＊76—**エニュメレーション**：ニューマニストが信仰の一環として聞くことを義務づけられた、昇順番号の放送。たとえば素数など、特に縁起がよいと考えられている数字もある。（ニューマニズム[＊128]も参照）

＊77—**アロシト・アフマド**：サン・アマーロでよく食べられているデザート。粗糖を煮詰めたシロップをハーブの灰でこしてカラメルを作り、その風味をつけたライスプディング。

＊78—**サン・アマーロ**：ラテンアメリカの小国。地球で最初にスペース・エレベーターが設置された場所。

＊79—**歩兵**：惑星の出身か惑星に住んでいる者を指す軽蔑的な呼び方。

＊80—**ＰＤＦ**：惑星防衛部隊《プラネタリー・ディフェンス・フォース》。ほとんどが非戦闘員で

構成され、特定の惑星に配属された地方の軍隊。

＊81―**ナル・クラス**：限られた数の部隊を運ぶウラナウイの中型船。通常、イカ型を三体、クロウラーを二、三体、それと同じ数のスナッパーぐらいしか乗せていない。

＊82―**つまらなくて嫌な**《スカット》：「汚い」「役に立たない」といった意味で、「あのつまらなくて嫌な《スカット》仕事をやりに行け」というふうに使う。綴りの違う"scut"に由来している。軽蔑語。

＊83―**パケット**：超光速飛行が可能な小型の無人メッセンジャードローン。

＊84―**近香**《ニアセント》：コミュニケーションを取るためにウラナウイが分泌する化学物質。言葉の情報と言葉ではない情報を伝達する際に彼らが使う基本的な手段。

＊85―**深海の密議**《アビッサル・コンクラーベ》：ペラギウスの海のなかにあるプレインティブ・バージ、そこに住む多形態のウラナウイの腰巾着からなる議会。

＊86―**ショール・リーダー**：三部隊以上のウラナウイを率いる大佐や中佐の称号だが、通常は大将か准将と同等の階級の指揮官を指す。

＊87―**ミルコム**：UMCの公式通信網

＊88―**カサバ榴弾砲**《ハウイッツァー》：核成形爆薬。多くの場合は射程距離を伸ばすためミサイルに搭載されている。この名称はふたつのものを指すことがあり、ひとつは純粋なカサバ榴弾砲（核爆発を細いプラズマビームにすることに特化している）、もうひとつは爆発を起こして爆発成形弾（極度の破壊力を持つ鋳造されたタングステンの弾丸）を推進させるのが用途とされるカサバ榴弾砲である。

＊89―**シバル**：韓国語の悪態、英語の「ファック」と同義。もっぱら怒りおよび／または否定的な意味で使われる。

＊90―**アイディーリス**：〈シード〉は随意に姿／形を変えられるので、ウラナウイはそれを身体の具現化としてプラトン哲学の"理想《アイディール》"だとみなしている。

＊91―**メディフォーム**：抗生物質配合の殺菌フォームで、ある程度柔軟性のあるギプスとして固まる。出血を止め、骨折を固定するのに使われ、体腔に注射すると感染症を防ぐ。

＊92―**同形態**《コーフォーム》：共通の身体の形をしたウラナウイを指す用語。

＊93―**スファール**：ウラナウイの保全許可レベル。〈スフェン〉より高く、〈スフェール〉より低い。

＊94―**虚空の様相**《アスペクト・オブ・ザ・ボイド》：ウラナウイのビュースクリーン。旧来から宙に浮いた水の球体のなかに映し出される映像。

*95―**サンダリング**：〈シード〉やそれに類するものを含む〈古の者〉によって作られた無数の技術的人工物が発見され、そこから勃発したウラナウイの一大異変となった内戦。これがきっかけで〈ツフェア〉は肉体に対する異端となった。〈アーム〉同士が覇権争いをしているあいだにも、ウラナウイは多数の惑星系を植民地化し、野心的な拡大政策の軍事行動にも従事していた。その内部抗争から、ひとつの要因としては通常の交戦によって、別の要因としては〈探求者《シーカー》〉の目覚めによって、さらに別の要因としては想定外の〈堕落《コラプテッド》〉の創造によって、彼らの種は危うく滅びるところだった。ウラナウイの文明は崩壊し、完全に回復するまでに三世紀近くかかった。（〈リップル〉と〈ツフェア〉も参照）

*96―**探求者《シーカー》**：執行と抑制という目的のもと〈古の者《オールド・ワン》〉によって創られた従僕である生命体。身体的接触と頭蓋への注入によって生物を直接支配することができる。高い知能を持ち、きわめて危険であり、意識を持つ奴隷にされた生命体を集めた大軍を率いていることで知られている。

*97―**アームズ**：ウラナウイの社会において政治と社会的発展に携わる半自治組織。〈アーム〉はそれぞれ適切と思われる役割を担っているが、支配している形態によって目的が無視されることもある。（〈ツフェア〉も参照）

*98―**ツフェア**：ウラナウイの六つの〈アームズ〉のひとつ。肉体に対する異端で有名。元の形態の死を経ずに〈転移の巣〉を通して自己再生する。ほかのウラナウイたちからは傲慢の罪とみなされていた。〈サンダリング〉が起きたおもな原因。

*99―**渦巻《ホワールプール》**：〈グレート・ビーコン〉を参照。

*100―**遠香《ファーセント》**：水中での長距離通信のためにウラナウイが分泌する耐久性のある化学物質の種類。帯域幅のようなものが狭められ、忠実度が低くなることから、大規模なデータのやり取りに限って有効である。（〈近香《ニアセント》〉と〈低音《ローサウンド》〉も参照）

*101―**低音《ローサウンド》**：海のなかで長距離にわたる通信をするためにウラナウイが使う発声。クジラの歌に似ている。

*102―**ウラナウイ**：惑星ペラギウスを起源とする、知覚力を有し宇宙を旅する種族。そのライフサイクルは非常に複雑で、〈アームズ〉と統治形態によって支配された、これまた同じく複雑な階層性の社会構造を持つ。ウラナウイは本来は海に棲む種族だが、義体を広く利用してきたことを通じて、考

えられるほとんどすべての環境に順応してきている。攻撃的な領土拡張主義であり、替えの身体を当てにできることから、個人の権利や安全は二の次である。香りに基づいた言語は人間にとって翻訳するのがきわめて難しい。技術によって強化していなくても、ウラナウイは生物学的に不死である。肉体を回復させて老化を食い止めるため、彼らの遺伝的な身体はいつでも未成熟な形態に戻ることができる。遥か昔のどこかの時点で〈古の者〉によって遺伝子を改変された可能性があることをいくつかの証拠が示している。

＊103―**シェル**：〝宇宙船〟を表すウラナウイの言葉。彼らを保護する甲殻が由来となっている。

＊104―**蒼き杖**：〈古の者〉によって創られた指令モジュール。社会工学的に大きな意義がある。

＊105―**いと高き方**：〈蒼き杖〉を振るう者。〈七頭政治《ヘプターキー》〉の指導者。

＊106―**反物質貯蔵所**：恒星に近接した軌道に配置された数々の衛星。ソーラーパネルで太陽光を電気に変え、それを利用して反物質を発生させている。その工程は恐ろしく効率が悪いが、反物質はマルコフ・ドライブに推奨される燃料なので欠かせないものである。

＊107―**至高数**：想像できる最大の数字。ニューマニストが定義しているように、既知も未知も含めたすべての知識の総数。均等に二等分したうちの大きなほう。神。

＊108―**ノバ・エナジウム**：エントロピストの本部兼第一研究所。シン‐ザーの近くに位置する。

＊109―**スペース・エレベーター**：惑星の地表から静止軌道を通り過ぎた先の固定点（たいていは小惑星）までずっと伸びたカーボンファイバーのリボン。多数の輸送機がリボンを上下に移動する。

＊110―**戦艦**：連盟軍司令部海軍で最大級の艦船。重装備で、かなりの数の兵員を乗せることができるが、その長さゆえ方向転換には時間がかかる。支援船なしで航行することは決してない。（〈巡洋艦〉も参照）

＊111―**豆の木《ビーンスターク》**：スペース・エレベーター参照[＊109]。

＊112―**神秘のフランジ**：ルスラーンにある巨大な地質構造。金の鉱脈で飾られた隆起した花崗岩の石板。ルスラーンの有名な観光地。見る者に宗教的な熱情をもたらし、存在意義を見失わせることで知られている。大人気ドラマ『アデリン』の舞台となっているが、二二四九年の終わり頃に主演俳優のサーシャ・ペトロヴィッチが汚職事件に関わった

ことから、ルスラーンの知事マクシム・ノヴィコフが辞任に追い込まれ、オルロフ調査官がこの難局を解決するよう任命された。その後も数年にわたって落ち着かない状態がつづいた。

＊113―**構造物**：もとの身体を失った者の脳を収容するために発達させた（生物学的ではあるが）人造の肉体。多くの場合シップ・マインドに完全に転換するまでの中間段階にあたる。

＊114―**タイガーモール**：アイドーロン原産の大きなネコ科らしき捕食動物。背中の針毛突起、黄色い目、高い知能で知られている。

＊115―**悪夢**《ナイトメア》：〈シード〉と宿主の合体が失敗したことで（たいていは〈シード〉か宿主――あるいは両方――がまともに回復できないほどのダメージを受けた場合）生み出される悪質な自立的発生物。

＊116―**首相**：星間連盟の頭首。選挙権を持つ政府によって選ばれる。

＊117―**地球本部**《アース・セントラル》：連盟とＵＭＣの統括本部。ホノルルの豆の木《ビーンスターク》のふもと近くに建てられている。

＊118―**ワイヤースキャン**：ある人物のインプラントに集められたすべてのデータに侵入して行う精密な調査。使われる電気信号の強さと、探査の親密な性質によって、対象者の心身の健康に損害を与えることも多い。時には脳の機能を失う結果になることも。

＊119―**ポンダー・ユニオン**：ケレスの造船所に本部を置く労働組合。

＊120―**フッター派拡大**：改革フッター派による集中的な植民地化の連続で、太陽系から始まりＦＴＬの発見後は太陽系外へと拡大していった。この時代は地球に最初のスペース・エレベーターが建造された直後に始まり、アイドーロンへの入植で終わったとされている。（改革フッター派も参照）

＊121―**統一場理論**：二〇一七年にイリヤ・マルコフによって概要を示された理論で、（多数のほかの科学技術に加えて）超光速移動の基礎をなしている。

＊122―**ツーロ**：〈古の者〉が〈シード〉を召喚・支配するのに使われる信号装置。変調した〈ＴＥＱ〉[＊123]波面を経由して伝達される。

＊123―**ＴＥＱ**：〈経管エネルギー量子〉[＊124]を参照。

＊124―**経管エネルギー量子（ＴＥＱ）**：現実のいしずえとなるもの。１プランク長、１プランクエネルギー、ゼロ質量の量子化された実在物。部分空間も超光速空間も、そのふたつを隔てる管腔膜のなかも、宇宙空間のあらゆる地点を占めている。

＊125―**薬剤**：宇宙船の後部から排出される推進剤。通常

は水素。燃料と混同しないこと、原子力ロケットの場合、燃料は薬剤／推進剤を熱して融合させるか分離させるための材料である。

＊126―**ペラギウス**：ウラナウイの母星に人間がつけた名称。F型星。ソルから三四〇光年の距離。

＊127―**カレッジ・オブ・イニューマレイター**：火星本部にあるニューマニストの運営組織。

＊128―**ニューマニズム**：神聖な理法とされる数字を中心とする信仰。二一六五年―二一七九年頃（推定）、火星でサル・ホーカー二世によって創始され、ニューマニズムは新世界で生き延びるためにテクノロジーを頼りにしている入植者や労働者をたちまち惹きつけた。ニューマニズムの顕著な特徴は、火星の本部から継続して数字の放送――数字の数え上げ――をしていることだ。数え上げは実数のリストを昇順に読み上げることで行われている。

星命体

上

銀河の悪夢

2022年7月19日　第1刷発行

著者
クリストファー・パオリーニ

訳者
堀川志野舞

発行者
松岡佑子

発行所
株式会社静山社
〒102-0073 東京都千代田区九段北1-15-15
電話・営業 03-5210-7221
https://www.sayzansha.com

装画
星野勝之

ブックデザイン
鈴木成一デザイン室

組版
アジュール

印刷・製本
中央精版印刷株式会社

ISBN978-4-86389- 653-6　Printed in Japan